Né en 1976 à
Chattam fait au cours de son enfance de fréquents séjours aux États-Unis, à New York et surtout à Portland (Oregon), qui devient le cadre de *L'Âme du mal*. Après avoir écrit deux ouvrages (qu'il ne soumet à aucun éditeur), il s'inscrit à 23 ans aux cours de criminologie dispensés par l'université de Saint-Denis. Son premier thriller, *Le 5e Règne*, publié sous le pseudonyme Maxime Williams, paraît en 2003 aux Éditions du Masque. Cet ouvrage a reçu le Prix du Roman fantastique du festival de Gérardmer.

Maxime Chattam se consacre aujourd'hui entièrement à l'écriture. Après une trilogie composée de *L'Âme du mal*, *In tenebris* et *Maléfices*, il écrit *Le Sang du temps* (Michel Lafon, 2005) puis « Le Cycle de l'Homme et de la Vérité » en quatre volumes – *Les Arcanes du chaos* (2006), *Prédateurs* (2007), *La Théorie Gaïa* (2008) et *La Promesse des ténèbres* (2009) – aux éditions Albin Michel.

Sa série *Autre Monde* a paru chez le même éditeur, ainsi que *Léviatemps* (2010), *Le Requiem des abysses* (2011), *La Conjuration primitive* (2013), *La Patience du diable* (2014), *Que ta volonté soit faite* (2015), *Le Coma des mortels* (2016), *L'Appel du néant* (2017), *Le Signal* (2018), *Un(e)secte* (2019), *L'Illusion* (2020), *La Constance du prédateur* (2022), *Lux* (2023) et *Prime Time* (2024). Son nouveau roman, *8,2 secondes*, paraît en 2025.

Retrouvez toute l'actualité de l'auteur sur :
www.maximechattam.com

LE SIGNAL

ÉGALEMENT CHEZ POCKET

Le 5e Règne
Le Sang du temps
Carnages
Que ta volonté soit faite
Le Coma des mortels
Le Signal
Un(e)secte
L'Illusion
Lux

La Trilogie du mal

L'Âme du mal
In tenebris
Maléfices

Le Cycle de l'Homme et de la Vérité

Les Arcanes du chaos
Prédateurs
La Théorie Gaïa
La Promesse des ténèbres

Les Abysses du temps

Léviatemps
Le Requiem des abysses

Série Ludivine Vancker

La Conjuration primitive
La Patience du diable
L'Appel du néant
La Constance du prédateur

MAXIME CHATTAM

LE SIGNAL

ALBIN MICHEL

ISBN : 978-2-266-26910-0
Dépôt légal : février 2020

J'ai écrit ce roman en écoutant des dizaines d'albums. Ils renforcent le cocon de concentration et écartent le monde réel. Je vous conseille d'en faire autant pour lire cette histoire. Voici les albums que je retiendrai de ce voyage à Mahingan Falls :

— *Red Sparrow* de James Newton Howard ;

— *The Autopsy of Jane Doe* de Danny Bensi et Saunder Jurriaans ;

— *It Follows* de Disasterpeace.

Certaines histoires, comme celle-ci, se découvrent de préférence le soir, voire la nuit, lorsqu'il n'y a plus beaucoup de lumière autour de vous et que tout est calme. Il se pourrait que les mots fassent leur œuvre, que la magie survienne, et que vous ne soyez bientôt plus là où vous teniez ce livre, mais au beau milieu de Mahingan Falls.

Prenez garde, ce n'est pas un endroit sûr.

À Faustine et à la tribu que nous avons formée.
Il n'existe pas de lumière plus brillante
que vous face aux ténèbres.

« Ce qu'il y a de plus important, c'est le plus difficile à dire. Des choses dont on finit par avoir honte, parce que les mots ne leur rendent pas justice – les mots rapetissent des pensées qui semblaient sans limites, et elles ne sont qu'à hauteur d'homme quand on finit par les exprimer. Mais c'est plus encore, n'est-ce pas ? Ce qu'il y a de plus important se trouve trop près du plus secret de notre cœur et indique ce trésor enfoui à nos ennemis, ceux qui n'aimeraient rien tant que de le dérober. On peut en venir à révéler ce qui vous coûte le plus à dire et voir seulement les gens vous regarder d'un drôle d'air, sans comprendre ce que vous avez dit ou pourquoi vous y attachez tant d'importance que vous avez failli pleurer en le disant. C'est ce qu'il y a de pire, je trouve. Quand le secret reste prisonnier en soi non pas faute de pouvoir l'exprimer mais faute d'une oreille qui vous entende. »

Stephen King, *Différentes saisons – Le Corps*,
traduction de Pierre Alien.

« La chose la plus miséricordieuse en ce bas monde est bien, je crois, l'incapacité de l'esprit humain à mettre en relation tout ce qu'il contient. Nous habitons un paisible îlot d'ignorance cerné par de noirs océans d'infini, sur lesquels nous ne sommes pas appelés à voguer bien loin. Les sciences, chacune creusant laborieusement son propre sillon, nous ont jusqu'à présent épargnés ; mais un jour viendra où la conjonction de tout ce savoir disparate nous ouvrira des perspectives si terrifiantes sur la réalité et sur l'épouvantable place que nous y occupons que nous ne pourrons que sombrer dans la folie devant cette révélation, ou bien fuir la lumière pour nous réfugier dans la paix et la sécurité d'un nouvel âge de ténèbres. »

H.P. Lovecraft, *L'Appel de Cthulhu*, 1926,
traduction de Maxime Le Dain.

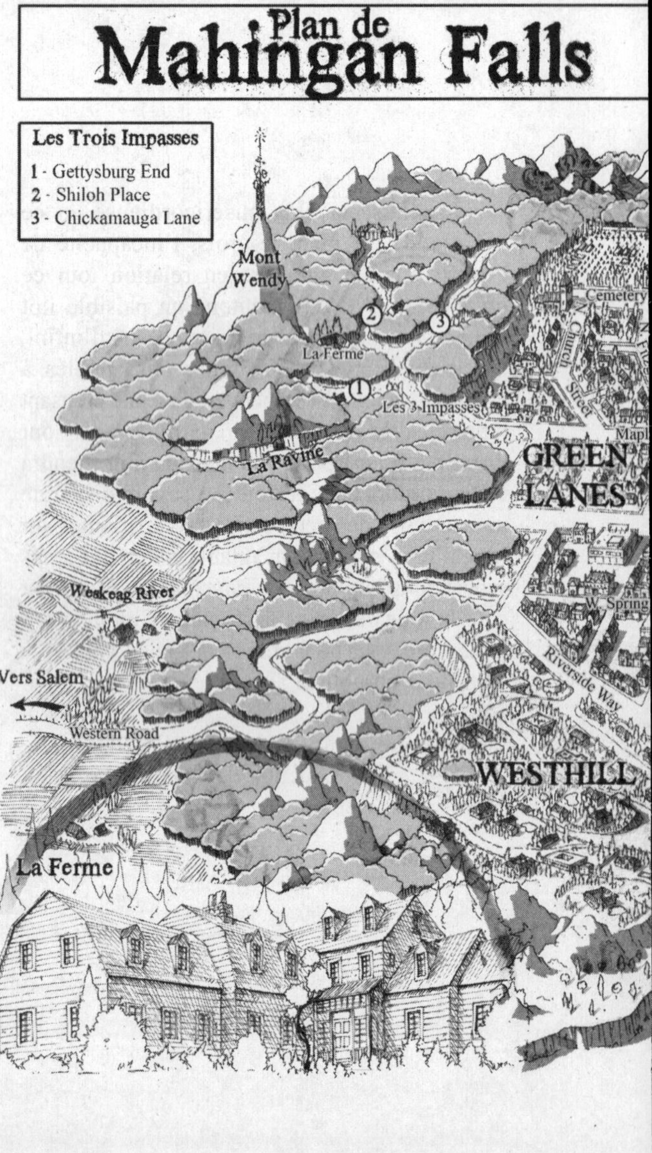
Plan de
Mahingan Falls
Les Trois Impasses
1 - Gettysburg End
2 - Shiloh Place
3 - Chickamauga Lane
Mont Wendy
La Ferme
Les 3 Impasses
La Ravine
Cemetery
Church Street
GREEN LANES
Weskeag River
W. Spring
Riverside Way
Vers Salem
Western Road
WESTHILL
La Ferme

Archives de la ville de Mahingan Falls · Plan rédigé par M. Olivier Sanfilippo sur la demande M. Maxime Chattam · 2018

Prologue

Filant en pleine nuit, la camionnette ressemblait à un minuscule vaisseau perdu dans l'immensité du cosmos. Entourée d'obscurité, elle flottait dans le néant, guidée par ses phares blancs, comme propulsée par les lueurs rouges à l'arrière. La Ford se mit à tourner pour suivre la route à flanc de colline. Elle était seule sur des kilomètres à la ronde.

À l'intérieur, Duane Morris se concentrait pour ne pas perdre de vue le ruban d'asphalte étroit qui défilait face à lui. Il était hors de question de ralentir. Il devait maintenir une allure suffisante pour rester le moins de temps possible dans le secteur.

Le silence régnait dans l'habitacle feutré et cela lui plaisait. Pas de distraction avec la musique ou la radio, rien que lui et ses pensées, tout entier concentré sur un seul objectif : ne pas commettre d'erreur. Il fallait reconnaître que dans son domaine Duane Morris n'était pas un amateur. Il s'enorgueillissait même d'être l'un des meilleurs. Officiellement, sa plaque indiquait qu'il exerçait la profession de détective privé, mais la plupart de ses clients savaient que ça n'était pas tout à fait exact. Le bouche à oreille demeurait sa meilleure publicité, ça et son obsession du détail qui le rendait si doué au point que les deux tiers de sa clientèle, toujours satisfaite, étaient constitués du même pool d'entreprises fidèles à ses services. Duane n'avait pas besoin de faire de prospection, l'argent venait frapper à sa porte avec la régularité d'une marée.

Ses yeux descendirent un bref instant sur le compteur. Quatre-vingts kilomètres-heure. Parfait. Il serait bientôt de retour sur la route principale et de là sur l'autoroute en quelques minutes. Ensuite il serait invisible, le temps de rejoindre Boston et le soleil se lèverait, il serait distillé dans le trafic et l'anonymat du flux. De toute façon, Duane ne laissait rien au hasard. Jamais. Même si une caméra de surveillance l'attrapait quelque part sur le chemin, la camionnette était intraçable. Fausses vraies plaques « empruntées » à un véhicule du même type, elles feraient illusion en cas de contrôle rapide. Autocollants leurres posés la veille sur la carrosserie pour la maquiller, ils finiraient brûlés le soir même dans le poêle du garage, après que Duane aurait démonté les pneus pour en mettre d'autres modèles usés, mais au marquage totalement différent. Même si on analysait d'éventuelles empreintes de roues dans la terre, personne ne pourrait prouver que c'étaient les siennes après ça. Duane raserait sa barbe dès son arrivée au garage, et il couperait ses cheveux pour changer d'apparence bien qu'il soit persuadé que la casquette qu'il arborait suffirait à masquer ses traits, surtout pour une caméra à la définition médiocre.

Une fois encore, il avait tout prévu. Il était impossible de remonter jusqu'à lui.

De toute façon, se donnerait-on autant de mal pour ce qu'il venait de faire ? Il n'était même pas certain que c'était véritablement illégal. Bon, en y réfléchissant un peu, ça devait forcément l'être, mais pas au point de risquer de la prison. Et puis cette fois-ci ses employeurs – première collaboration, ils avaient obtenu son numéro par le biais de leur nouveau chef de la sécurité avec lequel Duane avait travaillé par le passé – l'avaient grassement rémunéré, et personne ne payait autant pour quelque chose d'aussi simple si c'était une procédure autorisée. Non, bien sûr que non. Sinon ils auraient envoyé directement leurs propres gars sur place pour faire le boulot et pas Duane Morris, en pleine nuit, avec la simple consigne « Personne ne doit savoir ».

Duane avait dû suivre une formation éclair pour bien comprendre comment opérer. Ça ne lui était jamais arrivé auparavant et cela l'avait beaucoup amusé, même si en soi ce qu'il devait apprendre était ennuyeux. Il avait procédé comme à son habitude : avec application, pour ne surtout pas prendre le risque de rater son coup le jour J. Mais tout s'était déroulé à merveille. C'était un jeu d'enfant. Ses employeurs seraient satisfaits. Une fois de plus, Duane Morris avait exécuté sa mission à la perfection.

Pour se féliciter, Duane décida qu'il appellerait Cameron une fois tout son travail de nettoyage effectué. Il avait mérité un peu de bon temps. Il se doutait que Cameron n'était pas son vrai nom, les *escorts* utilisaient des pseudonymes la plupart du temps, mais il s'en moquait. N'en faisait-il pas autant lui-même ? Tout ce qui comptait se résumait aux heures passées avec Cameron, et elles valaient le moindre dollar dépensé. Non seulement Cameron avait une vraie petite gueule d'ange, mais son corps était de la trempe de celui de ces statues grecques sculptées pour inspirer l'idée de perfection. Duane ne put s'empêcher d'accompagner ces pensées d'un large sourire. Cameron était son point faible, il le savait. Mais il restait un homme et pas une machine, au moins dans sa vie privée.

Un virage prononcé rappela Duane à la réalité et il freina brusquement pour ne pas sortir de la route, avant d'enfoncer à nouveau l'accélérateur, une fois dégagé de la courbe. Maudite voie sinueuse. Dehors il n'y avait que le noir, partout. Impossible de distinguer la moindre source de vie, ni le relief pourtant imposant qui l'entourait. Pas une parcelle de lune ou d'étoile ne filtrait à travers la couverture de nuages invisibles. C'était aussi surprenant qu'effrayant.

Quelque chose attira brusquement l'attention de Duane dans le rétroviseur intérieur. Il ne vit pourtant rien une fois les yeux levés dans sa direction. Qu'avait-il cru percevoir ? Un mouvement derrière sa camionnette ? Le suivait-on ? Non, c'était impossible, il l'aurait repéré depuis longtemps, et puis rouler sans aucun phare, si rapidement, sur une route dangereuse, ce n'était pas possible. À moins d'être équipé de lunettes de vision nocturne.

Un filet de sueur froide longea alors sa colonne vertébrale.

Seuls les types du FBI utilisaient ce matériel pour une filature discrète. Avait-il les fédéraux sur le dos ? Pas pour une mission aussi futile, non, c'était idiot…

Duane eut soudain la bouche sèche. Non que cette bêtise le préoccupât, mais par le passé il avait opéré sur des affaires autrement plus importantes et hautement sensibles. Du genre à compter les années de prison par dizaines s'il se faisait pincer.

À présent il ne tenait plus en place. Ses pupilles passaient de l'asphalte craquelé devant lui aux rétroviseurs pour s'assurer qu'il n'y avait pas un autre véhicule dans son sillage. Rien. Seulement le vide obscur à trois cent soixante degrés.

Duane donna un coup de frein pour éclairer davantage l'arrière de la route. Personne, cette fois il en était certain.

Il avait rêvé. Son cœur commença à reprendre un rythme normal.

Puis il sentit de nouveau un mouvement dans le rétroviseur central. Et il comprit. Tout son corps se tendit sur son siège.

C'était à l'intérieur ! Quelqu'un derrière lui sur la banquette ou dans l'espace qui servait de coffre.

Duane se mit à réfléchir à toute vitesse. Qui pouvait être caché là ? Et pourquoi ? Il ouvrit la bouche pour mieux respirer et après s'être assuré que la route était droite, il se pencha vers la boîte à gants pour y saisir son Glock 9 mm.

Il allait le lever pour allumer le plafonnier avec le canon, histoire de montrer à son passager clandestin que la plaisanterie était terminée, lorsqu'il se retint. L'autre pouvait se jeter sur lui et leur faire faire une embardée tragique. Non, mauvaise idée. Mieux valait s'arrêter. Duane allait sortir pour ouvrir la porte latérale, là il serait maître de la situation. Oui, c'était plus malin.

Il regardait devant pour voir où stationner lorsqu'il capta un autre mouvement dans le rétroviseur.

Ses yeux remontèrent d'un coup et il la vit. Une femme. En tout cas, elle avait des cheveux longs et gras en pagaille, dissimulant une partie de son visage. Et dans la pénombre de l'habitacle, elle lui parut très pâle. Elle se tenait tout au fond du véhicule.

Qu'est-ce qu'elle foutait là ?

Duane lâcha l'accélérateur et serra la crosse de son arme.

Nouveau mouvement. Duane regarda le rétroviseur et, cette fois, elle était assise sur la banquette juste derrière lui. Comment avait-elle fait pour aller si vite ?

Son cœur s'emballa et il ne put plus se contenir. Il leva son Glock pour qu'elle ne puisse pas le manquer :

— OK, la promenade est terminée ! Tu ne bouges plus !

Duane avait le souffle court, la voix moins menaçante qu'il ne l'aurait voulu. Son propre corps était en panique.

— On va s'arrêter pour s'expliquer, toi et moi. Si tu approches, je te tire une balle dans le buffet, c'est clair ?

Duane vérifia dans le petit miroir si elle obéissait.

Il vit la femme écarter une longue mèche torsadée et, lorsqu'il aperçut sa bouche tordue et ses dents grises, la peur l'inonda jusqu'au bout des doigts.

*

La camionnette défilait dans le néant, quand elle fit une embardée violente, soulevant alors un nuage de poussière avant de se remettre sur la route dans un crissement de pneus. D'abord elle ralentit, comme pour freiner, puis elle accéléra à nouveau en faisant vrombir le moteur.

Elle tangua à droite, puis à gauche, et un coup de feu partit, se perdant dans la nuit.

Le virage épousant la paroi de la colline abrupte se dessina sans prévenir, et la camionnette n'eut pas le temps de s'ajuster. Elle continua tout droit.

La terre s'effaça aussitôt, quelques fourrés fouettèrent les flancs de la Ford lorsqu'elle s'envola, puis il y eut plusieurs secondes interminables de vide jusqu'à ce que son nez pivote vers le bas et qu'elle s'écrase violemment contre un bloc de rochers pointus. Dans un fracas de tôle et de verre, elle rebondit avant de partir en tonneaux, se faisant arracher roues, portières et capot à chaque choc. Des étincelles embrasèrent les vapeurs d'essence du réservoir, puis elle s'immobilisa au fond d'une ravine, enfoncée sous des taillis épais.

Le feu jaillit sous la forme d'une boule incandescente tandis que Duane Morris perdait connaissance, encore accroché à son siège, le visage ensanglanté.

Et pendant une seconde, les flammes ressemblèrent à des visages hurlant en silence dans la nuit. Puis elles flairèrent leur proie et se jetèrent dessus pour la dévorer vivante.

lui crissaient de peur. D'abord elle recula, comme pour glisser, mais [illegible] qui en fut un [illegible] mouvement.

Elle sauta à la renverse à gauche, et un coup de [illegible], se perdant dans la nuit.

[illegible] épousant la paroi de la colline abrupte [illegible] sans [illegible] mais la chute [illegible] n'eut pas le temps de s'établir. Elle continua tout droit.

[illegible] à aussi et quelques [illegible] du [illegible] lorsqu'elle s'envola, puis [illegible] plusieurs secondes, suspendue [illegible] de vide [illegible] avec son corps tendu vers le bas et qu'elle [illegible] qu'une colline un tiers de rochers pointus [illegible] de toile et de verre, elle [illegible] [illegible], se laissant aller [illegible] à chaque choc. Les [illegible] [illegible] les [illegible] [illegible] de la ville [illegible].

Le lac [illegible] la forme d'une boule [illegible] que Marie perdait connaissance [illegible] son visage [illegible] et pendant une seconde, les [illegible] à des [illegible] dans la nuit [illegible] [illegible] vivante.

1.

Lise se pencha vers le miroir de la salle de bains pour vérifier si le léger renflement qu'elle avait perçu sous son doigt n'était pas un point noir au milieu de son front. Rien qu'une miette qu'elle fit voler d'un coup d'ongle. Elle fixa son reflet. Ses cheveux d'ébène tombaient de part et d'autre de son visage blanc, comme le voile d'une veuve. Khôl pour souligner les yeux, presque jusqu'à s'en faire un masque, rouge à lèvres noir, vernis assorti, tout était parfait. Corset en vinyle sur un T-shirt résille, jupe plissée écossaise et bottes lacées jusque sous le genou, rien n'était laissé au hasard. C'était important car son look la définissait, il était sa véritable carte d'identité au quotidien, l'empreinte vive que Lise apposait sur les rétines, parfois sensibles, qu'elle croisait. Mais plus que tout, c'était capital qu'elle soit irréprochable pour ce soir.

Le grand soir.

Elle allait tout filmer. Tout. Dans les moindres détails. En gros plan, pour que l'on distingue l'acier perforer lentement la peau, traverser les chairs, que le sang brille, le pourpre de la vie sous l'éclairage froid de cette grande maison. Elle diffuserait massivement sa vidéo sur Internet. Choquer le bourgeois. Heurter les bonnes consciences. Terroriser tous ces moutons engourdis par le système. Le choix du lieu n'était pas anodin. Cette vaste demeure sans âme était l'incarnation de tout ce qu'elle détestait le plus. Carrelage immaculé, murs blancs sans rien dessus, et seulement ces meubles design qu'elle haïssait. Lise avait déjà entendu le propriétaire clamer que l'épure c'était la vraie liberté, l'homme débarrassé de tout attachement superflu, mais elle n'y croyait pas une seconde. Pour Lise, c'était au contraire la démonstration d'un être sans cœur, sans chaleur. Sa femme était un peu plus attachante, mais ce n'était pas non plus un modèle de tendresse. Lise songea alors à leur belle moquette blanche toujours impeccable et un rictus mauvais se dessina sur sa bouche. Les traces de sang sur le sol immaculé, ça, ce serait terrible pour eux. Leur bel intérieur souillé. L'ordre et la propreté de leur nid remis en question. C'était peut-être même ce qu'ils verraient en premier, sans se soucier du reste.

Lise assumerait les conséquences. Cela faisait des mois qu'elle s'y préparait. Cela suffirait-il à réveiller sa mère de la torpeur alcoolisée qui l'engloutissait ? Rien n'était moins sûr…

— Lise ? Nous allons partir, fit une voix à travers la porte de la salle de bains.

— J'arrive, madame Royson.

Lise jeta un rapide coup d'œil aux aiguilles qui brillaient sur le lavabo et elle referma le rabat en cuir de sa pochette qu'elle enfonça dans la petite besace qui ne la quittait jamais. Tout était prêt.

Mais d'abord donner le change. Ne pas éveiller les soupçons. Ne pas tout gâcher.

Lise avait un peu le trac. C'était le soir où tout allait basculer, pour toujours. Elle s'en savait capable. Elle avait été bien conseillée. Sur Internet. Il ne fallait pas flancher. Après des mois de réflexion, elle allait passer à l'acte, elle l'avait annoncé. Ils attendaient tous, impatiemment, le résultat. La vidéo. Le choc.

Lise retourna dans le couloir et vit les parents enfiler leurs manteaux. L'homme salua à peine Lise avant de dire à sa femme qu'il allait sortir la voiture du garage.

— Tu as de quoi dîner dans le frigidaire, rappela la grande blonde fine et racée. Arny est couché, il a eu une dure journée, tu devrais être tranquille. Tu sais comment fonctionne la maison, tu as nos numéros, tu…

— Je sais, madame Royson, j'ai l'habitude, ne vous inquiétez pas.

— C'est vrai. Et surtout s'il y a quoi que ce soit, tu n'hésites pas, tu m'appelles.

— Pas de problème.

— Oh, et le babyphone est sur la table de la cuisine.

Lise acquiesça, elle savait tout cela. Elle n'avait qu'une envie : être seule avec le morveux assoupi. Elle était plutôt attentionnée, voire carrément investie émotionnellement, avec les gosses qu'elle gardait. Arny était l'exception. Ce gamin, elle le détestait. Capricieux, moche et douillet de surcroît ! Dès qu'elle le pinçait – ce qu'elle faisait lorsqu'il l'énervait à brailler pour un rien –, il continuait à hurler pendant dix minutes, comme s'il avait été mutilé. Une vraie lopette. Un fils à papa qui allait se croire tout permis à l'adolescence, un de ces connards pour qui l'argent n'est pas un problème, et qui ne vivent que pour l'exercice du pouvoir. Dominer. Asservir. Maîtriser. Jouir.

Lise donna le change en adressant un sourire qu'elle voulait rassurant à la mère et elle attendit que la porte se referme pour faire tomber le masque. Elle surveilla discrètement par la fenêtre du salon pour s'assurer que la voiture sortait de la propriété et lorsque les deux yeux rouges du 4×4 ne furent plus que deux étoiles minuscules au loin, elle serra les poings en signe de victoire.

Il ne fallait pas pour autant se réjouir trop vite. Ne pas se précipiter. Elle n'aurait pas de seconde chance.

D'abord manger, ne pas passer à l'acte l'estomac vide, on ne sait jamais. Si je dois gerber, autant que j'aie quelque chose à dégueuler.

Elle se fit un sandwich avec deux tranches de pain de mie tartinées de pâte de marshmallow, laissant tout en vrac sur le plan de travail de la cuisine. Il fallait attendre. Au moins une bonne heure, pour être certaine que le petit con dormait profondément, et aussi s'assurer qu'il n'y avait pas une annulation de dernière minute qui ferait rappliquer les parents plus tôt que prévu. Une grosse heure à tuer. Cette expression fit sourire Lise.

Putain, avec tout le temps que je perds à m'emmerder, j'ai dû en flinguer des heures ! Une vraie serial killeuse...

Elle hésita entre zapper sur les merdes de la télévision du samedi soir, surfer sur le Net ou carrément descendre se faire un film au sous-sol. La dernière option était la meilleure. Elle était trop excitée pour suivre des conneries à la télé ou lire un écran, il fallait qu'elle s'évade, sinon chaque minute allait lui paraître une éternité. Et il était hors de question de se précipiter. C'était bien trop sérieux pour tout foutre en l'air maintenant. Après tous ces préparatifs, cette motivation…

Tu ne te défiles pas au moins ?

Non. Ce n'était pas des prétextes pour repousser l'échéance. Elle savait qu'elle passerait à l'acte ce soir. C'était décidé.

Justement, je ne veux pas me planter. Patience. Avoir le temps. Pour aller jusqu'au bout. Je ne vais pas reculer. Certainement pas.

Lise attrapa le babyphone, descendit à la cave et traversa la salle de sport de Madame pour pousser la porte du home-cinéma. Ah les Royson ne manquaient de rien ! Ça, c'était sûr ! Ce connard qu'elle entendait tout le temps râler qu'il était écrasé d'impôts, il gardait quand même du fric pour se faire plaisir… Toute la pièce était insonorisée, sans fenêtres, avec de vrais fauteuils de cinéma. Elle appuya sur l'écran tactile de la télécommande, pressa sur la touche « Regarder un film » et tous les appareils s'allumèrent en même temps. Lise s'arrêta devant les étagères du fond pour sélectionner le DVD ou le Blu-ray qui aurait la lourde tâche de la distraire le temps qu'elle soit sûre d'être tranquille pour accomplir sa mission.

Elle opta pour *Les Guerriers de la nuit*, jaquette merdique, mais pour un vieux film, le sujet avait l'air sympa.

Les lumières diminuèrent jusqu'à la plonger dans le noir et elle posa le babyphone sur l'accoudoir.

Après vingt minutes, Lise réalisa qu'elle était captivée par le film malgré son aspect un peu ringard.

Il ne fallait pas pour autant qu'elle perde de vue son principal objectif. Elle se redressa dans son fauteuil et fit craquer ses doigts. Elle avait envie de remonter. Pourquoi attendre ? Elle en avait marre.

Et si les deux vieux cons se pointent ? Que leur soirée a finalement été annulée ? Et si le morveux ne dort pas profondément et qu'il se réveille trop tôt ?

Lise soupira, non, il fallait encore patienter. Au moins une demi-heure.

Elle prit son mal en patience et essaya de se replonger dans le film.

Les diodes du babyphone s'illuminèrent. D'abord les premières, vertes, puis les rouges.

Oh, non, il se réveille !

S'il fallait qu'elle l'assomme, alors elle le ferait. Elle était remontée ce soir. Prête à aller jusqu'au bout. Sa main se posa sur sa besace. À l'intérieur, la pochette en cuir avec les aiguilles, et l'encre de Chine. Et le dessin avec le papier calque. Un cœur avec une larme. C'était ce tatouage-là qu'elle avait décidé de se faire elle-même. C'était elle, c'était ce qu'elle ressentait et ce qu'elle ressentirait toute son existence, ce n'était pas parce qu'elle venait d'avoir seize ans qu'elle ne le comprenait pas. Elle n'était pas dupe. La vie n'était que souffrance. Avec la famille, les mecs, l'école, tout…

Putain, Arny, fous-moi la paix ! Que je puisse me faire mon tatouage peinard ! Je te jure que si tu me pourris ma soirée, je te...

Elle ne trouva pas de menace assez forte et en même temps assez modérée pour qu'elle puisse réellement l'exécuter, et les diodes s'allumèrent encore.

— Et merde.

Elle mit le film en pause pour entendre si le gamin pleurait ou s'il était seulement en train de gazouiller dans son lit. Elle n'entendait pas grand-chose, aussi elle approcha le babyphone de son oreille.

Le carillon du mobile se mit en marche, la faisant sursauter.

Oh le con !

Lise fronça les sourcils. Comment est-ce qu'il était parvenu à l'actionner ? Le mobile était au-dessus du lit, et un gamin de huit mois aussi gras et amorphe que lui ne pouvait pas se lever à ce qu'elle savait.

Un autre son la fit tiquer. Une sorte de souffle. Comme…

Comme quelqu'un qui fait chut à un enfant !

— Merde, les parents sont rentrés ! fit Lise à présent frustrée de voir ses plans tomber à l'eau.

Elle se leva avant de s'immobiliser devant la porte du home-cinéma. Pourquoi n'avait-elle pas entendu la voiture se garer dans le garage juste derrière la salle ?

Une voix jaillit brusquement du babyphone :

— Liiiiise…

Le cœur de l'adolescente se mit à battre à toute vitesse. Elle n'avait pas rêvé. On venait de prononcer son nom. Ou plutôt de le chuchoter longuement, tout près du micro. Était-ce une voix d'homme ou de femme ? Lise était incapable de l'identifier. Et pourquoi est-ce que les Royson joueraient à un jeu aussi débile avec elle ?

Depuis la chambre du gamin ? Non...

Un souffle interminable grésilla dans le haut-parleur. Lise tressauta.

— Liiiiise…

Qui était-ce ? Ça ne pouvait pas être les parents. Pas dans leur genre de jouer avec elle. Encore moins ainsi. Pourquoi est-ce que les Royson ne l'avaient pas prévenue que quelqu'un passerait ? Ce n'était pas dans leurs habitudes. Il y avait un problème. Lise le sentait.

Elle serra le babyphone dans sa paume, ne sachant pas quoi faire. Son téléphone portable était resté à l'étage, dans la cuisine. Elle respirait fort, l'angoisse grossissait inexorablement.

Quelque chose racla contre l'émetteur, dans la chambre du petit, et une voix croassa étrangement, sans que l'adolescente puisse comprendre ce qu'elle disait.

Réfléchis, réfléchis.

Il y avait forcément quelque chose de malin à faire, mais en l'état toutes ses pensées s'agitaient dans la plus grande confusion et elle n'arrivait pas à se décider. Qui cela pouvait-il bien être ? Une mauvaise blague. Dylan ? Rob ? Non, ils s'en fichaient d'elle… Alors qui ? Barb ?

Personne ne sait où je suis. Même maman l'ignore ! J'ai juste prévenu que j'allais le faire et poster la vidéo, mais ils ne savent pas où me trouv…

Cette fois on renifla dans le haut-parleur. Lourdement.

— Liiiiise…, fit une voix rêche et craquante, je te… sens…

Ses jambes se vidèrent de leur matière, elle tenait à peine debout. Elle paniquait.

Merde. Qu'est-ce que c'est que cette connerie ?

La personne soupira dans le babyphone.

— Je te sens, répéta la voix… Où es-tu ?

Lise secouait la tête. C'était un délire. Un mauvais trip.

J'ai même pas fumé un joint depuis trois jours ! C'est pas une hallucination !

Brusquement elle réalisa qu'elle n'entendait pas le gamin pleurer. La personne était dans sa chambre, et avec tout le bruit qu'elle faisait Arny *aurait dû* se réveiller. Ce silence était tout aussi inquiétant.

Nouveau reniflement.

— Je peux t'entendre, annonça la voix, je… je vais te trouver…

Le babyphone se coupa. Lise était en sueur, elle respirait par la bouche tellement elle paniquait, elle tenait à peine debout.

L'appareil dans sa main crépita puis une succession d'horribles grincements résonna, suivis de crissements aigus ressemblant à des ongles qu'on racle contre un tableau.

Le claquement du micro qui se coupe la fit sursauter et gémir de terreur.

Elle devait fuir. Vite. Tant pis pour Arny, une fois dehors elle courrait chez les voisins pour prévenir les flics, ce serait leur boulot à eux d'aller le secourir, il fallait d'abord qu'elle pense à sauver sa peau !

Le garage !

C'était l'unique sortie au sous-sol. Lise posa la main sur la poignée de la porte du home-cinéma avant de s'arrêter. Elle n'avait pas le biper pour actionner le mécanisme du portail ! Elle ne pouvait pas sortir par là !

Tout son corps se mit à trembler. Elle était sur le point de s'évanouir de peur.

Non, non, non ! Pas maintenant ! Je dois me casser !

La porte d'entrée était au bout du couloir en haut des marches. En fonçant, elle pouvait l'atteindre. Elle pouvait le faire, Lise en était convaincue, elle avait encore la force de remonter et de sprinter comme jamais dans sa vie. Oui, c'était dans ses cordes.

Elle tira sur la poignée et sortit dans le couloir du sous-sol.

La lumière était éteinte, pourtant elle allumait chaque fois qu'elle descendait, le long corridor blanc sans fenêtres l'effrayait toujours un peu et elle ne coupait jamais les néons tant qu'elle n'était pas remontée, même pendant un film.

De sa main libre elle tâtonna à la recherche de l'interrupteur. Son index l'effleura et appuya.

Les néons crépitèrent. Il y eut un premier flash, tandis qu'ils clignotaient, comme si la lumière cherchait à prendre sa respiration.

Et pendant le bref instant où le couloir s'illumina, Lise vit la silhouette, immense, juste devant elle.

Les yeux la fixaient. Mauvais.

Elle hurla.

La lumière hoqueta de nouveau et les ténèbres avalèrent Lise tandis que ses os broyés résonnaient contre le carrelage. Elle se débattit brièvement dans l'obscurité, étranglée par les spasmes de la douleur.

Les néons émirent plusieurs plaintes, mais demeurèrent éteints.

Le silence retomba sur le sous-sol.

2.

Le piano tanguait, en équilibre sur la plateforme arrière du camion de déménagement, lorsque Thomas Spencer vit la sangle se rompre brutalement, libérant le monstre de cordes qui s'effondra aussitôt sur le manutentionnaire tout en nerfs qui se tenait dessous, l'écrasant contre le bitume de la route. Le plateau du clavier vint lui fracasser la boîte crânienne dans un terrible craquement humide et une éclaboussure de sang noir.

Thomas cligna des yeux pour chasser cette horrible image.

La sangle tenait parfaitement le piano, malgré ses doutes, et l'instrument descendit du camion sans blesser quiconque.

Qu'est-ce qui ne tourne pas rond chez moi pour que j'imagine toujours le pire ?

Tom le savait, ce n'étaient pas des pièces de théâtre qu'il aurait dû écrire, mais des romans d'horreur. Il avait un don pour visualiser les plus abominables situations.

Il manquait l'écho des notes dissonantes du piano au moment de l'impact dans mon flash de tordu.

Voilà qu'il insistait. Le moindre détail. Comme toujours.

Tom secoua la tête, dépité, et réalisa qu'il était planté là à regarder tout le monde œuvrer depuis plusieurs minutes, perdu dans ses songes, lorsque la voix dynamique de son épouse claironna un peu plus loin à l'entrée de la maison. Olivia prenait tout en charge, comme à son habitude. Elle guidait les déménageurs d'une pièce à l'autre, gardait un œil sur Chad et Owen, les deux adolescents de la famille, tout en portant baby Zoey contre elle. Elle semblait sous l'emprise de drogues, incapable de s'arrêter, gérant tout le monde, passant d'un sujet à l'autre avec la fulgurance d'une machine, le tout sans perdre son élégance naturelle. Tom était tombé amoureux de cette boule d'énergie deux décennies plus tôt, d'abord à cause de sa silhouette de rêve, il devait l'avouer, mais c'était sa personnalité bien trempée qu'il aimait désormais au moins autant que le reste.

— Chérie, donne-moi baby Zoey, dit-il pour la soulager.

— Trouve plutôt Smaug, c'est un chien d'appartement, j'ai peur que la liberté d'un jardin lui monte à la tête et qu'on le perde. Je peux affronter un déménagement, mais pas d'avoir à annoncer à nos enfants que le chien a disparu. À toi de le récupérer !

Tom mit les mains sur les hanches pour jeter un coup d'œil tout autour. La Ferme, comme s'appelait leur nouvelle maison, était posée à une dizaine de mètres de la petite rue, perdue au milieu d'une pelouse mal entretenue, et cernée d'arbres à perte de vue. C'était justement ce qui les avait séduits : cette grande maison le long d'une impasse, en bordure de ville, sous le regard des hautes collines, noyée dans un écrin de verdure. L'exact opposé de leur vie new-yorkaise. Un véritable défi pour des citadins patentés. Mais à l'instant présent, Tom sentait que cette ouverture sur le monde risquait aussi de poser des problèmes. Comment savoir où s'était enfui Smaug ?

Tom siffla pour appeler ce fichu chien et cria son nom plusieurs fois. Il n'y avait aucune clôture autour de la propriété et une pointe d'inquiétude commençait à naître en lui. Smaug avait été élevé dans un cent mètres carrés de l'Upper East Side, réglé par ses trois promenades quotidiennes en milieu urbain, et bien qu'il fût parfaitement dressé, l'omniprésence de la nature devait le rendre fou de curiosité. Tom s'en voulut aussitôt. Comment n'avait-il pas pensé à ça plus tôt ?

— Un problème ? fit une voix rocailleuse dans son dos.

Tom découvrit un vieil homme aux traits plus ciselés par le temps que les montagnes de Monument Valley. Fin tapis blanc sur le crâne, et regard d'un bleu perçant. Il était grand, même légèrement voûté, et ses membres semblaient presque trop longs. Tom eut l'impression de contempler un basketteur professionnel de soixante-dix ans.

L'homme tendit l'un des battoirs qui lui servaient de mains :

— Je suis Roy McDermott, votre voisin.

— Thomas Spencer. J'ignorais qu'on avait des voisins !

— Avec toute cette végétation, on a vite fait de croire qu'on est isolé dans la campagne, mais il y a tout de même quelques habitations dans le quartier des Trois Impasses. Vous vous pensiez tranquilles ? Raté ! Les nouveaux arrivants ne passent pas inaperçus, même ici. Je suis la maison la plus proche, environ cent cinquante mètres plus bas de l'autre côté de la rue, la bâtisse blanche cachée derrière les saules. Dites, vous avez perdu quelqu'un ?

Il parlait avec l'accent typique des gens de cette région de la Nouvelle-Angleterre, en avalant la plupart des « r ».

— Oui, notre chien. La forêt donne loin par ici ?

Roy haussa les sourcils dans une expression qui en disait long sur l'étendue des environs :

— En partant de là, on peut remonter jusque dans les collines et au-delà ! Mais si j'étais vous, je ne me lancerais pas dans une telle aventure sans un minimum de préparation. Et puis je vais vous dire : les chiens ne sont pas idiots. Lorsque le vôtre aura vraiment faim, il retrouvera son chemin jusqu'à vous.

— C'est un pur produit de la ville…

— Raison de plus ! Il ne sait pas chasser pour se nourrir. Il rentrera sous la pression de son estomac.

Tom opina, pas totalement rassuré pour autant.

— Vous vivez à Mahingan Falls depuis longtemps ? demanda-t-il.

— Né et élevé ici, répondit le vieil homme avec fierté.

— Eh bien, je suis content d'avoir un voisin du cru, ce sera plus facile pour s'intégrer.

— Vous n'avez aucune attache ici ?

— Non, sinon un coup de cœur pour cette maison, et un pari complètement fou…

— Vous êtes dans quel secteur professionnel ?

Tom afficha un léger rictus sarcastique.

— C'est justement le pari complètement fou. Disons… Besoin d'air, de changer radicalement de vie.

Roy se fendit d'un large sourire qui dévoila ses dents parfaitement blanches et alignées. Des facettes, devina Tom.

— Alors vous avez visé juste. Mahingan Falls est une petite ville paumée, c'est vrai, mais vous verrez, y vivre c'est ralentir l'existence, tout ici est plus doux. Même pour les enfants, ajouta-t-il en désignant Chad et Owen qui couraient sur l'herbe derrière la propriété.

— Je vous offrirais bien une bière, hélas j'ai peur que le frigo ne soit encore vide…

Roy lui tapota l'épaule et désigna de son grand menton le camion de déménagement.

— Vous avez plus important à faire, je vous laisse vous installer, je passais simplement vous souhaiter la bienvenue.

Avant de partir, Roy McDermott jeta un dernier coup d'œil en direction de la famille Spencer et, constatant que les deux jeunes garçons quittaient le jardin pour s'engager dans la forêt, il tendit un index noueux dans leur direction et ajouta à l'intention de Tom :

— Oh, peut-être devriez-vous prévenir vos fils de ne pas trop s'éloigner.

— Le bois est dangereux ? s'étonna Tom.

Roy fit la moue un bref instant avant de répondre :

— Disons que c'est assez sauvage par là, et qu'eux n'ont pas l'odorat d'un chien. Ils pourraient se perdre. Expliquez-leur que je les emmènerai faire un tour à l'occasion, pour leur montrer quelques repères.

Tom approuva et regarda le vieil homme regagner Shiloh Place, redescendant la rue d'un bon pas avant de disparaître derrière la végétation.

Puis il observa Chad et Owen. Ils s'amusaient avec des bâtons et commençaient à s'aventurer entre les arbres. Au-dessus se dressait la silhouette massive du mont Wendy, la haute colline escarpée qui dominait toute la région. Des reflets métalliques brillaient vers son sommet où une longue antenne dardait ses paraboles vers la ville et les cieux azuréens.

Une belle journée d'été, songea Tom. Ils se lançaient dans une nouvelle vie, presque sur un coup de tête irraisonné, mais à présent qu'il contemplait ce paysage bucolique, il n'éprouvait plus autant d'appréhension. Olivia et lui avaient eu raison. Quitter New York était la seule chose à faire.

Mahingan Falls serait leur nouvelle patrie.

Se souvenant des derniers mots de Roy McDermott, et de la lueur à demi inquiète qu'il avait captée dans son regard, Tom siffla en direction des deux garçons pour leur faire signe de ne pas aller plus loin.

La famille aurait bien assez de temps pour se perdre plus tard. Tous ensemble.

*

Chadwick inspectait l'orée des bois d'un œil gourmand. Il entrevoyait déjà mille possibilités d'amusement. De l'exploration à la construction d'une cabane en passant par l'observation avec les jumelles ou la chasse, armé de son lance-pierre. Cette nouvelle vie lui plaisait déjà. Mahingan Falls, pour ce qu'il en avait vu, aussi. Un espace avec des bornes d'arcade en centre-ville, une aire de skate en bordure de mer juste à côté d'un magasin de comics, et cet immense terrain de jeu… il sentait qu'ils allaient y être heureux.

— Chad, fit Owen, ton père vient de dire de pas y aller.

— Je crois qu'il y a un sentier là-bas, plus loin au pied de la butte, tu le vois ?

— Non, il y a trop d'arbres.

Owen était plus petit que lui, songea Chad.

— Ça doit être un chemin de patrouille ou un truc dans le genre. On ira voir.

— Pas maintenant, Tom n'a pas l'air d'accord.

Owen était parfois très agaçant, en particulier dans sa soumission aux parents. Chad l'appréciait énormément, toutefois leurs différences étaient nombreuses. Elles commençaient par leur physique : là où Chad, malgré ses seulement treize ans, commençait à développer un début de carrure, avec de fins muscles naissants, Owen demeurait un peu poupon. Cheveux en brosse pour le premier, toison hirsute pour le second. Et ainsi de suite. Tom et Olivia n'étaient pas son père et sa mère, mais tout de même, cela faisait presque un an et demi qu'il vivait avec eux, et aux yeux de Chad, il était grand temps de montrer un peu de caractère. Il était sur le point d'insister, lorsque les mots de sa mère lui revinrent en mémoire. Ménager Owen. Prendre soin de lui. La tragédie qu'il avait endurée le rendait plus fragile, ils étaient sa nouvelle famille, et Chad devait se comporter comme un frère aimant, un grand frère protecteur, peu importe qu'ils aient le même âge.

— Bon, OK, lâcha-t-il, mais on reviendra, d'accord ?

Owen approuva avec conviction, lui aussi était intrigué par cet endroit, ça se voyait, il s'offrait tel un territoire à conquérir.

Les deux garçons étaient sur le point de rebrousser chemin lorsque les fourrés s'agitèrent, une vingtaine de mètres à l'intérieur de la forêt.

— Qu'est-ce que c'est que ça ? fit Owen.

Chad se mit sur la pointe des pieds pour essayer de distinguer quelque chose.

— Smaug ? C'est toi ? demanda-t-il.

Les buissons bougèrent à nouveau, plus lentement cette fois, et plusieurs fougères se couchèrent en direction des deux adolescents.

— À quoi il joue ce chien ? s'étonna Owen. Il veut nous surprendre ou quoi ?

Des brindilles se brisèrent tandis que ça se rapprochait de plus en plus. Brusquement, le labrador de la famille surgit de nulle part, déboulant à toute vitesse tel un lévrier en pleine course et fauchant Chad au passage. Il courait la queue entre les jambes, l'air paniqué, pour peu que Chad puisse interpréter les expressions de son chien, et tandis que l'adolescent se retrouvait le nez dans l'herbe, il eut l'impression que Smaug empestait l'urine.

— Ça va ? l'interrogea Owen. Il est devenu fou, qu'est-ce qui lui prend ?

Chad se dressa sur les genoux.

Dans le dos des adolescents, à moins d'une dizaine de mètres, les fougères continuaient de ployer tandis que quelque chose se rapprochait lentement d'eux. Mais leur attention était déjà ailleurs.

Smaug se précipita, terrorisé, dans la maison et bouscula un des déménageurs qui manqua de s'étaler avec le carton qu'il portait. Un bruit de vaisselle brisée retentit et Olivia se mit à crier contre le chien qui faisait n'importe quoi.

Owen laissa échapper un début de rire. La situation devenait intéressante et il fit signe à Chad de se relever pour filer voir ce qu'il se passait dans la Ferme.

Ils quittèrent l'orée de la forêt au moment où les buissons juste derrière eux tremblaient une dernière fois.

*

Une pile de cartons dépliés et écrasés dans un coin demeurait l'unique vestige de l'emménagement de la cuisine. Les appareils électroménagers étaient rangés et branchés, la vaisselle dans les placards et même le tableau Velleda de répartition des tâches ménagères accroché au mur témoignait de l'énergie déployée par Olivia pour qu'au moins une pièce soit prête pour le soir. Toute la famille dînait autour de la table centrale sur laquelle se répandaient les boîtes de nourriture chinoise que Tom venait d'aller chercher.

Tom n'ayant pu remettre la main sur la chaise haute, la petite Zoey mangeait assise sur les genoux de sa mère, tout en gardant un œil inquiet sur le chien, prostré dans un coin.

— L'a peu le chien ? dit-elle de sa voix fluette.

— Oui, avoua Olivia, Smaug a eu un peu peur aujourd'hui. Il n'a pas l'habitude de la campagne. C'est un gros couillon.

Olivia parlait à sa fille sans filtre, considérant que tout était bon à dire, elle lui expliquait tout, sans s'embarrasser de savoir si un bébé de deux ans pouvait comprendre ou non ce qu'elle racontait. Communiquer ne pouvait pas faire de mal, répétait-elle à qui voulait bien l'entendre.

— Comment il va se débrouiller pour faire pipi ? demanda Chad, préoccupé. S'il ne veut plus sortir.

Tom le rassura :

— Smaug a dû tomber nez à nez avec un putois ou un raton laveur, il s'est fait une sacrée trouille mais ça va lui passer. Je lui mettrai ses croquettes dehors, tu vas voir qu'il va ressortir illico !

— Les garçons, intervint Olivia, demain je veux que vous rangiez vos chambres, c'est compris ? Vous m'ouvrez tous les cartons qui portent votre nom, et vous trouvez une place pour tout. Ça ne devrait pas être difficile vu qu'on vient de tripler la surface. Moi et Tom, nous irons faire les courses nécessaires, et vous ferez connaissance avec Gemma, la fille qui va vous garder.

— Tu es sûre d'elle ? s'enquit son mari.

— C'est la dame de l'agence immobilière, Mme Kaschinski, qui me l'a conseillée, c'est sa nièce je crois, elle m'a assuré qu'elle lui confierait sa propre vie. De toute façon si on ne la sent pas demain, on laisse tomber et on se répartira les tâches autrement. Mais j'avoue que j'aurais bien besoin d'un coup de main pour faire le plein.

Tom acquiesça et lui effleura la main d'une caresse qui signifiait qu'elle pouvait compter sur lui.

Un peu plus tard, lorsque les garçons furent au lit et baby Zoey endormie dans sa chambre, Olivia resta un long moment sous la douche avant d'enfiler une nuisette qui ressemblait davantage à une chemise de bûcheron à carreaux trop grande.

— C'est parce qu'on a quitté notre vie citadine que tu troques tes soie et satin contre de la flanelle ?

— Je m'adapte. Oh mais t'inquiète, je ne jouerai pas la cow-girl tous les soirs.

Elle s'affala plus qu'elle ne se glissa sous la couette, aux côtés de Tom qui feuilletait une revue littéraire. La voix en partie étouffée par l'oreiller, elle ajouta :

— Je sais que tu meurs d'envie de baptiser notre nouvelle maison, mais ce soir c'est au-delà de mes forces. Sache que je traverse une énorme frustration : je réalise que je ne suis pas Superwoman.

Tom posa la main sur ses cheveux.

— Tu n'as pas arrêté une seconde, je me demandais à quel moment tu allais t'effondrer.

— Promis, on va faire l'amour dans toutes les pièces, laisse-moi juste deux ou trois ans que je me remette de cette journée.

Tom se pencha vers son épouse :

— Tu oublies que nous avons des enfants. C'est fini l'époque où nous pouvions nous envoyer en l'air à l'improviste, n'importe où !

— Zoey : garderie, les deux mecs à l'école, murmura Olivia en style télégraphique.

— Nous sommes mi-juillet, en pleines vacances. Il va falloir attendre encore un peu…

Dans un effort surhumain, Olivia extirpa une main de sous son corps et attrapa le col du pyjama de son mari pour l'attirer à elle.

— Je les abandonnerai sur le trottoir au nom de la fornication, je m'en fiche. Je suis une mère indigne. Le sexe avant les gosses. Mais d'abord, bonne nuit !

Elle tendit ses lèvres pour qu'il l'embrasse et se retourna pour s'endormir en moins de deux minutes.

Tom voulut se replonger dans sa lecture, mais ses yeux dérivaient sur les mots sans que l'esprit s'y accroche. Il reposa son magazine et contempla la pièce, à peine éclairée par sa lampe de chevet. Elle était vaste. Épaisse moquette au sol, la peinture était propre, témoignant que la Ferme avait été refaite à neuf moins de deux ans plus tôt, puis ses yeux glissèrent sur les trois larges fenêtres dont il s'était contenté de tirer les rideaux, sans fermer les volets extérieurs. Ils risquaient de le regretter au petit matin si le soleil d'été venait taper en plein sur la façade est, mais Tom comptait sur les arbres pour tamiser l'aurore.

Cette maison était grande. Très grande. Et très silencieuse. Il leur faudrait du temps pour s'y habituer. À bien y réfléchir, elle n'était pas si silencieuse que cela, mais la rumeur perpétuelle de la rue new-yorkaise les avait bercés depuis toutes ces années. Ici il s'agissait de quelques craquements du bois, d'un peu de vent sous les chambranles des portes, des tapotements d'un écureuil sur le toit ou de l'extrémité des branches qui frottaient sur les carreaux. Chaque habitation avait ses propres rituels sonores, il faudrait s'habituer à ceux de la Ferme.

Une latte du plancher grinça dans le couloir et Tom se demanda si un des garçons s'était levé.

C'est plus probablement la maison qui respire. Comme toutes les vieilles demeures.

Il tendit l'oreille mais le son ne se reproduisit plus jusqu'à ce qu'il lui semble percevoir un bruit provenant du rez-de-chaussée.

C'est cet idiot de Smaug, voilà tout.

Tom avait du mal à lâcher prise. Il réalisa qu'il était aux aguets.

D'ici à la rentrée ils auraient trouvé leurs marques, se persuada-t-il. C'était leur maison à présent. Leur antre. Ils n'avaient besoin que d'un peu de temps pour nidifier et s'y sentir parfaitement bien.

Mais à cette heure de solitude, Tom fut pris d'un terrible doute. Il espérait de tout cœur qu'ils avaient fait le bon choix. Ni lui ni Olivia n'avaient de plan B.

Un autre grincement lui répondit quelque part dans l'obscurité.

Il ignorait si la maison voulait le rassurer ou si elle se moquait cruellement.

3.

Gemma Duff conduisait sa vieille Datsun le long de Maple Street et de ses trottoirs jalonnés d'érables vigoureux à l'ombrage rafraîchissant sous le soleil de juillet. Elle roulait lentement, comme à son habitude, et profitait du paysage de toutes ces maisons en bois parfaitement rangées sur leur pelouse immaculée, dans ce qui devait être le quartier le plus tranquille de Mahingan Falls – mais aussi le plus ennuyeux ou, comme l'aurait clamé Barbara Ditiletto, « chiant à s'en bouffer les ongles jusqu'au cul ».

Sauf que, dernièrement, Barbara n'était plus à la fête. Plutôt sous grosse surveillance. Ses parents d'une part – qui craignaient qu'elle ne fugue à son tour –, et aussi le bureau de police de la ville qui voulait savoir ce que sa meilleure amie avait pu lui confier avant de se volatiliser du jour au lendemain. Il fallait bien avouer que Lise Roberts n'avait pas fait les choses à moitié en mettant les voiles en plein baby-sitting. Pour excentrique qu'elle fût, personne n'avait rien vu venir, au point qu'il se murmurait qu'elle s'était peut-être suicidée en se jetant du haut de Mahingan Head, l'éperon rocheux en bord de mer sur lequel se dressait le phare.

Depuis, Barbara ne sortait plus beaucoup, rarement seule, et jamais au-delà de vingt heures ; ce qui, la connaissant, devait être un véritable enfer.

La forêt se dressa face à Gemma qui appuya sur l'accélérateur pour faire grimper la Datsun sur la côte marquant l'entrée de ce qu'on appelait les Trois Impasses. Une majorité des habitants de la ville considérait que cet endroit ne faisait même plus partie de leur agglomération, trop reculé et sauvage, à peine une poignée de vieilles bâtisses isolées. L'embranchement des trois rues qui serpentaient au milieu des arbres se profila et Gemma s'engouffra dans celle du milieu, Shiloh Place. Elle roula sur le bitume craquelé, grêlé de nids-de-poule profonds, et ralentit en distinguant une façade rouge et blanc sous la frondaison. La Ferme avait été entièrement refaite deux ou trois ans plus tôt, avait-elle entendu dire, sans jamais être allée le constater elle-même. Personne ne venait ici sans une bonne raison, le quartier portait parfaitement son nom : rien que des impasses s'achevant à l'orée de la forêt.

Gemma s'engagea sur la petite allée qui s'échappait de la route et vint se garer à côté de la camionnette du plombier Rick Murphy. Apparemment, à peine arrivés, les Spencer avaient déjà des problèmes de tuyauterie. C'était une grande propriété sur deux niveaux et des combles, en forme de L, avec de hautes fenêtres, plusieurs bow-windows, et dont les murs rouges étaient soulignés par des huisseries et des corniches d'un blanc rutilant dans la lumière du début d'après-midi. Il devait faire bon vivre ici, pour peu qu'on aime la solitude et la nature.

Gemma s'inspecta rapidement dans le rétroviseur intérieur, pour s'assurer qu'elle présentait bien. Sa flamboyante chevelure rousse domptée par un élastique et quelques barrettes, un trait de maquillage pour se donner un minimum d'aplomb mais rien de trop vulgaire ou voyant pour son âge. Elle sortit et tira sur son T-shirt, un peu nerveuse. Sa mère lui avait mis une sacrée pression. « Ce sont des gens importants, Gem, elle c'est la fille de la télé, tu vas la reconnaître tout de suite, tu verras ! Si tu leur plais, ils vont te filer du travail toute l'année, c'est pas le genre à compter leurs sous, des gens célèbres, avec de l'argent ! » Gemma détestait lorsque sa mère devenait vénale comme ça, obsédée par la réussite des autres, pourtant il fallait bien reconnaître que cette année serait importante, il lui fallait engranger les moindres dollars en prévision du grand départ. L'année prochaine Gemma quitterait Mahingan Falls pour l'université, chaque jour serait un jeu d'équilibre financier complexe pour parvenir à tenir jusqu'au bout de son cursus. Elle devait partir avec la cagnotte la plus garnie possible. Elle avait donc besoin de ce job.

Gemma frappa à la porte avec moins d'assurance qu'elle ne l'aurait souhaité et elle s'en voulut aussitôt. Son père, lorsqu'il était encore de ce monde, lui avait souvent répété qu'on savait à qui on avait affaire rien qu'à sa manière de s'annoncer. Les empruntés, les brutes, les trop sûrs d'eux, les impatients, les dépressifs, tous frappaient à la porte comme ils pensaient.

Super ! Maintenant ils savent que je suis intimidée...

Olivia Spencer apparut dans l'ouverture et Gemma la reconnut tout de suite. C'était bien la fille de la télé, celle qui animait l'émission de la matinée depuis des années. Mais en vrai ses traits étaient un peu différents. Moins lisses. Son teint moins harmonieux. Plus naturel, songea Gemma. Quelques rides autour des yeux et de la bouche donnaient du caractère à son visage. Elle devait avoir dans les quarante ans et les portait bien, sans paraître plus jeune pour autant, une sorte d'assurance et de fraîcheur dans sa personnalité qui transpirait. Ses yeux, eux, demeuraient les mêmes qu'à l'écran : un vert clair espiègle et perçant.

— Vous devez être Gemma ? dit-elle en l'accueillant d'un sourire maîtrisé et pourtant franc, ne dévoilant que ce qu'il fallait d'une dentition parfaite.

Gemma en fut admirative, elle qui souriait à pleines gencives tout le temps, toujours trop enthousiaste.

— Gemma, c'est ça ? insista la femme. Je suis Olivia Spencer.

— Oh, pardon, je… Ça fait bizarre de vous voir…

— Désormais, considérez que je suis juste une habitante de la même petite ville que vous, rien de plus. Venez, entrez que je vous présente à toute la famille.

Gemma ne pouvait décrocher son regard d'elle, comme hypnotisée par la célébrité, et elle se trouva ridicule. Olivia s'engagea devant pour la guider à travers la maison. Elle était assez grande, fine assurément. Son corps étant son instrument de travail, elle devait le peaufiner et le contrôler. Gemma la trouvait sublime. Olivia attrapa un crayon sur son passage et s'en servit pour nouer ses cheveux blonds au-dessus de sa nuque sans jamais se départir de son élégance, avant de s'immobiliser sur le seuil de la cuisine où elle désigna un homme accroupi non loin de l'évier.

— Mon mari, Tom. Tom, voici Gemma qui a la lourde responsabilité de dompter nos monstres.

— Bonjour, je suis désolé, nous avons un petit souci de plomberie.

Tom Spencer était nettement moins impressionnant que sa femme. Probablement séduisant pour un quadragénaire, Gemma remarqua surtout le début de calvitie qui clairsemait un peu l'arrière de son crâne et le léger renflement au niveau du ventre. Mais lui aussi affichait un regard franc et un sourire bienveillant. Elle lui fit un signe de la tête avant de remarquer les jambes de Rick Murphy dans sa combinaison grise, qui dépassaient de sous un meuble.

Olivia l'entraîna dans le couloir et, tout en marchant d'un pas dynamique, lui demanda :

— Vous avez bien un siège-auto dans votre voiture, votre tante m'a dit que vous en apporteriez un ?

— Oui, bien sûr. Et j'ai passé tous les tests nécessaires du permis junior, je suis désormais autorisée à conduire seule avec des mineurs à bord.

— Très bien. Et je vous en supplie, ne roulez pas trop vite, même s'il n'y a que cinq minutes de trajet, je vous confie ce que j'ai de plus cher au monde.

Gemma la rassura de son air le plus doux :

— Mes amis ne veulent jamais monter avec moi, je conduis beaucoup trop lentement pour eux !

— Ça me va très bien. Je vais vous présenter les enfants, et surtout vous expliquer les habitudes de baby Zoey. Pour les garçons ce sera rapide, ils sont grands, jetez juste un œil de temps en temps pour vous assurer qu'ils ne sont pas en train de démonter la maison ou de sniffer de la drogue.

— Ils… Ils se droguent ?

Olivia éclata de rire.

— OK, non, bien sûr que non. Gemma, si vous voulez vous sentir à l'aise parmi nous, il va falloir que vous compreniez que nous sommes un peu les rois du second degré, c'est d'accord ?

Gemma approuva vivement.

— Je vous fais la visite, nous partons dès que le plombier a terminé, nous ferons un ou deux allers-retours, vous ne vous occupez pas de Tom et moi et vous nous amenez les enfants en fin d'après-midi sur la Promenade.

Gemma hocha de nouveau la tête. Elle aimait déjà bien cette famille et elle espéra de tout cœur qu'ils feraient souvent appel à elle.

*

Zoey attrapa un couteau et le planta dans le doigt pour le sectionner du reste de la main.

Gemma fit la moue puis ramassa le petit tas de pâte à modeler, le roula entre ses paumes et l'aplatit à nouveau sur la table. Elle prit délicatement le petit couteau en plastique des mains de l'enfant avant de le poser plus loin et lui montra la plaque violette.

— Zoey, il ne faut pas tout casser, on fait un moulage de ta main pour papa et maman, tu ne veux pas ?

— Zoé veut le pié.

— Un moulage de ton pied ? s'esclaffa Gemma. Pourquoi pas…

La petite avait deux ans, mais déjà un vocabulaire très étendu, même s'il n'était pas toujours facile d'en saisir la prononciation. Gemma se souvenait que M. Spencer exerçait une profession intellectuelle, il n'était pas romancier mais quelque chose dans le genre (ne pas s'en souvenir l'énerva), peut-être était-ce son influence…

Le jeune adolescent aux cheveux courts dévala l'escalier en trombe et se présenta dans le salon. *Coupe en brosse, le sportif c'est... Chad !*

— Chad, ta maman a demandé que tu termines d'ouvrir tous tes cartons.

— C'est fini.

— Et c'est rangé ?

— Oui, j'ai même collé mes affiches aux murs.

— Des affiches de quoi, je peux voir ? demanda-t-elle comme prétexte pour vérifier sans y paraître si le travail avait été bien fait.

Gemma débarquait à peine dans leur vie, elle ne voulait pas être intrusive ni autoritaire sans pour autant être laxiste.

— Des avions de chasse. Des F15, des F16 et même des vieux Tomcat. J'aimerais en piloter plus tard.

— C'est génial. Il faut être bon en maths je crois pour devenir pilote. Tu travailles bien en cours ?

— Bah… c'est le problème, je comprends pas tout.

— Si tu veux je pourrai t'aider cette année, je ne suis pas trop mauvaise dans les matières scientifiques.

— Ah oui, ce serait pas mal, répondit-il sans enthousiasme.

— Et ton frère a terminé de ranger aussi ?

— Non, Owen il prend son temps.

Chad jeta un œil vers l'escalier pour s'assurer qu'ils étaient seuls avant de préciser sur un ton de confidence grave :

— Tu sais, c'est pas vraiment mon frère. Ma tante et mon oncle, la sœur de maman, ils ont eu un accident l'année dernière, et Owen a perdu ses parents. Maintenant il vit chez nous.

Gemma porta la main devant sa bouche.

— Le pauvre…

— Oui. Au début il pleurait tout le temps. Ça va mieux. Je crois qu'il commence à s'habituer à nous.

— Alors c'est tout de même ton frère désormais. Dis, tu crois pas qu'on devrait monter l'aider à ranger ses affaires ? Tout seul, avec des tas de souvenirs à déballer, c'est pas le moment de le laisser se débrouiller.

Le visage de Chad s'illumina. C'était manifestement une excellente idée.

*

L'autoradio diffusait « Welcome to the Jungle » des Guns N' Roses et les fenêtres de la Datsun laissaient entrer un peu d'air tandis qu'ils roulaient doucement dans les rues bordées de grandes maisons en bois et de pelouses entretenues, berçant Zoey qui dormait dans son siège.

— Ici c'est Green Lanes, le quartier résidentiel middle class par excellence, expliqua Gemma qui s'était lancée dans une visite de la ville pour que les deux garçons puissent se repérer rapidement. Pas mal de vos camarades d'école viendront d'ici et le bus du ramassage scolaire ne monte pas dans les Trois Impasses, donc il vous faudra descendre jusque-là.

— C'est quoi là-bas, sur la butte au loin, les belles propriétés ? demanda Chad. On doit y avoir une super vue jusqu'à l'océan !

— West Hill, le coin chic.

— C'est là que tu habites ? intervint Owen.

Gemma laissa échapper un petit rire sec.

— Merci de penser à moi quand on parle de truc chic ! Mais non. Moi je vis à Oldchester, c'est moche, des rues étroites et sales, des bâtiments d'un étage, assez anciens, et il n'y a rien de beau à y voir.

— Moi j'adore la muraille qui cache la ville ! clama Chad. On se croirait au fond d'une vallée secrète !

Mahingan Falls était cernée de collines escarpées et boisées qui pour certains protégeaient cet écrin perdu et pour d'autres l'isolaient complètement.

— Ça s'appelle la Ceinture, précisa Gemma. Deux routes pour la traverser, et l'océan à l'est, aucun autre accès. Je suppose qu'on peut considérer ça comme une muraille, en effet. Avec un point culminant que vous ne pouvez pas rater : l'immense colline, celle qui est au-dessus de chez vous…

— Erebor, intervint Owen.

— Pardon ?

— Avec Chad, on l'appelle Erebor. La montagne qui abrite la cité des nains et le dragon Smaug.

— Wow… rien que ça.

— C'est dans *Le Hobbit*.

— Eh bien, elle s'appelle en réalité le mont Wendy. Et à défaut d'un dragon, l'énorme antenne qui se dresse au sommet c'est le Cordon. C'est vraiment son nom, enfin celui qu'on lui donne par ici. Elle nous relie au monde extérieur. Si elle s'effondre un jour, plus de télévision, plus d'Internet, plus de radio et plus de téléphone portable ! Parce que la Ceinture, aussi jolie soit-elle, nous enferme complètement dans notre cul-de-sac.

— J'espère que c'est l'armée qui surveille cette antenne alors, lâcha Chad avec une sincère inquiétude qui amusa Gemma.

— Non, je ne crois pas. Mais elle est solide et résiste plutôt bien à la foudre. Vous verrez les jours d'orage c'est assez impressionnant. Par contre j'ignore si elle supporterait le souffle de feu d'un dragon…

Les deux garçons piaffèrent, les yeux brillants, et se tortillèrent pour pouvoir distinguer le mât d'acier qui dominait la ville ; ils n'aperçurent qu'un trait d'argent loin, très loin au-dessus de leurs têtes.

Gemma poursuivit sa visite guidée pendant encore un quart d'heure, multipliant les détours pour en montrer le maximum aux adolescents assis derrière, puis ils entrèrent dans Main Street, la rue commerçante, où déambulait beaucoup de monde dans la chaleur de juillet. Ils se garèrent sur le parking du supermarché Shaw's et Gemma installa Zoey dans sa poussette où elle se rendormit aussitôt.

Cette petite est un vrai loir ! À croire qu'elle ne dort pas la nuit..., songea la jeune fille.

Ils avaient rendez-vous au bout de la rue, sur la promenade en bois qui surplombait l'océan, et Gemma ne voulait pas arriver trop tard. Elle avait le sentiment d'avoir bien géré la situation, que les enfants l'appréciaient, et il était important que les parents la sentent fiable, jusque dans le respect du timing.

Ils zigzaguaient en riant parmi les piétons, lorsque Gemma leva les yeux et le vit, une vingtaine de mètres plus bas, à l'intersection d'Atlantic Drive. Son sang se glaça et ses pieds se figèrent.

Les deux adolescents mirent plusieurs secondes avant de comprendre qu'il se passait quelque chose d'anormal et suivirent le regard terrifié de leur baby-sitter.

— Un problème ? demanda Owen d'une voix concernée.

— C'est ton ex, c'est ça ? osa carrément Chad pour qui la question des relations amoureuses devenait un sujet régulier.

Gemma secoua la tête, incapable de prononcer un mot.

Derek Cox ne l'avait pas encore repérée, mais ce n'était qu'une question de secondes. Reprenant soudain le contrôle de ses émotions, Gemma fit tourner brusquement la poussette dans la contre-allée la plus proche et les deux garçons n'eurent d'autre choix que de la suivre, non sans avoir au préalable jeté un dernier coup d'œil vers la source du problème.

— Il t'a pas vue, annonça Chad. C'est le grand mec avec la chemise déchirée aux manches ? Avec tous les tatouages sur les bras, pas vrai ? Il discutait avec ses deux potes, tu peux ralentir, c'est bon.

Derek Cox, Jamie Jacobs et Tyler Buckinson. La diabolique trinité des Enfers de Mahingan Falls. Stars de l'équipe de football locale, les Wolverines. Tyler n'était qu'un gros lourdaud, un raté qui défoulait sa frustration sur quiconque osait le contrarier. Jamie était le fils d'un des hommes d'affaires les plus influents de la ville, le propriétaire de la plupart des chalutiers de Rockport jusqu'à Salem, ce qui rendait son fiston quasi intouchable. Restait le pire : Derek. Toutes les villes du monde se devaient d'abriter en leur sein un aimant à problèmes, supposait Gemma. Derek était un supraconducteur à emmerdes, doublé d'un caractère féroce, pour ne pas dire ingérable. Et il ne supportait pas les refus. Particulièrement venant des filles qu'il approchait. Gemma avait eu le malheur de devenir sa proie au printemps dernier, depuis elle vivait un véritable cauchemar. Il la guettait au lycée pour la coincer dans un coin, se collait à elle en se croyant irrésistible, ses mains se faisaient baladeuses et ses lèvres cherchaient à lui arracher un baiser qu'elle parvenait à lui refuser en essayant de l'éloigner sans le mettre en rogne. Elle savait ce dont il était capable. Elle avait vu Patty Drotner et Tiara O'Maley. Tout le monde les avait vues. Avec effroi. Et personne n'avait rien dit. Personne.

Heureusement les amies de Gemma servaient de barrage pour faire en sorte qu'elle puisse l'éviter, et les vacances d'été avaient permis de ne plus le croiser depuis un moment, mais Gemma ignorait s'il était enfin passé à une autre ou si elle risquait d'être humiliée devant les enfants. Elle s'était demandé, tout le mois de juin et début juillet, comment elle allait pouvoir terminer sa dernière année au lycée avec lui dans les parages. Cela la rongeait de l'intérieur.

— C'est un gros con qu'il faut éviter à tout prix, lâcha-t-elle en les guidant vers l'arrière d'un drugstore qui donnait sur le front de mer.

Chad et Owen échangèrent un rictus complice. Une baby-sitter qui usait d'un « gros con » en leur présence, ça leur plaisait bien. Galvanisé par l'air marin, le soleil et l'insolence de son âge, Chad proposa :

— Si tu veux, avec Owen on pourrait aller lui causer, lui dire de plus t'embêter. Même s'il a dix-sept ou dix-huit ans, il ne me fait pas peur.

Owen lui donna un coup de coude dans les côtes pour lui signifier qu'il n'était pas d'accord, mais Chad poursuivit :

— Je vais te dire, une bonne batte de base-ball, ça équilibre la différence d'âge ! Et là, costaud ou pas, il nous écoutera, ce…

Gemma s'immobilisa et le fixa, la bouche ouverte, cherchant ses mots, avant de brandir un index menaçant.

— Quoi qu'il arrive, si vous le revoyez, vous ne lui adressez pas la parole, vous ne l'approchez pas et vous le fuyez. C'est compris ?

Son regard n'avait plus rien d'agréable et de bienveillant. Il y avait même de la peur mêlée à cette subite autorité.

— C'est bien compris ? répéta-t-elle avec colère. Vous n'avez aucune idée de ce dont il est capable.

Cette fois, Chad lui-même baissa les yeux.

4.

Les bons sentiments étaient en train de le tuer à petit feu.

Tom commençait à réaliser dans quoi ils s'étaient réellement fourrés en déménageant dans une petite ville tranquille de la Nouvelle-Angleterre. La plupart des gens se connaissaient. Il ne se passait pas cinq minutes dans un magasin sans qu'une personne en arrête une autre pour la saluer. Partout on leur souriait poliment, parfois on leur proposait de l'aide lorsqu'il devenait évident qu'ils n'étaient pas d'ici, et lorsque Olivia expliquait qu'ils venaient d'emménager, les souhaits de bienvenue, les conseils et les propositions diverses et variées pleuvaient. Ici, ils existaient, constata Tom, contrairement à New York où chacun pouvait errer dans une épicerie sans qu'un regard ne se pose sur lui ; mais la considération allait de pair avec l'exigence sociale, la parure bienveillante, et pour lui qui était habitué à une vie d'ours enfermé dans sa bulle, cela devenait pesant. Heureusement, ils étaient enfin dans la file d'attente de la caisse pour sortir de ce qui était leur dernier magasin pour la journée.

— Encore un qui me dit bonjour comme si j'étais son rayon de soleil, ronchonna-t-il dans sa barbe, et je te jure que je lui fonce dessus avec notre caddie jusqu'à ce que ses tripes s'enroulent autour des roues.

Sans se départir de son sourire joyeux, Olivia lui répondit :

— Il va falloir t'y faire parce que ce sera ton quotidien pour les vingt prochaines années.

— Ça y est, j'y suis : je suis mort. J'ai été un vilain garçon, je suis puni, je suis en enfer, c'est ça ?

Sa femme était sur le point de lui répondre quelque chose que Tom espérait sexuel, en lien avec le vilain garçon qu'il était, lorsqu'une voix tonitruante s'exclama dans leur dos :

— Olivia Burdock ! Ah ! Je ne rêve pas, c'est bien vous !

Un quinquagénaire bedonnant en veste, pantalon et chapeau de cow-boy assorti beige les toisait juste derrière, l'index pointé sur Olivia. Une barbe d'une semaine, brun-blanc, couvrait ses grosses bajoues et l'ombre du Stetson ne suffisait pas à atténuer l'éclat de ses yeux bleus.

— Vous êtes la présentatrice du « Breakfast America Daily Show », pas vrai ? insista-t-il sans aucune discrétion.

— C'est le « Sunrise America Daily Show », mais je suppose que ça ne fait pas de différence, corrigea Olivia sur un ton beaucoup plus bas, espérant qu'il ferait de même.

Il tendit sa grosse main flasque.

— Logan Dean Morgan, appelez-moi LDM comme mes amis. Quelle fierté pour notre ville de vous avoir comme citoyens désormais !

— La nouvelle s'est vite répandue, s'étonna Olivia qui gérait ce type de situation avec l'assurance et la facilité de l'habitude.

— Vous pensez ! Une célébrité chez nous ! Tessa Kaschinski a fait passer le mot, tout le monde est au courant ou le sera d'ici la fin de semaine.

Cette fichue agent immobilier, grogna Tom. Depuis le début il la trouvait trop mielleuse, le genre à cancaner à tout bout de champ et à déformer la moindre vérité pour en faire une rumeur.

Comprenant qu'elle n'allait pas pouvoir s'en débarrasser avant d'avoir terminé ses courses, Olivia fit un pas de côté pour désigner Tom :

— LDM, je vous présente mon mari, Thomas Spencer, vous connaissez peut-être ses pièces de théâtre.

— Oh non, je ne vais jamais à New York.

— Elles sont aussi jouées à Boston ou même…

— Déjà le cinéma, j'ai pas beaucoup le temps, alors… Oh ! dit-il, comme soudainement traversé par la foudre. Il faut que vous veniez dans mon restaurant. Je suis le propriétaire du Lobster Log sur la marina, vous allez adorer ! Les meilleurs fruits de mer de la côte. Je sais bien que tous les restaurateurs du coin disent la même chose, mais chez moi, c'est vrai !

Olivia jeta un regard en coin à Tom. Code rouge. C'était leur mot de passe pour les enquiquineurs trop gentils pour qu'on les repousse, mais qui s'annonçaient trop collants pour qu'on puisse s'en dépêtrer facilement. Tom avisa le client de devant et constata avec dépit qu'il prenait tout son temps pour vider son caddie sur le tapis de caisse. Ils en avaient pour encore cinq bonnes minutes et il sut qu'ils ne pourraient échapper à un dîner au Lobster Log prochainement, à écouter Logan Dean Morgan pérorer sur la qualité de ses produits et l'originalité de son restaurant.

Code rouge insurmontable. Nous ne repartirons pas sans sa carte de visite, la promesse de passer dans les deux semaines – un mois en usant de tous les prétextes possibles – et vu le personnage il se peut même qu'il insiste pour récupérer au passage le téléphone portable d'Olivia, ce qui sera le pompon parce qu'il va vouloir appeler tous les trois jours pour savoir quand on vient !

— Alors, dites-moi, pourquoi Mahingan Falls ? Oh, je sais ! C'est à cause de monsieur, dit-il en désignant Tom. Pour écrire un de vos livres, pas vrai ?

— Je… Je n'écris pas des romans, mais des pièces de…

— Votre truc ce sont les histoires de crimes, c'est ça ? Je le devine à votre regard. Ça marche bien, ça, les livres policiers, les gens sont fascinés par les meurtres, à croire qu'on a tous ça dans le sang.

Il ponctua sa tirade d'un rire gras qui secoua ses joues et son ventre.

— Le… *truc* de Tom, intervint Olivia, ce sont plutôt les pièces dramatiques, décrypter les codes sociaux, les travers de nos relations, comment notre société évolue…

— Vous devriez donner dans le sanglant ! continua Logan. Et puis ici vous seriez inspiré !

Olivia fronça les sourcils.

— Il y a un taux de criminalité élevé à Mahingan Falls ?

— Plus aujourd'hui, bien sûr, mais dans le genre antécédents lourds, notre casier est plutôt bien chargé ! C'est pas Tessa Kaschinski qui vous aurait déballé tout ça, on s'en vante pas tant que les nouveaux venus ne sont pas déjà pieds et poings liés chez nous avec leur crédit immobilier ! gloussa-t-il. Vous connaissez les sorcières de Salem ? Tout le monde les connaît. Eh bien, Salem est à peine à une vingtaine de kilomètres au sud, et en réalité, la plupart de ces filles venaient d'ici même ! Oui, madame ! Sauf qu'on ne pouvait les juger sur place, c'était un minuscule patelin à l'époque, alors ils les ont transportées jusqu'à la grande ville la plus proche : Salem. Et puis avant ça il y a eu les Indiens, le massacre des… c'étaient lesquels déjà ? Les Pennacooks ! Une véritable boucherie. Et pendant la prohibition, Mahingan Falls était un repaire de bootleggers avec les règlements de comptes qu'on imagine. J'allais oublier : nous avons aussi abrité Roscoe Claremont, le tueur en série des falaises au siècle dernier. Bon, je vous mets tout ça dans le désordre bien sûr, mais ma femme saurait vous raconter mieux que moi, c'est une passionnée de tous ces trucs. Il fut un temps où elle envisageait même de faire un bouquin sur le sujet, elle vous piquerait votre job, Thomas ! C'est pour ça que je sais toutes ces horreurs. Elle est sans arrêt devant Crime & Investigation Network, je suis certain qu'elle adorerait vous rencontrer.

Tom préféra ne pas relancer et acquiesça avec un sourire de composition. Il ne savait pas s'il tuerait d'abord le client devant eux qui n'avançait vraiment pas ou LDM, s'il ne se taisait pas au moins dix secondes.

— Surtout, quand vous croiserez notre maire, vous ne lui dites pas que je vous ai raconté tous ces trucs, hein ! s'empressa d'ajouter Logan. C'est pas la carte postale la plus idyllique de notre communauté, mais comme je le dis toujours : on ne doit pas renier son passé !

Lorsqu'ils sortirent enfin du magasin, Tom courait presque avec son caddie pour rejoindre leur voiture. Olivia était hilare.

— Nous avons déjà notre gagnant du mois ! s'esclaffa-t-elle.

— Je te préviens, s'ils sont tous comme ça, on s'enfuit avant la rentrée.

— Nous venons de prendre un prêt pour la Ferme, tu es coincé parmi ces gens pour au moins quinze ans ! se moqua Olivia.

— Je m'en fiche, je brûle la maison, je fais une fraude à l'assurance, mais jamais, tu m'entends, jamais je ne vais dîner chez ce type !

Tom parlait sur le ton de la plaisanterie, mais un fond de doute s'immisçait en lui. Étaient-ils à leur place ici ? Il s'interrogeait sur leur avenir à tous les deux, et savait qu'Olivia en faisait tout autant. Ils avaient éprouvé la même saturation au même moment, une réflexion commune, un coup de cœur pour la Ferme et en l'espace de quelques mois à peine ils avaient tout plaqué. Tout.

Tom avait besoin de recul. Sur lui-même, et sur son travail. L'échec cuisant de sa dernière pièce l'avait meurtri au-delà de ce qu'il avait cru possible dans sa carrière d'auteur. Les critiques l'avaient démoli. Le public l'avait boudé. Même les agents devenaient plus réticents pour le rencontrer, pour en parler à leurs comédiens. À vrai dire, Tom savait que cela faisait un moment que le succès n'était plus au rendez-vous. Il y avait eu l'explosion avec sa pièce *La Franchise des morts*, puis le triomphe total avec *Amertumes* jouée dans le monde entier, mais depuis il ne se renouvelait pas assez, et ce n'était qu'une longue descente. Le bide de sa dernière création, un an plus tôt, l'avait entraîné tout au fond. S'éloigner du foisonnement aveuglant de la mégalopole new-yorkaise, du brouhaha des journalistes, des autres dramaturges, des conseils des agents et des directeurs de théâtre, était devenu une nécessité pour Tom. Retourner à l'essentiel. À la simplicité. Il l'avait senti sans jamais parvenir à se l'avouer, jusqu'à ce qu'Olivia lui tire les vers du nez, comme elle savait si bien le faire.

Elle était elle-même dans une réflexion profonde sur son parcours, une remise en question colossale qui l'ébranlait jusque dans ses rêves d'adolescente, elle qui s'était tant battue pour parvenir à faire de la télévision. La petite journaliste d'information locale devenue star d'une chaîne nationale, à la tête de son propre show en matinée, chaque jour de la semaine. À l'approche de la quarantaine, elle avait entamé son introspection, particulièrement douloureuse dans une profession où l'apparence compte par-dessus tout, avide de jeunesse, où la moindre nouvelle ride ressemble à un projecteur de plus qui s'éteint sur le visage. Olivia s'interrogeait sur le sens de ce qu'elle faisait. Elle n'éprouvait plus de plaisir à exercer ce métier. Trop de pression, trop d'opinions différentes, elle avait le sentiment que son avis comptait de moins en moins à mesure que toutes les décisions se prenaient au sein de comités toujours plus grands et incompétents. Elle ne s'amusait plus ; pire : le sentiment de ne plus être elle-même l'envahissait chaque matin au moment de prendre l'antenne. Elle faisait des cauchemars récurrents où elle pétait les plombs en plein direct, clamant ses quatre vérités à chacun devant des millions de téléspectateurs. Était-ce pour cela qu'elle avait autant travaillé depuis son adolescence ? Pour finir ainsi ? Aigrie, usée jusqu'à la trame, et probablement dégagée sans aucune forme ni gratitude du jour au lendemain lorsqu'une étude montrerait que sa remplaçante pendant les vacances, de vingt ans de moins, plaisait davantage à la sacro-sainte ménagère ?

Tout avait basculé lors d'une soirée mondaine comme Tom les détestait, chez un des producteurs de son épouse. Ils avaient fait la rencontre de Bill Taningham, avocat des célébrités. Bill était un épicurien tragique en ce sens qu'il usait et abusait de tous les plaisirs jusqu'à se détruire à petit feu. L'un de ses vices étant le jeu, Bill se retrouvait dans une situation financière très délicate, l'obligeant à se séparer d'une grande partie du superflu. La Ferme en faisait partie. Une conversation parmi d'autres au milieu du tintement de coupes de champagne, Bill proposant à une connaissance qu'elle lui rachète la maison à un prix défiant toute concurrence, Tom voyant passer la photo sur le portable de l'avocat et s'immisçant dans la discussion : tout était parti de là. Des mots attrapés au vol, une image intriguante capturée du coin de l'œil, et la vie bien huilée des Spencer s'était morcelée.

Tom ignorait pourquoi il avait voulu en savoir plus sur cette ferme entièrement rénovée, pourtant il avait posé des questions, il avait même inclus Olivia dans l'échange et c'était elle, le week-end suivant, qui lui avait proposé d'y aller, juste pour voir, pour s'amuser.

Ni dans l'avion pour Boston, ni dans la voiture de location par la suite, Tom ne s'était avoué que c'était envisageable. Tout ça n'était qu'un prétexte pour sortir de leur routine, en amoureux, s'imaginer une autre vie, parallèle à la leur, qui serait justement attractive car fantasmée, impossible.

Pourtant il se souvenait de toutes les photos affichées sur le téléphone portable de Bill Taningham, et cette maison le fascinait. Il s'y projetait avec les enfants, heureux, allant jusqu'à se voir écrire dans un bureau à l'étage, dans une pièce calme et chaude.

L'après-midi même de ce jour de printemps, lorsqu'il ressortit de la demeure, quelque chose en lui ne tournait plus rond. La femme agent immobilier missionnée par Bill Taningham l'avait bien senti en proposant au couple de rester un peu entre les murs pendant qu'elle rentrait à son bureau trier quelques papiers. C'était Olivia qui l'avait accouché de tout ce qu'il ne parvenait pas à s'avouer, et lui avait permis de mettre des mots dessus, à lui l'homme de lettres.

Il aimait cet endroit. Il aimait la vie que la Ferme pourrait leur offrir. Olivia, dans cette période dramatique où, un an plus tôt, elle avait perdu sa sœur, et où Owen était venu se greffer à leur noyau, engendrant de grands bouleversements, ne fit qu'aller dans son sens. Elle aussi aspirait à autre chose, à tout repenser, à davantage d'authenticité.

— Je vais abandonner mon émission quotidienne, avait-elle dit, assise sur les tommettes du perron qui donnait sur la terrasse à l'arrière de la Ferme.

— Pardon ?

— Toi tu vas t'éloigner des vipères et requins, tu peux très bien écrire loin de New York.

— Mais, Olivia, c'est… tu ne peux pas tout plaquer ! Enfin, non, vingt ans de batailles pour y parvenir et au moment de prendre le Graal entre tes mains, tu fais demi-tour ?

— J'y ai bu, j'ai vécu l'illumination, j'ai eu ce que je cherchais, maintenant je peux me consacrer à autre chose plutôt que de vouloir vainement le garder pour moi le plus longtemps possible. Nous avons assez d'argent de côté pour vivre sur les intérêts en faisant gaffe, prendre un crédit immobilier et quitter l'appartement.

— Et tu ferais quoi ?

— Je ne sais pas. Un blog, pour m'amuser, écrire un livre de développement personnel, ou peut-être revenir à mes premières amours de jeunesse en trouvant une petite radio. Je veux prendre du plaisir. Arrêter de faire semblant, je m'enferme petit à petit dans un rôle pour conserver ce que j'ai, ce n'est plus possible. J'en ai profité, j'ai eu ce que je désirais.

— Et on irait où ? Tu te rends compte de tout ce que ça implique pour nous et pour les enfants ? Quitter la ville, chercher une nouvelle vie…

Olivia avait pouffé avant de poser sa tête sur l'épaule de son mari.

— Gros bêta. Il n'y a que toi qui refuses les évidences. Nous sommes déjà arrivés. C'est ici chez nous.

*

Le phare se dressait vers les cieux, tel un doigt de brique à l'intention des dieux pour leur rappeler que des hommes vivaient ici, reclus entre ces collines boisées. Érigé à l'extrémité de Mahingan Head, l'éperon argileux qui dominait toute la baie, le phare restait visible à plus de vingt-cinq milles nautiques, il délimitait la frontière nord de la ville, projetant son ombre épaisse sur les docks. Avec le Cordon, l'immense antenne au sommet du mont Wendy à l'autre bout de l'agglomération, ils constituaient les deux repères visibles quel que soit le quartier où l'on déambulait, sorte d'étrange rose des vents locale dont les habitants étaient plutôt fiers.

Toute la famille Spencer savourait une glace, confortablement installée sur une banquette contre la vitrine du magasin qui donnait sur Atlantic Drive, face aux promeneurs de fin de journée. Tom étudiait le phare avec curiosité, imaginant la vue qu'il devait y avoir là-haut, sur les toits multicolores en contrebas, les clochers et les parcs, jusqu'au fond de la minuscule vallée. Ce devait être beau et il se promit d'y emmener tout le monde gambader un de ces jours, voire d'y pique-niquer. Des reflets argentés scintillaient sur l'océan d'un bleu-gris opaque, des grappes de mouettes se disputaient les beignets abandonnés par des enfants trop pressés, et un parfum de vacances commençait à inonder Tom qui avait besoin de se détendre. À n'en pas douter, cet endroit était son préféré parmi tous ceux qu'il avait arpentés depuis son arrivée. Assez de visiteurs étrangers pour diluer les habitants de Mahingan Falls et passer inaperçu, mille tentations gustatives absolument dévastatrices pour sa santé – donc un vrai bonheur – et ce sentiment grisant d'être ailleurs, isolé, loin du *vrai* monde et de ses contraintes.

Il avala une bouchée de sa glace au café et capta le regard songeur d'Owen qui contemplait les skateurs de l'autre côté de la rue, sur la longue jetée en bois parallèle au rivage qu'elle surplombait.

— Alors, cette baby-sitter ? demanda-t-il.

— Elle est géniale, avoua Chad.

Il avait l'œil brillant.

— Faut dire qu'elle est jolie.

Olivia donna un coup de coude dans les côtes de son mari.

— Tu vas te calmer avec la petite rouquine, sinon je recrute une vieille sorcière !

Chad et Owen firent « non » de la tête et Tom les imita malgré les sourcils froncés d'Olivia.

— Jamais tu ne la raccompagneras chez elle le soir, ajouta-t-elle sans qu'on sache si elle était véritablement jalouse ou si elle jouait avec eux.

— Et si elle se fait agresser tandis qu'elle rentre tard de notre maison ? la provoqua Tom en feignant d'être inquiet.

— Mieux vaut ça qu'elle me pique mon mari !

— Oh, miss Spencer-Burdock, est-ce bien charitable comme pensée ? Surtout dans une ville aussi dangereuse ! Massacres d'Indiens, sorcières, bootleggers, tueur en série et j'en passe !

Les mâchoires de Chad et Owen se décrochèrent et un mélange de fascination, d'excitation et de crainte s'empara d'eux.

— C'est vrai ? demanda Owen. Il y a tout ça ici ?

— Canon…, lâcha Chad.

Olivia tança son mari du regard.

— C'est malin…

— Eh, mais ce n'est pas moi qui le dis, c'est Logan Dean Morgan ! se défendit Tom sur le ton de la plaisanterie.

— Qui est-ce ? voulut savoir Chad.

— Oh, fiston, si tu le croises, surtout, fuis ! Vous m'entendez les garçons ? Fuyez LDM, si vous ne voulez pas qu'il fasse de la bouillie de vos tympans !

Accablée par l'emphase excessive de Tom, Olivia soupira en guise de capitulation et laissa les « hommes » s'exciter sur ces histoires sordides pour nettoyer le visage de baby Zoey entièrement recouvert de glace au chocolat.

Face aux questions enthousiastes des deux adolescents, Tom expliqua qu'il y avait eu quelques affaires peu ragoûtantes autrefois à Mahingan Falls mais, constatant qu'il n'avait pas beaucoup de détails à leur offrir, Chad et Owen finirent par se détourner de lui pour échanger à voix basse. Tom ne craignait pas la curiosité morbide des enfants, elle faisait partie de la vie, de l'apprentissage de la mort, de la compréhension de la violence, toutefois, il ne voulait pas qu'ils en fassent des cauchemars, ils n'avaient guère que treize ans, alors il s'empressa de compléter son récit :

— Ce sont des histoires anciennes, aujourd'hui Mahingan Falls est une petite ville tranquille, alors oubliez les monstres et les assassins, ici vous êtes en sécurité.

— Ça craint encore moins que New York ? fit Chad.

— New York est une jungle à côté. Vous vivez désormais dans un paisible champ.

— Il y a parfois des coyotes et des serpents qui se baladent dans les champs ! fit remarquer Owen.

Tom allait rebondir là-dessus pour les rassurer mais l'image d'une jeune fille en noir et blanc l'en empêcha. Elle arborait un regard sombre, trop de maquillage, et ce qui devait être la parure d'une gothique ou d'une « metalleuse », comme les enfants appelaient ceux qui écoutaient du metal, sans qu'il sache faire la différence entre les deux styles. C'était une affiche plaquée sur un poteau à la sortie du supermarché, Tom était tombé dessus par hasard, avant de la retrouver à l'identique sur Main Street. Lise, seize ans, disparue un mois plus tôt, affirmaient les mots imprimés en gros caractères. Compte tenu de son profil et de son âge, il s'agissait certainement d'une fugue, mais l'homme de plume qui imaginait toujours le pire avant tout ne pouvait qu'envisager une autre hypothèse nettement plus sordide.

Les monstres existent. Je ne peux pas affirmer le contraire à mes gosses. Ils sont rares, mais pourtant bien réels. Je ne peux pas leur mentir.

Tom préféra garder le silence.

C'est alors qu'il vit la petite femme agitée, en face, sur le trottoir opposé. Tout alla très vite, beaucoup trop vite pour qu'il puisse réagir. Il aperçut ce corps tout menu aux cheveux gris se précipiter sur la route au moment où un pick-up passait un peu trop rapidement.

Le son mou des organes et du sang qui s'écrasent contre la calandre fut immédiatement suivi par celui, plus étouffé, des os qui se brisent, de l'acier qui s'enfonce, et enfin du crissement saturé des pneus rugissants. La femme s'envola comme une marionnette de chiffon, ses membres désarticulés par la violence du choc s'agitèrent autour d'elle tandis que ses jambes passaient par-dessus sa tête et qu'elle s'encastrait dans le pare-brise, dessinant une fleur pourpre sur les zébrures du verre. Ses pieds vinrent taper sur le toit. Malgré le freinage brusque, le corps demeura ainsi, dans cette position improbable, grotesque, témoignant sans aucun doute possible que la colonne vertébrale s'était brisée tout net, formant presque un angle droit.

Tom avait tout vu, dans les moindres détails. Lorsque les cris retentirent dans la rue, et que les premiers passants accoururent, il demeura pourtant incapable de bouger.

Il revoyait le regard perdu de la petite femme. Et il mit plusieurs secondes avant de comprendre ce qui le clouait à sa banquette.

Elle n'avait pas eu peur au moment de l'impact.

Elle était absolument terrifiée *avant*. Et c'était pour cela qu'elle s'était précipitée.

Pourtant il n'y avait rien dehors qui puisse justifier une pareille réaction. Personne pour la pousser, personne en face pour lui provoquer la trouille de sa vie, rien d'anormal, se disait Tom en se repassant le film du drame.

Il scruta attentivement les moindres visages sans rien noter d'aberrant dans pareilles circonstances. Il savait qu'il n'oublierait pas celui, déformé par l'angoisse, de cette pauvre malheureuse qui gisait à présent renversée sur le toit du pick-up, les traits avalés par la camionnette.

Juste derrière, un drapeau rouge et blanc, couleurs de la ville, flottait dans le vent. Dessus, en lettres dorées, était inscrit : « BIENVENUE À MAHINGAN FALLS ».

5.

La radio grésillait et la voix du présentateur de WGIR s'estompa avant de revenir. Rick Murphy se pencha sur le volant de son camion pour jeter un coup d'œil machinal en direction du Cordon, tout là-haut sur le mont baigné par le soleil qui commençait à descendre dans son dos. C'était idiot, il n'y avait aucune raison que l'antenne tombe, et pourtant il le faisait aussi souvent que ses appareils fonctionnaient mal, radio ou téléphone portable. Il n'était pas le seul à Mahingan Falls avec cette habitude. Il trifouilla le bouton de l'autoradio pour récupérer un signal plus clair et en profita pour pousser un peu la clim. Il transpirait presque en continu depuis le matin et il se sentait un peu honteux de se présenter chez ses clients dans cet état. Les journées se suivaient et se ressemblaient : longues, chaudes et ennuyeuses. Rick avait besoin de repos.

Qu'est-ce qui lui avait pris d'échanger ses vacances avec Roy Hugues ? Lui qui partait toujours mi-juillet pour rejoindre son beau-frère dans le cabanon familial au bord du lac dans le Vermont n'avait pas su dire non. Roy l'avait pris par les sentiments.

Ils n'étaient que deux plombiers pour toute la ville, ils ne pouvaient pas abandonner le business en plein été, ce n'était pas responsable et cela risquait d'ouvrir le marché aux concurrents de Rockport ou de Manchester, une très mauvaise idée, avait insisté Roy. Ils devaient s'organiser, ne pas faire comme les années précédentes. Et Rick s'était bêtement laissé convaincre. Roy et sa femme partaient ainsi au meilleur moment, à cheval sur juillet et août, lui laissant la dernière quinzaine des vacances, lorsque les habitants seraient de retour pour préparer leur rentrée, donc lorsque le boulot reprendrait. En attendant, lui se coltinait les urgences et les touristes en location, toujours pressés, rarement aimables. Et puis Nicole faisait la gueule par-dessus le marché. Elle le traitait de nul, de dégonflé, de bonne poire et autres sobriquets humiliants. Il ne fallait pas s'étonner si après ça il n'avait plus envie de lui faire l'amour. Ça aussi elle le lui reprochait. Ne pas lui faire la chose plus souvent, la « faire grimper aux rideaux » comme son devoir conjugal le lui imposait. Rick se sentait maladroit au lit, jamais à la hauteur, pas assez bien outillé probablement, surtout s'il fallait en croire ce qu'il avait vu dans ces films pornographiques. Alors les insultes ne faisaient qu'envenimer la situation. Il se demandait bien comment il allait se tirer de cette vilaine passe avant de bifurquer sur le chemin de terre des McFarlane. Son dernier client du jour avant de pouvoir rentrer s'ouvrir une bonne bière fraîche.

Le vieux Bob McFarlane l'attendait sur son perron, son gros masque d'apiculteur à la main. Rick claqua la portière et jeta un regard inquiet en direction des casiers en bois qui bourdonnaient une vingtaine de mètres plus loin dans la clairière.

— Elles ne sont toujours pas méchantes, fit McFarlane.

Rick balaya l'air devant lui.

— Je ne comprends pas qu'on puisse avoir ces bestioles chez soi, encore moins qu'on puisse *aimer* ça !

— Un jour je t'emmènerai ouvrir une de ces ruches et tu verras la magie de ces créatures merveilleuses.

— Quand tu viendras avec moi sous ta maudite baraque ! Alors, ça a encore pété ?

— Presque plus de pression, comme la dernière fois.

— Je t'avais prévenu, l'électrolyse bouffe la tuyauterie en cuivre, va falloir tout changer un jour ou l'autre sinon ça ne va faire qu'empirer.

— Quand je gagnerai au loto. En attendant j'ai coupé l'arrivée d'eau pour que tu puisses aller voir sans patauger.

— Avec cette chaleur, un bain ne me fera pas de mal. Je prends ma caisse, ouvre-moi la grille pendant ce temps.

La terrasse faisait tout le tour de la maison des McFarlane à moins d'un mètre au-dessus du sol, fermée par des croisillons de bois pour empêcher les animaux d'aller dans le vide sanitaire en dessous. Le vieux Bob tenait une grille rouillée, libérant un passage pour que Rick puisse s'y glisser à genoux. Le plombier alluma sa lampe frontale et la positionna sur sa tête, puis se lança dans l'exploration.

Il faisait un peu plus frais au niveau des fondations, le soleil ne parvenait pas jusqu'ici. Tenant sa caisse à outils d'une main, Rick commença à ramper sur la terre craquelée. Il se faufila entre les armatures en bois qui soutenaient le plancher de la terrasse, et parvint aux piliers en béton qui portaient la maison. L'obscurité y régnait en maîtresse absolue, royaume des araignées, des vers et d'insectes chitineux dont Rick était bien incapable de donner le nom. Il était habitué à ce type d'exercice, dans sa profession, mieux valait ne pas être effrayé par quelques grosses saletés velues. Lui préférait cela aux odeurs de fosses septiques débordantes ou à celles plus âpres des énormes chaudières industrielles.

Rick s'arrêta un instant. En parlant d'odeur, il percevait celle, méphitique, de la pourriture.

— Bob ? Tu m'entends ? s'écria-t-il. Tu as une bête morte là-dessous !

La voix du vieux McFarlane lui parvint faiblement, comme s'il se tenait à l'autre bout d'un interminable couloir :

— Je me disais aussi ! J'ai entendu des grattements ces derniers temps. J'espère que c'est pas des rats !

— Vu comme ça pue, ils sont morts de toute façon !

Ses mots résonnaient tout autour de lui, comme avalés par les piliers gris. Le faible pinceau de lumière lui dévoilait son environnement par touches rapides, presque monochrome.

Et dire que je devrais être en train de pêcher des carpes, peinard, sous l'ombre des sapins ! Sois maudit, Roy Hugues !

Rick songea aussitôt que c'était lui le crétin dans l'histoire, pour avoir accepté aussi facilement, et cela lui pinça le cœur. Il en avait marre de toujours être le dindon de la farce. *Trop gentil, voilà où ça mène !*

Cette fois, il n'y avait plus aucun doute, un cadavre d'animal se trouvait non loin, la putréfaction lui remplissait les narines avec son mélange d'acidité grasse et d'odeur de fer ayant tourné plus encore qu'un bol de lait en pleine canicule. Rick rampa sur quelques mètres supplémentaires pour se rapprocher d'un mur et se contorsionna pour tourner à gauche. Il était presque parvenu au centre, il ne pouvait plus entendre le vieux McFarlane et encore moins percevoir le moindre photon du jour. Le pire serait de repartir. Compte tenu de l'étroitesse des lieux, impossible pour lui de faire demi-tour, il lui faudrait reculer par reptations interminables et fatigantes. Ce coup-ci, il l'aurait méritée sa douche fraîche !

Le sol devenait humide, il se rapprochait de la fuite. Toujours au même endroit, à la sortie de la chaudière. Il distinguait plusieurs tuyaux de cuivre arrimés à la dalle de béton au-dessus de lui. Il y était presque.

L'odeur de pourriture devint infernale, et Rick tira sur son T-shirt sous sa combinaison pour s'en faire un masque retenu par le bout de son nez. Il commençait à transpirer à grosses gouttes.

Ses doigts plongèrent dans une flaque. Il y était enfin.

Un grouillement moite à peine perceptible le fit tiquer.

La lampe illumina les taches rouges sur ses paumes.

Du sang. Il en avait plein les mains.

Bordel, qu'est-ce que c'est que...

Il se hissa sur les coudes pour donner à son faisceau lumineux un peu plus de portée et vit l'amas de chair, de viscères et de poils immergé dans un bain carmin juste devant lui.

Plusieurs dizaines d'asticots se tortillaient au milieu de ce festin, produisant l'étrange murmure humide qu'il venait de percevoir. Le paquet de viande était bien trop gros pour être le cadavre d'un rat. Plus probablement un chien, ou un coyote. Rick avait vu un reportage à la télé régionale où ils affirmaient que l'État du Massachusetts était désormais complètement envahi par les coyotes.

C'est pas vrai... fallait que ça tombe sur moi.

Il ne voyait pas comment le contourner, il allait devoir passer juste dessus, dans un jeu d'équilibre ridicule et dégoûtant.

Bob, ton treillis est percé ! Ce sera bientôt un nid de saloperies ! Va falloir que tu t'occupes de ta baraque parce que moi je n'en peux plus...

Rick s'appuya comme il le put sur les côtés des parois en béton et commença sa manœuvre d'évitement lorsqu'il perçut du mouvement derrière lui. Il s'arrêta et tendit l'oreille.

Quelqu'un approchait par-derrière.

— Bob ? Qu'est-ce que tu viens foutre ici ? C'est pas de ton âge ces conneries ! Laisse-moi faire, c'est pour ça que tu me payes !

Mais le vieux McFarlane ne répondit pas.

Rick soupira. Il avait chaud, il avait mal partout, il se tenait dans une position très inconfortable dans un réduit bien trop étroit à son goût, au milieu d'une odeur insupportable, il n'avait pas besoin d'avoir à évacuer un vieillard de son vide sanitaire s'il faisait un malaise.

— Bob, sors de là je te dis !

McFarlane demeura silencieux, se contentant d'approcher, sans faiblir. *Il est en forme le...*

Rick se mit à douter brusquement. Qui que ce soit, il allait vite, il ne tarderait plus à surgir de l'intersection au bout de ses pieds. Sans qu'il sache bien pourquoi, le cœur de Rick se mit à accélérer, son souffle se fit plus long.

— Bob ? C'est toi ?

Il y avait quelque chose d'étrange dans la façon de ramper de celui qui venait vers lui. Une... détermination, songea Rick. Implacable, à la manière de ces prédateurs qui fondent tout d'un coup sur leur proie, jaillissant de nulle part, tous crocs dehors, pour s'emparer de leur victime et l'arracher à la terre avec une violence inouïe afin de l'emporter dans leur tanière... *Je commence à délirer. C'est seulement...*

Qui ? Quoi ? Rick n'en avait plus aucune idée. Il avait du mal à se tenir en équilibre, ses muscles lui tiraient. Il jeta un coup d'œil en dessous, au tas de charogne immonde qui remuait en empuantissant l'atmosphère.

Le visiteur était presque là, il pouvait l'entendre s'agiter à toute vitesse pour le rejoindre.

Et pour la première fois depuis des années, Rick Murphy éprouva un sentiment qu'il pensait ne plus jamais connaître, une émotion primitive enfouie loin au plus profond de lui : une peur enfantine. C'était idiot, voulut-il se rassurer, il avait sondé des centaines de vides sanitaires du même acabit que celui-ci, parfois encore plus confinés, il avait déambulé au milieu des cloportes et des araignées qui lui couraient dessus sans jamais s'en soucier, il avait vu bien des cadavres de mammifères, surtout à la chasse avec son frère et son père, il n'avait aucune raison de paniquer, et pourtant c'était exactement ce qui grimpait en lui : un terrifiant sentiment de panique.

Il tira sur sa nuque pour éclairer avec sa frontale son corps, ses chaussures et, plus loin, ce qu'il pouvait distinguer du passage d'où il venait.

L'intersection se trouvait à moins de deux mètres et de la poussière s'en déploya en un petit nuage qui remplit l'espace.

La lampe de Rick se mit à grésiller et clignota.

Non, pas maintenant, c'est pas le moment !

Elle se coupa aussitôt. Rick était dans le noir le plus total, assailli par le grouillement des vers en dessous de lui, le raclement d'une présence quasiment parvenue au niveau de ses pieds et les battements frénétiques de son cœur bourdonnant dans ses tympans.

Le visiteur était là, il venait de déboucher dans le même boyau que lui, Rick pouvait deviner sa présence.

— Bo… Bob ? demanda-t-il d'une voix fébrile.

Les reptations reprirent dans sa direction. Ça fonçait droit sur lui.

Rick secoua la tête, c'était complètement démentiel. Il s'empressa de passer au-dessus du cadavre en décomposition, il voulait sortir, il n'y avait plus que ça qui comptait.

Quelque chose se referma sur sa cheville, une poigne d'acier qui l'immobilisa immédiatement. Rick fut inondé par la terreur. Ce qui le retenait était d'une force prodigieuse, il pouvait le sentir.

L'étau s'intensifia au point de lui mordre les chairs et de menacer ses os de se briser. Rick poussa un cri de douleur et voulut tirer sur sa jambe.

Il fut aspiré en arrière, son visage tomba sur la charogne qui fourmillait d'asticots et il fut traîné sans rien pouvoir y faire.

Une autre pensée enfantine l'envahit alors.

Ne laisse pas ce truc t'emporter dans sa tanière ! Non, ne le laisse pas t'emporter dans sa tanière ! Il va te dévorer !

Rick ne réalisa même pas qu'il hurlait. Il se débattait et s'arracha plusieurs ongles en tentant vainement de se retenir aux parois lisses. Happé sans savoir par qui ou par quoi, il glissait. Encore et encore. Chaque centimètre qu'il cédait l'éloignait un peu plus de la vie, il le savait.

*

Bob McFarlane s'était assis sur les marches qui grimpaient sur la terrasse autour de la maison et il patientait. Il avait mis du thé glacé au frigo, il ne restait plus qu'à attendre que Murphy sorte de là, d'ici un quart d'heure si tout se passait bien, et ils pourraient s'installer sur la balancelle pour discuter du tarif. McFarlane discutait toujours du tarif, question de principe.

Le vieil homme remarqua alors une boursouflure entre son pouce et son index, encore une piqûre d'abeille. Il ne l'avait même pas sentie celle-là, et il approcha sa main de ses yeux fatigués pour s'assurer que le dard n'y était plus.

Il redressa soudain la tête. Il lui semblait avoir entendu crier. Un son lointain, étouffé.

Il se releva et se pencha devant l'ouverture sous la terrasse.

— Tout va bien là-dedans ? aboya-t-il assez fort pour qu'on puisse l'entendre dans le dédale de piliers en béton. Murphy ? Ça va ?

Un autre son, distant, comme un couinement, lui parvint sans qu'il sache bien comment l'interpréter. Ses oreilles n'étaient plus ce qu'elles avaient été, même s'il refusait de les équiper avec ces appareils intrusifs qu'on essayait de refourguer à tous les hommes de plus de soixante-dix ans comme lui.

— Hey, Rick, tu trouves ?

Pas de réponse. Ou plutôt si : une succession de curieux jappements que McFarlane ne comprenait pas. Rick Murphy devait être au centre de la maison. McFarlane s'empressa de grimper les marches et pénétra dans le couloir pour se rendre dans la cuisine où il s'accroupit avec peine en se tenant à la cuisinière. Murphy devait être juste en dessous ou pas loin.

Un cri enfermé par la chape de béton remonta des entrailles de la bâtisse. Si abominable qu'il fit se dresser les poils et les cheveux du vieux McFarlane. Puis il se répéta, encore et encore.

Après un moment de stupeur, Bob McFarlane tourna sur lui-même à la recherche d'une idée, d'un objet, n'importe quoi du moment qu'il puisse s'en servir pour agir, mais il ne trouva rien.

Puis il aperçut une grille de ventilation juste au-dessus d'une plinthe et rampa sur les genoux pour l'agripper et tirer dessus aussi fort qu'il le pouvait. Ici les cris étaient plus puissants, ils remontaient depuis les fondations de la maison, non loin.

McFarlane s'ouvrit le doigt sur le pas de vis et le sang coula aussitôt sur le parquet. Cela lui importait peu, tout ce qu'il désirait c'était trouver un moyen de faire cesser ces cris insoutenables. Il allait devenir fou s'ils continuaient.

Des cris de bête qu'on mutile.

Un être humain qui se fait massacrer et qui hurle comme un enfant.

6.

Le vieux 4×4 GMC aux couleurs de la police s'immobilisa entre les deux véhicules aux gyrophares allumés déjà présents. Leurs phares étaient braqués vers la maison des McFarlane, les silhouettes immobiles des policiers en uniforme ressemblaient à des statues figées par la nuit.

Le lieutenant Ethan Cobb claqua la portière et ajusta sa lourde ceinture sur ses hanches avant d'enfiler sa casquette à l'écusson du Mahingan Falls Police Department. Il était inquiet. Cesar Cedillo n'était pas impressionnable et pourtant sa voix tremblait presque lorsqu'il avait demandé à Ethan de débarquer de toute urgence. Ethan luttait depuis dix minutes avec l'envie de s'allumer une cigarette. Le trentenaire se passa la main dans sa barbe de quelques jours en grimaçant. Mauvaises habitudes. Stress. Il devait gérer.

Max Edgar parlait avec Bob McFarlane, tous deux assis à l'écart, il devait être en train de recueillir sa déposition, devina Ethan. Au moins il faisait son boulot. Ç'avait été la première préoccupation d'Ethan Cobb en arrivant à Mahingan Falls, un an plus tôt, que la proximité des agents de police avec les habitants les empêche d'être professionnels en toutes circonstances. Ce n'était pas le cas. Tout le monde se connaissait, la plupart des litiges mineurs se réglaient à l'amiable et lorsque la police devait s'en mêler il suffisait de quelques injonctions du chef Warden pour qu'une majorité des conflits se résolvent d'eux-mêmes. Restaient les affaires plus graves, et là Ethan estimait que tout n'était pas parfait. Manque de suivi des protocoles. Mais ce n'était pas catastrophique non plus, la plupart des flics, soit une dizaine d'hommes et de femmes en tout, demeuraient portés par un sens du devoir affirmé et la rigueur minimum. Ce n'était pas aussi carré que de là où il venait, toutefois Ethan s'estimait chanceux. C'était une bonne équipe. À l'exception d'un ou deux éléments. Ethan pensait en particulier au sergent Lance Paulson, qu'il aperçut justement face à la maison. Il se tenait droit comme un panneau de signalisation, nettoyant ses grosses lunettes avant de caresser nerveusement son crâne dégarni.

— La victime est le plombier ? demanda Ethan.

Paulson sursauta et jeta un regard froid à son lieutenant.

— Comment vous savez ?

Ethan désigna la camionnette de Rick Murphy stationnée sur le côté et Paulson opina.

— Comme Cedillo est le plus fluet, c'est lui qui est allé voir sous la baraque…

Surtout parce que tu es son sergent, que tu es un couard, et que Cedillo n'est pas du genre à se défiler, s'emporta Ethan in petto.

— Quand il en est ressorti, ajouta Paulson, il… Je l'ai rarement vu dans cet état.

Malgré l'antipathie qu'il éprouvait à l'égard de Paulson, Ethan lui donna une tape amicale sur l'épaule et s'approcha de Cedillo qu'il avait repéré, en train de s'éponger le front, assis sur les marches de la terrasse.

— Ça va aller ?

Cedillo soupira profondément avant de hausser les sourcils. Ethan se posa à ses côtés.

— Il est encore dessous ?

Cedillo acquiesça. Puis, après un moment, précisa :

— Je sais même pas comment on va le sortir de là.

— Une idée de ce qui a pu se passer ?

— Le vieux Bob dit qu'il ne comprend pas, Murphy lui réparait une simple fuite d'eau quand il l'a entendu hurler à s'en arracher la langue. J'ai rampé jusque sous la maison et je l'ai trouvé… Enfin, ce qu'il en reste. Une partie de la chape de béton s'est brisée et lui est tombée dessus. Sa tête est… J'avais jamais vu un être humain dans cet état, je savais même pas que c'était possible. Brisée… Cassée. Un puzzle de chair et d'os. Je suis pas sûr de ce que j'ai trouvé en fait.

Ethan n'avait pas envie d'entendre tous les détails mais il devinait que les mots servaient d'exutoire nécessaire. Cesar Cedillo voulait rentrer chez lui avec le moins de reliquat possible de cette horreur coincé entre les méninges, il devait à tout prix en extraire le maximum. Pourtant il manquait de mots.

Ethan resta le temps nécessaire pour l'écouter puis rejoignit Max Edgar dans sa voiture pour jauger l'état de Bob McFarlane. Le vieil homme leva sur lui des yeux rouges, la lumière ingrate du plafonnier soulignait ses traits fatigués et usés par le temps tandis qu'Ethan lui demandait comment il se sentait. McFarlane se contenta de louer le ciel que sa femme fût chez leur fils aîné dans le Maine pour ne pas avoir entendu l'agonie de ce pauvre Murphy et Ethan décela bien plus que le choc ou la tristesse dans les trémolos du septuagénaire. McFarlane avait peur. La trouille de sa vie.

Du coin de l'œil, il vit qu'Edgar avait couvert son bloc-notes de gribouillis. Peut-être était-il parvenu à lui tirer les vers du nez, McFarlane connaissait Edgar depuis qu'il était petit, ce dernier était à même de le mettre en confiance et Ethan estima qu'il était préférable de ne pas insister maintenant.

Le lieutenant retourna à son 4 × 4 chercher une paire de gants.

Mahingan Falls était une ville paumée, presque un village au fond d'un trou, à peine sauvée par la présence de l'océan sur son flanc, avait pensé Ethan Cobb en y débarquant. Cela allait lui faire du bien. Des poivrots, des jeunes en pleine poussée d'hormones et quelques touristes de passage pour toute criminalité, un vrai changement par rapport à la jungle urbaine d'où il venait. Et pendant près d'une année, il n'avait pas été déçu. Ethan ne croyait pas aux horoscopes, à l'influence des étoiles, de la lune ou des marées sur les humeurs, pourtant il devait bien admettre que pour cette seule journée, il y avait une mauvaise convergence astronomique, ce n'était pas possible autrement. D'abord le bétail des Johnson qui s'était échappé, pris de panique, sans qu'on sache bien pourquoi, et qui avait bloqué

Western Road, l'artère principale qui reliait la ville au reste du monde par l'ouest. Il avait fallu mobiliser quasiment toute l'équipe de police pour rassembler le troupeau et le ramener à bon port. Puis deux départs de feu simultanés avaient éclaté dans des entrepôts des docks avant que Debbie Munch se jette sous un pick-up devant tous les visiteurs du front de mer puis que Rick Murphy se fasse broyer comme un vulgaire beignet dans la main d'un enfant. Avait-on déjà vu une chape de béton se fendre ainsi ? Cela faisait beaucoup pour un coin aussi tranquille que Mahingan Falls.

Et il y avait eu Lise Roberts deux semaines plus tôt. Volatilisée.

« Disparue avec sa virginité ! » avait scandé le chef Warden. « Envolée, comme ses mœurs. Elle écarte les cuisses pour l'un de ces motards qui écoutent de la musique infernale dans un bouge de Boston ! Vous verrez qu'elle refera surface comme si de rien n'était le jour où elle n'aura plus un centime ou plus rien d'intéressant à offrir à ces types. »

Ethan n'était pas tout à fait de cet avis, mais Warden était le patron, et rien n'indiquait qu'il puisse avoir tort. La fille s'était juste fait la malle en plein milieu d'un baby-sitting, elle avait un profil un peu marginal, et rêvait d'ailleurs. Ethan était tout de même allé voir la mère et deux de ses rares amies. Ces dernières ne croyaient pas à la fugue. Lise devait se tatouer elle-même le soir de sa disparition en *live* sur Internet. Ethan en avait conclu que Lise Roberts n'était pas la première adolescente à mentir à ses proches, mais un arrière-goût d'incertitude continuait de le déranger.

Il n'était pas là depuis assez longtemps pour se permettre de contredire le chef Warden, même s'il était son second, il devait encore gagner sa confiance et son respect, alors Ethan obéissait tout en restant vigilant.

Il enfila ses gants et sortit sa grosse lampe torche. Les gars de la caserne de pompiers n'allaient plus tarder, ils trouveraient un moyen de dégager le corps mais ils ne feraient pas dans la dentelle. Ethan voulait tout de même respecter un minimum de procédures et Cedillo s'était contenté d'aller voir Murphy pour s'assurer qu'il n'y avait plus aucun espoir. Il fallait faire quelques photos, prendre des notes et établir un relevé, même sommaire, des lieux et du corps. Ethan devait y aller. Il ne pouvait imposer à Cedillo d'y retourner. Paulson était un incompétent et les autres lui en voudraient d'être ainsi désignés pour se faufiler dans cet enfer. En tant que plus haut gradé sur place, il pouvait ordonner ou assumer ses responsabilités. Et Ethan n'était pas prêt à se défiler.

Il s'approcha de la maison, grosse masse de bois prise dans les phares des voitures de police, et vit le trou noir qui l'attendait pour ramper, seul, en direction d'un cadavre.

Cette journée n'était décidément pas comme les autres.

Et ce qui dérangeait le plus Ethan Cobb n'était pas l'accumulation des faits, mais bien le sentiment étrange qui l'envahissait avec de plus en plus de conviction depuis le matin. À la manière des soirées chaudes d'été où l'on sent l'orage arriver avant même de le voir, Ethan devinait que tout cela n'était encore rien à côté de ce qui les attendait. Il lui était impossible de rationaliser cette émotion, qui grandissait en lui de manière implacable.

Quelque chose approchait. Une tempête singulière. Mahingan Falls n'en ressortirait pas indemne.

Ethan Cobb devait s'y préparer.

7.

Sa chevelure était en feu.

Le soleil brillait si fort qu'il donnait l'impression que Gemma Duff brûlait. Ses mèches rousses flamboyantes dans la clarté de l'après-midi attiraient les regards pendant qu'elle faisait rouler doucement la poussette de baby Zoey devant elle.

Chad et Owen marchaient docilement en retrait, en compagnie d'un autre jeune adolescent de leur âge, bien que déjà grand, au regard perçant, les cheveux courts si blonds qu'il paraissait presque chauve, le visage couvert de taches de rousseur, Corey Duff. Gemma leur avait présenté son frère pour qu'ils se fassent leur premier ami, et elle avait préparé ce moment pendant plusieurs jours, insistant auprès de Corey pour qu'il soit bienveillant, qu'il fasse bonne impression.

Pourtant, une fois les présentations faites, les trois garçons n'avaient pas su quoi se dire et ils marchaient en silence.

Le parc municipal de Mahingan Falls consistait en une vaste étendue d'arbres et d'herbe émaillée ici et là de buissons et de parterres de fleurs, desservie par des sentiers bruns et ponctuée de bancs en bois. Gemma les guidait en direction du petit lac en son centre, saluant de temps à autre les promeneurs qu'elle reconnaissait, et jetait des coups d'œil anxieux en direction de son frère, comme pour l'implorer de faire quelque chose pour nouer le contact avec ses deux nouveaux camarades. Mais Corey ne trouvait pas quoi dire d'intéressant alors il restait silencieux.

Ils s'assirent non loin du rivage et Gemma déplia une nappe à l'ombre d'un saule pour asseoir baby Zoey dessus avec ses jouets pendant que les garçons s'installaient entre les racines.

L'ambiance devenait pesante lorsqu'un quatrième garçon qui ne devait pas avoir plus de quatorze ans, brun, la démarche assurée, débardeur noir et casquette à l'envers vissée sur le crâne, s'approcha.

— Hey, Corey !

— Salut, Connor.

— Tu fais quoi ? Ça fait trois jours que j'appelle chez toi, jamais vous décrochez votre téléphone dans la famille ? Faudrait vraiment que tu aies un portable, c'est pas possible…

— Notre mère ne veut pas, intervint Gemma.

— Dans ce cas achetez au moins un répondeur, on est au XXIe siècle, les gars !

Gemma enchaîna directement.

— Connor, voici Chad et Owen. Ils viennent d'emménager, ils seront à l'école avec vous à la rentrée, ils ne connaissent personne, donc je compte sur toi pour les mettre à l'aise.

Connor dévoila ses dents blanches dans une parodie de sourire digne d'une publicité pour dentifrice.

— Comptez sur moi, miss Duff, je serai leur ange gardien. (Redevenant plus sérieux, il s'agenouilla entre les garçons et s'adressa à ceux qu'il prenait pour deux frères.) C'est quoi votre crime ?

— Notre quoi ? fit Chad.

— Pour échouer ici ! Vous avez fait quoi ?

— Dis pas ça, répondit Corey, c'est cool Mahingan Falls.

— Ah bon ? Pour quoi ? Mourir d'ennui ? Y a pas la fibre, pas de centre commercial, pas…

— Y a un skate park, fit remarquer Chad, et une boutique de comics.

— Et un cinéma, ajouta Owen.

— Il ne s'y passe jamais rien.

— On a vu une dame mourir, juste sous nos yeux, lâcha Chad comme s'il s'agissait d'un exploit.

— Qui est mort ? demanda Connor avec intérêt.

— Une vieille qui s'est jetée sous un 4 × 4, expliqua Chad, assez fier de détenir ces informations alors qu'ils débarquaient à peine.

— J'en ai entendu parler ! s'enthousiasma Corey. Vous étiez là ? C'est incroyable.

— Sauf qu'Olivia nous a forcés à pas regarder, corrigea Owen.

— Vous avez pas pu voir son cadavre ? insista Corey.

— Corey ! s'indigna Gemma, c'est moche, personne n'a envie de voir un corps !

Le garçon ne semblait pas du même avis et Chad en profita pour conclure :

— Tout ça pour dire qu'il y a de l'activité à Mahingan Falls !

— Ouais, et Gemma les gros lolos, compléta Connor tout bas avec une grimace excitée.

Corey lui mit une tape à l'arrière de la tête sans que Connor réagisse sinon pour rajuster sa casquette, et il embraya :

— Mais une fois que t'as fait le tour, t'es prisonnier ici. Les barbelés ce sont ces collines tout autour, et les parents sont des matons pas commodes. Enfin je sais pas comment sont les vôtres…

— Justement, releva Chad, ces forêts tout autour, c'est plutôt cool pour se balader, vivre des aventures, quoi !

Un sourire malicieux illumina le visage de Connor.

— Vous aimez les aventures ?

Owen haussa les épaules, moins enthousiaste que son cousin. Connor jeta un regard complice à Corey.

— Le vieux parc, dit-il. (Il se releva aussitôt pour s'adresser à Gemma.) Dis, la grande sœur, pendant que tu t'entraînes à être maman, nous on va faire visiter le coin aux frangins.

— Le coin où ? demanda Gemma, suspicieuse.

— Stresse pas, on sera pas loin, juste pour faire connaissance.

— Bon. Mais ne revenez pas trop tard, je fais goûter la petite ici et ensuite je vais la promener vers la marina.

— Impec', on se retrouve là-bas tout à l'heure.

*

Connor avait entraîné toute la bande autour du lac, comme s'ils allaient sortir du terrain municipal par l'est, avant de bifurquer vers le nord dès qu'ils furent hors de vue de Gemma.

— On va où pour que ce soit si secret ? demanda Owen.

— Je connais la sœur de Corey, si elle nous voit grimper vers l'ancien domaine elle va râler.

Connor désigna l'arrondi de colonnes en pierre surmontées d'un dôme épais qui les surplombait au sommet d'un talus verdoyant. L'écume d'une cascade nimbait le contrebas d'une fine brume où s'étiraient plusieurs arcs-en-ciel.

— C'est la Lórien, comme dans *Le Seigneur des anneaux* ! plaisanta Chad.

— Pourquoi, y a quoi là-haut ? insista Owen.

— Ça, c'est le Belvédère, à part la vue sur les filles qui se font galocher au coucher du soleil, y a rien, mais au-delà, toute la colline que vous voyez, c'est l'ancien parc.

— Genre trucs en ruine ? devina Chad.

— Plutôt labyrinthe sauvage, expliqua Corey.

Owen haussa les épaules. L'endroit semblait plutôt agréable.

— Pourquoi ça dérangerait Gemma ?

Corey et Connor échangèrent un autre de leurs regards complices.

— Rien, des trucs de minette, résuma Connor avant de presser le pas.

Il les entraîna sur un sentier sinueux qui grimpait sous le Belvédère, émaillé de marches irrégulières, et les garçons purent constater que les flancs de la colline étaient moins entretenus que le reste. Hautes herbes folles, sous-bois dense, arbustes et fourrés entremêlés de ronces. La nature reprenait ses droits.

Ils ne s'arrêtèrent même pas pour inspecter le pavillon de pierre, guidés par le pas vaillant de Connor qui s'enfonçait plus profondément au-delà, dans cette immense zone où le parc et la forêt qui descendait des collines de la Ceinture se mêlaient jusqu'à ce que la trace de l'homme se réduise à la seule présence d'étroits sentiers mal balisés.

Ils bifurquèrent vers l'ouest au bout d'un moment et un léger bruit de fond se fit entendre, sorte de grondement régulier et lourd.

— C'est quoi ce qu'on entend ? voulut savoir Owen qui commençait à trouver cette expédition amusante.

— Les chutes. Il y a une falaise et la rivière passe par-dessus pour se déverser vers Mahingan Falls. C'est elle qui forme le lac au bord duquel vous étiez tout à l'heure.

Une cascade ! s'émerveilla Chad. Décidément, cet endroit était de mieux en mieux.

Ils débouchèrent sur un cours d'eau assez rapide, une vingtaine de mètres environ les séparaient de l'autre bord. Connor se mit à chercher quelque chose et ce fut Corey qui lui tira la manche pour lui indiquer que c'était un peu plus loin en amont. Une série de rochers dépassaient de la surface, auréolés d'une écume énervée, et le bruit des chutes se transformait à présent en rugissement, sans toutefois qu'ils puissent les apercevoir.

— Première épreuve, aboya Connor, le franchissement du Styx !

— C'est pas un peu dangereux ? s'étonna Owen.

— Ah, faut pas tomber, sinon tu vas te faire entraîner dans un tourbillon, broyer contre les rocs, avant de dévaler de plus de vingt mètres dans la chute sous le Belvédère. Donc oui, on peut dire que c'est dangereux. C'est pour ça que c'est une épreuve ! hurla-t-il par-dessus le fracas de l'eau avant de s'élancer.

Il progressa avec agilité, les bras écartés pour s'équilibrer, pas à pas sur l'arête des pierres humides et glissantes, et sauta de l'une à l'autre sans s'arrêter ni regarder sur les côtés, jusqu'à accéder à la rive opposée où il les salua à la manière d'un artiste sur scène.

— Sacré numéro ce Connor, lâcha Chad avant de foncer à son tour.

Il fit preuve d'une assurance semblable à celle affichée par Connor, bien qu'il manquât de glisser sur la dernière marche improvisée et dût se rattraper d'un bond spectaculaire.

— Franchissement validé ! s'écria Connor, hilare.

Owen et Corey se regardèrent et ce dernier lui fit signe d'y aller d'abord. Owen ne voulait pas passer pour un couard alors il obéit sans réfléchir. Les blocs de roche affleuraient à peine par endroits, dissimulés par le bouillonnement de la rivière contrariée, et Owen décida de prendre son temps pour sélectionner sur lesquels se poser avec moins de risque. Il dérapait régulièrement et se récupéra à l'aide de moulinets hésitants, sous le regard soudainement préoccupé des autres garçons.

— Vas-y d'une traite ! conseilla Connor. Le secret c'est de ne surtout pas s'arrêter !

Mais Owen ne le voyait pas de cette manière, lui préférait vérifier ses appuis avant de tout miser dessus, il testait les saillies du bout du pied, puis basculait. Hors de question de foncer et de s'en remettre uniquement à la chance ou à ses facultés d'improvisation. Owen n'avait pas cette confiance aveugle en lui-même.

À mi-parcours, il se redressa pour examiner les remous qui l'entouraient. En amont, les flux puissants se déversaient dans sa direction avec la détermination implacable d'une horde de taureaux furieux. Il ouvrit la bouche pour mieux respirer. En aval l'eau dévalait tel un tapis roulant immense qui cherchait à l'aspirer vers ses abysses. Owen secoua la tête. Il sentit ses jambes se vider de leur force, comme si ses muscles venaient déjà d'être engloutis par la rivière.

— Ne t'arrête pas, Owen ! lui ordonna Chad. Viens ! Viens !

Owen vit son cousin qui l'encourageait les bras tendus vers lui, puis il remarqua Connor, l'air inquiet, qui repoussa Chad pour approcher du bord. Il allait venir le sauver. Cette idée électrisa Owen aussitôt. Il ne voulait pas qu'on l'assiste. Encore moins passer pour un faible. Alors il balança son pied droit devant lui, puis chercha les autres marches possibles et les enchaîna à toute vitesse. Avant même qu'il ne réalise où il se trouvait, il était sur la terre ferme, sous le regard médusé de Chad.

— Bien joué, avoua-t-il.

Corey les rejoignit avec prudence et il semblait retenir sa respiration lorsqu'il parvint à eux. Lui non plus n'avait pas aimé cette traversée, comprit Owen, et cela le rassura.

— Elle s'appelle vraiment le Styx cette rivière ? s'enquit-il tandis qu'il se remettait de ses émotions.

Connor secoua la tête.

— Non, mais son vrai nom lui va moins bien.

Owen observa Connor avec un soupçon d'admiration. Il l'avait d'abord pris pour un fonceur un peu idiot, mais il possédait manifestement une certaine culture pour connaître le fleuve des Enfers de la mythologie grecque, et il comprit que c'était lui l'idiot d'avoir jugé trop vite et sur l'apparence.

Le jeune quatuor reprit sa marche forcée à travers bois, sous l'autorité de Connor qui semblait savoir où il allait. Ici le parc avait totalement disparu, avalé par la forêt sauvage des collines, et leur sentier s'était rétréci jusqu'à ce que les branches basses des arbres viennent lui tisser un toit, obligeant les garçons à se pencher pour éviter les plus grosses. Ils croisèrent un autre chemin mal entretenu, perpendiculaire, puis environ deux cents mètres plus loin le leur bifurqua sans que Connor hésite sur la direction à suivre.

— Tu viens souvent ? s'étonna Chad.

— Plus trop, mais avant oui, j'aimais bien.

— Tu t'es jamais perdu ?

Connor haussa les épaules.

— Suffit d'aller vers le sud, redescendre la pente, si tu veux retourner vers la ville.

— En même temps, j'imagine qu'en grandissant à Mahingan Falls, vous venez tous vous amuser ici.

— Non, pas vraiment.

— Ah bon ?

Ils marchèrent encore une minute en silence, avant que la curiosité de Chad ne soit trop forte.

— Pourquoi tu as dit ça ? C'est plutôt cool comme endroit pour s'éclater, non ?

— Tu connais Roscoe Claremont ?

— Non.

— C'était un tueur en série. On l'appelait le tueur des falaises parce qu'il se débarrassait des cadavres en les balançant le long de la route panoramique, mais en réalité, c'est ici qu'il attrapait ses victimes.

— Ici, tu veux dire, dans cette forêt ?

— Exactement. Les promeneurs, les joggeurs, et parfois même les enfants. À vrai dire… surtout les enfants en fait.

— Arrête, tu nous fais marcher ! s'amusa Chad.

— Si tu me crois pas, regarde sur Internet ce soir, tu verras.

Chad guetta les fourrés de chaque côté avec un mélange de curiosité morbide et d'appréhension. Se dire que des gens étaient morts assassinés ici même le fascinait. Peut-être qu'il était en train de marcher sur de la terre imbibée de sang… Il n'en revenait pas.

— C'était il y a longtemps, précisa Corey, on n'était même pas nés.

— N'empêche ! contra Connor. Depuis, les gens n'aiment plus se promener si haut dans le parc, c'est terminé. C'est pourtant un raccourci, pour s'éviter un long détour lorsqu'on veut rejoindre Green Lanes et le haut de Beacon Hill. Sauf que tous les parents interdisent à leurs gamins d'y passer. Ils sont devenus paranos. Il y a eu quelques agressions ces dernières années, et on raconte que les drogués viennent s'injecter leur saloperie ici, pour être peinards, c'est pour ça.

Cette fois Chad frissonna.

— Alors qu'est-ce qu'on fiche là ?

Connor se tourna pour lui lancer un regard espiègle.

— On est à la deuxième et ultime épreuve. Vous allez voir.

Connor grimpa sur un talus encerclé par une végétation particulièrement dense ; le sentier s'arrêtait là, au sommet de ce qui ressemblait à un ancien cairn oublié et recouvert de mousse et de fougères. Connor pointa son doigt vers le bas de la butte.

— Les deux frangins, vous devez descendre de l'autre côté et traverser la jungle jusqu'à la grille, ensuite vous ramenez vos miches ici.

— On n'est pas frères, précisa Owen.

— Ah ? Vous êtes quoi alors ?

Owen et Chad se regardèrent et ce dernier évacua la question d'un geste de la main :

— Demi-frères, mentit-il, c'est pareil. On doit juste trouver une grille et c'est tout ?

— Oui, et revenir.

— Et comment vous saurez qu'on y a été si vous ne venez pas avec nous ? demanda Owen.

— Parce que Corey et moi nous vous interrogerons sur ce que vous avez vu. Il faut aller jusqu'au bout pour savoir.

— C'est quoi le problème ? insista Owen.

— Tu verras…

— Ça craint ?

— Allez, c'est maintenant ou jamais. Vous préférez renoncer ?

Owen remarqua que Corey ne disait rien, comme s'il n'approuvait pas vraiment cette espèce de rituel de passage, mais avant que le jeune orphelin puisse lui parler, Chad lui saisit le poignet et l'entraîna avec lui dans la pente.

— Trouver une grille, ça doit pas être si compliqué…

Dès les premiers mètres, Chad sut qu'il s'était emballé. Du sommet du talus, il n'avait pas remarqué les hordes de ronces qui barraient le passage.

— La prochaine fois on pique la hache de papa…, maugréa-t-il en ramassant un bâton pour s'en servir comme d'une canne afin de repousser les tiges les plus menaçantes.

Owen suivait, se faufilant entre les pointes, jouant à l'équilibriste, se contorsionnant pour atteindre une poche de répit au milieu de joncs brûlés par la chaleur d'été.

— Pourquoi on s'impose ça ? demanda-t-il.

— Parce que Connor a l'air cool.

— S'il compte me lancer des défis idiots jusqu'à la rentrée, moi j'ai pas très envie de le revoir…

— Allez, fais pas ton adulte, tu adores quand on vit des aventures, et voilà qu'il s'en présente enfin une, pour de vrai ! Non mais tu as vu comment on a traversé ce fleuve en furie ? Sérieux ? À un moment j'ai cru que tu allais renoncer et puis d'un coup, tu t'es transformé en Legolas, un véritable elfe ! Tu volais presque au-dessus des rochers, c'était dingue !

Face à l'enthousiasme de son compère, Owen dut bien s'avouer que si, sur le moment, il n'avait pas été très fier, il trouvait désormais cet exploit plutôt euphorisant. Surtout s'il pouvait le raconter… Sauf qu'il n'avait pas d'amis pour partager ce qu'il vivait. À part Chad, il était seul. Pour l'instant, Corey et Connor constituaient son unique espoir de former un groupe de copains. Alors il approuva et suivit Chad lorsque celui-ci se mit à ramper sous les fourrés.

Ils finirent par quitter le nid de ronces et marchèrent au milieu de troncs tordus et de fougères immenses, déambulant sur un tapis de mousse épaisse. Il n'y avait pas la moindre grille en vue, mais leur champ de vision ne dépassait pas quelques mètres.

Owen avait le sentiment déplaisant d'être observé et cela durait depuis plus de cinq minutes. Il finit par se pencher vers Chad pour se confier.

— Moi aussi, lui répondit ce dernier tout bas. Je pense qu'ils sont pas loin. Si ça se trouve, il y a un autre sentier et ils nous espionnent en se fendant la poire. Alors on va jusqu'au bout, pour leur montrer qu'on n'est pas des poules mouillées.

Ils s'efforcèrent de maintenir une allure rapide pour ne pas donner le moindre signe de faiblesse, mais Chad glissa brutalement entre deux grosses pierres et se rattrapa in extremis à une souche, manquant de peu de s'y cogner la tête.

— C'était moins une !

— Oh… Chad… regarde…

Chad décela la peur dans la voix de son cousin et leva les yeux aussitôt. Ce n'était pas une souche. Il avait arraché un pan de mousse de sa surface en s'y accrochant et elle pendait à présent comme un long lambeau de peau pourrie, dévoilant la pierre polie en dessous, gravée de lettres et de dates presque illisibles.

— C'est une tombe ! lâcha Owen.

Chad recula instinctivement et se releva en s'essuyant les mains sur son pantalon sale.

Ils pivotèrent en tous sens pour étudier leur environnement et comprirent que plusieurs bosses dissimulaient le même sinistre contenu, happé par la nature.

— Merde…, fit Chad. Y en a partout.

Il tira sur la manche d'Owen pour l'obliger à le suivre, et sans un mot de plus ils continuèrent, lentement cette fois, pour repérer les pierres tombales et les contourner au mieux. L'impression d'être surveillés se faisait toujours aussi prégnante, comme si la nature retenait son souffle, que les animaux s'étaient éloignés et qu'un regard se posait sur leur nuque. Owen détestait l'idée d'être en ce moment même en train de circuler au-dessus de cadavres en putréfaction. Puis il réalisa que ces tombes dataient de bien trop longtemps pour qu'il reste des morceaux de chair accrochés aux os. Ce n'était plus qu'une petite armée de squelettes, et il ne sut si cette idée n'était finalement pas encore plus effrayante.

Soudain les fourrés s'écartèrent sur leur passage et ils furent stoppés par un muret fissuré, rehaussé d'une grille d'acier complètement rouillée. Au-delà s'étendait une ville grise et ancienne, parfaitement silencieuse, constituée de petits bâtiments usés par les siècles. Des mausolées craquelés, des chapelles familiales sur le point de s'effondrer, des caveaux dont les portes pendaient de guingois. Un entrelacs de lierre aride grimpait sur toutes les sépultures, autrefois irrigué par le sang où plongeaient ses racines. Les cercueils désormais secs ne suffisaient plus à le nourrir et il pourrissait un peu plus chaque année.

— Sacré bordel…, lâcha Chad du bout des lèvres.

Owen restait un pas en retrait, particulièrement mal à l'aise. Il se sentait encore plus épié ici, sans distinguer personne autour.

Un gros engoulevent dodu croassa dans leur direction depuis la croix plantée sur le toit d'un tombeau. Les deux garçons en étaient bouche bée. Ils fixèrent cette perspective morne pendant un long moment, comme hypnotisés.

— C'est bon, Chad, on en a assez vu, viens, on les rejoint.

— Ils sont là quelque part.

— Je suis pas sûr…

Pourtant lui aussi aurait donné sa main à couper qu'ils n'étaient pas seuls. Mais plus il regardait dans la forêt, plus Owen avait l'impression que ça venait de là, quelque part entre les racines et les arbustes. Une présence mauvaise.

— Non, je peux pas savoir, dit-il tout haut.

— Quoi ?

— Rien, allez, on y va.

Ils tournèrent le dos au spectacle étrange de ces ruines macabres et en un instant la forêt les avala.

Lorsque les deux garçons parvinrent au sommet de la butte, Corey et Connor jouaient aux cartes, assis en tailleur.

— Hey ! Voilà nos deux explorateurs ! Alors ? Vous avez pas osé aller jusqu'au bout ? Y a pas de honte, hein…

— Un cimetière, expliqua Chad, voilà ce qu'il y a après la grille.

Connor se releva pour les applaudir.

— Ça, ça veut dire qu'on peut compter sur vous ! J'en connais un paquet qui auraient fait demi-tour aux premières tombes entre les arbres.

— Qu'est-ce que c'est que cet endroit ? s'enquit Owen.

— Ce que vous avez vu derrière la grille, c'est le cimetière de Mahingan Falls. Sa partie orientale, comme disent les vieux, la plus vieille, elle tombe en ruine. Le vrai cimetière, il démarrait plus loin encore. Faute d'entretien, la nature l'a recouvert et allez savoir pour quelle raison religieuse stupide d'autrefois, lorsqu'ils ont construit le mur, ils n'ont pas estimé que ces morts-là méritaient de faire partie de la communauté. Flippant, hein ?

Owen approuva sans se cacher.

Corey lui tendit la main.

— Sans rancune ?

Owen la lui prit tandis que Connor ajoutait :

— Maintenant on sait que vous êtes des gars réglo. On va pouvoir se faire confiance. Bienvenue dans la bande.

Owen afficha un sourire de circonstance, sans bien savoir s'il fallait vraiment s'en réjouir, Connor avait l'air d'être un gars particulier. Mais ce qui le dérangeait le plus, c'était de constater que les deux adolescents n'avaient manifestement pas bougé pendant tout le périple.

Pourtant, il en était sûr, il avait senti qu'on les suivait dans la forêt, quelques minutes plus tôt.

8.

L'odeur de poudre piquait les narines.

Ethan Cobb retira son casque de protection auditive et ramassa les étuis de balles qui s'étaient dispersés dans l'herbe tout autour de lui. Il était déçu. Une mauvaise séance de tir. Il n'était pas assez concentré, trop de choses lui encombraient la tête, mais ça n'était pas une excuse ; le jour où il aurait à sortir son arme pour en faire usage, il n'aurait peut-être pas le choix et il lui faudrait être bien meilleur.

L'idéal serait que je n'aie jamais à m'en servir, non ? J'ai justement fui Philadelphie pour m'épargner ces situations...

Quitter Philly n'avait rien à voir avec ça, il le savait et secoua la tête, agacé. Il devait anticiper. Être professionnel, c'était aussi se préparer, juste pour le cas où…

Le bruit d'un moteur le fit se retourner et il aperçut la Chevrolet Malibu rouge du sergent Foster qui se gara dans un nuage de poussière sur la piste de terre. Ethan s'était installé dans un coin isolé en forêt sur les conseils d'un de ses hommes. Tandis que le sergent Foster sortait de son véhicule, il termina de récupérer la cible improvisée et salua la jeune femme d'un signe. Ashley Foster était en civil, jeans et chemisier à carreaux typique de la cow-girl. Elle avait à peine trente ans, le dynamisme d'une grande sportive, la détermination d'une championne, mais le regard trop doux pour être crédible jusqu'au bout, estimait Ethan. C'était une gentille, bourrée d'empathie, une bonne flic pour gérer le quotidien mais elle se donnait trop l'attitude d'une dure à cuire pour se faire respecter, estimant, parfois à juste titre, que son physique d'actrice l'obligeait à en rajouter pour être prise au sérieux. Ethan l'aimait bien.

— Lieutenant, fit-elle en arrivant à sa hauteur. Vous savez qu'il y a un stand de tir à Salem ? Nous y avons accès facilement.

— Pas le temps d'aller si loin. Ici c'est très bien.

— Besoin de vous dérouiller ?

— Besoin de me perfectionner, répondit-il avec un rictus provocateur.

— Cedillo m'a dit que vous vouliez me voir… Je n'étais pas loin mais je ne suis pas de service ce matin, c'est Paulson le sergent en…

— Je sais, mais Paulson est un con.

Ashley recula la tête comme s'il venait de la frapper.

— Je n'ai pas confiance en lui, précisa Ethan.

Il lut dans le regard du sergent qu'elle était sur le point de répondre mais qu'elle n'osait pas, emmurée dans son rôle trop strict. Ethan se massa le menton en réfléchissant rapidement. Il n'avait pas prévu d'aborder ce sujet-là aujourd'hui, mais l'instant s'y prêtait particulièrement, aussi se lança-t-il :

— Foster, je peux être direct avec vous ? Lâchez du lest. Avec moi au moins, laissez tomber le masque de la coriace. Je sais ce dont vous êtes capable, vous n'avez rien à me prouver. Quand vous avez quelque chose à me dire, sortez-le, sans pincettes. Je suis parfois une tête de mule, j'ai mes défauts, mais accordez-moi ce crédit.

Ashley haussa les sourcils, surprise. Ses grands yeux noisette captaient toute la lumière du midi et pendant une seconde, Ethan la trouva vraiment magnifique avec les mèches brunes qui s'étaient échappées de sa queue-de-cheval et battaient légèrement dans la brise. Il se reprit aussitôt en détournant le regard sur la forêt alentour. Dès leur première rencontre, il était tombé sous le charme de la jeune femme, comme la plupart de ses collègues, mais il s'était aussitôt verrouillé. Sept ans de vie commune avec une flic de Philadelphie l'avaient vacciné contre les relations de ce type, a fortiori dans une bourgade comme Mahingan Falls où ils étaient tous en permanence ensemble. L'alliance argentée d'Ashley se prit à son tour dans le soleil et scintilla comme pour provoquer Ethan. *Collègue* et *mariée, le cocktail détonant, mieux vaut boire une longue rasade de nitroglycérine et danser toute la nuit...*

— Je... OK, lieutenant, balbutia-t-elle avant de reprendre un peu d'aplomb. Eh bien... oui, Paulson est un con, je ne peux pas dire le contraire. C'est aussi un fouineur, il rapporte tout au chef Warden pour se faire bien voir, je dis bien tout, même ce qui ne relève pas de nos fonctions.

— J'avais cru comprendre. C'est pour ça que je fais mon maximum pour vous avoir avec moi pendant mes heures, vous n'aviez pas remarqué ?

Ashley baissa les yeux, embarrassée.

— Euh… Si…

— Vous êtes ici depuis combien de temps ?

— Depuis le début de ma carrière. Six ans de service.

— Vous connaissez tout le monde, n'est-ce pas ?

— Plus ou moins.

— Si je voulais obtenir l'examen d'un corps sans avoir à passer par le bureau du légiste officiel de Salem ou de Boston, qui pourrait me faire ça dans la région ?

— La procédure c'est de passer par le bureau du légiste à Boston.

— Et moi ce que je vous demande c'est s'il existe quelqu'un de compétent à proximité, pour que ça ne sorte pas du comté, afin de garder le contrôle.

— Il faudrait l'aval du chef Warden.

Ethan eut un sourire amer lorsqu'il précisa :

— C'est justement ce que je voudrais éviter. En tant que second, j'ai toute autorité en son absence pour signer les autorisations, même exceptionnelles.

Ashley se mordilla la lèvre inférieure, nerveuse. Elle sentait bon, Ethan percevait son parfum légèrement citronné. *Tu es beaucoup trop près. Dès que tu peux, fais un pas en arrière, l'air de rien, pour ne pas la vexer.*

— Ron Mordecaï pourrait le faire.

— Le type du salon funéraire ? Non, j'ai besoin d'un professionnel. (Ethan fronça le nez, hésitant, avant de préciser :) Je veux procéder à une autopsie, pas à une auscultation générale.

— Mordecaï est médecin de formation, il a été coroner dans l'Indiana lorsqu'il était plus jeune, il a toute l'installation nécessaire dans son sous-sol, là où il prépare les corps. Et…

La suite mourut entre ses lèvres.

— Et ? insista Ethan.

— Il n'aime pas beaucoup le chef Warden. Une vieille histoire de famille.

Ethan apprécia la précision. Elle comprenait. Ethan avait longuement hésité avant de prendre sa décision. Il avait appris à connaître Warden et ses prises de position tranchées ; son autorité militaire ne souffrait aucune forme de contradiction, encore moins d'insubordination. Ethan ne lui en avait pas parlé pour ne pas prendre le risque qu'il lui dise non. Lorsqu'il serait trop tard, il prétexterait avoir agi en pensant bien faire, il jouerait les idiots. C'était risqué, il pouvait se faire torpiller par le chef, voire se faire virer.

— Merci, Foster.

— Vous êtes arrivé quand ?

— Il y a quatorze mois.

— Eh bien, je pense que vous l'avez compris depuis longtemps, mais se mettre le chef à dos c'est une très mauvaise idée.

— Je sais, sergent.

— Je peux être franche ?

— C'est moi qui vous l'ai demandé.

— Soit vous êtes suicidaire, soit vous avez une sacrée bonne raison pour oser contrarier Warden.

Ethan jeta un coup d'œil rapide à la nuée d'étourneaux qui passait juste au-dessus d'eux en bruissant.

— Je sais qu'il y a des rumeurs à mon sujet, dit-il. Ne les écoutez pas.

— Ça ne me regarde pas, c'est votre vie.

Avant même qu'il puisse se retenir, Ethan avait posé une main amicale sur le bras d'Ashley.

— Un jour, au bar, si on boit assez, je vous raconterai, mais je peux vous promettre une chose : je ne suis pas un flic suicidaire, ni une tête brûlée. Par contre je vais au bout lorsque j'estime que c'est nécessaire. Faites-moi confiance.

— On vient ou revient tous à Mahingan Falls pour une bonne raison.

— Vous me raconterez la vôtre alors !

— Aucun mystère, je suis née ici. Dites, pour l'autopsie, je peux savoir de quoi il s'agit ?

Ethan la fixa et une ombre passa sur son visage.

— C'est pour Rick Murphy.

— J'ai entendu dire qu'il était sacrément amoché. La dalle en béton lui est tombée dessus, non ?

— Apparemment.

— Pourquoi vouloir une autopsie ? S'il y a un doute, même le chef Warden l'autorisera.

— Il est mort écrasé, je pense que là-dessus tout le monde sera d'accord.

— Et donc ? Pourquoi imposer à ce pauvre Murphy une mutilation de son corps s'il n'y a aucun doute ? Une simple prise de sang, un prélèvement de cheveux et éventuellement un examen toxicologique peuvent clarifier certains points si c'est à ça que vous pensez.

— Vous commencez à raisonner comme Warden.

Ashley sembla mal le prendre. Ethan se mordilla l'intérieur des joues, ne trouvant pas les mots pour se justifier sans mentir.

— Vous croyez à l'instinct professionnel ? demanda-t-il enfin.

Ashley l'étudia plusieurs secondes avant de répondre :

— Le corps de Rick Murphy est justement entreposé chez Mordecaï, c'est la seule installation réfrigérée en ville. Mais avant cela, si vous voulez sortir des procédures standard, vous devriez parler à Nicole, la femme de Murphy, elle fait des histoires dès qu'elle le peut, mieux vaut vous couvrir avant. Tomber dans le viseur du chef c'est une chose, vous mettre la ville à dos, ça, vous ne pouvez pas.

— Je commence à comprendre comment ça fonctionne ici, je l'ai vue ce matin. Elle est d'accord.

Ashley approuva avec un soupçon de sourire.

— Mordecaï est parfois un peu fermé, il faut savoir comment le prendre, je viens avec vous.

Ethan allait s'y opposer mais comme elle fonçait déjà vers sa voiture et que les mots ne venaient pas spontanément, il se contenta de soupirer.

*

Ron Mordecaï ressemblait à un personnage de film. Un méchant de préférence, avec ses longs cheveux gris noués par un catogan de soie bleue, ses lunettes fines posées sur le bout de son nez, sa maigreur qui ne faisait que souligner les nombreuses rides de son visage et son air toujours blasé. Cependant, il n'avait pas son pareil pour rendre les corps présentables. Non seulement il faisait en sorte de redonner un peu de matière aux chairs affaissées, une couleur naturelle à la peau et presque un semblant de vie, mais il y parvenait en respectant l'apparence originale du mort. Combien de thanatopracteurs, voulant bien faire, déformaient la nature réelle du défunt ? Mordecaï, lui, suivait les courbes, lisait la texture, parcourait les cavités de son talent, une photo du mort posée à côté, jusqu'à redonner à ses « hôtes », comme il les appelait, les dix à quinze pour cent de densité qui s'étaient évaporés avec l'âme.

Son salon funéraire se trouvait sur Beacon Hill, dans une vieille maison néogothique dont la pierre s'effritait de toutes parts, avec bon nombre de tuiles manquantes, mais à l'herbe parfaitement taillée et aux parterres de fleurs ravissants.

Il reçut le lieutenant Cobb et le sergent Foster dans son bureau tout en cuir qui sentait la cire, derrière le vaste salon de présentation des cercueils, et les écouta attentivement, surtout lorsque Ashley Foster précisa du bout des lèvres qu'ils apprécieraient sa discrétion, en particulier à l'égard du chef Warden.

— Ah ! croassa-t-il brusquement. En d'autres termes, vous êtes en train de me demander de participer à un coup fourré dans le dos de ce satané Lee J. Warden !

Craignant de perdre le contrôle de la situation, Ethan s'empressa de compléter :

— Cela reste bien sûr légal, je signerai tous les documents vous autorisant à procéder à l'autopsie et…

— Il y a une chance que Warden l'apprenne ?

Ethan dodelina de la tête, contrarié.

— Je ne peux pas vous mentir, il finira par le savoir.

— Alors j'en suis ! Rien que d'imaginer sa mine défaite quand il saura que c'est moi qui ai effectué l'autopsie dans son dos, je m'en régale à l'avance.

Ashley adressa un regard entendu à Ethan.

— Quand est-ce que vous voulez qu'on procède ? demanda Mordecaï.

— Le plus tôt sera le mieux. J'imagine qu'en semaine vous êtes occupé mais peut-être que le week-end proch…

— Que diriez-vous de ce soir ?

*

Un vaste ascenseur desservait le sous-sol du salon funéraire et son couloir central aux lambris d'un pourpre presque noir. Des lampes pendaient du plafond, parfaitement alignées sur toute la longueur, se reflétant sur le linoléum éraflé, probablement aussi vieux que Ron Mordecaï lui-même. Le bourdonnement des ventilations et des blocs de réfrigération résonnait en continu. Il y faisait frais à tout moment de l'année, comme un suaire au contact de la peau. Un froid mortuaire. Au milieu du large corridor, une double porte desservait la salle principale, parfaitement éclairée en son centre par un scialytique fixé au-dessus d'un long plateau en inox muni d'une rigole en son centre et d'une bonde à son extrémité. Un chariot garni d'instruments de découpe, de pinces et d'écarteurs chirurgicaux avait glissé juste à côté.

Ron Mordecaï tendit à Ethan une paire de gants épais de couleur bleue.

— Tenez, vous allez m'assister, lui commanda-t-il en désignant la housse blanche qui emballait le corps sur le brancard roulant.

Mordecaï ouvrit la fermeture Éclair jusqu'à dévoiler la silhouette confuse et fit signe à Ethan de prendre le corps par les épaules pour le transférer jusque sur la table en inox.

Rick Murphy apparut, toujours vêtu de sa combinaison grise, sous la lumière impitoyable et ils le déposèrent en soufflant. Le poids d'un mort semblait le double de celui d'un vivant, constata Ethan Cobb. Ce n'était pas la première fois qu'il le remarquait.

Ashley Foster entrouvrit la bouche de stupeur.

Elle n'était pas sûre de pouvoir identifier Rick Murphy. Elle pouvait *deviner* que c'était lui à sa tenue caractéristique, à sa chevelure, mais pour le reste, il lui était impossible d'être catégorique.

Son visage était enfoncé dans la boîte crânienne, formant une cavité de chair, de peau et de sang coagulé. La mâchoire inférieure, déboîtée, dévoilait ses dents luisantes. Ce n'était plus un être humain, mais le fruit grotesque d'une expérience odieuse. Son bassin formait un angle absurde et dérangeant, ses hanches dévissées jusqu'à saillir dans le prolongement du nombril, la colonne vertébrale était brisée. Sa jambe gauche pendait mollement en dessous, anormalement plus longue que la droite, le tissu de la combinaison déchiqueté en plusieurs endroits, la chaussure manquante, le pied réduit à un moignon sanguinolent.

Même Ron Mordecaï se rembrunit. Il était habitué à traiter les corps les plus ravagés, les vieillards solitaires retrouvés pourris et infestés d'asticots plusieurs jours après leur mort, les maris désespérés qui s'arrachaient la face à coups de chevrotine, ou les noyés gonflés, à moitié dévorés par les crabes. Mais tout était chaque fois logique, le résultat d'une action létale identifiable simplement. Ce qui était perturbant avec Rick Murphy, c'était l'état général.

Une odeur ferreuse mêlée à celle du pourrissement, acide et agressive, se dégageait du cadavre.

Ethan désigna le bassin complètement tourné de quatre-vingt-dix degrés.

— La chute de la dalle a pu causer ça ?

Mordecaï se pencha pour examiner les hanches, puis haussa les épaules.

— Apparemment oui.

Il attrapa une pince en acier sur son chariot et s'en servit pour soulever délicatement les fragments de la combinaison autour de la jambe gauche.

— Vous avez pensé à récupérer le pied ? demanda-t-il.

— Nous ne l'avons pas retrouvé.

Les prunelles claires remontèrent par-dessus les lunettes fines pour fixer Ethan Cobb.

— Comment ça « pas retrouvé » ?

— Il y a un amas de gravats et c'est particulièrement étroit, nous n'avons pas pu tout déblayer correctement, juste assez pour l'extraire.

— Vous ne pouvez pas en laisser un bout, lieutenant, vous savez ça, n'est-ce pas ?

— Nous y avons passé plus de six heures, tenta de se justifier Ethan, mais je m'assurerai que le corps soit rendu dans son intégralité à la famille.

— Avec la chaleur, vos hommes n'auront qu'à se guider à l'odeur, fit Mordecaï en reprenant son examen.

Ethan s'approcha et se pencha à son tour. Le thanatopracteur s'intéressait aux nombreuses lacérations sur le mollet, jusqu'au genou.

— Ça, en revanche, déclara Mordecaï, ce n'est pas l'œuvre du béton. Des griffures. Profondes.

Ethan lança un regard vers Ashley qui s'approcha, intéressée.

— Des rats ? proposa-t-elle.

— À moins qu'ils aient mangé des hormones de croissance sur plusieurs générations, non, les plaies sont bien trop larges et profondes. Même un chat n'aurait pas les griffes assez grosses pour provoquer ces marques.

— Alors quoi ? insista la sergent.

Mordecaï la toisa avec énervement.

— Je l'ignore, je suis médecin de formation, pas zoologue. Un raton laveur massif ? Un renard costaud ? Qu'est-ce que j'en sais ?

Ethan désigna le cou du mort.

— Lorsque nous l'avons dégagé, j'ai noté des griffures similaires au niveau de la gorge.

Mordecaï les inspecta avant de hocher la tête et de désigner le bord de la lèvre inférieure, déchiqueté et dont il manquait un morceau.

— En effet, et il s'est fait manger au passage.

— Les animaux sauvages du coin ne s'attaquent pas à l'homme pour se nourrir, s'étonna Ashley, sauf lorsqu'il n'est plus qu'une charogne. Mais là le pauvre Murphy n'a pas eu le temps de pourrir…

Mordecaï fit signe qu'il n'était pas d'accord.

— Regardez la plaie, elle a beaucoup saigné, ça signifie qu'il était encore vivant lorsque ça s'est produit, le cœur pompait toujours et le sang a coulé bien plus que sur une blessure post-mortem.

— Vivant ? répéta Ashley, troublée.

— Les marques sur la jambe gauche sont semblables. Oui, j'ignore sur quoi il est tombé, mais la bestiole n'a pas apprécié qu'on la dérange.

Ashley pivota vers son supérieur.

— Vous avez trouvé des traces de nid sur place ?

— Il y avait plusieurs carcasses d'animaux morts, des rongeurs essentiellement. Je n'imagine pas un raton laveur faire ça.

— Ne le prenez pas mal, lieutenant, vous êtes un citadin. J'ai grandi ici et j'ai déjà vu des ratons laveurs emporter une poule. Mais un homme, non, ça jamais. Un coyote, acculé avec ses petits, ou surtout s'il a la rage, pourrait peut-être faire ces dégâts, et encore. Ce n'est pas une bonne nouvelle, il faut prévenir les autorités sanitaires, une épidémie de rage peut avoir des conséquences désastreuses si nous ne l'endiguons pas rapidement.

Ethan semblait sceptique, mais ne releva pas. Il désigna les mains de Rick Murphy.

— J'ai noté qu'il avait également des blessures sur les doigts.

Mordecaï souleva l'index gauche avec sa pince pour détailler l'état de la paume. Les deux mains étaient couvertes de sang séché, zébrées d'entailles et deux phalanges manquaient, laissant dépasser un morceau d'os.

— Le majeur a été grignoté là et là, le bout manquant a pu être mangé, je ne note pas de trace d'écrasement, plutôt des contours de plaie déchiquetés, c'est assez net.

Les ongles étaient brisés, parfois haut sur la chair, deux manquaient complètement. Mordecaï en saisit un qui avait été arraché et s'ouvrait comme le capot d'une voiture. Il tira dessus et la main s'agita mollement en dessous.

— Je suis au regret de vous annoncer qu'il n'était probablement pas mort lorsque la dalle a cédé sur lui. Il s'est battu pour se sortir de là. À s'en arracher les ongles lui-même.

Ethan ne répondit pas. Il se contenta de se redresser et de croiser les bras sur la poitrine, l'air songeur.

Mordecaï lâcha sa pince dans un récipient en inox où elle tinta. Il s'empara d'un scalpel dont le tranchant brillait sous la lampe crue.

— Lieutenant, vous allez m'aider à le déshabiller, et puis nous débuterons la dissection.

*

Ashley respirait l'air frais à pleins poumons tandis qu'ils sortaient du salon funéraire sous la clarté des réverbères anciens et de la lune loin au-dessus du phare de Mahingan Head.

— Vous m'avez demandé d'être franche avec vous, lieutenant, dit-elle, alors si je peux me permettre, je pense que c'était une erreur d'imposer ça à ce pauvre Rick Murphy, et à nous au passage. Un examen général, externe, ne nous en aurait pas appris moins. Vous avez intérêt à préparer votre défense, quand le chef Warden va le découvrir, il se pourrait que vous passiez un sale quart d'heure.

Ethan marchait sans ralentir en direction de sa voiture. Il était perdu dans ses pensées. Ashley ajouta :

— Je vous soutiendrai si vous me dites de quelle manière je peux vous être utile.

Ethan s'immobilisa au milieu de la rue silencieuse et lui fit face.

— Il y a un truc qui ne colle pas, expliqua-t-il. Murphy se serait fait surprendre par un animal enragé dans le vide sanitaire ? Il se serait fait attaquer, se serait battu, et cela aurait provoqué l'effondrement de la dalle ?

— Vous l'avez dit vous-même, elle était très fissurée.

— Le problème n'est pas là. Murphy ne s'est pas arraché les ongles pour essayer de se sortir de sous les gravats. Il est mort sur le coup.

— C'est pas ce que semblait dire Morde…

— Bob McFarlane est catégorique : il n'y a eu qu'un seul « boum », la dalle a cédé d'un coup. Vous avez vu le bassin et le visage de Murphy ? Il n'a pas survécu à ça.

Ashley Foster devinait que Cobb ne disait pas tout. Elle attendit qu'il se lance sans le quitter du regard.

— Pourquoi vous vouliez une autopsie ? insista-t-elle. Qu'est-ce que vous avez vu ?

Ethan affronta les grands yeux du sergent.

— Une impression générale, dit-il. L'état du corps et… Il y avait des traces le long des murs, sur plus d'un mètre cinquante de long, parallèles et fines. J'y ai trouvé un des ongles de Murphy. Il a été traîné dans ce vide sanitaire, il s'est débattu, à s'en arracher les doigts. Vous croyez vraiment qu'un coyote pourrait avoir cette force ?

Il ne partageait clairement pas cet avis. Alors Ashley demanda :

— Vous ne pensez tout de même pas qu'il n'était pas seul sous la maison des McFarlane ? Je veux dire : qu'il y avait une autre personne.

Ethan l'observa en retour.

— Il est arrivé quelque chose dans ce boyau obscur, et nous sommes en train de passer à côté.

— Comment savoir ?

Ethan fit un signe de la tête comme pour signifier que c'était évident :

— En y retournant.

9.

Des photos de famille encadrées constellaient les murs, les tableaux étaient accrochés, les abat-jour vissés, toute la vaisselle parfaitement rangée dans les buffets, et plus aucun carton ne jonchait le sol de la maison, pas même derrière une porte de placard – à l'exception des affaires d'Owen et de ses parents disparus, rassemblées dans un débarras à l'étage. Olivia s'était efforcée de digérer l'emménagement au plus vite, pour qu'ils prennent tous leurs marques rapidement, que l'été dans leur nouvelle demeure soit pleinement consacré à se familiariser, à s'approprier, et non à s'installer. Et cela semblait efficace. Tom s'était déjà fabriqué son rite matinal, il partait acheter son journal pour le lire tranquillement assis face à l'océan chez Bertie's, enchaînant ses deux ou trois macchiatos. Les garçons semblaient s'être fait des copains par le biais de Gemma et même Olivia sentait qu'elle était sur le point de trouver son rythme. Elle aimait les petits rituels rassurants, savoir que tel ou tel magasin proposait exactement ce dont elle avait besoin, qu'elle pouvait s'acheter son café sur Main Street, que lorsque cette dernière était saturée elle pouvait se garer derrière la pharmacie, que l'épicerie bio dans Oldchester offrait exactement les marques qu'elle affectionnait… La liste était longue, de petites choses, juste ce qu'il fallait pour qu'elle se sente bien, qu'un semblant de routine prenne forme. Olivia détestait la monotonie et pourtant elle se reposait sur un socle d'habitudes presque futiles. C'était son moyen à elle de cimenter son quotidien, de pouvoir se lancer dans des rencontres, oser des activités nouvelles, parce qu'elle savait que sa base demeurait stable.

Ils vivaient à la Ferme depuis une dizaine de jours à peine et déjà elle sentait que leur esprit se détoxifiait de la pression new-yorkaise. L'énergie, parfois cannibale, de la ville, ne lui manquait pas du tout. Cela avait été sa plus grande crainte. Après plus d'une vingtaine d'années de vie citadine, galvanisée par une vitalité urbaine qu'il l'avait aussi vidée jour après nuit, elle était effrayée à l'idée de se retrouver sans aucun carburant extérieur. La campagne signifiait se retrouver face à soi-même. Ici le rythme intérieur n'était pas porté par les flux constants de la rue, les tentations, l'appel du grouillement permanent. Il fallait davantage se le créer. Aller le chercher. Elle l'avait vécu enfant, parmi les champs de Pennsylvanie, non loin des communautés mormones à la simplicité déroutante, mais c'était différent à présent qu'elle était en charge de faire tourner, non plus sa seule personne, mais toute sa famille. Constater que chacun prenait sa place ici lui faisait beaucoup de bien et la rassurait. Olivia était heureuse.

Assise sur les marches de la terrasse en bois derrière la maison, son mug de thé chaud à la main, elle contemplait le jardin fleuri, un sourire béat sur les lèvres, sous le pépiement des oiseaux.

Attends de passer ton premier hiver pour triompher. Lorsque la lumière est anémique, qu'il fait un froid déprimant, que le soleil manque un peu plus chaque matin, que les nuits sont éternelles, les paysages arides et que tu n'as même pas l'illusion de la vie que procurent les grandes villes, là tu sauras si tu peux t'estimer capable d'être véritablement heureuse ici !

Le premier hiver était toujours révélateur.

Et il y avait eu l'épisode abominable de la vieille dame suicidée quasiment sous leurs yeux. Tom avait tout vu. Dieu merci, ni les enfants ni elle n'avaient réalisé ce qui s'était produit avant que les cris retentissent dans la rue. Tom était sorti pour aider, il avait même parlé avec la police ensuite, tandis qu'elle-même s'efforçait d'extraire la petite famille sans qu'aucun ne puisse regarder le corps. Ça avait été terrible. Ils en avaient parlé longuement le soir même, dans l'espoir d'évacuer la tragédie, de ne pas en faire un traumatisme pour les garçons. Olivia pensait à Owen en particulier, après ce qu'il avait vécu. Pourtant, personne ne manifestait la moindre perturbation. Les enfants étaient surprenants.

Smaug vint s'allonger à côté d'elle, appuyant l'essentiel de son poids contre son flanc.

— Smaug ? Sérieusement ? Tu as des hectares pour toi et tu viens me coller ?

Elle lui caressa gentiment la tête malgré tout. Elle s'interrogea sur l'organisation de sa journée. Gemma n'allait pas tarder pour s'occuper des enfants, même si baby Zoey dormait (enfin !) et que les deux garçons n'étaient pas encore sortis de leurs chambres. Olivia se sentait fatiguée, elle commençait à encaisser le poids des nuits agitées. Zoey, qui avait toujours eu un sommeil lourd, faisait des cauchemars quasiment chaque nuit depuis leur emménagement, et parfois plusieurs d'affilée, hurlant, terrifiée, à en réveiller toute la maison. Tom et elle se relayaient pour la rassurer et y passaient parfois plus d'une heure avant qu'elle cesse de se battre pour rester éveillée. Ils mettaient cela sur le compte de la nouveauté, des murs qu'elle ne connaissait pas, tout autant que du bruit, très différent de la rumeur perpétuelle qui l'avait bercée pendant plus de deux ans à New York. Cela commençait à durer, et Olivia hésitait à l'emmener voir un pédiatre mais Tom estimait que c'était une perte de temps et d'argent. Zoey n'était qu'une petite fille perturbée par le déménagement, elle était en plein âge des fameuses « terreurs nocturnes » et il leur fallait seulement un peu de patience pour qu'elle se sente enfin détendue, « qu'elle remplace les pots d'échappement et les sirènes par le ululement des chouettes et le feulement du vent dans les branches », clamait-il, « bref, que le cortex reptilien se réveille, complètement engourdi par le voile parfois abrutissant de la civilisation ! » Du Tom tout craché. Excessif dans ses tirades. Mais elle l'aimait aussi pour ça.

Smaug posa sa gueule sur sa jambe.

— Alors, patapouf, toi aussi tu as fini par t'accoutumer à la vie sauvage loin de tes trottoirs et de la pollution qui t'encombrait la truffe ?

Elle repensa aux premiers jours, après que le chien s'était probablement retrouvé nez à nez avec un quelconque animal sauvage. Il avait mis du temps à oser ressortir, malgré les encouragements de toute la famille. Et même à présent, il ne s'éloignait jamais beaucoup du long rectangle d'herbe tondue. Cet idiot n'allait même pas faire ses besoins dans la forêt tout autour, il posait sa collection d'offrandes nauséabondes dans le jardin.

— T'es pas un grand malin… Mais tu es mignon.

Olivia perçut le bruit de la voiture de Gemma qui remontait l'impasse et elle se redressa. Il était temps de se préparer. Sa plus grande angoisse, lorsqu'elle avait donné sa démission à son employeur, n'était pas de quitter un emploi très rémunérateur, pas plus que de renoncer aux projecteurs de la célébrité, loin de là. C'était de ne rien faire de ses journées. Olivia était une femme active, toujours alimentée par des objectifs quotidiens qui la poussaient en avant. En venant vivre à Mahingan Falls elle avait cette peur de ne plus trouver comment garnir sa check-list, et il lui fallait rapidement trouver des centres d'intérêt. Tisser un début de réseau humain en était un. Elle sentait qu'elle voulait retourner à ses premières amours, lorsqu'elle était une jeune journaliste sur l'antenne d'une minuscule radio. Le journalisme lui manquait. Certes, par ici elle ne trouverait pas de quoi partir sur les routes du matin au soir, ce à quoi elle n'aspirait d'ailleurs plus, et n'étant pas une fille de la région, personne ne l'attendait, même si sa célébrité pouvait être un atout. Non, elle pensait plutôt proposer à un journal local une modeste rubrique, pour commencer.

Elle leva les yeux au-dessus de la cime des arbres tout au fond du jardin et vit la masse escarpée du mont Wendy qui dominait la région. Au sommet, l'antenne métallique truffée de paraboles se dressait sur la ville, impérieuse et scintillante dans le soleil, tel un crucifix des temps modernes.

Olivia secoua la tête. À bien y penser, c'était ironique d'avoir acheté cette maison juste en contrebas. Elle, en tout cas, avait tourné le dos à cette religion.

*

Pour la troisième fois depuis le début du dîner, Chad venait de se cogner contre la lampe qui pendait un peu trop bas au-dessus de la table de la cuisine, installée dans une alcôve en véranda, et la lumière se balançait à la verticale des assiettes et des plats.

— Chad, s'il te plaît, intervint Olivia, arrête de te lever comme une brute, si tu veux quelque chose tu n'as qu'à demander.

— Pardon, m'man. En même temps, il fait encore jour, on pourrait couper cette…

Tom leva la main avec autorité.

— N'argumente pas, si ta mère te demande quelque chose, tu obéis.

— Et si elle m'ordonne d'aller vendre de la drogue à l'école ? marmonna-t-il à moitié entre ses dents, n'assumant pas totalement de répondre sans pour autant parvenir à se taire.

Olivia, qui savait Tom sévère lorsqu'il s'agissait d'éducation, préféra désamorcer tout de suite la bagarre qui pointait. Elle avait passé une excellente journée et ne comptait pas se la laisser gâcher maintenant que baby Zoey était enfin couchée.

— Alors, les garçons, qu'est-ce que vous avez fait aujourd'hui ? Toujours sympa cette Gemma ?

— On pourrait l'inviter à dîner avec nous ? proposa Chad.

— Tu n'en as pas assez de la voir six ou sept heures par jour ?

Owen haussa les épaules.

— Elle est cool, dit-il.

— Cool ? releva Tom qui au grand plaisir de sa femme ne revint pas sur le sujet du respect. Cool comment ? Dites, les gars, vous ne seriez pas en train de tomber sous le charme de votre nounou ?

— C'est pas notre nounou ! s'indigna Chad. C'est notre guide à Mahingan Falls. Notre ange gardien.

— Tant qu'elle conduit lentement et qu'elle ne vous emmène pas dans des coins sordides, annonça Olivia, elle peut bien être ce que vous voulez. Je vais lui proposer de rester avec nous un soir.

— Elle travaille déjà beaucoup d'heures, fit remarquer Tom.

— J'ai croisé Martha Feldman aujourd'hui en ville, la fille de la mairie. Elle la connaît bien et elle m'a dit que Gemma avait besoin d'argent pour payer ses prochaines études à l'université. Elle ne rechignera pas à prendre toutes les heures qu'on pourra lui proposer, et je veillerai à ce qu'elle ne fasse rien pendant le dîner. Ce sera… disons, une sorte de sponsoring tacite.

— C'est quoi du sponsoring tacite ? demanda Chad.

Tom leva les yeux au ciel.

— Une des nombreuses expressions bizarres de ta mère pour parler de quelque chose sans avoir à le dire directement. Dis, et toi, Owen, tu t'y fais à ta nouvelle chambre ?

Owen s'était acclimaté lentement à sa famille d'adoption. Peu bavard, au début il était resté pensif, comme à distance de l'agitation des Spencer. Mais au fil des mois, il s'était progressivement fondu dans leurs habitudes. Il parlait toujours assez peu pendant les repas, toutefois il écoutait, riait, parfois s'agaçait même, ce que Tom considérait comme une preuve d'intégration.

— Oui, elle est canon.

— Si tu as envie qu'on y apporte des modifications, changer un meuble, un coup de peinture sur un mur ou je ne sais quel autre arrangement, tu le dis, d'accord ?

— Eh bien… je voulais savoir si on pouvait garder les cartons là-haut encore fermés quelque temps ?

Tom plissa les lèvres et jeta un regard à son épouse. Lorsque le garçon avait débarqué parmi eux, il avait été convenu que ce serait lui qui gérerait toutes les affaires récupérées dans sa maison. Il y avait tenu. Chaque objet avait une signification, ravivait un souvenir, et il voulait pouvoir les examiner un par un lorsqu'il serait prêt. Olivia avait accepté à condition de pouvoir passer derrière lui par la suite, pour faire le tri également, se remémorer sa tendre sœur partie brutalement dans un stupide accident. Et depuis un an et demi, elle attendait qu'Owen se lance, pour l'accompagner sans jamais lui mettre de pression, ce serait à son heure, selon ce qu'il choisirait.

— Bien sûr, approuva Olivia.

Tom prit Owen contre lui pour lui témoigner son amour, c'était plus fort que lui, il ne put s'en empêcher.

— Mais papa ! s'indigna Chad. C'est plus un gamin ! Owen n'a pas besoin d'un câlin !

— Excuse-moi, fit Tom. Quand ça déborde, il faut que je le sorte d'une manière ou d'une autre…

Un peu gêné, Owen secoua les épaules et esquissa un sourire.

— C'est pas grave, dit-il.

Ils rirent doucement, avec bienveillance, et tandis qu'ils terminaient leur repas, Tom demanda à son épouse :

— Tu m'as dit en rentrant que tu avais une bonne nouvelle, est-ce que tu vas enfin lever ce suspense insoutenable ?

— J'attendais le bon moment, avec l'attention de tout le monde. J'ai rencontré un certain Pat Demmel cet après-midi. C'est le directeur de la radio locale.

— J'ignorais qu'il y avait une radio à Mahingan Falls.

— C'est une toute petite structure, vraiment tournée sur la ville, mais les installations sont bonnes, entièrement rénovées.

— Tu y es allée ? releva Tom d'un air faussement soupçonneux. Le premier venu évoque un micro et toi tu le suis comme ça ?

Olivia retint son sourire. Elle aimait bien lorsque Tom se montrait un peu protecteur, voire jaloux, même lorsque c'était sur le ton de la plaisanterie.

— Rien n'est encore acté mais lorsque je lui ai parlé de mes débuts à la radio il a estimé que ce serait bien que je m'y remette et que je m'approprie un créneau horaire pour proposer une émission. Ils manquent d'idées et de volontaires compétents, m'a-t-il confié.

Tom ouvrit les mains devant lui, incrédule :

— Nous sommes arrivés quand, les enfants ? Il n'y a pas deux semaines, pas vrai ? Et toi, chérie, tu connais déjà la moitié de la ville et on te propose du boulot ?

— Avec l'ours mal léché que j'ai pour mari, il faut bien que quelqu'un se dévoue pour rattraper l'image désastreuse que notre famille va renvoyer ! se moqua Olivia. Maintenant, je n'ai rien répondu, et je voulais en parler avec vous tous. Je n'ai pas quitté la télévision pour me remettre dans la lumière à peine débarquée ici. Je ne veux rien vous imposer.

— Tu l'as dit toi-même, c'est une toute petite structure, donc je ne vois pas où est le problème, radio ou pas, ça ne changera rien. Avec ta carrière à la télé, les gens se retournent déjà sur toi dans la rue !

— C'est ce que je pense, mais c'est une décision familiale. Si je me lance, ça va me prendre un peu de temps régulièrement. Les garçons, vous en pensez quoi ?

— Pas de problème, lâcha Chad, à peine intéressé.

Owen fit signe qu'il ne savait pas quoi répondre, ça ne semblait même pas un sujet à ses yeux.

Tom prit la main de sa femme sur la table.

— Tu l'as souvent répété, dit-il, que la radio te manquait, c'est l'occasion de t'amuser sans pression.

Owen se pencha, l'air espiègle :

— Vous allez même demander à baby Zoey son avis ? se moqua-t-il.

— Non, répliqua Tom, mais je vais proposer à Gemma de lui installer un lit ici pour s'en occuper, puisque la mère de famille nous abandonne !

— Thomas Spencer ! aboya Olivia en lui montrant qu'elle le gardait à l'œil.

Ils rirent de bon cœur et finirent par monter se coucher après avoir regardé la télévision un moment dans le salon. Tout le monde était fatigué par le grand air. Olivia se démaquilla dans la salle de bains, elle ne sortait pas sans un minimum d'artifices pour se donner bonne mine et pour souligner son regard. La « fille de la télé » ne pouvait se permettre de paraître négligée et lorsqu'on la reconnaissait – plusieurs fois par jour –, il était attendu qu'elle soit au moins aussi souriante que dans le poste et presque aussi jolie, même sans son staff complet. Sans quoi les gens ne pouvaient s'empêcher de cancaner, voire parfois d'être désagréables. Elle exerçait un métier d'image avant tout. *J'exerçais. Fini. Désormais je vais petit à petit me fondre dans le bouillonnement anonyme de l'existence. Ça prendra du temps, je serai un visage familier, les plus perspicaces me reconnaîtront parfois, on me demandera pourquoi j'ai arrêté en sous-entendant que j'ai été virée, puis je vieillirai, on m'oubliera et ce sera presque la vie normale.*

Olivia s'observa dans le miroir. Quelques ridules ici et là, le bas du visage plus aussi tendu qu'avant, le dessous du sourcil un peu lâche, mais *le regard toujours aussi vif*, se rassura-t-elle. Sa chevelure également faisait sa fierté. Elle n'avait jamais oublié les paroles de sa mère : « Une femme avec une crinière élégante et soignée paraîtra toujours plus jeune ! Surtout de dos… » Pour les entretenir, Olivia ne se ménageait pas. Elle attrapa le pot de crème de nuit et s'en étala sur le visage comme pour noyer tous les doutes qui l'assaillaient.

Le temps de finir de se préparer pour la nuit, elle trouva Tom qui piquait du nez sur le roman qu'il essayait de lire depuis une semaine. Olivia le lui prit des mains avant qu'il ne tombe et éteignit sa lampe de chevet. Décidément, même lorsqu'elle croyait en avoir terminé avec les enfants ou elle, il restait toujours quelqu'un sur qui veiller dans cette famille…

Elle s'endormit plus difficilement qu'elle ne l'aurait cru, accaparée par cette histoire de radio. La proposition l'excitait terriblement, les sensations qu'elle avait éprouvées quinze ans plus tôt devant un micro la titillaient encore, mais n'avait-elle pas tout plaqué pour retourner à une vie centrée sur d'autres préoccupations ? N'était-ce pas l'aveu même qu'une partie d'elle regrettait son choix ? *Non, bien sûr que non. Et c'est justement parce que c'est une minuscule antenne locale que ça me plaît. Rien de professionnel, seulement du plaisir. Retrouver l'essence de ce qui m'avait attirée dans ce métier, sans les contraintes.*

Olivia s'était énervée contre elle-même, contre son incapacité à décrocher. Il fallait tout le temps qu'elle s'invente un moyen d'être sur le qui-vive. Elle rêvait de la reposante passivité d'une journée d'oisiveté mais demeurait incapable de ne pas se programmer mille projets.

Son esprit finit par sombrer peu après vingt-trois heures, tandis que la nuit recouvrait toute la ville. Elle dut faire un cauchemar car, lorsqu'elle se réveilla, elle éprouvait un sentiment d'angoisse profond. Elle ne respirait pas très bien et fut presque soulagée de ne plus dormir, avant que le sommeil ne la rappelle à l'ordre et qu'elle réalise qu'il n'était qu'une heure du matin. Elle était sur le point de tirer la couette sur son visage pour se rendormir vite lorsqu'elle crut entendre un pleur lointain.

Elle se redressa dans le lit. Tom ronflait doucement à côté.

Avait-elle vraiment perçu quelque chose ? Tout semblait calme, la chambre paisible pleine d'ombres qui s'étiraient sans fin. Le halo du réveil digital jetait une lueur juste suffisante pour qu'elle devine le tapis moelleux et plus loin le fauteuil où Tom empilait ses vêtements le soir. Rien ni personne. Pas d'enfants qui…

Un gémissement étouffé résonna dans le couloir.

Zoey ! Elle fait encore une mauvaise nuit.

Olivia constata que Tom n'avait encore rien entendu – était-ce de la mauvaise foi masculine ou était-il réellement dépourvu de tout instinct paternel ? Il n'entendait presque jamais rien ! Elle repoussa la couette et sans prendre le temps d'enfiler ses pantoufles, Olivia se dirigea vers la porte entrouverte qui donnait dans le couloir. Zoey ne pleurait pas encore, mais la présence de sa mère la rassurerait et avec un peu de chance elle piquerait du nez jusqu'au matin.

Olivia n'osa pas allumer la lumière pour ne pas déranger Tom ou les garçons, elle avait remarqué qu'Owen ne fermait jamais sa chambre la nuit, aussi se guida-t-elle du bout des doigts sur le mur. La maison grinça et le bois craqua dans le grenier juste au-dessus, comme si elle s'étirait. *Toi aussi tu émerges ? Va donc te recoucher, et veille sur nous, que Zoey cesse ses cauchemars permanents…*

Olivia parvint au coude de l'aile qui desservait les chambres des enfants. Tout au bout, une fenêtre ronde diffusait un clair-obscur sous une lune menaçante à demi dissimulée par les nuages. Olivia avait installé deux rideaux épais pour l'encadrer, sans aucune autre fonction pratique que de réchauffer l'ambiance. Pendant un court instant il lui sembla que celui de gauche bougeait.

Elle cligna des paupières, cherchant à mieux voir malgré la forte pénombre, et constata qu'il n'y avait aucun mouvement.

Pourtant, elle se sentit soudainement observée.

Comme si elle n'était plus seule.

Olivia déglutit et souffla pour regagner sa lucidité. Que lui prenait-il d'imaginer des trucs aussi tordus en plein milieu de la nuit ? *Il n'y a que toi dans ce couloir alors arrête ça tout de suite !*

C'était plus fort qu'elle. Et si elle se retournait maintenant ? Allait-elle tomber nez à nez avec l'inconnu qui la suivait ? *Mais tu es conne, ma pauvre fille, ou quoi ?* Pourquoi s'imaginait-elle des horreurs pareilles ? C'était la faute de ce fichu film que Tom lui avait fait regarder deux jours plutôt, une histoire de pervers qui s'introduisaient dans une maison. Quelle idée avait-il eue de louer ce navet sur la télé ?

Elle ferma les yeux pour se concentrer et faire le vide, chasser toute pensée parasite. Le parquet était froid sous ses pieds nus et elle frissonna. C'était complètement idiot. Elle se tenait là, debout dans le couloir en pleine nuit, à s'inventer des horreurs au lieu de dormir…

Olivia l'entendit distinctement.

Une respiration. Toute proche.

Elle rouvrit les yeux et scruta l'obscurité autour d'elle. Était-ce Tom qui daignait venir s'inquiéter de l'absence de sa femme dans le lit ou l'un des garçons qu'elle venait de réveiller ?

Impossible, je n'ai pas fait le moindre bruit.

Mais elle ne vit personne, et lorsqu'elle tendit l'oreille la respiration avait disparu.

Elle observa la fenêtre ronde au bout du corridor, face à elle. Les rideaux de part et d'autre *tremblaient*. Ils ondulaient par intermittence, semblables à de la peau sur les murs, saisis par la peur.

Cette fois c'en était trop, Olivia se rapprocha, passant au milieu des ombres épaisses, laissant derrière elle les portes de Chad, du débarras, d'Owen et elle leva la main pour tirer un grand coup sur le rideau de gauche.

Papier peint à rayures blanc et ocre, quasi neuf, datant de la rénovation de la Ferme par Bill Taningham. Aucune présence. Juste le doux courant d'air qui se diffusait par le bas de la fenêtre à peine entrouverte.

J'ignorais qu'elle pouvait s'ouvrir. Tu vois, pas la peine de s'inventer des conneries... Un des garçons avait dû tirer dessus en jouant. Olivia la referma et pivota pour se rendre auprès de Zoey lorsqu'un filet d'air glacial souffla sur sa nuque.

Cette fois, elle se tétanisa sur place. Ce n'était plus le vent, ni son imagination, mais bien un long souffle froid. Olivia déglutit. Elle respirait fort tout à coup. Elle tourna la tête. Lentement. Très lentement. Terrifiée à l'idée de ce qu'elle allait apercevoir dans son dos.

Qui s'était introduit chez eux ? Un psychopathe plaqué contre le mur, sourire vicieux, regard lubrique, qui allait bondir pour la bâillonner avant de…

Ce qu'elle vit fut presque pire en un sens.

Le vide.

Rien que le parquet, sans aucune présence. Olivia devenait folle.

Mais lorsque Zoey se mit à hurler comme si quelque chose lui faisait mal, la mère de famille sut qu'elle n'avait pas totalement perdu la raison, et elle se mua en une lionne, jaillissant dans la chambre de sa fille, prête à la défendre toutes griffes dehors.

Baby Zoey se tenait debout dans son lit et elle criait.

Elle pointa son doigt en direction de l'angle derrière la porte et Olivia s'y précipita pour frapper, mais elle n'y trouva qu'une poupée en plastique aux cheveux hirsutes, l'un des nombreux jouets de Zoey.

Olivia prit son enfant dans les bras et la serra en l'embrassant.

— Clignote ! Clignote ! répéta Zoey.

Olivia examina la pièce en tournant sur la moquette, sans rien remarquer d'allumé.

Son cœur battait à tout rompre. Elle aussi avait eu peur.

Une peur irrationnelle.

10.

La chair crépitait et le sang commençait à affluer vers la surface, se mêlant à la graisse qui brûlait en produisant un chuintement sonore.

— Encore un passage et ce sera cuit ! annonça Roy McDermott en agitant sa longue fourchette en acier inoxydable. Le secret d'une bonne côte de bœuf au barbecue, c'est le nombre d'allers-retours et le temps entre chacun. Ça et une bonne sauce maison !

— Tom vous dirait que c'est sacrilège, répliqua Olivia, il ne la mange qu'avec une pincée de gros sel.

L'intéressé acquiesça vivement avant de jeter un œil à Chad et Owen qui jouaient au football américain avec une balle, plus loin sur la pelouse du vieil homme. Baby Zoey, elle, cherchait à faire entrer un carré bleu dans un trou en forme de rond et s'énervait sur sa couverture, au pied de la table en bois. L'invitation à déjeuner du voisin tombait à pic, songea Tom. Après la nuit qu'ils venaient de passer, ils avaient bien besoin de se changer les idées. Zoey avait refusé de se rendormir jusqu'à ce qu'elle termine étendue entre ses deux parents dans le lit conjugal, et Olivia n'était pas dans son état normal.

Il avait fallu insister, en chuchotant, pour qu'elle daigne lui raconter qu'elle s'était « fait un mauvais trip ». Une histoire de présence, de froid et un cauchemar presque tangible dont il n'avait pas bien su quoi faire jusqu'à ce qu'ils se rendorment, groggys de fatigue. Au réveil, Olivia était normale, elle avait déjà évacué sa peur nocturne d'un revers de main. C'était une pragmatique, solidement ancrée dans le réel, tout devenait plus rassurant sous l'éclairage du soleil où elle concéda s'être inventé toute une histoire à cause de la fatigue et des cris de Zoey. L'épisode s'était soldé par la promesse que Tom ne relouerait plus de film d'angoisse avant un moment, sauf à le regarder tout seul.

Olivia désigna la grande maison ancienne de McDermott.

— Vous vivez seul, Roy ?

— Oh non, je vous présenterai Margerie à l'occasion. Elle ne sort pas, c'est devenu trop dur pour ses os fragiles.

— Elle est là ? À l'intérieur ? Mais nous ne pouvons pas déjeuner dans votre jardin sans au moins nous présenter ! s'indigna Olivia.

— Ne vous inquiétez pas, elle dort. Nous irons l'embrasser au moment du dessert, je lui ferai une assiette. Elle adore la viande ! Même si c'est un peu difficile à mâcher. C'est moche de vieillir, ça oui, c'est renoncer lentement à chaque petit plaisir de l'existence. C'est pour ça que je me bats pour tout. Vous avez entendu ce projet de loi qu'ils voudraient faire passer dans l'État ? Interdire de conduire à partir d'un certain âge !

— Ça ne passera jamais, rétorqua Tom. Juste un politicien qui cherche à se faire remarquer…

— Je vais vous dire : personne ne m'empêchera jamais de rouler ! Oh que non ! Les examens médicaux pour le permis, je veux bien, mais pas une stupide interdiction liée à l'âge. Et puis quoi encore, nous aurons bientôt tous une date de péremption obligatoire ? « Allez, mon bon monsieur, il faut y aller maintenant, céder la place aux jeunes, vous avez fait votre temps, il n'y a plus assez d'air frais et de nourriture pour tout le monde, soyez aimable et mourez ! »

Roy McDermott réalisa qu'il s'emportait et secoua la tête avant de planter les deux crocs de sa fourchette dans la viande. Il la déposa sur une planche à découper où il s'affaira à débiter des tranches fines tandis que Chad et Owen prenaient place à table. Il termina en tapotant l'os.

— Vous rapporterez ça à votre chien, pas de raison que nous soyons les seuls à nous régaler le dimanche.

Le géant à la toison blanche s'installa avec ses invités et ils déjeunèrent à l'ombre d'un chêne majestueux en répondant aux questions fascinées de leur hôte. Il n'y connaissait rien à la télé ou au théâtre, mais manifestait une curiosité sans fin pour ces milieux si éloignés du sien. Olivia, que dresser le portrait impitoyable du monde de la télévision amusait toujours, partageait son repas avec Zoey, assise à ses pieds sur sa couverture. Ex-célébrité, mère dévouée, femme resplendissante et voisine affable, Tom admirait la simplicité et la facilité avec lesquelles son épouse enchaînait les rôles. Puis elle se mua en confidente et fit parler Roy McDermott. Il avait tenu la quincaillerie de la ville pendant près de cinquante ans, entré comme simple manutentionnaire à l'âge de quatorze ans, avant de finir par la racheter, la moderniser puis la revendre à l'approche de son soixante-dixième anniversaire. Une vie entière dans ces allées qui sentaient la colle, le plastique et le bois fraîchement taillé.

— Vous êtes vraiment vieux alors, lâcha Chad sans aucune retenue.

— Chadwick ! le reprit sa mère, outrée.

— Yieu ! s'écria Zoey, hilare.

— Non, laissez, il a raison, je fais partie des monuments à Mahingan Falls. Les garçons, si un jour à l'école vous avez un exposé à rédiger sur l'histoire de notre bonne région, venez donc m'interroger, j'aurai quelques anecdotes à vous raconter.

— Vous avez connu Bill Taningham, je suppose, demanda Tom.

— L'ancien propriétaire de votre maison ? Oui, bien sûr. Pas très ouvert, un type de New York, il ne venait que pour les vacances ou les week-ends prolongés, et encore. Je n'arrive pas à comprendre qu'il ait pu faire autant de travaux, tout remettre à neuf pour si peu de présence sur place. Y en a qui ont vraiment de l'argent à gaspiller. Notez, je ne dis absolument pas ça pour vous, hein ! Vous, vous vivez là à présent, ce n'est pas pareil. Au final, ça a fait votre affaire tout ce qu'il a reconstruit. Mais il n'en a même pas profité.

— Taningham a eu des problèmes financiers peu après, il a dû se séparer de la plupart de ses résidences secondaires.

— Oui, c'est ce que j'ai entendu dire… Tessa Kaschinski ne rate pas une occasion de répéter tout ce qu'elle sait. Si vous avez un secret, surtout ne le lui confiez jamais !

— J'avais remarqué, grommela Tom la bouche pleine.

— À quoi ressemblait la Ferme avant ? interrogea Olivia.

Les yeux presque translucides de Roy se levèrent en direction de leur maison, invisible avec toute la végétation, et il prit le temps de terminer de mastiquer sa viande avant de répondre :

— La même sans la peinture fraîche. Je crois que c'est surtout à l'intérieur qu'il a effectué les plus gros travaux. L'électricité n'était pas aux normes, il a tout ouvert ou presque, isolation, peinture, nouveaux matériaux partout, je suppose qu'il a bougé quelques murs, le style à trouver les pièces toujours trop petites et à vouloir en fusionner plusieurs. Mais je ne suis pas entré dedans depuis.

— C'est vrai ? s'étonna Olivia après avoir donné une dernière cuillère de purée à Zoey. Vous viendrez, j'espère, Tom a toujours une bière au frais pour nos invités. Vous serez le premier. Martha Feldman m'a affirmé que nous habitons l'une des plus vieilles maisons de Mahingan Falls, elle ne m'a pas embobinée, alors ?

— C'est fort possible. C'est une bâtisse avec une… disons, une forte personnalité.

— C'est-à-dire ? tiqua Tom.

— Elle a du vécu, voilà tout. Martha ne vous a rien raconté ?

Olivia secoua la tête et partagea avec son mari un regard inquiet.

— Quelque chose que nous devrions savoir ?

Roy reposa ses couverts, manifestement embarrassé, puis s'essuya la bouche avec un mouchoir en tissu qu'il sortit de sa poche.

— N'allez pas vous imaginer des choses, les rassura-t-il, c'est juste une maison avec son histoire, c'est tout.

— Quel genre d'histoire ? insista Tom.

— Je ne suis pas bien calé, mais quand j'étais gamin on racontait que c'était la ferme d'une des sorcières. Vous savez, les sorcières brûlées à Salem.

— Il ne manquait plus que ça, fit Olivia en croisant ses bras sous sa poitrine.

— Oh, vous savez, les rumeurs des gosses, pour ce que j'en sais, c'est probablement une invention destinée à éloigner les curieux. Les parents n'aiment pas que leur progéniture traîne dans les lieux abandonnés.

— La Ferme était en ruine ? s'intéressa Owen.

— Non, pas en ruine, mais en mauvais état, oui, je crois bien qu'elle est restée longtemps inoccupée. Jusqu'à la fin des années 60 où un type de Californie est venu la retaper. Il y est resté bien dix ans, avant de revendre à une famille du Maine, il me semble qu'ils voulaient vivre au soleil. Mais vous savez comment c'est quand on habite la Nouvelle-Angleterre, il faut faire les choses par étapes pour parvenir à se sevrer, et Mahingan Falls en était une pour eux, sur la route qui les conduisait lentement vers la Géorgie ou la Floride.

— Ils sont restés longtemps ? demanda Olivia.

— Quatre ou cinq ans je crois. Ensuite je me souviens que la Ferme a subi un incendie. Pas important, mais assez pour décourager les éventuels repreneurs. Jusqu'au début des années 2000, avec l'avocat de New York à qui vous l'avez rachetée. Au début il l'a fait remettre au propre, mais sans excès, lui et sa femme ne venaient pas souvent. Puis, je crois que ce sont ses enfants qui se plaignaient du manque de confort, il a fini par lancer les grosses opérations de rénovation, pour revendre presque dans la foulée. Et voilà.

Roy déplia son immense carcasse et fit signe à ses invités de rester assis.

— Je vais chercher le dessert, surtout ne bougez pas. Sauf les enfants, vous pouvez aller vous dégourdir les jambes si vous voulez, je sais ce que c'est que d'être un gars de votre âge qui ne pense qu'à s'amuser.

Tandis qu'il s'éloignait vers la maison, une pile d'assiettes sales entre les mains, que Chad et Owen s'emparaient du ballon de foot pour se faire des passes plus loin, Olivia se pencha vers Zoey et lui essuya la bouche. La petite avait mis de la purée un peu partout. Tom s'inclina vers son épouse.

— Tessa Kaschinski est peut-être une commère de première, mais elle avait oublié de nous préciser tout ça !

— Qu'est-ce qu'il y a de particulier qui aurait pu te refroidir ?

— Je ne sais pas, savoir qu'on investissait dans une maison qui a été abandonnée une partie du XXe siècle…

— Taningham a tout refait, donc elle est saine.

Tom soupira.

— Oui, tu as raison.

Pourtant il n'arrivait pas à se défaire d'une impression désagréable. Était-ce parce que ces précisions venaient le lendemain matin d'une nuit de cauchemars pour sa fille et sa femme ? Olivia semblait sereine, pas du tout affectée par cette histoire. C'était lui le plus perturbé au final. Il n'arrêtait pas de revoir le visage terrifié de la vieille femme avant qu'elle ne saute sous le pick-up. Le soir en s'endormant, il lui arrivait d'entendre les sons terribles qu'avaient produits sa chair et ses os en heurtant la tôle. Il n'avait pas encore « digéré » ce drame. Cela l'affectait. Malgré tout, ce n'était plus pour cette malheureuse qu'il s'inquiétait en cet instant, mais bien pour les siens. Avec Olivia, ils avaient pour habitude d'être directs lorsqu'il s'agissait de leurs émotions, cela faisait partie de leurs rites obligatoires pour rester un couple solide et uni, même après quinze ans de mariage. Aussi demanda-t-il sans prendre de gants :

— Tu ne crois pas que notre maison pourrait être hantée ?

— Pardon ?

— Je te demande juste ton avis.

Olivia étouffa un rire qui se transforma en un bref reniflement.

— Tu es sérieux ?

— Je sais pas… C'est toi qui t'es fait peur cette nuit. Et Zoey qui ne dort pas, alors…

Tom vit qu'Olivia étudiait sérieusement sa proposition, il la connaissait assez pour décrypter ses attitudes, puis elle lui prit la main.

— Chéri, j'ai travaillé à la télévision, je crois donc aux monstres, j'en ai fréquenté une flopée, mais des fantômes, ça non, jamais.

Tom opina.

— OK. Tu es la cartésienne de la famille, et je suis le rêveur, je posais juste l'hypothèse sur la table, c'est tout.

Olivia secoua la tête affectueusement et lui déposa un baiser sur la joue. Tom adorait lorsqu'elle faisait ça si lentement, amoureusement. Roy apparut en bas des marches de sa maison, une chatte blanche dans les bras.

— Chers amis, dit-il tout fort, je vous présente Margerie.

11.

Ses boucles rousses bravaient toute tentative d'asservissement. Gemma Duff en devenait folle. Elle lut une dernière fois l'étiquette de la lotion lissante et la jeta dans la poubelle de la salle de bains avant de reculer pour se regarder dans le miroir.

Rien n'avait changé. Une toison luxuriante encadrait son minois constellé de taches de rousseur.

Quelle arnaque, ce truc !

Gemma s'observa un instant et enragea encore plus. Elle n'avait pas assez de fesses et trop de seins ! Habillée, elle parvenait à donner le change mais en sous-vêtements c'était criant. Il y avait certes des garçons qui trouvaient ça très attirant, mais elle ne l'assumait pas. Elle évitait les décolletés pour cette raison. On ne souligne pas ce qui est déjà évident, sinon c'est vulgaire, se répétait-elle. Amanda Laughton l'avait plusieurs fois traitée de « prude » et même de « coincée du cul » à cause de ses tenues, mais Gemma n'était pas d'accord. Avec sa chevelure flamboyante et ses yeux pétillants, elle attirait déjà bien assez les regards comme ça, il fallait se faire confiance ensuite, ne pas tout miser sur la provocation. Et puis oui, elle n'était pas prête à s'exhiber pour qu'on lui demande son numéro de portable, contrairement à Amanda. Gemma n'avait pas eu beaucoup de petits copains. Le premier avait été trop entreprenant et crétin pour que cela dure plus d'un trimestre, et avec le second, Josh, elle avait été sur le point de faire le grand saut, après huit mois de relation, lorsqu'elle avait découvert qu'il flirtait avec une autre en parallèle. Quelques dragues sans importance depuis, Gemma demeurait célibataire et « un territoire inexploré », comme le répétait à tout bout de champ Barbara Ditiletto avec sa classe légendaire. Cela lui pesait. Elle avait envie de rencontrer un mec bien qui saurait prendre soin d'elle, se sentir en confiance, tomber amoureuse, avoir les sens en feu… Mais pour cela elle devait trouver un moyen de se débarrasser de Derek Cox. Aucun garçon n'oserait l'approcher tant que Derek l'aurait dans le collimateur, personne ne serait assez suicidaire pour s'interposer. *C'est donc encore à moi de prendre les choses en main.* C'était tout le temps la même chose. Elle devait tout faire. Et pour l'heure, elle n'avait pas la moindre idée de comment procéder pour ne pas risquer de terminer avec des ecchymoses et peut-être même le nez cassé et quelques points de suture sur l'arcade. C'était ce qui était arrivé à Patty et Tiara, les deux ex de Derek. *À la différence que moi, je ne lui ai pas cédé !* Ce serait donc probablement pire.

Elle enfila son polo et son short, remit du déo, se vaporisa une nouvelle dose de parfum et sortit dans le couloir. En passant devant la chambre de son frère, elle le vit arc-bouté derrière sa longue-vue, cette dernière braquée sur la maison de l'autre côté de la rue. Gemma savait très bien ce qui l'intéressait, la voisine qui se déshabillait sans fermer les stores !

Oh mon Dieu, ne me dites pas qu'il est en train de se...

Devinant une présence, il se redressa et au grand soulagement de sa sœur, il ne tenait qu'un calepin dans sa main devant lui.

— Corey, tu mates la fille des Hamilton ?

Il secoua vivement la tête et Gemma perçut alors des rires dans la chambre. Elle repoussa la porte du bout du pied pour découvrir Owen et Chad Spencer affalés sur le sofa sous le lit en mezzanine.

— Salut Gemma ! fit le plus costaud des deux.

— J'ai oublié que je devais vous garder aujourd'hui ? demanda-t-elle prise d'un doute.

— Non, répondit Owen, on est juste venus voir Corey.

— Oh, OK. Il a dû vous parler de Lana Hamilton, je suppose ?

Corey devint tout rouge. Chad se pencha, très intéressé.

— Lana Hamilton ? répéta-t-il tout mielleux et moqueur. Hé, Corey, il est temps qu'on parle !

Gemma secoua la tête de dépit, et referma la porte. Elle avait les courses à faire, leur mère ne rentrerait pas avant tard ce soir et les placards sonnaient affreusement creux. Cela faisait partie des différentes missions qu'elle confiait à Gemma, et cette dernière ne pouvait pas refuser. Leur mère travaillait à l'accueil de l'hôpital de Salem la journée et enchaînait les heures le soir au standard téléphonique d'une compagnie de sécurité de la région pour mettre un maximum d'argent de côté afin de payer des études supérieures à ses deux enfants. En son absence Gemma avait la responsabilité du quotidien, en particulier pendant les vacances d'été.

Elle sortit un peu vite de la maison et faillit se cogner à un policier en uniforme qui était sur le point de sonner.

— Oh pardon, s'excusa-t-elle.

— Tout va bien. Vous êtes Gemma Duff, n'est-ce pas ? C'est vous que je venais voir.

L'homme avait la trentaine, mal rasé, assez mignon, et il portait bien sa chemisette beige qui soulignait sa carrure plutôt sportive.

— Il y a un problème ? demanda Gemma sans savoir si elle trouvait cela très effrayant ou un peu excitant malgré tout.

— Je suis le lieutenant Cobb. On ne s'est encore jamais croisés. Vous auriez un moment à m'accorder ?

— Maintenant ?

— Je ne serai pas long, juste quelques questions. C'est à propos de Lise Roberts, la fille qui a dispar…

— Je sais très bien qui est Lise Roberts. C'est à Barbara Ditiletto que vous devriez causer, c'est elle sa meilleure amie.

— Déjà fait. Barbara n'a pas grand-chose à raconter.

— Moi je fréquente moins Lise. On se croise au lycée ou en ville mais on ne traîne pas ensemble.

— C'est justement un portrait plus… extérieur que je voudrais dresser, avec moins de subjectivité.

Gemma écarquilla les yeux puis se frotta les mains machinalement.

— Bon. D'accord. Venez, entrez, je vais vous faire un café. Un officier peut boire du café en service, pas vrai ?

— Vos parents sont présents ?

— Ma mère travaille et mon père… il est loin. Depuis toujours.

— Je suis désolé. S'il n'y a personne de majeur à l'intérieur, je préférerais que nous restions sur le palier si vous n'y voyez pas d'inconvénient.

Gemma fut surprise avant de comprendre. Contrairement aux trois quarts des flics locaux que tout le monde connaissait bien, Cobb n'était pas d'ici.

— Vous êtes à Mahingan Falls vous savez, ici on n'est pas suspicieux à ce point, il y a trois ados crétins dans la maison, donc personne ne vous accusera de quoi que ce soit. Et puis moi je ne vais pas rester en plein soleil pour vous parler.

Gemma était elle-même surprise de son aplomb. Mais le lieutenant Cobb lui inspirait confiance, et elle aimait bien sa façon de parler et son regard intelligent. Elle le fit entrer et lui prépara un café pendant qu'il se positionnait devant la fenêtre. *Pour qu'on puisse bien te voir si quelqu'un nous observe de l'extérieur ! Toi quand tu as une idée dans le crâne...*

— Vous pourriez me décrire Lise Roberts ? Comment la qualifieriez-vous ?

— Excentrique.

— C'est ce qui revient le plus en effet. Vous l'avez vue traîner avec des étrangers dernièrement ?

— Je sais qu'elle est sortie avec des gars de Salem, mais Barbara a dû vous le dire, elle était avec elle.

— Oui. Ce qui m'intéresse, c'est ce que vous, vous auriez pu remarquer. N'étant pas sa confidente, peut-être que d'un point de vue extérieur vous…

— Qui vous a parlé de moi, d'ailleurs ?

— Votre nom est revenu plusieurs fois parmi les témoignages. Apparemment vous êtes une fille de confiance, « intelligente et observatrice ».

Gemma servit le café dans un mug et fut rassurée de tourner le dos au flic, elle devait être en train de rougir, ce qui était tout bonnement ridicule, estima-t-elle. Elle n'était pas habituée à recevoir des compliments gratuits, encore moins rapportés par un flic assez séduisant.

— Vous n'avez pas de nouvelles d'elle ? demanda-t-elle après s'être assurée qu'elle avait repris le dessus. Tenez, attention il est chaud.

— Non. Rien du tout.

— Je suppose que c'est à présent passé au niveau national, tous les services de police du pays ont reçu un avis de recherche, pas vrai ?

— Nous faisons notre travail, mais Mlle Roberts demeure introuvable. Cela dit, si elle reste discrète, il faudra du temps avant de la retrouver.

Il avait dit cela d'un air distant et Gemma devina qu'il ne cherchait qu'à la rassurer avec son baratin préformaté.

— Vous ne croyez pas à la fugue ?

— Je garde toutes les options ouvertes.

— Comme… un meurtre aussi ?

Cobb sirota une gorgée en fixant Gemma, puis se fendit d'un sourire factice.

— Pas la peine de dramatiser, mais c'est mon métier que de tout envisager.

— Pourtant le chef Warden a expliqué que Lise avait fugué, non ?

Cobb parut embarrassé et il prit le mug entre ses deux mains.

— C'est ce qui semble le plus probable. Ça vous paraît crédible ?

— Je vous l'ai dit, c'est Barbara sa vraie copine, c'est à elle que…

— Barbara n'y croit pas une seconde. Mais vous ?

Gemma souffla, un peu perdue.

— Je ne sais pas… Je suppose que oui, Lise étant un peu spéciale, elle pourrait se tirer du jour au lendemain. Peut-être qu'elle est tombée amoureuse…

— Elle aurait préparé son coup d'après vous ?

— Je ne sais pas.

— Ce n'est pas une impulsive ?

— Bah… encore une fois : je ne la connais pas assez pour répondre à ça. En tout cas elle a le caractère pour. Je n'ai pas été complètement étonnée quand j'ai appris qu'elle s'était tirée d'ici.

— Même en plein milieu d'un baby-sitting ? Laissant le gamin seul dans son lit ? Plusieurs personnes m'ont affirmé que Lise était marginale avec toutefois un sens moral profond, et celui du respect. En particulier vis-à-vis des enfants. Vous qui n'êtes pas son amie, qui n'avez rien à gagner à m'en dresser un portrait idyllique, vous en pensez quoi ?

Gemma se gratta le coude nerveusement. Elle ne savait quoi répondre. Lise et elle ne se fréquentaient que très rarement, et elles n'avaient pas de véritable point commun mis à part… Gemma fit claquer ses lèvres.

— Ce sont les parents qui vous ont donné mon nom, comprit-elle. Lise et moi gardions les mêmes enfants parfois.

— Entre autres, oui. Et c'est justement parce que vous êtes considérée comme une fille très fiable que je vous interroge. Lise Roberts, malgré son apparence rebelle, est très appréciée par les familles qui l'ont employée. Elle adore les gosses, semble-t-il.

— C'est vrai, approuva Gemma. Elle s'en occupe très bien, ça je peux le confirmer. Et… qu'elle puisse se sauver en laissant le petit seul, ça ne lui ressemble pas, maintenant que vous le dites, je suis d'accord. Elle aurait attendu le retour des parents. Oh, mon Dieu ! Ça signifie qu'elle a été enlev…

— Ttttttt, fit Cobb avec sa langue sur son palais. Ne vous imaginez pas le pire. Il n'y a aucun indice qui irait dans cette direction. Cependant, pour mieux comprendre son état psychologique, j'avais besoin d'un avis comme le vôtre.

— Vous croyez qu'il a pu lui arriver malheur ?

— Non, fit-il avec un grand sourire. Peut-être juste une grosse peur, elle a voulu fuir quelqu'un. Elle va réapparaître lorsqu'elle se sentira mieux.

Il n'en pensait pas un mot, Gemma en aurait mis sa main à couper.

Cobb but le restant de son café, l'air songeur.

Ils échangèrent quelques banalités supplémentaires avant qu'il ne s'en aille, lui laissant sa carte au cas où elle voudrait ajouter quelque chose. Gemma le regarda partir dans son vieux 4 × 4 de la police puis elle perçut le grincement de la marche tout en haut des escaliers.

— Corey ! Je sais que tu es là ! Tu as tout écouté, pas vrai ?

Après quelques secondes, la petite voix gênée de son frère tomba depuis l'étage.

— Un flic à la maison, c'est génial.

— Pas un mot de tout ça à maman ! Je ne veux pas qu'elle se fasse des idées ou que ça la stresse. C'est compris ? Si tu la boucles, je t'offre une place de ciné.

— Je suis pas tout seul.

— OK, trois places, lâcha-t-elle.

— Pour voir un film d'horreur ? Tu nous feras entrer ?

Gemma soupira et accepta.

— Super ! On ne dira rien, c'est juré !

*

La pièce absorbait les sons, donnant aux mots une douceur rassurante. Olivia n'avait pas à pousser sa voix pour couvrir d'éventuels bruits de fond. Ici tout n'était que silence et ambiance feutrée. L'absence de fenêtre permettait de se concentrer dans sa propre bulle pour atteindre le ton le plus juste. Olivia avait toujours aimé les studios d'enregistrement et celui-ci, avec ses matières moelleuses sur les murs, ses quelques boiseries sombres pour tenir les panneaux acoustiques et les lumières déportées, lui plaisait tout particulièrement.

De l'autre côté de la baie vitrée, assis derrière une énorme console qu'on aurait crue tout droit sortie d'un vaisseau spatial, Mark Dodenberg, l'ingénieur du son, terminait la mise au point de ses réglages. Au-dessus de lui, Pat Demmel leva le pouce pour signaler que tout était OK puis se pencha vers un petit micro pour parler. Sa voix résonna aussitôt dans le casque d'Olivia :

— C'est parfait pour nous. À croire que vous avez fait ça toute votre vie ! plaisanta le directeur de la radio.

C'était Olivia qui avait proposé d'effectuer un essai avant d'envisager d'aller plus loin. Non qu'elle doutât de ses compétences – en réalité c'était elle qui leur faisait passer un test. Elle voulait s'assurer qu'ils savaient ce qu'ils faisaient, les meilleures intentions peuvent parfois se transformer en enfer d'incompétence. Refaire de la radio l'amusait énormément, à condition de bénéficier de conditions correctes, avec un minimum de professionnalisme. Pat Demmel connaissait sur le bout des doigts le petit bijou technique dont il disposait, il maîtrisait parfaitement le profil de ses auditeurs et Mark Dodenberg jouait avec sa console comme s'il était né avec. Pour une minuscule radio locale, Olivia était impressionnée, elle s'en voulait presque d'avoir osé les considérer comme des amateurs. C'était le comportement d'une starlette arrogante et prétentieuse, tout ce qu'elle détestait. Elle se promit d'être plus vigilante à l'avenir vis-à-vis d'elle-même.

Séparé d'Olivia par la vitre insonorisée de la régie, Pat Demmel saisit son micro pour bien se faire entendre.

— Je vais être honnête, annonça-t-il dans le casque de l'animatrice, à côté de l'audience que vous faisiez à la télévision, ici ça va être ridicule, j'espère que vous en êtes bien consciente ! Nous diffusons sur tout Mahingan Falls, la population nous écoute plutôt bien, et le Cordon nous relaie au-delà vers Salem, Rockport et même Ipswich, mais ils ne nous suivent pas vraiment. Peut-être qu'avec votre présence, ça va changer !

— Le Cordon ? répéta Olivia.

— Oui, c'est le surnom de l'énorme antenne sur le mont Wendy, juste au-dessus de chez vous. C'est notre « cordon ombilical » vers l'extérieur. Sans lui, plus de radio, plus de téléphone et on perd une partie des signaux télévision. Bref, pour beaucoup, aujourd'hui, c'est la survie de l'espèce !

Olivia acquiesça.

— Le mât disgracieux qui fout tout le paysage en l'air, d'accord.

— Écoutez, je ne vais pas tourner autour du pot, pour moi votre présence à l'antenne serait un atout formidable pour notre petite structure. Mais je n'ai pas les moyens de vous payer ce que vous…

— Je vous arrête tout de suite, Pat, ma célébrité je m'en fiche, et je ne fais pas ça pour l'argent. Au contraire. J'ai *besoin* de retrouver des sensations de plaisir, sans pression, rien que m'amuser. Quel créneau vous pourriez me proposer ?

Le directeur haussa les épaules derrière l'épaisse vitre avant que sa voix sonne de nouveau aux oreilles d'Olivia.

— Pour vous, je m'adapte. J'ai quelques impératifs, le week-end notamment envers les équipes sportives de la ville. Nous avons également des rendez-vous appréciés par nos auditeurs en semaine, mais nous devrions trouver une plage horaire qui vous plaira.

— Je préférerais du direct. J'ai pensé à un programme où nous mettrions en valeur une personne qui viendrait ici avec moi, pour son travail, pour un acte de bravoure, un événement remarquable et ainsi de suite. Pas seulement des gens d'ici, mais de tout le comté afin d'élargir un peu. Je prendrai aussi des appels en fin d'émission.

— Il faudra que je m'organise pour préparer un mini-standard téléphonique, mais comme on ne croulera pas sous les appels, je pense que c'est faisable. Et vous voudri…

Un affreux grésillement coupa leur communication, laissant dans les casques un bruit parasite qui les fit grimacer tous les trois. Olivia vérifia aussitôt si elle n'avait pas malencontreusement appuyé sur la mini-console disposée devant elle, mais ça n'était pas le cas. Le son s'arrêta aussitôt. Mark Dodenberg inspecta son propre instrument de travail, l'air étonné. Olivia remarqua alors que Pat lui parlait derrière l'épaisse vitre mais elle ne l'entendait pas, ce qu'elle lui fit comprendre d'un geste vers ses écouteurs.

Des mots claquèrent contre ses tympans, martelés par une voix grave et, rapidement, fusèrent, trop fort, sans qu'elle puisse en comprendre un seul, comme s'ils provenaient d'une langue étrangère. Une dizaine de voix se mirent alors à crier si violemment qu'elle en resta bouche bée, puis elles se muèrent en hurlements de souffrance insupportables, contraignant Olivia à arracher l'appareil de ses oreilles.

En face, Pat et Mark étaient tétanisés, les yeux écarquillés, livides.

Le silence revint. Ils se regardèrent, hébétés, avant que les deux hommes n'échangent quelques paroles, puis Pat passa par le sas pour entrer dans le studio d'enregistrement.

— Qu'est-ce que c'était que ça ? fit Olivia, encore sous le choc, les oreilles sifflantes.

— Je suis vraiment désolé, je ne comprends pas. Mark est en train de vérifier…

Olivia se massa les tempes. Cela avait été très rapide, mais d'une violence saisissante. D'abord cet homme qui s'était exprimé d'un ton caverneux, presque effrayant, avant que se superpose la chorale monstrueuse.

— Vous avez compris ce qu'il disait, le type au début ? demanda-t-elle.

— Ce n'était pas de l'anglais.

— Il y a des radios amateurs sur le secteur ?

— Non, et même si un type décidait de s'improviser un système, il n'y a aucune chance pour qu'il vienne brouiller nos canaux. Je… j'avoue que je suis un peu désemparé. Mark va travailler là-dessus pour que ça ne se reproduise pas, je vous le garantis.

Olivia secoua la tête, autant pour signifier que ça n'était pas grave que pour chasser les derniers échos des hurlements qui la hantaient encore. Elle en eut la chair de poule.

Ces cris semblaient ceux de personnes dont la souffrance allait au-delà de ce qu'un être humain peut normalement endurer.

*

Olivia avait volontairement garé sa voiture à distance de la radio pour s'offrir quelques minutes de marche. À présent, elle remontait Main Street, son gobelet de café chaud à la main, réfléchissant à cet essai qui s'avérait concluant à tous niveaux.

Elle se payait même le luxe de pouvoir choisir son émission et son horaire. Que pouvait-elle espérer de plus ? *Prendre du plaisir et rester rigoureuse. Si on m'autorise à peu près tout, il faudra que je sois exigeante avec moi-même pour ne pas faire n'importe quoi.* Demmel semblait être un bon bougre, un type sérieux qui étudiait tout ce qui lui tombait entre les mains pour améliorer sa petite structure.

Les horribles cris parasitèrent soudain l'esprit d'Olivia et elle grimaça. Elle avait d'abord pensé à une forme d'attaque pirate, en direct d'un lieu qu'elle avait imaginé extrêmement sordide, sans savoir par quel processus étrange cela s'était retrouvé sur leur canal. Cependant, plus elle y pensait, plus elle réalisait que ce n'était pas possible. Cela ressemblait à un film. Une scène d'horreur. Ou peut-être l'introduction d'un de ces morceaux de metal diaboliques, elle en avait déjà entendu lorsqu'elle avait surpris Chad un soir en train d'en écouter sur Internet. À quoi jouait celui qui se cachait derrière cette mauvaise plaisanterie ? Était-ce volontaire de sa part ? C'était un peu risible, surtout ici dans une si petite ville ; quel aurait été son objectif ? S'attaquer à une antenne régionale, voire nationale, passait encore, c'était une sorte de fait d'armes pour pirate en mal de reconnaissance. Mais ici, à Mahingan Falls ? Olivia ne saisissait pas la démarche. Encore moins la manière.

Elle en était là de ses déductions lorsqu'elle aperçut Gemma Duff, un peu plus loin sur le minuscule parking derrière la pharmacie et l'épicerie. La jeune femme était en pleine discussion avec un autre jeune, grand brun aux cheveux courts vêtu d'un maillot de football des New England Patriots, les bras couverts de tatouages. *Gemma nous avait caché qu'elle avait un petit copain ! Et pas le plus vilain...* Toutefois, en le distinguant un peu mieux, Olivia réalisa qu'il affichait des traits peu engageants, marqués par la colère. Il repoussa Gemma violemment contre la portière de sa voiture. Olivia se figea sous l'effet de la surprise.

— Tu te prends pour qui ? s'écria le garçon de deux têtes de plus que la jeune fille. Tu sais combien voudraient être à ta place ?

Il leva la main dans les airs et la referma pour exhiber son poing qu'il martela contre ses pectoraux pour évacuer sa rage. Puis il brandit un index menaçant juste sous le nez de Gemma, effrayée.

— Hors de question que ça se passe comme ça ! aboya-t-il. Je vais avoir l'air de quoi, moi, hein ? Non, non ! Et puis tu ne me connais même pas, tu peux pas m'envoyer chier ! Alors je vais te dire ce qu'on va faire : je viens te chercher samedi soir et on va aller se balader tous les deux. Tu vas apprendre à me connaître. Oui, on va faire ça comme ça. Tu vas voir, on va passer un bon moment. Tu me dois ça !

Gemma était incapable de répondre ; elle bégayait, dépassée par la menace physique de son interlocuteur, tout ce qu'Olivia pouvait deviner trahissait sa peur et ses vaines tentatives pour signifier qu'elle n'était pas d'accord. Son sang se mit à bouillir, et la jeune quadra reprit tout son aplomb naturel. Elle accéléra en direction du couple et asséna de sa voix la plus sûre :

— Ça ne va pas être possible, je suis désolée, mais samedi Gemma travaille chez nous.

Le garçon pivota vers elle et son regard surprit Olivia tant il était froid. De près, il était encore plus costaud qu'elle ne l'avait estimé.

— Et vous êtes qui, vous ? fit-il sans aucun effort pour paraître aimable.

— Olivia Spencer-Burdock, Gemma travaille pour nous en ce moment, et j'ai besoin d'elle quasiment tout le temps, je suis au regret de vous annoncer qu'elle ne sera pas disponible avant un moment.

Le jeune homme transperça Olivia de ses prunelles frustrées. Puis il fixa Gemma.

— C'est vrai ça ? s'énerva-t-il.

Gemma approuva vivement.

— Je… c'est pour ça, Derek, toi et moi c'est pas possible… Je… je ne suis jamais libre.

Olivia comprit que Derek était déstabilisé par son intervention et elle décida de ne pas lui laisser le temps de reprendre ses esprits. Elle désigna la vieille Datsun de Gemma.

— Nous sommes en retard, Gemma, il faut y aller maintenant.

Et sans perdre de son assurance, elle ouvrit la portière côté passager avant d'enjoindre à la jeune fille de la rejoindre, ce que celle-ci fit en démarrant le moteur. Puis Olivia ajouta à l'intention de Derek, médusé :

— Gemma a trop d'importance pour nous, n'essayez même pas de m'amadouer, ça ne marchera pas, je vais la garder tout l'été et probablement une large partie de son temps libre à la rentrée. Il va falloir vous faire une raison, Derek, Gemma a raison, vous n'avez aucun avenir tous les deux.

Olivia vit le garçon dans le rétroviseur tandis que Gemma accélérait pour sortir du parking. Il fulminait. L'intervention de ce tourbillon avait provisoirement étouffé sa colère, mais elle remontait plus sûrement qu'une marée haute à présent qu'Olivia et Gemma s'éloignaient de sa portée.

— Merci, balbutia Gemma une fois dans Main Street.

Olivia s'aperçut que la pauvre tremblait. *Mon propre cœur bat la chamade. Ce type est effrayant...*

— J'ignore ce qu'il y a entre vous deux, dit-elle, mais je pense sincèrement que vous avez raison de prendre de la distance.

— Je suis désolée, madame Spencer, vraiment...

— Je vous l'ai déjà dit, appelez-moi Olivia. On ne se connaît pas encore bien, mais dans mon métier j'ai rarement le temps de m'installer avec les gens, alors j'ai appris à les *sentir*, à faire confiance à mon instinct pour les jauger, et il me dit que vous êtes quelqu'un de bien, Gemma. Vous méritez mieux que cette brute.

Gemma secoua la tête vivement.

— Personne ne mérite Derek Cox.

— C'est un violent, ça se voit.

— Oh ça oui. Tout le monde le sait ici.

— Et personne ne fait rien ?

— Bienvenue à Mahingan Falls.

Olivia se tourna vers la jeune femme :

— Il vous a frappée ?

— Non, pas moi. Hélas, toutes les filles n'ont pas eu cette chance.

— Et la police n'intervient pas ?

Gemma soupira.

— Derek Cox est ami avec le fils d'un des hommes les plus puissants de la ville, ça le protège en partie. Je crois que le chef Warden l'a déjà sermonné plus d'une fois, mais à moins de le prendre sur le fait, il continuera toujours à s'en sortir. Les filles ont peur de porter plainte, et tout le monde ment plutôt que de s'attirer des ennuis. Derek est du style à venir vous crever les pneus ou à empoisonner votre animal de compagnie si vous le contrariez.

— Si je peux me permettre, Gemma, tenez-vous à l'écart de lui. Je sais que les bad boys peuvent parfois séduire, mais croyez-moi sur parole, au bout du compte on ne récolte rien de bon avec eux.

— Oh, j'ai tout fait pour l'éviter, je vous le jure, madame Spen… Olivia, c'est lui qui veut absolument qu'on sorte ensemble, pas moi ! Il me pourrit la vie ! Je ne lui ai rien demandé. Parfois je n'ose pas sortir de chez moi de peur de tomber sur lui par hasard, comme tout à l'heure…

Olivia posa sa main sur celle de Gemma. Elle décida qu'il était temps d'ouvrir les portes de la famille en grand, le néon URGENT clignotait en elle. Elle prit le ton le plus familier et doux possible.

— Chaque fois que nécessaire, sers-toi de moi pour te couvrir. Si tu veux rester dormir à la maison un soir pour éviter de le croiser ou s'il traîne devant chez toi, n'hésite pas, je vais préparer la chambre d'amis, il faut bien qu'elle serve à quelque chose, c'est d'accord ?

— C'est… c'est très gentil. Mais ma mère travaille jusque tard le soir, mon frère Corey peut se débrouiller pour dîner mais je préfère ne pas découcher s'il est seul.

— Corey peut très bien t'accompagner, c'est encore mieux, Chad et Owen seront ravis de l'accueillir ! Je suis sincère, Gemma. Fuis ce Derek, profite de l'été pour disparaître de son champ de vision, qu'il jette son dévolu sur une autre proie.

Gemma plissa les lèvres. Olivia lut une vague d'émotions qui submergeait la jeune femme et lui passa la main sur le bras en signe de réconfort.

— Merci, souffla la conductrice, touchée.

Elles parvinrent au sommet de Main Street, sur Independence Square, avec la mairie et son fronton de colonnes d'un côté, l'entrée principale du parc municipal de l'autre.

— Puisque nous sommes là, fais-moi visiter, proposa Olivia, ensuite tu retourneras sur le parking pour me déposer à ma voiture. L'abruti devrait être parti entre-temps. Je vais te dire, les crétins ne savent pas tenir en place, n'oublie jamais ça.

Gemma pouffa puis, après avoir bifurqué vers le sud en direction de West Hill, elle osa demander :

— Tout à l'heure vous m'avez dit de vous croire sur parole à propos des bad boys. M. Spencer n'a pas vraiment le profil, donc ça signifie que vous avez eu une histoire avec un type semblable à Derek autrefois ?

Olivia encaissa le « autrefois » avec un sourire en coin.

— Puisque nous avons un peu de temps, je vais te raconter une histoire que même Tom préfère ne pas entendre. C'était il y a plusieurs années, en effet, et le garçon était terriblement sexy, ça je dois bien l'avouer ! Je te dis tout mais à condition qu'ensuite, toi aussi tu m'en dises plus sur toi, c'est d'accord ?

Le sourire de Gemma illumina son visage et Olivia sentit la boule de chaleur qui l'envahissait lorsqu'elle se rendait utile auprès des autres. Cette fille manquait cruellement d'une mère, d'une confidente, d'une amie. Il n'était pas possible à Olivia d'être tout cela à la fois, mais pendant quelques minutes elle pouvait au moins lui offrir son écoute. Quelque chose lui disait qu'elles allaient passer beaucoup de temps ensemble dans les mois à venir.

Elles filèrent jusque Bellevue Terrace où la Datsun remonta le lacet de bitume entre les belles propriétés et les arbres exotiques qui dominaient la ville sur les flancs de West Hill. À l'est, l'océan scintillait sous le regard infatigable du phare au sommet de son éperon rocheux. À l'ouest, le mont Wendy et son bras d'acier dressé vers le ciel bleu étirait son armée de collines boisées enfermant Mahingan Falls, bordée de ses deux obélisques. Tout semblait aller pour le mieux dans le meilleur des mondes. Pour encore quelque temps au moins.

Personne ne fit le rapprochement ce soir-là entre l'absence de poissons à proximité de la baie et le silence dans la forêt environnante. Pas plus avec les oiseaux pratiquement muets ou le comportement étrange de la plupart des chiens au moment du crépuscule.

Chacun était trop occupé à mener sa propre existence.

Et pendant ce temps, l'ombre grandissait, inlassablement.

12.

Une légère brise d'été dansait avec le rideau devant la fenêtre sous le regard perplexe de Chad. Sa mère avait tout ouvert pour que « la maison respire ». Chad n'aimait pas cette expression. Elle impliquait qu'ils vivaient *dans* ses viscères, par conséquent que la maison les digérait petit à petit, au fil des jours, des semaines. Et au bout de plusieurs mois, que se passerait-il ? Ils seraient assimilés une bonne fois pour toutes ? Prisonniers de ses murs pour l'éternité ? Non. Chad détestait l'idée d'une maison *vivante*.

Le jeune garçon quitta le salon, esquiva la salle à manger (il trouvait que c'était une pièce véritablement inutile puisqu'elle ne servait presque jamais, la famille lui préférant la cuisine pour les repas ; en ce sens, elle était l'un de ces organes dont il ignorait la fonction mais qui lui semblaient superflus, tels la rate ou le pancréas), et s'immobilisa dans le hall d'entrée. Le parquet étirait ses lattes brunes sur plusieurs mètres en direction de l'aile nord, le bureau de son père, l'atelier de bricolage, et la salle vide où ils entreposeraient la table de ping-pong pendant l'hiver. Rien de passionnant. Chad grimpa à l'étage, pour la énième fois depuis le déjeuner, et déambula dans le couloir en L, jetant un œil ici et là. Il passa devant le bureau de sa mère qui était en vadrouille quelque part, puis décida d'ignorer la suite des parents plus loin pour prendre la direction opposée, vers le cœur de la bâtisse. Il repoussa la porte d'Owen du bout du pied. Son cousin lisait un comics sur son lit.

— Tu veux faire quelque chose ? lui demanda Chad.

— Comme quoi ?

— Je sais pas. On pourrait aller dans la forêt ?

— Connor et Corey nous ont dit de les attendre pour ça.

— Connor est en vacances je sais plus où chez son père, et Corey se la coule douce au club de voile.

— Pourquoi tu l'as pas accompagné, il t'a proposé en plus ?

Chad fronça le nez.

— J'aime pas trop l'eau.

Owen leva les yeux de sa bande dessinée. Les aveux de faiblesse étaient rares chez Chad.

— Tu sais pas nager ?

— Bien sûr que si ! Juste que j'aime pas l'océan. Savoir qu'il y a des énormes bestioles sous moi et que je ne peux même pas les voir approcher, beurk !

Owen reposa le comics et se redressa complètement.

— Bon, j'ai peut-être une idée, avoua-t-il. Tu es prêt à bouffer de la poussière ?

Les antennes à embrouilles de Chad détectèrent un soupçon de malice dans la voix de son cousin et il afficha un sourire excité.

— Si c'est cool, je veux bien en faire une orgie.

Owen s'approcha et ouvrit la porte latérale, celle qui donnait sur la très longue pièce qui séparait sa chambre de celle de Chad. À l'intérieur, plus de trois cents cartons étaient empilés jusqu'à former plusieurs rangées, encadrés de meubles dont la plupart dormaient sous des draps blancs. Tout ce qui avait occupé la maison d'Owen et ses parents avant qu'ils ne périssent se trouvait là.

Le sourire espiègle de Chad s'effaça.

— Si tu veux trier des trucs, je t'aide, proposa-t-il gentiment.

Mais Owen, lui, ne s'était pas départi de son air conspirateur.

— Ça oui tu vas m'aider, on va fabriquer un méga-labyrinthe. Si grand que si Zoey y entre, on ne la retrouvera jamais ! Allez, viens.

À l'intérieur flottait une odeur un peu rance, les affaires des Montgomery-Burdock avaient séjourné plus d'une année dans la cave d'un dépôt avant que la nouvelle famille d'Owen ne vienne emménager ici. Owen circula dans les allées improvisées en estimant la quantité de matériel dont ils disposaient tandis que Chad suivait, un peu intimidé. Il avait l'impression de marcher au milieu d'un cimetière d'objets imposant le respect. Il ne se sentait pas tout à fait à sa place, mais en constatant l'aisance d'Owen, il gagna progressivement en assurance. Le jeune garçon n'était pas du tout en plein pèlerinage familial, il était bel et bien là pour jouer, même au milieu de tous les fantômes de sa vie précédente. Chad en vint à se demander si au contraire cela ne lui faisait pas du bien d'une manière ou d'une autre. Peut-être sentait-il la présence de ses parents à travers ce qu'ils avaient possédé.

Owen commença à organiser son plan et désigna plusieurs piles de cartons à son complice pour qu'ils les déplacent. Et pendant plus de deux heures, ils poussèrent, empilèrent, firent pivoter ces souvenirs jusqu'à former une multitude de passages, parfois des culs-de-sac, pour que le labyrinthe prenne vie dans l'immense salle. Les murs de cartons se dressaient jusqu'au niveau de leurs épaules et, bien que transpirant, Chad était fier du travail accompli.

— C'est pas fini ! l'avertit Owen en allant tirer sur les draps qui abritaient tous les meubles empilés le long des parois de la pièce. Aide-moi à les installer.

Les tentures furent coincées sous les cartons les plus hauts jusqu'à recouvrir tout le dédale d'un toit tendu qui plongea aussitôt ses allées dans le noir.

— Et voilà ! s'écria Owen triomphalement.

Une entrée s'ouvrait face à eux, dans le prolongement de la porte de chambre de Chad. L'autre accès se trouvait en face, du côté de la chambre d'Owen. Mais pour traverser, il fallait s'accroupir et se risquer au milieu de ce lacis complexe et obscur.

Chad essuya la sueur sur son front avec ses mains sales et s'étala du noir sur le visage.

— Je vais chercher des provisions, il faut qu'on établisse notre base au centre, prévint-il avant de foncer dans le couloir.

Il revint les mains pleines de paquets de gâteaux et d'une bouteille de Mountain Dew avant de s'agenouiller pour pénétrer dans leur antre. Alors qu'ils venaient de passer une partie de l'après-midi à le bâtir, Chad se trompa en prenant le mauvais embranchement et jura avant de faire demi-tour sous les moqueries d'Owen déjà parti plus loin. Ses yeux n'étaient pas encore habitués à la pénombre et il ne parvenait pas à bien se repérer. Il finit par trouver Owen, au cœur de la pièce, assis dans ce qui servait de cachette centrale, un espace de moins de deux mètres sur deux. Ils partagèrent la bouteille et vidèrent un paquet de cookies en rotant allègrement, hilares.

— La tronche de Connor et Corey quand on va leur montrer ! s'exclama Owen.

Chad secoua la tête.

— Connor n'est plus trop dans ce délire, lui il préfère l'action à l'imaginaire.

— C'est une cabane ! Quel mec n'aime pas les cabanes ?

— Connor préfère regarder les filles que fabriquer une cabane.

— Tu crois ?

— Sûr.

Cette idée sembla plonger Owen dans une profonde réflexion avant qu'il ajoute :

— Alors Corey aussi. Il mate sa voisine avec la longue-vue de sa chambre.

— Mais Corey, il a pas encore basculé, tu vois ? Il zieute les filles parce que c'est joli, mais il ne pense pas qu'à ça, c'est encore un joueur comme nous.

— Et toi ? Tu regardes les filles ?

— Bah… Je sais pas.

Owen fixait Chad malgré l'obscurité à peine atténuée par le soleil qui filtrait faiblement à travers le drap au-dessus d'eux.

— Tu la trouves comment Gemma ? demanda Owen.

— Gem ? s'esclaffa son compagnon. C'est la sœur de Corey !

— Et alors ?

— Elle… Je sais pas… Elle a des nichons énormes !

Les deux garçons pouffèrent avant que Chad insiste.

— Tu aimerais les voir ?

— Ses seins ? Et puis quoi encore ? Non ! Je veux pas perdre la vue !

Ils rirent encore, bêtement. Au fond de lui, Chad ne savait pas quoi penser. Certes, tous ces trucs de filles l'intéressaient bien moins que d'aller s'amuser avec ses camarades, cependant il ne pouvait nier qu'il ressentait une certaine curiosité. Imaginer Gemma en maillot de bain provoquait un chatouillement dans son ventre et ce n'était pas désagréable.

— Tu sais ce qui serait génial ? fit Owen après un moment de silence. Mon projecteur à étoiles ! Il peut fonctionner avec des piles. Il doit être quelque part dans mon placard, je vais le chercher.

Owen disparut en rampant, puis Chad l'entendit courir dans le couloir pour aller chercher des piles en bas dans la cuisine. Il s'adossa contre les cartons, bien assez lourds pour supporter son poids. Cette histoire de filles le tracassait. Connor dégageait une confiance et un charisme qui en imposaient et c'était justement à cause de ça, estimait Chad. Parce qu'il s'était affranchi de ses préoccupations d'enfant, qu'il était désormais sur le chemin de l'âge adulte. Pour autant, Chad n'envisageait pas une seconde d'abandonner ses jeux parfois puérils, ses délires entre copains au profit de filles, aussi imposantes et fascinantes soient leurs poitrines. Non. Il n'était tout simplement pas prêt. De plus, Chad savait qu'il n'y avait pas de retour en arrière possible. Une fois qu'il aurait basculé de l'autre côté, il renoncerait à jamais aux plaisirs ludiques de son âge, c'était comme de s'élancer du haut d'un toboggan vertigineux, une fois pris par l'élan, on ne pouvait pas s'arrêter avant d'arriver tout en bas. Et tout en bas, en la matière, Chad n'était pas naïf non plus, il savait très bien ce que ça signifiait.

Le sexe.

Ce truc dégoûtant qui leur pendait tous au nez. Son père l'avait trop souvent répété pour qu'il l'ignore. Le sexe et l'argent gouvernaient le monde. L'un comme l'autre effrayaient Chad. L'argent impliquait de travailler, presque toute sa vie, tandis que le sexe renfermait des mélanges moites dont Chad préférait se tenir éloigné. C'était comme de manger de la langue de bœuf, estimait-il, certains adoraient, d'autres pouvaient vomir rien qu'à l'imaginer, lui se contentait de ne juste pas vouloir en goûter.

Un vêtement frotta contre un carton près de l'entrée du côté de la chambre d'Owen.

— Tu as trouvé ? demanda Chad.

Sa question demeura sans réponse. Il n'y avait plus un bruit dans la pièce sinon sa propre respiration. Chad comprit aussitôt. *OK, tu veux jouer à ça !* Si Owen comptait le surprendre, Chad allait lui jouer un tour à se fendre la poire jusqu'à ce soir. En toute discrétion, il se pencha et commença à avancer à quatre pattes, prenant soin de se tenir à distance des bords, et contrôlant sa respiration pour ne pas se trahir. Par reptations lentes, il se hissa jusqu'à l'angle le plus proche, où il pencha la tête pour vérifier si Owen n'était pas dans le boyau suivant.

Il ne vit rien, seulement des ombres et le drap frémissant en surplomb. *Très bien. Tu es en mode commando, eh bien, tu vas voir lequel de nous deux est le plus doué !*

Sur les coudes et les genoux, Chad progressa encore de deux mètres, puis se contorsionna pour négocier le virage suivant sans un son.

Une latte de plancher grinça dans son dos.

Non ! Le salopard l'avait berné ! Il arrivait par l'autre côté ! Comment avait-il manigancé son coup pour l'attirer là, alors même qu'il se faufilait par l'entrée opposée ? Cette fois Chad dut reconnaître qu'Owen s'en tirait à merveille. Mais tout n'était pas terminé. Il pouvait encore le contourner s'il s'engageait dans la bonne direction. *Tu as pris par le nord ou par le sud ?* Chad misa sur le nord, si sa mémoire de leur construction était bonne, c'était plus long par là, et Owen irait au contraire au plus rapide. D'un mouvement agile, il se replia sur lui-même pour faire demi-tour, et au prix de quelques efforts supplémentaires, il parvint à un nouvel angle. C'était maintenant que tout allait se décider. Si Chad avait fait le mauvais choix, Owen se trouverait dans ce passage-ci et ils allaient tomber nez à nez.

Chad agrippa le bout du carton avec l'extrémité de ses ongles et tout doucement, il commença à se rapprocher de l'arête. Dans ce réduit étroit, il s'attendait à distinguer une mèche de cheveux d'un instant à l'autre, un sourire implacable et des yeux brillants à force de se retenir de rire. Le tunnel se découvrit petit à petit face à lui, brique de carton après brique, interminable, presque rallongé anormalement par le pouvoir du jeu…

Vide. Chad en était un peu déçu, ç'aurait été amusant de se heurter là. L'enthousiasme revint en songeant qu'il pouvait encore gagner la partie, et il s'engouffra droit devant. S'il se dépêchait, il avait une chance de rattraper Owen plus loin. Au pire, il le surprendrait au centre du labyrinthe.

Nouveau coude, nouvelles précautions. Et toujours personne.

Puis, tandis que Chad se rapprochait de son objectif, il perçut une présence à ses côtés. Il aurait été incapable d'expliquer pourquoi, il *sut* aussitôt qu'il n'était pas seul et que l'individu se trouvait *de l'autre côté* de la paroi de cartons contre laquelle il s'appuyait. Chad réalisa que ça signifiait qu'il était juste derrière lui. Il faillit fermer les paupières de dépit, il s'était fait avoir, lorsque son instinct lui commanda de ne surtout pas baisser sa garde. Il n'entendait ni respiration, ni frottement de tissu, pourtant, sans aucun doute, il pouvait percevoir la présence.

Le parquet gémit. Le chasseur venait de se remettre en marche.

Il arrive sur moi !

Qu'est-ce qui lui prenait de paniquer ainsi ? Chad n'y comprenait plus rien. Il haletait presque. Sa vessie était sur le point de se libérer contre sa volonté et il transpirait comme dans une étuve.

Brusquement, il vit que ses jambes n'avaient pas totalement franchi le U, par conséquent *l'autre* ne pouvait plus manquer de les repérer.

Chad voulut les replier lorsqu'une poigne de fer s'empara de sa cheville gauche. Le garçon ne put s'empêcher de crier. Il poussa de toutes ses forces en prenant appui sur ce qu'il trouva sans parvenir à se libérer.

Pire, l'autre l'entraîna en arrière. Il l'attirait à lui.

Chad se débattit avec la rage de celui qui est effrayé, sans retenir ses coups.

C'est alors que les dents plongèrent dans sa chair sur le bas de son mollet, et que la mâchoire serra. De plus en plus fort.

Cette fois, Chad hurla et arracha le drap au-dessus d'eux.

13.

— Olivia, tu sais très bien que je ne crois pas au mythe de l'inspiration, répéta Tom. L'inspiration est à l'écrivain ce que la religion est à l'humanité. Et je n'ai pas besoin de me rassurer avec ce décorum. Moi, je crois au travail.

Olivia reposa le saladier après s'être servie tout en répondant :

— Je connais la chanson : rigueur, concentration et sueur de l'âme, récita-t-elle. Je disais juste que changer d'air va peut-être t'apporter… OK, pas l'inspiration en tant que telle, mais un changement de perspective stimulant.

Tom réalisa qu'il était sur la défensive et s'en voulut. Depuis l'échec de sa dernière pièce, il était particulièrement susceptible, tout ce qui touchait à la création l'agaçait, comme si le simple fait de l'évoquer remettait en question son savoir-faire et son talent.

— Pardon, tu as raison, admit-il en recouvrant la main de sa femme avec la sienne. C'est aussi pour ça qu'on est venus jusqu'ici. Pour l'instant je n'ai pas encore écrit la moindre ligne. J'organise mon bureau, je trie… et je cherche. Ça fonctionne comme d'habitude ; pour les autres, c'est très abstrait, mais toi tu sais que lorsque je tourne en rond, que j'observe le paysage, les gens, et que je ne dis rien, en réalité je bosse. Mes silences sont les témoins de ma créativité.

Olivia dévoila ses dents blanches, puis effleura du bout des doigts la joue de son mari.

— J'ai confiance en toi. Tu vas trouver de quoi te renouveler. Peu importe le temps que ça prendra. Tu es fait pour écrire, tes pièces c'est ta vie. La prochaine sera bonne. Je le sens.

— Boum ! s'écria Zoey en faisant tomber sa cuillère depuis sa chaise haute.

— Toi, si tu recommences, je te fais manger ton doudou ! menaça Olivia.

— Non, pas doudou ! Doudou beurk !

Tom la gratifia d'un regard amoureux. Elle était toujours là, dans les hauts comme dans les bas, ce n'était pas seulement des mots lancés à la légère le jour du mariage, non, Olivia se tiendrait à ses côtés même s'il s'effondrait, il le savait. Il avait de la chance de l'avoir.

Constatant que baby Zoey était d'une humeur provocatrice, Tom s'approcha pour se charger de lui donner la becquée.

— Zoey, papa a bien moins de patience que maman, alors je te conseille d'ouvrir grand la bouche et d'arrêter les bêtises.

— Alors, les garçons, demanda la mère de famille, comment s'est passée cette journée ? Pas trop tristes de ne pas avoir eu Gemma pour vous balader ?

— Ça va…, marmonna Owen sans conviction.

Chad se contenta d'un signe du menton.

— Qu'est-ce qui ne va pas ? interrogea Tom. Vous vous êtes ennuyés ?

Owen secoua la tête et Chad s'assombrit.

— Vous vous êtes fâchés, c'est ça ? comprit Tom en se rendant compte qu'il n'avait pas entendu les deux préadolescents de la soirée.

Cette fois Chad explosa.

— C'est lui ! s'exclama-t-il en désignant son cousin. Il m'a mordu !

— C'est pas vrai !

— Bien sûr que si ! J'ai la marque !

— Non, j'ai rien fait !

— Pas modu ! fit Zoey, autoritaire.

Olivia tendit les mains au-dessus de la table pour faire taire tout le monde.

— Owen, dit-elle, qu'est-ce qui s'est passé ?

— C'est pas moi, s'empressa de répondre le jeune garçon, accablé.

— Tu m'as mordu jusqu'au sang ! s'énerva Chad avec rancœur.

Tom fit signe de lui montrer et Chad hissa sa jambe sur le banc pour relever son pantalon sur sa cheville gauche afin de dévoiler une large auréole vive caractéristique d'une morsure. De part et d'autre du mollet, les dents s'étaient enfoncées dans la peau jusqu'à la tatouer d'empreintes violettes et rouges. Une pression supplémentaire et la chair aurait craqué, libérant son sang.

Olivia, qui ne pouvait voir de l'autre côté de la table, interrogea son mari de la tête. Tom jeta un regard noir à Owen.

— Qu'est-ce que vous vous êtes dit pour en arriver là ? voulut-il savoir.

Chad maugréa :

— Rien, on jouait ! Et il m'a sauté dessus pour me mordre comme une bête !

Owen lâcha ses couverts et s'enfonça dans son siège, bras croisés, l'air profondément blessé. Olivia intervint :

— Les garçons, je ne veux pas de ça. Vous savez ce que Tom et moi pensons de la violence. Qu'elle soit verbale ou physique, insista-t-elle en fixant tout autant Owen que Chad qui parut outré qu'on puisse sous-entendre qu'il avait provoqué l'agression. Il n'y aura pas de punition ce soir, mais si vous n'arrangez pas les choses entre vous, nous prendrons des mesures pour que vous compreniez. Nous sommes une famille. Un clan. Nous devons nous soutenir, pas nous attaquer. Il y a déjà bien assez d'adversité là-dehors pour ne pas avoir à en rajouter. C'est clair ?

Face au silence dépité des deux garçons, Tom insista :

— Vous avez compris ?

Chad acquiesça malgré sa colère frustrée et Owen en fit autant.

— Laissez passer la nuit dessus, et vous vous expliquerez, ajouta Olivia. Je ne veux pas vous voir encore fâchés pour le prochain dîner. Parlez-vous, dites ce que vous avez sur le cœur, chacun son tour, en faisant l'effort d'écouter l'autre, et tendez-vous la main. Si je sens que ça n'a pas été réglé demain soir, je m'en mêlerai.

La suite du repas fut morne et personne ne s'attarda, Owen et Chad montant se coucher aussitôt tandis que Tom s'occupait de Zoey qui bâillait à s'en décrocher la mâchoire. Ils évoquèrent le sujet avec Olivia, plus tard dans le lit. Elle craignait que le traumatisme d'Owen soit plus important qu'ils ne le pensaient, il ne disait presque rien, il parlait peu de l'accident ou de ses parents morts, et Olivia s'inquiétait que tout ne ressurgisse sous une forme ou une autre. La morsure ressemblait à une manifestation incontrôlée d'émotions qui le débordaient.

— Ou à une querelle entre deux gamins de treize ans, répliqua Tom en attrapant son livre.

Zoey n'avait plus pleuré depuis deux jours et il espérait que c'était le signe qu'elle s'était enfin acclimatée à sa nouvelle maison et que les terreurs nocturnes avaient fait leur temps. Tom se sentait lessivé, il avait besoin de plusieurs bonnes nuits pour récupérer. Pourtant, ce soir-là, il mit du temps avant d'éteindre, quelque chose moulinait au fond de lui, sans qu'il parvienne à l'identifier. Pour une fois, ce n'était pas le visage horrifié de cette vieille dame avant de sauter vers la mort sur Atlantic Drive. C'était autre chose. Même lorsqu'il s'enfonça dans son oreiller, il mit plus d'une heure à trouver le sommeil, et se réveilla à maintes reprises avant d'enfin sombrer.

Il rouvrit les yeux d'un coup, vers une heure du matin.

Sans aucune vapeur enivrante de rêve chevillée à l'âme. Il était parfaitement lucide. Et il ne voyait qu'une chose sur le plafond pâle dans la nuit. Une succession de taches brunes de forme arrondie. Elles flottaient dans l'air. Et ça le hantait.

Alors il sut pourquoi il ne pouvait pas dormir.

Et son cœur accéléra douloureusement.

14.

De vieux hangars rouillaient sur une longue dalle de béton juste à l'embouchure de la marina, face à deux quais en bois usé. Ils constituaient les docks des derniers petits chalutiers de Mahingan Falls, et surtout sa principale honte. Faute de crédits suffisants, rien n'avait encore été fait pour les détruire et les remplacer par une construction moins repoussante. Ils gâchaient la sortie du port de plaisance, malgré l'ombre de l'éperon qui leur tombait dessus une partie de la journée, comme pour tenter de les masquer.

Habituellement déserts, sauf très tôt avant l'aube lorsque les quelques pêcheurs se préparaient à prendre le large, les docks rassemblaient, en cette fin de matinée, un attroupement d'une dizaine de personnes, lorsque Ethan Cobb sortit de son véhicule. Il enfila sa casquette de la police locale et évalua la situation. Dale Morgan, bien droit dans son uniforme, s'entretenait avec plusieurs témoins et prenait des notes dans son calepin avec une méticulosité toute psychorigide. Le chef Lee J. Warden était présent, écoutant un homme lui parler. Lorsqu'il aperçut

Ethan de ses minuscules yeux vifs, il prit congé de son interlocuteur en le saluant et malgré sa petite stature écarta sans peine les deux costauds qui bloquaient involontairement le chemin, pour foncer droit sur son lieutenant.

— Chef, le salua Ethan en touchant le bord de sa casquette.

— Vous avez été rapide, c'est bien. Votre prédécesseur était d'une lenteur déconcertante.

— C'est ce que j'ai entendu dire. Qu'est-ce qui se passe ?

— Un gars est parti en mer ce matin, son bateau a été repéré en train de dériver non loin, et il ne répond pas à la radio.

— Les gardes-côtes de Newburyport sont sur le coup ?

Warden toisa Ethan avec mépris et sa fine moustache grise parfaitement taillée frémit.

— Pourquoi diable voudriez-vous envoyer nos voisins lorsque nous pouvons faire tout aussi bien ? Cedillo s'est chargé de récupérer notre matériel, il sera là d'un instant à l'autre. Vous l'accompagnerez.

— Bien, chef.

Le message était clair : Warden ne s'invitait pas à la virée. En un an, Ethan ne l'avait pas souvent vu sur le terrain lorsqu'il fallait donner un minimum de sa personne. Warden était un chef d'orchestre, il aimait trôner sur son pupitre, conserver une vue d'ensemble, mais rarement descendre dans la fosse.

— Après ce pauvre Murphy, la vieille Debbie Munch qui s'est tuée devant tout le monde en plein centre-ville, voilà qu'on paume un de nos gars ! lâcha-t-il d'une voix crépitante. Ça commence à bien faire, je vous le dis. C'est la loi des séries, une tranquillité à s'en arracher les poils de barbe pendant toute l'année et soudain les catastrophes s'enchaînent.

— Vous oubliez la disparition de Lise Roberts.

— La fugue, lieutenant, la fugue, insista Warden d'un air agacé. Dites, j'ai appris pour l'autopsie de Rick Murphy. Qu'est-ce qui vous est passé par la tête ? Le faire découper, par cet incompétent de Mordecaï de surcroît ?

— J'ai eu un doute. Je suis désolé.

— Un doute de quoi ? Qu'il soit bien mort ? J'ai lu le rapport, franchement, je ne vois aucun doute. Cobb, écoutez-moi bien. Vous n'êtes plus à Philadelphie, ici on ne charcute pas nos concitoyens sans une raison valable. Lorsque vous serez pris d'un doute, la prochaine fois, vous m'en référerez ! Décider ce genre de choses sans mon aval : jamais ! pesta-t-il entre ses dents pour ne pas attirer l'attention.

Warden soupira pour se calmer et ajouta tout bas, plus froidement qu'un serpent :

— Si ça se reproduit vous aurez affaire à moi, c'est entendu ?

Ethan acquiesça, heureux de s'en tirer à si bon compte. Warden n'était pas du genre à se contenter d'un rapide sermon, il devait avoir d'autres préoccupations pour ne pas insister. *Les apparences*, comprit-il en voyant qu'on les guettait. *Ce vieux loup ne montrera aucune faiblesse en public, aucune dissension parmi ses troupes.*

Ils attendirent l'arrivée de Cesar Cedillo qui manœuvrait l'étroite embarcation de la police pour s'amarrer au quai, face à l'attroupement.

— Comment s'appelle le type qui ne répond pas ? s'enquit Ethan.

— Cooper Valdez, déclara Warden. Il cuve probablement son bourbon, mais s'il a fait une crise cardiaque, vous savez quoi faire. Prévenez-nous par radio s'il faut une ambulance en urgence ou s'il est déjà raide comme un piquet.

Ethan embarqua après avoir salué Cedillo et tandis qu'ils s'éloignaient du quai, il aperçut la voiture d'Ashley Foster qui se garait derrière la sienne. À ce qu'il savait, personne n'avait fait appel à elle, il la suspectait même d'être de repos pour l'après-midi.

— Foster est de service ? demanda-t-il.

— Non, je ne crois pas. En même temps, c'est Foster ! ricana Cedillo. Elle ne rate pas une occasion d'être au boulot.

Le petit trentenaire au teint mat affichait un rictus plein de sous-entendus.

— C'est-à-dire ?

Cedillo désigna sa propre alliance :

— Pas la joie à la maison !

— Oh, ce type de problèmes. J'ai connu ça.

— Tous les flics, pas vrai ?

Cela peina Ethan au-delà de la raison. Il aimait bien Ashley Foster et l'imaginer traverser les affres d'une vie de couple en pleine crise le renvoyait à ses propres engueulades avec Janice autrefois. Pourtant il doutait qu'en cet instant précis Ashley éprouve la même sympathie à son égard. Non seulement il l'avait entraînée à l'autopsie de Rick Murphy, mais également à ramper longuement dans le vide sanitaire où l'accident s'était produit ; deux heures de reptations, d'efforts dans la poussière et les toiles d'araignées afin de dégager un maximum de gravats, à la recherche d'indices. Ils n'avaient pas retrouvé le pied manquant du pauvre plombier, et le plus gros des pierres était impossible à déplacer à mains nues, si bien que leur unique trouvaille se résuma à des restes d'animaux en décomposition. Tout pour confirmer l'hypothèse d'Ashley Foster. Murphy avait délogé de sa tanière un coyote ou une bête similaire et s'était battu avec avant de provoquer l'effondrement. Cela ne convenait pas à Ethan, mais faute de preuve, il ne pouvait plus lutter. Depuis, Ashley était plus distante avec lui. Il avait grillé une carte. Il ne devrait pas se manquer la prochaine fois s'il voulait rester crédible à ses yeux.

— C'est le point noir tout là-bas, annonça Cedillo en montrant une ombre sur les flots. Il a été repéré par la fille d'un pêcheur qui guettait le retour du paternel. Elle connaît tous les navires. Fortiche la gosse.

— Il est parti seul ce Cooper Valdez ?

— Oui, c'est un solitaire. Il vit d'un peu de pêche et de bricolage. J'ai entendu dire que c'est un bon mécanicien. D'après les autres pêcheurs, son bateau n'était déjà plus à quai quand ils ont appareillé, pourtant il se trouvait là la veille.

— Il était quelle heure ?

— Environ quatre heures du mat. Apparemment, c'est pas dans ses habitudes. Je serais pas étonné qu'il se soit donné à bouffer aux crabes si vous voulez mon avis.

— Vous le connaissez ?

— Je vois qui c'est. Déjà croisé au Banshee.

Le Banshee était le pub typique derrière la marina, un lieu animé où aimaient se retrouver les locaux qui évitaient les deux bars du centre-ville, plus touristiques.

— Il est marié ? Des enfants ? insista Ethan qui aimait avoir une vision d'ensemble.

— Non. Personne. Il est pas d'ici, il a débarqué il y a cinq ou six ans je dirais, il vient du côté de Derry dans le Maine il me semble. Plutôt un renfermé.

— Il a des problèmes connus ?

— À part avec la bouteille ? J'en sais foutrement rien.

— Alcoolique ?

— Comment on appelle ça quand c'est rien de le dire ?

— Un euphémisme.

— Alors c'était un sacré euphémisme !

Ethan se renfrogna. Warden s'était bien gardé de le prévenir, et le chef connaissait ses concitoyens mieux que quiconque, il n'était pas sans savoir qu'il envoyait son lieutenant sur une probable scène de suicide. En tout cas la situation y ressemblait sacrément. *Un de plus.* Warden avait raison, ça commençait à devenir pénible cette loi des séries.

Ils voguèrent en silence pendant un quart d'heure jusqu'à approcher d'un bateau blanc de moins de dix mètres, équipé d'une petite cabine intérieure sous le poste de navigation. Le pont semblait désert, ancre levée. Cedillo manœuvra tout autour avant de ralentir pour venir l'accoster en douceur. Ethan Cobb se hissa à bord et appela plusieurs fois, sans aucune réponse autre que le vent. Il se pencha pour frapper à la porte qui descendait vers le carré et l'ouvrit pour y pénétrer. Il découvrit une table étroite, un coin cuisine réduit au strict nécessaire et une couchette s'étirant sous le pont avant. Aucune trace de Cooper Valdez. Avant de faire demi-tour, Ethan remarqua un sac en cuir glissé sous la table. Il s'agenouilla et y trouva quelques vêtements jetés en vrac, une photo de famille qui devait dater des années 80, montrant un couple de quadras et leur fils exhibant avec fierté une truite imposante. Un couteau de chasse qui n'aurait pas déplu à Rambo gisait tout au fond. Devinant un renflement sur le côté, Ethan fouilla la poche latérale pour en extirper une liasse de billets de cinq, dix et vingt. Au moins cinq cents ou mille dollars, estima-t-il. La cabine ne contenait plus rien. Il ressortit, dubitatif.

Cedillo avait terminé de nouer les amarres, il grimpa aux côtés du lieutenant et commença son inspection technique. En matière navale, Cobb n'y connaissait pas grand-chose et il le laissa faire tandis que le ressac les berçait doucement.

Ethan épongea son front humide. Il faisait une chaleur éprouvante. Il jeta un œil alentour, vers la mer sombre veinée d'écume, puis en direction de la terre. L'éperon et le phare brûlaient sous le soleil de midi, Mahingan Falls en contrebas, lové entre ses collines d'émeraude. Le mont Wendy dominait au fond, hérissé de son antenne d'argent. Le reste de la côte n'était que falaises déchiquetées et arbres penchés. Loin au sud, il aperçut la masse brune de Manchester-by-the-Sea, la ville la plus proche, sans parvenir à en distinguer les contours précis. Salem devait être quelque part au-delà, noyée dans la ligne d'horizon.

— Les moteurs ont calé, avertit Cedillo. La manette des gaz est en position haute, il allait à pleine vitesse quand c'est arrivé.

— Plus d'essence ?

Cedillo se tordait à l'arrière au-dessus de deux gros capots noirs.

— Réservoirs pleins. Et je… Oh merde. Lieutenant, venez voir.

Ethan s'approcha et vit l'index tendu de son subordonné. Plusieurs gouttes de sang maculaient la coque et se transformaient en giclures sur le côté.

— Il a pu tomber à l'eau et se prendre dans les hélices ? demanda Ethan. C'est ce qui aurait provoqué l'arrêt ?

— Possible. Je suis pas expert.

Cedillo attrapa une gaffe et se mit à sonder l'eau autour des moteurs. Après plusieurs efforts il secoua la tête.

— Il n'y a rien, informa-t-il. S'il est passé par-dessus bord, le courant l'a déjà entraîné loin d'ici.

La radio se mit à grésiller et ils sursautèrent tous les deux. Warden devait être en train de tenter de les joindre. Cedillo s'empara du micro lorsque le son devint beaucoup plus fort et le figea. Les parasites crachèrent et soudain une voix rauque et profonde prononça quelques mots incompréhensibles. Une langue étrangère, supposa Ethan. Des cris de douleur, brefs mais d'une intensité glaçante, couvrirent la voix avant que la radio se coupe d'elle-même.

— À quoi vous avez touché ?

— C'est pas moi, se justifia Cedillo.

— Et ces cris, c'était quoi ?

— Comment voulez-vous que je le sache ?

Cedillo était tendu, perturbé par ce qu'il venait d'entendre.

— Une idée d'où ils peuvent provenir ? demanda Ethan.

Cedillo secoua la tête avant d'embrasser toute la côte d'un geste de la main.

— De n'importe où, peut-être même du large.

Ethan fronça les sourcils. Il n'aimait pas ça. Ces gens avaient mal. *Vraiment très mal.* Comment allait-il s'y prendre pour localiser la provenance de ce signal ? Cela lui semblait impossible, mais il n'était pas très compétent en la matière. Il décida que pour l'heure ce n'était pas la priorité.

— Nous réglerons ce… cet incident à terre. Je suppose que sur un rafiot comme ça, il n'y a pas de boîte noire comme sur les avions ?

— Non. Mais je peux peut-être récupérer quelques données une fois qu'on sera rentrés, je ne promets rien. Si vous voulez mon avis, lieutenant, Cooper Valdez se tirait d'ici et on n'est pas près de le revoir.

— Il y a un sac avec quelques affaires dans la cabine.

— Il s'est barré très tôt ce matin, pleins gaz, et c'était pas pour pêcher.

— Qu'est-ce que vous en savez ?

Cedillo se fendit d'un sourire malin qui contrastait avec son air encore préoccupé une seconde plus tôt.

— Il n'y a aucun filet à bord. Il est parti sans aucun matériel de pêche.

Ethan fit signe avec son doigt qu'il marquait un point.

— Les types qui filent en douce de cette manière, insista Cedillo, ils ont en général un truc pas clair à se reprocher.

— Ça n'explique pas le sang à bord. Sauf s'il est tombé.

— C'est peut-être pas le sien !

— Les analyses nous le diront, répondit Ethan qui n'avait que peu de doutes.

— Marin d'expérience, bon mécanicien, c'est bizarre qu'il ait pu commettre une telle erreur. Si le bateau fonçait à toute berzingue, qu'est-ce qu'il est venu mettre son nez entre les deux moteurs ? Surtout si ça secouait…

Ethan porta son attention sur la ville engoncée entre ses collines. Elle semblait les attendre.

Il s'imagina alors Cooper Valdez en train de courir dans la nuit, son sac à la main, pour sauter sur son embarcation et pousser les machines à plein régime, la peur au ventre. Une terreur si profonde qu'elle le forçait à fuir sans attendre. Ethan le vit se retourner pour dire adieu à Mahingan Falls dans son dos, et entendre un bruit suspect à l'arrière, s'en approcher malgré la vitesse et l'instabilité à bord, se pencher et…

— Rentrons, dit-il. Je veux aller chez lui.

Le clapotis de l'océan résonna comme autant de moqueries cruelles.

15.

Avec un empressement qu'il s'efforça de dissimuler, Tom Spencer accompagna sa femme jusqu'à sa voiture dans l'allée devant la Ferme, l'embrassa et lui offrit son plus beau sourire tandis qu'elle reculait pour emmener baby Zoey chez le pédiatre pour une visite de contrôle. Chad et Owen en vadrouille avec leurs nouveaux amis, Tom allait enfin se retrouver seul dans la maison.

Une perspective qu'il attendait avec une impatience difficilement contenue.

Son réveil en pleine nuit l'avait littéralement terrassé. À mesure que les taches brunes dansaient sur le plafond, il avait senti son cœur se contracter et accélérer jusqu'à ce qu'il aille s'asperger abondamment le visage d'eau dans la salle de bains. Là, dans l'éclairage aveuglant, il s'était observé dans le miroir en se demandant s'il ne devenait pas fou.

Pourtant il savait qu'il n'avait pas rêvé. Il avait été incapable de dormir correctement parce que son esprit *savait*, son subconscient avait compris et il avait fallu du temps pour que le reste l'accepte, daigne voir la vérité en face. Aussi troublante soit-elle. C'était pour cela qu'il n'avait pas vraiment saisi l'horreur de la situation lors de sa première inspection de la morsure sur le mollet de Chad, alors que c'était pourtant évident.

Probablement pour se prouver qu'il ne perdait pas la raison, il était allé voir discrètement son fils au saut du lit pour lui demander de soulever sa jambe de pyjama, prétextant s'assurer que la morsure ne s'infectait pas.

Elle trônait, telle une évidence, presque arrogante dans ce monde cartésien. En la contemplant une seconde fois, Tom avait su qu'il venait de basculer dans une autre perception de la réalité.

Jamais la mâchoire d'Owen n'aurait pu laisser une empreinte aussi large. Même celle de Tom n'était pas assez grande. Celui qui avait mordu son fils avait une bouche immense. C'était tellement grotesque que Chad lui-même, du haut de ses treize ans, ne le voyait pas – ou refusait de l'admettre.

Bien des pères de famille, face à cette improbable constatation, auraient alors appelé la police, convaincus qu'un intrus s'était introduit sans un bruit dans la maison pour se mêler aux jeux de ses fils, jusqu'à l'agression, dans le noir du labyrinthe. Un inconnu avec une caractéristique physique suffisamment singulière pour qu'on l'identifie rapidement. Mais pour Tom ce n'était pas possible. C'était même ridicule. Plus encore que l'hypothèse qu'il avait engendrée en pleine nuit, allongé sur son lit, le regard rivé au plafond et le cœur battant.

C'était complètement idiot. Peut-être même dangereux pour sa santé mentale, néanmoins Tom n'en envisageait pas d'autre.

Les cauchemars répétés de Zoey, les peurs d'Olivia, et maintenant la morsure anormalement distendue de Chad convergeaient tous vers cette hypothèse. Sans mentionner l'histoire saugrenue de la Ferme elle-même, avec ses sorcières supposées et ses abandons successifs…

Tom se devait de la vérifier.

Ma maison est hantée.

Le penser lui donnait envie de rire, jusqu'aux larmes, jusqu'à s'en tenir le ventre, pour se moquer de lui-même, pour chasser ses peurs par la dérision, mais il savait que cela se terminerait par une forme d'hystérie s'il se laissait aller. Il était un homme solide, intelligent, cultivé. S'il en venait à cette conclusion, c'était qu'il y avait quelque chose, même s'il ne comprenait pas encore quoi. Cela méritait d'y apporter l'attention nécessaire.

Je suis en train de devenir maboul. C'est tout ce que ça signifie. Ma gamine fait des cauchemars terrifiants la nuit, ma femme sent une présence glaciale dans sa chambre, notre fils se fait mordre dans le noir par une bouche grande comme celle d'un géant, et moi j'en conclus que c'est la faute de spectres. Tout-va-bien. Tout. Va. Bien.

La logique voulait qu'il se rassure avec des réponses nettement plus acceptables. Terreurs nocturnes. Courants d'air et paranoïa (après tout, Olivia elle-même était déjà passée à autre chose !). Bête sauvage coincée dans la maison. Pourtant, tandis que l'empreinte de la morsure ondulait sous son regard au plafond, Tom avait ressenti cette conviction avec la force de celles et ceux qui affirment recevoir un message divin. Certes, la nuit, les choses prenaient une apparence bien différente, pourtant au réveil, il éprouvait toujours ce besoin impérieux de vérifier. Alors, au fil des minutes, il s'était laissé convaincre. *Après tout, qu'est-ce que j'ai à y perdre si ça peut me rassurer ensuite ?* Un peu de temps et beaucoup d'amour-propre, rien de plus.

Le panache de poussière provoqué par le départ d'Olivia se dissipait à peine sur Shiloh Place, que Tom se précipita dans l'entrée, mains sur les hanches. *Et maintenant ? Je commence par quoi ?* Il comprit alors tout l'absurde de sa situation. Comment vérifiait-on la présence de fantômes dans une bâtisse ?

Je suis pathétique.

Cela ne l'empêchait pas d'être transporté par une curiosité débordante et il réalisa qu'une part de lui *s'amusait* de la situation.

Tom marcha lentement entre ses murs, guettant ce qu'il ressentait, à l'affût du moindre craquement. Les peintures étaient impeccables, le parquet parfaitement poncé et ciré, les enduits du plafond irréprochables, la Ferme avait subi une rénovation totale qui rendait difficile d'y projeter la présence de quelconques maléfices anciens. Pourtant Tom savait qu'au-delà des apparences ses fondations étaient âgées de plusieurs siècles, même Bill Taningham le lui avait assuré, il les avait contemplées de ses propres yeux au moment des travaux.

Tu ne m'aurais pas refourgué ta baraque parce qu'elle est maudite, espèce de salaud ?

Tom s'imaginait déjà vivre un remake de *Poltergeist* ou d'*Amityville*, films de sa jeunesse, et écarta cette idée aussitôt. *Ça ne se passe pas comme ça en vrai.* Mais qu'en savait-il ? Était-il un expert en rituels d'exorcisme ? *Je tombe dans le cliché...*

Maintenant que le soleil frappait de biais par les baies, capturant dans ses lames des myriades de particules en suspension, Tom s'interrogea sur le bien-fondé de ses convictions nocturnes. N'était-il pas allé un peu trop loin à cause de la fatigue et des émotions ? Il pensait avoir encaissé l'accident de la vieille femme sur Atlantic Drive, mais était-ce le cas ? N'y avait-il pas dans sa démarche une tentative pour se raccrocher à une force supérieure qui l'exonérerait de chercher un sens à tout, y compris aux tragédies qui n'en dégageaient aucun, sinon celui terrifiant d'une pulsion absolue et terminale de mort ?

Non, non et non. Il se passe quelque chose chez nous. Je le sens.

Et pour une fois, il ne pouvait pas partager sa conviction avec Olivia. D'abord parce qu'elle commencerait par en rire, ne pas le prendre au sérieux, ensuite parce qu'elle s'inquiéterait et ferait tout pour le ramener sur le chemin rassurant du réel, du probable, du concret. Mais aussi parce que s'il parvenait à la convaincre, elle allait paniquer. Olivia était trop terre à terre pour garder son sang-froid face à un phénomène inexplicable.

Tom réalisa qu'il déambulait, une main sur le mur. Il s'immobilisa pour réfléchir. L'essentiel des phénomènes s'étaient produits du côté des enfants. En sondant son imagination, il en vint à se demander s'il émanait d'eux un magnétisme envoûtant pour d'éventuels esprits. Ou était-ce une question de lieu ? Tom grimpa les marches pour se rendre au premier. Sa chambre se trouvait à l'extrémité d'une aile de la

Ferme en L, et celles des garçons et de Zoey dans l'autre. Y avait-il eu une extension construite après coup ? Il faudrait qu'il se renseigne à la mairie, ou mieux encore : s'il la retrouvait, auprès de l'entreprise qui avait conduit les travaux.

Bill Taningham saura me le dire. Sauf si cette crapule nous cache un odieux secret...

Tom ouvrit la porte de la longue pièce pleine de cartons qui séparait les tanières de Chad et d'Owen. Des draps recouvraient presque toute la salle à hauteur de hanche. Les garçons s'étaient fabriqué un sacré terrain de jeu. Tom ne se voyait pas ramper là-dessous, aussi se rendit-il dans la chambre de Zoey. Là encore, le soleil d'été pénétrait par les fenêtres qu'Olivia avait ouvertes avant de partir, et la moquette blanche, les coussins de couleurs pastel et les jouets pour bébé étaient à même de vaincre toute forme de suspicion. Les oiseaux pépiaient allègrement au-dehors dans les arbres, renforçant le sentiment de légèreté.

Tom refusait de se laisser berner. Il savait qu'à la nuit tombée toutes les ombres reprendraient sournoisement leur place, que l'air deviendrait plus lourd, que le temps se dilaterait pour allonger les angoisses. Il voulait aller au bout de sa démarche. Alors il se mit à palper les murs, à écouter le son des lattes qui grinçaient particulièrement fort pour voir s'il n'y en avait pas une creuse, il sonda le dessous des escaliers, explora la petite cave moderne avec ses plaques de plâtre peintes, puis, se penchant par les fenêtres, il étudia la façade, avant de sortir faire le tour de la maison. Il tapotait, grattait, tirait s'il tombait sur un élément imparfaitement accroché, ne sachant pas exactement ce qu'il cherchait mais estimant qu'il le saurait lorsqu'il le verrait. En fin de matinée, il s'assit dans le jardin pour savourer une bière sans alcool, un peu contrarié. Que pouvait-il faire de plus ? Une séance de spiritisme avec planche Ouija ? Appeler un médium pour qu'il se promène avec son pendule dans la main ? Proposer à un des prêtres de Mahingan Falls de bénir le terrain pour vérifier s'il ne détectait pas une force infernale au passage ?

Tom secoua la tête. Il s'énervait. Mais à quoi s'était-il attendu à la fin ? À tomber sur un fantôme qui aurait surgi brusquement dans son dos sous la couverture de sa fille ?

Son esprit vagabondait ainsi, entre frustration, crédulité et un scepticisme qui revenait à la charge, lorsqu'il aperçut les deux petites lucarnes dans la toiture. Poussiéreuses, elles ne réfléchissaient presque pas de lumière. Il se souvint alors de Tessa Kaschinski, pendant la première visite, qui leur avait parlé d'un grenier. La Ferme était déjà tellement grande qu'ils n'en avaient pas eu l'utilité, casant tous leurs meubles dans l'espace principal, et se servant de deux pièces sans utilité pour y stocker les reliquats qu'ils finiraient par revendre faute de les apprécier dans ce nouveau décor. Tom fouilla sa mémoire à la recherche d'un accès avant de comprendre qu'il n'en avait jamais remarqué.

Il reposa sa bouteille à moitié pleine et retourna à l'étage, le nez en l'air. Il s'était attendu à découvrir l'accès au grenier dans le couloir ou au moins dans une des chambres, et après cinq minutes il réalisa qu'il n'y avait aucune trappe avec escabeau coulissant. C'était à n'y rien comprendre. Tom connaissait tout de même sa maison, il y vivait depuis un peu moins de trois semaines, il avait eu maintes occasions d'en explorer les recoins et ne voyait absolument pas comment accéder à ce dernier niveau. Il se mit alors à ouvrir toutes les portes, les unes après les autres, et lorsqu'il entra dans la salle qui servait de remise et de labyrinthe aux deux garçons, il hésita, sur le point de faire demi-tour lorsqu'il aperçut une poignée en face qui devait probablement desservir un placard intégré dans le mur. Pris d'un doute, il repoussa quelques piles de cartons et se fraya un chemin jusque-là pour tirer sur cette porte peinte dans la continuité du reste, presque invisible. Elle refusait de venir, si bien que Tom dut forcer pour qu'elle cède en grinçant.

Un escalier en bois, très étroit, s'étirait abruptement dans la pénombre, en direction du grenier. *Yippee ki-yay !*

Tom constata qu'il n'avait rien pour s'éclairer, pas même son téléphone et, trop excité pour retourner s'équiper, il estima que ses yeux s'habitueraient, et se faufila dans le passage. Un soupçon d'appréhension le fit hésiter avant qu'il ne le balaye, bien trop alléché pour renoncer. Les marches gémirent à chacun de ses pas, suffisamment fort pour que Tom se demande s'il n'allait pas passer au travers. L'odeur de renfermé lui chatouillait les narines, ce qui le fit éternuer plusieurs fois.

Le grenier surplombait une large partie de l'aile nord de la maison, tout en poutres, en soupentes, et en toiles d'araignées larges comme des rideaux déchiquetés. Une faible clarté émanait de quatre lucarnes particulièrement sales et par conséquent opaques. Tom attendit que ses sens se soient accoutumés avant de déambuler prudemment sur le sol bruyant. Il se trouvait dans la seule partie de la Ferme qui n'avait pas été refaite par Bill Taningham. *Elle est dans son jus.*

De fait, les montants de bois n'étaient pas parfaitement polis, les décennies les avaient usés, mais la charpente semblait saine, même le bardage intérieur, bien que poussiéreux, témoignait d'une belle résistance au temps. Au moins cette expédition n'aurait pas été totalement inutile, constata Tom avant de distinguer des formes géométriques entassées dans un coin obscur. Il s'approcha et se pencha pour passer sous la toiture. Une demi-douzaine de cartons fragiles servaient de nid à des hordes d'arthropodes divers. *Tiens, tiens, qu'est-ce que nous avons là ?*

Tom tira sur le premier pour l'approcher d'une des lucarnes, mais il en déchira une large portion avant de réussir à le pousser. Il l'ouvrit avec attention, s'essuya le nez après avoir respiré des particules qui déclenchèrent des démangeaisons, et éprouva une grande déception en constatant qu'il s'agissait de vieux vêtements. Il en déplia plusieurs. Couleurs et formes ne lui laissèrent aucun doute. *Années 70. Un homme. Plutôt mince.*

Après une rapide inspection des autres cartons, Tom se rendit à l'évidence : il n'y avait aucun trésor digne d'intérêt.

Il souffla pour se dégager les narines, cet endroit avait besoin d'un grand bol d'air frais. C'était terriblement frustrant de parvenir jusqu'ici sans pour autant en rapporter la moindre trouvaille. *Il faudra que je remonte pour nettoyer les lucarnes, trouve un moyen de les ouvrir et de...*

Tom pencha la tête, soudainement saisi d'un doute.

L'index dressé devant lui, il hésita sur la direction à prendre avant de se projeter dans le plan de la maison. Les chambres d'Owen et Chad en dessous, celle de Zoey en face… Il s'arrêta face à un mur de bois. Le grenier n'allait pas plus loin.

Pourtant, il en était à présent certain, lorsqu'il avait repéré les petites fenêtres dans la toiture, depuis le jardin, il contemplait l'aile est.

Bon sang, il y a un autre grenier ! comprit-il.

Sauf qu'il avait déjà sondé tout l'étage à la recherche d'un accès et celui-ci était le seul. L'avait-on condamné ?

Tom tapa sur le mur, presque mécaniquement, autant pour sceller ses certitudes que par dépit. Le son émis le fit aussitôt reculer d'un pas. La cloison était creuse.

Il n'y voyait pas grand-chose, aussi, en prenant soin de ne pas s'enfoncer d'échardes dans les paumes, il la palpa attentivement à la recherche d'une charnière ou d'un verrou, n'importe quoi qui trahirait la présence d'une porte dans l'obscurité, sans succès. Au bout de cinq minutes, agacé, Tom redescendit dans la cuisine s'équiper d'une lampe torche et revint finir le travail sans plus de réussite. Il n'y avait aucune trappe, ni aucun battant, même dissimulé. Malgré tout, il pouvait clairement entendre qu'un bon tiers de la cloison donnait sur un espace vide.

Cette fois Tom était allé trop loin pour reculer, il redescendit jusque dans son atelier pour s'emparer d'outils adaptés et après quelques tâtonnements, il enfonça le pied-de-biche entre les planches du mur et tira. Elles se défirent d'un claquement sec qui résonna dans toute la maison, à travers les cages d'escalier et dans les couloirs. Chaque portion qu'il arrachait ressemblait à une couche de peau sur laquelle Tom tirait pour mettre à nu une partie de la bâtisse qui dormait en secret depuis longtemps. Il dévoilait ce corps enfoui sous sa couche de vêtements anciens, et l'espace d'un instant, il s'immobilisa avec l'impression que toute la maison frémissait. *C'était le vent*, se rassura-t-il. Rien que le vent. La structure en bois lui répondit d'un grondement massif et Tom en eut la chair de poule. *Le vent*..., insista-t-il.

Lorsqu'il eut ouvert un passage suffisant, il passa la tête puis les épaules dans l'autre aile du grenier.

L'endroit ressemblait à son voisin, même pénombre grise, même ossature de bois, mêmes portions voûtées, sinon qu'il était en biais. Tom eut l'impression de contempler le reflet trouble de la première pièce, comme s'il se tenait sur le seuil d'un miroir piqué par le temps. La nouvelle pièce présentait toutefois plusieurs singularités.

En son centre reposaient plusieurs boîtes en fer et quelques casiers remplis de vieux livres et de papiers.

Le cœur de Tom se fit plus lourd et plus bruyant dans sa poitrine. Il sentit qu'il venait de mettre la main sur quelque chose d'important. Cette fois, il ne pouvait s'agir de vieilleries oubliées ou abandonnées faute d'intérêt. Cet endroit avait été muré. *Caché !*

Alors Tom franchit le seuil, et passa de l'autre côté du miroir.

16.

Cooper Valdez louait un ancien garage automobile au sud d'Oldchester, dans un immeuble tassé de deux étages en briques marron. Il avait installé tout un bric-à-brac d'appareils électriques assez anciens disséminés entre une Chevrolet Chevelle de première génération rouillée et une Ford Mustang de 1974 dont le capot ouvert dévoilait un V6 en cours de rénovation. Sur les établis, des batteries d'outils classés selon un rituel bien précis rutilaient dans l'éclairage des quatre grosses lampes qui pendaient du haut plafond. L'endroit sentait la graisse, l'huile et l'ozone.

Ethan Cobb retira sa casquette et l'accrocha à sa ceinture, derrière le holster de son arme, puis s'épongea le front avec sa manche. La première surprise était d'avoir trouvé la porte non verrouillée.

— Cedillo, je vous laisse faire le tour.

— Et qu'est-ce que je cherche là-dedans ?

— Vous vous y connaissez en mécanique, alors fouillez, flairez, faites-vous un avis sur qui est Cooper Valdez à travers son hangar. Nous allons procéder de la même manière là-haut, répondit Ethan en désignant l'escalier qui desservait une balustrade, cinq mètres en surplomb.

Ashley Foster lui emboîta le pas sans rien dire. Il lui était reconnaissant de ne pas faire de remarque sur son « instinct pourri » après le fiasco de l'enquête sur Rick Murphy. C'était lui qui l'avait appelée directement pour requérir son assistance.

— Pourquoi moi ? avait-elle insisté.

— Je veux un autre officier à mes côtés et vous savez ce que je pense de Paulson.

— On va suivre les procédures cette fois ?

Moment de flottement.

— Oui.

Silence.

— Foster ? Je vous veux parce que vous êtes compétente. Ce n'est pas seulement contre Paulson. J'ai confiance en vous.

— Entendu, lieutenant. J'arrive.

Ça n'avait pas été plus loin, elle avait débarqué avec un rapide salut de la tête et rien de plus. Ethan sentait qu'elle était tendue et ses yeux rouges la trahissaient. Le lieutenant se souvint de ce que Cedillo avait raconté sur le bateau et Ethan eut envie de lui offrir ses bras pour la réconforter, pour lui témoigner son soutien. Il était passé par là lui aussi et il en gardait un souvenir douloureux, amer. Il espérait que cela s'arrangerait vite pour elle.

Vraiment ? Espèce d'hypocrite ! Si elle se sépare de son mari, que vas-tu faire ? L'ignorer ? La traiter uniquement comme une collègue ?

Non. Les relations avec des flics, c'était terminé pour lui, il était vacciné. En profondeur. C'est pourquoi il avait préféré concentrer ses pensées sur le cas

Cooper Valdez plutôt que de poursuivre une chimère, qui le mettait mal à l'aise.

À l'étage ils trouvèrent une porte en verre dépoli et l'ouvrirent pour entrer dans l'antre du bricoleur.

Il habitait un trois-pièces empestant encore le tabac froid, plongé dans la pénombre, tous stores tirés. Ethan tâtonna jusqu'à trouver l'interrupteur et la pièce principale s'illumina en quelques pétillements d'ampoules, dévoilant l'enfilade de canapé, table basse, tapis élimé, buffet et cuisine ouverte au fond.

— Vous ne lui connaissiez pas de relations ?

— Non, répondit Ashley, d'après ce qu'on m'a dit il a fréquenté des filles sans que ça dure, notamment une de Boston, mais rien de sérieux. De toute façon, il n'y a qu'à voir son appartement pour se douter qu'il vivait seul.

Ils sillonnèrent la pièce de vie, en quête d'indices révélateurs du personnage. Ethan cherchait en particulier tout ce qui aurait pu expliquer sa fuite brusque, en pleine nuit, avec le strict minimum fourré dans un sac. Qu'est-ce qui l'avait rendu si nerveux au point de précipiter son départ de Mahingan Falls ? Jusqu'à lui faire perdre l'équilibre à l'arrière de son navire…

Ils n'avaient pas encore les résultats du laboratoire concernant le sang retrouvé près des moteurs mais Ethan n'avait aucun doute, ce serait celui de Valdez. Tous savaient qu'il ne reviendrait pas. Au mieux son corps, partiellement dévoré par les crabes, serait rejeté sur la plage d'ici quelques jours. Si c'était au pied des falaises, il était peu probable que quiconque le découvre et il pourrirait jusqu'à se dissoudre dans l'océan. Les probabilités de revoir un jour Cooper

Valdez, autant vivant que mort, étaient proches du néant.

Ashley allait ouvrir le frigidaire lorsque Ethan l'interrompit :

— Je suis désolé de pinailler, mais vous voudriez bien mettre des gants ? exigea-t-il sur le ton le plus doux possible.

Ashley le fusilla du regard et sortit une paire de gants en latex de sa poche en cuir, sur sa ceinture.

— Vous comptez faire un relevé d'empreintes de tous les lieux ? Pour ça il va falloir faire venir une équipe de Salem.

Ethan émit un gloussement sec.

— Chef Warden ne l'autorisera pas, acquiesça-t-il. Pas pour un alcoolique qui s'est tué en mer. Malgré tout... essayons de ne pas polluer les lieux. Vous connaissez mon instinct défaillant, je sais, mais j'y tiens.

— Lee dit déjà à qui veut l'entendre que Valdez s'est suicidé, rapporta Ashley avant d'inspecter l'intérieur du frigidaire d'un air dégoûté. Il faut admettre qu'à part de la nourriture liquide, il n'achetait pas grand-chose.

Ethan passa dans le petit couloir qui desservait la salle de bains et deux portes. La première dévoila une chambre rudimentaire, matelas jeté à même le sol, couette sans housse et un tas de vêtements empilés sur une chaise devant une armoire.

— Lieutenant ! appela Ashley avec autorité.

Ethan revint sur ses pas rapidement et la vit pointer son index gainé de blanc en direction du bar.

Un téléphone portable gisait, en pièces, à côté d'un marteau.

— Le sien ? s'étonna Ethan sans s'attendre à une réponse.

— Pendant que vous étiez en mer, j'ai pris soin de récupérer les données basiques concernant Cooper Valdez, dont celles de son téléphone. Je n'aurai aucune difficulté à vérifier si c'est la bonne carte SIM, annonça Ashley en récupérant la minuscule pastille à puce qu'elle fourra dans un sachet en papier.

— Vous voyez, c'est pour ces initiatives que je vous embarque avec moi. Reste à savoir pourquoi il aurait explosé son téléphone avant de partir.

— Pour s'assurer qu'on ne le retrouve pas.

— C'est ce que Cedillo pense aussi, que Valdez a fait une grosse connerie.

Ethan demeurait plus sceptique. S'il avait voulu fuir, il aurait pris sa voiture, c'était plus discret, plus pratique et plus sûr que le bateau en pleine nuit. L'absence de tour de clé dans la porte principale allait également dans le sens d'une fuite rapide, presque incontrôlée.

Cette fois, Ethan retourna jusqu'au bout du couloir et ce qu'il vit dans la dernière salle le fit s'arrêter sur le seuil.

— Foster, s'écria-t-il à son tour. Il y a une antenne sur le toit ?

— Une espèce de mât pour les transmissions vous voulez dire ? Oui, vous n'avez pas fait attention en arrivant ? C'est pour…

Elle s'interrompit en découvrant le long bureau couvert d'émetteurs, de postes radio, d'amplificateurs bricolés, d'oscillateurs et autres appareils dont il n'était pas évident de deviner l'utilité.

Tous étaient brisés, éventrés, la plupart réduits en miettes.

— Qu'est-ce qu'il manigançait ?…, souffla-t-elle. Et si ça n'était pas lui ? S'il était rentré pour tomber sur tout ça ?

— Le matériel a subi le même sort que son portable. Il serait sorti sans son téléphone ? Mouais…

Face au doute de son supérieur, Ashley rebondit.

— C'est… Valdez qui aurait causé tous ces dégâts ? Pourquoi détruire des radios ? Elles ne peuvent rien enregistrer, non ? Elles ne constituent pas des preuves contre lui, quoi qu'il ait fait.

Ethan haussa les épaules.

— Il était connu pour communiquer de cette manière ?

— Je vais me renseigner.

Ethan examina le reste du local. Un ordinateur portable était renversé au sol, fracassé. On s'était acharné. Cobb le pressentait, on n'avait pas seulement voulu rendre inutilisable son équipement. Celui qui avait fait ça était-il en colère ? *Enragé, oui !*

Ou terrorisé.

Ethan vit une carte de la région punaisée au mur, des villes entourées au feutre avec des surnoms et des fréquences gribouillées à côté. En face, une carte de tout le pays et même du Canada comportait le même type de notes.

— Apparemment, c'était son dada…

Ashley ne l'écoutait plus, elle s'était glissée dans la chambre pour la fouiller. Soudain un doute désagréable saisit Ethan qui traversa l'appartement pour se rendre sur la mezzanine au-dessus du garage.

— Cedillo ! Vous avez noté la fréquence de la radio sur le bateau de Valdez ?

La voix nasillarde de son subalterne résonna juste en dessous.

— Non, mais je pourrai vérifier dès demain matin, c'est important ?

Ethan avala une longue bolée d'air pour réfléchir. Était-ce un hasard cette voix étrange et les cris qu'ils avaient entendus à bord le matin même ?

— Je ne sais pas…, avoua-t-il tout haut. Il avait des antécédents médicaux ? Des problèmes psychiatriques ?

— Pas que je sache.

La voix d'Ashley Foster lui répondit dans son dos :

— En tout cas, il n'était pas en grande forme.

Elle agita trois flacons en plastique jaune translucide remplis de capsules et une boîte d'aspirine presque vide.

— Vicodin, vitamines et antidépresseurs, détailla Ashley.

Ethan se saisit d'un des flacons et lut l'étiquette collée dessus par la pharmacie. Il sut aussitôt où poursuivre son enquête.

*

L'adolescent avait un bel hématome, mais rien de cassé. Ce qui dérangeait surtout le docteur Layman, c'était l'explication de la blessure. Il ne croyait pas à l'hypothèse du choc accidentel évoqué avec les garçons de l'équipe de football américain tandis qu'ils couraient pour rejoindre leur vestiaire. Plusieurs d'entre eux avaient mauvaise réputation, Chris

Layman le savait, et il avait déjà reçu dans son cabinet des « victimes » de ces brutes. *Cox et Buckinson*, se rappela alors le docteur. Deux molosses. Le pauvre garçon qui se rhabillait devant lui figurait probablement sur la liste de leurs têtes de Turc, mais il craignait bien trop les représailles pour parler.

Chris Layman hésita. Avec un peu de patience et du tact il parviendrait peut-être à lui soutirer des confidences, il pourrait ensuite l'envoyer voir les flics pour que ses bourreaux ne s'en tirent pas encore une fois sans ennuis. Mais à bien observer l'adolescent, le docteur Layman constata qu'il se surestimait sûrement. Maintenant qu'il était rassuré sur son état, le garçon était avant tout pressé de sortir.

Layman lui tendit sa prescription et ne put s'empêcher de dire :

— Repasse me voir demain midi, juste pour vérifier l'évolution, d'accord ?

Il se ménageait une option pour convaincre le jeune homme.

Lorsque la porte se referma, Chris Layman déposa ses lunettes sur son bureau et se massa les tempes longuement. Il était au bout du rouleau comme répétait tout le temps sa mère, pâtissière de son état, non sans ironie. La semaine avait été rude, et demain les consultations du samedi matin lui garantissaient une horde de rendez-vous « en urgence », des futilités qui auraient pu attendre pour la plupart, mais ensuite il serait en week-end. Il se souvint qu'il devait emmener Carol et Dash au cinéma voir l'un de ces blockbusters estivaux, il l'avait promis, hormis quoi, il n'avait rien prévu d'autre qu'un peu de jardinage et des heures de détente au soleil.

Son regard atterrit sur la pochette cartonnée qu'il avait posée sur le côté. Ses notes sur la « coïncidence ». Tout le cheminement de sa pensée depuis le premier cas, dix jours auparavant. Une femme, la trentaine. Chris Layman exerçait à Mahingan Falls depuis cinq ans, il avait quitté la clinique de Springfield pour suivre son épouse ici auprès de son père malade. L'air de l'océan leur ferait du bien, pensaient-ils, et il n'avait jamais regretté ce choix. Mais cette patiente, Chris Layman ne l'avait encore jamais vue dans son cabinet. Elle venait pour des maux de tête et des saignements de nez réguliers, qui s'étaient d'ailleurs déclenchés en pleine consultation.

Deux jours plus tard, un garçon d'à peine vingt ans s'était ajouté en fin d'après-midi pour le même problème. Puis un autre cas le lundi, et deux suivants, avant le dernier en date aujourd'hui.

Chris Layman s'était chargé des premiers normalement, avant que la série ne commence à éveiller sa suspicion. Il avait écarté l'hypertension, sauf pour Douglas O'Connor qui en souffrait, mais qui prenait scrupuleusement son traitement, sa femme s'en assurait. Un problème de coagulation récurrent ? C'était l'hypothèse la plus probable. Mais l'explication, elle, n'était pas simple. Son premier réflexe avait été d'envisager l'apparition à Mahingan Falls d'une drogue merdique. C'était un recoupement plausible. Toutefois, les profils ne correspondaient pas. Il connaissait assez bien la plupart de ces patients et même si les apparences pouvaient se révéler trompeuses, il doutait fortement que Melvin Jonesy ou Parker Marston puissent consommer de la drogue. Non, il fallait chercher ailleurs.

Il avait alors dégainé l'arme moderne de tout bon médecin de campagne : les réseaux sociaux. À ses questions, ses collègues répondirent massivement allergies, ce qu'il ne croyait pas une seconde. Il avait entendu les témoignages de ses patients ; même le saignement de la première n'était pas une réaction allergique. L'absence de fièvre et de toute forme de contamination auprès des proches lui avait redonné un peu d'optimisme. Il n'avait pas à appeler les CDC[1] en urgence, déjà un bon point.

Tout ce qui lui venait à l'esprit ensuite n'était cependant pas beaucoup plus rassurant. Comment relier six personnes avec les mêmes symptômes alors que la plupart ne se connaissaient pas ou seulement de vue ?

Le docteur Chris Layman avait pris sa décision en fin de journée. Si un autre cas se présentait, il rappellerait tout le monde, prescrirait des analyses plus poussées et les soumettrait à un questionnaire détaillé.

Une contamination par un anticoagulant se profilait. Le plus basique et commun restait la mort-aux-rats qu'on trouvait un peu partout, surtout dans une petite ville de campagne comme celle-ci. Se pouvait-il qu'un des restaurants de Mahingan Falls ait mal entreposé un stock de ses vivres et qu'il y ait eu un transfert ? Pas assez pour provoquer des nausées ou des réactions très fortes, mais suffisamment pour causer des saignements ?

Chris se leva et prit la pochette. Il irait tout de même voir Billy Ponson, de la mairie, demain après-midi

1. Centres pour le contrôle et la prévention des maladies.

chez lui si nécessaire. Il ne voulait prendre aucun risque. Il saisit sa veste lorsqu'on frappa vigoureusement à la porte. Il n'attendait plus aucun patient, mais les invitations forcées de dernière minute n'étaient pas rares.

Il fut surpris en découvrant un officier de police en uniforme beige, face à lui, un peu plus jeune, mais au charisme certain.

— Docteur Layman ? Je suis le lieutenant Cobb de la police de Mahingan Falls. Nous n'avons pas encore eu le plaisir de faire connaissance. Est-ce que vous auriez quelques minutes à m'accorder ?

Chris l'observa, se demandant s'il n'y avait pas là un signe de la providence.

— Ne me dites pas que vous enquêtez sur une intoxication alimentaire ?

L'officier parut étonné.

— Non. Je viens au sujet d'un de vos patients, Cooper Valdez. Je peux entrer ?

Chris s'effaça pour le laisser passer, mais sans l'inviter à s'asseoir. La fatigue le rendait moins poli, et il n'avait plus qu'une idée : être chez lui, enfiler un short, se servir une limonade fraîche et souffler enfin. Ils restèrent debout, face à face.

— Qu'est-ce qui se passe avec M. Valdez, il a un problème ?

— Il a disparu. Il était l'un de vos patients, n'est-ce pas ?

Layman encaissa la nouvelle.

— En effet.

— J'ai besoin de savoir s'il avait des problèmes d'ordre psychiatrique ?

Le docteur Layman hésita. Ce n'était pas dans ses habitudes d'évoquer les détails médicaux de ses patients. Certes, c'était un officier de police qui le demandait, et Layman l'avait déjà aperçu plusieurs fois dans la rue pour savoir qu'il était vraiment ce qu'il affirmait, cependant sa déontologie le titillait.

— Je suis navré, le secret médical m'interdit de répondre sans l'accord de M. Valdez, à moins d'y être contraint par la loi.

Le lieutenant Cobb fit la moue.

— Je m'attendais à cette réplique. Écoutez, je ne veux pas son dossier médical, juste savoir s'il était paranoïaque, agressif, ou fortement déprimé au point de pouvoir s'ôter la vie. Tout porte à croire qu'on ne le reverra jamais. Je sais qu'il buvait plus que de raison, et qu'il prenait des antidépresseurs que vous lui aviez prescrits, mais était-il… malade ? précisa Ethan en faisant un signe du doigt sur sa tempe pour préciser sa pensée : fou.

Chris Layman s'accorda un moment pour réfléchir en se mordant les lèvres.

— Vous êtes au courant pour son alcoolisme, dit-il, et oui, il souffre d'une petite dépression chronique. En revanche, non, il n'a pas de problèmes psychiatriques profonds, ni de tendances suicidaires, il n'en a jamais témoigné en ma présence, et je n'ai rien détecté en ce sens. De la fatigue, des carences de vitamines, et un foie qui commence à lui rendre la monnaie de sa pièce, voilà tout ce que je peux confirmer.

— Pas de syndrome de persécution ?

— Non.

— Il n'a évoqué aucun problème grave dans son quotidien, ou même de personne avec qui il aurait pu avoir des ennuis ? Je sais que vous n'êtes pas son psy, mais les gens se confient à leur médecin parfois…

— Oh, vous n'avez pas idée à quel point… Non, rien de tout cela pour M. Cooper. Vous dites qu'il a disparu, un *suicide* ? demanda le médecin en articulant le mot.

Le lieutenant acquiesça en le fixant.

— Ou un accident, rien n'est établi pour l'heure.

Après un bref conciliabule avec lui-même, Chris Layman insista :

— Vous avez le corps ? Vous avez analysé son sang ?

— Non, pourquoi ?

Le médecin s'humecta les lèvres plusieurs fois le temps de trouver la bonne formulation, il ne voulait ni envoyer la police sur une fausse piste, ni minimiser son intuition.

— Regardez s'il y a des traces de contamination à un anticoagulant, on ne sait jamais. Je suis peut-être un brin trop suspicieux, mais j'ai remarqué une proportion anormale de symptômes étranges communs à plusieurs de mes patients, il se pourrait que nous ayons sur les bras un souci d'intoxication massive.

Ethan Cobb le regardait, sourcils levés. Layman précisa :

— Un restaurant de la ville, ou un produit de consommation vendu dans une des épiceries, je ne sais pas. Peut-être que ça n'est rien, je préfère vous informer.

Le flic le remercia et Layman prit ses affaires pour sortir en même temps.

— Quoi qu'il en soit, pour M. Valdez, je n'ai rien détecté d'alarmant dans son comportement. Il n'est… n'était pas, pardon, dérangé, comme vous le suggériez.

— Et aucun médicament qui aurait pu avoir des effets secondaires très marqués ?

Layman hésita là encore avant d'estimer qu'il ne dévoilait rien que le flic n'ait déjà découvert.

— On ne peut jamais tout à fait l'exclure, mais jusque-là, il supportait bien ses traitements.

Le palier du cabinet était plongé dans l'ombre du clocher de Saint-Finbar, l'église catholique au nord de Green Lanes, quartier historiquement irlandais. Au-delà, le soleil de fin de journée était en train de passer derrière le mont Wendy et un soupçon de douceur commençait à descendre des forêts environnantes. Des enfants jouaient en criant quelque part, et de l'autre côté de la rue, le mur de vieilles pierres rehaussé d'une grille rouillée abritait le cimetière et ses tombes tordues ou enveloppées d'un curieux linceul de végétation. Le docteur Chris Layman tendit la main vers le lieutenant Cobb et l'invita à l'appeler s'il y avait quoi que ce soit d'anormal dans les analyses sanguines de Cooper Valdez. Il agita devant lui la pochette rouge en expliquant qu'il constituait un dossier. Ce n'était probablement rien, un hasard, un peu de zèle de toubib, mais au cas où, il ne fallait pas hésiter.

Les deux hommes étaient sur le point de se séparer lorsqu'un nuage sombre fusa à basse altitude et attira leur attention.

Ils virent la nuée de chauves-souris virer brusquement autour du clocher, se redresser dans un ballet étonnamment chorégraphié, puis dans le même élan elles flottèrent un instant sur place, le nez en l'air dans le ciel bleu, avant de toutes cesser de voler, ailes repliées, et de tomber tel un rideau qui se décroche.

Plusieurs dizaines.

Leurs corps éclataient au contact du bitume, petites grenades de chair et de sang, elles émettaient des *ploc* écœurants en se fracassant, leurs minuscules os fins se brisant instantanément et leurs ailes de cuir fouettant le sol d'un claquement sec. Bientôt cette grêle morbide constella tout le parvis de l'église de masses spongieuses et chaudes et des ruisseaux pourpres glissèrent lentement en direction de l'égout.

Le docteur Layman et Ethan Cobb n'avaient pas bougé. Lèvres entrouvertes, regard stupéfait.

La cloche sonna l'angélus et Layman trembla. Pour lui, ces chauves-souris venaient de se donner la mort. L'Incarnation renversée.

Elles s'étaient *sacrifiées*.

La chair s'était faite verbe.

17.

Sa langue rose et baveuse s'agitait telle une grosse limace et se dandinait devant sa bouche grande ouverte, sans aucune pudeur, en provoquant une série de gargouillements peu ragoûtants.

Chad, Owen et Corey se bidonnèrent en grimaçant.

— C'est crade ! Dégueu ! s'écrièrent-ils.

— C'est comme ça qu'on embrasse une fille, exposa Connor après avoir rangé sa langue à sa place. Bien sûr faut se coordonner au niveau des mains en même temps, et là c'est plus compliqué, parce qu'il faut lui toucher la poitrine, sans que ça la gêne ! Faut sentir si elle est d'accord. Et caresser mais pas au même rythme que vous roulez la pelle. Je vous jure, c'est pas si simple !

— Mais tu l'as vraiment fait ? s'étonna Corey en plissant son nez couvert de taches de rousseur.

— Puisque je vous le dis ! Kim, la nièce de la nouvelle nana de mon père, à Toronto, la semaine dernière.

— Même les seins ? fit Chad, entre admiration et circonspection.

— Grave. Elle m'a laissé faire.

— Wow ! lâchèrent les garçons, rêveurs.

Connor frappa dans ses mains.

— Bon, c'est pas tout ça mais on en est où des gourdes et des vivres ? demanda-t-il.

Owen souleva un sac à dos devant lui.

— Tout est là.

— Alors vous êtes prêts ?

— Aussi prêts que Kim avec ses nichons, plaisanta Chad, ce qui déclencha une nouvelle salve de rires.

— Venez, finit par commander Connor. Suivez-moi, on a de la route jusque là-bas.

Les quatre adolescents quittèrent le soleil brûlant du début d'après-midi et s'enfoncèrent dans la forêt au bout du jardin de la Ferme. Ils contournèrent un immense taillis de ronces et se glissèrent entre les hautes fougères jusqu'à débusquer un chemin mal dégrossi qui filait perpendiculairement à leur propriété.

— C'est pour la chasse ? interrogea Owen.

— Oui, les promeneurs, les cueilleurs de champignons, et même le gros gibier passent par là la nuit, je crois, confirma Connor qui semblait savoir où il allait. Il file comme ça vers les collines puis grimpe vers le mont Wendy, mais nous allons le quitter avant, pour prendre un raccourci.

Il s'exprimait avec une assurance merveilleuse pour Chad. Connor avait un an de plus que lui, certes il avait redoublé, mais il semblait avoir des années-lumière d'avance dans tous les domaines qui comptaient *vraiment* à ses yeux.

Les aboiements d'un chien au loin les interpellèrent et Chad demanda à son cousin :

— Tu as bien enfermé Smaug dans la maison, pas vrai ?

La tension entre eux était retombée depuis l'épisode de la morsure. Owen campait sur sa position, il n'y était pour rien, et la colère de Chad s'évaporait au fil des jours, pragmatique jusqu'au bout, mieux valait pardonner que devoir jouer seul.

— Oui, dans la cuisine. De toute façon, je suis pas sûr qu'il nous suivrait, il n'aime pas cette forêt, je crois qu'il en a peur. Dites, les mecs, ça craint rien par ici, hein ?

— T'as peur de quoi ? fit Connor.

— Je sais pas…

Corey lui mit la main sur l'épaule.

— T'inquiète, c'est fini les épreuves, là c'est que du plaisir.

Le frère de Gemma lui adressa un clin d'œil amical et Owen approuva.

Ils marchèrent sur un bon rythme, sans croiser personne. Chad suspectait les gens du coin de connaître des sentiers plus balisés et moins tortueux, mais Connor devait vouloir les impressionner en choisissant celui qui semblait le plus sauvage. La forêt s'inclinait de plus en plus, les pentes se dressaient vers des sommets invisibles à mesure qu'ils s'éloignaient de Mahingan Falls, des rochers sourdaient ici et là, de plus en plus imposants, constitués d'une roche ocre. Ils rivalisaient avec les arbres, certains en étaient même couverts, une multitude de minuscules racines s'enfouissant dans un tapis de mousse émeraude pour les maintenir. La faune cancanait sur leur passage dans son babil céleste, et la sueur maculait les corps des adolescents d'une pellicule moite, mais chacun demeurait concentré sur ses pas. Il fallait éviter les pièges, branches basses, épines fourbes, trous vicieux et autres insectes piqueurs qui ne manquaient pas de venir leur tourner autour. Malgré tout, les garçons s'amusaient. Dans les moments de silence, ils savouraient cette randonnée en imaginant maintes aventures possibles, et le reste du temps des rafales de plaisanteries, commentaires graveleux et remarques bouffonnes les tordaient en deux au point qu'ils devaient parfois se tenir les uns aux autres pour ne pas tomber.

Lorsque le chemin bifurqua vers le nord-ouest pour partir à l'ascension d'un raide dévers, Connor le quitta pour continuer tout droit sur le flanc du coteau, les entraînant entre les troncs, les buissons et les hautes herbes.

— Tu parles d'un raccourci ! se plaignit Chad en tirant sur les ronces qui s'étaient accrochées à son short.

— Je vous avais dit de mettre un pantalon ! répliqua sèchement Connor.

Dans son dos, Chad le mima silencieusement en train de râler et extirpa un sourire à Corey et Owen.

— On va où ? demanda enfin Owen.

— Se baigner.

— Se… mais on n'a pas pris de maillots !

Connor se retourna un instant.

— Tu te baigneras en peau d'Owen alors !

— Ou en caleçon, lui glissa Corey. C'est ce que je fais, moi.

— Il y a quelqu'un qui a une piscine dans cette forêt ? s'étonna Chad dans un relent de naïveté enfantine.

— Un étang, annonça leur guide. Derrière la ferme des Taylor. Mais faut sortir de la cuvette, et ça, Mahingan Falls n'aime pas. Elle va tout faire pour nous retenir, faut vous battre, les mecs !

Il singea un commando en pleine jungle, s'efforçant de se tailler un passage à l'aide d'une machette imaginaire.

Corey se pencha à nouveau vers les deux cousins pour préciser :

— On connaît un passage pour éviter d'avoir à grimper les collines.

— Exact ! triompha Connor sans sortir de son rôle exubérant, faisant semblant d'armer une mitraillette cette fois. On va pas se laisser intimider par ce mur qu'elle a dressé autour d'elle pour nous retenir ! Ah ça non ! Serrons-nous les coudes, camarades ! Et ensemble nous pouvons le faire ! Ta-ta-ta-ta-ta-ta-ta ! Prends ça, vermine !

Owen affichait un rictus de satisfaction. Il aimait bien ses nouveaux amis, même le grain de folie de Connor l'amusait.

— Hey, les gars, s'écria-t-il. Si on veut former un groupe, il nous faudrait un nom !

— Un nom de quoi ? gloussa Corey.

— Un nom de bande !

— Comme quoi ? demanda Chad.

— Je sais pas… faut qu'on trouve.

— Les Prédateurs du bois ! proposa Connor avec emphase.

— Ça fait film porno ! s'amusa Chad.

— Tu sais même pas ce qu'est un film porno !

— Bien sûr que si…, répliqua Chad les joues en feu.

— Alors les Increvables de Mahingan Falls ! enchaîna Connor.

— Série Z ! aboya Corey en secouant catégoriquement la tête.

— Les Explorateurs de l'audace ? proposa Chad sans conviction.

— Non, on dirait un nom de youtubeur raté, s'opposa Owen.

— Bah alors quoi ?

— Je sais pas, on va réfléchir, mais on ne sera une bande que si on a un nom qui claque.

Connor ronchonna dans sa barbe que ses propositions claquaient mais n'insista pas et ils descendirent un raidillon où il fallait se frayer un passage entre les troncs, les souches renversées et les rochers saillants, ce qui les fit taire jusqu'en bas.

La forêt se densifiait. Loin de la main de l'homme, elle gagnait en prestance, forçant le respect, écrasant de sa stature, menaçant de ses frondaisons bruissantes. Ils l'arpentaient tête basse, pour vérifier où ils posaient les pieds. Ici les oiseaux paraissaient moins nombreux mais leur chant s'envolait en arabesques sonores plus complexes comme s'ils savaient des choses que les enfants ignoraient. Des choses importantes, supposa Owen.

Puis ils s'engagèrent dans une portion plus sombre, une bande d'une centaine de mètres de large qui s'enfonçait entre deux falaises brunes, de plus en plus hautes.

— Bienvenue dans la ravine ! s'exclama Connor, si fort que sa voix provoqua des mouvements dans les branches au-dessus d'eux. C'est par là qu'on va rejoindre les champs au-delà de la Ceinture.

Owen se sentit intimidé, il aurait préféré que Connor ne crie pas, qu'ils passent sans se faire remarquer, même s'il était incapable d'expliquer pourquoi.

Il faisait meilleur à l'ombre de la ravine, une mousse épaisse recouvrait le sol, et ils longèrent un timide ruisseau presque à sec.

— Faudrait pas qu'un troupeau de dinosaures surgisse dans notre dos, fit remarquer Chad. On serait mal ! Obligés de courir comme des dingues pour atteindre l'extrémité de la vallée avant qu'ils nous rattrapent ! Elle est encore longue ?

— T'as de drôles d'idées parfois, soupira Corey. Tu regardes trop de films !

— Un bon kilomètre, je dirais, estima Connor.

Owen remarqua une forme étrange au sommet de la falaise sud, sur sa gauche, et comprit qu'il s'agissait d'un ancien poteau électrique recouvert de lianes. Plus aucun câble cependant ne passait entre ses armatures oxydées. Sa présence en plein cœur de la nature, si loin de toute habitation, était surprenante.

— Mahingan Falls était alimentée en électricité par ici autrefois, expliqua Corey qui avait surpris son regard. Je crois que c'était pas pratique, à la moindre tempête la ville était en black-out, donc ils ont enterré tous les fils depuis et ces machins sont abandonnés maintenant. Il y a une espèce de bunker là-haut, au milieu des champs, avec les lignes à haute tension qui arrivent depuis je ne sais où dans les terres, une centrale nucléaire j'imagine. C'est dans ce bunker que tout le bordel devient souterrain. Y a pas une plante à vingt mètres à la ronde, c'est assez flippant, on ne passe jamais trop près.

— Tu m'étonnes, ça doit être dangereux.

— Y a des mecs à l'école qui racontent qu'ils se sont approchés et que leurs cheveux se sont dressés sur leur tête !

— Avec leurs poils de cul ! railla Connor. C'est des conneries. Je suis déjà allé voir et il s'est rien passé, par contre, c'est sûr que si tu entres dedans, malgré tous les panneaux d'interdiction, ta bite va cramer et tes yeux te fondre dans la bouche !

— Terrible ! s'enthousiasma Chad puérilement.

Owen était surpris de constater à quel point la vie sauvage avait repris le dessus, les autres poteaux étaient presque invisibles, ressemblant à des squelettes d'acier figés, vestiges d'une civilisation de robots oubliés… Des dizaines d'images troublantes naquirent de cette idée dans l'esprit du jeune adolescent qui s'immergea dans ses rêves.

La ravine se mit à monter, de plus en plus, la petite bande contournait les blocs de pierre les plus lourds, les amas de troncs impénétrables et les fougères trop hautes, accompagnée dans sa progression par le chant cristallin du ruisseau qui tombait ici en une succession de cascades ridicules. Le soleil revint, vif et pénétrant, soulignant encore un peu plus leur transpiration, les bois se clairsemèrent et, dans un dernier effort, les quatre garçons atteignirent la plaine de l'autre côté, essoufflés. Ils avaient franchi la Ceinture. Ils étaient sortis de Mahingan Falls. À ce moment, Owen réalisa que Connor n'avait pas tort. On ne la quittait pas sans une volonté réelle d'y parvenir.

La ville retenait jalousement ses forces vives.

*

Le champ de maïs se dressa brusquement devant les adolescents, s'étirant à l'infini du nord au sud, des rangées serrées et parfaitement parallèles de tiges qui les dépassaient d'une tête au moins. Owen s'immobilisa. Il n'était jamais entré dans un champ et se demanda s'il n'allait pas se perdre. Celui-ci lui parut si vaste qu'il devait être possible d'y mourir de soif et de faim.

— Comment on va s'orienter là-dedans ? voulut-il savoir.

Connor abattit son index droit devant lui.

— Sans se poser de questions. Tu gardes le soleil à droite et tu descends dans ton sillon. La ferme des Taylor est facilement repérable, ils ont une girouette tout en haut d'un mât. L'étang est pas loin.

Owen n'était pas à l'aise, mais il n'était plus temps de se dégonfler, alors il suivit, méfiant. Il prit modèle sur Corey qui se glissa entre deux tiges et fut surpris de constater qu'à l'intérieur du champ, comme l'avait annoncé Connor, un sillon de terre l'attendait, sorte de sentier bien droit. La multitude de feuilles masquait la vue au-delà de quelques mètres, cela était toutefois suffisant pour rassurer Owen, il n'était pas écrasé entre les épis et pouvait respirer. Chacun se plaça dans sa travée et ils filèrent ensemble, sur la même ligne, en direction du sud, sous les sifflements joyeux de Connor. Owen distinguait le T-shirt bleu de Chad à sa gauche et le blanc de Corey à sa droite, il pouvait les entendre souffler, et il fut rassuré, ils n'allaient pas se perdre. Finalement c'était une vraie aventure, il inspira à pleins poumons, fier.

Ses pas, dans cette rangée interminable, combinés à la chaleur, l'hypnotisèrent petit à petit, et il se laissa happer par cette douce monotonie jusqu'à ce qu'ils débouchent sur une route d'herbe écrasée destinée aux tracteurs. Le champ reprenait juste en face.

— Ah, crade ! gémit Chad.

Owen releva le menton pour comprendre et vit à une quinzaine de mètres, crucifié sur son mât de bois, un épouvantail en salopette de jean trouée, vieille chemise d'un rouge douteux et chapeau de paille hirsute. La citrouille qui composait son visage penchait bizarrement, comme s'il était épuisé, la bouche affaissée, et les fentes de ses yeux grouillaient de mouvements repoussants.

— Il est infesté de vers ! grimaça Corey.

L'épouvantail trônait au sommet d'un petit talus avec vue sur son territoire. Ses mains dressées de part et d'autre de son corps longiligne consistaient en deux râteaux à feuilles mortes rouillés dont plusieurs lames cassées ou tordues faisaient planer une menace sérieuse sur le champ alentour.

— Ils sont pas très accueillants les Taylor, dites donc, lâcha Owen.

— Le vieux, ça non, il déteste tout le monde, confirma Connor, mais les autres ça va.

Chad s'angoissa un peu.

— Ils vont pas nous tirer dessus quand même s'ils nous voient nous baigner dans leur étang ?

— Déstresse, on ne les voit jamais.

— Genre, ils sortent que la nuit ? Comme des vampires ?

Connor exhiba ses canines en écarquillant les yeux.

— Genre vampires de travail ! se moqua-t-il en une parodie de monstre. Ils ont autre chose à faire. Allez, on y est presque !

Tous se lancèrent dans les rangées qui reprenaient en face, sauf Owen qui hésita. Il n'avait plus très envie de retourner là-dedans, surtout avec ce truc immonde empalé sur son pieux là-bas qui le fixait par en dessous de ses orbites creuses et vicieuses.

Tu ne vas quand même pas te faire dessus à cause d'un pantin ! Si tu te défiles maintenant, les autres ne te le pardonneront jamais. Tu seras exclu, un paria, le « déserteur » ! Le « pisseur » !

Owen écarta le rideau de maïs devant lui et fila dans son couloir végétal. Il avait bien dix mètres de retard sur ses compagnons mais après quelques pas, il prit tout de même le temps de ralentir pour repousser plusieurs tiges et s'assurer que l'épouvantail ne dégobillait pas ses asticots partout. Owen trouvait que ce serait le pire. Il haïssait ces bestioles.

La chose était toujours à sa place, en position dominante.

Brusquement le cœur d'Owen fit un bond dans sa poitrine.

Il lui semblait que la tête de l'épouvantail fixait à présent leur direction, comme si elle avait bougé. *Non, non, c'est pas possible.*

Il se faisait des idées. Il n'avait juste pas bien regardé auparavant, il se trompait.

Constatant que la bande ne l'attendait pas, Owen reprit sa marche. Mais il avait la bouche encore plus sèche, et bien qu'il transportât deux gourdes dans son sac à dos, il n'avait pas envie de perdre davantage de temps pour boire, il était déjà bien assez loin de ses amis.

Au bout de quelques enjambées, la curiosité et un soupçon de peur le firent pourtant se tourner à nouveau pour se hisser sur la pointe des pieds et tirer sur les maïs afin de vérifier l'épouvantail une dernière fois.

Il n'avait pas bougé.

Owen souffla longuement et s'essuya le front.

Une des mains difformes du monstre s'inclina soudain et Owen sursauta.

— Wow ! lâcha-t-il.

Mais personne n'y prêta attention. *Je déteste ce machin.* Même si l'étang se révélait être un endroit formidable, Owen ne voulait plus jamais passer par là. Ils trouveraient un autre chemin. *Et je leur dis quoi ? Qu'il y a un épouvantail flippant et que j'ai l'impression qu'il nous observe ?*

Owen commençait seulement à se faire de vrais copains, ce n'était pas le moment de tout gâcher.

— Hey ! Attendez-moi ! aboya-t-il avant de repartir.

Il ne voyait plus les trois autres, il s'était fait distancer et, avec toutes ces feuilles, il était impossible de savoir s'ils étaient déjà loin ou pas. Owen étouffa une envie de crier et pressa le pas. *De toute façon on ne peut pas se perdre, c'est tout droit...* Il se rassurait comme il le pouvait.

Le maïs s'agita quelque part derrière lui.

Owen se figea et déglutit péniblement. *Me faites pas un sale coup, les mecs, je vous jure que je vais péter un plomb !*

Il se retourna sans rien distinguer. Le champ bruissait doucement dans la touffeur de début août. *C'est rien du tout. Juste un corbeau qui s'est envolé...*

Owen fit cinq pas et un son sec retentit dans son sillage, comme un os qui se brise. Il ne bougeait plus, les tempes bourdonnantes. Si c'était Chad, il allait lui coller une raclée, il en avait marre de lui ! *Bien sûr que c'est lui ! Qui est-ce que ça pourrait bien être d'autre ? C'est Chad ou Connor...*

Une blague débile, voilà tout ce que c'était.

Aussitôt, l'épisode de la morsure lui revint en mémoire. Lui savait qu'il n'y était pour rien, et au-delà du sentiment d'injustice d'être faussement accusé, Owen s'était inquiété quant à l'explication. S'il n'avait rien fait, alors *qui* avait mordu Chad dans leur labyrinthe ce jour-là ? Cela l'avait hanté pendant un moment, mais il n'avait personne à qui en parler, le premier intéressé refusant catégoriquement d'entendre raison... À moins que Chad ne se soit volontairement blessé tout seul avec un moulage ou un truc semblable pour l'accuser, bien que ça n'ait aucun sens, ils s'étaient toujours bien amusés ensemble.

Oui, il se passait des choses bizarres dans le coin. Owen ne pouvait le nier.

Pas cette fois. Là, c'est juste un animal ou un de ces trois crétins qui cherchent à me...

Les adolescents rirent au loin. Presque trop loin, et Owen devint pâle. Il expulsa l'air de ses poumons en se concentrant, juste pour se calmer. Il devait rejoindre les autres, c'était tout ce qu'il avait à faire.

Alors il se remit à marcher, jetant de brefs coups d'œil par-dessus son épaule. Rien. Des myriades d'épis de maïs.

Un crissement de feuilles froissées dans son dos.

Owen accéléra.

Il n'osait pas regarder en direction de l'épouvantail. Il avait trop peur de ce qu'il allait voir.

Ne sois pas idiot enfin !

Bien sûr qu'il serait encore sur son mât, inerte, que s'imaginait-il ?

Un raclement métallique sur le sol à moins d'une dizaine de mètres derrière lui le fit frémir brusquement.

Exactement comme... un râteau à feuilles mortes qui râpe contre de la terre sèche !

Owen respirait fort. Il suait aussi.

Ses copains se trouvaient plus loin, inconscients de sa disparition. Owen eut envie de hurler pour qu'ils l'attendent, mais il n'en fit rien. Il avait le sentiment qu'il ne devait surtout pas attirer l'attention. Ne pas signaler sa position.

C'est n'importe quoi ! Il doit y avoir un de ces fermiers en train de préparer sa moisson... Si son cerveau tentait d'établir une hypothèse logique, sa chair, elle, réagissait tout autrement. Son corps était aux aguets. Tendu. Son cortex reptilien *devinait* une présence autrement plus angoissante.

Cette fois il se contorsionna pour voir l'épouvantail sur sa petite butte et clore le débat.

Le glacis de la raison se morcela et la terreur l'inonda jusqu'aux os.

Le mât penché était vide.

C'était impossible. Owen secoua vivement la tête, refusant d'admettre le pire. On se moquait de lui. Ce n'étaient pas ses amis qu'il entendait s'éloigner, non, peut-être seulement une bande-son préenregistrée et ils avaient discrètement fait le tour pour décrocher le monstre. Oui, c'était ça ! Ils allaient surgir avec la citrouille en décomposition entre les mains, se poiler à ses dépens et ça lui irait très bien ainsi...

La terre crissa non loin. On se rapprochait. Lentement.

Comme des enfoirés qui veulent me piéger...

Ou comme un prédateur flairant sa proie.

Le métal effleura une tige et tinta légèrement. Il était tout près.

Le cœur d'Owen battait si fort à ses oreilles qu'il lui paraissait résonner dans tout le champ.

Soudain il sentit qu'il n'était plus seul.

Les oiseaux s'étaient tus. Plus rien ne bougeait.

Le soleil s'éclipsa au passage d'une masse et l'ombre se déplia sur Owen qui n'osait pas se retourner pour y faire face.

Son estomac au bord des lèvres, mû par une subite pulsion de survie, le garçon tourna la tête, presque au ralenti.

Les tiges s'écartaient…

L'odeur lui satura les narines, à vomir, un remugle de fruits avariés et d'urine de chat. Puis quelque chose de plus pénétrant encore, un relent ancien. Terrifiant.

Un épis de maïs céda et ce fut le déclic. Owen pivota complètement.

La citrouille pourrie surgit devant lui, avec son air abominable, et une flopée d'asticots dodus se déversa de sa gueule béante tandis que les immenses griffes de fer se redressaient pour le transpercer. Personne ne retenait l'épouvantail, il s'agitait seul, animé d'une force invisible. Vision d'épouvante. Insane.

Owen hurla de toutes ses forces.

Et contre toute attente il parvint à gicler au moment où les lames se refermaient dans un bouquet d'étincelles crépitantes qui lui arrachèrent plusieurs mèches de cheveux.

Owen fonçait pour vivre. Pour ne pas devenir fou. Il courait pour rejoindre ses amis, pour retrouver l'espoir.

Et juste sur ses talons, il pouvait entendre le corps désarticulé de l'épouvantail qui le prenait en chasse, fouettant l'air de ses mains tranchantes. Pire, il perçut un ronronnement monstrueux qui remontait de ses entrailles viciées, comme celui d'un chat mort, un raclement rocailleux témoin de son excitation morbide.

L'épouvantail jubilait.

Owen traversa une rangée de maïs, puis une autre, insensible aux coupures que provoquaient les feuilles sur ses bras et ses cuisses nus. Il zigzaguait avec toute l'énergie du désespoir, cherchant à semer son poursuivant, ne sachant plus où il allait, suffoquant entre son effort et ses cris. Owen bondissait, changeait de trajectoire, baissait la tête instinctivement, et mobilisait tous ses muscles pour être aussi rapide que possible.

Le choc fut instantané, violent et imparable. Il emporta Owen sur le côté, et le projeta au sol, lui coupant le souffle.

L'ombre au-dessus de lui se redressa.

À califourchon sur lui, Connor le scrutait, inquiet.

— Hey, respire, Owen !

L'air revint aussitôt et Owen sentit la panique l'envahir. Il ne savait quoi faire ou dire, tout ce qui lui venait n'était que hurlements. Mais, trop occupé à respirer, il parvint à se taire et fit des signes incompréhensibles.

Chad et Corey apparurent, penchés.

— Merde, Owen, fit son cousin, ça va ?

Owen secouait la tête et l'intensité de la peur dans son regard suffit à les convaincre qu'il se passait quelque chose.

— Le… l'é… l'épouvantail, parvint-il à articuler en tendant le doigt vers ce qu'il pensait être son mât.

— Eh bah quoi ? renifla Connor. C'est ce truc qui t'a fichu une trouille pareille ? demanda-t-il avant de baisser les yeux sur son entrejambe. Oh la vache… Ça va ?

Owen se rendit compte qu'il s'était uriné dessus. Il sentit que ses yeux s'inondaient de larmes, il était incapable de les retenir. Le visage de Chad s'assombrit.

— Il… il m'a…, balbutia Owen. Il est dans le champ…

— Quoi ? L'épouvantail ? s'amusa Connor qui ne savait pas s'il devait se moquer ou le prendre au sérieux.

Corey s'était redressé et soudain il dit d'une voix blanche :

— L'épouvantail n'est plus là.

Connor haussa les épaules comme s'il s'en fichait.

Owen voulait qu'ils partent immédiatement. Chaque seconde qui passait offrait une chance à l'abomination de les retrouver.

Mais Connor l'incita à rester au sol le temps de se remettre.

— Explique-nous pourquoi tu hurlais comme ça ? insista-t-il.

Owen bégaya maladroitement. Il fallait fuir. Vite. Maintenant.

La voix de Corey avait perdu de son assurance, devenue presque chevrotante.

— Euh… peut-être qu'Owen ne déconne pas… Je vous jure les mecs, il est plus accroché là-bas, je sais pas où il est.

Chad, lui, tendit la main vers son cousin et hocha la tête.

— Moi je te crois. Viens, on se tire.

Connor écarta les bras, indigné.

— Mais qu'est-ce qui vous prend ? On était tranqui…

Le métal trancha l'air non loin avec la brutalité d'une guillotine, les quatre garçons entendirent les tiges tomber et un pas étrange se rapprocher. Connor ouvrit la bouche mais Corey lui ordonna de se taire d'un geste. Il fit « non » de la tête et son expression impérieuse imposa le silence. La première odeur repoussante les enveloppa tout d'un coup, comme un lourd manteau écrasant leurs sens, si puissante qu'elle les abrutissait, rance et acide au point de les étourdir. La seconde, plus viscérale encore, celle qui terrifiait, n'eut pas le temps de les atteindre.

Owen tira sur le bras de Chad pour l'inviter à le suivre et ils reculèrent prudemment. Précautionneusement au début, puis en accélérant progressivement. Moins d'une minute plus tard, ils couraient comme des dératés, filant dans les travées de maïs à l'instar de lapins un jour de chasse. Quelque chose se précipita brusquement pour les traquer. À plusieurs reprises, ils perçurent les claquements de l'acier qui fendait le passage, non loin, et lorsqu'ils parvinrent à la lisière de la forêt, aucun des quatre adolescents n'émit le souhait de ralentir, même s'ils étaient épuisés. Ils serpentèrent entre les arbres, s'écorchèrent, se soutenant dès que l'un d'entre eux manquait de s'effondrer, et toujours ils entendaient une présence non loin.

Ce ne fut qu'une fois enfoncés dans la ravine qu'ils ralentirent, jusqu'à tomber au bord du ruisseau, à bout de forces.

Cette fois il n'y avait plus personne derrière eux, rien qu'ils pouvaient détecter en tout cas.

Harassés, ils roulèrent sur la mousse, le souffle rauque, des taches noires devant les yeux, les jambes douloureuses, les bras zébrés de coulées de sang dues aux nombreuses petites coupures.

Dès qu'il eut assez d'air en lui, Connor émit un long rire grinçant qui remontait de loin, et il leva les bras vers le ciel.

— Non mais, c'était quoi ce délire ? s'étrangla-t-il à moitié.

Chad, bien plus sérieux, parvint à se hisser sur ses genoux, le visage encore empourpré.

— Tu le sais très bien.

— Quoi ? Ne me dis pas que tu… (Connor s'aperçut des mines défaites de ses camarades et réalisa qu'ils prenaient la situation bien plus à cœur que lui.) Non, mais vous croyez *vraiment* que c'était… ce…

— Vas-y, dis-le, lança Chad sous forme de défi.

Connor était stupéfait.

— Vous y avez *cru* ?

— T'as vu Owen ?

Chad s'interrompit avant d'évoquer la tache humiliante sur son short. L'essentiel était dit, entre gars ils savaient que certaines choses ne devaient pas être soulignées. Et se pisser dessus arrivait en première ligne de ce pacte tacite entre amis.

— Tu peux pas nier que quelque chose nous a pourchassés, s'indigna Corey.

— OK, mais c'était probablement le vieux Taylor qui nous a surpris sur son terrain ! Oh, les gars, vous n'êtes quand même pas en train de me dire qu'on a été attaqués par un… Sérieux ?

Corey et Chad se regardèrent, il était évident qu'ils ne savaient plus quoi penser. Mais Owen, lui, tremblait encore. Il hocha la tête à plusieurs reprises.

— Je l'ai vu, souffla-t-il entre ses dents. Je sais que je n'ai pas rêvé. Ce n'était pas un être humain, c'était l'épouvantail. Il… il était rempli de vers et… quand il s'est approché de moi, j'ai senti que c'était ce qu'il était *à l'intérieur.* Pourri. Une odeur ancienne. Il sentait… ce qu'il est. La mort.

Les trois garçons s'observèrent, gênés et effrayés.

Dans la ravine, les oiseaux s'égosillaient, les plantes fouissaient encore un peu plus profondément dans l'humus en quête d'humidité, tous insensibles à ce tumulte bien humain. Il y en avait eu des drames sur ces terres, et il y en aurait d'autres. Les hommes étaient hantés, pas la nature. Elle, elle demeurait indifférente.

18.

Olivia Spencer se sentait légère.

Tout aussi légère que sa robe aux motifs floraux qui dansait autour d'elle à chacun de ses pas. Légère comme la timide brise d'été qui leur épargnait d'avoir trop chaud. Comme ces nuages blancs loin, très loin en altitude dans l'azur apaisant.

Elle était heureuse, tout simplement.

Et que pouvait-elle demander de plus ? La pression professionnelle s'était évanouie au fil des semaines, leur nouvelle maison se révélait être le nid dont elle avait rêvé, les garçons ne manifestaient aucun problème d'acclimatation à leur nouvel environnement, et même Tom venait de disparaître dans son bureau pendant cinq jours, subitement happé par les muses de l'inspiration !

Par le travail ! Enfin, Olivia ! Tu sais très bien ce qu'il pense de l'inspiration, ce mythe pour fainéants...

Un sourire sarcastique se dessina sur sa bouche. Elle aimait son mari, même pour ses petits excès et ses convictions parfois caricaturales. Tout ce qui comptait, c'était qu'il s'attelle à nouveau à l'écriture.

Après l'échec de sa dernière pièce, elle l'avait vu plonger lentement dans le doute, puis dans une profonde tristesse désemparée. Il avait été l'homme d'un succès fugace : deux pièces plébiscitées unanimement, avant un début d'indifférence, puis la virulence, et enfin le mépris pur. Ce que ces métiers pouvaient être violents parfois. Olivia haïssait tous ces producteurs calculateurs, spéculateurs éphémères de talents plutôt que réels mentors. Ils n'étaient pas même accoucheurs, cette époque était révolue, désormais il fallait consommer vite, être prêt de suite. Elle les avait vus se détourner un à un, indifférents, laissant son mari s'enfoncer seul dans l'incertitude. Ils n'avaient pas le temps. D'autres auteurs naissaient tout seuls, ailleurs, il ne fallait pas les manquer…

Voir Tom s'enfermer du matin au soir la rassurait. Ça lui avait pris d'un coup, sans qu'il ait à se justifier. Tout juste lui avait-elle demandé un soir, une fois au lit, s'il avait une idée de pièce et il lui avait marmonné : « Je bosse sur un truc, je ne sais pas encore, c'est peut-être une perte de temps, je te dirai. » Mais l'ardeur dont il faisait preuve démontrait au contraire qu'il était sur la bonne voie. Il n'était jamais aussi prompt à s'immerger dans son travail que lorsqu'il tenait un sujet fort qui le passionnait et cela débouchait toujours sur un texte intéressant. Au pire, il en ferait un article pour un magazine, Tom disposait d'un réseau encore fidèle au sein des directeurs de publication, auprès desquels il conservait une certaine cote. « L'auréole évanescente du succès passé lustre mon nom d'un dernier éclat qui attire les plus curieux, mais pour combien de temps ? » répétait-il. Peu importait, Tom écrivait, et quoi qu'il en sorte, c'était déjà un retour à la discipline et à la production intellectuelle, exactement ce dont il avait besoin pour se faire du bien.

Tout glissait sur des rails, songea Olivia.

Les cauchemars de baby Zoey s'espaçaient, enfin. Il fallait bien reconnaître que Gemma déployait des trésors d'ingéniosité pour la divertir et la fatiguer en journée, si bien que la petite tombait littéralement d'épuisement à l'heure du dîner. Et les deux garçons passaient leur temps dehors, avec leurs nouveaux copains. Olivia s'efforçait de ne pas les bousculer de questions, elle leur laissait la plus grande liberté possible, non sans une certaine difficulté. Elle était une maman après tout, un peu louve sur les bords, c'était normal de vouloir tout savoir de ce que ses petits loups faisaient. Mais Tom veillait à ce qu'elle se retienne. Ils étaient sur leur dos toute l'année, alors cet été, particulièrement celui de leur installation dans une nouvelle ville, ils méritaient qu'on les lâche un peu. « Nous sommes dans un patelin, que veux-tu qu'il leur arrive ? Si nous ne leur fichons pas la paix ici et maintenant, quand le ferons-nous ? » avait insisté Tom. Il avait raison. Gemma l'avait rassuré en affirmant que Corey, son frère, avait la tête sur les épaules et qu'ils étaient en sécurité à Mahingan Falls. C'était l'essentiel, se répétait-elle. Et Olivia ne pouvait que constater leur joie de vivre chaque soir, pendant le dîner. Même Owen sortait un peu de sa réserve naturelle. Trois jours auparavant il était venu lui faire un câlin, un vrai, avec les bras enlacés autour de son cou et sa tête contre elle. Olivia avait cru fondre de tendresse, les larmes aux yeux. Il avait besoin d'amour. Il lui avait fallu un an et demi. Doucement il sortait de sa carapace, il s'aventurait timidement à l'extérieur, dans cette famille qui n'était pas la sienne et pourtant le devenait par la force des choses.

Par la brutalité d'un semi-remorque qui a dévié de sa trajectoire pour fracasser la voiture de ma sœur et son mari, un soir de janvier, banal retour d'un week-end entre amis.

Owen n'avait échappé au drame que parce qu'il avait déclaré une otite au dernier moment, il était resté chez sa « nounou ». Survivant grâce à une inflammation.

Il se reconstruisait pas à pas. À treize ans, comprendre qu'il n'y avait pas de logique était particulièrement difficile. Ni culpabilité, ni morale, pas même un quelconque sacrifice à accomplir pour glorifier la mémoire de ses parents, rien que l'absolu désespoir du vide, sans raison. Un routier en bout de course après trente-sept heures sans dormir, une absence, à peine cinq secondes, et deux êtres arrachés à cette terre. Mais aucun sens à tout cela. C'était difficile à intégrer. Olivia et Tom en parlaient parfois avec lui, lorsqu'ils le sentaient perdu, mais Owen préférait les non-dits. Dans le brouhaha violent de la souffrance quotidienne, ils l'apaisaient davantage.

Tout irait en s'améliorant. Olivia était une optimiste. Surtout ici, dans cet ersatz de paradis. Il ne leur fallait que du temps.

Olivia savourait le soleil, visage levé, pensive.

Elle referma la porte des locaux de la radio. L'émission se sculptait peu à peu. Pat Demmel lui avait trouvé un créneau parfait, le 21 h-23 h en semaine. Elle pouvait tout préparer dans l'après-midi, rentrer dîner avec les siens, coucher ses enfants et filer dans East-Peabody pour être à l'antenne en temps et en heure. Une tranche horaire intéressante, dernière ligne droite de la journée pour d'ultimes découvertes, moment de confidences avant de s'enfoncer dans la nuit, Olivia adorait. Les essais pour trouver le bon format s'enchaînaient enfin, en général en matinée. Pat Demmel avait dû s'absenter une semaine pour emmener son compagnon visiter la Californie – une vieille promesse – mais il était plus volontaire et créatif que jamais depuis son retour. Jingles, intermèdes pertinents et autres propositions sur le contenu même de l'émission, il n'arrêtait pas.

Tout serait prêt pour la rentrée. Olivia était impatiente.

Tandis qu'elle s'engageait sur le trottoir avec l'idée d'aller flâner en quête d'un beau calepin à offrir à son mari pour l'encourager dans son travail, un homme traversa la route précipitamment pour venir à sa rencontre. Il était grand et maigre, son cou flottait dans le col amidonné de sa chemise et son costume gris tombait mal sur ses épaules voûtées.

— Excusez-moi, vous travaillez à la radio ?

Surprise, Olivia ne sut quoi répondre sans s'embourber dans des explications trop longues et se contenta d'acquiescer. L'homme, un film de cheveux blancs sur le crâne, joues creuses et regard un peu éteint, brandit un porte-carte en cuir qu'il ouvrit sur une carte professionnelle au logo officiel.

— Je suis Philip Mortensen de la Federal Communications Commission, je travaille plus particulièrement à l'Enforcement Bureau, je ne sais pas si vous êtes familière avec nos services ?

— Euh… Je connais la FCC, oui, globalement…

Tout le monde dans son milieu savait ce qu'était cette agence, régulatrice des communications sur tout le territoire. Elle avait le pouvoir de fermer n'importe quelle chaîne ou station radio, faisait la pluie et le beau temps sur les télécommunications dans leur ensemble et arbitrait les différends tout en s'assurant que les lois en vigueur dans ces domaines étaient respectées par tous. Mais Olivia ignorait tout des ramifications de ses différents services.

— Je peux vous demander votre statut à la radio ? répliqua-t-il avec un air faussement aimable.

— Je… viens d'arriver. Je suis animatrice.

Mortensen la détailla avec circonspection. Manifestement, FCC ou pas, il n'avait jamais regardé la télévision nationale le matin ces dernières années ou n'avait absolument aucune mémoire des visages. Il ne la reconnut pas.

— Vous voulez vous entretenir avec un responsable ? fit-elle en se reprenant.

— Oui, mais tant que je vous tiens, j'aurais quelques questions à vous soumettre. Nous enquêtons sur une succession d'anomalies et sur une possible substitution de signal. À ce sujet, auriez-vous remarqué, au cours de l'été, des…

— Oui, le coupa Olivia immédiatement. Nous avons eu un incident, en effet. C'était la semaine dernière. J'avoue ne pas m'y connaître en technique, mais ce n'était pas normal, ça j'en suis certaine.

L'homme se contracta, intéressé, et substitua un carnet à son porte-carte pour prendre des notes rapides.

— Quel incident ?

— Des voix. Étrangères. Et des cris… Un peu comme ces morceaux de metal très violents qu'écoutent les jeunes parfois.

— Sataniques ? précisa Mortensen sans sourciller.

— Eh bien… je ne sais pas. C'était une bande-son, peut-être tirée d'un film ou je ne sais pas…

— Un ou plusieurs interlocuteurs ?

— Je dirais un au départ, avant toutes ces voix, ça a été très court.

— Il a cherché à diffuser un message ?

— C'est-à-dire qu'on ne le comprenait pas, donc…

Le fonctionnaire approuva, lèvres plissées.

— Et ?

— Euh… c'est tout.

Ses billes grises se plantèrent dans celles d'Olivia. Il la sonda avec une intensité qui dérangea soudain la jeune quadra. Elle n'aimait pas ce changement d'attitude en lui, comme s'il avait joué la comédie jusqu'à présent en se faisant passer pour un petit agent fédéral dépassé avant que le limier procédurier ne surgisse enfin.

— Aucune autre panne intempestive ou intervention extérieure sur vos canaux ?

— Pas que je sache. Vous devriez en parler avec mon responsable, Patrick Demmel, il est à l'intérieur.

Mortensen fit signe que c'était prévu mais ne la lâcha pas pour autant.

— Et sur vos lignes de téléphone ?

— Personnelles vous voulez dire ? Non, rien… Vous pensez que c'est… ça a un rapport avec moi ? s'alarma Olivia.

— Pas du tout, mais nous sommes en train de circonscrire l'étendue du problème, nous devons nous assurer que c'est limité aux seuls signaux radio.

— Ce serait volontaire d'après vous ? Un petit malin qui joue avec nous ?

— Nous sommes en train d'enquêter, je ne peux vous en dire plus pour l'heure. Merci, madame…

Olivia hésita à décliner son identité. Il la mettait mal à l'aise.

— Spencer-Burdock, finit-elle par lâcher.

Sans même lui laisser une carte, comme les agents fédéraux le faisaient habituellement dans les films, Mortensen la salua et se dirigea vers les locaux de la radio. Olivia était incapable d'en expliquer la raison, pourtant elle ne se sentait pas très bien. Un sentiment général de s'être fait utiliser, ce qui était ridicule quand elle y songeait, ils n'avaient fait qu'échanger quelques phrases sur le trottoir. Elle estima qu'elle n'aimait pas ce Philip Mortensen et reprit sa marche pour regagner son nid.

L'envie de shopping lui était passée.

Elle regarda pour traverser la rue et aperçut une camionnette blanche stationnée en face, là d'où avait surgi Mortensen.

Un homme en combinaison grise, casquette baissée sur le visage, se tenait sur le fauteuil passager. Malgré la visière, Olivia sut qu'il l'observait.

Elle n'aimait pas cela.

Pour qui se prenaient ces gens ? Des inquisiteurs missionnés par la Sainte Autorité Fédérale ?

Non, décidément, elle n'avait aucun regret à éprouver. Elle avait bien fait de quitter ce monde vicieux et la grande ville. La torpeur bienveillante de Mahingan Falls saurait la bercer et tout lui faire oublier en quelques heures.

Elle n'eut bientôt plus qu'un désir : retrouver son sanctuaire. Sa forteresse. Sa famille.

19.

Tom avait cru s'emparer de la corne d'abondance, mais commençait à se demander s'il n'avait pas ouvert une véritable boîte de Pandore à la place. Chaque heure investie dans ses recherches en appelait irrémédiablement le double et engendrait sous son crâne des tempêtes d'interrogations tumultueuses.

Les cartons trouvés dans le grenier caché le happaient avec le vertige de celui qui sent qu'il tient quelque chose. Les archéologues qui mettaient la main sur un fossile intriguant devaient ressentir la même chose, supposait Tom, se forçant à ne pas tout gâcher, ne pas aller trop vite avec leurs pinceaux pour le sortir de terre, et en même temps impatients d'avoir une vue d'ensemble pour savoir s'il s'agissait d'une découverte exceptionnelle ou d'une déconvenue pitoyable.

Il avait passé toute la semaine enfermé dans son bureau à exhumer des cartons les feuilles, carnets et autres livres qu'il avait classés méthodiquement sur ses étagères encore peu encombrées. L'ensemble sentait l'humidité et la poussière, alors il travaillait fenêtre ouverte sur le jardin pour aérer, et prenait des notes, indifférent aux appels d'une nature joyeuse.

Le contenu des huit cartons s'étalait autour de lui, répertorié et classé dans un semblant d'ordre logique à ses yeux. D'abord les livres. Le plus récent datait de 1974, et certains remontaient à la fin du XIXe, avec leurs couvertures reliées en cuir, leurs dos à nerfs dorés ou aux lettrages d'argent. Tom n'en avait encore lu aucun, mais il les feuilleta attentivement pour les ordonner. La plupart traitaient de sujets liés à l'occultisme. Spiritisme, magie, divination, télékinésie, astrologie, histoire de l'ésotérisme, sorcellerie, psychologie et un peu d'hypnose. Cela avait constitué la première claque. La première confirmation.

Tom n'était pas fou, pas plus qu'un sombre ignare, d'envisager une explication surnaturelle aux phénomènes que sa famille traversait. Ces livres le prouvaient. Mieux encore : *Quelqu'un avait fait la même déduction que lui auparavant !* Quelqu'un qui avait laissé son héritage entre ces murs, après avoir pris la précaution de le dissimuler aux regards du premier venu. Ce fut là encore une preuve qui incita Tom à poursuivre dans cette direction après avoir passé trois heures à tourner en rond. Dans un accès de crédulité, il avait fantasmé une origine paranormale à tout ce qu'ils venaient de vivre d'étrange depuis qu'ils s'étaient installés ici, et comme pour se prouver qu'il était ridicule, il avait été au bout de ses vérifications. Sauf qu'au fond de lui il n'avait pas vraiment cru qu'il trouverait quoi que ce soit. Avec le recul, il avait fini par se l'avouer. Ces cartons et leur contenu singulier venaient contrecarrer ce plan tordu. Pire, ils l'aspiraient désormais dans sa première théorie loufoque. Quelque chose d'anormal se produisait sur ces terres. Tom venait de passer la semaine à osciller entre résignation illuminée et méfiance pragmatique, et cette dernière s'effritait dangereusement.

La seconde partie de son butin de chasse remplissait, après une étude superficielle, deux pochettes cartonnées. Des feuilles volantes. Croquis d'alignements de planètes ou d'étoiles, cartes de différentes régions du monde annotées, schémas de la pensée et des zones du cerveau, plusieurs dizaines de planches explicatives des « pouvoirs de l'âme » et bon nombre de coupures de presse jaunies découpées, parfois arrachées, dans des journaux divers. L'auteur de cette colligation avait brassé large et, en dépit d'un manque de rigueur évident, Tom finit par comprendre qu'on avait voulu rassembler tous les faits divers pouvant prêter à interprétation. Tout ce qui était susceptible d'évoquer un phénomène irrationnel. Tom passa trois jours entiers absorbé dans cette lecture. Il finit par établir qu'au début, concernant les coupures les plus anciennes, le chercheur avait picoré partout où il le pouvait, avec une certaine préférence pour les périodiques de la côte Ouest comme les feus *Los Angeles Herald Examiner* et *Oakland Tribune*, avant de resserrer sur la Nouvelle-Angleterre, puis de toute évidence sur la région de Salem. Les dates n'étaient pas toujours présentes, mais la majeure partie de celles que Tom put identifier s'étalaient sur une période allant de 1962 à 1975.

La seconde véritable claque, c'est au matin du cinquième jour de fouilles qu'il la prit, en ouvrant les nombreux petits carnets noirs fermés par un élastique parfois rompu. L'écriture était fine, assez maladroite et, se laissant gagner par un accès de graphologie de comptoir, Tom estima qu'elle reflétait un esprit nerveux, manquant peut-être d'un brin de maturité. En détaillant l'étendue des manuscrits, vingt-huit carnets d'une centaine de pages chacun, Tom affina ce profil psychologique en y ajoutant une large dose de rigueur, voire d'obsession. Il n'y avait pas de date apparente, en revanche un numéro en première page lui permit de les classer dans l'ordre, pour se rendre compte qu'il n'en manquait aucun. C'était déjà un point rassurant, il n'aurait pas à se lancer dans la quête insensée du manuscrit perdu supposé détenir *la* vérité.

Les initiales G.O.T. revenaient en nombre, et signaient souvent la fin de chapitres qui se concluaient d'un trait horizontal impérieux.

Se souvenant de ce que leur avait raconté Roy McDermott au sujet de l'histoire de leur maison, et constatant que les dates pouvaient correspondre, Tom prit son téléphone en fin de matinée pour appeler son voisin.

— Roy, dites, je me demandais, l'ancien proprio, chez nous, celui qui était là dans les années 60-70, vous vous souvenez de son nom par hasard ?

— Oh, on remue de vieilles pierres, là… Vous vous êtes lancé dans l'histoire de votre propriété ?

— Disons que je m'intéresse. Un Gregory, George, Glen… ça ne vous dit rien ?

McDermott souffla dans le combiné.

— Gary, lâcha-t-il. Il s'appelait Gary. Gary Tully. Vous préparez un bouquin ?

— Qui sait ? éluda Tom. Vous l'avez connu ?

— Vaguement. Je sais que ça paraît difficile à imaginer quand on me voit maintenant, mais à l'époque j'avais une vingtaine d'années, alors vous savez, j'avais d'autres chats à fouetter que de tirer les vers du nez du voisin taciturne.

— Pourtant vous vous souvenez de son nom…

C'était sorti tout seul, réflexe un peu désobligeant de celui qui s'est perdu dans son étude et dont l'esprit aiguisé va à l'essentiel, sans formalités.

McDermott marqua une pause, comme gêné, avant de répondre d'un air nonchalant :

— Près de dix ans dans la même impasse, quand on est si peu nombreux, forcément. Et puis c'était mon métier que de me souvenir de qui était qui, on ne tient pas une quincaillerie dans une ville comme la nôtre sans savoir à peu près tout sur chacun !

Un rire sec ponctua la tirade du vieil homme et Tom s'en voulut aussitôt de le soupçonner de ne pas tout lui dire. Il n'y avait pas l'once d'une malveillance en lui. Il n'hésitait pas, il *se souvenait*, comprit Tom.

— Dites, reprit McDermott, pourquoi vous ne viendriez pas boire une bière à l'ombre tout à l'heure ? Je ne suis pas contre un peu de compagnie, vous savez.

— Avec plaisir, Roy. J'apporterai le restant de tarte aux pommes qu'Olivia a faite hier.

— Prenez donc votre chien aussi, j'ai une saleté de fouine qui s'est installée dans ma remise, il va lui coller une bonne trouille !

Tom raccrocha et pianota sur son bureau verni.

Gary Tully. *Un type de Californie*, avait expliqué Roy lors du barbecue. Débarqué vers la fin des années 60, resté une dizaine d'années avant de revendre à une famille du Maine. Tom n'avait rien oublié.

Qu'est-ce que tu cherchais dans notre baraque, Gary, hein ? Était-il venu *pour* la maison ou était-ce le hasard s'il s'intéressait à l'occultisme au moment de vivre entre ces murs ? Et s'il avait basculé petit à petit ? s'interrogea Tom… comme il était lui-même en train de le faire. Des conneries pour commencer, des phénomènes bizarres, avant que ça ne s'amplifie, jusqu'à l'évidence.

Jusqu'à l'obsession, ajouta Tom en regardant l'étendue de toutes les recherches conduites par Gary Tully.

Puis il fit claquer son pouce contre son majeur. Les coupures de presse les plus anciennes dataient du début des années 60, et provenaient de Californie essentiellement. *Ça a commencé avant, donc.*

Tom leva les yeux vers le plafond. Qu'abritait leur maison ? Quel secret ancien et inquiétant dormait dans ses fondations sibyllines ? Il avait du mal à croire à un héritage historique patiné par les années tant la Ferme se dressait, rutilante et solide, mais il savait que c'était là l'œuvre des travaux récents menés par Bill Taningham. C'était presque trop gros pour ne pas être complètement risible. Il devait y avoir autre chose, un élément particulier dont il ignorait la nature.

Une explication géologique. Une sorte de magnétisme qui joue sur nos cerveaux, nous fait croire des choses et…

Nouvel élan de scepticisme. Il en fut presque rassuré.

Il pivota sur sa chaise et contempla les vingt-sept carnets alignés côte à côte au-dessus des livres. La réponse était probablement là. Il allait devoir s'y coller. *La réponse de Gary Tully, pas nécessairement la vérité.*

Un frisson d'excitation le parcourut. Malgré l'étrangeté de la situation, Tom ressentait une fascination intellectuelle. Cela lui faisait du bien. Il se livrait à une lutte âpre, écartelé entre deux attitudes opposées, mais l'une avait fini, de manière presque inexorable, par prendre le dessus. Cette part de lui croyait de plus en plus à la probabilité d'une activité paranormale autour de leur maison, et l'autre versant, plus sensé, se laissait entraîner avec un brin d'amusement. Qu'avait-il à perdre au fond ?

On frappa à la porte et le visage d'Olivia apparut dans l'entrebâillement.

— Tu déjeunes avec moi ? J'ai acheté du poulet et je prépare une salade…

— J'arrive, dit-il en posant la main sur le vingt-huitième carnet devant lui.

Il n'aimait pas mentir à sa femme. Il avait le sentiment de ne pas seulement la trahir elle, mais aussi de percer la bulle de connivence qu'ils s'étaient façonnée au fil des années et d'y laisser entrer un peu de l'air vicié de l'extérieur, une pollution invisible qui pouvait leur nuire et dont il était l'unique responsable. Il essayait de se rassurer en prétextant qu'il ne lui mentait pas *tout à fait* ; après tout, comme il l'avait sous-entendu auprès de Roy McDermott, qui pouvait savoir sur quoi tout cela allait déboucher ? Une nouvelle pièce ? Un roman peut-être ? Il n'avait jamais osé se lancer dans l'écriture d'un livre. Il était un spécialiste du saut de haie sur des distances moyennes, pas un marathonien, il préférait la difficulté régulière et rythmée du dialogue, la tension bondissante des actes à la lente matérialisation d'une trame diffuse et épuisante. Ces recherches allaient peut-être lui ouvrir de nouvelles perspectives… Et pour ne pas perturber Olivia, il était préférable de ne rien lui dire. Elle était tout entière à son projet d'émission, il ne voulait pas lui embrouiller l'esprit maintenant.

Baratineur. Tu te gardes ton trésor pour toi tout seul, oui.

En outre, il n'avait pas l'énergie de se battre pour faire entendre ses doutes. Aussi troublants soient-ils. Tant qu'il n'aurait aucun élément concret à lui présenter, cela ne rimait à rien.

Poulet froid, salade, tomates et maïs venaient d'apparaître sur la table de la cuisine tandis qu'Olivia terminait sa sauce au yaourt et au miel sur le plan de travail en face. Elle gratifia son mari d'un large sourire solaire.

— Toujours aussi passionné par cette idée ? demanda-t-elle.

— Intrigué en tout cas, éluda-t-il. Et toi, ça fleure la bonne camaraderie et l'engouement comme aux premiers jours ?

Olivia s'installa en face de lui.

— Je sens que je vais m'amuser. Je n'ai pas été aussi excitée par un projet personnel depuis des lustres.

— Parfait. Tu as besoin de ça. Te reconnecter à toi, à tes envies. Je ne dis pas que toutes ces années à la télé n'ont été que souffrance, mais tu n'étais plus épanouie, et depuis longtemps.

Olivia haussa les épaules en se servant.

— Est-ce que ce n'est pas ce qui arrive à la plupart des gens dans leur boulot, à mesure qu'ils progressent, qu'ils font des concessions, que les responsabilités s'accumulent... En tout cas je suis portée par cette émission. Maintenant j'ai hâte que ça commence.

Tom approuva d'un air satisfait.

— Gemma et baby Zoey ne nous rejoignent pas pour le déjeuner ? réalisa-t-il soudain.

— Gemma a emmené tout le monde pique-niquer sur la plage.

— Ah. J'ai l'impression qu'elle voit ma fille plus que moi en ce moment.

— Dis-toi que dans trois semaines, c'est la rentrée, Gemma reprend le lycée et nous notre quotidien de parents à temps plein !

— Il nous faut une nounou, répliqua aussitôt Tom sur un ton faussement catastrophé.

— Si elle n'avait pas ses cours, j'aurais proposé à Gemma de rester avec nous pour l'année, elle est super, les enfants l'adorent.

— Débauche-la. Après tout qu'est-ce que c'est qu'un diplôme, la promesse de longues études fastidieuses pour s'émanciper, alors qu'elle pourrait être l'esclave de notre famille pour un salaire de misère ?

— J'y pense sérieusement. Je veux dire, pas à lui faire arrêter le lycée bien sûr, mais à lui proposer de venir faire quelques heures dès qu'elle le pourra, à condition que ça n'impacte pas ses résultats scolaires.

Je me suis attachée à cette fille. Elle est intelligente, elle ira loin.

Ils déjeunèrent puis étaient sur le point de débarrasser lorsque Olivia osa sortir ce qui lui pesait depuis un moment.

— Un type est venu nous interroger tout à l'heure, de la FCC. Je crois qu'un gros malin essaye de perturber nos programmes en jouant sur les fréquences, je n'ai pas bien compris, mais du coup la FCC enquête et… je n'ai pas aimé ce qu'il dégageait.

— Il t'a mal parlé ?

— Pas exactement, plutôt… sa façon de me regarder.

Tom leva le nez de son verre.

— Un pervers ?

La télévision attirait les dérangés, les satyres et les paumés plus certainement qu'un néon au milieu d'une colonie de moustiques et Olivia avait déjà eu son lot de détraqués plus ou moins insistants, ce qui inquiétait toujours énormément Tom.

— Non, j'ai du mal à me l'expliquer… Dans sa manière d'être, tu sais, ces gens qui te paraissent absents, sans personnalité, et qui brusquement ont une lueur dans le regard ou une attitude qui te laisse deviner qu'en fait ils jouent la comédie et cachent leur jeu pour parvenir à leurs fins.

— L'inspecteur Columbo t'est tombé dessus ? tenta Tom pour constater aussitôt que sa plaisanterie ne prenait pas et changer de ton immédiatement. Tu l'as senti sérieux, il enquête sur un problème qui pourrait être grave ?

— Je l'ignore, mais je ne l'ai pas aimé. J'ai eu l'impression qu'il se servait de moi.

— Abrite-toi derrière Demmel, il a l'air de t'avoir à la bonne, c'est son rôle.

Olivia hocha la tête et Tom vit qu'elle était un peu contrariée par cette histoire. Il lui prit la main.

— De toute façon, tu n'as plus de raison de revoir ce type, insista-t-il.

— Oui, bien sûr. C'est idiot, je le sais, tout ça pour ça.

Ils rangèrent la cuisine en évoquant des sujets plus légers et Tom se rassura en constatant que sa femme lâchait ses préoccupations, surtout lorsqu'il la vit attraper un livre et s'installer sur un transat dans le jardin. Il annonça qu'il allait prendre le dessert chez Roy, siffla Smaug pour que le chien de famille le rejoigne et ensemble ils remontèrent la rue qui serpentait au milieu de la forêt. La demeure de McDermott ne se dévoila qu'au dernier moment, drapée par la chevelure des saules qui l'entouraient. Le vieil homme se balançait dans son rocking-chair qui couinait sous le poids de sa carcasse immense, à l'ombre sur sa terrasse.

— Une vraie carte postale, murmura Tom en songeant, apaisé, que ce serait peut-être là sa vie désormais.

Il leva le plat qui contenait les restes d'une tarte aux pommes et salua son voisin qui l'invita d'un geste à le rejoindre sur la balancelle suspendue par des chaînes à la marquise qui courait le long de toute sa maison. Roy fit surgir une bière fraîche du seau rempli de glaçons à ses pieds et ils se partagèrent la tarte en discutant de banalités et en commentant la végétation exubérante face à eux.

Puis la curiosité de Tom n'y tint plus et il se lança.

— Dites, ce Gary Tully dont vous m'avez parlé tout à l'heure par téléphone, il faisait quoi au juste ?

Une petite lueur s'alluma dans l'œil de McDermott comme s'il attendait ou craignait ce moment depuis le début.

— C'était un sociologue de formation il me semble, mais j'avoue ne jamais avoir bien su ce qu'il traficotait ici. Il a évoqué un livre plusieurs fois, je ne sais pas ce que ça a donné. On vous en a causé en ville pour que ça vous démange comme ça ?

Tom hésita entre répliquer par une autre question et inventer une fausse excuse avant de considérer Roy. Pourquoi voulait-il à ce point s'entourer de mystère et de mensonges ?

— J'ai trouvé des affaires à lui, avoua-t-il.

— Dans la Ferme ? Après tous les travaux, c'est un miracle.

— À vrai dire, Bill Taningham n'a pas touché au grenier, et il y avait une sorte de séparation, elle devait dater de l'époque de Tully. J'ignore pourquoi mais il avait enfermé ses papiers à part et il n'est jamais venu les chercher.

Roy se pencha vers son complice, sa bière à la main levée devant lui.

— Tully était une sorte d'excentrique, même pour cette époque, ce qui est peu dire. Je me souviens qu'à l'hiver 1969 il a disparu pendant deux mois sans prévenir. Quand il est revenu, il m'a dit fièrement qu'il était allé soutenir brièvement ses « amis indiens » dans l'occupation d'Alcatraz. Je ne crois pas qu'il ait eu la moindre goutte de sang amérindien en lui, mais Tully était un bonhomme un peu étrange. Un passionné. Une année, il a accroché des banderoles contre la guerre au Viêt-Nam sur sa façade, elles y sont restées jusqu'à devenir illisibles. Personne ne passe jamais par ici, c'est une impasse ! Mais lui était convaincu que c'était important.

— Il vous a mentionné ses travaux en ésotérisme ?

Roy s'étira dans sa chaise à bascule et il afficha une moue mi-amusée mi-résignée qui semblait dire « nous y voilà ».

— C'était le sujet de son livre. Je ne sais pas de quoi il vivait, mais je sais pour quoi il vivait. C'est ça que vous avez retrouvé ?

— En effet. Des tonnes de notes. Probablement ses dix ou quinze années de travaux. Il l'a publié, ce livre ?

— Je ne pense pas.

— Un personnage aussi investi dans son œuvre, j'ai du mal à croire qu'il aurait traversé tout le pays pour s'installer ici par hasard. Il vous a mentionné ce qu'il recherchait ?

— Non. Il ne parlait pas de ça, en tout cas pas dans le détail. Parfois je voyais des gens débarquer chez lui pour quelques jours, ils n'étaient pas du secteur, la lumière pouvait rester allumée très tard le soir, et même toute la nuit. Ensuite, il lui arrivait de dormir la journée entière, il bredouillait de vagues explications pour s'en excuser, mais vous savez, aux Trois Impasses, ce n'est pas comme si on se surveillait ou comme s'il fallait se justifier de tout. Chacun est libre. Et puis c'était un autre temps… Bien des comportements ne choquaient pas à l'époque. On dit sans cesse que la société évolue, le progrès, tout ça, mais en réalité c'est l'inverse ! Nous nous ratatinons sur nos valeurs. Vous auriez vécu les années 60 et 70, vous comprendriez.

Tom était intrigué et frustré en même temps. Il sentait que l'essentiel lui échappait. Gary Tully n'avait pas débarqué depuis la Californie juste pour se confronter au climat rude de l'hiver.

— Roy, selon vous, il y a quelque chose à Mahingan Falls qui pourrait l'avoir attiré ?

Un rictus mystérieux souleva le coin des lèvres du vieil homme.

— C'est une terre de mythes. Comme l'essentiel de la Nouvelle-Angleterre, c'est notre histoire la plus ancienne, celle des tout premiers arrivants. Si la côte Ouest devait être notre Renaissance, alors nous serions la préhistoire de cette nation.

— J'entends, mais n'y a-t-il pas un élément précis qu'il vous aurait mentionné ?

— Tully n'était pas un grand bavard, encore moins lorsqu'il s'agissait de son œuvre, tout juste mentionnait-il ses obsessions après plusieurs années de voisinage. Je vais vous dire, Tom, ici *tout* est sujet à interprétation pour quiconque verrait le monde sous le prisme de l'occultisme. Prenez le mont Wendy, dit Roy en désignant la masse verte et brune qui les dominait. Ce n'est pas son nom véritable. Wendy, c'est l'abréviation de Wendigo. Vous avez déjà entendu parler du Wendigo ?

— Une sorte de monstre amérindien, non ?

— Pas une sorte, *le* monstre ! Une légende commune à plusieurs peuples indiens, une créature terrifiante, habitant les profondeurs de la forêt, à l'apparence abominable, liée au cannibalisme. Lorsque les colons ont débarqué ici, les Indiens évitaient cette montagne, et les tribus qui vivaient dans la cuvette où nous sommes n'étaient pas bien vues par les autres. Notre civilisation s'est développée, elle a balayé ceux dont c'était la terre, et nous avons oublié ces origines, mais le nom du Wendigo était là pour nous les murmurer à l'oreille. Je suppose que ça a dû en chatouiller plus d'un, si bien qu'au fil des années on l'a abrégé et maintenant si vous demandez aux gosses ce que signifie le mont Wendy, ils vous regardent bêtement et font des bulles avec leur cervelle.

— Je ne savais pas.

— Comment vous en blâmer ? L'héritage que nous ont légué nos ancêtres s'est dilué dans le paysage au gré des saisons. Les appellations, les architectures, les habitudes parfois… bien souvent on a américanisé tel ou tel nom, pour le rendre plus… rassurant. Le mont Wendigo est devenu le Wendy, le cap des noyés s'est transformé en éperon, et ainsi de suite. Tenez, prenez Mahingan Falls par exemple, vous savez ce que ça signifie ? Les « chutes du loup ». C'est de l'algonquin, il me semble, mélangé à notre bon anglais. La région était infestée de loups autrefois. Et ainsi de suite. Alors oui, pour tous les illuminés qui ont un peu de culture, notre petit coin de paradis peut ressembler à un livre ouvert sur le passé, parfois pas le plus glorieux.

Tom réalisa qu'il n'avait vu aucun livre ou aperçu aucune note concernant les mythes indiens dans tout ce qu'avait amassé Gary Tully et se demanda comment un obsessionnel pareil avait pu passer à côté de ça, surtout en choisissant de poser ses valises ici. Ce n'était pas une coïncidence. Il devait y avoir une explication dans les carnets, espéra-t-il soudain.

— Lorsqu'il a revendu la maison, il est parti où ? interrogea Tom.

Roy s'humecta les lèvres lentement, le regard perdu sur sa propriété qui se confondait avec la forêt.

— Il est mort, Tom. C'est inutile de perdre votre temps. Je ne voulais pas évoquer le sujet devant votre épouse et les enfants l'autre jour, alors j'ai « simplifié », j'ai dit qu'il avait revendu la maison, mais ce n'est pas vrai, enfin ce n'est pas lui directement qui l'a fait, car Gary Tully s'est suicidé.

— Chez nous, vous voulez dire ?

Roy acquiesça sombrement.

— J'aurais préféré vous épargner ça, mais vous n'arrêtez pas de poser des questions. Je suis désolé.

Tom s'enfonça dans le banc suspendu dont les chaînes se mirent à tinter. Il ne s'était pas attendu à cela. Après une minute de silence, il saisit le bras de son voisin.

— Roy, je veux savoir. Je n'ai pas envie de me balader entre mes murs et d'imaginer le pire dans chaque pièce. Il a fait ça où ?

La main tavelée de l'ancien quincaillier passa sur le bas de son visage comme pour essayer d'effacer une ancienne trace.

— Je ne crois pas que ce soit une bonne idée, Tom.

— C'est moi qui habite dans cette maison, j'ai le droit de savoir. Je suis sûr que si j'appelle Tessa Kaschinski, maintenant qu'elle a encaissé sa commission, elle se fera un malin plaisir de tout me raconter. Je préférerais l'entendre de votre bouche.

Roy passa à nouveau sa langue sur ses lèvres sèches et poussa un profond soupir.

— À l'étage, dans ce qui lui servait de bureau. Il s'est pendu.

— Vous savez quelle pièce exactement ?

Le regard perçant du vieil homme se posa sur Tom comme s'il le mettait au défi d'insister.

— Roy, c'est important pour moi.

McDermott déglutit, résigné.

— À l'époque, lorsqu'on arrivait en haut des marches, il y avait un coude à gauche pour passer dans l'autre aile. Le parquet craquait, et une des portes du couloir était ouverte. La deuxième à gauche. Le soleil en sortait, on se serait cru au milieu d'un incendie. Il se balançait là, auréolé par les flèches du jour couchant.

Le cœur de Tom se souleva.

La chambre de Zoey.

— Vous y étiez, n'est-ce pas ? comprit-il tout haut.

— C'est moi qui l'ai trouvé. Après plusieurs jours sans nouvelles, avec sa voiture garée devant, j'ai eu un pressentiment. J'ai vu Gary Tully s'enfoncer dans la dépression, vous savez ? Lentement. En ces temps, on n'en parlait pas comme aujourd'hui, on ne savait pas bien quoi faire ou dire, ça ressemblait à un gros coup de bourdon, une rasade de whisky, quelques parties de cartes et ça repartait…

Roy étira la peau de son visage en remuant la mâchoire, il avait l'air fatigué.

— C'est l'odeur qui m'a guidé, ajouta-t-il. Il bourdonnait de bestioles, on aurait dit qu'il n'était plus qu'une énorme ruche suintante. Voilà pourquoi je me souviens de Gary Tully. Rendez-vous un service, Tom, n'en parlez pas à Olivia. À l'exception de votre serviteur, tout le monde a oublié cet excentrique. Faites de même.

Tom le remercia d'un signe de tête mais son esprit n'était plus là. Il vagabondait d'hypothèses en projections. Se passait-il vraiment quelque chose de surnaturel dans leur foyer ? Est-ce qu'Olivia n'avait pas senti, d'une manière ou d'une autre, la présence spectrale de Gary Tully ? Et n'était-ce pas le même phénomène qui terrorisait leur fille la nuit ? Ça ne pouvait être un hasard si l'exacte pièce où l'occultiste s'était donné la mort était celle où se produisaient le plus de manifestations étranges. Tom était pris de vertige. S'amuser à y croire pour s'occuper était acceptable, accumuler des preuves de plus en plus tangibles commençait à l'effrayer. Toutes ses barrières rationnelles n'étaient pas tombées, malgré tout il sentait qu'il flanchait. Le début d'un doute. Réel cette fois. C'était impossible. Et pourtant, il commençait à prendre tout cela au sérieux… *Je change Zoey de chambre cet après-midi même.* Il trouverait un prétexte. *C'est très certainement une décision sans fondement, un accès de paranoïa et de crédulité, mais j'ai besoin de le faire.* Juste pour se rassurer. De la même manière qu'une personne qui ne croyait pas en Dieu préférait tout de même ne pas cracher dans une église, juste parce que ça ne coûtait rien d'être prudent. *Au cas où…*

Roy le fixait avec intensité. L'air grave.

— Tom, je vais vous donner un bon conseil : laissez tomber tout ça. Vous allez perdre votre temps et vous mettre des idées dans le crâne. Faites confiance à la vieille peau que je suis. Les obsessions ne servent à rien, sinon à focaliser sur ce qu'on n'a pas, à se fabriquer des fantômes. Oubliez toute cette histoire.

Tom n'aurait su expliquer exactement ce qui passait dans le regard de son voisin, sinon qu'il était sûr de lui et qu'il y avait de la fermeté dans son discours. Il approuva, pour la forme surtout, encore à se demander ce qu'il allait faire de Zoey et quel mensonge inventer pour ne pas alarmer Olivia.

Roy se redressa avec difficulté et claqua sa grosse main sur le genou de Tom.

— Allez, maintenant il est temps de se vider la tête. Appelez donc votre chien qu'on aille jeter un œil à cette remise, j'entends que ça grouille là-dedans la nuit ! Oh, et vous n'oublierez pas de remercier votre charmante épouse pour sa tarte, elle était délicieuse.

20.

« Fort Knox ».

C'était leur code. Leur secret devait rester protégé, aussi sûrement que toute la réserve d'or des États-Unis l'était à Fort Knox.

Corey avait trouvé le nom après qu'ils avaient discuté pendant plus d'une heure de ce qu'il convenait de faire. Owen avait proposé qu'on en parle aux adultes, même s'il n'était pas très à l'aise avec cette idée car il sentait que ça allait lui retomber dessus. C'était lui qui avait vu l'épouvantail, rien que lui. Les autres le croyaient (et pour ça il avait envie de les serrer dans ses bras, il n'aurait pas supporté d'avoir à porter le fardeau de cette horreur tout seul), mais s'il fallait témoigner en détail, ce serait à lui de le faire. Les montagnes de questions seraient pour lui. Les autres avaient hésité, personne ne le *sentait*. Raconter quoi exactement aux parents ? Et à qui pour commencer ? Lequel parmi les adultes serait à même de les écouter sans ricaner et leur dire d'arrêter d'inventer des conneries ? Connor n'était pas tout à fait sûr de croire qu'un épouvantail pourri les avait pourchassés, même s'il admettait que c'était *envisageable*. Comme eux, il avait perçu l'urgence de fuir lorsqu'une présence s'était approchée pour les prendre en chasse, et il faisait confiance à Corey lorsque celui-ci affirmait avec conviction que le mât était vide ; pourtant il demeurait le plus sceptique. Chad était presque aussi bouleversé qu'Owen. Il soutenait la version de son cousin jusque dans ses moindres détails. Néanmoins cela ne suffisait pas. Il ne savait pas ce qu'ils venaient d'expérimenter, et cela avait entraîné de nombreuses questions.

— On est d'accord, avait dit Connor, c'est peut-être un connard dans un déguisement, et avec la trouille, t'as *cru* que c'était pour de vrai ! Il faisait chaud en plus, la déshydratation t'a plombé…

Owen avait secoué la tête. Il savait que ça n'était pas possible. Rien que l'odeur le hantait encore. Un remugle ancestral qui avait pénétré ses muqueuses jusqu'à réveiller une peur du cortex reptilien : celle de la mort. Dans sa forme la plus primitive.

— Et si c'était une sorte d'hallucination ? avait proposé Corey. Genre une drogue versée dans le réservoir d'eau en amont de Little Rock River ?

Chad, peu convaincu, avait demandé :

— Par qui ?

— Je sais pas, des terroristes.

— Des terroristes à Mahingan Falls ? Vraiment ? avait fait Connor, plein de mépris. Non, c'est con. Et puis tout le monde aurait des hallucinations, pas seulement Owen.

— Je sais ce que j'ai vu. C'était réel.

Chacun avait été marqué par les traits décomposés d'Owen et aussi, probablement, par la large trace d'urine maculant son short, même si personne n'en avait fait la remarque, ce pour quoi il leur était très reconnaissant. À treize ans, un garçon pouvait certainement encaisser un face-à-face avec un épouvantail *vivant*, pas de s'être pissé dessus, là-dessus ils étaient tous tacitement d'accord.

— Alors on la boucle le temps de réfléchir à ce qu'on raconte, avait conclu Connor.

Chad avait approuvé.

— Notre secret ?

— On l'enferme à double tour tout au fond de nos têtes, on n'en parle qu'entre nous. C'est OK ?

— Plus profondément encore que Fort Knox ! avait renchéri Corey.

— Exact. Ce sera notre code pour évoquer l'incident. Fort Knox.

Et Owen rêvait à « Fort Knox » depuis. Des cauchemars terrifiants. Il était dans les champs de maïs, ils s'étendaient à l'infini, insondables, et lui courait pour chercher une issue, en vain, tandis que quelque chose de très ancien le traquait en ricanant, déversant des asticots jaunes de sa bouche et ses yeux vides. Il en avait souillé ses draps à deux reprises. Humilié, Owen s'était résigné à se lever en pleine nuit, à traverser la maison froide sans allumer la lumière du couloir, pour descendre jusque dans la buanderie et y faire tourner une machine nocturne, qu'il venait récupérer au petit matin pour s'assurer que personne ne voyait rien. Déambuler ainsi dans le noir le terrifiait presque autant que ses cauchemars. Il avait l'impression que l'épouvantail allait surgir d'un coin, sans bruit, sa grosse tête gâtée se penchant comme pour jouer avec lui tandis que ses mains d'acier jailliraient à l'angle du mur, prêtes à l'attraper. Owen faisait son maximum pour chasser ces horribles images, sans succès. Le grand corridor de l'étage lui paraissait sans fin, chaque pas de porte obscur abritant autant de cachettes potentielles pour le monstre. Pourtant il ne pouvait pas laisser ses draps mouillés. La honte vis-à-vis de Chad serait trop forte. Et il savait qu'Olivia lui tomberait dessus, inquiète. Elle lui parlerait de ses parents, ferait tout pour le rassurer, le réconforter, évoquerait l'idée d'aller voir un « spécialiste » pour l'aider, et en fin de compte elle n'en dormirait pas, il la connaissait désormais. Ce n'était pas ce qu'il voulait.

Une de ces nuits d'effroi, son père et sa mère lui manquèrent particulièrement. Sa chambre avec eux. Ses repères. Ses habitudes. Leur présence. Owen pleura plusieurs fois, ce qui ne lui était plus arrivé depuis l'automne précédent, et il serra le cadre avec leur photo contre lui pour s'endormir, blotti sous une vieille couverture, en attendant que la machine, à l'étage du dessous, ait terminé de laver l'affront.

Après le petit déjeuner, Chad vint le trouver dehors, assis dans l'herbe en train de caresser Smaug.

— Ça va ?

— Ça va.

— T'as l'air crevé.

Owen haussa les épaules.

— Toi aussi, t'as du noir sous les yeux.

— Maman va nous tomber dessus si on continue.

Owen voulut répliquer que ce n'était pas sa « maman », mais il s'était juré de ne pas réagir comme ça quelques mois seulement après son emménagement auprès des Spencer. Ils étaient sa famille maintenant, qu'il le veuille ou non, il ne pouvait plus rien changer. Il allait vivre là pendant des années. Olivia et Tom se comportaient comme des parents adoptifs, et c'était presque rassurant d'une certaine manière. Il les aimait beaucoup et ne doutait déjà plus qu'un jour il viendrait à les considérer comme sa seconde famille. Il l'acceptait. Il était cependant trop tôt pour les appeler papa ou maman.

— Je fais des cauchemars, avoua Chad.

Owen en fut surpris, et au fond, avec une pointe de culpabilité, il en éprouva presque de la joie. Il n'était pas seul.

— Moi aussi. Tout le temps.

— Fort Knox ?

— Ouais, Fort Knox. J'y pense tout le temps.

Chad prit un moment de réflexion avant de se lancer :

— Dis, je peux te poser une question et tu me jures que tu me réponds la vérité ? La morsure… c'est vraiment pas toi ?

Owen le fixa et secoua la tête doucement.

— Putain…, lâcha Chad qui n'employait que rarement des gros mots si sa mère était à moins de deux cents mètres.

Tous deux prirent le temps d'encaisser ce que ça impliquait, puis Chad formula ce qu'ils pensaient confusément :

— Il se passe un truc pas clair ici.

— Promets-moi que tu me croiras la prochaine fois, demanda Owen.

— Si tu me dis que les Avengers ont débarqué dans le salon, je te croirai. Plus jamais je te traiterai de menteur.

Owen en fut satisfait. Se sentir épaulé était important dans les circonstances actuelles.

— J'ai la trouille, avoua-t-il.

Chad lui donna une bourrade amicale.

— S'il se passe quoi que ce soit, on s'en parle, OK ? Pas de secret entre nous. On doit se serrer les coudes, quoi qu'il arrive, désormais on est une *team* toi et moi, on fait face ensemble.

— D'accord.

Après un moment où ils câlinèrent tous deux Smaug, Owen revint au sujet qui le préoccupait le plus :

— Tu crois pas qu'on devrait quand même en parler à Tom et Olivia ?

— T'es fou ? Ma mère va flipper et nous boucler à double tour dans la maison. Soit elle va nous accuser d'avoir pris de la drogue, et alors là on est fichus jusqu'à la rentrée, soit elle va appeler tous les psys de New York. Dans tous les cas on peut dire adieu à nos virées avec les copains. Moi je la boucle.

— Ça marche. Je dirai rien non plus.

Smaug redressa le museau brusquement et flairant ce que seuls les chiens peuvent parfois capter, il finit par se lever et partir humer les fleurs en bord de jardin. Les deux garçons le regardèrent faire, amusés, puis Chad bondit sur ses pieds et tendit la main vers Owen pour l'aider.

— Allez, on va demander à maman de nous déposer sur la Promenade, Connor a promis de nous emmener voir la salle de jeux vidéo du centre-ville.

Le chien continuait son inspection dans leur dos, absorbé par une nouvelle enquête olfactive et s'arrêtant régulièrement pour noyer tout ce qui ne lui plaisait pas d'un jet d'urine. Il fit le tour du jardin et s'arrêta devant la forêt où il fit plusieurs va-et-vient indécis avant de capituler, la queue entre les jambes.

*

Le soir même, Owen s'endormit dès qu'il posa sa tête sur l'oreiller, ce qui ne lui était plus arrivé depuis « Fort Knox ». La journée avait été harassante, pleine de réjouissances avec son lot de jeux, de courses sur la promenade en bois qui surplombait l'océan. Corey avait apporté son skate-board pour qu'ils s'y essaient sur l'aire réservée équipée de rampes de différentes hauteurs. Connor les avait tordus de rire avec ses blagues potaches, parfois sexuelles, et ils avaient pu rentrer tard, tout juste déposés par Gemma pour l'heure du dîner. S'amuser, se vider l'esprit, se fatiguer physiquement et mentalement, tout ce dont Owen avait besoin.

Il s'enfonça dans un profond sommeil réparateur et n'ouvrit les yeux que difficilement, avant de réaliser qu'il faisait encore nuit noire. Il cilla plusieurs fois, ne comprenant pas ce qui lui arrivait, faillit s'emmitoufler dans ses draps repoussés sur ses jambes pour se rendormir de suite, lorsqu'il se demanda ce qui avait bien pu le tirer de ses rêves. Il distinguait sa chambre, découpée en tranches par la lune qui filtrait entre les lames de son store mal fermé, ses ombres intenses et ses bandes bleutées. La porte du couloir était fermée, celle de la remise avec son labyrinthe de cartons également. Depuis l'incident de la morsure, et encore plus depuis la rencontre avec l'épouvantail, Owen avait une aversion pour cette pièce. Il suspectait *quelque chose* d'y traîner. Quelque chose qui avait une grande bouche et plein de dents. *Et une faim de loup...*

À bien y regarder, Owen s'aperçut alors que la porte n'était finalement pas bien fermée de ce côté-là. Le pêne dépassait sur le chambranle blanc, telle une petite langue tirée à son intention. Elle le narguait.

Oh non...

Owen ne pouvait pas se rendormir en sachant que l'accès n'était pas parfaitement scellé. Si quelque chose voulait en sortir, il n'avait qu'à pousser le battant, celui-ci s'ouvrirait en grand sans même grincer et Owen serait à sa merci. Il devait se lever pour le repousser.

Sauf qu'il faisait noir, qu'il était très tard dans la nuit, et que cela impliquait de sortir de son lit rassurant pour traverser un large espace à découvert, se rapprocher de la tanière de la chose affamée avec la grande gueule pleine de crocs que rien n'empêcherait de jaillir au moment où il serait en train de tendre la main vers la poignée...

Owen tira les draps sur lui jusqu'à se recouvrir intégralement, visage compris. Il se ménagea un mince espace pour respirer et pour surveiller sa chambre. À présent, il ne dormait plus du tout.

Qu'est-ce qui a bien pu me réveiller ? Et si c'était justement cette fichue porte qui s'ouvrait ?

Il ne voyait plus que ça désormais. Cette maudite langue d'acier noire qui le mettait au défi de venir la rentrer dans sa cavité.

Jamais il ne pourrait se rendormir s'il n'y allait pas. Owen serra son drap contre lui comme s'il s'agissait d'une armure, et il se redressa. Il hasarda une jambe hors de son lit et posa le pied sur le tapis. Rien. Aucun mouvement parmi les ombres, aucun son. Cela l'encouragea à se déplier totalement et à se lever.

Plus que quatre mètres.

Owen réajusta sa cape pour qu'elle le protège sans le faire tomber. Elle glissa un peu de son crâne, dévoilant une partie de son visage. Il n'aimait pas cela, ça le rendait visible par les forces du mal qui guettaient. Ça ne pouvait être que ça de toute manière, les forces du mal. C'étaient elles qui avaient libéré l'un des leurs dans la remise, au milieu des cartons. Le labyrinthe était son antre. *Un minotaure !* comprit Owen en se souvenant des légendes grecques que lui racontait sa mère le soir. *C'est ça ! C'est un minotaure !*

Plus que trois mètres.

Non, ce n'était pas un minotaure. À bien y réfléchir, ça ne collait pas. Le minotaure était presque rassurant en fait. Ce qui avait mordu Chad était plus vicieux qu'un minotaure. Plus terrifiant surtout. Ce n'était pas humain, même à moitié. C'était maléfique. Totalement monstrueux. *Et affamé !*

Plus que deux mètres.

Le blanc de la porte lui paraissait presque phosphorescent dans l'obscurité. Elle ne bougeait pas. Pas encore. Et si la chose se trouvait juste derrière ?

À l'attendre, la bave dégoulinant de sa gueule immense à l'idée du festin qu'elle allait faire ? Se frottant les griffes d'excitation… Dès qu'il serait au plus près, lorsqu'il tendrait la main pour la refermer, la chose bondirait, le saisirait de sa poigne glaciale et l'entraînerait dans les ténèbres du labyrinthe pour enfoncer ses crocs acérés dans sa viande juteuse. Elle lui plaquerait une de ses mains visqueuses sur la bouche pour l'empêcher de crier, et elle sucerait son sang, lécherait sa chair, avant de tirer sur ses os pour les briser un à un et en extraire la moelle qu'elle aspirerait goulûment… Et Owen serait vivant tout du long, à se tordre de douleur.

Arrête !

À quoi jouait-il à la fin en s'imaginant des horreurs pareilles ?

Plus qu'un mètre.

Il y était presque. Ses pas silencieux traînaient sur le parquet et Owen se rendit compte que ses jambes étaient entravées par le drap. S'il fallait courir, il s'écroulerait, saucissonné par son propre carcan. Il ouvrit son armure, dévoilant sa peau tendre au clair de lune. Puis il tendit la main, exactement comme il venait de se le représenter. Il attrapa la poignée froide. Est-ce que la chose se plaquait en silence de l'autre côté, sa longue langue pointue se déversant sur le sol, comme un gros ver dodu ? Est-ce qu'elle s'apprêtait à pousser brutalement pour jaillir ? Est-ce qu'il souffrirait longtemps ?

Owen repoussa le battant et le pêne s'enfonça avec un léger déclic mécanique. *Ouf.* Owen soupira et se retourna vers son lit.

Il avait fait trois pas lorsqu'il entendit le son.

Il ne provenait pas de son dos comme il l'avait craint, mais du côté. De la fenêtre.

De dehors.

Un raclement métallique dans l'herbe. Caractéristique, avec ses lames de fer qui se tordaient en griffant la terre, avant de se tendre à nouveau dans les airs. Elles émettaient un sifflement sec. Presque en tintant.

Comme un râteau à feuilles mortes.

Un frisson glissa le long de ses membres.

Non, ce n'est pas possible.

Owen refusait d'y croire. Pourtant il l'entendit à nouveau et se mit à trembler.

Quelqu'un passait le râteau dans le jardin, au beau milieu de la nuit. Owen sut aussitôt qui était ce quelqu'un.

C'était *lui* qui l'avait réveillé. C'était ce son si particulier que son inconscient avait reconnu pour tirer la sonnette d'alarme en remettant sa conscience aux commandes. Pour qu'elle agisse. Qu'elle lui permette de se cacher. Loin, très loin, au plus profond de la maison, dans un endroit calfeutré et particulièrement bien dissimulé. Il le fallait. Et vite !

Owen secoua la tête. Il était sur le point de relâcher sa vessie lorsqu'il pensa à Chad. Après leur conversation du matin, il pouvait compter sur lui. Oui, Chad saurait quoi faire. Il devait aller le chercher. Ensemble ils seraient plus forts.

Owen pivota vers la porte de la remise.

Non. Il était hors de question qu'il se risque à passer par là. Pas maintenant. Il recula et ouvrit l'accès au couloir.

Le long corridor était tout noir. La porte de la chambre de Zoey grande ouverte en face. Owen n'avait pas bien compris pourquoi, mais Tom avait décidé de la changer de pièce pour la nuit, elle dormait à présent dans l'autre aile, près des parents.

Il n'y a plus que nous. Chad et moi.

Owen s'empressa de remonter en direction de son cousin, et il prit soin de largement contourner la porte de la remise qui les séparait avant de se faufiler auprès de Chad qu'il réveilla le plus doucement mais fermement possible.

— Quoi ? fit-il, ensuqué.

— Chuuut. Chad, il se passe un truc. J'ai besoin de toi.

Le garçon ne mit pas longtemps à comprendre l'urgence de la situation et il s'assit, prêt à écouter.

Owen désigna la fenêtre.

— Je crois que… *Il* est là. Juste dehors.

— Qui ça ?

— L'épouvantail.

Chad écarquilla les yeux et Owen y lut de la peur. Il n'aimait pas cette idée, mais il la préférait mille fois à de l'indifférence ou de la moquerie. Chad sauta de son lit et sautilla en direction de la fenêtre.

— Attention ! chuchota Owen. Il ne faut surtout pas qu'il nous voie !

Son instinct lui commandait de rester invisible. Ses sens préhistoriques lui ordonnaient de ne surtout pas apparaître. Tout cet héritage de centaines de milliers d'années à vivre dans la crainte des prédateurs, à deviner le danger, à le flairer pour s'en protéger – cet atavisme persistant, enfoui au plus profond de l'homme –, *sentait* la menace juste en bas, parce que d'une certaine manière ils provenaient du même monde, où prévalait l'affrontement entre la vie et la mort en un reliquat ancestral de bestialité. Il ne fallait surtout pas se dévoiler. *Sous peine de destruction immédiate !*

Les deux garçons se plièrent pour passer sous la fenêtre et très délicatement, Chad écarta deux lamelles du store pour regarder au travers.

Une forme humanoïde errait en contrebas, sur la pelouse.

Pendant un court moment, Owen se demanda s'il ne s'agissait pas de Tom, avant de remarquer la grosseur de sa tête. À moins que Tom n'ait développé une tumeur cérébrale colossale en l'espace de quelques heures, ce n'était pas possible.

Puis il vit ses mains accrocher les reflets de la lune.

Deux râteaux à feuilles mortes.

La démarche traînante, l'épouvantail examinait le sol.

Owen frissonna à en claquer des dents. Chad posa une main sur son bras pour lui signifier qu'il était là, mais il tremblait aussi.

L'épouvantail fit plusieurs pas dans un sens puis, comme s'il repérait une autre trace, changea de direction et se pencha vers le sol. Des dizaines de miettes tombaient de son visage, et Owen n'eut pas besoin de lumière pour savoir qu'il s'agissait d'asticots jaunes bien gras.

Lorsqu'il fut capable de vider sa gorge des sanglots et hurlements qui menaçaient de s'y entasser, Owen prononça tout bas :

— Je te l'avais dit, je n'ai pas halluciné. Il existe.

Chad opina lentement.

— Je te croyais. On dirait qu'il… cherche quelque chose.

— Quelqu'un, corrigea Owen. Nous.

— Tu crois ?

— Il nous traque. Qu'est-ce qu'il fait là dans notre jardin sinon ?

— Oh merde… Comment on va faire ?

Owen réalisa qu'il était venu auprès de son cousin pour se sentir épaulé, et finalement c'était lui qui témoignait du plus de contrôle. Sa présence néanmoins le rassurait. Tout plutôt qu'être seul.

Ils étaient incapables de se détacher de cette vision d'horreur.

Soudain l'épouvantail se figea et tourna son abominable visage rongé par la pourriture dans leur direction.

Ses yeux vides et sa gueule béante, taillée en un sourire cruel, se levèrent vers l'étage de la maison.

Chad tira Owen par le col et ils s'enfoncèrent sous le store qui dans la précipitation tangua légèrement en cognant contre la vitre.

— Il nous a vus ? paniqua Owen.

— Non, non, je crois pas. (Chad immobilisa le store d'une main, toujours allongé.) Enfin… j'espère.

— On va réveiller les parents ?

Chad fit non, catégorique.

— Je sais pas pourquoi, je le sens pas.

— Ils sauront quoi faire !

— Fais-moi confiance, je te dis que c'est une mauvaise idée. Ils ne vont pas se méfier comme nous. Ils vont descendre, papa va vouloir chasser l'épouvantail en pensant que c'est un rôdeur et… Je sens que ça va mal finir.

Sur ce point, Owen était d'accord. Il ne fallait pas s'approcher de l'épouvantail. Même un adulte, il n'en ferait qu'une bouchée, et Owen ne voulait surtout pas entendre le bruit atroce que feraient tous les os de Tom lorsqu'ils se briseraient entre les mâchoires de l'épouvantail.

Chad se hissa à nouveau pour jeter un coup d'œil par la fenêtre et Owen voulut le retenir mais s'en empêcha. Il fallait bien qu'ils vérifient si le monstre n'était pas en train d'entrer dans la maison.

La silhouette maigre et haute reniflait encore l'herbe.

Tout d'un coup, Smaug se mit à aboyer depuis le rez-de-chaussée où il dormait normalement et l'épouvantail sursauta, ses longues griffes dressées, prêtes à frapper. Smaug aboyait avec colère, sans discontinuer.

— Non ! s'alarma Chad. Ce crétin va réveiller les parents !

En bas, l'épouvantail hésita puis fouetta l'air de ses lames tranchantes et fit un pas en direction de la porte arrière de la Ferme. Il s'arrêta. Il sembla flairer une odeur particulière, puis recula, et avec prudence il retourna au fond du jardin avant de s'enfoncer dans la forêt obscure où il disparut totalement.

Les deux garçons reposèrent leur tête sur le rebord de la fenêtre, soulagés.

Dans le couloir, Tom ordonna à Smaug de se taire et le chien lui obéit.

Mais Owen et Chad savaient que ce n'était pas pour faire plaisir à son maître. Smaug sentait que le danger venait de s'éloigner.

Le lendemain matin il irait humer son territoire et il urinerait partout où l'épouvantail s'était penché.

Les deux garçons se souvinrent alors du comportement similaire que leur chien avait déjà adopté et ils comprirent.

Ce n'était pas la première fois que l'épouvantail venait.

21.

La Promenade consistait en une longue et large jetée de bois parallèle à la rue. Surplombant l'océan de plus de cinq mètres à marée haute et de dix sur le fond sablonneux, elle avait été bâtie dans les années 80 pour enfin donner à la foire annuelle de Mahingan Falls une aire d'exposition digne de ce nom. Elle offrait une vue imprenable à la fois sur l'éperon et son phare d'un côté, la marina en renfoncement, et sur les plages qui couraient au sud. Pour qui avait grandi à cette époque, c'était la période faste de la ville, Main Street bondée l'été, le boom immobilier avec toutes ces familles de Boston qui cherchaient une maison secondaire pas trop loin, au charme balnéaire, sans avoir les moyens de courtiser les somptueuses demeures de Martha's Vineyard ; la foule drainée depuis Salem, Lawrence et même depuis Portland dans le Maine qui envahissait la Promenade de mi-août jusque fin septembre pour faire un tour de manège, tirer au plomb sur des cibles ou manger des hot-dogs à un dollar. Avant que les années 90 ne soient fatales à la foire. Certains avaient mis cela sur le compte des campagnes massives pour la sécurité routière, Mahingan Falls n'étant desservie que par deux petites routes étroites et sinueuses, celle du nord qui longeait les falaises et la principale, à l'ouest, qui se tordait entre les collines abruptes et s'étirait au milieu des champs parfois bordés de ravins, sans aucun éclairage le soir, alors que des familles rentraient chez elles, parfois après une journée un peu trop arrosée. Il y avait eu des accidents, des morts. Les journaux avaient fini par appeler la foire la « Roulette russe – vous savez quand vous y arrivez, jamais si vous en repartirez ! ». Mauvaise presse. Mais les vraies raisons étaient un peu moins tragiques, la foire avait vieilli, les manèges n'avaient pas été renouvelés, pas plus que les guirlandes ou les grosses peluches à gagner aux jeux d'adresse, et les attractions étaient passées de mode jusqu'à disparaître définitivement. Pour beaucoup d'habitants, la Promenade restait toutefois associée à ces festivités d'antan, à ces cris de joie, à ces musiques hypnotisantes, à ces odeurs de sucre, de caramel, de bière éventée et de friture. C'était le cas de Norman Jesper, fier produit « vintage » de Mahingan Falls, *made in* 1961, unique ébéniste de la ville, et convaincu qu'il mourrait ici même, sans être jamais allé plus loin que New York – ce qui d'ailleurs ne nuisait pas à son existence, d'aucune manière que ce soit.

Il promenait son chien sur la plage, ce matin-là, lorsque ce sale cabot qui n'écoutait jamais rien avait filé droit sous la Promenade, dans le dédale de piliers de bois garnis de coquillages. À marée basse, il était possible de s'y aventurer bien que l'endroit ait très mauvaise réputation : il y faisait obscur, c'était infesté de crabes, et il se murmurait que c'était un lieu de débauche pour « personnes inverties » cherchant une fornication rapide et anonyme, bien que ce dernier point n'ait jamais été prouvé par quiconque et relevât probablement de la rumeur calomnieuse de certains esprits revanchards.

Norman avait appelé son chien avant de se résigner à devoir aller le chercher, même s'il n'aimait pas qu'on puisse le voir se glisser là et qu'on s'imagine « des choses » à son sujet. Il prit soin d'articuler bien fort le nom de son compagnon canin pour qu'on ne se méprenne pas et passa sous l'ombre du plancher.

L'odeur le saisit aussitôt. Ce n'était pas celle des pommes d'amour, pas plus que celle des beignets qui l'avaient si souvent fait saliver quelques mètres plus haut lorsqu'il était jeune, bien au contraire. Norman n'était pas sûr d'avoir jamais senti une horreur pareille sauf peut-être la fois où il avait été appelé par son ami Brook pour déboucher les toilettes de son gîte, obstruées par le passage de toute une palanquée de touristes français. Un remugle de « viande pourrie marinée longuement dans de l'eau de mer, parfums froid du fer, acide du pet rance et coulant de l'iode, le tout enfermé dans une boîte en plein soleil pour la faire macérer », ce furent ses propres mots pour le décrire par la suite. Le chien se tenait devant, et reniflait. De gros crabes s'enfuyaient dans l'obscurité sur le passage de Norman, et il tomba presque nez à nez avec le corps, encore que pour cela il aurait fallu que ce dernier en ait encore un, de nez. À la place, il y avait une bouillie infâme comme si quelque chose avait mangé son visage avant de le vomir. Malgré le peu de lumière qui filtrait jusqu'ici, Norman distingua des matières suintantes et des chairs gonflées.

Il avait prévenu la police sans bouger, et Pierson King, dépêché sur les lieux en urgence, l'avait trouvé là, immobile comme un chien de troupeau, s'assurant qu'aucun crabe ne profanerait plus le cadavre du malheureux.

Loin des scènes de crime modernes des grandes villes auprès desquelles Ethan Cobb s'était formé, celle-ci n'avait été ni balisée pour en sécuriser un unique accès, ni même éclairée par des projecteurs portatifs, et il dut faire comme ses collègues : dégainer la lampe torche de sa ceinture pour se rapprocher sans glisser sur un rocher. Dès que son faisceau blanc attrapa les membres pâles, il comprit. Il s'agissait d'un homme, presque nu, ses vêtements en grande partie arrachés, ceux qui restaient présentaient d'importantes déchirures. Le cadavre était vidé de son sang, la peau, presque translucide après son séjour dans l'eau de mer, arborait des stries de chair boursouflée d'un rose timide, y compris sur le crâne où la matière cérébrale avait été exposée à travers une large fente, comme un fruit trop mûr éventré en tombant de sa branche. En se penchant, Ethan s'aperçut que l'intérieur de la boîte crânienne avait été vidé, entièrement dévoré par la faune locale. Il ne faisait aucun doute qu'il s'agissait de Cooper Valdez. La mer l'avait rejeté plus rapidement que prévu, et ils avaient eu de la chance que ce soit ici plutôt qu'au pied des falaises.

— Je vous l'avais bien dit, triompha le chef Warden. Je connais cet océan ! Là où dérivait son navire, la baie est jalouse, elle conserve pour elle ce qu'elle ramasse, et généralement elle le recrache sur nos plages une fois bien suçoté.

Ethan ne répondit pas et se contenta d'inspecter le malheureux. Les plaies étaient nombreuses. Sans s'y connaître en matière de moteur de bateau et sans être médecin légiste, il était tout de même évident que les blessures étaient probablement l'œuvre d'une ou plusieurs hélices. L'hypothèse se confirmait. Cooper Valdez, une fois les pleins gaz enclenchés, s'était rendu à l'arrière pour se pencher et il avait chuté droit dans ce tourbillon destructeur qui l'avait lacéré. Quant à savoir pourquoi, lubie soudaine, bêtise ou parce qu'il avait entendu quelque chose au niveau des moteurs, nul ne le saurait jamais, même si pour le chef Warden c'était avant tout une histoire d'alcool, « et avec les mauvaises habitudes de Valdez, il est évident que son sang en contiendra une certaine quantité. Un accident idiot ».

Fin de l'enquête pour le chef Warden.

Pour Ethan Cobb, les circonstances n'étaient pas claires. Pourquoi avoir fui la ville par la mer plutôt que par la route ? et dans un état proche de la panique… Cooper Valdez avait détruit tout son matériel informatique, son téléphone et ses radios, il n'avait même pas pris le temps de verrouiller la porte de chez lui, et s'était précipité à son bateau avec le strict minimum au beau milieu de la nuit. À moins d'un delirium tremens avancé, il devait y avoir une explication.

Le ballet des lampes torches sous la Promenade découpait de fines tranches argentées dans la pénombre, à la recherche de « fragments » complémentaires ; plusieurs doigts manquaient, ainsi que de nombreuses portions du mort sans qu'on puisse savoir si cela était dû aux hélices, au séjour dans l'océan ou prélevé sur place par les crabes. Max Edgar, qui était connu pour toujours présenter un uniforme impeccable, redoublait d'efforts afin de ne marcher que sur des rochers, il ne voulait surtout pas mouiller ou souiller son pantalon, et il était évident qu'il se rendait déjà malade à l'idée de ne pouvoir cirer ses chaussures dès qu'il sortirait. Il interpella Ethan en passant à côté.

— Paraît que vous étiez présent lorsque les chauves-souris se sont suicidées devant l'église catholique de Green Lanes, lieutenant ? Le père Mason dit que c'est un signe de la colère de Dieu.

Edgar, en plus d'être maniaque, était un vrai bigot, se souvint Ethan.

— Ça ressemblait davantage à une perturbation subite, un truc magnétique avec la Terre, ou une émanation de gaz.

Il n'avait pas envie d'ouvrir un débat sur la question, surtout pas avec Edgar, d'autant qu'il ne l'aurait admis pour rien au monde mais la scène l'avait vraiment impressionné. Ce nuage de chauves-souris qui virait pour prendre encore plus d'altitude et qui soudain s'arrêtait, entamait une chute vertigineuse, sans le moindre battement d'aile, comme dans un élan collectif vers la mort… Il entendait encore le son horrible qu'elles avaient émis en éclatant sur le parvis de Saint-Finbar. En réalité, il n'avait pas la moindre idée de ce qui s'était produit. Il avait aussitôt déclenché une opération de vérification, craignant réellement la fuite d'une conduite de gaz, mais après une heure et demie de fouilles minutieuses, toute l'équipe avait éliminé cette hypothèse. Ethan Cobb avait plus important à gérer, il n'avait pas insisté et l'équarrisseur œuvrant pour la municipalité avait tout nettoyé sous les regards atterrés des riverains.

— Le père Mason pense que notre ville a été le foyer de trop de débauche durant l'été, que nous devons expier les excès et…

— Edgar, le coupa Ethan, concentrez-vous sur le sol et regardez où vous mettez les pieds, ce serait dommage de marcher sur un morceau de M. Valdez et de salir votre bas de pantalon.

Le policier tressaillit à cette idée et Ethan en fut débarrassé. Tranquillité de courte durée puisque le chef Warden s'approcha à son tour.

— C'est quoi cette histoire d'intoxication alimentaire sur laquelle vous avez mis Cedillo ?

— Le docteur Layman craint qu'il y ait quelque chose, trop de patients présentent les mêmes symptômes.

Warden opina, sa fine moustache grise s'agita dans l'ombre avant qu'il ne désigne le cadavre du menton.

— Et pour lui, vous me bouclez le rapport avant le week-end.

— Ce serait bien que nous ayons tous les résultats d'analyses avant de classer l'affaire, vous ne croyez pas, chef ?

Warden maugréa dans sa barbe avant d'accepter d'un grognement.

— Faites donc cela, tant que votre conclusion est sans appel. Je ne veux pas de cette fouine de Marvin Chesterton sur notre dos, c'est compris ?

Marvin Chesterton était le district attorney de Salem, responsable de tout le secteur. Lee J. Warden le détestait plus encore que Max Edgar craignait le diable. Chesterton était un démocrate patenté, adepte des grandes théories sur la liberté, et Warden l'accusait d'être trop laxiste et d'avoir recruté toute son équipe d'assistants selon leurs convictions politiques davantage que sur leurs compétences. Pour Warden, ils symbolisaient la déliquescence progressive de cette nation, ils en étaient la cause directe. Ethan supposait son supérieur capable de s'arranger avec la vérité dans certains cas pour s'épargner l'intervention du bureau de Chesterton qui prenait la direction d'enquête dès qu'une affaire devenait importante et nécessitait une judiciarisation.

— Cobb, puisque la mort de M. Valdez vous passionne tant, je vous laisse superviser la levée du corps, nous partons, cet endroit est malsain, fit Warden en donnant un coup de pied dans un gros crabe devant lui.

Ethan se chargea de la suite et passa deux heures de plus sous la Promenade, dans l'air chargé d'embruns, loin du soleil, jusqu'à ce que les restes de Cooper Valdez aient été emportés. Il ressortit en dernier et s'aperçut que Norman Jesper était toujours là, assis sur un monticule de sable, le regard perdu vers la marée montante, son chien endormi à ses pieds. Il était encore sous le choc de l'horreur qu'il avait découverte.

— Vous devriez rentrer chez vous, monsieur Jesper.

Sans parvenir à détacher ses prunelles de l'horizon, l'homme répondit lentement, et même sa voix était lointaine :

— Je ne pourrai jamais oublier ce que j'ai vu là-dessous.

— Je suis navré.

— Je suis venu un millier de fois ici, gamin, adolescent puis adulte, sur cette jetée en bois. J'y ai mille souvenirs flamboyants. Et pourtant, pour le restant de ma vie, ce sera désormais l'image de ce pauvre hère mangé par les crabes que je verrai chaque fois que je repasserai ici.

Ethan lui posa une main amicale sur l'épaule. Il aurait voulu lui dire que cela allait s'estomper avec le temps, que sa mémoire ferait le tri, mais il ne pouvait lui mentir. En effet, l'horreur avait le pouvoir de s'imposer, elle tachait l'âme plus sûrement que le plus sombre des vins sur une chemise blanche. L'horreur était persistante. Avec les semaines, puis les mois et même les années, la vision de Cooper Valdez, découpé puis dévoré, s'atténuerait, mais chaque fois qu'un élément de la vie quotidienne renverrait Norman Jesper à cet instant d'abomination, elle rejaillirait vive et implacable, avec ses odeurs et ses sons lointains. L'œuvre de la mort demeurait indélébile, comme pour prouver que nul ne pouvait y échapper.

— Dites-vous que vous lui avez rendu service. Grâce à vous, il ne pourrira pas ici, seul, il aura droit à sa tombe. Vous avez sauvé son repos éternel.

Ethan n'avait pas une once de religion en lui, mais il savait adapter son discours auprès de ceux pour qui elle faisait sens. Norman Jesper approuva et soupira.

Ethan le salua et ils se séparèrent ainsi, comme deux vieux amis qui savent qu'ils ne se reverront jamais. Puis il prit la direction de la marina où il gagna le Banshee. Il avait besoin de s'entourer de vie et de boire un verre. Il s'installa au bar et commanda une pinte de Murphy's Irish Stout dont il vida la première moitié presque d'une traite. La chanson « I love this bar » de Toby Keith passait dans le fond, et il eut un léger sourire en songeant qu'elle lui parlait, particulièrement en cet instant. Puis il les vit, assis dans un box, en train de terminer un déjeuner tardif. Ashley Foster et son mari. Elle toujours aussi jolie avec ses boucles brunes qui dansaient sur ses épaules, lui plutôt beau mec, mal rasé, fossette au menton, costaud. Ethan eut un pincement au cœur. Il serra son verre devant lui. Un mélange de tristesse et de jalousie l'inonda, ce qu'il détesta. Il aurait aimé être à la place du mari sur cette banquette, rien que pour pouvoir bavarder de futilités, se sentir exister dans le regard d'une femme, lui prendre la main un instant, l'écouter commenter le dernier ragot du bar, et savoir que le soir venu, ils se coucheraient côte à côte, se cherchant du bout du pied avant de s'endormir dans la paisible torpeur de celui qui sait qu'il n'est pas seul. Certes la vie de couple n'était pas que partage, il y avait aussi les efforts à fournir, les engueulades inévitables et les obligations. Ethan avait eu son lot de tout ça avec Janice, mais maintenant qu'il était célibataire depuis près de deux ans, ces confrontations lui manquaient presque. Elles avaient au moins le mérite de lui donner le sentiment d'exister.

Le mari pianotait sur son téléphone pendant qu'Ashley jouait distraitement avec le restant de coleslaw dans son assiette. Ils ne s'étaient pas adressé la parole depuis qu'il les avait repérés. *Arrête de les dévisager, tu vas passer pour un pervers...*

Ethan avala une lampée de sa bière et sonda le reste du bar avant de revenir à son sujet principal. La serveuse les débarrassa sans que cela ait plus d'impact sur le silence du couple et le mari avala son dessert sans lever les yeux de son portable.

Ethan se rendit brusquement compte qu'Ashley le fixait et il lui adressa un signe poli de la tête avant de retourner à son verre, gêné. Son propre téléphone sonna et il loua la providence de lui offrir un peu de contenance.

— Lieutenant, c'est Cedillo. J'ai eu le type de la radio dont je vous avais parlé, et il est sur place, vous pouvez passer le voir quand vous voulez dans l'après-midi.

— Merci, Cesar. Du nouveau pour le problème du docteur Layman ?

— J'ai interrogé chaque patient qu'il m'a indiqué, et je n'ai trouvé aucun point commun entre tous. Il y en a même une qui fait ses courses exclusivement à Salem en sortant du boulot, donc ni restaurant commun, ni épicerie… Franchement je ne vois pas.

Cedillo était un bon flic, surtout lorsqu'il se sentait responsabilisé. Ethan insista dans ce sens :

— Bien. Vous connaissez cette histoire mieux que quiconque donc je vous laisse creuser où bon vous semble, et s'il n'y a rien qui en ressort, gardez tout ça dans un coin de votre crâne, on ne sait jamais. Bon boulot, Cedillo.

Il raccrocha et manqua de sursauter en constatant qu'Ashley se tenait à côté de lui, un sourire de composition plaqué sur le visage.

— Lieutenant, il y a une urgence ?

— Non, rien de…

— Si, il y a une urgence à traiter, insista-t-elle entre ses dents et en intensifiant son regard sur lui.

Ethan vit le mari dans son dos qui attendait, toisant Ethan de haut en bas.

— Je vous en prie, ajouta-t-elle tout bas, je vous revaudrai ça.

La lumière se fit dans l'esprit d'Ethan qui agita son téléphone devant lui et se leva de son tabouret.

— J'ai besoin de vous, Foster, dit-il assez fort pour que le mari puisse entendre. Je suis désolé de gâcher votre déjeuner, c'est important.

Moins de trente secondes plus tard, Ethan Cobb et Ashley Foster sortaient dans la rue surchauffée par le soleil d'août et ils grimpèrent dans le vieux 4 × 4 aux couleurs de la police locale.

— Merci, dit simplement Ashley en s'installant.

— Vous êtes mariés depuis longtemps ?

— Assez pour que je ne compte plus les années.

— Vous vous étiez engueulés ?

— Vous êtes de la police ?

Sourire gêné. Il ne l'avait pas volée, celle-là.

— Pardon. Vous avez raison, ça ne me regarde pas.

Une poignée de minutes plus tard et ils étaient déjà arrivés dans Oldchester. Ethan coupa le contact. Les locaux de la radio étaient juste en face.

— Mike et moi n'avons plus grand-chose à nous dire, avoua Ashley. Parfois, je ressens nos silences comme des cris qui me rendent dingue, je ne sais plus quoi inventer pour les couvrir. Et lorsque je vous ai vu là au bar, j'ai eu besoin de m'enfuir pour que ces silences abrutissants cessent.

— Je comprends.

Ne sachant s'il fallait poursuivre cette conversation qui les rendait mal à l'aise, tous les deux hésitèrent.

Au moment où Ashley attrapa la poignée pour sortir, Ethan demanda :

— Vous l'aimez encore ?

Elle déglutit, le regard fouillant la rue à la recherche d'une réponse.

— J'ai aimé l'aimer, lâcha-t-elle, avant de quitter le véhicule.

*

Le responsable de la radio locale de Mahingan Falls, Pat Demmel, était en pleine session de travail avec une jeune quadra séduisante et dont le charisme en imposait plus encore. Il reçut Ethan et Ashley dans la petite salle de réunion où ils œuvraient et déposa des gobelets de café en carton devant eux.

— Vous êtes Olivia Spencer-Burdock ? questionna Ashley sur un ton qui tenait davantage de l'affirmation étonnée. Ma mère vous adore.

L'intéressée afficha une moue résignée, presque une grimace amusante.

— Vous appuyez là où ça fait mal. Je plais aux personnes âgées !

Ethan n'avait pas la moindre idée de quoi elles parlaient, et il pivota vers Demmel.

— Vous connaissez Cooper Valdez ?

— Il est mort à ce qu'on raconte. C'est pour lui que vous vouliez me voir ?

— Vous le fréquentiez ?

— Non, il faisait de la radio amateur, donc j'ai entendu son nom, c'est tout, il avait un shack chez lui.

— Qu'est-ce que c'est ?

— Un shack ? C'est le local du radioamateur typique.

— Il ne venait pas voir vos équipes à ce sujet ? Pour des conseils ou je ne sais quoi ?

— Non, je ne crois pas. Vous savez, il y a radio et radio… Nous ici, nous nous efforçons de structurer des programmes avec professionnalisme, c'est une radio qui s'écoute. Ce que Valdez faisait c'est de la recherche et de l'échange… Il passait du temps à sonder les canaux pour tomber sur une personne comme lui et bavarder. C'était une passion. Le point commun, c'est la base, l'émission de nos voix sur des ondes, même si notre matériel est certainement plus pointu et que nous n'utilisons pas les mêmes bandes passantes.

— J'ignore comment ça fonctionne, vous utilisez des canaux bien définis, c'est ça ? Est-ce que quelqu'un comme Cooper Valdez pourrait venir vous chevaucher ou tenter d'intervenir sur vos ondes ?

Demmel et Olivia échangèrent un regard troublé.

— S'il est très bien équipé et qu'il est doué, il pourrait nous brouiller sur certaines fréquences, répondit le responsable. Mais nos auditeurs nous l'auraient rapporté, et ce n'est pas le cas. En revanche, nous avons récemment eu un petit « souci ». Un gros malin est parvenu à pirater notre studio pendant quelques secondes.

— Ah oui, c'était impressionnant, approuva Olivia. Cette voix gutturale et ces cris…

Ethan fronça les sourcils.

— Comment ça ? Vous avez entendu quoi exactement ?

— Eh bien… Un homme qui aurait sérieusement besoin de consulter pour l'état de sa gorge, rapporta Olivia. Nous n'avons pas compris un mot, il était étranger. Puis des cris… comme un extrait de film ou de musique satanique ou je ne sais quoi.

Cette fois Ethan en était convaincu, ce n'était pas une coïncidence.

— Quand était-ce ?

— Nous étions le 1er août, il me semble, se souvint Demmel.

— Il y a déjà une enquête en cours, ajouta Olivia, conduite par Philip Mortinson ou Mortensen, des gars de la FCC.

Une agence fédérale en ville ? Ethan était étonné et surtout assez vexé de ne pas avoir été prévenu. La moindre des choses aurait été qu'ils passent se présenter. *Ils l'ont peut-être fait et Warden n'a pas estimé nécessaire de faire descendre l'info…*

Restait l'essentiel, ce message radio que lui aussi avait entendu sur le bateau de Cooper Valdez. Il en ignorait la signification, mais les cris l'avaient glacé. Il avait du mal à imaginer qu'ils puissent être feints, que ce soit une bande-son tirée d'un film comme l'envisageait Olivia. Cooper Valdez avait-il découvert un terrible secret, au point de prendre peur et de chercher à s'enfuir ? Qui était à l'origine de ces brèves émissions douloureuses ? *Et pourquoi avoir détruit tout son matériel, jusqu'à son ordinateur et son téléphone ?*

— J'ai entendu la même chose sur le bateau de Valdez, au large de Mahingan Falls, avoua-t-il.

— Sur la bande marine ? fit Demmel en tapotant le bout de ses doigts sur la table. Donc le pirate s'est invité dans nos locaux, mon ingénieur pense qu'il est passé par le réseau Internet, il ne voit pas d'autre possibilité, et il a émis également sur les ondes réservées aux navires…

— À quoi est-ce que ça peut lui servir ?

Demmel haussa les épaules.

— À se faire remarquer ? Les radioamateurs, en général, sont des connaisseurs, avec un bagage technique souvent pointu. Leur but est d'établir des canaux de communication à plus ou moins longue distance, pour échanger. Certains veulent être utiles, parlent météo, astronomie, d'autres aiment bricoler leurs appareils et bavarder entre techniciens, il n'y a pas de règles bien définies sur qui et pour quoi. Il peut arriver qu'au milieu se trouve un petit malin qui ne respecte rien. La plupart du temps les pirates sont des jeunes qui s'amusent sans réaliser ce qu'ils font, mais compte tenu des moyens employés pour arriver jusqu'à nous, je pense qu'on peut éliminer cette option. Il s'agit d'une personne douée, qui sait exactement ce qu'elle fait. Et qui a du matériel, et donc probablement un indicatif, donc une licence. Dans la région, il n'y avait que Cooper Valdez.

Et Valdez était déjà mort lorsque Ethan avait entendu l'étrange message radio sur son bateau, il n'en était par conséquent pas l'auteur.

— Il n'y a pas de clandestins dans ce milieu ? s'enquit Ashley qui était demeurée silencieuse et observatrice jusqu'à présent, buvant son café par petites gorgées. Des amateurs qui opèrent sans aucune autorisation ?

— Normalement non, comprenez que pour se lancer, il faut un équipement, se débrouiller, ça ne s'improvise pas, donc même les pirates sont à l'origine des radioamateurs connus, mais la plupart se font repérer.

— On peut remonter physiquement jusqu'à un signal ?

— S'il émet régulièrement et assez longtemps, avec le matériel adapté, oui. Les enquêteurs de la FCC, justement, sont capables de ça.

Ethan tournait en rond, gagné par la frustration. Il était venu jusqu'ici en supposant que les radios détruites chez Cooper Valdez avaient peut-être quelque chose à voir avec sa fuite précipitée, et il espérait que la radio locale pourrait l'aider à comprendre. Mais à défaut de trouver des réponses, il était sur le point de repartir avec encore plus de questions. *La FCC pourra m'aider. C'est leur boulot.*

— Ces fédéraux, ils vous ont dit où les trouver ? s'ils logeaient en ville ? demanda-t-il.

Demmel et Olivia secouèrent la tête de concert.

De mieux en mieux...

Fallait-il perdre davantage de temps encore sur cette piste loufoque ? Il s'était déjà entêté avec l'autopsie de Rick Murphy et cela ne lui avait apporté que des ennuis. Allait-il poursuivre ainsi tout l'été et s'attirer les foudres de Warden, mais aussi d'Ashley ? *Et s'il y avait un lien entre tous ? La mort pas claire de Murphy dans ce vide sanitaire rayé de griffures et celle tout aussi étrange de Cooper Valdez ?*

Ethan ne constatait pas la moindre connexion entre les deux victimes. Pas plus qu'avec la suicidée d'Atlantic Drive, Debbie Munch, que tout le monde considérait comme si excentrique que son sort n'avait finalement presque pas étonné la population, même si la manière, elle, avait choqué. En pleine journée, devant tout le monde, touristes, enfants… Aucun des décès ne ressemblait aux autres. Ethan tentait de tisser un maillage qui n'existait pas. Trois morts en moins de trois semaines. Le hasard. « La loi des séries », comme l'avait déclaré le chef Warden.

Ashley le guettait de ses grands yeux noisette. Elle attendait le signal pour qu'ils lèvent le camp. Elle aussi sentait qu'il n'y avait rien de plus à tirer de cette discussion. Ethan approuva et en faisant cela, il eut le sentiment de capituler. Ils abandonnaient. La mort de Cooper Valdez resterait un mystère et son alcoolisme comblerait les trous du rapport final. Pratique. *Désappointant.*

Il n'avait pas quitté Philadelphie pour ne pas être capable de résoudre la première affaire un tant soit peu atypique qui se présentait. Il gardait déjà un goût amer suite au décès de Murphy, voilà que venait s'y ajouter celui de Valdez.

Tu n'as pas quitté *Philly. Tu l'as* fuie. *À toutes jambes. Pour te protéger. Pour te refaire un nom.*

Ethan eut soudain du mal à soutenir le regard d'Ashley.

Les souvenirs du passé le rattrapaient.

Et nul homme ne court plus vite que ses fantômes.

22.

Elle hurlait. À s'en décrocher la mâchoire. Ses yeux si écarquillés qu'ils n'étaient pas loin de se déloger de leurs orbites. On pouvait deviner une grande beauté chez elle, mais en cet instant précis, celle-ci s'effaçait, engloutie par la terreur. Derrière la jeune femme, rien que des ombres parmi lesquelles pouvaient se distinguer des silhouettes inquiétantes qui se rapprochaient.

L'affiche derrière la vitrine, sous la marquise du cinéma de Mahingan Falls, ressemblait tout de même à celle d'un nanar peu engageant, songea Gemma.

— Vous êtes sûrs que vous voulez voir ce film ? demanda-t-elle.

— Oui ! s'exclamèrent en chœur son frère, Chad et Owen.

Seul Connor, un peu en retrait, ne dit rien, absorbé qu'il était à contempler deux adolescentes assises sur un banc en face.

— Nous n'avons rien dit de la visite du flic, insista Corey, t'as promis de nous inviter au cinéma pour voir ce qu'on voulait, c'est le moment de prouver que tu n'as qu'une parole.

— OK, c'est bon, venez…

Gemma connaissait le garçon au comptoir, il venait de terminer le lycée et Gemma avait gardé plusieurs fois son petit frère. Elle le salua par son prénom et demanda cinq tickets pour le film d'horreur. Le garçon tiqua et jeta un coup d'œil aux jeunes qui l'accompagnaient. Il tordit une extrémité de sa bouche dans un signe qui signifiait qu'il n'était pas dupe, ils n'avaient pas l'âge, et Gemma n'était pas encore majeure, donc les accompagner ne suffisait pas à les autoriser à entrer.

Elle lui fit son regard le plus doux et le guichetier haussa les sourcils avant de lui tendre les billets.

Les garçons étaient hystériques. Voir un film d'horreur n'avait rien de difficile pour eux, Internet était un vivier inépuisable échappant à tout contrôle. Mais aller au cinéma pour assister à une projection, c'était autre chose. Braver l'interdiction, le grand écran, l'ambiance dans le noir et la fierté de pouvoir le raconter par la suite aux copains…

Gemma leur offrit même trois paquets de pop-corn et ils s'installèrent sur le côté, pour éviter les regards désapprobateurs des adultes.

Les quatre jeunes se penchèrent pour entamer un conciliabule duquel Gemma était exclue. Ils arboraient des mines sérieuses. Ce n'était pas la première fois. Gemma avait proposé d'aller au cinéma justement pour leur redonner un peu le sourire. Elle ignorait ce qui s'était passé entre eux, mais depuis quelques jours ils n'étaient plus pareils. Moins de rires, davantage de préoccupation et même des cernes profonds, avait-elle remarqué. Quelque chose les perturbait.

— Dites, les gars, tout va bien ? osa-t-elle.

Ils la regardèrent comme une étrangère avant que Connor acquiesce.

— Super, ajouta Corey.

— Merci beaucoup pour le cinéma, fit Owen.

Gemma voyait bien qu'ils se composaient un air de circonstance, juste pour la rassurer.

— Vous savez, si vous avez un problème, vous pouvez m'en parler. Je ne suis peut-être pas votre copine, mais je ne suis pas non plus encore une adulte, donc… je peux peut-être vous comprendre, et vous aider.

Aucun ne répondit, ils la fixaient, gênés.

— C'est une histoire de filles ? insista-t-elle.

— Non, non, t'inquiète pas, fit Corey avec empressement, on n'arrive pas à se mettre d'accord sur où installer notre QG, c'est tout !

— Votre QG ? répéta Gemma avec scepticisme.

— Celui de notre bande, précisa Chad.

Ils se fichaient d'elle, Gemma n'était pas dupe, ils mentaient très mal. Après une rapide réflexion, elle estima qu'elle ne pouvait pas les contraindre à se confier.

— Comme vous voulez…

Après tout, elle avait elle-même déjà bien assez de ses propres affaires. Elle les laissa retourner à leurs chuchotements et sortit son téléphone portable du petit sac en bandoulière. Elle ne captait pas.

— Mince…

Elle l'orienta dans différentes directions dans l'espoir qu'il accroche une borne, tout ce qu'elle voulait c'était vérifier ses textos. Depuis l'intervention d'Olivia Spencer auprès de Derek Cox, ce dernier ne lui tournait plus autour. Par deux fois déjà, ils s'étaient croisés dans la rue et la brute l'avait regardée sans venir vers elle. Avait-il compris le message ? Gemma plaignait sa prochaine proie, mais elle devait bien avouer que s'être débarrassée de lui venait de lui ôter un poids écrasant des épaules. Elle respirait mieux. Elle se sentait… libre. Et la vie étant pleine de surprises, deux jours plus tôt, Adam Lear et elle s'étaient quasiment rentrés dedans à la sortie du glacier. Adam était au lycée et Gemma le trouvait absolument craquant. Il avait une façon bien particulière de sourire, avec un coin des lèvres seulement, et un regard d'une gentillesse séduisante. Adam avait balbutié des excuses et Gemma s'était sentie rougir. Ils avaient échangé quelques phrases maladroites et trouvé un prétexte idiot pour s'échanger leurs numéros de téléphone avant de se séparer en se proposant d'aller se promener ensemble sur la plage dans les jours à venir.

Depuis, Gemma attendait qu'il appelle ou lui envoie un sms et vérifiait son portable au moins trois fois par heure.

— Cherche pas, ça capte pas dans le cinéma, intervint Connor à côté.

— Ça a toujours fonctionné avant, je ne compren…

— Ils ont posé un brouilleur. Je crois que les vieux se plaignaient tout le temps des sonneries pendant les films. C'est Hannah Locci qui me l'a dit, elle et ses copines ne veulent plus aller au ciné à cause de ça. Elles ne peuvent plus tweeter pendant les séances alors elles boycottent.

Gemma gloussa. Cela n'arrangeait pas son problème, mais elle devait bien avouer que boycotter un cinéma parce qu'on ne peut plus se servir de son téléphone portable la dépassait. Il y en avait qui auraient été prêts à se faire numériser si cela leur permettait d'être connectés en permanence… et de vivre pour toujours sous forme d'un programme. *Jusqu'à ce qu'une âme malveillante presse la touche « Effacer ». Quelques microsecondes de crissements numériques et tout un être compressé, broyé, et disloqué dans les méandres électroniques d'un disque dur.*

La lumière diminua et les bandes-annonces débutèrent. Gemma rangea son téléphone. Puis le noir se fit et le film débuta.

Quelqu'un vint s'asseoir juste à côté d'elle sur les premières notes du générique. La salle était aux trois quarts vide et il fallait qu'il vienne s'installer juste là !

L'homme posa sa main sur sa cuisse et Gemma se tendit aussitôt, saisie d'effroi, incapable de crier.

Il se pencha vers elle pour murmurer à son oreille :

— Au moins ici, je suis sûr que ta patronne ne viendra pas nous emmerder.

Elle reconnut cette voix qui la glaça.

Derek Cox.

*

La liste des acteurs défilait à l'écran, cuivres vrombissants et cordes stridentes dans la tempête des percussions. Chad écoutait à peine. Il battit des paupières pour se rendre compte qu'il n'avait presque pas suivi la fin du film. Ses compagnons semblaient dans le même état, aucun enthousiasme, pas de commentaires. Deux heures dans le noir bercés par les cris de l'héroïne pourchassée par ses cauchemars les avaient surtout renvoyés à leurs propres peurs. Et depuis que Chad et Owen avaient raconté ce qu'ils avaient vu *tous les deux*, l'épouvantail dans leur jardin, Corey et Connor prenaient la situation bien plus au sérieux.

Les lumières se rallumèrent progressivement et Chad tourna la tête, attiré par un mouvement. Un homme sortait de leur rang, du côté de Gemma. Il reconnut le type costaud aux traits durs qui avait tant impressionné leur baby-sitter lors de leur première balade en ville. Chad ouvrait les lèvres pour lui demander s'ils s'étaient finalement réconciliés lorsqu'il s'aperçut qu'elle était livide, les yeux rouges. Il se souvint alors de l'insistance avec laquelle elle leur avait ordonné de ne surtout pas approcher ce gars, à croire que c'était Satan en personne, et Chad comprit qu'il n'était pas venu pour s'excuser. Quelque chose de grave s'était produit. Il pouvait le sentir. Mais du haut de ses treize ans, il lui était difficile de prendre la mesure exacte de cette gravité, il ne savait pas sur quelle échelle l'évaluer ; s'agissait-il d'une embrouille entre copains de lycée ou d'un drame bien plus sérieux ? *Grave comme quand on s'embrouille pour quelques heures ou grave-grave, style tous les adultes vont s'en mêler ?*

Connor le tira par la manche.

— J'ai pas arrêté de réfléchir pendant le film, dit-il, faut qu'on parle sérieusement.

L'expression qu'affichait l'aîné de leur bande fit comprendre à Chad que cette fois ce n'était pas juste pour bavarder. *Là, c'est grave, échelle de gravité méga-supérieure.*

Connor lui demanda de faire passer le message aux autres sans éveiller l'attention de Gemma et, avec l'insouciance d'un préadolescent, Chad se désintéressa des problèmes éventuels de la jeune fille. Lorsqu'ils furent dehors et qu'ils prétextèrent vouloir faire un tour au magasin de comics avant de la rejoindre sur la Promenade, Gemma semblait ailleurs, elle répondit à peine et ils prirent cela pour un assentiment. Ils filèrent sur Atlantic Drive et s'engouffrèrent dans la boutique remplie de posters colorés pour former un cercle entre deux bacs d'éditions limitées et anciennes sous plastique. Connor tourna sa casquette des Celtics pour mettre la visière au-dessus de sa nuque et prit la parole :

— Vous avez vu la scène où la fille dort et où les créatures surgissent pendant son sommeil ? (Tous acquiescèrent, un peu impressionnés, c'était la scène la plus effrayante du film.) Il s'en est fallu d'un rien qu'elle se fasse trucider. Eh bien, ça m'a fait penser à nous.

— À cause de ses gros seins ? plaisanta Corey machinalement.

Personne ne lui adressa le moindre regard. Ils n'avaient pas envie de rire et Connor poursuivit :

— Si l'épouvantail tourne autour de votre maison, les gars, c'est qu'il nous cherche. Et tôt ou tard, il va finir par *entrer* dans la baraque. Nous, on n'est pas dans un film, vous n'allez pas vous réveiller comme par hasard au bon moment pour hurler et esquiver le coup de lame. S'il pénètre dans l'une de nos chambres, au mieux on retrouvera notre corps comme un gros paquet de steak haché bien saignant, au pire il nous enlèvera pour nous torturer éternellement dans une sorte de dimension parallèle dégueulasse !

— Peut-être juste qu'il n'osera pas aller plus loin ? proposa Corey pour se rassurer.

— Tu parierais ta vie là-dessus ?

— Ben…

— Qu'est-ce que tu proposes ? demanda Chad. Des tours de garde ?

Owen approuva vivement.

— On pourrait dormir les uns chez les autres, fit-il avec enthousiasme.

— Jamais on ne trouvera assez d'excuses pour enchaîner les nuits ensemble jusqu'à la rentrée, répondit Connor. Et si l'épouvantail ne débarque pas d'ici là, on fait quoi ensuite ? Non, on ne peut pas attendre.

Tous comprirent que Connor avait un plan plus audacieux, mais à l'air extrêmement grave qu'il arborait, ils surent également que c'était un plan très *dangereux*.

— Tu veux qu'on y retourne, c'est ça ? percuta Owen.

Connor dévisagea ses copains, un à un.

— Il le faut. Si on reste sans rien faire, il va nous retrouver. Et on va tous se faire avoir. On n'a pas le choix en fait. Il faut y aller et il faut le détruire.

Corey se raidit.

— Wow ! Le tuer ? Carrément ?

— T'as des scrupules à détruire un monstre, toi ?

— D'abord, c'est quoi, des scrupules ?

Owen s'interposa.

— Connor a raison, il faut agir en premier. Avant que l'épouvantail ne nous trouve.

— Et comment on fait ça ? demanda Chad. C'est pas exactement un être normal ! Y a pas de mode d'emploi…

Connor resserra le cercle en posant ses bras sur les épaules de Chad et d'Owen, et Corey n'eut d'autre choix que de glisser sa tête au milieu.

Dans le minuscule espace qu'ils occupaient, Connor dévoila ses dents avec malice avant de confier :

— J'ai un plan.

23.

La bougie posée au bout de la baignoire diffusait un parfum de patchouli qui remplissait toute la salle de bains. Allongée sous la mousse crépitante, Kate McCarthy savourait les remous de l'eau chaude en agitant distraitement une main sous le jet du robinet. Elle se délassait enfin après une journée chargée de contrariétés. Les filles de la maison de retraite pouvaient se montrer aussi bien solidaires que se révéler de véritables pestes lorsque ça les prenait. Kate était la dernière arrivée et l'une des plus jeunes, pas encore trente ans, ce qui la collait de facto en bout de ligne dès qu'il s'agissait de ragots ou pire : lorsque se formait un clan contre un des membres du personnel. On ne lui faisait pas encore confiance, les autres craignaient qu'elle puisse cafarder auprès de la direction. Elle qui avait compté sur le boulot pour se sentir moins seule le vivait autant comme une injustice que comme une désillusion. Et bien sûr, il n'y avait personne ici avec qui en parler.

Dan était en vol.

Pour changer...

Il fallait reconnaître qu'il n'arrêtait pas ces derniers temps. Là-dessus l'enterrement de vie de garçon à Las Vegas de son meilleur ami l'avait éloigné du domicile conjugal lors de sa dernière rotation, et Kate avait le sentiment de ne jamais voir son mari. Où était-il en ce moment ? Kate se creusa les méninges pour se souvenir de ce qu'il lui avait dit lorsqu'ils s'étaient parlé au téléphone le matin même… *Hawaï. Ce salaud va se dorer la pilule au soleil avant de refaire le trajet inverse.* Oui, mais pour l'heure, il était à 30 000 pieds d'altitude, concentré sur tous ses écrans, à plusieurs milliers de kilomètres d'ici. Elle l'imagina dans sa minuscule cabine, en train de plaisanter avec le commandant de bord sur le cul de l'hôtesse. Kate espérait surtout qu'il ne la draguait pas. « Les escales entre deux vols sont un nid à baise », lui avait dit un jour Sondra Iverney, une collègue de Dan. Elle l'avait fait exprès, songeait Kate. Par pure méchanceté, pour la rendre jalouse, pour l'inquiéter. Sondra était une vicieuse, ça se voyait dans sa façon de toiser les gens, généralement lorsqu'ils avaient tourné le dos et qu'ils ne pouvaient s'en rendre compte, une de ces filles à n'exister qu'à travers des petites manipulations quotidiennes… Comment appelait-on ça déjà ? *Des perverses narcissiques.* Les revues féminines fourraient ces termes partout désormais. Ça et la *charge mentale*. Kate trouvait cela un peu exagéré. Une autre de ces expressions du XXIe siècle pour se rassurer en collant des mots sur nos malaises parfois très superficiels. Sa mère n'avait jamais arrêté, élevant cinq enfants dans le fond du Dakota en cumulant tâches ménagères et travail, et elle n'avait jamais eu besoin de s'abriter derrière la « charge mentale » pour se plaindre.

Elle est morte à cinquante-neuf ans d'une rupture d'anévrisme.

Kate laissa choir l'arrière de son crâne sur la serviette pliée en bord de baignoire. *OK, peut-être. Charge mentale et pervers narcissiques, les croque-mitaines du XXIe siècle. Va pour ça.*

Au moins avec Dan elle s'épargnait déjà l'un de ces problèmes. Même s'il n'était pas beaucoup là, sa tendresse et sa générosité ne faisaient aucun doute. Pour le reste… son boulot lui pesait, certes, mais ce n'était pas non plus l'enfer, et n'ayant pas d'enfants elle pouvait clairement affirmer qu'elle s'appartenait le reste du temps. *Plus pour longtemps…*

Encore que pour cela, il fallait que Dan soit là. Elle n'allait pas le faire avec l'homme invisible, ce gosse. Elle avait accepté les exigences du métier de pilote de ligne en l'épousant, toutefois il lui tardait qu'il migre sur des vols intérieurs, avec moins de contraintes, qu'il rentre plus souvent. « Je dois d'abord faire mes preuves, passer capitaine, et ensuite je postulerai… », Kate connaissait la rengaine. Cela commençait à peser sur leur couple.

L'odeur de patchouli devenait entêtante, mais rien qu'à l'idée de devoir se redresser et sortir de son carcan chaud pour atteindre l'autre extrémité de la baignoire, Kate se sentit découragée. *Ce truc va me coller la migraine et c'est la dernière chose dont j'aie besoin ce soir…*

Du bout du pied elle expédia quelques éclaboussures en direction de la bougie dans l'espoir de l'éteindre, sans réussir. Elle donna alors un vrai coup de pied et projeta une vaguelette sur le rebord, au point de submerger la bougie et de la faire vaciller. Elle tomba sur le tapis de bain. *Merde !*

D'un coup d'œil, Kate se rassura en constatant que la mèche s'était éteinte au passage. Il y avait de l'eau partout. *Tant pis.*

Elle se reposa entièrement contre l'acrylique et ferma les paupières un instant. L'eau était montée jusqu'au-dessus de sa poitrine, elle la coupa en tâtonnant et savoura le silence qui suivit, à peine perturbé par le *ploc* intermittent des dernières gouttes qui s'échappaient du robinet.

Encore dix minutes et elle serait prête pour filer au lit. Un peu de Netflix et elle s'endormirait en plein milieu d'un épisode de *The Good Wife* ou de *Orange Is the New Black*, comme toujours.

Elle devina un changement d'intensité lumineuse à travers ses paupières closes et rouvrit les yeux. La salle de bains était plongée dans le noir.

Cette fois Kate se redressa, assise, de la mousse lui dégoulinant sur tout le corps. La clarté de la rue filtrait entre les lattes du store et suffisait à nimber la pièce d'une aura bleutée.

Le premier réflexe de Kate fut de regarder vers la porte, en direction de l'interrupteur. À son grand soulagement, il n'y avait personne. Son cœur n'aurait pas supporté la vision d'une présence. Se retrouver coincée ainsi avec un intrus l'aurait fait mourir de peur, littéralement. Ce n'était pas comme à la télé, où l'héroïne parvenait brusquement à puiser dans des ressources insoupçonnées pour se défendre ingénieusement ; non, Kate en était convaincue, elle aurait été paralysée, probablement pas même capable de crier.

Pourquoi envisages-tu le pire en premier ? Le fameux pervers narcissique, c'est ton imagination !

Pourquoi ne pas avoir songé avant tout que c'était Dan qui rentrait lui faire une surprise ? Dans le petit village du Dakota où elle avait grandi, les gens avaient coutume de dire qu'en apercevant des nuages à l'horizon on pensait d'abord tempête avant d'envisager la pluie salvatrice pour les cultures. C'était vrai. Elle-même était ainsi. *Au premier nuage, tu crains l'orage.*

Dans un effort résigné, Kate se hissa hors de la baignoire pour atteindre la fenêtre au-dessus et se rendit compte que la rue était éclairée, ainsi que les fenêtres des voisins.

C'est uniquement ici. Les plombs ont encore sauté...

Elle se relaissa tomber dans l'eau et se recouvrit de mousse. Il était hors de question de descendre à la cave maintenant. Elle se vit en peignoir, les pieds encore trempés, s'approcher du compteur électrique et la suite la fit frissonner. *C'est dans ces moments-là qu'un mari est bien pratique !* Sauf que si elle avait certains inconvénients du mariage elle n'en avait pas tous les avantages avec son pilote tout le temps en vadrouille !

Tant pis, ce serait bain dans la pénombre. Même l'idée de devoir se pencher pour ramasser la bougie, puis de se tordre pour atteindre le briquet posé sur le rebord du lavabo lui semblait inconcevable. Ses pupilles s'habituaient à l'obscurité, les lampadaires et la lune dehors suffisaient pour qu'elle y voie assez pour se débrouiller. Elle retourna à sa méditation.

Son esprit vagabondait, ses muscles se dénouaient dans l'eau chaude, elle commençait même à éprouver une détente profonde, prémices du sommeil.

La salle de bains ne résonnait que de sa respiration fragile. Même le *ploc* du robinet s'était effacé.

Kate ne le sentit même pas venir, elle s'enfonça d'un coup dans la somnolence et lorsqu'elle revint à elle, il lui fut impossible de dire combien de temps cela avait duré.

L'eau était encore bien tiède.

Cette fois il fallait se résoudre à sortir. Elle chercha le savon du regard et vit le paquet de rasoirs jetables sur la petite étagère au-dessus d'elle. Un rafraîchissement de routine ne lui ferait pas de mal, au moins sur les jambes. Elle tendit le bras et, pas bien réveillée, fit tomber le sachet entier dans le bain, où tous les rasoirs roses se déversèrent.

— Merde !

Elle en récupéra un au hasard et sortit la jambe droite de l'eau pour la rendre plus douce qu'une joue de bébé.

Un chuintement la fit s'arrêter.

Il provenait du lavabo, entre elle et la porte. Sur le coup, Kate crut avoir entendu une respiration. *C'est n'importe quoi. Encore ton imagination à la noix...*

Elle voulut poursuivre sa tâche lorsque le chuintement reprit.

Une longue expiration provenant de la canalisation dans le lavabo.

Kate secoua la tête. Il était hors de question qu'elle parte dans des délires foireux qui allaient la terrifier alors qu'il s'agissait probablement d'un écho dans la tuyauterie ou d'une histoire d'eau mal évacuée.

Dan, bordel, pourquoi tu n'es pas là ?!

Le souffle lointain s'altéra, il se modula jusqu'à prendre de la densité et soudain un mot en sortit.

« Kate. »

La jeune femme serra le poing sur le manche de son rasoir à s'en blanchir les articulations. *C'est pas possible. Je rêve. C'est ça. Je ne me suis pas réveillée en fait, je suis encore...*

« Kaaaaaaaaate. »

Quelqu'un l'appelait, d'une voix caverneuse et distante, depuis les profondeurs du lavabo.

Elle secoua la tête, refusant de croire à ce qu'elle entendait. Il devait y avoir une explication. Dan, planqué à la cave, en train de se foutre d'elle en parlant dans un des tuyaux ?

La baignoire vibra, comme si quelque chose venait de la heurter par en dessous et l'eau ondula sous les reliquats de mousse.

Kate respirait vite, elle fouilla la salle de bains du regard, en panique, à la recherche d'un élément auquel se raccrocher, pour comprendre, pour que tout cela prenne sens et qu'elle puisse en rire.

Une matière dure lui effleura la cuisse et elle sursauta en lâchant un cri aigu. *Putain de rasoir !* comprit-elle aussitôt en le voyant remonter à la surface.

Un grincement horrible remonta par les canalisations de la pièce et Kate eut envie de hurler, de pleurer, de se rouler en boule tout en voulant être loin d'ici sans parvenir à faire quoi que ce soit.

Puis elle sentit la douleur sur sa hanche et se plaqua contre la paroi opposée de la baignoire. Un des rasoirs était planté dans sa chair, les lames bien enfoncées. Comment est-ce qu'elle avait pu se faire ça ?

Du sang se répandit dans l'eau et Kate ne vit plus sa blessure. La douleur la ramena immédiatement à la réalité, un éclair aigu qui la déchira depuis son bassin jusqu'à son cortex électrisé. Elle pensa devenir folle lorsqu'elle crut avoir senti le rasoir *bouger*. Pas à cause de ses propres mouvements, non, plutôt comme s'il se dandinait à l'instar d'un gros têtard rose.

— Mon Dieu…, balbutia-t-elle entre ses dents serrées.

Elle ne comprenait plus. Ou elle refusait de comprendre, elle ne savait pas. Elle se mit à trembler.

La même morsure vive dans la chair tendre sous son pied la fit tressaillir.

Puis une troisième, derrière le genou.

Cette fois, Kate cria. Fort. Un cri parce qu'elle avait mal, tout autant que de terreur.

Plusieurs rasoirs qui flottaient s'immergèrent brusquement et l'écorchèrent, aux fesses, sur les jambes et au ventre.

C'était impossible. Ils lui entraient dans le corps *tout seuls*. Mus par une force invisible.

Elle perdait la raison. Pourtant ils étaient là, sous ses yeux ahuris, ils remuaient en déchirant sa chair. Et en cet instant d'horreur et de douleur, la première chose à laquelle pensa Kate fut qu'ils ressemblaient à de petits spermatozoïdes s'agitant pour pénétrer le gros ovule qu'elle était. C'était idiot. C'était absurde. C'était même complètement insensé, et pourtant, à croire que son esprit refusait ce qu'il voyait et cherchait à tout prix à se rattacher à une autre image, c'était exactement ce qu'elle ressentait. Elle était un gros ovule en train de se faire assaillir par des spermatozoïdes roses, dont la tête fouissait en elle, ne laissant plus que leur étrange queue de plastique derrière eux. Ils la pénétraient. Une lente fécondation de souffrance, de plastique, d'acier tranchant subie par des tendons et ligaments délicats. Elle pouvait distinguer leur queue frétillante malgré l'hémoglobine qui poissait son bain.

Ce qui sortit de sa bouche ne ressemblait plus tout à fait à une plainte humaine, presque un beuglement animal.

Puis le supplice physique l'emporta sur la folie naissante et Kate McCarthy trouva un sursaut de lucidité pour s'agripper au bord de la baignoire. Au milieu de ses vociférations, elle chercha à se lever d'un coup pour se jeter dans le couloir, tant pis si elle dévalait l'escalier et finissait nue dans la rue du moment qu'elle sortait de ce cauchemar ! Un étau se referma sur ses chevilles et ses coudes avant qu'elle n'ait eu le temps de bondir. La poigne glaciale la tira violemment et elle bascula en arrière sans avoir le temps de sceller ses lèvres.

L'eau l'enveloppa presque entièrement à l'instar d'une plante carnivore se refermant sur sa minuscule proie.

Les rasoirs se plantèrent dans ses flancs, dans ses seins, dans le creux du bras, l'un d'entre eux parvint à s'immiscer entre ses cuisses jusque dans son intimité, ce qui la fit se tordre brièvement, et un dernier s'arrima à sa gorge, sa double lame fichée dans le derme à l'image d'un alpiniste resserrant ses doigts dans l'anfractuosité qui le maintient en vie au-dessus du vide.

Kate se débattit mais la baignoire semblait lui échapper, elle glissait en silence, incapable de sortir son visage à l'air libre.

Et brusquement, comme s'ils attendaient le signal, tous les rasoirs se mirent à tailler leur chemin, écorchant la malheureuse par tous les bouts. Elle hurla, à s'en déchirer les cordes vocales. Des bulles sombres crevèrent la surface, emprisonnant ses cris étouffés.

L'eau gicla sur les murs ainsi qu'un peu de mousse, laissant une traînée dans son sillage. Une trace qui, dans l'obscurité, apparaissait noire.

Juste en dessous, un bouillon d'écume, de mains, de pieds et de peau arrachée tourbillonnait tandis qu'un râle interminable s'échappait depuis le lavabo non loin.

Soudain le silence.

Puis la lumière revint dans toute la maison.

L'eau du bain tanguait encore.

Rouge.

24.

La gerbe de feu jaillit sur plus de cinq mètres de distance, un jet brûlant et précis qui frappa la poupée en plastique et la fit se désagréger instantanément, ses cheveux se liquéfiant sur ses épaules avant que la tête ne se disloque.

Connor réamorça la pompe de son fusil à eau aux couleurs vives. Une minuscule flamme crépitait encore à l'extrémité du canon.

— Alors ? demanda-t-il crânement.

Chad, Owen et Corey demeuraient bouche bée, impressionnés par le lance-flamme.

— Comment t'as fait ? articula Chad.

— J'ai pris le modèle le plus solide, avec un piston en fer qui balance la purée loin et avec un maximum de précision. Ensuite c'est de la bidouille… J'ai démonté l'embout d'un briquet allume-feu, j'en avais acheté un qui a un tube de dix centimètres de long, pour que la sortie des flammes soit le plus loin possible du canon en plastoc, faudrait pas qu'il fonde avec la chaleur. J'ai monté l'embout à l'extrémité du canon du lance-eau, j'ai scotché ce briquet en dessous, et y avait plus qu'à remplir le réservoir avec de l'essence.

La poupée, du moins ce qu'il en restait, un amas de bras et pieds tordus, coula le long du tronc sur lequel elle reposait.

— C'est impressionnant, avoua Corey.

— Par contre le briquet s'éteint assez facilement, suffit d'une pression pour le rallumer, mais en cas d'urgence faut garder son sang-froid pour y penser.

— Et tu veux qu'on brûle l'épouvantail avec ça ? fit Owen d'un air sceptique.

— Nous allons lui cramer le cul à ce tas de paille !

— Et s'il ne s'enflamme pas ? Si ça se trouve, il est invulnérable au feu…

— Ses fringues brûleront, ainsi que son chapeau, et même cette citrouille pourrie va fondre avec ça ! s'exclama Connor en admirant son arme bricolée.

Chad, lui, était tout sourire.

— C'est génial !

Corey approuva.

— Je sais pas, les gars…, lâcha Owen. Ça ressemble à une fausse bonne idée. Retourner là-bas, se jeter dans la gueule du loup en espérant lui faire la peau, moi j'ai l'impression que c'est vraiment très…

— Con ? devina Corey.

Owen approuva.

— Je me suis entraîné toute la matinée, renchérit Connor, je fais mouche jusqu'à six mètres ! Et s'il le faut, je peux arroser tout ce qui bouge sans faire de détail, y a trois litres d'essence là-dedans ! Trois litres, bordel ! Jamais il ne pourra arriver jusqu'à nous sans ressembler à une allumette dans un barbecue un dimanche de NFL !

— Et si le lance-flamme tombe en panne, on fait quoi ? On lui dit « Pardon, désolé, on repassera… » ?

Chad exhiba la petite arbalète en carbone et la pointe de la flèche brilla dans le soleil. Il l'avait retrouvée au fond d'un placard de la maison, souvenir d'une époque où son père avait voulu l'impressionner en l'emmenant tirer sur des cibles… Ils l'avaient fait deux week-ends de suite mais comme il fallait chaque fois quitter New York pour s'aventurer dans une forêt à plus d'une heure de chez eux, l'intérêt était vite retombé, ni l'un ni l'autre n'ayant l'envie ou le courage d'oser chasser avec, et l'arbalète avait terminé dans une boîte sous une pile de chaussures, au grand soulagement de sa mère.

— Je lui ferai un deuxième trou de balle.

L'assurance avec laquelle Chad s'exprima tordit Corey et Connor de rire.

Owen demeurait sceptique. Il ne le *sentait* pas.

Son cousin s'approcha et lui posa une main sur l'épaule.

— Il va revenir un de ces soirs, et Connor dit vrai, on ne pourra pas toujours être vigilants. Tu veux te réveiller avec son odeur horrible dans les narines et sentir tes tripes s'enrouler autour de ses mains en fer ? On ne peut pas attendre… Nous n'avons pas le choix en fait.

Chad avait raison sur ce point, il fallait bien le reconnaître. Attendre c'était prendre trop de risques, ils ne dormaient déjà plus, somnolaient à longueur de journée, et Tom ou Olivia n'allaient pas tarder à s'en mêler si leurs cernes ne s'estompaient pas rapidement. Toutefois, Owen n'aimait pas la méthode. Ils n'étaient pas assez bien préparés. Il aurait voulu savoir ce qu'ils affrontaient, étudier ses points faibles et s'équiper en conséquence. Sauf que c'était impossible.

Faute de mieux, Owen haussa les épaules en guise de capitulation et Connor leva un poing triomphant vers le ciel.

— En route pour se faire l'épouvantail !

*

Les quatre adolescents avaient filé sur le sentier avant de couper à travers la forêt, se frayant un passage dans le sous-bois dense, jusqu'à parvenir à la ravine qu'ils avaient remontée en silence, en marchant le long du minuscule ruisseau. Ils se glissèrent enfin entre les arbres et les fougères qui bordaient les champs de maïs des Taylor, presque parvenus à destination.

Chad contemplait les rayons du soleil qui tombaient en voiles dorés depuis la canopée. Au début il était particulièrement excité à l'idée de se venger. L'épouvantail lui avait fichu une trouille de tous les diables cette nuit-là, lorsque Owen était venu le réveiller. Il *méritait* de brûler. Puis, à mesure qu'ils marchaient, le frisson de l'action s'était étiolé dans l'effort et la chaleur. Même sa façon de tenir l'arbalète avait changé, d'abord devant lui, parée à répondre au danger, puis pointée vers le sol, trop occupé qu'il était à ne pas glisser sur la mousse qui recouvrait les rochers, et enfin sanglée dans son dos, quand il se lassa de la tenir contre lui. Chad s'était joué et rejoué le combat à venir dix fois, puis cent fois, plein de rage et d'héroïsme, avant que son esprit ne divague et qu'il le laisse filer sur d'autres sujets.

Gemma en était un.

Chad n'avait pas aimé ce qu'il avait perçu à la fin du film, la veille. La silhouette fuyante de la brute, et l'air ravagé qu'affichait la jeune fille. Même ensuite, elle était absente, et Chad avait eu l'impression qu'elle était enfouie loin, très loin au fond d'elle-même, tellement repliée qu'ils auraient pu lui dire qu'ils partaient acheter de la drogue qu'elle n'aurait pas eu plus de réaction. Fallait-il lui en parler ? *Pour quoi faire ?* Gemma avait dix-sept ans, elle était presque une adulte déjà, elle n'avait pas besoin d'un minus dans son genre…

Les futaies se clairsemèrent et les rangées de maïs se rapprochèrent encore plus. L'image de l'épouvantail en train d'errer dans leur jardin la nuit s'imposa alors et Chad se sentit frémir. Il se souvint de sa démarche chaloupée, anormale, de ses longues lames à la place des doigts, et de ce visage absurde, grotesque et effrayant à la fois… Brusquement, tout le danger de leur présence ici lui apparut et il se mit à douter. L'héroïsme qui le galvanisait en partant s'était évanoui. Qu'est-ce qui leur avait pris ?

Le bruissement des feuilles dans une rare brise le raidit. Il fouilla le champ du regard, inquiet. Fallait-il vraiment s'engager là-dedans ? Sur le territoire de l'épouvantail.

Chad jeta un œil à Owen qui semblait tout aussi fébrile. C'était lui qui avait raison. Chad aurait dû l'écouter, Owen était toujours plus prudent, et c'était assez souvent justifié. *La plupart du temps en fait.*

Bon, OK. Et maintenant ? Il ne pouvait pas se dégonfler devant tout le monde. Owen le suivrait, ça ne faisait aucun doute. Par contre Corey serait du côté de Connor. Les deux cousins passeraient pour des poules mouillées. Des losers. La rentrée scolaire était dans moins de trois semaines, Connor et Corey étaient leurs seuls amis, ils ne pouvaient se permettre de débarquer dans une nouvelle école sans copains et avec une réputation de peureux.

Et puis ça ne résoudrait en rien le problème de l'épouvantail.

Ses propres mots lui revinrent en mémoire. « Tu veux te réveiller avec son odeur horrible dans les narines et sentir tes tripes s'enrouler autour de ses mains en fer ? On ne peut pas attendre… Nous n'avons pas le choix en fait. »

Il fallait y aller. Dieu merci, ce n'était pas lui qui tenait le lance-flamme ! Il n'aurait pas supporté cette responsabilité, celle de leur vie, de la destruction du monstre. Avec les mains moites comme il les avait, Chad savait que si l'épouvantail surgissait devant eux, il tremblerait tellement qu'il serait incapable de viser.

C'est toi qui as l'arbalète ! Si ça merde avec le lance-flamme, tu seras le dernier rempart !

Cette idée le terrifia. Il fit glisser la sangle de l'arbalète de son épaule pour la prendre en main. Sa paume était complètement humide. Il y avait une sécurité pour prévenir tout tir maladroit, et il fallait forcer avec le bout du pouce pour la faire sauter avant de tirer. Rien que ça, il n'était pas certain d'y parvenir.

Chad tendit l'arme à Corey.

— Tiens, prends-la.

— Moi ? Pourquoi ?

— Bah… je sais pas… je me dis que c'est pas juste que ce soit moi qui l'aie. En plus je ne tire pas bien avec.

— C'est maintenant que tu le dis ? Je ne me suis pas entraîné ! Je sais même pas comment on la rechar…

— Chad, garde-la ! commanda Connor. C'est la tienne. On a plus le temps pour ça. Venez, et ouvrez grand les yeux, faut pas se rater, sinon…

Ils virent Connor disparaître à travers le rideau de tiges et de feuilles et tous s'observèrent. Chad eut la conviction qu'en cet instant, même Corey regrettait sa décision. Ils avaient peur.

Une de ces peurs viscérales qui donnent envie de vomir, qui coupent les jambes, et dont on sait qu'elles ne sont pas anodines. Parce que c'est le corps qui *ressent* le danger. L'être humain a été un animal à l'instinct de survie hyperdéveloppé pendant des dizaines de milliers d'années, et ce sont la chair et les atavismes ancestraux qui tentent par tous les moyens d'influencer son cerveau pour qu'il obéisse. À l'inverse, les fonctions cognitives des trois adolescents battaient la mesure, une cadence militaire, stricte, qui imposait de s'y soumettre, de maîtriser ses sens, de taire ses émotions. Puis s'ajoutaient des valeurs d'une profondeur assez rare chez des garçons de treize ans : honneur, solidarité, courage.

Aucun ne pouvait se résigner à abandonner les autres. Chad avait pourtant le sentiment qu'ils étaient sur le point de vivre un drame, il devinait l'horreur qui se tapissait derrière toutes ces rangées de maïs, il était conscient qu'il faudrait les franchir une à une, et il les vit alors comme autant de couches superposées, ressemblant à un oignon géant qu'il faudrait peler méthodiquement, précautionneusement, les larmes aux yeux, pour en atteindre le cœur. L'oignon de la terreur. À cette idée, il eut envie de rire, un long rire hystérique parce que tout ça était ridicule. Cette image, cet endroit, eux ici, et l'idée même d'un épouvantail *vivant* qui les attendait pour leur ouvrir le bide et déballer leurs boyaux dans la terre, des asticots plein les orbites vides.

Quelqu'un va mourir.

Il en eut la certitude. Un flash subit. Serait-ce lui ? Il n'en était pas certain. Peut-être… Si c'était pour sauver ses amis, alors il l'accepterait. Il n'en avait pas envie, mais il le ferait. Les larmes lui montèrent aux yeux.

Corey souffla et s'élança à la suite de Connor. Puis Owen et Chad se firent un signe et ils lui emboîtèrent le pas.

Les hautes tiges serrées côte à côte dressaient un mur presque parfaitement aligné. Les ramures retombaient au-dessus du sillon, empêchant de voir au-delà d'une dizaine de mètres de part et d'autre.

Connor avait déjà disparu, ne subsistait que le feulement du champ : des milliers de feuilles épaisses et asséchées par le soleil qui stridulaient doucement.

— Connor ? appela Chad. T'es où ?

Il avança encore et écarta la ligne suivante, accompagné par ses deux camarades. L'arbalète pesait une tonne dans ses mains et la sueur coulait le long de son dos.

Une main l'attrapa depuis le voilage d'à côté et le tira.

— Si on se sépare, on est morts, déclara Connor. Deux par deux dans un sillon, et on le remonte côte à côte en se parlant régulièrement pour s'assurer que le binôme invisible est toujours présent. Clair ?

Tous hochèrent la tête et Chad prit les devants en intimant à son cousin de lui coller aux baskets. Dès qu'ils reprirent leur progression, Chad fut rassuré d'entendre les pas de Connor et Corey sur sa droite. Ils n'étaient séparés que par une fine cloison de végétaux mais ce champ ressemblait à un vaste piège. Si l'épouvantail parvenait à les disperser, ils se feraient massacrer.

On va déjà commencer par pas se perdre, se concentra Chad. Ils devaient filer plein sud, en direction de l'étang, alors ils tomberaient sur le mât de l'épouvantail.

Et s'il n'est pas dessus ? Je crois que mon cœur pourrait s'arrêter net si je ne le vois pas planté sur son pieu en arrivant !

Parce qu'ils savaient tous ce que cela signifierait. Qu'il était en chasse. Quelque part autour d'eux. Peut-être bien juste derrière, dans le sillon mitoyen, en train de lever ses immenses mains d'acier aiguisées pour les…

Chad se retourna, nerveux.

Owen lui fit signe que ça allait. Il n'y avait rien dans leur sillage, pour ce qu'il pouvait distinguer en tout cas.

Chad soupira. Il n'aimait vraiment pas ça.

— T'es OK ? demanda Owen tout bas.

Chad approuva vivement. Il ne voulait pas décevoir son cousin ni l'inquiéter. La peur était contagieuse, même à treize ans on sait ça. Et puis Chad se sentait une responsabilité vis-à-vis d'Owen. Ils avaient le même âge, pourtant il avait le sentiment de devoir se comporter comme un grand frère protecteur. C'était à cause des circonstances dans lesquelles Owen avait débarqué dans leur famille, brisé, perdu. Chad avait joué un rôle majeur dans son intégration, y compris pour l'aider à faire son deuil, il était son pivot, son confident lorsque ça n'allait pas, même s'il fallait bien avouer qu'Owen ne parlait presque jamais de ça. Toutefois sa simple présence, au quotidien, avait eu quelque chose de rassurant. Un ancrage. Parfois un modèle à singer lorsque Owen était incapable de réagir de son propre chef, qu'il n'avait plus l'énergie de réfléchir de sa propre initiative. Il faisait ce que Chad faisait. Puis, peu à peu, leurs différences lui sautaient aux yeux, alors son instinct puis son caractère reprenaient le dessus, et il était à nouveau Owen, non plus étouffé par sa peine et sa perte de repères, mais Owen avec son manteau d'incertitudes et de tristesse, un Owen capable de se mouvoir et de penser.

— Si ça part en sucette, reste derrière moi, je te protégerai, annonça Chad en montrant l'arbalète.

Owen désigna la pochette sanglée autour de la cuisse droite de son cousin où se trouvaient six autres carreaux maintenus dans leurs glissières respectives, prêts à être encochés et tirés.

— Tu crois pas qu'on aurait dû fondre des pièces d'argent sur les pointes ?

— Pour quoi faire ?

— Au cas où… Tu sais, comme avec les loups-garous. Seul l'argent peut les blesser.

Chad haussa les épaules.

— Sauf que c'est un épouvantail.

— Oui, mais on sait jamais, c'est peut-être universel, j'ai lu que pas mal de monstres craignent l'argent, parce que c'est un métal lié à la lune, l'astre de la nuit, leur domaine.

— T'as lu ça où ? Dans un comics ? C'est pas une histoire pour s'amuser, Owen, je suis sérieux ! Tu peux pas comparer des trucs de bande dessinée et la réalité ! Les monstres n'existent pas !

— La preuve que si…

Chad ouvrit la bouche pour répliquer, mais ne trouva aucune réponse à la hauteur. Owen avait raison. Peut-être que ce qu'ils lisaient depuis qu'ils étaient enfants puisait dans une forme de vérité, après tout. Les ombres abritaient des choses peu recommandables, épouvantables parfois. Les adultes mentaient. Les monstres arpentaient cette terre. Ils en avaient eu la preuve.

Il inspecta le bout de métal pointu de son carreau et grimaça. Pourquoi n'y avaient-ils pas pensé plus tôt ?

— Silence, on se rapproche, fit Connor de l'autre côté de sa rangée de maïs.

Chad voulut déglutir mais il avait la gorge trop sèche pour cela. Il aurait bien fait une pause pour boire dans une des gourdes, sauf que cela signifiait retirer les sacs à dos, poser les armes, et maintenant qu'ils étaient sur le territoire de l'épouvantail, ce n'était pas prudent.

— Tu vois quelque chose ? voulut savoir Owen derrière lui.

Chad se hissa sur la pointe des pieds et tira sur les épis en hauteur pour dégager son champ de vision.

— Non, rien.

Le soleil les cuisait depuis le ciel parfaitement bleu, unique projecteur sur cette scène dont Chad ignorait si elle était dramatique, horrifique ou héroïque, incertitude qui l'angoissait terriblement. Connor et Corey avançant de même à côté, il entendait les tiges bouger, parfois se briser, et leurs chuchotements.

De haut, ils devaient être bien faciles à repérer, remuant ainsi leur environnement, tels des ballons de clown flottant dans une mare de lait. *C'est nul ce plan. Nous ne sommes pas prêts. On va se jeter dans la gueule du loup sans la moindre...*

— Je le vois ! s'égosilla soudain Corey en s'efforçant de ne pas crier. Il est là, planté sur son mât !

Chad et Owen se précipitèrent en tirant sur les maïs jusqu'à ce que la silhouette morbide s'affiche sur sa croix de bois, les bras en équilibre, ses mains en râteau à feuilles qui pendaient mollement.

Ainsi, il ressemblait au Christ crucifié, songea Chad. *Un antéchrist, oui !* Comme si Jésus avait pourri longuement, abandonné par son père, sa tête enflée, orange, sur le point d'éclater... *S'il lève sa gueule dégoûtante, je me pisse dessus !* Chad le fixait sans ciller malgré la lumière aveuglante, s'attendant à ce que l'épouvantail s'anime, frémisse et brandisse ses lames en vomissant des vers dodus. Pourtant il ne se passait rien. Chad s'était préparé à ce que le monstre les attende, impatient d'en découdre avec ces gamins impétueux... Ça n'allait pas être aussi simple que ça, tout de même ? Dans la vie, ça ne se déroulait jamais comme prévu, il y avait toujours un accroc, une déception, un problème, impossible d'y couper.

— C'est le bon moment, murmura Connor en armant son lance-flamme et en allumant le briquet devant l'embout en fer qu'il avait ajouté sur son jouet avec de la colle et du scotch.

Il se faufila entre les céréales, prenant soin de faire le moins de bruit possible. Corey agita la main en direction de Chad pour qu'il suive avec son arbalète, et celui-ci obéit bien qu'il n'en eût aucune envie.

Chaque pas était calculé, ils retenaient presque leur respiration, de la transpiration plein le front, le cœur battant de plus en plus fort à mesure qu'ils se rapprochaient. Le soleil brûlait leur peau. Il n'y avait pas un oiseau, pas un son, même lointain, ni voiture ou avion. Rien qu'eux et les craquements des feuilles racornies. Et des rangées interminables d'épis de maïs plus hauts qu'un homme, encore et encore, à l'infini.

L'oignon de la terreur... On y est. Au centre.

Chad se souvint du cran de sécurité de l'arbalète et le repoussa. Maintenant il était prêt. Ses mains étaient trempées, alors il serra plus fort son arme tout en prenant soin de ne pas poser l'index sur la détente, il savait qu'avec le stress, le coup pouvait partir, et la dernière chose qu'ils voulaient c'était se blesser entre eux. Il ouvrit la bouche pour mieux respirer, il faisait trop chaud, il suffoquait.

Connor était juste devant, légèrement sur sa gauche à présent, et les deux autres sur leurs talons.

Ils ne pouvaient plus voir le mât de l'épouvantail, à moins de se hisser et d'écarter les tiges, mais ça n'était pas grave, ils savaient qu'ils y étaient presque.

Le danger ne survint pas de là où ils s'y étaient attendu, mais de derrière, où l'ombre s'imposa brusquement, tombant presque sur Corey qui trébucha et s'étala sur le dos, le visage figé par la peur.

Chad *sentit* la présence au moment où Corey tombait et il pivota aussitôt. Connor fut encore plus rapide, et plus prompt à tirer également. Un fin geyser de feu jaillit à travers le champ et embrasa les plantes sur son passage, manquant sa cible de moins d'un mètre.

— WOW ! hurla l'intrus. VOUS ÊTES TARÉS ?

Un rouquin échevelé de moins de vingt ans, les yeux écarquillés, se tenait là, en short en jean, T-shirt sale et bottes de plastique. Des feuilles brûlaient entre lui et Connor, dégageant de petites flammes et une fumée âcre. C'est alors qu'ils virent qu'il portait un fusil de chasse entre les mains.

— Qu'est-ce que vous foutez dans notre champ ? aboya le jeune homme en agitant sa carabine. Et c'est quoi, cette merde ? Vous venez foutre le feu ? C'est ça ? Vous croyez que c'est drôle ? Vous avez failli me cramer la gueule, bordel !

Connor était livide, comprenant qu'il était passé à deux doigts d'incinérer un être humain, et Chad se cramponnait à son arbalète, réalisant que même s'il s'était agi de l'épouvantail, il aurait été incapable de tirer sous l'effet de la surprise et de la peur.

Le jeune homme pointa son arme en direction de Connor.

— Alors ? Tu te marres plus, là ?

Contre toute attente, ce fut Owen qui fit preuve du plus de maîtrise.

— Nous sommes désolés, on n'a pas fait exprès, dit-il.

Le canon pivota dans sa direction.

— De venir sur mes terres avec un putain de lance-flamme ? Pas exprès ? Vous vous foutez de moi ?

Corey, toujours au sol, rampa sur le dos pour reculer.

— Tu vas où, toi ? Vous croyez que vous pouvez me rôtir le fion et vous barrer l'air de rien ?

Il fit claquer sa langue contre son palais plusieurs fois en signe de dénégation. Son visage ingrat, gibbeux, était rouge de colère.

— Tu es Dwayne Taylor, pas vrai ? réagit enfin Connor. Pardon, je te jure que je ne voulais pas…

Taylor leva son fusil et arma le chien en le visant.

— Tu me dois un coup, annonça-t-il froidement. T'as tiré sur moi et tu m'as manqué, j'ai le droit d'essayer à mon tour. Et toi, tu pries pour que je te manque aussi.

25.

Olivia piqua un peu de salade avec sa fourchette et l'avala d'un coup sous les yeux attentifs de Zoey, assise dans sa chaise haute.

— Poukoi tu manges des feuilles, moman ?

Olivia manqua de s'étouffer.

— C'est de la salade, chérie. C'est bon, tu veux goûter ?

Baby Zoey prit un air scandalisé.

— Zoé pas une vache !

— Tant pis pour toi, continue donc avec ton maïs, espèce de petite poule !

La fillette afficha une mine contrariée et sa mère déposa un baiser sur son front tout en débarrassant son assiette. Elle était en retard. C'était la course depuis le réveil. Quelle idée avait-elle eue de se lancer dans un grand « barbecue de cordialité », comme elle disait ?! Elle avait eu cette envie subite pour favoriser leur intégration et pour nouer des liens avec leurs voisins plus ou moins distants. C'était quelque chose qui se faisait, lui semblait-il, dans un endroit comme Mahingan Falls. Ils étaient arrivés depuis moins d'un mois et elle voulait profiter des beaux jours, avant que chacun ne soit aspiré dans le tourbillon de la rentrée. Tom l'avait encouragée, affirmant que de toute façon, avec le peu d'habitants qu'il y avait dans les Trois Impasses, même si la moitié débarquait, ça ne ferait pas grand monde. Sauf que la plupart avaient répondu favorablement et s'y était greffé l'essentiel des connaissances qu'ils commençaient à se faire en ville. En énumérant la liste finale des personnes ayant confirmé, Olivia l'avait taquiné.

— Tu oublies, Tom, que les gens adorent rencontrer « la fille de la télé ». La notoriété fait jaser, elle rend curieux. Comment comptes-tu t'y prendre avec tes hamburgers sur notre gril ? Il est beaucoup trop petit. Je vais passer chez le traiteur, ce sera plus cher mais plus simple…

— Laisse faire le mâle, je ferai un grand feu au milieu du jardin, avec quelques briques et la grille que Roy a chez lui, ça fera amplement l'affaire.

Olivia n'avait pas insisté, elle connaissait assez son mari pour savoir qu'on ne badinait pas avec le sujet du barbecue, quelque chose de l'ordre de la virilité absolue se jouait là-dedans. Et puis cela avait le mérite de le sortir un peu de son bureau ! Elle l'avait rarement vu à ce point inspiré en début de rédaction, il s'enfermait du matin au soir, semblait totalement absent lorsqu'il ressortait pour le dîner, et mettait une bonne heure avant d'atterrir enfin parmi eux, généralement au moment où les enfants venaient de se coucher. Habituellement, c'était son état une fois pleinement lancé, et cela durait deux ou trois mois, le temps qu'il accouche du cœur de la pièce, puis il redevenait progressivement lui-même. Olivia respectait cette période de création, elle savait qu'elle était nécessaire à son mari pour concrétiser sur le papier ce qu'il avait dans l'esprit. Elle prenait son mal en patience, gérait l'essentiel de la maison en attendant (en plus de sa propre existence, bien sûr, comme si le monde allait s'arrêter pendant que l'artiste œuvrait !). Un peu comme l'épouse d'un militaire en déplacement, à la différence près qu'elle retrouvait l'enveloppe de Tom chaque soir, moins son esprit qui, lui, restait sur le front de l'écriture, dans une contrée lointaine. Cela avait aussi ses bons côtés, il ne fallait pas se mentir. Retrouver un peu d'indépendance, un brin de solitude bienvenue, et puis, lorsque Tom n'était pas en pleine écriture, il était plus disponible que la plupart des hommes qui partaient travailler chaque matin.

Il n'en demeurait pas moins que pour aujourd'hui elle avait toutes les courses à faire, les salades à préparer et les fruits à éplucher. Heureusement, la matinée lui avait permis d'avancer sur la maison. Couverts, décoration, verres, il ne manquait plus que quelques touches de dernière minute.

Baby Zoey poussa un cri de frustration en tendant ses minuscules doigts en direction du yaourt au chocolat qui l'attendait sur la table. Olivia le lui donna.

Bien sûr, c'était *le* jour où Gemma tombait malade. La jeune fille n'avait jamais raté ne serait-ce qu'une heure, pas un retard, rien, mais elle manquait à l'appel la seule fois où Olivia pouvait difficilement se passer d'elle. Corey venait de pointer le bout de son nez avec l'autre adolescent qui lui paraissait un peu plus vieux, le bavard, pour entraîner les garçons dans la forêt, et Olivia n'avait pas aimé la façon dont il lui avait répondu lorsqu'elle s'était enquise de la santé de sa sœur. Le regard fuyant, éludant la question, tout juste avait-il concédé qu'elle « pleurait pas mal ». Ces mots tournaient en boucle dans l'esprit d'Olivia. Quelle maladie pouvait faire pleurer une fille dix-sept ans ?

Une peine de cœur.

Ce n'était pas tant que Gemma puisse mentir sur la raison de son absence qui froissait Olivia, mais plutôt qu'elle ne lui ait rien dit sur un éventuel petit copain. Elles s'étaient beaucoup rapprochées depuis l'épisode de Derek Cox, lorsque Olivia l'avait tranquillement envoyé paître, avant qu'elles ne fassent un long tour en voiture pour se confier. Il n'y avait plus de gêne entre elles. Alors pourquoi Gemma n'avait-elle rien dit sur ce début de romance ? Craignait-elle d'être jugée par sa « patronne » ? Olivia en était peinée, et un peu vexée.

Zoey renversa son yaourt sur le carrelage de la cuisine.

— Oup, bétiz !

Olivia plissa les lèvres de dépit.

— Oh, Zoey, ce n'est pas le moment… Si tu veux manger toute seule, tu dois faire attention.

— Padon moman !

Olivia s'empara d'un rouleau d'essuie-tout et commença à nettoyer. L'adaptation de toute la famille à leur nouvelle vie se passait mieux qu'elle ne pensait, sauf pour Zoey. Après les nuits de cauchemars, Tom avait décidé de la changer de chambre du jour au lendemain. Il avait trouvé des crottes de rat pas loin du lit, avait-il expliqué. Olivia en avait été très contrariée. Elle avait choisi cette pièce avec attention, à cause de son emplacement dans « l'aile des enfants », de son ensoleillement, et de sa taille, avant d'y passer du temps pour la décorer avec goût. Voir sa fille migrer dans ce qui leur servait d'antichambre l'avait agacée, tout autant que la présence de rongeurs entre leurs murs. « Ce n'est qu'une question de jours, l'avait rassurée Tom, baby Zoey sera de retour dans sa chambre avant la rentrée. » Il avait posé trois pièges achetés le jour même sur la belle moquette blanche, ainsi que des pastilles de mort-aux-rats, et grimpait vérifier quatre fois par jour. À la suggestion d'Olivia de faire appel à un professionnel, Tom avait répliqué d'un catégorique « Ce sont des charlatans ! Ils font exprès de laisser au moins une femelle, je l'ai vu dans un reportage, pour s'assurer du boulot pour plus tard ». Péremptoire. Olivia avait capitulé et rongeait son frein en attendant de pouvoir remettre Zoey et son lit dans sa chambre. Elle dormait mieux, même si ça n'était pas encore parfait. Il lui arrivait de pleurer, parfois de hurler au beau milieu de la nuit, et sa présence dans la pièce d'à côté rendait cela moins pénible, il fallait le reconnaître. Toutefois Olivia en avait assez. Elle avait l'impression que cela nuisait à leur intimité. Une simple porte coulissante les séparait de leur fille, et ils n'avaient plus fait l'amour depuis plus de deux semaines alors que tout allait bien, que leur moral était au plus haut et qu'ils ne croulaient pas sous les efforts physiques à longueur de journée. Sans être des lapins, leur couple avait l'habitude d'un peu plus d'activité sexuelle lorsque tous les signaux étaient au vert comme en ce moment. Même après quinze ans de mariage, ils prenaient soin d'eux de ce côté-là, sachant combien cet aspect de la vie d'un couple pouvait avoir de retentissement sur l'harmonie d'une relation. Tom se plaisait à répéter sur un ton un peu idiot, singeant un vieux satyre : « Quand la plomberie fonctionne, tout le reste suit ! N'oublions jamais que l'acte même porte le nom exact du sentiment qui va de pair ! L'un ne va pas sans l'autre, madame Spencer, alors au lit, et sans discuter ! »

Pourtant ils ne s'étaient pas touchés depuis le changement de chambre de Zoey. Tom devait être dérangé par la proximité de leur fille, la crainte qu'elle puisse les entendre. Et puis il y avait l'écriture... Il témoignait moins de désir dans ces moments, et il faisait l'amour plus mécaniquement.

— Moman amasse ?

— Oui, maman ramasse tes bêtises. Et crois-moi, aujourd'hui je m'en passerais bien !

Olivia songea à la liste de courses longue comme le bras et aux préparatifs. Tout le monde débarquait à dix-neuf heures et, sans réfléchir, elle avait autorisé les garçons à s'en aller pour l'après-midi alors qu'elle aurait pu les réquisitionner pour l'aider... *Sans compter l'état dans lequel ils vont rentrer. Que je suis sotte...*

Là-dessus Zoey renversa son verre d'eau sur elle et braqua ses grands yeux marron sur sa mère pour vérifier si elle était repérée.

Olivia soupira. Elle en avait marre. Elle était à deux doigts de tout annuler. Elle tendit les mains vers sa fille.

— Viens, je vais te changer...

La sonnette retentit dans tout le rez-de-chaussée et Olivia sursauta. Elle n'attendait personne et se mit à paniquer. Si des invités avaient cru bon de s'imposer avec six heures d'avance, elle allait les recevoir…

Gemma se tenait devant la porte. Son immense sourire ne suffit pas à masquer ses yeux rouges.

— J'ai croisé ma tante qui m'a dit que vous invitiez la moitié de la ville ce soir, alors j'ai pris sur moi, je pense que vous avez besoin que je vous débarrasse de ça, fit-elle en récupérant Zoey qui se débattait pour sauter dans ses bras.

Gemma fila devant Olivia sans plus attendre et se dirigea vers le salon.

— Mais tu es trempée, toi… Tu as encore renversé un verre ?

— Bétiz Zoé.

— Oui, pour ça tu as un don.

Olivia les observait.

Pas une peine de cœur. Il y a de la gravité... Une fêlure profonde.

— Je monte lui mettre un autre chemisier, prévint Gemma en prenant soin d'éviter le regard de son employeuse.

Soudain Olivia eut l'intuition que c'était bien plus sérieux que ce qu'elle avait pensé.

— Gemma.

La jeune femme s'arrêta au pied des escaliers.

— Oui ?

— Qu'est-ce qui ne va pas ?

Elle secoua la tête.

— Rien, tout va bien, je vous assure. C'était juste une migraine, une dose de Tylenol et c'est passé.

Olivia se posta à côté d'elle et se composa une expression douce, aussi rassurante que possible.

— Non, Gemma, je le vois bien. Écoute, je vais aller coucher Zoey pour sa sieste, prépare-nous un thé et ensuite toi et moi nous allons…

Les mâchoires de la nounou se contractèrent et sa gorge s'agita. Des larmes montèrent et avant qu'elle n'ait pu les étouffer, Olivia l'attrapa pour la prendre dans ses bras. Zoey sentit qu'il se passait quelque chose d'important et elle se tut, posant son front contre la tempe de Gemma et regardant le visage de sa maman à quelques centimètres du sien.

Cinq minutes plus tard, Olivia redescendait de l'étage où la fillette s'endormait et elle n'eut pas le temps de s'asseoir en face de Gemma que celle-ci éclata en sanglots. Au milieu des pleurs, deux mots jaillirent avec la violence d'un spasme :

— C'est Derek…

Olivia serra les poings.

— Il t'a fait du mal ?

Gemma leva des yeux inondés de désespoir.

Elle hocha la tête.

26.

Dwayne Taylor semblait habité par une fièvre enivrante, le blanc de l'œil brillant, de la salive visqueuse à la commissure des lèvres, son fusil tenu devant lui, paré à cracher la mort.

— Non, fais pas ça, supplia Connor, je suis désol…

— On voulait juste brûler l'épouvantail ! avoua Owen.

Taylor s'assombrit.

— Quoi l'épouvantail ? Pourquoi vous vouliez le brûler ?

— C'est… c'est ton père qui l'a fait ? demanda Connor.

Taylor ne répondit pas. Ses yeux minuscules passaient de l'un à l'autre des garçons avec une étrange curiosité.

— Tu ne vas pas nous croire, c'est sûr, s'exclama Owen, mais ton épouvantail a essayé de nous tuer. C'est la vérité.

Connor, qui se doutait que ça risquait de mal se passer, leva sa main libre devant lui en signe d'apaisement et bafouilla quelques mots, cherchant comment rattraper le coup, lorsque Taylor posa sa carabine sur le creux de son épaule.

— Alors vous aussi vous l'avez vu ? fit-il à la grande surprise des quatre jeunes.

Il affichait à présent un air désemparé. Celui d'un homme de pas encore vingt ans, vivant dans une ferme, qui avait assisté à quelque chose qu'il ne pouvait comprendre, ni même partager sans passer pour un fou, et qui trouvait enfin des oreilles compatissantes. Un poids écrasant se dégageait de lui et son regard s'allumait progressivement d'une lueur d'espoir.

— Il te pourchasse comme nous ? s'étonna Owen.

— Non. Je ne me suis pas approché. C'est une nuit, j'ai remarqué qu'il n'était plus là sur les planches. Et lundi dernier, au petit matin, je l'ai vu rentrer à travers le champ. J'ai cru que j'étais devenu maboul… J'ai failli y aller, avec mon téléphone, pour le filmer, mais je sais pas pourquoi, j'ai senti qu'il ne fallait surtout pas qu'il me voie. Ce truc est…

— Mauvais, compléta Owen.

Taylor opina.

— C'est ton paternel qui l'a fabriqué, non ? insista Connor.

— Oui.

— Il fait de la magie noire, ton vieux ?

— Quoi ? Ça va pas, non ! Et puis quoi encore ?

— Alors comment t'expliques que l'épouvantail soit possédé par un esprit maléfique ?

— Qu'est-ce que vous en savez que c'est un esprit ? Si ça se trouve c'est juste qu'il s'est… réveillé.

— Ouais, ou un extraterrestre qu'a grimpé dans son cul…, pouffa Corey sans parvenir à en rire.

— Mon père les assemble tous les ans, il s'est jamais rien passé avant, il en installe trois ou quatre à différents points de la propriété et…

Taylor ne termina pas sa phrase, un sifflement métallique suivi d'un choc mou et humide l'interrompit.

Les lames venaient de surgir à travers le rideau de maïs juste sur sa droite et son T-shirt s'ouvrit en lanières horizontales avant qu'il ne s'imbibe d'une large auréole sombre. Puis ses entrailles se déballèrent devant lui comme si son propre ventre vomissait tout ce qu'il pouvait, boyaux, organes et des flots de sang qui tombèrent sur ses jambes et dans la terre craquelée devant lui.

Personne ne fut capable de bouger.

L'épouvantail apparut devant Taylor et fouetta l'air de son bras.

La mâchoire inférieure du jeune homme s'envola et sa langue se dandina dans l'air à l'image d'une grosse limace prise de convulsions.

L'odeur rance de viande avariée et de pisse de chat se répandit tout d'un coup, enveloppant les adolescents, les capturant dans son linceul écœurant, figeant un peu plus chacun.

Les pupilles de Taylor étaient dilatées par la terreur, Chad n'avait jamais vu des yeux pareils. Ce fut le signal pour lui, celui de la survie. Ne surtout pas avoir le même regard que Taylor. Jamais.

Il pointa son arbalète vers la citrouille et pressa la détente. La corde claqua et le carreau transperça la courge de part en part.

— COUUUUUUUUUUUUREZ ! s'écria-t-il.

Chad vit les asticots jaunes sortir par le trou qu'il venait de créer et tomber aux pieds du monstre en se tordant. Il eut la certitude qu'ils allaient ramper vers lui et que s'ils parvenaient à s'insinuer dans ses vêtements, ils perceraient sa peau de leur extrémité rose et dévoreraient sa chair pour s'enfoncer le plus profondément possible en lui, jusqu'à s'y découper un nid et manger, encore et encore, jusqu'à grossir, grossir, grossir… et faire éclater ce qu'il resterait de lui.

Dwayne Taylor émit un son lourd et mouillé lorsqu'il heurta la terre, ce qui sortit Chad de son cauchemar. L'épouvantail se tournait vers lui. Le garçon pouvait sentir sa colère jusqu'ici, brûlante et vicieuse.

Une armée d'asticots se déversa de sa gueule tordue.

Cette fois, Chad trouva l'énergie nécessaire et il poussa sur ses cuisses aussi fort que possible. Il fonça à toute vitesse, sans même s'apercevoir que ses amis venaient d'en faire autant.

Le maïs lui fouettait les joues, lui coupait les bras, mais Chad n'en avait cure en entendant l'acier trancher l'air derrière lui. Il détalait et s'il avait été possible de planer, il l'aurait fait tant il lui sembla que ses pieds ne faisaient qu'effleurer le sol. Il sauta dans le sillon suivant, puis encore un, espérant qu'il prenait la bonne direction pour retourner vers la forêt. Ce n'était pas une très bonne idée en soi, mais dans la panique Chad fut incapable de raisonner autrement et fonça pour rentrer chez lui, aussi loin était-ce.

Les feuilles claquaient tout autour, et dans ce tonnerre sec il ne savait plus ce qui était dû à son propre passage, à celui de ses amis ou à l'épouvantail qui les traquait. Il traversait chaque mur végétal qu'il rencontrait avec rage et peur, les enchaînant si vite qu'il n'avait pas le temps de se protéger avec les mains. Dans ce maelström d'ombre, de soleil, de tiges, de sueur et de sang, il aperçut son arbalète à laquelle il se cramponnait encore. Il n'avait pas eu le temps de la recharger. À quoi bon ? L'épouvantail en avait pris un en pleine poire et il n'avait pas cillé ! Owen avait raison, il fallait des pointes d'argent ! Ils étaient fichus.

La silhouette effroyable surgit sur sa droite, ses lames en guise de mains étincelant dans l'après-midi d'août, prêtes à s'enduire de ses fluides. Elle courait parallèlement à Chad.

Son visage grotesque glissa dans sa direction, lentement.

Ils fendaient les rideaux de maïs.

Deux cavités mauvaises le fixaient et dans les ténèbres à l'intérieur, Chad remarqua une lueur à peine visible. Une lumière noire. Une énergie plus qu'une source de clarté. Un mouvement. Ancien. Implacable. Il était ce qui animait la créature. Une puissance primitive.

Lorsque Chad comprit qu'il avait ralenti, captivé par ce qu'il contemplait, il était trop tard.

L'épouvantail se tenait au-dessus de lui.

Curieusement, il n'eut pas peur des doigts tranchants qui se levèrent pour lui arracher la gorge, mais il tressaillit à la vision des vers qui se précipitèrent au bord de la gueule béante, prêts à bondir dans sa propre bouche et dans ses narines.

Le soleil disparut.

L'odeur devint insupportable, et Chad éructa avec violence.

Un jet chaud illumina l'air entre l'épouvantail et le garçon, un torrent de feu s'abattit sur l'un des bras du croquemitaine qui recula et un cri horrible secoua les champs, un hurlement aigu qui remontait de très loin, prenant son origine dans les confins de la bête. Chad pensa devenir sourd pour le restant de ses jours.

Connor réarma son fusil et cracha un nouveau trait de flammes.

Owen empoigna son cousin par le col et le tira si fort qu'il manqua de le faire tomber. Chad reprit ses esprits et se mit à sprinter.

Avant qu'il ne réalise ce qui s'était passé, il surgissait dans les hautes herbes et accélérait encore. Corey se tenait devant, des pierres dans les mains, et il les lança de toutes ses forces en direction de ce qui se rapprochait en grinçant. D'un rapide coup d'œil, Chad s'assura que Connor fermait la marche, le visage écarlate. L'épouvantail déchiqueta le maïs, vingt mètres en arrière. Il ne lâchait pas.

Chad n'était pas sûr de pouvoir garder ce rythme très longtemps. Surtout à travers la forêt, mais il était trop tard pour rebrousser chemin et il s'efforça de respirer du mieux qu'il le put tandis qu'ils longeaient une colline aux pentes abruptes.

La ravine était leur seul espoir pour rejoindre la maison. Jamais ils ne pourraient maintenir cette intensité sur les flancs escarpés de la Ceinture. Corey l'avait bien compris et il les guidait, les bras battant le tempo épuisant de leur survie, la bouche déformée par l'effort pour aspirer le plus d'oxygène possible à chaque inspiration.

L'épouvantail ne criait plus, cependant ce qui remontait de ses entrailles n'était pas moins terrifiant. Un grognement rocailleux, entre souffrance et colère. Connor l'avait assurément blessé avec son lance-flamme et en cet instant Chad n'était pas sûr que ce soit finalement une bonne nouvelle. Il avait une détermination à les pourchasser qui semblait infaillible. Il ne s'arrêterait pas tant qu'il n'aurait pas eu sa vengeance.

Les premiers arbres de leur forêt se profilèrent et cela leur redonna un sursaut d'espoir. L'épouvantail ne gagnait pas de terrain, mais il n'en cédait pas non plus.

Lorsqu'ils se jetèrent sous l'ombre des feuillages, Chad vit Corey ralentir pour ramasser d'autres pierres.

— Non ! Ça ne sert à rien ! Cours !

Le grand adolescent hésita avant de l'imiter, esquivant les fougères et les ronces.

L'air commençait à brûler leurs poumons, la sueur les aveuglait et les muscles de leurs jambes se tétanisaient peu à peu.

Chad visualisa tout le chemin qu'il leur restait à parcourir et sut que c'était impossible. Les adultes ne sauraient même pas où ils étaient. On ne retrouverait probablement jamais leurs cadavres.

La forêt les aspira, le terrain s'inclina et ils virent les falaises s'ériger de part et d'autre tandis qu'ils pénétraient dans la ravine.

Ils n'en étaient que là.

Elle serait leur tombeau.

Owen trébucha et Chad s'arrêta pour l'aider à se relever. Corey, voulant vérifier où en étaient ses amis, dérapa sur de la mousse et se retrouva sur le dos.

Connor bondit devant lui, main tendue, visage braqué vers le danger qui les pourchassait.

— Dépêche, il est là ! s'époumona-t-il.

Mais Corey avait du mal à se redresser. Il était épuisé. À bout de forces.

Chad s'aperçut qu'il n'avait plus l'arbalète, probablement lâchée lorsque l'épouvantail avait failli lui taillader la gorge. Son premier réflexe fut de saisir un des carreaux le long de sa cuisse et il fit volte-face pour le lancer. C'était le geste dérisoire d'un gamin au cerveau asphyxié par l'effort et à la raison balayée par la peur.

Le trait de carbone passa loin de l'épouvantail qui avait lui aussi ralenti et qui se mit à zigzaguer. Chad ne comprit pas tout de suite ce qu'il voyait, avant de se demander si la créature n'était pas… ivre.

— Qu'est-… ce qu'il… lui… arrive ? demanda-t-il entre deux goulées d'air chaud.

Ce n'étaient pas les dégâts du feu qui crépitait encore sur son épaule, ceux-ci n'étaient pas assez importants, devinait Chad, pour brusquement le faire vaciller. Non, il y avait autre chose.

L'épouvantail était pris d'un malaise. Il titubait bizarrement.

Il perd le contrôle…

Soudain il fit demi-tour, s'agrippant aux branches pour ne pas chavirer. Mètre après mètre, il devint évident qu'il regagnait de l'assurance tandis qu'il s'éloignait.

Connor s'élança vers lui sous les cris hystériques de ses camarades.

— Qu'est-ce qui te prend ?

— Non !

— Déconne pas ! Il reprend des forces !

Mais Connor ne les écouta pas, il se précipita sur l'épouvantail et lorsqu'il fut à moins de cinq mètres il pressa la gâchette de son fusil en plastique. Un jet de liquide aspergea le dos de l'épouvantail qui se retourna. Le briquet sous le canon s'était éteint.

— Connor, bon sang, reviens ! s'écria Chad.

L'aîné de la bande s'escrimait à rallumer son briquet tandis que l'épouvantail s'approchait de lui avec maladresse. Il leva un de ses bras crochus.

La petite flamme s'embrasa et Connor pompa pour réarmer son fusil.

Cette fois le bouillonnement incandescent frappa l'épouvantail en pleine poitrine et il s'embrasa. Nouvelle amorce. Nouveau tir. La citrouille encaissa cette salve, l'essence remplissant la cavité qui lui servait de gueule.

L'épouvantail ployait, il s'accrochait aux troncs pour ne pas tomber, il n'était plus qu'à trois mètres de Connor qui ne recula pas pour vider l'intégralité de son réservoir sur ce qui devint rapidement une fournaise ambulante. La chemise et la salopette flambaient et ses membres se rétrécissaient, la citrouille éclata sur le côté et un gros morceau se détacha. Elle commençait à ressembler à un marshmallow dans le feu. Ses lames n'avaient plus la force de fendre, elles se cassèrent au niveau du poignet et chutèrent dans un bouquet d'étincelles.

Puis l'épouvantail esquissa une tentative de fuite avant de s'effondrer. Des flammèches crépitèrent et dansèrent un court moment au-dessus de son corps.

Lorsque Connor se tourna vers ses amis, il put lire de l'admiration dans leurs regards.

— Cette saloperie était à bout de forces, lâcha-t-il d'une voix rendue rauque par la course, fallait en profiter.

— Putain, Connor…, souffla Corey. Tu l'as eu !

Dans le silence abasourdi qui suivit, ils finirent par retrouver leur souffle. Le monde tanguait autour d'eux, ils prenaient pleinement conscience de ce qu'ils venaient de vivre. Le spectre de la mort et son corollaire de terreur s'estompaient. Puis Chad revit le regard exorbité de Dwayne Taylor, ses tripes qui se renversaient et sa langue tremblante qui pendait dans le vide. Il eut un haut-le-cœur avant de mettre ses mains sur ses genoux.

Owen l'attrapa par la manche, mais il était lui-même sous le choc.

— Faut prévenir les parents, déclara Chad lorsqu'il fut capable de parler. Il y a un mort là-haut dans le champ.

— Et on leur dit quoi ? fit Connor. Que c'est un épouvantail qui l'a tué ? Non mais tu réalises ce qui va se passer ? Au mieux on sera envoyés chez les fous, au pire on nous accusera du meurtre !

— Non, bien sûr que non ! Nous n'avions pas d'armes et…

— Ah ouais ? rétorqua Connor qui leva son fusil devant lui en désignant les carreaux le long de la cuisse de Chad.

— C'est pas avec ça qu'il a été… tué.

— C'est pareil. Personne ne nous croira.

Ils s'observèrent, dégoulinants de transpiration, le pourpre de leurs joues contrastant avec la lividité du reste de leur visage, assoiffés, fatigués et angoissés.

Puis Connor sortit un téléphone portable de sa poche et secoua les épaules.

— De toute façon ça capte pas.

— Ça nous laisse le temps de rentrer pour prendre une décision, déclara Corey.

— Et pour réfléchir à ce qui s'est passé, intervint Owen d'un air concentré.

Connor fit la moue.

— Comment ça ? On sait tous ce qui s'est…

— Cet endroit a quelque chose de particulier, expliqua Owen avec tant d'aplomb qu'ils se turent tous, intrigués. Vous avez vu comment l'épouvantail a réagi.

— Comme s'il était bourré, fit remarquer Chad.

— Comme s'il avait peur.

Connor ne masqua pas son scepticisme.

— Il était affaibli, dit-il.

— Il ne se battait plus avec nous, mais à l'intérieur de lui-même.

Owen insista :

— Je crois qu'il luttait avec quelque chose, les gars. Une force invisible, mais qui s'est interposée entre lui et nous.

Il les fixa les uns après les autres et ajouta :

— Nous ne sommes pas seuls.

27.

Se tenir assise en public et chercher de l'air pendant qu'un sarcophage de glace recouvre ses membres, paralyse ses lèvres, jusqu'à ce que seuls les yeux puissent bouger.

Voir l'obscurité tomber, chaque témoin potentiel se détourner pour se plonger vers l'écran géant qui projette le film.

Puis la présence écrasante de Derek Cox qui se rapproche.

Sa main sur la cuisse qui remonte. Lentement.

La sensation d'une langue gelée qui râpe le long de sa colonne vertébrale.

Les gros doigts de Derek qui jouent avec le short en toile, avant d'attraper la fermeture Éclair et de la tirer…

Sentir le froid de cette main insupportable qui tâtonne sur la culotte avant de glisser en dessous dans un frisson de désespoir, tandis qu'elle saisit la toison, qu'elle écarte les cuisses scellées de terreur, et qu'elle palpe grossièrement son sexe comme on pétrit du pain.

Sans jamais oser bouger. Pas un gémissement, pas un cri.

Gemma ne savait pas ce qui la dégoûtait le plus du geste de Derek ou de sa propre attitude. Ce fut Olivia qui posa le mot.

— Tu étais sous le choc ! Cette ordure t'a *violée.*

Il avait fallu parlementer longuement pour que Gemma finisse par céder et grimpe dans la voiture en direction du poste de police de Mahingan Falls. Elle se sentait honteuse. Elle craignait les regards sur elle lorsqu'elle raconterait ce qu'elle avait enduré, son absence de refus. Tout le monde la jugerait. Se moquerait. Et si cela sortait des locaux de la police, Gemma ne le supporterait pas.

Olivia avait trouvé les bons mots, avec patience, pour qu'elle se sente soutenue. Comprise. Ce fut presque dans un état second, passive, qu'elle lâcha prise et accepta sa proposition.

À présent elles attendaient dans le minuscule hall du poste, face au comptoir, depuis presque une heure. Zoey jouait avec Gemma et cette dernière suspectait Olivia de laisser faire exprès, pour qu'elle s'occupe et lui éviter de réfléchir, de douter. Pleurer, ça, elle ne le pouvait plus, elle avait déversé toutes les larmes qu'un corps humain peut contenir, et elle n'aurait jamais pensé que ça puisse être autant. Il n'y avait probablement plus une goutte en elle, rien que des conduits secs. Asséchée de l'intérieur.

Olivia se leva de sa chaise en plastique et retourna voir l'agent de permanence.

— Ça va faire une heure que nous attendons.

— Je suis désolée, madame, vous avez demandé à parler directement avec le chef Warden et il est occupé, encore une fois : un officier peut prendre votre…

— Non, je veux parler au responsable. C'est si difficile que ça dans une petite ville de s'adresser au chef ? Je vous ai dit que c'était une *urgence* !

— Calmez-vous, madame.

Olivia tapa du poing sur le comptoir.

— Il faut agoniser dans une mare de sang, ici, pour être prise au sérieux ?

L'agent assise de l'autre côté la scrutait comme si elle était le diable en personne. Ses prunelles outrées glissèrent vers la petite fille derrière, pour bien souligner à quel point il serait indécent de perdre le contrôle de soi en présence de sa propre fille, si jeune, et Olivia agita les doigts, sur le point de s'emporter. Gemma ne l'avait jamais vue ainsi, elle aurait pu cracher du feu et carboniser la réceptionniste d'un simple soupir.

— Allons, je suis là, fit une voix aiguisée sur le côté. Chef Lee J. Warden pour vous servir, venez dans mon bureau, madame Spencer-Burdock.

Gemma tendit la main vers baby Zoey pour l'entraîner dans le couloir lorsque le petit homme moustachu leva un index impérieux.

— Non, restez là. Je préfère m'entretenir d'abord avec votre mère.

— Je suis son employeur, corrigea Olivia, et elle est la victime.

— Oui, j'entends, toutefois procédons par étapes, vous d'abord, et ensuite la jeune femme.

Le flic n'était pas prêt à s'en laisser conter, il s'exprimait avec une autorité naturelle qu'il était difficile de contrarier et après un regard d'Olivia qui lui demandait son autorisation, Gemma acquiesça.

— Je m'occupe de Zoey, allez-y, j'ai confiance en vous, Olivia.

*

Le chef Warden lissait sa fine moustache grise sans trahir la moindre émotion. Il se tenait dans un gros fauteuil en cuir qui crissait au moindre mouvement, dans son bureau à l'étage, décoré de photos de lui avec des personnalités qu'Olivia devinait être des politiciens de la région. Il avait écouté son récit détaillé, depuis sa rencontre avec Derek Cox jusqu'aux confidences de Gemma dans son salon, sans l'interrompre, mais aussi sans prendre la moindre note, ce qui troublait la mère de famille.

— Vous n'êtes pas censé taper ma déposition pour le rapport ?

Les prunelles vives de Warden se plantèrent dans les siennes.

— Madame Spencer-Burdock, vous venez d'arriver à Mahingan Falls, n'est-ce pas ? Êtes-vous bien sûre de vouloir mêler votre nom à une procédure de police ? Particulièrement dans une hypothétique affaire de mœurs ?

— Hypothétique ? Il n'y a rien d'hypothétique dans ce que je viens de vous raconter.

— Le récit d'un récit. Vous n'avez pas assisté à l'agression en question.

— Mes fils étaient présents dans le cinéma.

— Quel âge ont vos fils ?

— Treize ans.

— Et vous les laissez aller voir un film d'horreur ? C'est tout ce qui se jouait au cinéma hier, je le sais, je fais partie de la commission municipale qui vote la programmation, j'étais opposé au choix de ce titre, mais manifestement les esprits d'aujourd'hui se relâchent, j'étais le seul.

— J'ignore ce qu'ils ont été voir, ce sont des jeunes ados et on s'en moque, ce qui compte c'est ce qui est arrivé à Gemma !

Warden leva un sourcil broussailleux.

— Vous tenez vraiment à faire témoigner vos fils ?

— Écoutez, je ne sais même pas s'ils ont remarqué quelque chose, ce sont des gamins, ils ne se sont probablement même pas rendu compte, mais ils auront peut-être aperçu Derek Cox dans la salle avec Gemma !

— Ce qui n'est pas interdit. A-t-elle consulté pour un examen médical qui confirmerait le… l'attouchement ?

— Non, elle n'est pas en état psychologiquement. Et je vous l'ai expliqué : il n'y a pas eu de pénétration de la part de Derek Cox avec son sexe, donc pas de poils pubiens ou de sperme si c'est à ça que vous pensez. À ce que je sais, forcer son passage avec ses doigts dans le sexe d'une femme, ça s'appelle un viol !

Olivia s'efforçait de se maîtriser mais elle enrageait. Cela prenait un temps fou, elle semblait se heurter à un mur. Ce Warden semblait tout droit sorti d'un mauvais film, caricature de figure paternelle autoritaire à l'ancienne, bourré de préjugés, figé dans ses convictions ancestrales.

Le chef de la police passa sa fine langue sur ses lèvres sèches puis se pencha vers Olivia.

— Madame Spencer-Burdock, ce que j'essaie de vous faire comprendre, c'est que c'est une affaire grave, très grave même, et qui ne repose que sur les dires d'une jeune femme dont la réputation est inconnue, les conséquences pourraient être dévastatrices pour l'homme qu'elle accuse.

— Des conséquences ? J'espère bien qu…

— Laissez-moi finir, la coupa-t-il d'un geste de la main. Derek Cox n'est pas un ange, je veux bien le croire, mais il est jeune, il peut changer, qui sait si dans vingt ans il ne découvrira pas le vaccin contre le cancer ? Ce que je sais par contre, c'est que si je le boucle pour une affaire d'attouchements…

— De *viol*, insista Olivia avec détermination, ce qui ne plut pas à son interlocuteur.

— … il ira probablement en prison, et là toute chance d'en faire un gars bien s'envolera à jamais. Pas d'études supérieures, pas d'électrochoc, rien que des barreaux et le début d'une déchéance programmée, il en sera la première victime, et par ricochet il fera des dégâts sur d'autres.

Olivia avait la bouche ouverte, atterrée.

— Vous êtes en train de me dire qu'il est plus important d'avoir de l'espoir pour un petit connard que de rendre justice pour une fille agressée sexuellement ?

— De toute manière, soyons réalistes, ça n'aboutira nulle part. Ce sera sa parole contre celle de Derek.

— Je l'appuierai. Témoin de moralité. J'ai vu Derek lui parler, j'ai assisté à son emprise sur elle, sa violence psychologique…

— Derek Cox a des amis dont les parents sont très influents en ville.

— Et alors ? La justice protège les riches, c'est ça ?

— Bien sûr que non. Mais vous arrivez à peine et vous voudriez que votre famille soit mêlée à une affaire aussi grave ? Qui ne repose que sur des déclarations ? Vous serez jetés en pâture à la rumeur. Les gens d'ici vont prendre parti, vous savez, et il y aura deux camps. Pour vous, comme pour vos fils, ça ne sera pas facile lorsque vous ferez face à ceux qui soutiendront la thèse de Derek Cox.

— Parce qu'il a une thèse ? Vous ne l'avez même pas interrogé !

— Il niera tout en bloc et puisqu'il n'y a aucun témoin ni aucune preuve matérielle… Et même si vous débarquez pour confirmer qu'elle et lui avaient un lien, il prétextera une querelle d'amoureux. Je sais comment ça se passe, croyez-moi. Il va dire qu'elle a finalement changé d'avis *après* coup, ou qu'elle veut se venger pour je ne sais quelle bêtise…

Olivia n'en revenait pas. Elle avait envie de hurler, de secouer le vieil imbécile par les épaules. Et lorsqu'elle pensa que ça ne pouvait pas être pire, il enfonça le clou.

— Et entre nous, quand bien même ce serait vrai, je ne suis pas du tout sûr qu'il faille l'en blâmer, c'est devenu tellement difficile désormais pour un homme de savoir comment réagir ! Toutes ces filles qui se baladent les seins à moitié sortis, les cuisses à l'air, qui grimpent sur leur petit copain pour l'embrasser et qui ensuite viennent jouer les vierges effarouchées parce qu'il a effleuré leur poitrine, je vais vous dire : il est temps de remettre un peu d'ordre là-dedans !

Ce type sortait du Moyen Âge. Olivia s'effondrait sur elle-même. Après le phénomène *#MeToo* qui était censé avoir réveillé les hommes du monde entier, ce discours sonnait comme un échec affreusement désespérant.

— Il a violé Gemma Duff avec ses doigts, répéta-t-elle.

— Oui, oui, j'ai bien compris, c'est ce qu'elle raconte. Je connais vaguement les Duff. Mère absente, père décédé.

— Je ne vois pas le rapport…

Le chef Warden joignit ses doigts en pyramide devant lui et sa moustache remua pendant qu'il cherchait comment formuler au mieux sa pensée.

— Je sais que vous me détestez parce que vous êtes présentement dans l'émotion, mais faites confiance au vieux loup que je suis, dans quelque temps vous me remercierez de vous avoir épargné toute cette histoire.

Olivia secoua la tête avec fermeté.

— Non, je veux porter plainte contre Derek Cox. Je ne quitterai pas ce bâtiment tant que ça ne sera pas enregistré.

Warden la fixa. Il y avait une volonté inflexible qui émanait de lui et toute la pièce sembla se vider de son air. Sa voix n'eut plus rien d'aimable lorsqu'il conclut :

— Vous l'avez dit vous-même, vous n'êtes pas sa mère, vous n'avez aucune autorité. Elle est mineure. Je vais m'entretenir avec elle, seul, à titre purement informatif, pour lui exposer toutes les conséquences et pour m'assurer de ce qu'*elle* veut faire. Et si ensuite Mlle Duff est toujours catégorique, alors je convoquerai sa mère. Vous n'étiez pas là lors de la prétendue agression, vous n'avez aucun rapport familial, donc en ce qui vous concerne, c'est terminé, vous pouvez sortir de mon bureau. Au revoir, madame.

28.

Onze sur vingt-huit.

En trois jours, Tom avait presque lu une douzaine des carnets rédigés par Gary Tully. Et cela n'éclairait en rien le portrait du passionné d'occultisme qui avait vécu entre ces murs pendant une dizaine d'années avant de s'y suicider.

Olivia n'avait pas posé trop de questions lorsque Tom avait imposé qu'on déménage baby Zoey provisoirement, le prétexte des rats avait fonctionné. Cela ne pourrait durer éternellement, d'autant que même lui commençait à se demander s'il n'avait pas été trop loin dans un accès de paranoïa. Les montagnes russes de la crédulité, il le savait. Un instant, il se prenait à croire que le pire pouvait se produire, et peu après il balayait tout d'un revers de main, se traitant de crétin.

Leur maison était-elle possédée ? L'idée était absurde, il en convenait aisément. Pas crédible pour deux sous. Toutefois les éléments perturbants s'obstinaient à s'accumuler. D'abord les terreurs nocturnes de leur fille, puis la morsure anormalement grande sur le mollet de Chad, avant qu'Olivia ne se fasse une frayeur en ayant cru qu'une présence invisible était dans la chambre de Zoey. Là même où Tully s'était donné la mort après avoir dissimulé tous ses travaux ésotériques dans le grenier. Tom n'en pouvait plus de sursauter à la moindre porte qui claquait dans un courant d'air. Il devait prendre le taureau par les cornes. Il ne comprenait pas ce qui se passait, cependant, il devinait qu'il y avait davantage qu'une simple série de coïncidences troublantes. Pour se rassurer, il ne cessait de se répéter que l'explication serait risible, à mille lieues des spectres qui affleuraient dans son esprit, contre sa volonté, sans qu'il ait la moindre idée de ce que ça pouvait être sinon un improbable tour de passe-passe psychotraumatique lié à l'histoire de la maison. Après tout, la psychanalyse incluait bien le concept de « fantôme générationnel » dans l'étude de la psychogénéalogie, alors pourquoi pas une forme d'atavisme émotionnel figé entre ces murs et qui aurait une influence sur sa famille ? Tom s'était convaincu que toutes les réponses se trouvaient en grande partie là, entre ses mains, dans l'œuvre bâtie par Gary Tully.

Et pour l'heure, ces pages n'étaient que déception.

Les carnets évoquaient comment Gary s'était pris de passion pour les « sciences occultes », comme il l'écrivait. Cela avait débuté par une séance de spiritisme lors de son adolescence dans un camp d'été avec des camarades et une fille un peu plus âgée que Gary appréciait pour la transparence de ses chemisiers, et qui affirma être le médium d'un esprit venu dialoguer avec eux. Elle avait rapporté des choses sur son grand-père décédé juste deux ans auparavant que seul Tully pouvait connaître. Des souvenirs de jeunesse, de ses vacances dans le Tennessee chez cet homme solitaire auprès de qui sa mère l'envoyait passer ses mois d'août depuis qu'il était enfant, de conversations qu'ils avaient eues, des parties d'échecs, auxquels il lui avait appris à jouer. Et la fille avait fini par dire que grand-père Sullivan s'excusait pour « les chamailleries de garçons ». Tully avait su à ce moment précis que c'était lui, que c'étaient ses propres mots. Les chamailleries de garçons. Lorsqu'ils jouaient à se chatouiller, et que les mains du grand-père descendaient là où c'est embarrassant. Les nuits où il venait lui rendre visite, l'œil éteint, pour lui imposer des chamailleries de garçons. Ça ne pouvait être une invention de la médium, comment aurait-elle su ? Elle disait forcément vrai, Gary ne s'était jamais confié sur les chamailleries de garçons. Jamais. Les morts parlaient forcément à cette fille. Dès cet instant, Gary Tully décida de consacrer son existence aux sciences occultes. Ses études universitaires en sociologie avaient pour but de lui permettre de s'intéresser aux croyances populaires et aux mythes régionaux. C'était à cette époque qu'il avait découvert Mahingan Falls, en étudiant les fameux procès des sorcières de Salem. Plusieurs filles provenaient de cette petite ville de la côte du Massachusetts, et l'une d'entre elles attira plus particulièrement son attention à cause de la cruauté du traitement qui lui fut infligé par les autorités.

La grande frustration de Tom tenait à ce passage du deuxième carnet. Tully n'entrait pas dans les détails, il ne mentionnait même pas le nom de la malheureuse en question, sinon qu'elle avait été jugée et exécutée à Salem en 1692. Il espérait que la suite de sa lecture finirait par revenir sur ce point intéressant.

Tully détaillait son parcours, se perdant souvent dans de longues digressions, puis synthétisait ce qu'il avait appris de ses lectures et recherches. Des pages et des pages de babils nébuleux sans grand intérêt où il était question de parapsychologie, d'astrologie et d'histoire de l'humanité en corrélation avec celle du cosmos. Le onzième carnet réveilla l'attention de Tom lorsque Tully se pencha sur la culture amérindienne. Tom n'avait pas oublié ce que Roy McDermott lui avait expliqué à propos de Mahingan Falls et de l'influence majeure des premiers peuples sur la région. Il ne pouvait plus regarder le mont Wendy depuis son jardin sans repenser au monstre effrayant des légendes, le Wendigo. Pourtant, là encore, ce ne fut que déception tant Tully se contentait de survoler son sujet.

Tous les espoirs de Tom résidaient désormais dans les dix-sept derniers carnets noirs. Il y avait un ordre chronologique dans leur rédaction, et pour ce qu'il avait lu, Tully n'était pas encore parvenu jusqu'à Mahingan Falls.

Tom rangea le onzième opus et s'empara du suivant pour s'asseoir sur son fauteuil chéri en cuir. Il hésita à aller se faire un café pour se remettre les idées bien au clair, mais il était trop impatient d'entamer sa lecture, il sentait que Tully était sur le point d'emménager ici…

Le téléphone sonna et voyant le nom de son épouse, il décrocha.

— Tom, j'ai besoin que tu appelles tous les invités de ce soir pour les prévenir que c'est annulé.

Olivia n'avait pas sa voix sereine.

— Pardon ? Qu'est-ce qui se passe ?

— Je suis avec Gemma, elle a été agressée par cette ordure de Derek Cox. La police ne veut rien entendre, le chef Warden est un abruti d'un autre siècle. Je ne sais pas quoi faire, elle refuse que sa mère soit au courant, elle ne portera pas plainte, je ne peux pas la ramener chez elle dans cet état…

— OK, rentrez. Gemma va rester ici, elle pourra dormir à la maison si elle veut, tu n'auras qu'à dire à sa mère qu'on la garde pour du baby-sitting tard ce soir et demain. Elle a besoin d'être bien entourée, de sentir que nous faisons bloc derrière elle, dis-lui qu'elle n'est pas seule. Nous trouverons une solution. Pour ce soir, nous n'allons rien annuler, ce serait encore plus alarmant, si sa mère l'apprend elle va nous appeler et j'ignore si j'aurai le courage de lui mentir à propos de sa fille…

— Je ne sais pas, Tom.

— Il y aura de la vie autour d'elle, ça peut lui faire du bien… Des présences pour occuper son esprit, notre affection pour la maintenir à flot, et demain du temps pour faire le point.

— Je n'ai même pas fait les courses.

— Je m'en charge.

— Tu ne voudrais pas plutôt planter des gros clous dans ta vieille batte de base-ball et aller briser les genoux de ce connard de Cox ?

— Pas sûr que ça arrangerait grand-chose et apparemment le chef de la police ne prendra pas mon parti. Venez, ici elle sera en sécurité.

En apercevant le carnet de Gary Tully devant lui, Tom se demanda s'il ne s'avançait pas un peu, il ignorait si leur maison était réellement le havre de paix qu'ils espéraient.

Tom raccrocha et appela Chad et Owen à travers les couloirs et dans le jardin, sans les trouver. Il aurait bien eu besoin de leurs bras pour aller plus vite. Avec le temps qu'il faisait ils devaient être en vadrouille sur la plage ou dans la forêt. Tant pis.

Il attrapa son portefeuille avec ses cartes de crédit et les clés de sa voiture avant de filer au volant du SUV, en commençant à énumérer la liste des courses et le temps qu'il lui restait pour tout acheter. Il passa devant chez Roy McDermott qui bricolait une mangeoire pour les oiseaux à côté de sa boîte aux lettres et le vieil homme le salua. Tom ralentit en constatant que Roy voulait lui parler, ne pouvant pas faire comme s'il ne l'avait pas vu, pressé ou pas.

— Alors, cher voisin, je vous apporte ma grille à barbecue un peu plus tôt, si vous le voulez ? Je pourrais tout installer, ça vous aidera.

— C'est pas de refus. Tuile de dernière minute, je dois foncer faire les courses.

— Maintenant ? s'étonna Roy en regardant sa montre.

Le septuagénaire fronça les sourcils, déposa son marteau dans la minuscule maisonnette en bois et désigna le siège passager.

— Je vous accompagne, je connais les magasins mieux que vous.

Tom n'eut pas le temps de protester que Roy bouclait sa ceinture en tapant sur le plastique du tableau de bord devant lui.

— En avant, Tom ! Commencez par Fitz'Meat, nous allons lui passer notre commande pour qu'il la prépare pendant que nous allons en face, à l'épicerie. Le secret pour gagner du temps, c'est l'optimisation.

Tom ne protesta pas, même pour la forme, il était déjà trop tard et il appréciait la compagnie du vieux voisin. Avec un peu de chance, ils parviendraient à tout boucler et à être de retour avant dix-huit heures.

Le véhicule descendit Shiloh Place jusqu'à la patte-d'oie qui marquait l'entrée des Trois Impasses, sortit de son nuage de verdure pour pénétrer dans la civilisation en roulant à travers Green Lanes en direction du centre-ville. Accoudé à la fenêtre ouverte, Roy McDermott laissait sa main dans le vent, contemplant le paysage en silence, son esprit apparemment loin, si bien que sa question cueillit Tom à froid :

— Vous vous intéressez toujours à Gary Tully, n'est-ce pas ?

— Euh… Eh bien, je… disons que je lis ce qu'il a laissé.

— Olivia n'est pas au courant ?

— Non. Je préfère ne pas l'inquiéter avec ces histoires sordides. Mais… je vous avouerai que j'ai changé notre fille de chambre. Savoir qu'elle dormait là où Tully s'est donné la mort, ça me mettait mal à l'aise.

— Je comprends. Je peux vous demander ce que vous espérez ?

— En lisant toutes ces notes ? Je ne sais pas. Peut-être me rassurer… Pourquoi ?

Tom jeta un coup d'œil à Roy. Celui-ci se mordillait la lèvre d'un air songeur, le regard perdu dans la succession de maisons colorées.

— Il y a quelque chose que je devrais savoir ? insista Tom. Que vous auriez oublié de me raconter sur Tully ou sur notre maison ?

Roy fit la moue et secoua doucement la tête.

— Non, je posais simplement la question.

Pendant un bref moment, Tom eut l'impression que son passager ne lui disait pas tout, qu'il gardait un secret pour lui, avant de se reprendre. *Roy est un brave homme, il est franc du collier, il ne fait pas de cachotteries. C'est juste un vieux monsieur.*

Ils roulèrent en silence et, lorsqu'ils dépassèrent Independence Square, pour la première fois depuis qu'ils se connaissaient, Tom se sentit soudain mal à l'aise en présence de Roy McDermott. Il n'aurait su en expliquer la raison, sinon un signal subit de son inconscient. C'était idiot. Pourtant cela perdura longuement, malgré le bleu du ciel, le chant sylvestre des oiseaux, les sourires des habitants de Mahingan Falls. Pire, pendant un bref instant, Tom eut l'impression que tout ceci n'était qu'une mascarade. Une vaste comédie organisée pour les duper, lui et sa famille. *Dans quel but ? C'est complètement insensé...*

Un mensonge collectif dont ils étaient, tous les cinq, les victimes innocentes.

*

Ses propres contradictions blessaient davantage Gemma que le traumatisme physique et mental qu'elle avait subi. Du moins était-ce son sentiment tandis que toute la famille Spencer s'occupait d'elle. Elle détestait être au centre des attentions. Elle ne supportait pas qu'on prenne autant soin d'elle. Même le regard de M. Spencer la dérangeait, et pourtant il n'était que rondeur et bienveillance. *Tout le monde* savait. Ils la jugeaient. Ils pouvaient même imaginer la main de Derek Cox en train de tirer sur l'élastique de sa culotte pour se frayer un chemin vers son sexe, et Gemma qui ne disait rien. Alors qu'un simple cri aurait probablement alerté plusieurs rangs de spectateurs autour d'elle. Tout le monde devait être en train de se dire qu'elle l'avait bien cherché et que si elle ne s'était pas débattue, c'était parce qu'elle le voulait bien. Qu'elle *aimait* ça, de gros doigts sales dans son entrejambe.

Pas Olivia. Elle, elle sait. Elle a compris.

C'était même elle qui avait mis des mots sur cette odieuse culpabilité : « terreur », « sidération », « état de choc », « viol ». Tom Spencer était un intellectuel, un type fin, lui aussi devait savoir ce qui s'était passé dans sa tête au moment où Derek avait ouvert sa braguette, dans le noir du cinéma, pour la tripoter. Oui, il était fait dans le même moule que sa femme, Gemma ne devait pas le craindre.

Pourtant elle était terriblement gênée d'être à ce point dorlotée. Toute cette attention, cette gentillesse, la renvoyait systématiquement à son statut de victime et elle regrettait de s'être ouverte à Olivia. Elle n'aurait rien dû raconter, tout garder pour elle.

Et dans le même temps, il fallait bien reconnaître qu'une petite part d'elle, tout au fond, en avait besoin. Gemma avait commencé par faire ce qu'elle faisait toujours lorsqu'elle endurait une épreuve : mettre ses sentiments dans un coin et les enfouir le plus vite et le plus loin possible. Y réfléchir, c'était les revivre. Les affronter ? Pour quoi faire ? Ce n'était pas un match de boxe. Elle trouvait cette idée stupide, les drames ne se combattaient pas, ils s'encaissaient, on en tirait de la force ou une bonne épaisseur de couenne en plus, pas une médaille. Il lui semblait impossible de faire face à une émotion douloureuse, même si parfois elle aurait adoré pouvoir taper dessus jusqu'à la dissiper.

Olivia l'avait forcée à vider son sac. Et pas qu'une fois ! Avec fermeté, et aussi énormément de compassion, elle l'avait écoutée, puis, après le passage par le poste de police, elle l'avait encore sollicitée, pour comprendre pourquoi Gemma refusait de porter plainte. Olivia n'avait pas insisté, elle avait eu l'empathie nécessaire pour saisir que Gemma n'en était pas capable. Elle voulait protéger sa mère plus que tout. Olivia ne l'avait pas abreuvée de sermons, elle avait juste acquiescé avant d'appeler son mari. Leur accueil, la façon qu'ils avaient de l'encadrer la perturbaient autant que cela l'apaisait. Olivia l'avait prise dans ses bras, lui avait promis qu'ils allaient l'aider, et si dans un premier temps Gemma avait voulu sauter par la fenêtre pour s'enfuir à toute vitesse, une fois qu'elle avait desserré les mâchoires, elle avait réalisé que leur comportement l'obligeait à ne pas minimiser. À accepter la vérité et son corollaire de dégoût, de pleurs et de possibles séquelles. Gemma n'était pas naïve non plus, elle savait ce qui se disait de ce genre de traumatisme. Le nier laissait à long terme de plus grosses cicatrices que de le panser par l'acceptation, même si cela n'effacerait rien.

Elle subissait ce paradoxe d'être écoutée et protégée alors même qu'une partie d'elle luttait pour ne pas foncer se cacher dans un placard, et Olivia finit par sentir qu'il était urgent d'agir. Face au refus catégorique de Gemma de prendre quelques cachets pour aller dormir directement à l'étage, Olivia avait opté pour la solution inverse : si elle ne pouvait pas la détendre chimiquement, elle allait l'occuper.

Toute l'agitation des préparatifs pour la réception du soir l'obligeait à se focaliser sur des objectifs à court terme. Exécuter une tâche puis en enchaîner une autre, pas à pas, l'esprit concentré sur une fonction bien définie. Un vieux monsieur très grand et maigre arriva peu après pour installer une sorte de barbecue avec des briques et une large grille puis les premiers invités commencèrent à affluer. Gemma était partout, à l'accueil, pour servir des cocktails ou des bières, pour débarrasser tout ce qui traînait et même pour soulager Olivia de temps en temps en prenant baby Zoey dans ses bras.

— Si tu veux monter te reposer, avait dit Olivia en la croisant dans le couloir, surtout tu n'hésites pas, c'est compris ?

— Ne vous inquiétez pas pour moi, je me sens utile, ça va.

Mais la mère de famille se faisait du souci, c'était évident. Elle lui avait passé la main dans les cheveux avec une tendresse qui avait fait frémir Gemma.

— Ne tire pas trop sur la corde quand même.

Gemma aimait cette activité, ce bourdonnement repoussait les pensées, les larmes. Elle se coucherait épuisée, sans plus aucune force pour penser, et demain serait un autre jour pour affronter – ou pas – ses angoisses. L'idée de se réveiller dans cette vaste maison, avec les Spencer tout autour d'elle, lui plaisait. Elle préférait cela au silence de chez elle. Même Corey allait rester ici, avec Chad et Owen, elle avait prévenu sa mère.

Elle avait croisé les garçons plusieurs fois en début de soirée et dans l'agitation, elle n'avait pas prêté attention à leurs mines fermées, jusqu'à ce qu'elle retombe sur eux plus tard, assis dans un coin du jardin, un peu à l'écart, derrière le cabanon à outils. Le soleil s'était couché depuis un moment déjà, et ne subsistaient pour tout éclairage que celui de la maison et une demi-douzaine de torchères en fer qui diffusaient un parfum antimoustique assez capiteux. Les garçons s'étaient rassemblés au pied de l'une d'elles, leurs visages baignés dans ce jeu d'ombres. Smaug, le labrador familial, se tenait allongé entre eux à se faire papouiller.

— Il y a un problème ? demanda-t-elle en ciblant plus particulièrement son frère.

Corey fit signe que non mais Gemma devina que Chad hésitait.

— Je peux peut-être vous aider, vous savez, insista-t-elle.

— Tout va bien, répondit Owen, on s'ennuie un peu, c'est tout.

Ce n'était pas la première fois qu'elle soupçonnait cette petite bande de lui cacher quelque chose, mais elle avait conscience qu'il n'y avait rien à faire. S'ils ne voulaient pas lui accorder leur confiance, elle ne saurait rien de leurs secrets de gamins.

Smaug leva la truffe brusquement puis se dressa sur ses pattes, intrigué.

— T'as déjà mangé assez de saucisses comme ça, toi, le gronda gentiment Chad, en lui caressant la gueule pour qu'il se rallonge. Il a fait son mendiant avec tout le monde, on aurait dit le Chien Potté version Shrek !

Mais ni Owen ni Corey n'embrayèrent, ni même ne sourirent. Gemma n'aimait pas les savoir tristes ou confus. Elle avait elle-même trop de souvenirs de sa préadolescence à fleur de peau. S'étaient-ils querellés ?

Smaug cherchait d'où provenait le fumet qu'il avait détecté et il quitta le groupe pour longer les buissons qui délimitaient la frontière entre le jardin et la forêt. Le chien tourna en rond plusieurs fois au même endroit.

— Vous voulez un truc à boire ? proposa Gemma, sans succès. Bon. Si vous voulez causer un peu, vous savez où me trouver, OK ?

Ils la saluèrent à peine et elle était en train de repartir lorsque Chad demanda :

— Tu sors avec le gros con finalement ?

Gemma se figea.

— Quoi ?

— Tu sais, le mec que tu voulais surtout pas voir au début… Je l'ai vu avec toi au cinéma hier. C'est ton petit copain ?

Le sang de la jeune fille se glaça. Son cœur monta à travers sa gorge jusqu'à palpiter bruyamment entre ses deux oreilles.

— Tu as vu quoi exactement ? s'enquit-elle d'une voix blanche.

— C'était bien lui, pas vrai ? Quand ça s'est rallumé, je l'ai aperçu, il partait de notre rang, mais même de dos je crois bien que je l'ai reconnu.

Chad n'avait pas assisté au… *Le viol. Tu peux le dire. Tu* dois *le dire.* Non, il n'avait rien remarqué.

— Ce n'est pas mon petit copain, trancha-t-elle avec plus de colère qu'elle ne l'aurait voulu avant de partir à grandes enjambées vers la maison.

Elle entra dans la cuisine, attrapa la première bouteille qui venait, du gin, et s'en versa une généreuse dose dans un verre avant de le couvrir de jus d'orange et de l'engloutir d'une traite. Elle reposa le verre vide en grimaçant et regretta aussitôt son geste. La chaleur inonda sa gorge puis son ventre, et elle ne tarderait pas à faire de même avec sa personnalité. Gemma ne buvait pas d'alcool. Elle doutait que ça puisse la rendre malade, mais elle craignait déjà de finir ivre, au milieu de tout le monde, et d'humilier les Spencer. Elle fila aux toilettes où elle se fit vomir, des larmes noyant ses prunelles. Elle s'embarrassait elle-même.

Lorsqu'elle retourna prendre l'air, une demi-heure plus tard, elle vit qu'on avait relancé les braises du cercle de pierres avec des piles de bois mort. La plupart des invités s'étaient rassemblés autour, et ils se réchauffaient devant l'immense feu qui se mit rapidement à crépiter, ses flammes léchant les étoiles comme pour faire fondre la nuit. Le cercle des convives, illuminés par le brasier, ressemblait presque à une secte, songea Gemma. Ils parlaient à voix basse, on aurait dit des litanies obscures, ou fixaient le bûcher d'un air contemplatif, presque mystique.

Un cri déchirant s'éleva depuis la forêt, entre souffrance animale et désespoir. Presque humain.

Puis les taillis s'agitèrent et une silhouette quadrupède surgit des fougères, galopant à en perdre haleine, filant entre les rares personnes qui ne s'étaient pas amassées autour du haut feu improvisé.

Gemma eut à peine le temps de reconnaître Smaug, que la foule s'écarta sur son passage. Elle comprit ce qui allait se passer une poignée de secondes avant que ça ne se produise et voulut tendre la main, comme si elle avait le pouvoir d'y changer quoi que ce soit à distance. Sa bouche s'ouvrit pour prévenir mais aucun son n'en sortit. Il était déjà trop tard. A posteriori, elle dut bien reconnaître que personne n'aurait rien pu faire pour l'en empêcher. Tout avait été si rapide. Et Smaug avait une telle détermination qu'il aurait été impossible de le stopper.

Elle le vit bondir dans les flammes.

Non pas à travers, mais littéralement à l'intérieur. Il avait visé pour atterrir au cœur même des braises les plus incandescentes.

Il tomba dans le bûcher avec un bouquet d'étincelles et aussitôt il se mit à gémir. De longues et terrifiantes plaintes qui vrillèrent les tympans et les âmes. Personne n'oublierait jamais ces hurlements de douleur… et de folie. Ce fut en partie presque aussi traumatisant que l'acte lui-même, l'image de ce chien dont les poils s'embrasèrent aussitôt, et dont la peau se cloqua dans la cage brûlante qui l'enfermait et rendait impossible toute tentative pour aller le récupérer. Le chien implorait la nuit de le soulager de sa démence.

Sa peau se fissura et sa chair meurtrie éclata avant qu'il ne se taise à jamais.

Dans le silence abasourdi qui suivit, vint alors le pire.

L'odeur de viande en train de cuire. Similaire à celle qu'ils venaient d'avaler. Presque appétissante.

29.

Ils étaient sonnés.

Comme s'ils avaient pris un uppercut en pleine tempe. Toute la famille Spencer se sentait groggy. L'impression d'un décalage horaire monstrueux qui sépare la conscience du reste, qui laisse flotter l'être dans son corps avec un détachement indifférent. Le réveil fut difficile. Heureusement, Tom avait veillé tard, après le coucher des enfants, pour évacuer ce qu'il restait du cadavre calciné de Smaug, et avec l'aide de Roy McDermott, il avait même jeté tous les reliquats du feu. Ne subsistait plus qu'une large auréole fuligineuse au centre de la pelouse. Tom avait tout essayé pour la faire disparaître, rien n'y avait fait, l'empreinte sinistre s'était imprégnée en profondeur sur le terrain.

Olivia alla chercher des burgers et des milkshakes aux goûts préférés des garçons, auxquels ils touchèrent à peine, encore sous le choc. Chad ne pleurait pas facilement, y compris lorsqu'il se faisait mal. Le voir le visage enfoui dans son coude toute la matinée, secoué de sanglots, creva le cœur d'Olivia qui se demandait comment ils allaient affronter cette journée, lorsque Gemma apparut dans l'encadrement de la porte de cuisine. Elle se sentit aussitôt coupable de ne pas parvenir à relativiser. Smaug était un chien, Gemma un être humain. S'il fallait hiérarchiser les drames, celui de la jeune fille était nettement plus grave. Mais les circonstances de la mort du labrador les hantaient. Jamais ils n'avaient entendu une histoire aussi sordide. Un chien qui se suicide. Parce que c'était exactement ce qu'il avait fait, il ne pouvait y avoir le moindre doute. Smaug avait traversé la foule droit vers le feu, pour se jeter dedans. Il n'avait pas cherché à le traverser, encore moins à s'en dégager dès que son poil s'était enflammé, non, il y était resté *volontairement*. Juste pour hurler à la mort et se laisser consumer.

Quel chien faisait une chose pareille ? *Non mais quel con ! Nous infliger cette horreur, à tous !* Olivia s'en voulut, une fois encore. La pauvre bête avait souffert le martyre. Il devait y avoir une explication. Était-il rongé par le cancer sans qu'ils s'en soient rendu compte ? Au point de soudain vouloir en finir… Les chiens ont cette capacité à encaisser sans rien dire, qui rend parfois difficile pour leurs maîtres de réaliser ce qui se passe. Cette idée semblait peu crédible. Pourtant Olivia tentait de comprendre. Smaug avait eu peur les premiers jours en arrivant, un vrai chien de ville, terrorisé par le premier raton laveur croisé ; se pouvait-il qu'il se soit fait une frousse de tous les diables en furetant dans la forêt, et qu'avec le monde il se soit emballé ? Avait-il seulement su ce qu'il faisait ? Olivia n'avait pas de réponse, mais son esprit avide d'explications et particulièrement cartésien ne cessait de produire des hypothèses dont elle savait pertinemment qu'elle ne pourrait les vérifier. C'était peut-être là le plus frustrant au final.

Son attention revint sur Gemma qui jouait avec baby Zoey.

Le terrible spectacle de la veille ne devait pas effacer ce qu'elle traversait.

Olivia vérifia que Tom n'était pas loin pour garder un œil sur les deux garçons et sur leur fille, puis elle fit signe à Gemma de la rejoindre.

— J'ai bien réfléchi, exposa-t-elle sur un ton qui ne souffrait aucune contradiction. Je veux que tu me donnes l'adresse de Derek Cox.

— Olivia, je ne crois pas que ce soit…

— Non seulement tu vas me donner son adresse, mais tu vas aussi venir avec moi.

*

Connor débarqua en milieu d'après-midi pour découvrir ses amis déprimés, assis en silence devant la maison. Corey lui raconta tout et Chad écrasa une nouvelle larme sur le coin de ses yeux. Owen n'avait jamais vu son cousin dans cet état. Il ne parlait pas, répondait à peine, et ne faisait que pleurer ou regarder par la fenêtre d'un air absent.

— Venez, on va faire un tour, commanda Connor.

— Pas sûr d'en avoir très envie, lâcha Owen.

— C'est important. Faut qu'on se parle.

Owen savait à quoi Connor faisait allusion. Le drame du chien n'avait fait que conclure une journée déjà passablement chargée en abominations. L'épouvantail bien sûr, qu'ils avaient tous vu cette fois, mais surtout la mort de Dwayne Taylor. Ils en avaient tous été témoins, et personne n'en avait rien dit. Fort Knox. Au moins jusqu'à nouvel ordre. Et Connor estimait que c'était maintenant. On ne pouvait pas attendre lorsqu'il s'agissait de la mort de quelqu'un.

— J'ai pas envie de retourner dans la forêt, avoua Owen.

— On va rester là, dans l'impasse, juste s'éloigner un peu de la maison. Allez, venez.

Chad se leva d'un bond, et sa détermination suffit à sonner le rassemblement. Tous suivirent.

Ils formèrent naturellement une ligne et remontèrent avec lenteur la rue bordée d'un sous-bois relativement dense. Connor se lança le premier.

— Vous n'avez rien dit ?

— À personne, répondit Corey.

— Fort Knox, approuva Owen.

— Bien. Je sais que c'est pas facile. J'ai pas arrêté de repenser à *lui* depuis hier. J'ai presque pas dormi cette nuit.

— Lui ? répéta Owen. Tu veux dire l'épouvantail ou Dwayne ?

Connor haussa les épaules.

— Aux deux en fait. Je revois sans cesse la tête de Dwayne sans sa mâchoire, avec sa langue et ses yeux…

— Stop ! ordonna Corey. On a compris. Nous étions tous là.

— On peut pas laisser son cadavre comme ça dans le champ, regretta Owen.

— Et tu veux faire quoi ? s'agaça Connor. Y retourner ?

— Non, prévenir un adulte au moins.

Le ton monta d'un coup.

— On en a déjà discuté, c'est pas possible ! Personne ne nous croira, ils vont nous poser mille questions, nous embrouiller les idées et j'ai vu des reportages là-dessus, à la fin, on sera tellement épuisés qu'on racontera n'importe quoi, on s'accusera les uns les autres et on finira en prison pour toute notre vie ! C'est ce que tu veux ?

— Mais on a rien fait ! s'indigna Owen.

Corey désigna Connor.

— Il a raison, avec les flics on sait jamais comment ça va finir. Si on tombe sur des bons, ça ira, mais si c'est des nuls, on est fichus.

— Nous ne savons même pas ce que c'était ! s'énerva Connor, témoignant une certaine fragilité qu'il tentait de dissimuler. Cet épouvantail, c'est certainement un maniaque déguisé.

— Déjà causé de ça, rappela Owen, crispé. Tu sais très bien que ce n'est pas un mec dans un costume. C'est impossible. On l'a vu de près, il n'y avait rien dans la citrouille ! Et il dégobillait des asticots de partout, et puis son odeur ! Non, bien sûr que non !

À ces mots, Chad releva le menton et d'une voix encore enrouée par l'émotion, il déclara :

— J'ai vu ce qu'il y avait dans la citrouille. Une espèce de lueur. Ou plutôt un mouvement, un truc encore plus noir que l'ombre dans laquelle il flottait, une spirale lente, ancienne et… mauvaise.

Tous l'écoutèrent religieusement, puis Connor, toujours en quête de sens, répondit :

— Rien que ça, si les adultes l'entendent, ils nous enfermeront dans un asile. Finalement, peut-être que

Corey avait raison, que c'est une drogue dans l'eau ou une sorte de délire comm…

— C'était pas une hallucination, objecta Owen. Nous n'aurions pas tous eu la même. Et dans ce cas, qui aurait tué Dwayne alors ? Nous ?

— Non…

— Alors arrête de dire des conneries !

Owen s'emportait et son ton les fit taire provisoirement. Ils avançaient dans l'ombrage de la canopée au-dessus de la route.

— Ça me fait flipper, finit par avouer Connor avec moins d'agressivité.

— Moi aussi, répliqua Owen.

— Au fond, je sais bien que c'est pas de la drogue, je disais juste ça pour… c'était con, c'est vrai. Mais y a forcément une explication.

Corey, toujours soucieux de rassembler, voulut conclure :

— On a tous les boules. Énormes, qui nous remplissent la gorge et nous empêchent parfois de causer. (Il eut alors un bref regard vers Chad.) Et on se sent largués. En tout cas, même pas en rêve on s'adresse aux flics. Surtout à cause du lance-flamme et de l'arbalète qu'on avait emportés. Avec tout le maïs cramé autour, on nous accusera d'avoir essayé de brûler Dwayne !

— J'ai paumé mon arbalète là-bas, fit Chad. S'ils la trouvent, il y aura mes empreintes dessus.

— Et alors ? répliqua Connor. Tu n'as pas de casier judiciaire. Donc tes empreintes ne sont dans aucun fichier ! Jamais ils ne vont penser à relever toutes celles des jeunes de la ville et de la région. Tant pis pour l'arbalète.

Connor se pencha pour attraper quelques cailloux et les lança machinalement en direction des fougères. Il ruminait. Owen le constatait, alors il finit par mettre les pieds dans le plat.

— Pourquoi tu voulais nous parler ?

Connor se mordit l'intérieur des joues. Il avait du mal à sortir ce qu'il avait sur le cœur. Il fit encore plusieurs pas et jeta sa dernière munition avant d'oser.

— Hier, quand on était dans la ravine, avant qu'on décide de faire Fort Knox sur tout ce qui s'est passé, tu as affirmé que nous n'étions pas seuls. Tu le crois vraiment ?

Owen dodelina, pas sûr de lui.

— C'est possible. En tout cas vous l'avez bien vu, l'épouvantail n'était plus lui-même lorsqu'il a voulu nous suivre dans la ravine.

— Il titubait comme un vieux clodo ! ricana Corey.

— Le machin n'a pas pu nous suivre, insista Connor. Hier tu as dit qu'il luttait avec quelque chose en lui, comme une sorte d'ennemi. Alors, OK, c'est probablement pas un mec déguisé, mais si c'était une sorte de système téléguidé ?

— Comment ça ? fit Corey.

— L'idée d'une lutte intérieure, c'est comme s'il était allé trop loin. Il y aurait une sorte de base, une batterie ou je ne sais quoi, et s'il dépasse la limite du truc, il s'effondre, un peu à la manière d'un drone si tu l'envoies hors de portée de la télécommande.

— Un robot ? On l'aurait vu quand il a brûlé… C'était de la paille à l'intérieur, pas des fils ou des circuits.

Connor haussa les épaules en déglutissant bruyamment.

— Je sais bien, mais quand même…

Il était évident qu'il fouillait la moindre hypothèse rationnelle pour s'y raccrocher, parfois maladroitement, sans y croire vraiment.

Chad renifla et dit :

— Non. L'épouvantail est venu jusque chez nous et c'est bien plus loin que la ravine en partant de son mât.

— Et c'était pas la première fois qu'il ne nous suivait pas dans la ravine, leur rappela Owen. Déjà, lorsqu'il nous avait coursés, le jour où moi je l'ai vu, il n'avait pas été jusque-là. Je crois que c'est pas lui le problème, c'est la ravine. Il y a une force là-bas qu'il ne supporte pas.

— Une sorte de rayon invisible ? proposa Corey.

— Je sais pas. Mais s'il existe une énergie noire capable d'animer un épouvantail pour en faire un tueur d'enfants, alors il se peut qu'il y ait une énergie blanche pour lutter contre.

— Tu lis trop de comics !

Chad vint en soutien de son cousin.

— Non, c'est pas idiot ! En cours de physique on nous a appris que tout est équilibre, pour chaque force, il y a son opposée, et c'est ça qui tient tout l'univers pour pas qu'il se casse la figure.

— C'est des conneries, ça, l'univers n'a pas besoin de tenir, il flotte. Et si ça se trouve, c'est juste la main de Dieu, et nous autres on ne peut pas la voir alors on s'invente des théories à la noix.

— Et qu'est-ce que ça change ? insista Chad. Que ce soit une force, une énergie ou Dieu et le diable, il y a en tout cas une présence qui a animé cet épouvantail, et ça tu ne peux pas le nier. Alors imaginer qu'il pourrait y avoir son contraire dans la ravine, moi, ça me paraît logique.

Il y eut un silence qui dura quelques mètres, seulement ponctué par le chant d'un merle, avant que Connor reprenne la parole.

— Comment expliquer que cette… *chose* soit là, dans un trou paumé comme la ravine ? Ça n'a pas de sens ! Il…

Owen le coupa :

— Pourquoi un démon s'incarnerait dans un épouvantail largué au milieu d'un champ où personne ne passe jamais ? Ça aussi ça ne veut rien dire et pourtant on l'a tous vu. Et Dwayne Taylor est…

Nouveau silence, pesant cette fois.

Chad s'arrêta et lorsqu'ils s'en aperçurent ils en firent autant un peu plus loin en se retournant vers lui.

— Il n'est pas mort, annonça Chad. Connor a brûlé l'épouvantail, mais ce qui le faisait vivre n'a pas été détruit, c'est encore là, quelque part dans ces bois.

— Pourquoi tu dis ça ? demanda Connor.

— Parce qu'il s'est vengé hier. À peine l'a-t-on carbonisé qu'il a répliqué.

— Smaug…, devina Owen.

Chad acquiesça.

— Tu l'as vu comme moi, Smaug a senti une présence hier soir, et il est parti voir… Quand il est revenu, il avait perdu la boule, il s'est jeté dans le feu.

— Comment on oblige un chien à se tuer ? fit Corey avec une grimace de dégoût.

— Je l'ignore, peut-être que ce sont les lueurs dans l'épouvantail qui l'ont forcé, mais c'est trop évident pour que ce soit une coïncidence. Le démon ou quoi que ce soit qui se servait du corps de l'épouvantail nous a fait passer un message hier.

Owen devint livide.

— Il va revenir pour nous ?

— Je crois pas, s'il l'avait pu il s'en serait pris à nous directement, pas à Smaug. Peut-être que tu as raison, Owen, et qu'il y a une force qui nous protège depuis la ravine.

— Alors on fait quoi ? s'alarma Corey.

Connor se mit la main devant la bouche en écarquillant les yeux avant de se souvenir :

— Juste avant de mourir, Dwayne a dit que son père mettait plusieurs épouvantails dans les champs chaque année !

Corey approuva :

— Il a dit qu'il en assemblait trois ou quatre !

— Nous allons y retourner pour tous les buter, annonça Chad.

— Ça va pas ? Et puis quoi encore ?

— Cette merde a tué notre chien !

— Et il a découpé Dwayne Taylor avant d'essayer d'en faire autant avec nos tronches ! s'écria Corey en panique.

— On a réussi à s'en faire un, on peut arriver à éliminer les autres. Moi je veux venger Smaug !

— Sans moi.

— Tu nous lâches ?

— C'est du suicide !

Owen leva les mains devant lui pour calmer le jeu.

— Apparemment, même lorsqu'on brise l'enveloppe, ça n'élimine pas ce qu'il y a dedans. Ce qu'il faut c'est comprendre ce qui se passe, déclara-t-il.

— Ah oui, et comment on s'y prend ? maugréa Corey. En trouvant le manuel d'instruction planqué dans le cul des épouvantails qui restent ?

Owen approuva.

— À peu près, oui. Il y a une bibliothèque à Mahingan Falls, n'est-ce pas ? Alors on va se renseigner sur l'histoire de cette forêt, et en particulier de la ravine. Ce n'est pas un hasard si elle abrite quelque chose. Si on découvre ce dont il s'agit, on pourra peut-être s'en faire un véritable allié.

— Non mais t'es sérieux, là ?

— Owen a raison, annonça Connor. Et si on sait ce qui se passe d'un côté, on saura qui est notre ennemi. Ainsi que ses points faibles.

Ils se rendirent compte qu'ils venaient d'atteindre l'extrémité de Shiloh Place. La rue formait un minuscule rond-point au milieu des arbres, et se concluait par une grille en fer forgé. Au-delà se dressait une splendide propriété encadrée de colonnes blanches dans l'architecture typique des maisons coloniales de la Louisiane.

— J'étais jamais venu si loin, avoua Owen. Je sais pas si je trouve cette maison magnifique ou si elle me file les jetons.

— C'est le domaine des Esperandieu, expliqua Connor. Une des plus anciennes familles de Mahingan Falls. Aujourd'hui il ne reste plus que les deux vieux. Je crois qu'ils n'ont pas eu d'enfants. Ils ne sortent pas souvent.

— Ils n'étaient pas là hier soir à la fête chez vos parents, ajouta Corey. Ils sont du genre à vivre sans téléphone, c'est tout juste s'ils ont une voiture.

Un engoulevent se tenait sur l'un des piliers de pierre qui bordaient la grille. Il observait ces quatre intrus de ses billes insondables. Les premières gouttes de pluie se mirent à tomber, mollement.

— Rentrons à la maison, murmura Owen. Je n'aime pas cet endroit.

30.

L'odeur de colle, de plastique et de désinfectant inondait le hangar où Derek Cox terminait son service du jour. Durant l'été, il travaillait en tant que manutentionnaire dans l'entrepôt du magasin de bricolage The Home Depot de Danvers East où Clive Cummings – l'assistant coach de l'équipe des Wolverines de Mahingan Falls – officiait en tant que responsable du personnel. Cummings, qui n'était pas réputé pour sa poésie lors des entraînements (qu'il assurait gratuitement sur son temps libre, rappelait-il à tout bout de champ), s'arrangeait toujours pour garantir assez d'heures à Derek afin qu'il empoche au minimum deux cents dollars la semaine, tout en calant son planning sur celui des préparations d'été de l'équipe de football américain pour qu'il n'en manque aucune. Cummings avait beau être un aboyeur de première sur le bord des terrains, doublé d'un grand pervers lorsqu'il fallait imaginer des exercices pour améliorer son cardio, Derek l'aimait bien, en grande partie parce qu'il lui garantissait l'essentiel de son argent de poche. Argent largement siphonné par sa voiture, une Toyota MR2 Turbo qui lui coûtait un bras en réparations régulières mais qu'il affectionnait tout particulièrement.

Il salua la secrétaire derrière sa baie vitrée – *une grosse truie immonde* selon ses propres mots, mais qu'il ne fallait pas froisser car elle avait l'oreille du patron – et se dirigea vers la sortie en se demandant si, pour rentrer chez lui, il passerait par Five Guys prendre un menu à emporter. Il devait aller courir ce soir, avec Jamie et Tyler, et il avait faim, mais craignait de se sentir trop lourd.

Derek tira sur son sweat-shirt gris des New England Patriots dont il avait coupé les manches aux ciseaux, à l'image de Bill Belichick leur entraîneur (plus parce que cela dévoilait les tatouages sur ses bras musclés que pour un réel hommage), et il constata avec fierté que ses pectoraux jaillissaient bien en dessous.

Absorbé par ses préoccupations, il ne vit pas l'obstacle se dresser subitement devant lui et la femme claqua des doigts sous son nez pour l'arrêter brusquement, avant qu'il lui rentre dedans.

Elle se tenait droite, au milieu du passage, dans l'encadrement de la porte de sortie et le fixait. Derek comprit que non seulement, elle n'allait pas s'excuser, mais qu'en plus elle devait l'attendre. Elle avait fait *exprès*, la garce. L'intensité de son regard lui fit réaliser qu'elle ne plaisantait pas et il la reconnut à cet instant. C'était celle qui employait Gemma, la MILF qui l'avait bien énervé, deux semaines plus tôt, en lui annonçant que sa petite copine n'était plus disponible pour lui. Bon, Gemma n'était pas *vraiment* sa petite copine, pas encore, mais maintenant qu'il l'avait coincée dans le cinéma pour lui glisser les doigts dans la chatte, Derek savait que ça n'était plus qu'une question de temps. À vrai dire, elle n'avait plus trop le choix ! Si elle ne cédait pas, il n'aurait qu'à raconter à tout le monde qu'elle l'avait laissé lui caresser le minou, et elle aurait tellement honte qu'elle reviendrait vers lui pour ne pas passer pour une fille facile… Ça marchait à tous les coups.

Derek espérait que la MILF n'allait pas encore lui faire perdre son temps pour expliquer que Gemma n'était pas disponible. Ça commençait à bien faire. Gemma était à lui. Elle devait se débrouiller pour le voir, boulot d'été ou pas. Il y arrivait bien, lui !

— Je viens d'acheter ça dans votre magasin, annonça la MILF en exhibant une cloueuse pneumatique qu'elle avait déballée et tenait par la poignée.

— Je suis plus en service, et je bosse pas pour le SAV, si vous avez un problème, allez voir à l'accueil. Hey, dites, vous employez toujours Gemma ?

La quadra sexy attrapa le sweat de Derek à la taille et il y eut une détonation pressurisée. KLANG !

Derek se retrouva accroché au chambranle de la porte, un clou enfoncé dans son sweat.

Cette salope vient de tirer sur moi ! Elle a fait un trou dans mes fringues !

— Elle fonctionne très bien, je n'ai pas besoin du SAV.

KLANG !

Elle venait de lui clouer le sweat au niveau de l'épaule. Derek était trop stupéfait pour réagir.

— Et oui, j'emploie toujours Gemma.

KLANG !

Le dessous de bras venait d'y passer. Cette fois, Derek reprit ses esprits et voulut faire un pas vers elle, mais le tissu émit un bruit suspect, menaçant de se rompre sur toute la hauteur. Cette salope l'avait littéralement cloué au chambranle ! Il était pour ainsi dire *attaché*.

— Vous êtes complètement tarée ! lâcha-t-il.

— Je sais ce que tu lui as fait au cinéma.

— Quoi ? Comm… Elle vous a raconté ?

Derek ne savait plus s'il devait en éprouver de la fierté ou être gêné. Est-ce que la MILF allait le sermonner ou est-ce que ça l'excitait ? Elle voulait qu'il lui règle son compte à elle aussi ? Le minimum de logique qui animait Derek Cox réalisa qu'elle n'était pas très ouverte, même dans ce qui pouvait se transformer en une version bricolage et trash de *Cinquante nuances de Grey*.

Le canon de la cloueuse se posa contre ses testicules et Derek émit un gloussement de surprise.

— Donne-moi une bonne raison de ne pas te les empaler ?

— Quuuu… q-quoi ?

Cette fois, elle ne plaisantait pas et il perçut la menace.

— Déconnez pas ! C'est… c'est à cause de Gemma que vous êtes là ?

— Tu l'as violée, espèce de merde.

La cloueuse s'enfonça et Derek recula légèrement sous la pression douloureuse, déchirant son sweat préféré à l'épaule.

— Non ! Non ! Pas du tout ! Je… Elle était d'acc…

KLANG !

Le clou fila entre ses cuisses et ricocha contre le béton dans son dos, laissant un minuscule orifice dans son pantalon de jogging. Une sueur froide remonta le long de son échine lorsque le canon revint se poser contre son pénis.

— Tu l'as violée, Derek. Forcer sa main dans la culotte d'une fille, c'est du viol. Tu imprimes ça ?

Il hocha vivement la tête, comprenant qu'il ne fallait surtout pas la contrarier.

— Tu sais qu'on va en prison pour ce crime, normalement ?

Il opina. La question n'était plus de savoir s'il était d'accord avec ce qu'elle affirmait mais plutôt de savoir comment il allait se tirer des griffes de cette psychopathe.

— Nous n'allons pas mêler la police à ça, tu veux bien ? reprit la femme. Nous allons faire notre justice entre nous.

Derek ne voyait pas où elle voulait en venir, mais l'idée d'esquiver toute histoire avec le chef Warden et surtout que cette dingue le lâche lui convenait alors il continua d'approuver.

— Et ça commence par des excuses.

— OK. Je m'excuse.

L'outil écrasa son sexe et Derek grimaça.

— Non, pas à moi, à elle.

La femme fit signe d'approcher à celle qui se tenait sur le côté, cachée le long du mur, et Gemma apparut. Elle avait du mal à soutenir le regard de son agresseur, les mains enfouies dans la poche ventrale de sa robe-blouse.

— Derek ? fit la femme. Je n'entends rien.

— Je m'excuse, Gemma.

KLANG !

Cette fois le clou effleura l'intérieur de sa cuisse, il déchira la peau sur plusieurs centimètres et provoqua un cri assez peu viril de la part de la star de l'équipe de football américain de Mahingan Falls.

— Sincère ! exigea la femme.

— Oui, oui ! Je suis désolé, Gemma. Je suis vraiment très désolé.

— Pour quoi ? demanda la femme.

— Pour t'avoir mis la main dans le pantal…

Derek gémit une seconde fois lorsque la cloueuse lui broya un testicule.

— Viol, Derek, c'était un viol.

— Je suis désolé de t'avoir violée… Je suis complètement désolé, je n'aurais pas dû.

Ses yeux commençaient à trahir un début de panique. Il mesurait enfin la gravité de sa situation et craignait de ne pas en sortir indemne. Il fut pris d'un élan de terreur en imaginant qu'elle pourrait lui empaler tout le sexe et faire de lui un eunuque. Une vie sans jamais plus bander lui parut insupportable. Il se tuerait.

— Je ne le ferai plus, ajouta-t-il spontanément, je ne te toucherai plus, c'est juré !

La femme secoua la tête, toujours en colère.

— J'ai bien peur que ça ne suffise pas. S'il doit y avoir une justice entre nous, il va falloir te montrer plus coopératif encore.

— D'accord, dites-moi ce que vous voulez ? Du fric ?

Nouveau cri. Le canon était en train de lui faire un mal de chien. Il fallait que ça s'arrête, ses couilles allaient exploser !

— Tu n'achèteras ni la justice ni l'honneur de Gemma, tu entends ?

— Oui ! Pardon !

— À partir de maintenant, à chaque fois que tu la verras, tu changeras de trottoir pour ne pas lui imposer ta présence écœurante, si tu dois la croiser dans un couloir, tu baisses la tête et tu te tournes.

— Pas de problème !

— Si tu parles de ce que tu lui as fait à qui que ce soit, je te retrouve et je te cloue les couilles sur la bouche, tu m'entends ?

Elle avait un regard glacial.

— Oui.

— Je veux que dans les deux ans tu aies quitté la ville.

— Quoi ? Mais je…

KLANG !

Le clou fila à moins d'un centimètre de ses testicules, Derek sentit le souffle le raser et lui entailler le bas de la fesse.

— OK ! OK ! Je déménagerai dès que possible !

— Regarde-la. Regarde-la !

Derek s'exécuta. Gemma ne semblait pas plus stoïque qu'il ne l'était.

— Dis-lui ce que tu penses vraiment de toi et de ce que tu lui as fait.

— Je… Je suis un abruti… Je n'aurais pas dû. C'était mal, je suis désolé, Gemma.

— Si tu veux garder tes couilles intactes, c'est le moment de faire mieux que ça, lui chuchota la femme à l'oreille.

— Excuse-moi ! Pardon de t'avoir… violée. Je sais pas ce qui m'a pris… J'ai pas pensé… Je… J'étais… je croyais qu'après ça tu voudrais sortir avec moi, que tu serais obligée. Tu es une fille super jolie, je savais pas comment faire… J'aurais pas dû.

Je suis désolé, vraiment. Un connard, voilà ce que je suis, un lâche et… et… et un pervers !

Coup d'œil vers la femme pour vérifier ce qu'elle en pensait et Derek ajouta :

— J'ai compris le mal que je t'ai fait. Je… ça n'arrivera plus jamais. Je le jure !

— Tu as une sœur ?

Derek secoua la tête.

— Alors pense à ta mère. Tu voudrais qu'un gars mette sa main dans la culotte de ta mère la prochaine fois qu'elle va au cinéma ?

— Non…

— N'oublie jamais ça. Et tout ce que tu viens de dire. Tu n'es pas excusé. Tu n'es même pas digne de poser le regard encore une seule fois sur Gemma. Si jamais tu ne respectes pas tes promesses, tu le regretteras toute ta vie, crois-moi. Si tu vas parler de ce qui vient de se produire à la police, alors je ferai en sorte que tu doives t'expliquer pour le viol également, et tu iras en prison.

La cloueuse s'éloigna de son entrejambe.

Il émanait de la femme une rage froide avec laquelle il était préférable de ne pas jouer. Derek se tut et acquiesça.

Puis elles partirent rapidement et disparurent à l'angle du bâtiment.

Derek avait les jambes flageolantes. Il mit une longue minute à trouver l'énergie pour tirer sur son sweat afin de se dégager. Bon pour la poubelle.

Il tremblait de tout son corps en marchant sur le parking. La peur noyait tout sentiment de rage ou de vengeance. Il sentait qu'il n'était pas passé loin du drame et palpa son sexe pour s'assurer que tout était bien là.

Lorsqu'il arriva dans l'allée où il s'était garé, il s'immobilisa aussi sec.

Ses pneus étaient crevés et on avait peint de grosses lettres sur toute la carrosserie, le même mot sur chaque flanc.

« Violeur ».

31.

Ethan Cobb commençait à se faire une raison.

La mort de Cooper Valdez resterait un mystère. Les analyses en laboratoire n'avaient pas mis en évidence la moindre substance douteuse dans son sang, et plus surprenant encore : son taux d'alcoolémie était particulièrement faible, surtout pour un consommateur excessif dans son genre. Ethan savait par expérience que les alcooliques qui se suicidaient – ou agissaient pour que ça finisse mal – s'imbibaient avant le passage à l'acte. Valdez, lui, n'avait pas eu besoin d'engourdir sa conscience, ce qui faisait quasi définitivement pencher Ethan Cobb vers l'hypothèse de l'accident, d'autant que les expertises confirmaient qu'il s'agissait bien de son sang retrouvé à l'arrière de son embarcation, près des moteurs.

Ils ne sauraient jamais.

Ethan s'était couché amer, après avoir longuement réfléchi, une bouteille de Maker's Mark posée sur la table basse dont le niveau avait sensiblement diminué à mesure qu'il acceptait l'issue de cette enquête.

Même les types de la FCC, la Commission fédérale des communications, mentionnés par le responsable de la radio locale, n'avaient pu l'aider. En fait, Ethan ne les avait pas retrouvés. Un passage éclair et repartis. Il avait hésité à appeler le siège de la FCC pour qu'ils transmettent son message à leurs agents de terrain, avant de renoncer. S'ils n'étaient pas venus le voir de leur propre chef, c'était la preuve qu'ils n'avaient rien trouvé. La piste de la radio ne menait nulle part, et si des professionnels dans le domaine n'avaient rien relevé d'anormal, ce n'était pas lui, simple flic local, aux compétences en la matière plus que limitées, qui allait faire la différence.

La mort de Cooper Valdez n'était rien qu'un gros tas d'embrouilles sans véritable sens. Les vies, les décisions et les actes d'hommes et de femmes, particulièrement à l'aube de leur mort, se révélaient parfois incompréhensibles d'un point de vue extérieur, sans aucune logique apparente sinon celle, indécryptable, de leur trajectoire intérieure. Ethan l'avait constaté pendant ses années de terrain à Philadelphie. Certaines enquêtes ne pouvaient s'expliquer, même se comprendre. Les itinéraires individuels n'avaient pas tous un sens, surtout lorsqu'ils s'achevaient dramatiquement. Il en allait de même pour Cooper Valdez, quoi qu'il ait pu se dire pour en arriver à détruire la moitié de ses possessions avant de fuir en pleine nuit sur son bateau et de tomber à l'eau, au milieu de ses moteurs. Fin de l'histoire.

Ethan s'endormit sur les draps, en caleçon, la ligne d'horizon qui tanguait, dans le silence de son appartement.

Il partit loin, très loin dans les profondeurs du repos, et ne remonta que contraint et forcé, avec une grande difficulté.

Lorsqu'il avala péniblement sa salive à cause d'une gorge trop sèche, il se demanda quelle heure il pouvait bien être puisqu'il n'entendait ni son réveil, ni l'agitation habituelle de la rue au petit matin. Puis il sentit l'odeur.

La base était celle de la forêt un jour de forte pluie, humus et champignon. Dessus se posait, bien plus âcre, un fumet de viande froide, le goût du fer, du sang, le tout enveloppé d'un relent de graisse macérée, de pourriture intense, violente. Soudain l'odeur tout entière tourna et la couche rance, celle qui pénétrait le nez et imprégnait les muqueuses, s'intensifia jusqu'à devenir nauséabonde d'acidité, presque à vomir.

Ethan reconnut immédiatement le parfum de la mort.

Il ouvrit les yeux et découvrit qu'il faisait encore noir dans la chambre. Il était au beau milieu de la nuit.

Il ne comprenait plus rien. Pourtant il *sentait*. Il secoua la tête. Il ne pouvait y avoir un cadavre ici, avec lui.

Il tâtonna sur sa table de chevet à la recherche de son téléphone portable qu'il alluma d'une pression pour vérifier machinalement l'heure.

Le halo blanc éclaira le visage enfoncé, atroce, de Rick Murphy, juste à côté, face à Ethan. Le nez et les yeux n'étaient plus qu'une cavité de chairs béantes et racornies, et sa mâchoire inférieure pendait horriblement, maintenue par des tendons d'un côté et un filament de peau de l'autre.

Ethan serra les draps et voulut reculer mais l'arrière de son crâne se heurta au mur.

Rick Murphy, le plombier écrasé dans le vide sanitaire du vieux McFarlane, le suivit de son regard aveugle, et un gros morceau se décolla du palais, sa langue craquelée. Un croassement remonta de sa poitrine creuse et un liquide noir et poisseux s'écoula par l'ouverture qu'était sa bouche.

— …ourquoi…, sorti de ses entrailles. ourquoi… u m'as… ouvert ?

Le visage inhumain s'éloigna et une main aux doigts incomplets, l'extrémité rongée, vint se poser sur les grosses coutures noires qui partaient des épaules et se rejoignaient sur son sternum. Les traces de l'autopsie.

Ethan respirait à peine. Le cadavre pourrissant de Rick Murphy était en train de lui demander pourquoi il l'avait disséqué. L'air lui manquait. Son cœur menaçait dangereusement de faire sauter son rupteur.

Quelque chose glissa sur le lit et une poigne froide se resserra sur le bras d'Ethan qui crut qu'il allait faire une crise cardiaque. Murphy l'attira à lui avec une force irrésistible. Il pencha son faciès difforme vers lui.

— … ils… arrivent…, murmura la voix dans un souffle méphitique de putréfaction. F-fuis… tant ue tu eux… l-l-loin.

Ses muscles déshydratés émettaient des sons horribles à chacun de ses mouvements. Des fragments de terre maculaient ses cheveux. Rick Murphy sortit de la tombe. La poigne se desserra et il recula dans l'obscurité jusqu'à se confondre avec les ténèbres.

— Fuis, E-Ethan…

L'esprit du lieutenant disjoncta à ces mots et il s'effondra sur son oreiller.

Lorsqu'il revint à lui, il sursauta et battit l'air comme pour se défendre.

Le réveil de son téléphone sonnait.

Sept heures.

Ethan vérifia sa chambre d'un coup d'œil encore paniqué et se renfonça dans ses draps en constatant qu'elle était vide et que le jour pointait sous les doubles rideaux. *Putain de cauchemar.* C'était la faute d'Ashley. Elle l'avait fait culpabiliser d'avoir imposé une autopsie au corps de Rick Murphy pour rien, et maintenant ça le hantait. *Mais bon Dieu, que c'était réaliste !*

Il se massa longuement les tempes et les paupières puis émergea lentement. Il avait besoin d'un café et d'une douche.

Il renifla. Il perçut une légère odeur désagréable. Un reliquat de pourriture.

Non, non, non. C'est juste mon imagination. À cause de ce cauchemar !

Il posa le pied sur la moquette et ce qu'il y vit le fit se raidir avec un spasme incontrôlable.

Un asticot jaune se tortillait entre les fibres.

Ethan mit une minute à réagir avant que son sens logique ne trouve une explication. Il prenait les choses à l'envers, bien sûr. Aucun mort ne lui avait rendu visite pendant la nuit. C'était impossible. Inconcevable. Le ver était déjà là hier soir, probablement à cause de sa négligence, un bout de nourriture oublié quelque part. Son inconscient l'avait remarqué et il s'en était servi pour tisser ses rêves.

Ethan décida que c'était cohérent avant de filer vers la salle de bains.

Oui, c'était ça. De toute manière, y avait-il une autre option ?

Les morts ne rendaient jamais visite à quiconque, même pour prévenir de… De quoi au juste ?

Ethan n'avait pas envie de se souvenir. La chair de poule lui couvrit le corps et il fonça sous la douche brûlante. Il avait besoin de se laver. De chasser ces images et ces sons morbides.

Et débarrasser son corps de cette odeur dégoûtante.

*

La journée fut à l'image de ce mois d'août : longue, pleine de promesses mais frustrante à l'arrivée. Ethan dut se charger d'écouter les doléances que le chef Warden s'épargnait, de régler des querelles domestiques, d'arbitrer entre deux voisins prêts à s'écharper avec leurs taille-haies respectifs et lorsqu'il rentra chez lui, il se demanda pour la première fois s'il avait bien fait de quitter Philadelphie pour venir ici.

Qu'est-ce qui te fait croire que tu as eu le choix ? se répondit-il aussitôt.

Le frigidaire était vide et l'épisode de l'asticot retrouvé au réveil lui donnait envie de fuir l'appartement ou de le nettoyer intégralement du sol au plafond, ce dont il n'avait pas l'énergie à vingt et une heures passées.

Lorsque le téléphone sonna avec le nom d'Ashley sur le cadran, Ethan décrocha avec l'espoir fou qu'il se soit passé quelque chose d'un peu excitant qui allait l'occuper pour la nuit.

— Lieutenant, je vous dérange ?

— Non, au contraire.

— Vous n'êtes pas en service.

— Fini. Et vous ?

— Vous êtes seul ?

— Oui. Vous allez bien, Foster ? Vous avez une drôle de voix…

Ethan remarqua qu'il y avait du bruit derrière elle, un soupçon de musique.

— Vous êtes dans un bar ? devina-t-il.

— Vous auriez dû faire flic…

Après une courte analyse, Ethan demanda :

— Vous avez bu ?

— Un peu. Dites… Vous… Vous ne voudriez pas venir ?

— Un problème ?

— Ça dépend de ce que vous rangez dans la case « problème ».

— C'est le sergent Foster qui me le demande ou Ashley ?

Elle prit le temps de réfléchir pour répondre.

— Je n'aurais pas dû vous déranger, pardon. Oubliez, à dem…

— Laissez-moi le temps de me changer, marre de l'uniforme, et j'arrive.

Ashley Foster se tenait assise sur un des hauts tabourets du bar, au Banshee, les coudes encadrant une bière pour se soutenir.

— Vous en avez pris combien avant celle-ci ? fit Ethan en s'installant à côté.

— Pas encore assez.

— À ce point ?

Elle fronça les sourcils.

— C'est à cause de M. Foster ? poursuivit Ethan en constatant qu'il n'était plus temps de faire des politesses avant d'aborder le cœur du problème.

— Je ne suis pas de nature à rejeter la faute sur les autres. C'est moi qui suis tombée amoureuse et qui l'ai épousé. Donc c'est ma faute aussi.

Ethan commanda un bourbon et pivota vers la jeune femme. Même alcoolisée, dans sa chemise à carreaux rouges et blancs, ses cheveux renversés d'un côté, comme un rideau pour se protéger des autres clients du bar, elle était séduisante.

— Vous savez, je me mêle de ce qui ne me regarde pas mais il existe des solutions pour les couples en difficulté.

— Déjà essayé la thérapie. Marre de payer soixante-dix dollars à un arbitre juste pour qu'on puisse se balancer à la gueule ce qu'on n'ose plus se dire au quotidien. Et puis vous savez quoi ? Dans le fond, passé les vieilles rengaines habituelles, je n'ai rien à lui reprocher. Mike est gentil, plutôt beau gosse, il a un boulot, et n'est ni violent, ni alcoolique, dit-elle en levant sa chope devant elle avec un rictus ironique.

— Mais vous ne l'aimez plus.

Ashley se mordit les lèvres avant d'avaler une longue gorgée de bière.

— Mes parents diraient que l'amour se tisse, reprit-elle, à la longue, sur le canevas des premières passions, fil par fil, année après année, à deux, et que c'est cette complicité qui maintient un couple uni.

— Vous n'êtes pas d'accord ?

— J'ai toujours détesté les fichues broderies qu'on encadre, je trouve ça cucul et moche. Je ne suis pas une tisseuse.

— Au risque d'enfoncer des portes ouvertes, soyons lucides, préserver la passion sur plusieurs années, c'est compliqué… À moins d'entretenir une relation explosive, entre fortes personnalités, mais je peux vous dire par expérience que c'est aussi voué à l'échec.

— Ah ! s'exclama Ashley. Nous y voilà enfin. Le mystérieux passé du lieutenant Ethan Cobb.

— Ce n'est pas un mystère, j'ai trente-cinq ans, j'ai eu mon lot d'histoires, parfois compliquées.

— Comment s'appelait-elle ?

— Laquelle ?

Regard amusé et malicieux d'Ashley.

— Celle qui a le plus compté. Il y en a toujours une.

— Janice. Sept ans. C'est la dernière en date. Une flic.

— Ouh ! Mauvaise idée.

— Je ne vous le fais pas dire.

— Elle vous a brisé le cœur, pas vrai ?

Ethan dodelina, incertain.

— Peut-être pas le cœur, mais au moins les illusions.

— C'est à cause d'elle que vous avez quitté Philadelphie ?

Cette fois Ethan pencha la tête vers son verre.

— Non.

La musique meubla le silence qui tomba entre eux.

— Je suis désolée, fit Ashley, ça ne me regarde pas.

— Non, au contraire. Je sais qu'il se raconte des choses dans mon dos.

— Ça, je ne peux pas le nier. Un jeune inspecteur qui débarque de la ville ici, alors qu'il n'y a aucune attache particulière, oui, il en court des rumeurs à votre sujet.

Il la regarda avec douceur.

— J'en ai entendu quelques-unes. Je ne suis ni un mauvais flic, ni un fuyard qui a largué sa famille pour se planquer ici, toutes ces conneries sont fausses. J'ai… J'avais besoin d'aller là où mon nom ne signifie rien pour personne, c'est tout.

— Votre nom ?

— Aujourd'hui ces tragédies arrivent presque chaque semaine alors on ne les retient pas toutes… Vous ne vous en souvenez probablement pas, il y a deux ans et demi, un homme est entré dans le commissariat du 24e district de Philly, à Kensington, c'était lui-même un flic, et il a ouvert le feu sur ses collègues, en tuant onze avant d'être abattu.

— Je me souviens très bien. Un flic qui en tue d'autres, ça n'est pas banal…

— C'était mon frère. Jake Cobb.

Ashley se redressa.

— Merde…

— Comme vous dites. Nous étions flics de père en fils depuis trois générations. Chez les Cobb, c'était plus qu'une tradition, un honneur, un devoir, l'emblème de notre filiation. Notre père et notre grand-père, sans mentionner les oncles, avaient tous leur photo, leur nom, et parfois leurs actes de bravoure gravés aux quatre coins de la ville. Les Cobb, dans la police de Philadelphie, c'était une légende. Qu'un officier de police ouvre le feu intentionnellement sur ses camarades, c'était déjà un tremblement de terre, mais que ce soit un Cobb, je vous laisse imaginer la déflagration.

Ashley avait reposé son verre sans y boire, scrutant Ethan avec attention.

— Pourquoi a-t-il fait ça ?

Ethan, lui, avala d'une traite son whisky, les yeux dérivant dans le vague.

— Jake était fragile et sous une pression constante. Il n'aurait jamais dû entrer dans les forces de l'ordre, il n'était pas fait pour ça. Sa femme venait de le quitter, brutalement. Il avait des problèmes de dépression. Graves. Mais chez les Cobb, nous avions été élevés dans la fierté, hors de question d'avouer ses faiblesses. Il ne fallait pas montrer ses états d'âme, pas embêter les autres avec ses failles, nous étions « des hommes », des durs, des conneries comme ça. Jake a tellement bien retenu la leçon qu'il a caché ce qu'il traversait, sans parvenir à ce que ça ne déborde pas. Sa femme m'a alerté, j'ai senti que Jake n'allait pas bien, mais…

Ethan prit une profonde inspiration. Ashley posa une main sur la sienne.

— Je suis désolée.

— Quand il a tué tous ces flics, j'ai cru que d'une certaine manière, j'étais aussi responsable.

— Non, vous…

— Je sais bien tout ça, la culpabilité, et ainsi de suite. Mais on a beau savoir, ça n'empêche pas de ressentir. Je ne supportais plus les regards des collègues, je me suis tiré.

— Vous avez ce job dans le sang, donc vous avez continué, loin, dans un coin isolé où personne ne vous connaît, compléta Ashley.

— À peu près.

— Et Janice dans tout ça ?

Ethan haussa les épaules.

— Rien à voir. Nous n'avons pas réussi à prendre soin de notre relation, c'est tout. Deux fortes personnalités, des étincelles et beaucoup de flammes à l'arrivée.

Ashley lui caressa la main avant de retirer la sienne pour boire. Suivit alors un long silence dans la clameur des conversations autour et de la musique qui descendait du plafond. Ashley l'observait.

— Vous n'avez pas renoncé à votre carrière dans la police, dit-elle, même si vous avez changé vos plans. Est-ce pareil en amour ?

Ethan inclina la tête et fronça les sourcils.

— L'alcool vous fait perdre toute retenue, vous.

— Je cède à ma curiosité après deux pintes. Alors ?

Ethan ricana.

— Je ne me pose pas encore cette question. Et vous, « sergent » ?

— Ouch, fit-elle en levant son verre, moi j'en suis à chercher des réponses dans l'alcool lorsque je ne sais plus quoi faire.

Ils restèrent ainsi sans parler, un peu mal à l'aise, conscients qu'ils venaient de pénétrer sur un territoire intime qu'il serait difficile d'oublier ensuite, cherchant comment s'en échapper avec le plus d'habileté possible. Ethan opta pour un retour à ce qui les liait.

— Heureusement, nous avons des camions pleins de bombonnes de gaz qui se renversent, des voisins agressifs, quelques poivrots qui dérangent la tranquillité de la voie publique et de rares affaires de drogue lorsqu'on tombe sur un joint à moitié fumé dans une ruelle !

— Vous n'étiez pas sur le camion aujourd'hui, c'est moi qui ai dirigé les opérations, et je peux vous dire que c'était un vrai merdier !

— Je sais, j'en ai entendu parler en rentrant. J'étais à West Hill en train de négocier un traité de paix entre les O'Connor et les Jacobs pour une stupide histoire de délimitation de propriété.

— Vous n'étiez pas à la ferme Taylor ?

— Taylor ? Non. Qu'est-ce qui s'est passé là-haut ?

— Vous n'êtes pas au courant ? Le fils, Dwayne, il a disparu. En tout cas c'est ce que racontent ses parents. Il n'est pas rentré la nuit dernière.

Ethan se repassa le film de la journée et comprit que Lee J. Warden l'avait volontairement éloigné à ce moment. Il avait trouvé surprenante sa façon d'insister pour que ce soit lui, lieutenant, qui grimpe sur West Hill régler avec diplomatie une querelle de voisins, aussi « importantes » soient ces deux familles dans la communauté. Il en avait profité pour déléguer son protégé, Paulson, chez les Taylor.

— C'est sérieux ? s'enquit-il.

— Warden affirme que non. Dwayne est un lourdaud qui a trouvé la cachette de gnôle de son père et qui cuve dans un coin, honteux, pense-t-il. Ou au pire, Warden a dit que Dwayne s'était tiré à Salem, voire à Boston, pour se dévergonder, et qu'on le reverrait dans moins d'une semaine.

— Warden ne prend rien au sérieux. Bon sang, Ashley, il y a une accumulation de faits qui devrait l'alerter !

— Il pense que si c'est une fugue, Dwayne est parti rejoindre Lise Roberts.

— Lise a disparu le mois dernier ! Ils se seraient enfuis ensemble si c'était volontaire ! Et vous, ça ne vous inquiète pas, toutes ces affaires ?

Ashley inclina la tête en arrière pour réfléchir.

— Eh bien… Mahingan Falls a été tellement tranquille pendant des années… Warden n'a peut-être pas tort, c'est la loi des séries. On prend en un été ce qu'on aurait dû accumuler en cinq ans. De toute manière, c'est lui, le patron.

Ethan fit la moue.

— Le chef Warden est un vieux planqué qui ne veut surtout pas que ça déborde, que le district attorney Marvin Chesterton s'en mêle, parce qu'il le déteste et qu'il ne supporte pas qu'une autre forme d'autorité que la sienne puisse lui dire quoi faire chez lui. S'il continue ainsi, ça va mal finir.

— Ne vous mettez pas Warden à dos.

— Vous m'avez déjà prévenu.

— J'insiste. La police d'une petite ville comme chez nous, ce n'est pas une démocratie, ne l'oubliez pas. Le chef Warden a les pleins pouvoirs. Et il n'aime pas particulièrement se restreindre. Ce serait dommage pour nous que vous soyez obligé de refaire vos valises à peine arrivé.

Elle avait fait pivoter son tabouret pour être face à lui et elle posa une main sur son genou pour se pencher dans sa direction. Elle le fixait d'un air étrange.

— Ashley ? Ça va ?

— Je crois que je viens de trouver.

— Quoi donc ?

— Ce dont j'ai besoin.

Elle se rapprocha d'un coup et déposa ses lèvres pleines sur les siennes en laissant remonter un doux gémissement.

Pendant une seconde, Ethan sentit la chaleur du désir l'inonder et le contact de la langue chaude de sa partenaire le fit frissonner. Il eut terriblement envie de la serrer contre lui, de sentir ses seins s'écraser sur son torse, de l'envelopper de ses bras, il avait *besoin* de sa peau contre la sienne, de dormir en écoutant son souffle sur l'oreiller…

Il parvint à puiser dans son sens moral suffisamment de force pour se reculer pendant qu'une petite voix, en lui, le maudissait d'être aussi droit dans ses bottes.

— Vous êtes ivre.

Elle demeura en suspension un bref moment, comme si elle ne parvenait pas elle-même à croire ce qu'elle venait de faire et se tourna à nouveau vers le bar en fermant les paupières.

— Que je suis conne…

— Venez, je vous ramène.

— Non, ça va.

— Je suis lieutenant de police, je vous rappelle, je peux vous arrêter pour conduite en état d'ébriété. Ne discutez pas.

Lorsqu'ils sortirent du bar, Ethan tint la porte pour qu'elle puisse passer et Ashley l'effleura de sa poitrine. Leurs regards se croisèrent et elle s'immobilisa. Dehors il tombait des trombes d'eau. Elle hésita. Lui aussi. Le moment sembla s'éterniser. Des puissances intérieures s'affrontèrent dans un fracas douloureux.

Puis la porte se mit à grincer tandis qu'Ethan la relâchait et ils filèrent sous la pluie, conscients de l'électricité qui crépitait dans l'air bien au-delà de l'orage qui menaçait. Pendant tout le trajet, Ethan ne cessa de penser aux deux badges de police et à l'alliance qui s'intercalaient entre eux. Tout ce métal crissait contre sa volonté. Les essuie-glaces en faisaient autant sur le pare-brise. Il ne voyait presque rien, sa vision réduite au minimum, sur la route comme dans son cœur.

Voulant absolument clarifier son esprit, il chercha à projeter ses pensées ailleurs, sur un sujet plus concret, et songea alors à ce qu'Ashley lui avait raconté. Une nouvelle disparition.

Ethan ne croyait pas aux coïncidences.

Les choses s'accéléraient. Une ombre planait sur Mahingan Falls, et il en ignorait la nature exacte ; il savait seulement qu'elle étendait ses ramifications, semaine après semaine, et que personne n'y prêtait attention. Personne ne *voulait* voir.

Et ensuite ? Lorsqu'elle serait prête, ne serait-il pas trop tard pour l'empêcher de se refermer sur eux tous ?

Cette fois, son désir s'était envolé.

32.

Elle s'appelait Jenifael Achak.

Née d'un père trafiquant de fourrures et d'une mère indienne, probablement de la tribu des Pennacooks, nul ne put établir sa naissance avec certitude, sinon qu'elle arriva à Mahingan Falls vers 1685 à un âge approchant la trentaine, après avoir vécu quelques années dans le village lointain de Dunwich réputé pour son isolement, sa consanguinité et les mœurs douteuses de ses habitants.

Jenifael Achak s'installa avec ses deux enfants, sans mari, ce qui n'était pas pour plaider en sa faveur, d'autant plus lorsqu'il fut remarqué qu'elle ne fréquentait aucune des trois églises déjà existantes dans la bourgade.

Jenifael focalisa à elle seule la démence et la cruauté de ce qui devint avec le temps l'affaire des « sorcières de Salem ». Tout avait commencé par des rumeurs, des délations, à Salem Village, des filles se plaignant d'avoir été envoûtées, ce que des historiens décryptèrent plus tard comme des moyens de régler des querelles de famille, des luttes d'influence. Mais les témoignages s'accumulèrent, des visions d'horreur, des maléfices, des alliances contre nature, le tout sous l'influence de Satan. Bientôt, un climat de méfiance générale s'installa, chacun pointant du doigt son voisin, l'étranger, ou celle qui ne s'intégrait pas parmi la communauté. Le contexte s'y prêtait particulièrement bien : l'hiver 1692, glacial, avait épuisé et affamé la population, le territoire sauvage entouré d'Indiens belliqueux exacerbait le sentiment d'insécurité et il n'y avait aucun gouvernement légitime pour ordonner et encadrer les colères. Les esprits s'échauffaient, les tensions s'accumulaient avec les rancœurs, et ne manquait plus que l'étincelle religieuse pour mettre le feu à toute la région. C'était une autre époque. Plus dure. Plus cruelle. L'existence était plus âpre, chacun se devait de lutter jour après jour pour subvenir à ses besoins au sein d'un monde violent niché au milieu de forêts immenses, dangereuses et inquiétantes.

Les premières dénonciations tombèrent juste avant le printemps et les braises se propagèrent de village en village en quelques semaines seulement. Les victimes se retrouvaient confrontées à des hordes d'accusateurs et il ne leur était laissé que le choix de confesser leur pratique de la sorcellerie ou d'être pendues. Des clans se formèrent. Celles et ceux qui s'y opposèrent furent à leur tour calomniés, souvent arrêtés pour des motifs de complicité avec le diable.

Jenifael n'échappa pas à l'épuration. Différente, vivant de ses connaissances de la nature héritées de sa culture indienne, il s'en trouva même à Mahingan Falls pour assurer qu'ils l'avaient vue la nuit forniquer avec des porcs et un bouc ; les veaux difformes lui furent imputés, et les nouveau-nés morts prématurément également. Une véritable haine déferla sur elle. On accusa ses enfants d'être inhumains, fruit de ses unions nocturnes démoniaques. Elle fut la cible d'un tel acharnement, qu'il fut supposé a posteriori qu'elle avait été la maîtresse de plusieurs notables de la ville. Différentes références à sa beauté furent retrouvées dans les notes liées à son arrestation, ses auditions et son « procès », on en conclut donc que les femmes de ces maris volages avaient mené dans l'ombre cette vendetta personnelle.

Jenifael fut emprisonnée, tout comme ses enfants qu'on prit soin d'éloigner de leur mère, et après de longues séances de « confessions » dont elle ressortit incapable de marcher pendant plusieurs semaines, elle avoua tous ses crimes diaboliques. Promesse lui fut faite, en échange notamment du détail de tous les philtres et charmes qu'elle avait supposément lancés autour d'elle, que ses filles seraient relâchées et placées dans un orphelinat de Boston. Mais le jour de son exécution, les fillettes furent amenées sur la place pour assister au châtiment de leur mère, afin de, disait-on, les guérir de toute attirance malsaine à venir. Sauf que la foule rassemblée ce jour-là, en partie galvanisée par quelques meneuses venues expressément de Mahingan Falls, se déchaîna. Les archives retrouvées mentionnent de nombreux cris, des encouragements pour les lapider, et autres invectives visant à punir les fillettes tant qu'elles n'étaient pas encore devenues de puissantes adoratrices du Malin. La tension grimpa, la rage s'amplifia, la folie s'empara du public et ce qui commença par quelques gifles à leur passage se transforma en jets de pierres, puis en coups et, enfin, les gardes, dépassés et effrayés, abandonnèrent leurs prisonnières à leur sort. Chacun se saisit de ce qu'il put attraper des deux jeunes victimes et tous tirèrent dans un élan collectif de démence sadique.

Jenifael Achak assista, impuissante depuis la cage en fer où elle se trouvait, à la mise à mort de ses deux enfants terrifiées dans un pugilat insensé.

S'ensuivirent dix coups de bâton pour la sorcière, pour le préjudice subi par la ville. On lui brisa les membres en cinq morceaux chacun pour avoir menti au préalable, puis elle affronta le supplice du garrot jusqu'à perdre connaissance avant qu'un docteur ne la réanime pour qu'elle soit arrimée à une potence d'où on la jeta vivante au milieu de hautes flammes afin qu'elle brûle vive sans mourir asphyxiée par la fumée comme c'était normalement le cas lors des bûchers. La corde qui lui passait sous les bras fut relevée six fois, écrivit-on, chaque fois pour l'extraire du feu avant qu'elle ne succombe, afin de lui redonner de l'air frais avant de la rebasculer sur les braises ardentes. Elle mourut lorsque ses épaules cédèrent et que son corps glissa de la corde pour tomber une bonne fois pour toutes au milieu des fagots embrasés sous les vivats de la foule hystérique.

Gary Tully avait consigné toute son histoire dans le dix-huitième de ses carnets noirs. Elle s'était imposée à lui subitement, au détour de ses lectures, lorsqu'il décida d'approfondir le fameux mythe de la sorcellerie et en particulier cet épisode tragique de la Nouvelle-Angleterre. Il avait nourri un intérêt qui vira rapidement à l'obsession. Tout était parti du visage de la jeune femme qu'il débusqua sur une gravure d'époque et qui le fascina. Tully le reconnaissait lui-même, Jenifael Achak, comme ses camarades, n'avait probablement de sorcière que l'excentricité de ne pas se fondre dans le moule puritain des habitants soudés et profondément religieux de la région. Elle n'avait pas de pouvoirs monstrueux, pas plus que d'influence néfaste, sinon peut-être d'avoir cédé à la facilité de la luxure avec un ou plusieurs notables en échange, supposait-on, de quelques vivres, bétail ou pièces qui l'aidèrent à nourrir sa famille. Pourtant, sorcière ou pas, Gary Tully se mit à nourrir un désir profond d'en savoir plus.

Tout bascula à l'automne 1966, lorsqu'il vint enfin visiter la Nouvelle-Angleterre, terres de Jenifael Achak, en commençant par Dunwich, puis Danvers (le nouveau nom de Salem Village) et enfin Mahingan Falls.

Cela se résuma en un paragraphe de son écriture serrée que Tom relut plusieurs fois, assis à son bureau tandis que dehors une averse violente effaçait le paysage.

« Je ne crois pas à la destinée, mais fondamentalement que les énergies psychiques qui constituent les êtres vivants peuvent s'entremêler jusqu'à tresser un lacis complexe que l'on appelle spiritisme. La mort n'étant que la rupture de la membrane retenant cette énergie personnelle, il est à envisager que nous

évoluons dans un bain de forces diverses auxquelles nous sommes imperméables pour la plupart, à moins d'exercices réguliers, voire de facultés naturelles pour parvenir à percevoir ces entrelacs au sein desquels nous vivons. Les plus obstinés et doués d'entre nous sauront interagir avec ces rémanences de vies anciennes, éparpillées et bien souvent elles-mêmes désemparées, incapables de comprendre et d'agir sous cette forme totalement dépourvue de connexion avec le monde physique. Ils pourront ainsi former un lien, aussi ténu soit-il, entre l'éther des énergies répandues et celles, contenues, que nous sommes individuellement. En ce sens, je ne crois pas à la destinée, mais plutôt au fait qu'elle m'ait guidé jusqu'ici. Depuis le début, c'est elle qui m'inspire, ses fluides invisibles influençant les miens. Je le sais désormais. Je l'ai trouvée et ça ne peut être un hasard. Elle le voulait. Je vais vivre ici, sur ses terres. »

Par ces mots s'achevait le carnet.

Le suivant, le dix-neuvième, bien que n'étant pas daté précisément, semblait avoir été entrepris plusieurs mois après, sinon une année entière, car Gary Tully évoquait le printemps et diverses choses qui avaient pris du temps, à commencer par son installation à Mahingan Falls, les longs travaux pour remettre en état la Ferme qu'il avait acquise aux

Trois Impasses et ses recherches concernant Jenifael Achak.

Tom interrompit sa lecture en entendant les garçons rentrer à la maison et décida qu'il était plus important de prendre de leurs nouvelles que de satisfaire sa curiosité. Il tapota néanmoins la couverture en cuir épais, dubitatif. Si passionnante que soit devenue sa lecture, plutôt que de répondre à ses interrogations, elle ne faisait qu'ajouter des questions supplémentaires.

Il trouva les deux adolescents, ruisselants de pluie, en train de vider une bouteille de limonade dans la cuisine et ne put s'empêcher de songer à l'enfer qu'avait enduré cette pauvre femme. Rien que d'assister à la torture de Chad ou d'Owen, il serait devenu fou à s'en arracher les ongles contre sa cage.

Dieu merci, ils étaient bien là, en pleine santé. *Un peu secoués tout de même...*

« L'incident » avec Smaug les avait tous choqués. Pendant deux jours leurs liens familiaux s'étaient resserrés, Olivia essayant de verbaliser ce qui s'était passé, l'émotion encaissée, ce qui n'avait pas vraiment fonctionné avec Owen et Chad qui restaient très taciturnes. Tom avait évoqué la possibilité que Smaug soit malade et que, dans un élan de lucidité un peu fou, il ait décidé d'en terminer sans plus attendre, pour ne plus souffrir. C'était l'hypothèse à laquelle il se rattachait personnellement. Là encore, il n'éveilla que peu de réactivité chez les deux garçons.

Ce matin même ils avaient demandé à sortir en ville, passer la matinée avec leurs amis, ce qu'Olivia avait trouvé positif. Le deuil prendrait du temps, ils le savaient, elle craignait surtout l'impact traumatique

que pourrait avoir la *manière* dont le chien s'était tué devant eux. Personne ne l'oublierait, encore moins des adolescents de treize ans.

Tom bavarda avec eux, avant qu'ils ne montent dans leur chambre, puis il décida d'aller réfléchir un peu à tout ça dehors, sous la partie couverte de la terrasse, sur l'un des transats. Malgré la météo effroyable, il faisait encore chaud, et contempler le déluge tout en restant au sec avait quelque chose de réjouissant. Il en était là lorsqu'une haute silhouette familière apparut sur le côté de la maison.

Roy McDermott agita une main pour le saluer. Il arborait un chapeau de cow-boy qui dégoulinait. Au premier coup d'œil, Tom devina qu'il ne venait pas juste pour une visite de courtoisie.

— Comment vont les enfants ? s'enquit-il.

— Ils sont plutôt taiseux.

Roy acquiesça, pensif.

— Il y a quelque chose que je peux faire ? demanda Tom.

Le vieil homme expira longuement par le nez, lèvres plissées, pupilles rivées sur Tom. Il garda le silence plusieurs secondes sans détacher son regard, ce qui mit l'auteur mal à l'aise.

— Je vais certainement le regretter… Je vous conduis quelque part, Tom, vous voulez bien ?

— Où ça ? Votre air mystérieux ne m'inspire rien de rassurant…

— Ça va vous intéresser, faites-moi confiance.

Roy McDermott se tourna et, d'un geste de la main, l'invita à le suivre.

*

Roy ne décrocha presque pas un mot de plus sur tout le trajet jusqu'à Oldchester, le quartier de l'autre côté de la ville. Il s'engagea sur Prospect Street et se gara au pied d'un immeuble brun de deux étages, en face des clôtures trouées d'un vaste complexe de pavillons en ruine. Pour beaucoup d'habitants de Mahingan Falls, Oceanside Residences symbolisait l'excès d'ambition, et rappelait à chacun qu'il était parfois préférable de savoir rester à sa place. Doug Gillespie en avait payé le prix fort. Voulant profiter du début de reprise économique qui succéda à la récession du début des années 80, alors qu'il n'était jusque-là qu'un petit agent immobilier local, il flaira une affaire potentiellement colossale en apprenant au détour d'une coucherie adultérine que les friches au sud de la ville allaient recevoir de la municipalité le droit d'être constructibles. Fort de son bagou naturel, il obtint un prêt conséquent, hypothéqua ses biens et s'entoura d'une douzaine d'investisseurs importants pour acheter les terrains avant que leur prix ne flambe et y bâtir ce qui allait devenir un nouveau secteur résidentiel à proximité de l'océan, du groupe scolaire, et doté de tout le confort le plus moderne. Deux douzaines de pavillons sortirent de terre, plusieurs rues furent goudronnées, mais si Gillespie n'était déjà pas un bon agent immobilier, il avait encore moins l'âme d'un entrepreneur, ou d'un promoteur. Les préventes furent catastrophiques et tout l'argent dilapidé trop rapidement dans une frénésie de construction. Avant même de voir ses premiers occupants s'installer, Oceanside Residences fut déclaré mort-né, l'unique maison habitée étant celle de Doug Gillespie avec sa femme et leurs trois enfants. L'apprenti magnat s'était vu trop vite trop grand et en voulant toucher le soleil du bout des doigts venait de se carboniser les bras.

Il se jeta du haut de Mahingan Head sur les rochers en contrebas un soir de décembre 1985, non sans avoir au préalable épargné la honte et les dettes à sa famille en leur faisant exploser à tous les quatre le crâne à coups de tisonnier.

Depuis, le projet immobilier abandonné n'avait jamais été repris, pas même quelques mois plus tard lorsque la demande de logements s'accéléra. Tout y était mal conçu, à bas prix, et sa mauvaise réputation termina de noyer tout espoir. La démolition promise par la suite ne survint jamais, personne – pas plus que la mairie – ne voulant injecter le moindre dollar dans ce quartier fantôme bordé de friches marécageuses au sud. Il faisait désormais le bonheur des enfants en mal de sensations fortes puisqu'on le disait, bien sûr, hanté par les spectres des Gillespie, ou il servait aux plus grands de squat providentiel où baisers torrides, joints (seringues parfois) s'échangeaient la nuit tombée.

Tom mit ses mains sur ses hanches et contempla les façades décaties, les herbes qui s'infiltraient par les fissures du bitume trempé et les toits moussus de l'autre côté de la rue. Une rare poche d'accalmie les préservait de cette pluie infernale qui noyait la côte depuis la veille.

— Charmante votre promenade, Roy.

— Ce n'est pas là que je vous emmène, mais juste ici, fit le vieil homme en tendant son doigt crochu vers une fenêtre du premier étage du bâtiment devant lequel ils se trouvaient.

Un néon vert en forme de main brillait devant un rideau gris surplombé du mot « MÉDIUM ».

— Roy, vous vous moquez de moi, n'est-ce pas ?

Sans répondre, son voisin poussa la porte et pénétra dans l'immeuble au moment où de nouvelles gouttes apparurent. Tom secoua la tête.

— C'est pas vrai…, maugréa-t-il entre ses dents sans savoir lui-même si cela l'agaçait réellement ou s'il était un peu amusé par cette lubie bizarre.

À l'étage, ils pénétrèrent dans un vaste appartement qui occupait tout le palier et où Roy paraissait comme chez lui.

— Fermez et mettez le verrou, indiqua-t-il à Tom lorsque celui-ci fut entré. Martha ne voudra pas qu'on vienne nous déranger et les habitués débarquent ici comme s'ils étaient chez eux.

— N'est-ce pas exactement ce que nous venons de faire ? Sans même sonner…

— Le verrou n'était pas mis, non ? Donc nous sommes les bienvenus. Allez, décoincez-vous.

Le salon, décoré avec goût, mélangeant un certain exotisme tribal avec des meubles anciens, se prolongeait jusqu'à la cuisine ouverte, de vieilles affiches de spectacles de magie du début du XXe siècle ornant les murs. Tom releva une légère odeur d'épices qui flottait dans l'air.

Un rideau de perles tinta lorsque apparut une femme d'une soixantaine d'années, à l'impressionnante toison de cheveux blancs retenue par de longues baguettes. Elle était assez grande, les épaules larges, le sein lourd souligné par un décolleté qui exposait ses nombreuses taches de soleil et son pantalon en toile beige ne masquait pas sa taille épaisse.

Elle examina ses visiteurs par-dessus ses lunettes demi-lune, et Tom fut saisi par l'intensité du bleu de son regard.

— Tu t'es donc décidé ? fit-elle à l'intention de Roy qui se contenta de désigner Tom.

— Martha, je te présente Tom Spencer. Tom, voici Martha Callisper.

— Pourquoi ai-je la désagréable sensation d'être le seul à ne pas comprendre ce qui se trame ? demanda Tom.

— Tu ne lui as rien dit ? s'étonna Martha.

Roy haussa les épaules.

— J'ai pensé que ce serait mieux que ce soit toi qui le fasses.

— Roy McDermott, toujours aussi lâche ! siffla-t-elle. Monsieur Spencer, si vous voulez bien me suivre…

Tom s'apprêtait à protester, mais elle retourna derrière le rideau de perles et Roy l'invita à y aller.

— Faites-moi confiance, insista-t-il.

Tom découvrit un couloir mal éclairé et se laissa guider par la lumière tout au bout pour déboucher dans une pièce étrangement sombre malgré les deux hautes fenêtres en face de lui. Des voilages gris tamisaient le jour, encadrés de lourds rideaux de velours violet foncé qui réduisaient finalement les ouvertures de moitié. Tom reconnut le néon en forme de main plaqué contre la vitre sur laquelle battait une pluie sonore.

Autour de lui, des bibliothèques en wengé peinaient à contenir les empilements de livres et de revues. Des objets occupaient le moindre espace disponible : vieux jeux de cartes, collection de pendules ; bocaux étiquetés « millepertuis », « armoise », « jusquiame », « hellébore », « mandragore », contenant des racines, des fleurs ou des feuilles séchées ; chapeau haut-de-forme usé, boules de cristal de tailles différentes, paires de menottes anciennes…

— Elles ont appartenu à Houdini, déclara Martha en passant de l'autre côté d'un gros bureau couvert d'un sous-main en cuir où brûlaient des cônes d'encens capiteux dans un coquillage nacré.

— Le magicien ?

— Lui-même. Asseyez-vous, monsieur Spencer.

Deux sièges lui faisaient face. Martha alluma une lampe Tiffany en pâte de verre multicolore qui redonna à la pièce un peu de vie.

— Je préfère rester debout, annonça Tom qui commençait à se sentir piégé.

Roy, lui, prit place.

— Qu'est-ce que je fais là ? demanda Tom.

Il remarqua une stèle en bois contenant un livre énorme sous verre, pas de la première jeunesse comme en témoignaient l'usure de sa couverture et ses pages jaunies. Gravé en lettres d'or, il parvint à lire *De Vermis Mysteriis* sur le dos éraflé.

— En tant que dramaturge, vous devez croire au pouvoir des livres, n'est-ce pas ? demanda Martha de sa voix rauque.

Tom prit le temps d'une profonde inspiration pour répondre.

— Je crois au pouvoir des mots *dans* les livres, oui.

— Ce sont eux qui dirigent le monde, que ce soient les livres religieux, ceux de loi, de sciences ou même de littérature, sans eux, notre monde s'effondrerait.

Celui que vous avez devant vous est un modèle rare, peut-être même le dernier de son genre. Vous croyez en Dieu, monsieur Spencer ?

— À défaut d'être convaincu, je demeure prudent.

— Ce livre relate l'existence non pas d'une, mais de plusieurs divinités. Toutes plus abominables les unes que les autres. Et il paraît que sa lecture consume une bonne partie de la santé mentale de celui qui s'y risque.

Compte tenu de la décoration et de la profession de Martha Callisper, Tom estima qu'elle devait l'avoir lu et y avoir laissé une partie d'elle-même, mais il préféra garder cette remarque désobligeante pour lui et recentra la conversation sur l'essentiel.

— C'est pour me proposer de devenir membre d'un club de lectures impies que vous m'avez fait venir ? ironisa-t-il en jetant un coup d'œil à Roy.

Martha recula dans son fauteuil dont le cuir grinça. Ses doigts se joignirent par leurs extrémités pour former une cage de chair devant elle.

— Vous êtes familier avec le procès des sorcières de Salem ? fit-elle après l'avoir observé.

Tom se raidit.

— C'est une blague ?

— Je ne plaisante jamais à ce sujet.

Martha ôta ses lunettes pour souligner son sérieux, ses iris de cobalt plantés dans ceux de Tom. Ce dernier pivota vers son voisin.

— Vous m'espionnez, Roy ? Vous avez lu les carnets, c'est ça ?

L'intéressé secoua la tête d'un air froissé.

— Non, bien sûr que non !

— Alors comment savez-vous que je lis en ce moment même le récit des sorcières de Salem ?

Martha vint au secours du pauvre homme.

— Parce que en vous intéressant au travail de Gary Tully, ce n'était qu'une question de temps avant que vous ne tombiez sur ce qui était son obsession.

— Vous l'avez connu ?

Martha se fendit d'un sourire de composition, sans aucune joie réelle.

— Bien sûr.

— C'est pour ça que je suis là, donc.

— Dès que vous avez posé des questions à Roy, il est venu me trouver pour me demander mon avis. Je lui ai dit qu'il était préférable que vous vous teniez à l'écart de toute cette histoire et qu'en dernier ressort c'était à lui de voir ce qu'il en pensait.

Roy se pencha vers son voisin.

— Vous êtes têtu, Tom. J'ai compris que vous ne lâcheriez pas, malgré mes conseils. Alors plutôt que d'attendre que vous mettiez votre nez là où il ne faut pas, autant vous aider pour que ça se fasse entre nous, le plus en douceur possible.

— Vous faites monter ma tension, là. Qu'est-ce qui se passe ? J'ai dérangé une vieille secte ou quoi ?

Roy et la médium échangèrent un bref regard entendu.

— Puis-je vous demander ce que contiennent les archives que vous avez dénichées ? fit la femme en joignant à nouveau ses doigts sous son menton.

— Je suis en pleine lecture, je ne peux pas encore vous en dire beaucoup.

— Gary Tully était fasciné par les sorcières de Salem.

— En effet.

— Le nom de Jenifael Achak est déjà ressorti, je présume ?

Tom sentit qu'il blêmissait.

— Oui.

— Vous savez donc ce qui lui est arrivé ?

— Je viens de le lire. Dites, qu'est-ce que ça a à voir avec moi ?

Martha Callisper humecta ses lèvres charnues sans cesser de le toiser.

— Vous savez pour votre maison ?

Le cœur de Tom tressaillit dans sa poitrine. Il le sentait depuis sa lecture sans vouloir se l'avouer, c'était une telle évidence. Il répondit d'une voix blanche :

— Gary Tully est venu précisément à la Ferme et l'a retapée parce que c'était la demeure de Jenifael Achak ? Ma famille et moi logeons dans les murs d'une sorcière.

Roy soupira par le nez et Martha hocha la tête.

— Bon sang…, lâcha Tom.

— Monsieur Spencer, enchaîna Martha, j'ignore quel est votre intérêt réel pour les archives que vous avez mises au jour, sachez toutefois que je serais très intéressée par leur consultation. Comme vous pouvez le constater autour de vous, je partage avec Gary Tully une passion certaine pour les sciences occultes.

— Et Martha est digne de confiance, ajouta Roy.

Tom ne répondit pas, plongé dans ses propres affres, en proie à mille doutes. Depuis le début, il s'intéressait à cette histoire, oscillant entre le scepticisme et un semblant de crédulité, guidé par sa curiosité. Jamais il n'avait pensé aller aussi loin. Plus il creusait, plus l'hypothèse surnaturelle pour expliquer tous les récents événements devenait probable. Sa maison était peut-être *véritablement* hantée.

— Monsieur Spencer ? insista Martha.

Tom se rendit compte qu'il faisait les cent pas dans le bureau encombré et alourdi par les fumées de l'encens. Il s'immobilisa et leva les paumes devant lui en signe de capitulation.

— Expliquez-moi, dit-il. Est-ce que Tully a découvert autre chose dans ma maison ? Bill Taningham me l'a revendue, la rénovation à peine achevée, il y a un rapport ? Je veux savoir.

Roy serra les poings tandis que Martha inclinait la tête. Ils en savaient davantage, devina Tom. Ils ne l'avaient pas attiré ici seulement pour lui annoncer qu'il vivait chez Jenifael Achak, la sorcière massacrée, ni pour glaner l'autorisation de lire les notes de Gary Tully, il y avait plus. Tom en était convaincu.

— Je vais jouer franc jeu avec vous, annonça Martha, pas de vilains secrets, et tant pis si la vérité ne vous plaît pas. Mais en échange, j'aimerais connaître vos intentions concernant les travaux de Tully. Pourquoi vous plongez-vous dedans ?

— Pure curiosité, répliqua Tom.

Il hésitait encore à tout balancer, au risque de passer pour un doux dingue. *Je suis dans le bureau obscur d'une médium, encerclé de trucs ésotériques, s'ils ne peuvent m'écouter, qui le fera ?*

— Je me pose des questions, ajouta-t-il. Sur la possibilité qu'il se produise des… des *choses* chez nous.

— Quelles choses ?

Tom se passa la main sur les joues et fit plusieurs pas, ne sachant comment formuler ses idées.

Ses yeux tombèrent sur une boîte en verre, posée sur une étagère, contenant un minuscule sac en toile d'où émergeaient des fragments de papiers anciens garnis de mots en latin. L'ensemble devait dater de plusieurs siècles. Une étiquette, « Sachet d'accouchement », était collée sur le dessus. Cette vision termina de persuader Tom qu'il était au bon endroit pour se libérer de ses interrogations, aussi grotesques fussent-elles.

— Des phénomènes étranges, confessa-t-il. Sensations de froid, d'une présence, les enfants qui font des cauchemars, une morsure énigmatique et… mon chien qui s'est jeté dans le feu.

Le verbaliser ici, devant ces gens, lui fit prendre conscience que la mort de Smaug était assurément liée à tout ce qu'ils subissaient déjà. Ce n'était pas un hasard. Pas le fruit d'une maladie chez leur chien, ou d'un coup de folie. Non. *Il a sauté dans le bûcher, comme Jenifael Achak y a été contrainte…*

— J'ai peur que ma maison soit hantée par Jenifael, avoua Tom, qui ne sut s'il éprouvait un soulagement de le déclarer enfin à voix haute ou si la honte n'allait pas tarder à lui donner envie de partir en courant. Je sais, c'est improbable, mais c'est ce que je ressens. La Ferme est possédée.

Martha et Roy s'observèrent, puis la femme annonça le plus sérieusement du monde :

— C'est ce que je pense aussi.

Dehors, les précipitations redoublèrent d'intensité et frappèrent aux carreaux comme autant de mains diaphanes suppliant qu'on leur ouvre.

33.

Les poumons de Tom se vidèrent lentement et il s'écoula plusieurs longues secondes avant qu'un réflexe de survie ne les remplisse à nouveau.

— Pardon ? fit-il.

Il s'était attendu à beaucoup de réactions, mais pas à ce qu'on lui confirme froidement et avec autant d'assurance qu'il vivait au beau milieu d'un récit d'horreur.

— Vous êtes sérieuse ?

Martha lui désigna le fauteuil libre à côté de Roy.

— Vous devriez vous asseoir.

Tom obtempéra. Ses jambes ne tremblaient pas, toutefois il ne se sentait pas parfaitement maître de lui-même. Si cette femme avait débarqué de nulle part pour lui affirmer que la Ferme était hantée, il lui aurait ri au nez avant de claquer la porte. Sauf que ses mots survenaient après des manifestations de plus en plus évidentes que *ça ne tournait pas rond*, ainsi que plusieurs jours de recherches où tout ce qu'il avait trouvé tendait vers cette même direction improbable.

— Je ne… je ne crois pas aux fantômes, confia Tom sans assurance.

— Moi non plus, répondit Martha. Pas plus qu'à Dieu ou au diable pour tout vous dire.

— Alors qu'est-ce que ce serait ?

Martha repassa encore sa langue sur ses lèvres.

— Vous saviez que le diable était à peine présent dans la religion pendant la première moitié de l'ère chrétienne ? Jusqu'au Moyen Âge pour être précise. Une évocation parmi d'autres, un rôle très secondaire en somme. Tout a changé sur décision du pape. L'Église médiévale, profondément affaiblie par son clergé constitué de nobles et de corrompus, discréditée, loin du peuple, était en pleine dérive, en totale perte d'influence et à terme risquait gros. Des enjeux internes, financiers et politiques, des schismes possibles ébranlaient ses structures. À défaut d'avoir sonné la fin du monde comme l'Église l'annonçait, l'an mille résonna davantage comme l'annonce de son propre déclin. Il lui fallait un ennemi à la hauteur, un levier colossal pour faire pression, se rendre indispensable à nouveau. Alors l'Église puisa dans ses mythes et fit jaillir de sa manche la figure des Enfers qui menaçait de corrompre les hommes s'ils ne s'empressaient pas de se blottir à nouveau dans son giron.

— Quel rapport avec ma maison ? demanda Tom.

— Je vais y venir. Le pape Innocent III forgea littéralement l'image effrayante du diable tel que nous allions le connaître pour les siècles à venir à travers le quatrième concile du Latran en 1215. Lucifer n'était plus seulement la vieille figure de la rébellion, mais il devenait l'ombre, dans les campagnes et les villes, qui susurre à l'oreille des faibles, de ceux qui ne marchent pas dans la lumière de l'Église. Le diable n'était plus un fait presque oublié dans les Saintes Écritures, il devenait quasi l'égal de Dieu, une force supérieure aux pauvres hommes soumis à la tentation et dont il était vital de se prémunir en se ralliant aux préceptes religieux, sans la moindre hésitation.

Martha désigna un écriteau derrière elle, à peine visible dans la pénombre. « Le diable et les autres démons ont été créés bons de nature par Dieu, mais ils sont devenus mauvais par eux-mêmes. L'homme a péché par suggestion du diable – Premier canon, Latran IV. »

Elle poursuivit sa logorrhée :

— Ne plus remettre en question l'autorité religieuse, unique réponse possible à la déliquescence du monde et au salut des âmes immortelles, voilà en résumé le tour de force du pape. Et donc reprendre en main une situation qui dérapait de plus en plus dangereusement pour l'avenir du christianisme, en usant de la peur et de la répression légitimée. Là-dessus, la peste noire décima entre trente et cinquante pour cent de la population, la guerre de Cent Ans frappa, entrecoupée de famines, et le diable en fut décrété responsable, avec l'aide terrestre de toutes celles et tous ceux qui avaient cédé à sa dévotion. Ainsi naquit la chasse aux sorcières.

— Jenifael Achak a donc été torturée et brûlée suite à plusieurs siècles de culte de la peur, résuma Tom qui désirait aller droit au but.

— Ce que je veux vous faire comprendre, insista Martha en se penchant vers lui par-dessus son bureau, le visage altéré par la fumée de l'encens, c'est que l'homme fabrique ses peurs, il façonne ses mythes, et même ses monstres.

— Je ne vous suis pas. Mes… « fantômes » seraient le fruit de mes inventions ? Non. Il se produit des… phénomènes chez nous, et ni ma femme ni moi n'en sommes responsables.

Martha secoua la tête.

— Ce n'est pas ce que je sous-entends. Voyez plutôt cela ainsi : l'humanité crée ses propres champs de force, ses courants de pensée, ses croyances, selon ce qui arrange ceux qui en sont à l'origine, rarement pour des motifs spirituels, encore moins suite à des illuminations divines, mais bien selon les besoins politiques de ces sphères de pouvoir. La masse suit, aveuglée par la peur, soumise par l'autorité et sa propre ignorance.

Tom entra dans le jeu.

— OK. La civilisation a offert l'accès à l'éducation au plus grand nombre et la foi a baissé en corrélation, mais ces derniers temps, dans un monde « éduqué », vous ne pourrez nier que l'actualité nous prouve qu'il y a un retour en force de la spiritualité, même dévoyée.

Martha ouvrit les mains devant elle pour souligner la pertinence de cet exemple.

— Dans un monde qui se désincarne de plus en plus, la quête de sens appelle à davantage de spiritualité. Hélas, pour certains, ce sont la peur, l'inculture, le désarroi qui les poussent à se réfugier dans la religion, et une poignée d'opportunistes manipulent les plus crédules, c'est le terrorisme. Mais l'essentiel est ailleurs, Tom : c'est l'idée que l'humanité est une force colossale. Des milliards de cerveaux, d'énergies rassemblées côte à côte, siècle après siècle, et lorsque cet amas converge dans la même direction, cela engendre un courant massif, une puissance phénoménale qui peut suffire à produire un effet sur le monde.

— Les fantômes existent parce que nous croyons en eux ? C'est là où vous voulez en venir ?

— Disons que c'est en tout cas vrai pour l'environnement folklorique de ces « fantômes », comme vous dites. Si nous sommes assez nombreux pour croire en quelque chose pendant suffisamment longtemps, alors ce quelque chose finit par exister.

Tom repensa aux derniers mots de Gary Tully dans le dix-huitième carnet. « Nous ne sommes que des paquets d'énergie, écrivait-il. La mort consiste à rompre la membrane qui préserve notre énergie individuelle et à la répandre dans l'éther, parmi toutes les autres. »

— Laissez-moi formuler ça avec mes propres mots, reprit Tom. L'humanité a été manipulée par les lubies d'un sinistre pape du Moyen Âge juste parce qu'il ne voulait pas perdre son job, et donc le concept du diable a été placé là pour mieux diriger les masses. Jusque-là, je suis. Vous affirmez qu'au bout de quoi ? huit cents ans, et à cause de quelques milliards d'êtres humains qui ont cru en cette figure diabolique, tout cela a eu pour conséquence de donner *réellement* corps à cet être terrifiant. J'ai tout bon ?

Martha ne le lâchait pas du regard.

— On ne croit pas si longtemps, aussi nombreux, en la même entité, sans que cela ait une incidence sur notre environnement, répéta Roy. C'est ce qu'elle affirme.

— Et qu'est-ce que moi et ma famille venons faire là-dedans ? insista Tom. C'est le diable qui est chez nous, c'est ça ?

— Vous avez exigé une explication. Je vous la donne. Des énergies qui nous dépassent existent, et toutes ne sont pas nécessairement bonnes. Elles s'entrechoquent, certaines sont corrompues.

— Par le diable ?

— Par le concept que nous nous sommes fait de ce que pourrait être le Mal.

— C'est ça qu'il y a dans mes murs ? Un concept maléfique ?

Tom commençait à s'énerver.

— Plus ou moins.

— J'ai lu l'histoire de Jenifael Achak, rapporta Tom, et pour ce que j'en ai découvert, j'ai surtout l'impression que c'était une pauvre fille qui a dérangé les mauvaises personnes. Je doute qu'elle ait été une sorcière, en tout cas pas avec le décorum qu'on imagine, à prier Satan et à asperger les murs de sang de vierge.

Martha glissa ses prunelles cerclées de bleu vers Roy. Ce dernier se redressa en faisant craquer les os de son buste.

— Il y a des faits que vous ignorez, déclara-t-il à contrecœur. Je suis sincèrement navré de vous avoir menti par omission.

— C'est-à-dire ? murmura Tom en sentant un semblant de peur l'envahir.

— La famille qui s'est installée chez vous après Gary Tully, ceux qui venaient du Maine, eh bien… ils n'ont pas déménagé pour le Sud, même si c'était leur intention. Trois ans après leur arrivée, leur fille unique, qui n'avait pas quatorze ans, s'est suicidée en se tranchant les veines. Le père n'a pas supporté et il s'est tiré une balle l'année suivante. La mère a abandonné la maison.

— Et la Ferme a subi un incendie, se souvint Tom, abasourdi.

Roy baissa le regard à ces mots.

— C'est vous, n'est-ce pas, devina Tom, c'est vous, Roy, qui avez mis le feu, pas vrai ?

— C'était mon idée, avoua Martha d'un ton autoritaire.

— Et Bill Taningham ? demanda Tom avec empressement. Que lui est-il arrivé à lui, hein ? Pourquoi a-t-il vendu si rapidement après la fin des travaux ?

— Je l'ignore, répondit Roy. Lorsqu'il a débarqué, Martha et moi avons observé attentivement ce qui se produisait autour de la maison, et je dois bien dire que rien ne nous a alertés. Peut-être qu'il a vraiment fait banqueroute…

Tom se prit le crâne entre les mains.

— Je suis dans un mauvais film d'horreur. La famille du bonheur qui investit une baraque maudite. Non mais sérieusement ? Vous y croyez *pour de vrai* ?

Les visages de ses deux interlocuteurs lui confirmèrent qu'ils n'éprouvaient pas le moindre doute.

— Je suis désolé, lâcha Roy.

— C'est ridicule…

— Vous l'avez évoqué vous-même il y a quelques minutes, rappela Martha, votre maison pourrait être *possédée*. C'est le terme que vous avez employé.

— Dans les moments d'égarement, j'ai un peu trop souvent la faiblesse de me laisser aller à mon imagination. Mais soyons sérieux un instant…

Ça-n'est-pas-pos-sible, prononça-t-il en découpant chaque mot pour mieux les marteler.

Les autres le regardaient se débattre avec ses propres contradictions.

Tom brandit un index devant lui.

— Prenons les faits et rien que les faits, dit-il. Une pauvre malheureuse s'est installée là il y a plus de trois cents ans, elle a été accusée de sorcellerie et massacrée sans que rien ne soit prouvé sinon par des aveux extorqués sous la torture. Puis un excentrique a décidé de retaper la ruine en question pour en faire le centre névralgique de ses recherches en occultisme avant de finir par s'y pendre. Une famille débarque, l'adolescente, probablement mal dans sa peau, se donne la mort, le père ne le supporte pas et la suit, puis je rachète la Ferme à un avocat pressé de vendre parce qu'il fait faillite. Si on s'en remet à cette description, c'est peut-être tout simplement une succession de malheurs sans aucun lien les uns avec les autres.

— Il y a vos doutes, rappela Roy. Tout ce que vous avez décrit tout à l'heure.

— Une accumulation fortuite. Parce que j'ai trouvé ces documents mystérieux, j'y vois un lien qui n'existe pas.

— Ou bien, et vous devez ouvrir votre esprit à cette hypothèse, prévint Martha, une force maléfique habite avec vous.

— Je ne crois pas aux fantômes, ni aux démons, je vous l'ai déjà dit.

— Et moi, je vous ai expliqué pourquoi ils existent. Ils ne sont pas le fruit d'une création divine supérieure, bien au contraire, ils nous ressemblent, ils se nourrissent de nos peurs et de nos mythes, car c'est de là qu'ils proviennent et c'est par ces croyances que nous leur avons donné naissance.

Tom secoua la tête à nouveau, se refusant, maintenant qu'il y était confronté par deux farfelus, à admettre une bonne fois pour toutes qu'il croyait au paranormal.

— Je ne suis pas prêt, admit-il. Je vais vous donner tout ce que j'ai trouvé dans mon grenier, vous en ferez ce qu'il vous plaira, en ce qui me concerne, je vais arrêter les cachotteries à mon épouse et retourner à ce qui compte le plus : ma famille.

— Préservez Olivia de tout ça, objecta Roy. Ne l'inquiétez pas inutilement. Il se peut, en effet, que nous soyons… excessifs.

Tom se leva tandis qu'à l'extérieur la météo se dégradait toujours plus, renforçant davantage la pénombre du bureau. Martha le guettait du même regard concentré, déterminé.

— Vous y croyez, pas vrai ? demanda Tom.

— Rentrez chez vous, vous vouliez des réponses, je vous les ai données. Avec un peu de chance, nous ne sommes que des paranoïaques illuminés qui voient la présence de l'occulte partout et vos craintes s'estomperont avec le temps.

Devinant qu'il y avait une contrepartie à cet aveu réconfortant, Tom demanda :

— Mais ?

Martha prit une profonde inspiration avant de répondre.

— Mais s'il advient que vous doutiez réellement et que vous vous vouliez aller plus loin, alors il y aura une personne que vous devrez rencontrer.

— Qui ça ? Le diable ? plaisanta Tom froidement.

— La femme qui a vécu à la Ferme après Gary Tully. La seule survivante de cette famille dissoute.

— Elle est encore dans le coin ?

Martha entremêla ses doigts devant elle.

— Elle ne l'a jamais quitté. Elle est internée depuis toutes ces années à l'hôpital psychiatrique d'Arkham.

34.

Elle n'avait jamais vu un homme avec une paire de couilles pareilles. Alors une femme, c'était encore plus surprenant. La vulgarité de l'image, qui n'était pas dans les habitudes de Gemma, était à la mesure de sa stupéfaction.

Gemma ne s'en remettait pas, même après trois jours.

Lorsque Olivia avait repris le volant après avoir menacé Derek Cox à l'aide d'une cloueuse pneumatique, elles avaient roulé sur deux kilomètres sans un mot avant qu'elle ne se range sur le bas-côté. Elle tremblait. Des tempes aux chevilles. Cela avait impressionné Gemma presque autant que sa démonstration d'autorité quelques minutes auparavant. Voir la mère de famille si sûre d'elle, si déterminée dans tout ce qu'elle entreprenait – *y compris braquer une arme sur l'entrejambe de Derek Cox, bordel de merde !* – se mettre brusquement à flageoler, voilà qui avait de quoi faire naître un début de panique. Gemma avait subi cet épisode, du début à la fin : lorsqu'elle avait donné à Olivia l'adresse de Derek ainsi que le lieu où il travaillait, lorsqu'elles avaient roulé jusque chez lui pour s'apercevoir qu'il n'y était pas, puis dans les rayons de The Home Depot pour qu'Olivia y achète la cloueuse, jusqu'à la confrontation. Rien que d'y repenser, elle en avait la chair de poule. Comment imaginer qu'une femme si douce, si élégante, si raffinée puisse se transformer en guerrière sans pitié ? Gemma avait cru discerner les premiers signes de son tempérament combatif lorsqu'elles avaient été refoulées du poste de police, sans se douter jusqu'où cela irait. Assister aux tremblements d'Olivia dans la voiture, l'entendre hyperventiler, serrer le volant à s'en rougir l'intérieur des mains, *ça*, ça l'avait rassurée une fois le désarroi initial passé. Olivia était capable d'endosser le rôle de la méchante si elle y était acculée, mais ce n'était pas sans un effort terrifiant, même pour elle. La volée de jurons qui suivit avait surpris Gemma avant de la faire rire.

La tête renversée en arrière sur son siège, Olivia avait poussé un long soupir avant d'observer sa passagère.

— Tu tiens le coup ?

Gemma avait opiné.

— Je suis folle, avait ajouté Olivia. Complètement folle. Je sais.

Les véhicules passaient sur la route à côté, secouant leur voiture à chaque fois.

— Nous risquons la prison pour ce que nous venons de faire ? avait demandé Gemma.

— D'abord, toi, tu ne risques rien. Si Derek va se plaindre officiellement, je prendrai tout sur moi. J'engagerai le meilleur avocat du Massachusetts pour prouver que si les flics étaient intervenus à notre demande, lorsque c'était juste et nécessaire, nous n'aurions pas été si loin. Cet incompétent de chef Warden saura qu'il est préférable d'éconduire Derek Cox plutôt que nous, il songera à sa réputation si toute cette affaire s'ébruite. Mais Derek ne dira rien, étaler ce qui s'est passé publiquement écorcherait trop sa fierté.

— Je préférerais que personne ne soit au courant.

Olivia avait scruté le paysage plusieurs secondes avant de répondre.

— Gemma, c'était important. Que ce salaud sache qu'il ne peut s'en tirer impunément, surtout lorsque les flics ne bronchent pas. Et… pour toi, qu'il te présente ses excuses, même si ça ne change rien à ce qu'il t'a fait.

— Je ne suis pas sûre qu'il ait vraiment compris ce qu'il disait.

— Possible, mais il s'en souviendra.

Olivia lui avait passé le dos de la main sur la joue. Un geste tendre que sa propre mère n'avait plus pour elle, ou trop rarement. Cela l'avait réconfortée et terminé de la rassurer sur la profonde gentillesse de sa patronne.

— Merci, Olivia.

Un sourire lui répondit. Puis Olivia souffla longuement encore une fois.

— C'était le truc le plus effrayant et excitant que j'aie fait depuis des années ! avoua-t-elle. Je… Je ne me suis pas reconnue, j'étais comme possédée par la rage contre cette ordure. J'ai pété un plomb ! La vache…

Et, dans ce moment de flottement où ni l'une ni l'autre ne savaient si elles devaient avoir peur ou se réjouir, elles se mirent à rire, de plus en plus fort.

Les derniers mots d'Olivia, devant la maison de Gemma, avaient été pour formuler une demande.

— Gemma, promets-moi que tu ne raconteras rien de tout ça aux garçons, ni à Tom, tu veux bien ?

— Comptez sur moi.

Puis, avant de claquer la portière, Gemma avait dit :

— Je croyais que vous vous disiez tout, avec M. Spencer ? Du moins, ce qui est important.

— Oui, mais c'est une question de moment. Il le saura lorsqu'il n'y aura plus de raison de s'inquiéter.

— Parce qu'il y en a une ?

Olivia l'avait regardée avec affection.

— Non, je pense que Cox a retenu la leçon.

Mais Gemma devina qu'elle lui mentait. Elles n'en savaient rien. Derek Cox était imprévisible, même s'il était certain qu'il avait eu la trouille de sa vie.

Trois jours plus tard, la vie semblait avoir repris son cours normal. Aucun flic ne s'était pointé chez les Spencer, pas plus qu'au domicile de Gemma. Derek Cox demeurait invisible et Olivia se comportait comme la femme joyeuse et attentionnée qu'elle avait toujours été. Gemma se sentait salie, de ce côté, rien n'avait changé non plus, et elle frissonnait chaque fois qu'elle repensait à cette main moite et grossière qui se frayait un chemin sous l'élastique de sa culotte telle une araignée immonde. Toutefois, quelque chose s'était modifié. Une toile de fond dans son esprit. La blessure la faisait souffrir, mais il y avait une once de chaleur. L'espoir. Et l'envie. Elle guérirait. La cicatrice resterait à jamais sur son cœur. Cependant, maintenant que Derek avait été confronté à son crime, qu'elle avait lu dans ses yeux que tout ça n'était pas anodin, à défaut de lui faire entendre qu'il était coupable, lui aussi avait eu peur. Très peur.

Au moins autant qu'elle. Étrange loi du talion qui posait un baume vengeur sur sa plaie pour la soigner. Gemma envisageait de pouvoir aller de l'avant. Elle ne donnerait pas à cette brute le plaisir de détruire ce qui lui restait de son adolescence. Il lui avait fait bien assez de mal comme ça.

Gemma se tenait au milieu du salon chez les Spencer. Toute la famille en vadrouille, dispersée aux quatre coins de la ville pour leurs raisons propres, à l'exception de baby Zoey qui faisait sa sieste à l'étage.

Malgré la pluie battante et le terrain inondé, l'auréole grise sur l'herbe marquait encore l'endroit de la terrible immolation. Elle refusait de s'effacer. À ce souvenir, Gemma déglutit et recula pour s'asseoir sur le sofa. Pauvre chien. Les garçons avaient été des fantômes le lendemain, et étrangement, depuis, ils paraissaient avoir retrouvé une certaine énergie, passant leur temps dehors en compagnie de Connor et Corey. Pour son frère également cela avait été une épreuve horrible. Même si Smaug n'était pas son chien, le voir se tuer de cette manière abominable ne pouvait que le traumatiser. Gemma avait été très centrée sur ses problèmes, et elle s'en voulut de ne pas se montrer plus présente et prévenante avec lui. Elle se jura d'y remédier le soir même bien qu'elle ignorât comment. En lui préparant son repas préféré à base de maïs grillé et de viande séchée Jack Link's au teriyaki qui lui faisait roter une odeur dégoûtante pendant des heures ensuite ? Ou juste en essayant de lui parler…

Gemma feuilleta négligemment une revue féminine qui traînait sur la table basse.

Le hurlement de Zoey à l'étage la fit sursauter presque à en tomber du canapé. Le cœur douloureux, elle se précipita dans l'escalier, remonta le couloir jusqu'au coude, et tandis que la petite hurlait comme si on la dévorait vivante, Gemma réalisa son erreur.

Elle avait été plongée dans ses tourments au point de négliger les consignes données par Olivia. Trop accaparée par ses pensées, Gemma avait agi en pilote automatique, sans réfléchir. Et elle avait couché Zoey dans sa chambre. Pourtant Olivia lui avait répété plusieurs fois que Tom avait monté un vieux lit pliant pour bébé dans la pièce devant la suite des parents, mais elle avait oublié. Une histoire de… *Des rats ! C'est ce qu'elle a dit, il y aurait des rats dans la chambre de Zoey, oh mon Dieu !*

Gemma repoussa le battant entrouvert, affolée, et découvrit Zoey recroquevillée à un bout de son lit, en larmes, le visage rouge de peur, son minuscule doigt brandi vers l'autre extrémité.

— Clignote ! Clignote ! répéta-t-elle dès qu'elle aperçut sa nounou.

Gemma l'attrapa pour la serrer contre elle.

— Je suis désolée, ma chérie, je suis désolée… J'ai oublié que tu ne faisais plus la sieste ici. Pardon. Calme-toi…

— Clignote ! Clignote Emma !

Gemma pivota dans la direction qui inquiétait tant la petite fille et remarqua que la couverture dont elle l'avait recouverte lorsqu'elle s'était endormie était à présent en bouchon sur la moquette. Gemma s'accroupit pour la ramasser et le bébé se crispa dans ses bras.

— Tout va bien, je suis là. D'accord ?

— Clignote.

Il ne faisait pas très sombre dans la pièce, Gemma avait seulement pris soin de tirer les doubles rideaux sans les fermer complètement et la pâle lumière de l'après-midi s'infiltrait dans la chambre en même temps que le martèlement lancinant de la pluie. Qu'est-ce qui pouvait avoir clignoté ainsi pour l'effrayer ? Gemma chercha un jouet du regard sans en trouver un électrique ou disposant d'éclairage. *Un cauchemar plus probablement...*

Elle reposa la couverture sur le bord du lit et c'est à ce moment qu'elle nota les dégâts. Tout le bout avait été déchiré, arraché par demi-cercles pas plus gros qu'une balle de golf. *On dirait des...*

Gemma se redressa, mal à l'aise.

C'étaient des morsures.

S'il y a des rats de cette taille dans cette maison, je file ma démission ce soir !

Zoey s'était calmée, à peine un reste de sanglot de temps en temps, toutefois ses petites mains s'accrochaient à Gemma comme si sa vie en dépendait.

— Clignote, dit-elle plus calmement en voyant la couverture.

Gemma comprit et lui montra les traces.

— Grignote ? C'est ça ?

L'enfant approuva vivement.

Oh bon sang... Elle les a vus !

Gemma pivota sur elle-même aussitôt, à la recherche des odieux rongeurs, s'attendant à ce qu'un gros corps poilu et gras file entre ses pieds en poussant un cri rageur. Rien. Juste des jouets un peu partout.

Elle tenait encore l'extrémité rongée de la couverture. Est-ce qu'un rat pouvait *sérieusement* faire un truc pareil ? On aurait dit une bouche d'enfant…

Ces machins avaient trop mangé de maïs truffé d'hormones de croissance. Les Taylor en faisaient pousser, tout le monde le savait, c'était la guerre entre eux et les Johnson qui les accusaient d'avoir contaminé leurs champs avec leurs OGM et autres cochonneries. De là à supposer que des rats de campagne puissent grossir à ce point, Gemma n'en revenait pas.

Olivia allait la tuer. Les conséquences auraient pu être terribles. La fillette aurait pu perdre un doigt, et Gemma s'imagina venir la chercher une heure plus tard et découvrir d'énormes rats dodus en train de lui sucer les yeux, mâchouillant les os de ses mains et de ses pieds, un de ces monstres enfoui dans son ventre tendre en plein festin de boyaux de bébé. Gemma réprima un haut-le-cœur à cette idée. Son imagination allait trop loin.

Elle déposa la couverture et recula.

— On ne va rien dire à maman, d'accord ? J'ai fait une bêtise, je n'aurais pas dû me tromper de lit, je ne le referai plus, c'est promis. En attendant, on fait comme si de rien n'était, OK ?

— OK, répondit la petite sans bien comprendre.

Gemma et Zoey sortirent sur le palier et elle referma la porte.

Dans leur dos, le visage d'une poupée se fit écraser subitement par une force invisible, avant qu'on ne lui arrache les bras et les jambes comme si un enfant en colère passait ses nerfs dessus.

Un enfant mauvais.

35.

Les pires inondations qu'avait connues Mahingan Falls remontaient au printemps 1966 lors des grands travaux de recouvrement qui devaient permettre à la ville de s'étendre et de se développer. Le maire précédent, Geoff Calendish, avait œuvré une bonne partie de sa vie pour ce projet, pressentant que tôt ou tard il faudrait trouver un moyen de structurer ce qui s'était construit au fil des siècles au gré des besoins. La ceinture de collines qui enfermait Mahingan Falls l'empêchait de s'étendre au-delà d'une certaine limite, alors il fallait optimiser chaque lopin de terre. Le baby-boom et la prospérité économique qui accompagnèrent les mandats successifs de Geoff Calendish dans les années 50 et 60 l'incitèrent à mettre au point une stratégie ambitieuse : doter ses concitoyens d'un complexe scolaire indépendant et global, allant de la maternelle jusqu'au lycée, pour qu'ils n'aient plus besoin d'expédier les enfants vers Rockport, Manchester, voire plus loin encore. Pour beaucoup, devoir sortir de la Ceinture était une colossale perte de temps et démontrait combien Mahingan Falls demeurait une bourgade dépendante de ses voisines. Il fallait attirer de nouvelles familles, leur faire miroiter le petit paradis que serait leur vie s'ils s'installaient ici plutôt qu'ailleurs. Le complexe scolaire en serait la vitrine.

À cette époque, un lac et ses marécages vaguement colonisés par trois rues garnies de vieilles bicoques branlantes constituaient le plus vieux quartier de Mahingan Falls, juste en son cœur, entre Westhill et Oldchester. La Weskeag River jaillissait depuis sa haute chute à l'ouest de la ville et filait droit à travers Peabody jusqu'au lac tandis que depuis le nord coulaient docilement les eaux mêlées de la Little Rock River et de la Black Creek dominant le parc municipal avant d'irriguer le marécage. Mahingan Falls s'était organisée autour des berges de chacun de ces deux serpents argentés délimitant les principaux secteurs de la bourgade. L'idée folle de Geoff Calendish était de recouvrir ces cours d'eau pour récupérer de la surface constructible afin d'étendre les zones d'habitation, puis d'assécher le lac et ses environs humides, de raser ce qui existait et d'y bâtir son complexe scolaire. Calendish se démena pendant près de vingt ans pour donner corps à son projet. Au début on lui riait au nez, c'était une dépense considérable, malgré toutes les aides extérieures qu'il ne manquait pas de promettre d'obtenir. Mais à force d'acharnement, il s'efforça de convaincre ses électeurs, un par un, une décennie après l'autre, que c'était non seulement viable mais salvateur s'ils ne voulaient pas que Mahingan Falls finisse par se dépeupler un jour. On raconte que la maquette qu'il exposa dans le hall de la mairie joua un rôle décisif pour rallier à sa cause les derniers sceptiques, en particulier auprès des enfants qui défilaient pour la contempler avant de rabâcher aux oreilles de leurs parents à quel point elle était belle. Le projet fut financé et voté en 1964, puis la mise en chantier fut sans cesse repoussée à cause de questions politiques, mais aussi de la complexité du montage financier orchestré par le maire et ses partenaires. Geoff Calendish s'effondra au beau milieu de Main Street trois mois avant les premiers coups de pelleteuse, terrassé par une crise cardiaque.

Son successeur assuma le lourd héritage en surveillant de près les longs travaux de recouvrement qui plongèrent les deux rivières dans les ténèbres après avoir détourné leur dernier tronçon afin qu'elles s'évacuent dans les marais tout au sud de la ville. C'est ainsi que la Weskeag disparut sous le bitume de Peabody tandis que la Little Rock River s'enfonçait sous Beacon Hill, avant qu'elles se rejoignent quelque part parmi les fondations du flambant neuf Emily Dickinson School Complex. Un noyau d'anciens chercha jusqu'au dernier moment à faire vaciller le projet, expliquant qu'enterrer des rivières n'était pas une bonne chose, pour une incompréhensible histoire de « respect des forces vives de la nature », mais leur discours n'était pas clair et leur mouvement se révéla désorganisé. Le seul véritable ennemi qui se dressa avec véhémence et qui menaça la bonne conduite des travaux fut en définitive la nature elle-même, mais sous une autre forme que ses rivières. Les premières pluies intenses tombèrent à la mi-mars, venant s'ajouter au dégel qui imbibait déjà les collines et déversait dans les égouts des ruissellements ininterrompus depuis dix jours. Il plut trois semaines sans discontinuer. Des trombes. Jusqu'à former des vagues dangereuses dans les caniveaux, noyant les canalisations, remontant dans les maisons. Les équipes qui tentaient de couler le béton du coffrage de ce qui serait un des canaux souterrains durent s'arrêter après que l'un des ouvriers eut manqué de se faire emporter par le courant lorsqu'une digue céda. Le chantier s'interrompit plus d'un mois. Des volontaires se succédèrent pour dresser des remparts aux endroits sensibles avec des sacs de sable. Des animaux moururent, des chats, des chiens entraînés par un bras d'eau surgi au fond des jardins ; on trouva des cadavres de ratons laveurs et de rats un peu partout en train de pourrir au coin des rues, et même un homme disparut un soir sans qu'on sache jamais si c'était du fait des inondations ou de sa femme connue pour être une véritable mégère.

C'était à cette époque de grands chamboulements et de craintes qu'on pensait lorsque les cieux se mirent à déverser sur Mahingan Falls des tombereaux de pluie du matin au soir, sans aucun répit pendant deux jours. Des gouttes épaisses, lourdes, lâchées par un plafond gris sombre qui venait échouer son ventre sur la cime des collines environnantes. Le sommet du mont Wendy disparaissait, le Cordon perdu dans cette poisse fuligineuse, qui faisait craindre aux plus « connectés » de perdre tôt ou tard tout lien avec l'extérieur.

On ne parlait plus que de ça. Les inondations. Allaient-elles rivaliser avec celles de 1966 ? Et si cette fois les deux rivières débordaient dans leurs tunnels, ne risquaient-elles pas de soulever les maisons et les immeubles ? Le rêve de Geoff Calendish n'allait-il pas se transformer en un cauchemar pour les autres ?

Connor, Corey, Chad et son cousin assistèrent, impuissants, au déluge pendant deux jours, s'enfermant chez les uns ou les autres, consultant Internet à la recherche d'informations sur la ravine dans la forêt. N'étant pas journalistes, ils ignoraient comment faire sinon en alternant les mots-clés de leurs recherches dans Google, enchaînant des pages et des pages de contenu. Il y avait beaucoup de lecture chaque fois, et ils se relayaient devant l'écran, lisant à voix haute lorsqu'un passage semblait vaguement intéressant avant de le rejeter quasi unanimement. C'était un travail frustrant, beaucoup d'efforts, des tonnes de vérifications et aucun résultat probant. Nulle part la ravine de Mahingan Falls n'était mentionnée. Si elle abritait bien une force bienveillante, alors cette dernière était parvenue à rester très discrète, du moins sur Internet.

Et puis leur moral ne les aidait pas. Le nom de Dwayne Taylor revenait sans cesse dans leurs conversations. Comment oublier le garçon mort sous leurs yeux ? Personne n'en parlait en ville, et ils en déduisirent qu'on n'avait pas encore retrouvé son corps, ce qui souleva un autre débat. Fallait-il ou non prévenir les autorités ? Owen proposa un coup de téléphone anonyme mais Connor s'y opposa farouchement, affirmant qu'avec la technologie moderne, tous les appels pouvaient être tracés, il l'avait vu à la télé, et les flics remonteraient jusqu'à eux. Ils craignaient bien trop d'être accusés du meurtre de Dwayne. Qui croirait que l'épouvantail en était l'auteur ? Aucun adulte, assurément.

Le troisième matin, tandis que la pluie ne faiblissait toujours pas, Corey appela tout le monde pour dire qu'il fallait se rendre à la bibliothèque. Owen avait raison, si Internet ne pouvait les aider, la mémoire écrite de leur ville parviendrait peut-être à le faire.

La bibliothèque était un lieu particulier qui fascinait autant qu'il inquiétait les enfants. Elle se dressait un peu à l'écart de la mairie, sur Independence Square, au fond d'un jardin mal entretenu de saules échevelés et de taillis qui débordaient sur les allées de gravier. Une ancienne église. Dans la frénésie religieuse qui avait accompagné les premiers colons, chaque confession y avait été de sa démonstration de force en bâtissant son lieu de culte. Parfois au sein du même village, plusieurs églises vouées à un dogme strictement identique sortaient de terre pour une simple question d'influence, de pouvoir ou de rivalité. Mais au fil du temps et de la baisse de fréquentation, certaines furent désertées, tombèrent en ruine ou furent revendues, comme celle en pierre noircie qui trônait fièrement au centre de Mahingan Falls, trop grande pour une si petite agglomération, d'autant que Saint-Finbar suffisait largement. Église historique de Green Lanes et de la communauté irlandaise catholique, elle avait l'avantage de se remplir toute seule, de ne pas être surdimensionnée et de coûter bien moins cher à entretenir. Sa grande sœur du centre-ville fut cédée par le diocèse avant d'être transformée en une vaste bibliothèque qui impressionnait les plus jeunes.

La voiture de Tom Spencer déposa Owen et Chad devant la mairie en début de matinée.

— Vous avez pris les vingt dollars ?

— Oui, papa, stresse pas, répliqua Chad à travers le rideau de pluie.

— Si vous changez d'avis et que vous préférez rentrer déjeuner à la maison, vous m'appelez avec le portable de Connor, entendu ?

— On changera pas d'avis, fit Owen. On te prévient en fin de journée pour venir nous chercher. Merci, Tom.

Ils filèrent se mettre à l'abri sous les arcades du bâtiment tandis que la voiture s'éloignait et ils virent Corey et Connor les rejoindre. Connor portait fièrement une casquette au logo de Batman de laquelle coulaient de grosses gouttes. Au loin, sur le perron de la mairie, la boucle métallique qui tenait la corde du drapeau cognait frénétiquement contre le mât. Le tonnerre éclata au même moment, les faisant tous les quatre sursauter et regarder le ciel.

— Mon père disait que les orages d'été sont les pires, fit Owen.

— C'est un signe, dit Corey.

— Un signe de quoi ? maugréa Connor.

— Je sais pas. D'une puissance supérieure. Peut-être Dieu ou autre chose. Il nous avertit, « attention à ce que vous faites ».

Connor grimaça et émit un pet sonore.

— Tiens, en voilà, un signe d'une puissance supérieure à toi : mon trou du cul !

Lui et Chad rirent avant que Corey ne désigne les grilles en fer forgé qui encadraient le jardin luxuriant de l'ancienne église dont le clocher obscur se dressait entre la cime des arbres.

— Va falloir courir si on ne veut pas en avoir jusqu'au caleçon, on a eu raison de se mettre en short.

— Le dernier arrivé demande au bibliothécaire de nous aider ! déclara Connor en se jetant sous la pluie, aussitôt suivi de Chad.

Ils dérapèrent sur les trottoirs détrempés puis foncèrent sur le gravier. Owen n'avait jamais vu une bibliothèque dans un endroit pareil. Il se serait cru dans un conte pour enfants. Pas ceux édulcorés par Disney, mais les versions originales que son grand-père lui racontait lorsqu'il était plus petit, avant qu'il ne meure d'un cancer de la gorge. Owen s'était longtemps demandé si c'était à cause des histoires effrayantes qu'il racontait tout le temps. Ces contes-là pullulaient de paysages anxiogènes ou de personnages douteux et ne se terminaient pas toujours bien.

Lorsqu'il arriva dans le hall, bon dernier, Owen ne put dissimuler son étonnement, gardant la bouche grande ouverte, tandis que ses camarades gloussaient bruyamment en s'égouttant. L'église avait été réaménagée entièrement, toutefois elle avait conservé sa structure d'origine avec des vitraux colorés en guise de fenêtres, des plafonds particulièrement hauts, malgré l'étage en mezzanine de part et d'autre de la nef, et ses colonnes en pierre cerclées de bibliothèques sur mesure.

L'accueil consistait en un comptoir installé dans le narthex. Un ordinateur qui n'était pas de prime jeunesse chuintait et renvoyait la lumière de son écran sur le visage d'un homme entre deux âges, barbu, lisant une revue. Il sermonna les quatre garçons d'un simple regard par-dessus ses lunettes rondes et posa son index fin sur l'écriteau devant lui. « LECTURES EN COURS, SILENCE ».

D'un coup de coude, Connor envoya Owen dans sa direction.

— T'as perdu, tu demandes, chuchota-t-il.

Owen s'approcha, un peu gêné, et se racla la gorge avant d'oser se lancer.

— Pardon, monsieur. Mes amis et moi nous souhaiterions effectuer des recherches sur l'histoire de la ville.

Le barbu reposa son magazine et détailla un peu plus longuement ses nouveaux invités.

— Vous avez une carte de la bibliothèque ?

— Euh… non. Mon cousin et moi venons d'emménager… C'est payant ?

L'homme se pencha vers lui.

— Considères-tu que l'accès à la culture est une bonne chose ?

— Eh bien… oui.

— Et as-tu déjà vu de bonnes choses *gratuites* ?

— Euh…

— Bien sûr que c'est payant ! Il faut bien financer tout ça, fit-il en désignant les lieux dans son dos. Si vous croyez que vos impôts servent à ça… Rembourser la dette, alimenter la défense, la justice, la diplomatie et ainsi de suite, mais la culture ? Non. Elle récolte à peine les miettes.

— C'est que… je ne paye pas d'impôts, moi.

— Je vais vous remettre les formulaires, vous les remplirez à la maison et la prochaine fois nous vous enregistrerons. Vous ne pourrez pas emprunter de livres aujourd'hui, mais la consultation est en libre accès.

L'homme s'accouda à son comptoir pour se pencher encore plus vers Owen, jusqu'à pouvoir lui murmurer d'un air conspirateur :

— *Posséder* la culture est payant, mais la posséder là-dedans, c'est encore gratuit, profitez-en, dit-il en se tapotant la tempe.

Il semblait très fier de sa tirade et Owen, décontenancé, se tourna vers ses amis qui l'incitèrent à poursuivre.

— Monsieur, reprit Owen, vous auriez des livres sur Mahingan Falls ?

— Qu'est-ce que vous voulez savoir ?

— Apprendre son histoire, tout simplement.

— Je vais vous montrer. Il y a McMurdo et Allistair qui ont écrit un excellent livre sur la région, et puis nous avons notre historien local, Thomas Briar. L'école n'ayant pas repris, je suppose que c'est juste par curiosité ?

— Pour savoir où nous habitons désormais, inventa Owen. Bon. Merci.

— Un survol général suffira, dans ce cas, ces ouvrages sont parfaits. C'est très bien cette soif de connaissance, je vous félicite.

— Pssssssst, fit-on derrière Owen.

Owen pivota vers Connor et lut le mot « ravine » sur ses lèvres.

— Ils ont un problème, tes copains ? demanda l'homme.

— Non, juste timides. Et si je cherche des trucs en particulier, des faits divers sur les environs par exemple ?

— Des faits divers ?

— Oui. Des trucs… qui sortent de l'ordinaire.

L'homme émit un léger grognement réprobateur.

— Je vois. Les archives de l'*Observer*. L'ancien journal local. Il a fermé il y a plusieurs années, mais nous conservons une copie de tous les numéros. Nous ne les avons pas encore numérisées mais elles sont aisément consultables sur microfilms aux postes médias dans le chœur, tout au fond.

Owen fit un signe de tête aux autres pour qu'ils le rejoignent et ils traversèrent la nef religieusement, marchant entre les rayonnages imposants et se sentant tout petits. De grosses lampes suspendues tombaient depuis de fines poutrelles métalliques qui quadrillaient l'espace à mi-hauteur. Il y avait des rampes coulissantes pour accéder aux étagères les plus hautes, un escalier en spirale pour grimper à la mezzanine et quelques tables de lecture disposées là où subsistait un peu de place.

La foudre illumina l'église à travers les vitraux, bientôt suivie du tonnerre qui résonna entre les murs et fit trembler les garçons.

— Oh, c'est impressionnant, avoua Corey tout bas.

— Ce qui est flippant, c'est que nous sommes seuls, remarqua Connor.

Ils parvinrent au chœur où plusieurs bureaux circulaires formaient un U. Quatre ordinateurs et deux lecteurs de microfilms alternaient avec des plans de travail éclairés par des lampes au dôme vert. Une ambiance studieuse et un peu mystérieuse, héritage du lieu, régnait.

Après quelques manipulations, ils trouvèrent les boîtes de microfilms de l'*Observer* dans une série de tiroirs. Connor se chargea de faire fonctionner les liseuses en disposant les bandes comme il le fallait, puis Owen et Corey s'installèrent devant les écrans de lecture.

La pluie martelait le verre sans interruption et bientôt les adolescents n'y prêtèrent plus attention, plongés dans leurs recherches ou somnolant à moitié sur leur siège, comme Chad. Les pages défilaient. Les numéros s'enchaînaient. Le bibliothécaire leur avait apporté quatre livres sur l'histoire de Mahingan Falls et de sa région, que Connor survolait distraitement.

— Aide-moi, fit-il en donnant un coup dans la chaise de Chad qui se réveilla immédiatement. Il y a tellement d'infos, je ne sais plus quoi penser.

Chad soupira et attrapa un des ouvrages reliés pour s'y coller.

Pendant deux heures et demie, ils étudièrent en silence. Après les deux jours à éplucher Internet, ils avaient l'impression qu'ils ne trouveraient jamais rien de captivant.

L'homme de l'accueil revint les voir, il surgit à leurs côtés sans avoir fait un bruit et ils sursautèrent.

— Pardon de vous avoir fait peur. Vous ne déjeunez pas ?

Ils se regardèrent, pris de court.

— Nous avons un peu d'argent pour nous acheter des sandwichs, expliqua Owen.

— Mais là on est en plein dans nos recherches, ajouta Connor.

— Ah. C'est que normalement je ferme à cette heure mais vous m'avez l'air bien studieux alors… Écoutez, avec cette pluie, restez donc là. Je vais récupérer mon déjeuner et le réchauffer dans le bureau, je compte sur vous pour vous tenir à carreau pendant ce temps. Entendu ?

Ils acquiescèrent.

— Je m'appelle Carver, mais appelez-moi Henry. Pas de bêtises, hein ! Et pour vos sandwichs, il est interdit de manger dans l'établissement.

Henry Carver se retourna, puis après quelques pas leur fit à nouveau face.

— Mais je suppose qu'avec ce temps, il serait malvenu de vous mettre dehors. Donc si vous voulez rapportez votre repas ici, je ne m'y opposerai pas, à condition que vous déjeuniez sur une table à part et que vous nettoyiez bien tout après.

Ils le remercièrent et replongèrent dans leur lecture, alors que la porte au loin se refermait en résonnant dans toute l'ancienne église.

— Y a plus que nous, fit remarquer Corey.

— Et alors ? répondit Connor. Tu as peur des fantômes des livres morts ?

— Non, c'est juste que…

Il haussa les épaules et se concentra sur sa liseuse.

Des éclairs intermittents projetaient leurs flashs spectraux à travers les vitraux, tandis que la pluie frappait la façade sans faiblir. Le tonnerre roulait comme s'il était prisonnier dans la cuvette formée par les collines de la Ceinture.

Un grincement lointain leur fit lever le nez de leurs travaux. Henry Carver devait être de retour. Chad s'étira et pivota sur sa chaise pour essayer de distinguer l'accueil entre les rayonnages. Il ne vit personne.

L'électricité vacilla un court instant, les lampes clignotèrent avant de se stabiliser. Chad se pencha vers Corey.

— Tu disais quoi l'autre jour sur les lignes à haute tension qui alimentent la ville ? Qu'à la moindre tempête elles cèdent ?

— Si tu m'avais écouté tu saurais que c'est justement plus le cas, elles sont enterrées maintenant. Flippe pas ta race, on ne sera pas dans le noir.

— Si tu crois que j'ai peur de ça…

Connor lui lança une boulette de papier au visage en gloussant.

— Flipette !

L'attention diminuait. Ils avaient besoin d'une pause. Connor se leva pour se dégourdir les jambes et Chad l'imita tout en détaillant l'architecture minutieuse qui les surplombait.

— Vous avez quelque chose ? demanda Owen.

— Que dalle, maugréa Connor. Et vous ?

— Bof. Aucune mention de la ravine pour l'instant.

— On perd notre temps, gémit Chad. Si cette ravine était vraiment spéciale, on aurait déjà trouvé.

— Tu crois qu'il suffit de le vouloir ? Non, ça se mérite.

Corey surenchérit :

— Si c'était si simple, tout le monde l'aurait déjà remarqué.

— Et si on se gourait ? proposa Chad. Si la ravine n'avait aucun pouvoir ?

Owen n'était pas d'accord :

— Tu as vu la réaction de l'épouvantail. Il la craignait. Il n'arrivait pas à y entrer et c'était pareil la première fois qu'il nous a poursuivis. Non, cette ravine abrite un secret, c'est obligé.

— En tout cas, moi je vois rien dans tout ça, soupira Chad en repoussant les livres sur la table.

Owen s'adressa à Connor :

— Rien dans l'histoire de Mahingan Falls qui puisse nous concerner ?

L'intéressé haussa les épaules.

— Non. Des trucs glauques dans la forêt ça oui il y en a, mais sans rapport avec la ravine.

— Quel genre de trucs ?

— Ce qu'on peut imaginer, des épisodes pas clairs avec les Indiens. Des trafics, des mensonges, des attaques.

— Ils disent où ça a eu lieu exactement ?

Connor retourna devant l'exemplaire qu'il avait en partie épluché et fit tourner les pages.

— Oui, mais c'est des vieux noms, tout a changé depuis…

— Et si la ravine avait eu un nom à l'époque ? proposa Corey.

— Je suis pas crétin, je fais gaffe à ça, s'ils décrivent les endroits, mais ça correspond pas. Ah voilà, fit Connor en retrouvant le passage qu'il cherchait. Le plus gros massacre a eu lieu à l'époque des premiers colons, il devait y avoir un échange important entre les Indiens, des Pennacooks, et les habitants de ce qui était encore un hameau, des tas de peaux d'animaux, des fourrures, des trucs comme ça. Mais au lieu d'honorer le deal, les colons ont ouvert le feu et tué tous les Indiens, achevant les blessés dans la boue.

— Sympas les ancêtres ! tonna Chad.

— C'était où ? voulut savoir Owen.

— Rien à voir avec la ravine, à la jonction des rivières, le cœur historique de Mahingan Falls.

— Où c'est ?

— Ça n'existe plus, intervint Corey. Ils ont tout détruit il y a longtemps, pour construire le complexe scolaire.

— Et les rivières elles passent où alors ? s'étonna Chad.

— En dessous, dans des souterrains construits exprès.

Owen désigna les livres.

— Vous avez une carte ?

Connor feuilleta les premières pages de l'ouvrage qu'il tenait et débusqua une double page représentant Mahingan Falls au début du XXIe siècle, puis il bascula sur une évocation bien plus datée où trois rues seulement occupaient les abords d'un lac dans la cuvette, alimenté par deux rivières.

— Rien à voir, confirma-t-il, c'est presque à l'opposé de la ravine.

— Une force mauvaise a donné vie à cet épouvantail, exposa Owen tout en étudiant les cartes, tout ce qui pourrait l'expliquer nous intéresse. Dans ce contexte, je ne suis pas sûr que le massacre de… combien étaient-ils ?

— Une trentaine, je crois, rapporta Connor.

— Le massacre de trente personnes n'est pas anecdotique. C'est peut-être ça, la source.

— Pourquoi ça se déclencherait que maintenant alors ? demanda Corey. On le saurait s'il y avait des meurtres sans discontinuer depuis cette époque-là. Alors que non. Je peux vous dire que je suis allé un paquet de fois me baigner à l'étang, et les épouvantails, je les ai vus pendant des années, pas vrai, Connor ? Jamais ils ne se sont animés avant. Jamais.

Owen admit qu'il n'en savait rien.

— Corey a raison, dit Chad, ça n'arrive pas cet été par hasard. Il doit y avoir une raison.

— Il peut pas blairer vos tronches ? plaisanta Connor sans déclencher l'hilarité espérée.

— Tu as d'autres épisodes de violence ? interrogea Owen.

— En même temps c'était pas une vie très facile dans une région aussi sauvage, faut comprendre.

— Que vos ancêtres sont des brutes et des meurtriers ? souligna Chad.

— Tu crois que les tiens ont les mains propres ? Ceux qui survivaient en ces temps-là, c'étaient les forts, les prédateurs. Les autres crevaient.

— D'autres faits ? insista Owen.

— Pas grand-chose. J'ai lu qu'il y avait eu une série de pendaisons peu après et puis le machin des sorcières de Salem pas loin, avec quelques filles peut-être originaires de Mahingan Falls, mais faut que j'avance, j'ai pas encore lu la moitié…

Owen déambulait au milieu du chœur, songeur.

Trois éclairs successifs, quasi rageurs, firent ciller la bande avant que le tonnerre explose presque sur le clocher.

— Wow, lâcha Chad, ils sont passés tout près, ceux-là !

Les lumières tremblèrent à nouveau, se coupant brièvement avant de revenir.

— Il est de retour, le bibliothécaire ? demanda Corey.

— Je l'ai entendu tout à l'heure, mais je ne vois personne, répondit Chad en jetant un coup d'œil vers le comptoir de l'accueil.

— T'es sûr que c'était lui ?

— Et qui d'autre veux-tu que ce soit ?

Ils se regardèrent, dubitatifs, une pointe d'inquiétude naissant.

— Monsieur Carver ? appela Chad tout fort. Monsieur Carver ?

— Il est pas là, conclut Owen. On s'en moque, on n'a pas besoin de lui. Connor, tu nous dis si dans la suite du bouquin il y a plus de morts, on ne sait jamais.

— J'aimerais bien manger avant, j'ai la dalle !

— Moi aussi, admit Corey, j'ai les yeux qui vont fondre si je continue sur cet écran sans prendre une vraie pause.

Une porte se mit à grincer lentement quelque part dans l'église et ils se turent. Owen frissonna. Il ignorait si c'était à cause de la fraîcheur du lieu ou pour une autre raison déplaisante.

— OK, dit-il, on va s'acheter de quoi déjeuner et on revient en vitesse.

Ils traversèrent la nef jusqu'à l'entrée qui refusa de s'ouvrir. Elle était verrouillée.

— Merde, il nous a enfermés ? s'étonna Corey.

Chad fronça le nez.

— J'espère que c'est pas un gros pervers.

Les lumières se coupèrent brutalement, toutes, plongeant les quatre garçons dans une semi-pénombre seulement nimbée par la grisaille extérieure qui franchissait les épais vitraux de couleur.

— Oh non, gémit Owen.

— Stresse pas, le rassura Chad en posant sa main sur son épaule, c'est juste une panne.

Ils perçurent alors un courant d'air froid qui s'infiltra entre leurs chevilles nues.

Puis une vibration provenant des profondeurs de l'édifice les fit tressauter. Quelque chose gronda, loin sous leurs pieds.

Chad tira à nouveau sur la porte, il insista, sans plus de réussite. Le battant était massif, impossible à forcer.

Le sol trembla encore. Owen avait la sensation que ça se rapprochait. Il recula instinctivement.

Puis il y eu un déclic mécanique, celui d'une poignée qui s'ouvre et le couinement d'une porte.

Un éclair prolongea les ombres.

Owen en fut alors convaincu, quelqu'un ou *quelque chose* venait de les rejoindre.

36.

Le grondement du tonnerre résonnait dans l'ancienne église plongée dans une clarté anémique à peine rehaussée par les hautes fenêtres.

Le dallage vibrait par intermittence et un tremblement lointain, presque mécanique, se fit entendre. Un accès se referma quelque part dans la bibliothèque et le son disparut.

Puis la lumière crépita, et revint.

— Moi, je me tire, prévint Corey en filant droit vers une porte qui affichait « RÉSERVÉ AU PERSONNEL ».

Une ombre passa entre les rayonnages.

— Ne sais-tu pas lire ? fit une voix. Ce serait d'une ironie certaine dans un établissement comme celui-ci.

Henry Carver apparut derrière une colonne.

— J'ai dû relancer l'électricité au disjoncteur principal, j'espère que vous n'avez pas été effrayés, c'est un vieux circuit qui fait trembler les murs !

Ils balbutièrent des « non » à peine crédibles avant que Connor ne se reprenne.

— On voulait juste sortir pour aller déjeuner.

— Ah oui, bien sûr. Pardon de vous avoir enfermés, je ne pouvais laisser ouvert au premier venu sans aucune surveillance. Allez-y et n'oubliez pas : vous pouvez revenir ici avec votre repas du moment que vous nettoyez derrière vous et qu'il n'y a pas de livres sur la table !

Le déluge qui les attendait les fit hésiter sur le parvis. Ils se sentaient un peu idiots après la frousse qu'ils venaient de vivre. Un excès de paranoïa, expliqua Connor. Après ce qu'ils avaient enduré avec l'épouvantail, c'était bien compréhensible.

La faim leur était passée, pourtant ils coururent jusqu'au deli qui marquait l'entrée de Main Street de l'autre côté de la place, et ils s'installèrent dans le coin sur des tabourets pour mordre dans leurs sandwichs au salami face à la vitrine. Dehors le monde était flou, lavé à grande eau. Eux-mêmes gouttaient sur le carrelage noir et blanc. Connor essora sa casquette avant de la remettre et il finit par tenter quelques plaisanteries qui déridèrent ses camarades, mais lorsque Owen proposa de se remettre au boulot, il les sentit assez peu motivés.

— C'est important, leur rappela-t-il. La force qui animait l'épouvantail n'est pas morte, nous le savons tous. (Il appuya en direction de Chad.) Smaug en est la preuve.

Son cousin approuva.

— C'est vrai. Smaug mérite qu'on continue.

— Et pour Dwayne Taylor aussi, murmura Corey.

— J'arrête pas de penser à lui, avoua Chad, avec toute cette flotte qui tombe, je me dis qu'il est en train de pourrir dans la boue et nous on ne fait rien.

— On a déjà eu cette conversation mille fois, intervint Connor. Moi aussi ça me dégoûte pour lui, mais j'ai pas de solution. Tôt ou tard les flics vont le retrouver.

— Et si ce sont ses parents ? supposa Chad. C'est pas cool de voir son fils dans cet état. Les flics, ce serait mieux.

Connor haussa les épaules.

— Le bibliothécaire est bizarre, vous trouvez pas ? demanda Corey en abandonnant la moitié de son repas devant lui.

— Tout cet endroit est malsain ! déclara Connor.

Owen jeta ses déchets dans la poubelle.

— En tout cas il faut y retourner.

Les autres suivirent, un peu à la traîne.

M. Carver les accueillit d'un large sourire satisfait, heureux de voir revenir ses uniques protégés de la journée. Ils reprirent les mêmes places, non sans avoir au préalable ausculté la bibliothèque sous tous ses angles pour s'assurer qu'il n'y avait pas de coup tordu quelque part, et se plongèrent dans leur lecture. Les pages se tournèrent, plus ou moins rapidement, les microfilms défilèrent presque en continu, Corey et Owen glissant sur chaque page en balayant les titres, ne prenant le temps de lire que ce qui semblait intéressant. Trois heures plus tard, Connor s'étira et proposa :

— Je vais chercher un Coca au distributeur dans le hall de la mairie, quelqu'un veut quelque chose ?

— Une Xbox One avec deux manettes, commanda Chad.

— Et une paire de nichons pour t'endormir tant que t'y es ? Corey ?

— Non, merci.

— Owen ? Hey, Owen ?

Ce dernier était anormalement près de son écran.

— Ça va ? lui demanda Corey.

Owen ne répondit pas tout de suite, terminant de lire un long article. Puis il avala sa salive et décrocha pour présenter un regard sinistre à ses amis. D'un geste il fit tourner le lecteur de microfilms pour leur désigner le titre d'un article.

— « Meurtrier maniaque à Mahingan Falls », lut Corey. « Déjà deux corps d'enfants retrouvés sur sa propriété, la police s'attend au pire. »

— C'était à la ferme des Taylor, ajouta Owen.

— Oh merde…

— T'es sûr ? interrogea Connor.

— Ils décrivent exactement l'endroit, et je suppose qu'il n'y en a pas deux à la sortie ouest de la ville, au bord d'un étang alimenté par la Weskeag !

— Aucun doute, approuva Corey.

— La ferme a abrité un tueur. C'était en 1951. Apparemment, il a tué son neveu et un de ses copains, ils avaient treize et quatorze ans. Pour ce que j'en ai lu, il était suspecté dans plusieurs disparitions de gamins.

— Il s'appelait Eddy Hardy, lut Corey.

— Eddy Hardy ? répéta Connor. C'est pas un nom de tueur ça, plutôt de comique.

— Il a ouvert le bide de son neveu après l'avoir sodomisé, tu trouves ça comique, toi ? Et l'autre gamin aurait été séquestré plusieurs jours avant d'y passer. Moi, ça ne me donne pas envie de rire.

Corey se détacha de sa lecture, arborant un masque dégoûté.

— Possible que ce soit un parent des Taylor ? demanda Chad.

— Possible, oui, répondit Connor. J'ignore depuis quand ils sont propriétaires de leur ferme. Ou bien ils l'ont rachetée. 1951, ça commence à dater, peut-être le grand-père.

Owen fit rouler son siège pour se retrouver au centre du groupe.

— Je vais fouiller les autres numéros pour en apprendre plus sur les meurtres, mais peut-être qu'il n'a pas tué ces ados juste parce que c'était un tordu. Et s'il y avait une *autre* raison ? Et si Eddy Hardy avait effectué une sorte de rituel satanique ?

— Tu crois que les épouvantails, ça serait de sa faute ? fit Chad.

— L'esprit maléfique qui nous a pourchassés s'en est pris à nous. Pas à des adultes, non, à nous, des gars qui ont le même âge que les premières victimes. Pour moi, ça n'est pas un hasard. C'est lié. Peut-être même que c'est lui.

Chad insista :

— Pourquoi ça ne se manifesterait que maintenant ? Je pense que Corey dit vrai : il nous manque l'élément déclencheur.

Owen se mordit l'intérieur des lèvres. Ils avaient raison. Pourquoi attendre toutes ces années pour s'animer ?

— Un truc que le père Taylor aurait utilisé pour confectionner ses épouvantails ? hasarda Connor. Une vieille boîte ou un objet qui a réveillé l'âme de Eddy Hardy ?

Les autres paraissaient sceptiques.

— C'est une possibilité, concéda Owen. Connor et Chad, vous n'avez rien chopé de plus sur l'histoire de Mahingan Falls ?

Ils secouèrent la tête.

— Que dalle.

— Et ça n'explique toujours pas pourquoi la ravine nous protège, dit Owen.

— Faudrait qu'on y fabrique un abri, proposa Chad. Ce serait notre QG et si jamais on a besoin de se planquer en sécurité, on saurait où aller.

Tous approuvèrent. C'était une bonne idée. Un endroit rassurant et protégé, ils en avaient besoin, au moins pour le moral.

Mais Owen, lui, n'était pas satisfait. Il savait que *comprendre* était la clé et pour l'heure, il n'y voyait pas plus clair que dans le fond d'une cave dont l'ampoule vient de claquer.

Ses compagnons étaient fatigués par ces heures passées enfermés à parcourir des mots sans en obtenir la moindre réponse. Il était temps de passer à autre chose.

— OK. Dès que la pluie cessera, on ira dans la ravine pour fabriquer notre QG, approuva-t-il.

Il avait pourtant la conviction de passer à côté de l'essentiel.

Et une fois encore, la foudre anima les vitraux avec une intensité aveuglante.

37.

Le vent berçait le maïs sous la voûte de nuages qui s'effilochaient en une pluie discontinue. Les épis dansaient, par groupes, telle une foule pendant un concert, dodelinant dans la musique crépitante et sifflante de l'orage.

Ethan Cobb se tenait sous l'auvent qui bordait la terrasse des Taylor, les mains sur les hanches de son uniforme beige face aux champs qui s'étendaient jusqu'à se fondre dans l'horizon d'ardoise. Tout autour de lui, l'eau s'égouttait en une myriade de minuscules chutes, rigoles et déversements tous aussi bruyants les uns que les autres.

— Il n'a pris aucune affaire ? demanda-t-il sans se retourner.

Derrière lui, Angus Taylor répondit de sa voix glaireuse qui sentait le tabac à mille lieues :

— Rien du tout. Son téléphone bien sûr, ça, il ne le quittait jamais, toujours fourré dans une poche, mais sa carte de crédit est là, et tous ses vêtements préférés. Et puis même s'il avait fugué, comme l'a suggéré votre collègue, il ne serait pas parti sans sa casquette des Red Sox dédicacée par Johnny Pesky, c'était son trophée, sa merveille. Il y tenait plus qu'à sa vie. Elle est encore dans sa chambre. Il l'a achetée à une vente aux enchères à Danvers, il a économisé tout l'argent de poche qu'on lui donnait pour son travail à la ferme afin de se la payer. Vous voulez la voir ?

— Ce ne sera pas nécessaire.

— Il n'est pas parti, insista fermement Clarisse, la femme d'Angus. Je le sais. Une mère sent ces choses.

— Vous avez arpenté les champs, j'imagine ? demanda Ethan.

— Oui, on n'arrête pas avec Mo, mon vieux. Comme vous pouvez le voir, il y a de la surface, et avec ce temps, c'est pas simple, même nous on s'y perd. Rien trouvé. J'espère qu'il est pas là, quelque part, inconscient. Je me le pardonnerai jamais s'il…

— Votre chien, celui qui est attaché à l'entrée, vous l'avez emmené avec vous lors de vos battues ?

— Lex ? Je sais pas ce qu'il a depuis quelque temps, il couine à longueur de journée et si je ne le rentre pas la nuit il aboie à s'en péter les cordes vocales ! Il n'entre plus dans les travées de maïs. Il refuse de quitter la maison.

— Il vous a déjà fait ça ?

— Non. J'aurais dû prendre un bâtard, c'est plus endurant. Ces machins de race, là, ça s'esquinte pour un rien. Il a dû se faire mordre dans les champs par un coyote, ça l'a calmé. S'il devient un bon à rien, je m'en vais nous épargner une bouche de plus à nourrir, moi !

— Angus ! s'indigna Clarisse. Lex n'est pas un bon à rien. Tu n'as pas à être dur comme ça avec lui.

Ethan Cobb n'aimait pas ça. Il ne croyait pas non plus à la thèse d'une fugue émise par cet incapable de Paulson. Le chef Warden avait clairement missionné son roquet ici pour calmer le jeu tout en s'assurant que Cobb, l'élément perturbateur, le paranoïaque qui voyait le mal partout, se tenait à l'écart. *Merci, Ashley, pour l'info.*

Si Warden apprenait qu'il était venu ici entre-temps, ça ne lui plairait pas.

Qu'il aille se faire foutre.

— Vous avez du réseau téléphonique ici ? demanda-t-il.

— Bien sûr, fit Angus en s'approchant.

Il tendit son bras nu couvert de poils blancs vers le nord et désigna l'amas de nuages, de brume et d'ondées mêlés.

— Vous ne pouvez pas le voir avec cette poisse, mais y a le mont Wendy juste là-bas après la forêt, et sa fichue antenne qui gâche tout le paysage les beaux jours. Alors oui, pour capter, on capte.

Ethan eut un début de satisfaction. Enfin une bonne nouvelle. Il était peu probable que le téléphone du jeune fonctionne encore après plus de quatre jours sans charge, mais ça ne coûtait pas grand-chose d'essayer de le géolocaliser. Il allait s'en occuper dès son retour. Il n'avait aucun contact ici avec les opérateurs téléphoniques, et il doutait de pouvoir obtenir quoi que ce soit sans l'appui du district attorney, Marvin Chesterton. Le mettre dans la boucle signifiait déclarer la guerre au chef Warden et déclencher son siège éjectable, aussi décida-t-il de passer par ses anciens collègues de Philadelphie. Certains lui devaient bien un service.

— J'aurais besoin de son numéro, du nom de son opérateur et de toutes les données que vous serez en mesure de me communiquer.

Rien que ça, Paulson aurait déjà dû le demander. Ce type était d'une nullité abyssale, même dans son boulot.

— Vous allez le retrouver ? fit Clarisse avec un brin d'espoir.

Ethan pivota vers la grosse femme aux mèches grises dans ses longs cheveux blonds.

— Je ne peux rien vous promettre, mais je vais faire de mon mieux. À partir de maintenant, si vous avez la moindre question ou une information à nous transmettre, adressez-vous directement à moi, répondit-il en lui tendant sa carte de visite siglée au logo de la police de Mahingan Falls.

Son portable se mit à vibrer et il décrocha.

— Ethan, il faut que tu rappliques immédiatement, murmura Ashley d'une voix qu'elle s'efforçait de garder basse pour ne pas se faire entendre de son entourage.

— Tu es chez toi ?

— Non, ce n'est pas moi. Un nouveau cadavre.

À ces mots, Ethan s'éloigna de la famille et sortit sur l'herbe malgré la pluie.

— Un homme ? Identifiable ?

Il songeait à Dwayne Taylor.

— Non.

— Non, quoi ?

— Aux deux questions. Il faut que tu viennes. 87 North Fitzgerald Street. Dépêche-toi. Et fais gaffe, Warden est là.

*

Graisse fondue. Fer. Nourriture avariée. Forte concentration d'acide rance. Un peu de merde aussi. Le tout amplifié jusqu'à l'excès, jusqu'à ce que son état volatil semble devenir presque palpable, une huile visqueuse et nauséabonde qui pouvait enduire les muqueuses, s'imprégner dans les vêtements. Telle était l'odeur qui flottait à l'étage depuis la cage d'escalier.

Ethan sut que le spectacle allait être abominable. Max Edgar dégobillait ses tripes sur le gazon devant le pavillon, et Cesar Cedillo était livide, à lui passer au travers. Même Pierson King et Lane Paulson qui tentaient tant bien que mal de consoler le mari effondré en bas dans le living-room vacillaient, l'esprit ailleurs, encore prisonniers de l'horreur qu'ils avaient contemplée.

Ashley Foster se tenait sur le palier, un mouchoir sur le nez. Elle l'attendait, comprit-il.

Il y avait de l'activité dans une petite salle de bains coincée entre deux chambres. Les exhalaisons de la mort provenaient de là, sans aucun doute possible, elles étaient si puissantes qu'il devenait difficile de respirer normalement. L'estomac d'Ethan se creusa. Il salua sa partenaire d'un signe de tête et elle lui désigna la pièce du menton. Par la porte entrouverte, il aperçut la baignoire et les traces roses de sang dilué par l'eau tout autour. Un remugle rouge et brun flottait à la place du bain. Une masse informe et grouillante dépassait par endroits de la surface, sans peau, rien que de la chair gâtée et infestée de vers.

Des voix basses s'exprimaient à l'intérieur. Ethan reconnut celle de Warden et, plus étonnamment, celle de Ron Mordecaï du salon funéraire.

Il fit un pas en arrière pour se rapprocher d'Ashley.

— Qu'est-ce que Mordecaï fout là ? chuchota-t-il pour ne pas se faire remarquer.

— Warden l'a appelé.

— Warden ? Je pensais qu'ils se détestaient !

— C'est dire si le chef se sent dépassé…

— Qui est la victime ?

— Kate McCarthy. C'est son mari qui l'a découverte en rentrant de voyage. Elle est morte depuis un moment.

— J'ai cru comprendre. Cause de la mort évidente ?

Ashley lui jeta un regard perdu. Elle baissa son mouchoir.

— Elle… Écorchée. Sur tout le corps.

— Sa peau ?

Ashley approuva.

— Il n'en reste presque plus rien. Des dizaines de rasoirs jetables autour d'elle. Une partie des lambeaux ont bouché la bonde. Elle… s'est vidée de son sang et du reste.

Ashley n'eut pas à développer, Ethan avait compris l'essentiel. Kate McCarthy avait pourri dans son jus.

— Est-on sûr de l'identité ? s'enquit-il.

— Impossible compte tenu de son état, mais Kate McCarthy a disparu, et son gabarit correspond au corps dans la baignoire. Le doute est peu probable.

Attirée par les murmures, la petite silhouette coiffée de son chapeau habituel apparut dans l'encadrement.

Le chef Warden plissa les minuscules fentes qui lui servaient pour voir.

— Cobb ? Qu'est-ce que vous foutez là ?

— J'ai entendu dire qu'il y avait de l'agitation dans la rue, mentit-il, je suis passé vérifier. Vous voulez que je gèle la scène le temps que l'équipe forensique débarque ?

— Inutile. Je ne les ai pas appelés.

Cobb eut du mal à dissimuler sa stupéfaction, même dans la pénombre du palier.

— Chef, les scientifiques sont nécessai…

— J'ai pris la décision, point. Vous n'êtes pas entré, vous ne savez rien.

— Elle a été écorchée vive ! Tout le corps. Personne ne se fait ça.

Warden darda des prunelles mécontentes vers Ashley Foster en comprenant qu'elle devait être la source de ces fuites.

— Pour un flic expérimenté vous êtes bien naïf, maugréa-t-il. Les profils psy sont capables de tout.

— Elle a des antécédents psychiatriques ? Vous savez déjà tout de la victime ? Si vite ? Chef, nous ne pouvons pas exclure que ce soit un homicide, ça ne coûte rien de faire venir une équipe technique qui…

Warden fondit sur lui avec l'agilité d'un rapace.

— Cobb ! Encore un mot pour me contredire et je vous fais virer sur-le-champ avec une réputation qui vous fermera les portes de tous les services de police du pays, c'est clair ?

Une lueur sauvage brillait au fond de ses yeux. Était-ce le doute ? La peur… ?

— Vous n'allez pas foutre le bordel dans ma ville, insista Warden, ni vous ni Chesterton et sa bande de pingouins libertaires ! Et *si* ! Justement, ça coûte du pognon de faire venir des experts. Je ne gaspillerai pas nos ressources pour rien. Encore moins si c'est pour ouvrir nos portes à des étrangers.

Il perd les pédales. C'est de l'incompétence. Pourtant Ethan recula et se tut. Warden, qui prit ce mouvement comme un signe de faiblesse, s'engouffra dans la brèche et lança un ordre impérieux.

— Cobb, rentrez au bureau, je ne veux pas que mes deux lieutenants soient accaparés ici s'il y a d'autres urgences à traiter en ville. Vous serez plus utile là-bas.

C'était absolument faux, ils le savaient tous très bien.

Ethan le fixa encore un instant – aucun n'était dupe, il y avait davantage que de la défiance : de l'antipathie, de la rancune – puis il battit en retraite vers le rez-de-chaussée, rapidement suivi par Ashley que Warden renvoya dans la foulée. Les deux policiers s'éloignèrent jusqu'à la voiture du lieutenant.

— C'est une faute grave ! aboya soudain Ethan. Il est en train d'étouffer ce qui est probablement un meurtre !

Ashley leva les mains précipitamment vers lui pour l'inciter à baisser le ton.

— Pas ici ! On va t'entendre. Monte.

Elle le poussa dans le vieux 4 × 4 de service.

— Il est à deux doigts de te foutre dehors, Ethan.

— Non, il ne le fera pas. Il sait que de l'intérieur il peut peser sur moi, alors que s'il me jette il n'aura plus aucun contrôle.

— Il est le chef de la police d'une petite bourgade de Nouvelle-Angleterre. Il a tous les pouvoirs.

Que tu le veuilles ou non, c'est comme ça que ça se passe par ici.

— Il est tellement flippé de voir débarquer Chesterton et les flics de l'État ainsi que les journalistes qu'il préfère enterrer un meurtre ? Sérieusement ?

— Lee J. Warden est un type à part, je te l'accorde, mais il ne va pas faire comme si de rien n'était. C'est pour ça que Ron Mordecaï était là. Il va enquêter. À sa manière, à son rythme, avec ses moyens, je le connais, fais-moi confiance.

Ethan était sur le point de frapper le tableau de bord pour évacuer sa colère. Il parvint à se maîtriser et à la place serra le volant devant lui.

— Il fait n'importe quoi. Et ne me dis pas que toi non plus tu ne vois pas qu'il se passe quelque chose. Lise Roberts et Dwayne Taylor disparaissent du jour au lendemain. Rick Murphy meurt dans des circonstances bizarres. Cooper Valdez se tire en pleine nuit et se tue. Et maintenant cette fille écorchée dans sa baignoire ? Ne me sors pas la loi des séries, pas toi. Tu ne sens pas ce tic-tac au-dessus de nos têtes ?

Ashley fit dériver son regard sur la rue. Les gouttes tombaient sur le pare-brise, altérant les façades comme dans un tableau de Dalí où les maisons couleraient sur le bitume au milieu d'horloges géantes.

Depuis l'épisode du bar, Ethan et elle s'étaient rapprochés. Plutôt que de jeter un malaise sur eux, cela avait ouvert une porte. Ils apprenaient à se connaître, le vernis de l'officier de police se morcelait, laissant deviner l'homme en dessous. Les failles d'Ashley, elles, ressemblaient trop aux siennes pour ne pas se projeter et vouloir l'accompagner. L'un comme l'autre devinaient qu'ils jouaient à un jeu dangereux. Ils devenaient tactiles. Plaisantaient ensemble dans le dos de leurs confrères. Le dérapage planait.

— Tu penses que c'est quoi ? demanda-t-elle. Qu'il existe… un lien ?

— Je l'ignore. Mais terminé le fatalisme. Je vais creuser plus loin. Dans le dos de Warden, s'il le faut.

Elle opina.

— Très bien. Je t'aide. Par quoi tu veux commencer ?

— Nous allons tout reprendre en gardant à l'esprit qu'il y a plusieurs victimes. Cherchons s'il y a des connexions possibles entre elles. Un point de départ. Ou des ressemblances. N'importe quoi qui pourrait donner un sens à tout ce bordel.

— Je connais les gens par ici, je vais réinterroger les proches, annonça la jeune femme.

— Je préférerais que, dans un premier temps, tu me déniches les types de la FCC qui sont passés en ville. Cooper Valdez avait détruit tout son matériel avant de s'enfuir, et j'ai entendu des voix étranges sur son bateau, comme les gars de la radio. Si la FCC débarque chez nous au même moment, c'est qu'il y a probablement anguille sous roche. Et je ne crois pas aux coïncidences. Je veux leur parler.

Dehors les maisons semblaient avoir perdu toutes leurs couleurs sous l'averse. Mahingan Falls entrait dans une autre dimension. Terne et inquiétante.

38.

Le débat pour déterminer ce qu'il était préférable de faire des restes calcinés de Smaug avait occupé Olivia et Tom toute une soirée, la première estimant qu'il était important que les enfants puissent se recueillir sur une tombe pour penser à leur compagnon disparu, tandis que le second craignait qu'une stèle leur rappelle éternellement cette nuit d'horreur. Ils s'étaient opposés calmement, exposant leurs arguments, et à la fin, comme bien souvent, Tom s'était rangé à l'avis de sa femme, avec toutefois le compromis de pouvoir l'enterrer à l'écart, au fond du jardin. Il lui faisait confiance malgré cette sensation désagréable qui lui piquait le ventre. Le lendemain, profitant de l'absence des garçons, il avait creusé la terre mouillée pour y disposer le sac-poubelle qui contenait ce qu'ils avaient pu sortir du feu, et il le recouvrit, tassa le tout sous une pluie de plus en plus drue, avant de planter une demi-planche sur laquelle il avait pris soin de graver au préalable le nom du chien ainsi que ses dates de naissance et de mort. Tom pensait que personne n'irait jamais devant la tombe, par crainte de raviver cette séquence folle.

Pourtant, ce matin-là, moins d'une semaine après le drame, il aperçut par la fenêtre Chad et Owen debout face à la planche, tandis qu'il prenait son café dans la cuisine.

Les violentes averses qui avaient martelé Mahingan Falls pendant trois jours au point de saturer les forêts, les trottoirs, et qui menaçaient d'inonder le réseau d'évacuation avaient cessé pendant la nuit. Ne subsistaient qu'une coiffe de nuages bas et une fine bruine intermittente.

Les garçons allaient pouvoir sortir et profiter du grand air. Tom ignorait ce qu'ils faisaient au juste, des trucs d'adolescents, écouter de la musique, commenter le sport, bavarder à propos des filles, ces choses qu'il avait lui-même faites à leur âge. Olivia et lui estimaient qu'il était important de respecter leur indépendance et leur intimité. Une piqûre de rappel de temps en temps à propos de la confiance, ne pas faire de bêtises, se confier s'il le faut, et ne jamais oublier que les parents sont là, toujours, quoi qu'il arrive. Le reste n'appartenait qu'à eux, en particulier pendant l'été. Tom était content qu'ils se soient fait deux amis si rapidement. Corey et… comment s'appelait l'autre déjà ? Ah, oui, Connor ! Des chouettes petits gars, ça se voyait, même si ce dernier avait déjà « l'œil du mâle », comme le surnommait Tom. Ce regard qui trahit l'attrait pour les filles. Ce Connor ne trompait personne. Il fixait un peu trop la poitrine de Gemma, voire le cul d'Olivia lorsque celle-ci enfilait l'un de ses pantalons moulants. Tom en éprouvait presque une certaine fierté. Oui, sa femme attirait les regards, même ceux d'un boutonneux de treize ou quatorze ans.

Tom réintégra son bureau. Olivia faisait la connaissance des mères de famille responsables du comité des parents d'élèves en prévision de la rentrée, dans à peine plus de deux semaines. Et elle ne serait pas de retour avant la fin d'après-midi. Il avait du temps à tuer devant lui.

Les affaires de Gary Tully le narguaient, rangées sur ses étagères et en partie sur le sous-main en cuir. La conversation avec Martha Callisper, deux jours auparavant, l'avait passablement secoué. Plus qu'il n'avait bien voulu se l'avouer sur le coup. Il avait accepté de tout confier à la médium début septembre, le temps de terminer de les trier, avait-il dit. Pourtant, le tri était déjà fait, il le savait très bien. Pourquoi s'était-il donné un délai alors qu'il avait pris la décision de tout arrêter ? Trop de doutes. De malaises. Une chape de paranoïa qui le plombait également. Tom Spencer ne savait plus où il en était, et encore moins que croire. Son premier réflexe de tout envoyer en l'air pour se consacrer pleinement aux siens s'était évanoui à peine rentré dans leur maison.

La Ferme.

L'ancienne demeure de Jenifael Achak.

Là même où Gary Tully s'était pendu. Ces murs qui avaient été les témoins des suicides d'une jeune fille, puis de son père peu après. L'étrange morsure de Chad apparut en flash à Tom. Il entendit les hurlements effrayés de Zoey la nuit, puis le témoignage déstabilisé d'Olivia qui avait cru rêver debout en sentant une présence dans la chambre de leur bébé.

Cela faisait beaucoup. Beaucoup trop pour poser un mouchoir dessus et prétendre qu'il n'y avait absolument rien. Son instinct de père protecteur s'était réveillé, en même temps que sa curiosité d'artiste. Il tournait en rond depuis, cherchant des excuses pour abandonner, ou un prétexte pour poursuivre, au moins provisoirement.

L'indécision le rendait malade, il détestait cela.

Il se posa face au carnet numéro dix-neuf. Il en avait déjà lu une partie.

Je termine cette lecture et ensuite je laisse tout tomber. Je range ça et je le donne à cette femme bizarre via Roy.

Il ne pouvait s'empêcher d'en vouloir un peu à son voisin qui l'avait mené en bateau depuis le début. Il savait qu'il n'y avait aucune mauvaise intention chez lui, tout ce qu'il avait fait, c'était d'omettre des faits, de répondre à côté, uniquement pour les préserver. *Qui voudrait entendre que la maison dans laquelle il vient à peine d'emménager a été le théâtre de morts en série ?* Tom savait qu'il n'avait même pas le droit de tenir rigueur à Roy McDermott de ses silences. Au contraire. Le vieil homme n'avait fait que se montrer prudent et protecteur. Tom n'était pas rancunier, cela allait vite lui passer. *Quelques bières sur sa terrasse...*

Il ouvrit le carnet noir, retrouva la page où il s'était arrêté et se plongea dans sa lecture.

Avant midi, il en avait englouti deux carnets de plus.

Gary Tully s'était installé à Mahingan Falls, dans la maison même où avait vécu Jenifael Achak, cette tanière en mauvais état qu'il avait entièrement réhabilitée pour y poser ses valises. Il évoquait ses recherches sur la possibilité de créer une passerelle entre l'esprit de la défunte et le monde réel, se servant de ce qui avait été le dernier endroit au monde où elle avait eu de bons moments avant d'être arrêtée. Gary multipliait les séances de spiritisme, seul ou accompagné de médiums puissants qu'il convoquait depuis parfois très loin. Lorsque le nom de Martha Callisper s'invita au détour d'une page, Tom n'en fut pas surpris. Gary semblait ne pas beaucoup l'apprécier et elle n'avait pas obtenu davantage de résultats que les précédents.

Tully s'intéressait également aux mythes des Indiens, fondateurs dans une région comme celle-ci, que ce soient leurs légendes, leurs traditions spirituelles ou leur histoire locale. Le nom du Wendigo fit reculer Tom dans son siège. Créature monstrueuse et effrayante qu'il fallait fuir à tout prix, il faisait office de démon ou de diable et fascinait l'occultiste. Il avait été dans plusieurs réserves indiennes, jusqu'au Canada, pour interroger les doyens, des shamans, ces sorciers dépositaires des rites ancestraux de leur peuple. Le Wendigo, dévoreur de chair humaine, prenait de nombreuses formes, parfois celle d'êtres humains, et d'autres fois gigantesques, à faire ployer les sapins sur les collines d'un simple souffle. Tully colligea plusieurs témoignages dont les auteurs assuraient avoir déjà vu des fanatiques manger la chair d'un mort pour tenter de s'attirer les bonnes grâces du Wendigo. Car s'il était maléfique et craint, il n'en demeurait pas moins l'une des plus puissantes créatures du panthéon indien. La conclusion de Tully à son sujet fit frémir Tom en lui rappelant les mots employés par Martha Callisper. Gary considérait le mythe du Wendigo comme l'un des plus répandus, un des rares à avoir imprégné la culture amérindienne dans son ensemble ou presque, et ce depuis des temps immémoriaux. En ce sens, une croyance aussi étendue et perpétuelle ne pouvait être sans effet. Toutes ces âmes convaincues de son existence lui avaient forcément donné corps, d'une manière ou d'une autre. Le Wendigo existait. Enfermé dans un espace-temps parallèle au nôtre, les hommes lui insufflaient la vie avec leur dévotion, et sa simple évocation suffisait à le faire perdurer.

Était-ce Tully qui avait converti Martha et Roy à cette idée que croire massivement n'était pas sans conséquence ?

Tom frissonna et enchaîna sur la suite.

L'obsession de Tully émergeait de plus en plus, elle virait presque à la folie au fil des carnets, nota Tom. L'occultiste était absolument persuadé qu'il était possible de créer une brèche entre les vivants et les morts, et il *sentait* qu'en s'installant ici il avait un lien particulier avec Jenifael Achak. Il écrivait la connaître mieux que quiconque, et l'absence du moindre progrès le minait.

Un lent et insidieux effondrement se tissait de chapitre en chapitre, au détour d'une remarque, d'un mot un peu dur, d'une conclusion. Tully sombrait dans la dépression, cela ne faisait aucun doute.

Les carnets suivants ne firent que le confirmer. Les années passaient, il espaçait de plus en plus ses notes, ses confidences, et celles-ci, après s'être souvent répétées, se réduisaient au minimum, une synthèse rapidement évacuée des rendez-vous, des dernières recherches et à l'absence de tout résultat probant.

Tom lut les toutes dernières lignes tandis que le soleil se couchait et que son bureau s'assombrissait, penché sur la page pour parvenir à déchiffrer l'écriture nerveuse. Il avait oublié de déjeuner et n'avait même pas remarqué le retour d'Olivia, ou des garçons, qui s'étaient manifestement décidés à le laisser travailler jusqu'à ce qu'il daigne, lui, sortir de son antre.

Tully avait été confus dans les toutes dernières confidences de l'ultime carnet. Parfois incompréhensible. Il sombrait dans la démence.

« Plus rien. Je suis vide. Tout. J'ai tout offert. Tout tenté. Ne reste qu'une évidence. Dans mon incapacité à saisir les mécanismes nécessaires à l'élaboration d'un contact, ne reste que l'alternative extrême de la vérité. L'irrémédiable voyage hâté vers la connaissance de celui qui pénètre la Terre promise qui s'est si souvent dérobée à lui en sachant qu'il est un intrus puisqu'il n'en saisit pas pleinement l'histoire et l'influence. Mon chemin de ce côté fut un échec. Je me résigne donc à embrasser mon dernier recours et j'accélère l'irrémédiable en optant pour la vérité immédiate. Je ne suis plus un chercheur. J'y renonce. Je deviens un explorateur commun au milieu de tant d'autres ; en ce sens, plutôt qu'explorateur, devrais-je me définir comme un simple passant, à bien y réfléchir. Par

lâcheté, par facilité, par abandon. Je termine mon œuvre sans avoir pu lui donner un sens, et c'est en pleine conscience que je fuis mes devoirs sans avoir rien démontré. Je triche. J'aurai échoué à résoudre le problème, mais le désir d'en connaître la solution est trop grand pour patienter plus longtemps. Je scelle cette porte à jamais et j'en ouvre une autre, vers l'inconnu. »

Sur quoi Gary Tully était monté au grenier ranger ce dernier carnet avec les autres, puis avait tout bien refermé avant d'entrer dans son bureau, une corde à la main, au bout de laquelle il tanguait une poignée de minutes plus tard, la nuque brisée.

Tom reposa son crâne sur l'appui-tête de son siège. Il se sentait triste. La déchéance de cet homme transpirait dans ses journaux. Il avait voué son existence à sa passion dévorante, et dans cette solitude prisée, il s'était ôté toute chance qu'on lui vienne en aide, qu'on lui ouvre les yeux sur son état psychologique avant qu'il ne soit trop tard.

Tom alluma son ordinateur portable et se lança dans ce qu'il aurait dû faire depuis le début s'il avait pris cette lecture plus au sérieux : il googlisa le nom de Gary Tully. En quelques clics et un peu de persévérance, il le déterra au détour d'un site de référencement de l'ésotérisme qui datait. Gary Osborne Tully. G.O.T. lorsqu'il signait ses carnets. Il était présenté comme un vague passionné qui avait fréquenté beaucoup de spécialistes dans les années 70, sans plus de précisions. Il n'y avait rien d'autre. Tully, comme il l'avait pressenti avant de se donner la mort, n'avait laissé aucune empreinte, pas même dans sa propre discipline.

D'une certaine manière, et malgré le sentiment de tristesse qui perdurait, Tom se sentait rassuré maintenant qu'il avait absorbé le contenu de l'ensemble de ces documents. Gary Tully n'avait rien découvert. Aucun phénomène paranormal ne s'était manifesté dans la maison.

Tout ça n'avait donc aucun rapport.

Il y a toujours ces coïncidences, ce que j'ai trouvé...

Rien n'expliquait ou ne donnait de sens à ce que Tom avait listé. Juste une série d'étrangetés. Des hasards. Des singularités. Sinon, comment justifier que lui et sa famille les subissaient tandis que Tully, en dix ans, n'avait rien vu, alors même qu'il avait tout fait pour ?

La famille après lui a souffert...

Oui, mais il l'avait dit à Martha Callisper et à Roy : une adolescente mal dans sa peau qui se suicide n'avait hélas rien d'anormal. Pas plus qu'un père qui ne parvient pas à s'en remettre.

Et puis nous n'avons rien fait en arrivant ! Rien qui puisse... comment dire ça ? « activer » l'apparition de phénomènes fantastiques. S'il suffisait de poser ses valises pour que la maison hantée se réveille, Tully ne se serait pas tué...

Mais Bill Taningham leur avait revendu la maison un peu rapidement…

Il faisait faillite ! Ça n'a rien à voir !

39.

Les vacances allaient s'achever, entraînant un doux sentiment de mélancolie, la nécessité résolue de tourner une page. Les portes des écoles rouvriraient avec leur routine quotidienne, les dernières semaines de chaleur s'évaporeraient avant que le vent frais tombe par le nord, brunissant les feuilles dans les arbres. Déjà les touristes se faisaient plus rares sur les plages de Mahingan Falls, moins de visages nouveaux sur la Promenade ou dans Main Street. Les familles ne se laissaient plus porter au fil des journées mais anticipaient désormais la rentrée, les fournitures scolaires, le retour au travail. Les prochains congés semblaient à l'autre bout du calendrier et, chaque matin, il fallait penser à s'organiser, se connecter avec le monde, faire preuve de dynamisme.

Mahingan Falls allait se resserrer sur elle-même. Fini l'ouverture sur les visiteurs, ils seraient rares, personne n'y passait « par hasard », aucune route ne traversait la petite ville, on y entrait à dessein, en sortant de l'autoroute 128, la Yankee Division Highway comme on la surnommait, pour poursuivre sur Western Road, plusieurs kilomètres à travers des champs rébarbatifs, avant les dernières boucles au milieu des collines, pour enfin passer devant la haute chute de la Weskeag River. Parvenir jusqu'ici se méritait. Seul un fort désir d'exotisme, une excursion balnéaire au sein d'un site encore peu saturé, pouvait motiver ce voyage. Rien de tel n'arrivait plus avec l'automne. La cité prisonnière de ses forêts et de ses falaises se préparait à renouer avec son inévitable sérénité, presque insulaire vu son isolement, et le besoin de se préparer à une certaine autarcie mentale et matérielle en prévision des prochains mois les plus rudes. À maints titres, Mahingan Falls ressemblait à un animal sauvage. Expansive et si vivante l'été, focalisée sur elle-même et les préparatifs pour l'hiver dès le mois de septembre arrivé, avant une lente hibernation.

Olivia vit son mari quitter son bureau avec une pointe d'agacement qui se dissipa presque aussitôt. « Probablement pas une bonne idée », avait-il dit sans entrer davantage dans le détail de ses recherches infructueuses. Il ne se lançait finalement pas dans l'écriture maintenant. Besoin de réfléchir à une autre trame. Étonnement, il n'était en rien accablé, bien au contraire, une joie nouvelle ne tarda pas à l'animer, une forme d'insouciance qui leur fit du bien. Le lendemain, il entraîna la famille pique-niquer sur les hauteurs de Rockport, puis les jours suivants il passa du temps avec sa fille, tous deux allongés dans le jardin, jouant dans le salon ou en balade sur la plage. Tom et Olivia firent de nombreuses courses ensemble et partagèrent la plupart des déjeuners en amoureux pendant les deux semaines qui s'écoulèrent. Dans ces moments où tout avançait sans effort sur des rails, Olivia ne pouvait s'empêcher de s'en gâcher une infime partie en stressant. Tout ce bonheur, cette facilité, cachait forcément une montagne d'ennuis à venir. Ça ne pouvait être si simple, si parfait. La vie n'était pas aussi paisible, à vrai dire, la vie *détestait* la routine heureuse, c'était évident. Tôt ou tard, des problèmes surgiraient, juste pour équilibrer leur karma, car nul sur terre, si bon fût-il, ne méritait de vivre indéfiniment joyeux. Il en avait toujours été ainsi, et Olivia préférait anticiper le pire plutôt que de le subir de plein fouet. Elle s'agaçait lorsqu'elle faisait cela, cette manie de ne pas savoir jouir pleinement du temps présent, mais c'était plus fort qu'elle.

Pourtant rien d'affreux ne se produisit en cette fin août. Mieux encore : ses grands débuts à la radio locale se présentaient sous d'heureux auspices. Les journaux de la région en parlaient, plusieurs brèves étaient parues dans la presse nationale et on lui avait rapporté que même la télévision avait évoqué le « retour d'Olivia Spencer-Burdock ». Par chance, bien peu pourraient l'écouter et la radio n'avait pas investi dans la création d'un site Internet, encore moins dans la diffusion d'éventuels podcasts, ce qui l'arrangeait. Olivia ne voulait pas être jugée, décortiquée et soumise à la pression des médias d'envergure. Rien que le plaisir de faire de l'antenne. Elle désirait se constituer un public restreint et bienveillant qui se sentirait concerné par ce qu'elle proposait, rien de plus.

De leur côté, Chadwick et Owen passèrent du temps dehors, comme à leur habitude, profitant du soleil retrouvé pour filer en compagnie de Connor et Corey jusque dans la ravine. La première fois, y retourner les effraya un peu et les mit mal à l'aise. Tous repensaient à l'épouvantail, ainsi qu'au cadavre de Dwayne Taylor qui pourrissait probablement quelque part, loin dans les champs de maïs, les globes oculaires et les chairs les plus molles arrachés par les corbeaux et les pies. Aller jusqu'à la ravine, c'était prendre la direction de ce mort dont ils étaient les seuls à connaître la fin tragique, c'était s'en rapprocher un peu et cela les perturbait. Mais la crainte d'aller en prison était plus forte et ils parvinrent à se taire. À treize ans, certaines convictions, même naissantes, lorsqu'elles sont intriquées à la peur, sont plus fortes que les valeurs les plus nobles.

Les quatre adolescents mirent trois jours à se décider sur l'emplacement de leur cabane. Il fallait qu'elle soit à l'abri des intempéries, éloignée du ruisselet au centre de la ravine en cas de crue subite ; difficilement repérable si un promeneur s'aventurait jusqu'ici, avec tout de même une vue d'ensemble sur le secteur. Ils se mirent d'accord sur le fortin que formaient un chêne et un orme autour d'un rocher plat, leurs troncs – particulièrement celui du chêne qui se divisait en deux depuis sa base – dressant un mur naturel renforcé par la présence de taillis tout autour. Connor s'appropria plusieurs palettes chez son voisin routier, ils les transportèrent lentement au prix d'efforts intenses et de courbatures, afin de constituer le sol de leur cabane. Des chutes de planches, des clous et encore de la sueur permirent d'y ajouter un plancher digne de ce nom. Une immense bâche verte fit office de plafond étanche, elle retombait d'un côté pour dessiner un mur, tandis que de l'autre ils fabriquèrent un cadre en bois sur lequel ils clouèrent des lamelles de lambris récupérées dans la cave chez les Duff. Connor leur offrit le plus bel accessoire : un large filet de camouflage militaire que son père n'avait pas emporté après le divorce et dont il se servait autrefois lorsqu'il partait à la chasse pour recouvrir son campement. Le filet était assez grand pour envelopper tout le QG qui ainsi se fondait dans le paysage, presque invisible.

Owen s'était imaginé que la construction ne leur prendrait que deux jours et que ce serait un moment drôle, au lieu de quoi ils y consacrèrent dix jours, toute leur énergie, et gagnèrent nombre d'ampoules, d'écorchures et de bleus. Cependant, la fierté ressentie, elle, dépassa toutes leurs attentes. Finalement, le plus difficile fut de rassurer les parents sur leur état général, tout allait bien, ils ne faisaient que s'amuser. Olivia leur ordonna de se calmer pour ne pas aborder la rentrée épuisés, et ils purent poursuivre leurs aventures sans aucune autre forme de surveillance rapprochée. C'était la fin des vacances après tout, ils méritaient bien d'en profiter encore un peu…

Deux vieilles glacières recueillirent un lot de canettes de soda, des paquets de chips et de biscuits, quatre pneus usés furent installés en guise de sièges et une paire de jumelles fut accrochée à un clou qui dépassait, afin de toujours garder un œil sur le filet d'eau qui serpentait au cœur de la ravine et qui servait de sentier aux très rares randonneurs.

Un jour où il faisait particulièrement chaud, tandis qu'ils s'accordaient une pause avant de reprendre les finitions de leur repaire, Connor se leva et décida d'aller voir ce qu'il restait de l'épouvantail qu'ils avaient détruit.

— Non, non, non, ne fais pas ça ! le supplia Corey. C'est exactement le comportement débile qu'on reproche aux protagonistes des films d'horreur, et ça finit toujours mal pour eux !

— Je ne suis pas un protago-machin, je veux juste voir s'il est encore là-haut. Ça fait deux semaines que ça me démange.

Chad l'avait suivi, la tentation était trop forte pour y résister. Owen et Corey s'étaient regardés, puis le premier, ne pouvant abandonner son cousin, s'était éloigné à son tour.

— Faut croire que vous êtes tous des débiles..., avait lâché Corey avant de guetter la forêt qui l'encadrait, peu rassuré. Et moi aussi.

Il s'était empressé de les rejoindre pour ne pas rester seul.

La salopette à moitié carbonisée gisait au milieu d'un roncier. La citrouille avait disparu, probablement dissoute par les flammes et les insectes, tout comme la chair de paille qui rembourrait l'épouvantail. Les deux râteaux à feuilles qui lui servaient de mains se devinaient derrière des branchages.

— Vous croyez vraiment que c'est Eddy Hardy qui était à l'intérieur ? chuchota Chad.

— En tout cas il n'y est pas étranger, déclara Owen. Son âme ou la créature qu'il avait invoquée à l'époque.

Cela ne répondait pas à la question qui les taraudait sans cesse depuis : pourquoi eux et surtout pourquoi maintenant ?

— J'ai un peu les boules, avoua Corey.

Owen confia qu'il était dans le même cas.

Ici, à la naissance de la ravine, celle-ci n'était pas encore enfoncée profondément dans le ventre de la Ceinture, les falaises au nord et au sud ne dépassaient pas trois mètres de haut. Les adolescents se tenaient au bord de la zone qu'ils avaient identifiée comme « sûre ». Voir Connor sortir de ce cocon et approcher lentement en direction des restes de l'épouvantail les tétanisa tous.

— Qu'est-ce que tu fous ? fit Owen.

L'aîné de leur bande ne répondit pas, il fit pivoter sa casquette Vans pour que la visière lui tombe sur la nuque et approcha à pas de loup du tas de vêtements brûlés.

— Il est dingue, souffla Corey.

Connor contourna le « corps » et saisit un bâton avec lequel il souleva les ronces qui encerclaient les débris.

— Bon Dieu mais qu'est-ce qu'il branle ? insista Corey.

— Il vérifie que c'est bien mort, dit Chad sans en perdre une miette. Y a pas à dire, lui, il en a une grosse paire.

— Une paire de conneries, tu veux dire !

Le bout du bâton attrapa une des griffes d'acier noirci et la renversa, puis s'enfonça dans la salopette et fourragea à l'intérieur.

— Il n'y a plus rien, rapporta-t-il d'une voix claire dont Owen admira l'assurance.

Une volée d'étourneaux quitta brusquement la cime des arbres où ils se reposaient. Une salve de claquements d'ailes qui fila à toute vitesse hors de portée.

— Connor ! s'écria Owen. Reviens.

Tous la sentirent au même moment : une ombre qui tombait sur la végétation, par l'ouest, on aurait dit qu'elle était soufflée depuis les champs de maïs au-dessus.

— Maintenant ! aboya Corey.

Connor jeta un coup d'œil vers le haut de la pente et il devina que quelque chose bougeait dans la lande et se rapprochait. Il jeta son bâton et sauta par-dessus les fougères et les tiges, prenant soin de faire de hautes enjambées afin de ne pas trébucher. Dans son dos la nature semblait s'être tue, craintive, ses racines se recroquevillant sur le passage de l'ombre qui descendait en direction des adolescents. De plus en plus vite.

— On se tire ! ordonna Owen.

D'un seul mouvement, ils jaillirent en direction de leur abri, bondissant, les sens aux aguets pour ne pas déraper, filant entre les troncs et les rochers, s'enfonçant bientôt entre des falaises imposantes.

Chad s'arrêta en premier pour scruter le passage plus haut.

Il n'y avait rien ni personne. Seulement quelques branches qui s'agitaient dans le vent là où le ruisseau pénétrait dans la ravine.

— Les gars ! appela-t-il. C'est bon…

Ils haletaient, les mains sur les genoux, lorsque Connor s'essuya le nez et constata qu'il saignait.

— Merde.

Il blêmit quand il vit ses compagnons.

Un filet de sang maculait la lèvre supérieure de chacun.

— Qu'est-ce qui nous arrive ? s'angoissa Chad.

Corey tamponna le dessous de son nez avec ses doigts pour conclure qu'il subissait le même sort.

— Un truc qu'on a respiré ? hasarda-t-il.

Owen, lui, fixait l'entrée de la ravine au loin.

— En tout cas, on sait que ça fonctionne. Quoi que ce soit, ça ne vient pas jusqu'ici. Une force nous protège.

— Peut-être qu'on s'est un peu précipités, fit remarquer Connor avec un début de sourire qui tentait de se vouloir rassurant. Si ça se trouve, c'était juste un sanglier.

Owen secoua la tête, catégorique.

— Qu'est-ce que t'en sais ? insista l'ado à la casquette.

Owen désigna la cime des sapins qui bougeait encore dans leur direction.

— Parce que le vent souffle à l'opposé. Il y a quelque chose dans ces branches, et on dirait que c'est en colère.

— La vache…, lâcha Chad.

Ce fut la dernière journée qu'ils passèrent dans la ravine avant la rentrée scolaire.

40.

Retourner dans les couloirs du lycée ressemblait à rendre visite à un grand-parent un peu éloigné qu'on connaît bien mais chez lequel on n'est plus venu depuis un moment. Des lieux familiers, une odeur caractéristique, des habitudes qui semblaient oubliées et qui revenaient d'un simple geste…

Gemma Duff avait encore une année à tirer. Ensuite, ce serait le départ vers une nouvelle vie. Indépendance et reconstruction, personne ne saurait qui elle était, un visage neuf, sans réputation ni historique. Elle avait hâte. Ici elle n'était qu'une gamine parmi tant d'autres dont on savait tout ou pas loin depuis sa première année de maternelle. Mahingan Falls demeurait une petite ville.

Elle prit possession de son casier, y rangea ses affaires, aperçut son frère qui jouait les guides professionnels avec Chad et Owen et décida de ne pas les embêter. Viendrait un temps où ils seraient fiers qu'une grande comme elle s'adresse à eux devant tout le monde, et ce n'était pas encore le moment. Et puis elle avait des préoccupations autrement plus importantes.

Ne pas croiser Derek Cox.

Gemma ignorait comment il allait réagir. Elle n'avait eu aucune nouvelle, même indirectement. Se faire discret n'était pourtant pas dans ses habitudes.

Elle ramassa son sac et manqua de heurter un garçon qui se tenait juste à côté d'elle.

Adam Lear la toisait avec curiosité. Ses mèches faussement désordonnées entre le blond et le châtain, le rose de ses joues imberbes, sa bouche capable des plus beaux sourires, tout en lui respirait la séduction involontaire. Depuis leur rencontre à la sortie du glacier, début août, ils ne s'étaient plus reparlé malgré l'échange de numéros de téléphone.

— Oh, salut Adam. Pardon, je ne fais pas attention où je vais, balbutia-t-elle.

— Non, c'est ma faute, à me tenir là sans dire bonjour.

Ils restèrent ainsi, hésitants, se sentant maladroits l'un et l'autre, à s'observer bêtement.

— Je suis désolée, osa enfin Gemma, j'aurais dû t'envoyer un sms…

Il leva une épaule, confus.

— Oui, moi aussi. Je voulais pas t'embêter, tu avais sûrement mieux à faire…

J'ai dû me débarrasser de Derek Cox après qu'il m'a agressée sexuellement, alors si tu savais comme j'aurais préféré que tu te manifestes…

Gemma réalisa qu'elle n'était pas tout à fait honnête avec lui. Ses aspirations avaient été ailleurs après le cinéma. Elle n'avait pas eu envie de ce genre de compagnie pendant un moment, et elle avait passé l'essentiel des semaines suivantes à s'occuper de baby

Zoey pour se focaliser sur autre chose qu'elle-même. Le voir ici, maintenant, avec sa gueule d'ange et cette douceur qui coulait de son regard comme un fleuve de miel réveilla le désir qui sommeillait depuis.

— Tu as passé un bon été ? demanda-t-elle.

— Oui, ça va. Un peu long. J'étais presque content de revenir en cours.

— Sérieux ? Pas moi ! Enfin… si, un peu. Pas pour les profs, hein, juste pour… eh bien, changer de décor.

— J'ai vu qu'on était pas dans les mêmes cours.

— Ah bon ?

Il avait déjà vérifié. Adam Lear avait commencé sa rentrée en regardant s'il était avec elle ! Gemma n'en revenait pas. Une boule euphorisante grossissait dans sa poitrine.

— C'est con, dit-elle faute de trouver mieux.

— Tu as toujours mon numéro ?

— Bien sûr.

— Alors… Si tu as envie d'aller faire un tour, un de ces jours, hésite pas.

Gemma approuva un peu trop vivement à son goût, et après lui avoir adressé un signe ridicule de la main, Adam s'éloigna et se dilua dans la foule d'étudiants du couloir principal.

Pour la première fois depuis longtemps, Gemma Duff se sentit légère et comblée.

*

La mort s'invita au détour d'une conversation le lendemain midi, lorsque Gemma surprit Barbara Ditiletto en larmes dans un coin de l'aire où ils déjeunaient durant les beaux jours. La voir ainsi, elle la grande gueule que rien n'impressionnait jamais, déstabilisa Gemma. Deux amies la consolaient et Gemma hésita à aller la voir pour faire de même avant de reconnaître Amanda Laughton, la commère de service. S'il y avait bien une fille capable de savoir ce que Derek Cox lui avait fait, c'était elle. Ses oreilles traînaient partout, c'était à croire qu'elle disposait d'un réseau d'espions entraînés pour ça, tout savoir sur tout le monde et avant tous les autres. Gemma préféra l'éviter.

Pourtant Amanda vint la trouver une demi-heure plus tard. Elle s'assit en face pour partager son repas sur la table en béton.

— Tu as vu Barb ce matin ?

— J'ai cru comprendre que ça n'allait pas fort, répondit Gemma, sur la défensive.

— C'est le moins qu'on puisse dire. Tu es au courant ?

Amanda ne faisait aucune allusion à Derek, c'était bon signe. Peut-être que finalement elle ignorait ce qui s'était produit entre eux.

— Au courant de quoi ?

— Pour Lise Roberts !

— Elle a disparu au mois de juillet, oui…

— Non, elle a été retrouvée ! Au pied de la falaise sud de Westhill, celle qui tombe entre les friches et le quartier abandonné !

Gemma couvrit sa bouche de sa main. Elle connaissait l'endroit. Des parois crayeuses de plusieurs dizaines de mètres de haut, un coin dangereux qui avait suscité de nombreux débats en ville et à la mairie, les gens de Westhill craignant que leurs enfants ne viennent jouer dans les bois qui surplombaient ce précipice et n'y tombent. Si Lise Roberts avait chuté là, il n'y avait aucun doute possible sur son état.

— Ses os étaient brisés de partout, insista Amanda, je veux dire : *tous* ses os. Comme une carcasse de poulet passée sous une presse hydraulique. Incroyable. C'est Jasper Bushell qui l'a découverte. Soi-disant qu'il promenait son chien dans Oceanside Residences, tu parles ! Tout le monde sait qu'il fumait un joint.

— Elle s'est suicidée ?

— Quoi d'autre sinon ? Il n'y avait pas de trace d'effraction chez les Royson où elle faisait son baby-sitting et leur maison est à moins de trois cents mètres des falaises.

Cela ne ressemblait tellement pas à Lise de planter une famille ainsi, de laisser un enfant seul.

— Pourquoi elle a fait ça ? Il n'y avait pas de mot ?

— Nan. En même temps, Lise, c'était du style à pas en laisser. Moi, si je devais me foutre en l'air, j'inonderais Instagram, Twitter et même Facebook de messages pour qu'on sache pourquoi je pars. Que les coupables se sentent concernés.

Gemma reconnut bien là Amanda Laughton et son égocentrisme.

— Comment sais-tu tout ça ?

— Maryam, la copine de Barb, c'est la nièce du sergent Paulson qui bosse dans la police. Il a raconté à sa sœur et Maryam a tout entendu. Glauque. Supra glauque.

Gemma rentra chez elle en milieu d'après-midi, après les cours, et attendit son frère pour lui désigner la voiture.

— Il est plus tôt que d'hab, s'étonna-t-il.

— C'est pour faire une surprise aux Spencer.

Chaque jour de la semaine, Gemma débarquait à la Ferme avant dix-huit heures pour s'occuper de baby Zoey pendant qu'Olivia filait à la radio et que Tom errait quelque part entre son bureau et les bords de l'océan où il marchait parfois longuement, en quête d'une bonne idée pour sa prochaine pièce. Elle venait accompagnée de Corey pour qu'il fasse ses devoirs avec Chad et Owen s'ils en avaient. C'était un bon moyen de garder un œil sur ces trois-là et de leur rappeler que les vacances étaient finies. Gemma avait la responsabilité de faire dîner tout ce petit monde, ce qui n'était généralement pas difficile puisque Olivia prenait à cœur de tout préparer avant de partir. Tom la libérait en général vers vingt heures et parfois ils restaient encore un peu à discuter. Les Spencer payaient bien, très bien même, et Gemma les suspectait de beaucoup l'aimer pour se montrer aussi généreux. C'était une place en or, même si cela exigeait certains sacrifices et une bonne organisation. Ce serait surtout contraignant lorsqu'elle aurait des tonnes de compositions à rendre pour ses cours, ses soirées y passeraient toutes.

Gemma et Corey firent un détour par Oldchester où la jeune fille disparut dans l'arrière-cour d'une maison en brique rouge, sous le regard dubitatif de son frère. Elle revint au bout de dix minutes, un magnifique chiot blanc serré contre elle.

— Il est temps qu'un nouveau membre de la famille s'incruste ! annonça-t-elle.

Gemma avait longuement hésité lorsqu'elle avait entendu parler de cette portée à venir, n'était-ce pas précipité ? Elle craignait qu'Owen et Chad n'aient pas encore eu le temps de digérer la mort de Smaug. En même temps, c'était le meilleur moyen de les aider, supposait-elle. S'ils attendaient, ils pourraient ne jamais se décider et l'occasion était trop belle.

Olivia courait partout dans la maison à l'arrivée des Duff, elle courait après son sac à main égaré, après les Tupperware qu'elle venait de remplir pour le repas, après sa fille qu'elle voulait embrasser avant de partir… Mais quand elle aperçut le chiot, elle s'immobilisa net et poussa un petit cri sec de surprise avant que sa main ne recouvre sa bouche et que ses yeux s'humidifient. Gemma le lui donna et la boule de poils se lova contre elle, agitant sa queue d'excitation.

— Les garçons vont l'adorer, murmura-t-elle en le caressant.

Lorsqu'ils le virent, Owen bondit au plafond, tandis que Chad semblait plus mesuré, avant que le charme de l'animal opère et qu'il ne le lâche plus.

— C'est une fille ou un gars ? demanda-t-il.

— Un petit mec.

— On pourrait l'appeler Phoenix, proposa Owen.

Olivia tiqua.

— Euh… mon chéri, c'est un peu déplacé, tu ne crois pas ?

Owen ne voyait pas où était le mal.

— Mithrandir ? tenta Chad.

— Un peu compliqué, repoussa Olivia. Dites, puisque c'est Gemma qui nous l'offre, pourquoi ne choisirait-elle pas ?

Gemma éprouva toutes les peines du monde à trouver le nom le plus adapté, c'était une grosse pression. Après un temps, elle se souvint d'un film qu'elle avait adoré petite, avec un chat et un chien. « Otis et Milo » ou quelque chose dans cet esprit. Elle était incapable de dire qui était quoi dans le film, mais elle se décida pour le nom qui lui plaisait le plus.

— Que pensez-vous de Milo ?

Tous approuvèrent avec plus ou moins d'enthousiasme, et Milo fut adopté le soir même.

— Tom est en vadrouille je ne sais où, avertit Olivia avant de filer, tu connais la routine, baby Zoey file au lit juste après le dîner et pas de télé pour les garçons ce soir.

Olivia se pencha pour ajouter tout bas à l'oreille de Gemma :

— J'ai entendu les garçons faire des cauchemars ces derniers temps, je voudrais qu'ils se sevrent un peu de toutes ces cochonneries effrayantes qu'ils aiment regarder.

La voiture d'Olivia recula dans l'allée pendant que les trois adolescents jouaient avec Milo dans le jardin, de l'autre côté. Gemma déposa un baiser sur la tempe de Zoey qui s'accrochait à elle.

— À nous deux, mademoiselle.

Elles filaient dans la cuisine pour mettre la table lorsque Chad entra pour se laver les mains.

— Milo m'a pissé dessus !

Gemma éclata de rire.

— C'est un chiot, ça risque de se reproduire.

— C'est dégueu.

Tandis qu'il se lavait les mains, Chad se souvint d'un détail et déclara :

— Tout à l'heure, avant que vous arriviez, il y avait le mec bizarre qui était garé devant la maison. Tu sais, celui qui…

— Derek ?

— Oui, je crois que c'est ça.

Toute substance quitta les jambes de Gemma qui dut s'appuyer à la table pour rester debout. Heureusement, elle venait de poser Zoey sur le sol.

— Qu'est-ce qu'il voulait ? parvint-elle à demander en s'efforçant de dissimuler son malaise.

— Je sais pas. Il était devant, il regardait la façade, c'est tout, je crois.

— Olivia l'a vu ?

— Maman ? Non, je pense pas. Pourquoi, ça craint ?

— Non, non, mentit-elle. Rien de spécial. Il a dû se perdre.

Gemma ne voulait pas attirer l'attention de Chad sur Derek Cox. Qu'il ne s'en mêle surtout pas.

— Il avait pas l'air perdu, plutôt… un peu énervé, tu vois ?

Gemma n'envisageait que trop bien la situation.

Si Derek Cox était venu jusqu'ici, ce n'était pas par simple curiosité. Gemma avait du mal à respirer. Devait-elle prévenir Olivia ? *Non, elle est à la radio en direct, elle ne pourra rien y faire et ça va la perturber.*

Gemma termina ce qu'elle était en train de faire et dès que tout le monde fut rentré dans la maison, elle fit le tour de toutes les portes pour s'assurer qu'elles étaient bien fermées.

Elle aurait dû s'en douter. Elle avait été bien naïve de croire que le silence prolongé de Derek Cox était rassurant.

Il ne restait jamais sans rien faire. Cox n'était pas rancunier, non, il était bien au-delà de ça ; même vindicatif était un euphémisme. Un enragé. Vengeur. Destructeur.

Dans un bon jour, il avait été capable d'enfourner sa main dans sa culotte pour la violer, alors Gemma préférait ne pas imaginer ce dont il était capable lorsqu'il était en colère. Surtout s'il s'agissait d'une colère froide. Longuement réfléchie.

Dehors, le bruit d'un moteur qui se rapprochait la fit trembler.

41.

« I'll stand by you » des Pretenders diffusait ses arpèges mélancoliques dans les enceintes du studio de radio feutré.

Dès le refrain, Olivia fut brutalement happée près de vingt-cinq ans en arrière par ses souvenirs de jeunesse, lorsque ce tube envahissait toutes les radios du pays, et probablement du monde. Son adolescence pleine de rêves, d'ambitions, de soif de reconnaissance… Se pouvait-il qu'une fille se batte comme elle l'avait fait pour parvenir à se faire une place si chère dans un métier avec aussi peu d'élus sans qu'il y ait, à l'origine de cette rage, une blessure narcissique profonde ? « Tous les gens qui cherchent à s'exposer sont des mal-aimés », lui avait dit Dick Montgomery, son mentor, à ses débuts. « Alors me raconte pas de salades, règle tes comptes avec tes parents, si tu as la chance qu'ils soient encore vivants, et ensuite, si tu as toujours autant d'appétit, reviens me trouver et là on verra ce qu'on peut faire ! » Du Dick tout craché… Olivia n'avait pas écouté ses conseils, elle lui avait menti, elle et ses parents n'avaient jamais été capables de se parler correctement, en étalant leurs émotions, ce n'était pas maintenant que ça allait changer, mais elle avait eu le job et sa carrière avait décollé à grande vitesse. Oui, assurément, son besoin d'être aimée du plus grand nombre venait de son enfance. Mais ce qu'elle avait bâti, elle, par la suite, sa famille, avait largement comblé ce déficit.

La chanson touchait à sa fin et, de l'autre côté de la cabine, Mark Dodenberg, l'ingénieur du son, lui fit signe que c'était bientôt à elle. D'un coup d'œil expert, Olivia s'assura qu'elle avait bien la suite du conducteur en tête. Ils entamaient la seconde partie de l'émission, après l'interview en studio de leur invité – ce soir un maître nageur était venu leur parler de son métier saisonnier avec son lot d'anecdotes –, c'était maintenant au tour des témoignages. Olivia disposait d'une longue plage avant la prochaine pause. Très bien. De quoi s'installer un peu. Restait à tomber sur une personne intéressante. Avec le peu de moyens dont disposait la radio, il n'y avait qu'une personne pour trier les appels, et si la première semaine le standard avait été saturé, beaucoup d'auditeurs voulant parler avec Olivia Spencer-Burdock, c'était à présent bien plus calme, mais Michelle n'avait pour autant pas le temps de filtrer et de sélectionner les candidats les plus radiophoniques. Par conséquent, c'était chaque soir un peu la loterie et Olivia devait au mieux meubler, sinon contenir des confidences qui partaient dans tous les sens ou débordaient du cadre qu'ils s'étaient fixé.

Pat Demmel, qui servait de réalisateur pour l'émission, entra discrètement dans le studio pour déposer devant elle une feuille avec quelques mots griffonnés à la va-vite : « Anita Rose(n ?)berg – insomniaque, dépressive ? – veut te parler ce soir. »

Olivia eut à peine le temps d'en prendre connaissance que c'était à elle. Elle ajusta son casque sur ses oreilles puis alluma son micro d'une pression sur le bouton rouge devant elle et, bien calée dans son siège, plaça sa voix au mieux pour imposer sa présence, un ton chaleureux, juste ce qu'il fallait de grave pour apaiser, avec un brin de dynamisme pour accrocher ses auditeurs.

— Vous êtes sur WMFB, je suis Olivia Spencer-Burdock et nous poursuivons notre soirée ensemble avec la deuxième partie de notre émission. Et pour commencer nous allons recevoir Anita. Anita ? Vous êtes avec nous ?

— Bonsoir, je suis là, merci, fit une voix à peine féminine au ton et à la diction que Walter Cronkite n'aurait pas reniés.

— Vous êtes de Mahingan Falls, Anita ?

— Oui. Sur Beacon Hill. J'ai grandi au pied de l'église presbytérienne de la Grâce, et soixante-dix-neuf ans plus tard, j'y suis encore.

— La mémoire de tout un quartier, alors ? C'est formidable. Merci de nous appeler. De quoi vouliez-vous parler ce soir ?

Un silence.

Olivia leva les yeux vers la baie vitrée, en direction de Pat et Mark, assis dans la pénombre face à la grande console technique. Les silences étaient le pire ennemi de l'antenne. Bien placés, ils pouvaient transmettre des émotions fortes dans l'esprit des auditeurs, mais il s'agissait de moments rares. La plupart du temps, les silences étaient une perte de rythme, presque un début de malaise.

Juste avant qu'Olivia enchaîne en reprenant la parole, la vieille femme répondit :

— Je ne suis pas seule.

— Très bien. Dites-nous qui est avec vous ? Je ne vous ai même pas posé la question : êtes-vous mariée ? Des enfants, Anita ?

Nouvelle hésitation. Olivia grimaça. Elle pressentait un entretien difficile, qu'il faudrait prendre en main. Ce serait à elle de faire le ping-pong verbal pour donner un semblant de vie à cet échange.

— Mon mari est décédé en 1999. Il avait du diabète et du cholestérol, et il développait un Parkinson lorsqu'il nous a quittés. Nicole et Patrick vivent sur la côte Ouest, ce sont mes enfants. Tous les deux se sont mariés avec des Californiens, c'est amusant, n'est-ce pas ? Je ne les vois plus beaucoup. Ils ont fait leur vie, ils n'ont plus besoin de moi, vous comprenez…

Elle débitait tout cela sans réelle émotion, comme détachée de ses propres mots, spectatrice de sa tirade.

— Je suis désolée pour votre mari. Vous êtes restés mariés longtemps ?

Olivia aimait accoucher les autres. Elle avait un bon instinct pour ça. Le sens de l'écoute, de la relance, flairer une brèche en sachant s'il était préférable de s'y engouffrer ou au contraire d'opter pour un peu de pudeur.

— Quarante-deux ans.

— Je ne devrais pas le dire à la radio, une dame n'évoque pas ce sujet en public, mais puisque nous sommes entre nous, je vais vous faire une confidence, Anita : c'est mon âge. Vous êtes restée mariée aussi longtemps que j'ai vécu jusqu'à présent. Je suis admirative.

Devinant qu'un autre silence allait s'éterniser, décidément cette Anita n'était pas une « bonne cliente », Olivia enchaîna :

— À défaut de voir vos enfants, vous leur parlez parfois ? La technologie a rapetissé le monde, avec les FaceTime et autres Skype, on peut se voir à distance désormais.

— Ils ont leur carrière, ils n'ont pas le temps.

Manifestement, elle n'avait pas envie de développer ce sujet. *Grande bavarde, Anita. Je sens que ça va être simple…*

— Vous dites que vous n'êtes pas seule ce soir. Qui vous accompagne ?

Soupir dans l'écouteur qui se transforma en crépitements dans le haut-parleur.

— Mon visiteur du soir.

— Oh, vous nous intriguez. Il va falloir nous raconter. Qui est ce visiteur ? Un… *ami* ?

— Non.

La vieille dame avait prononcé la syllabe avec un tel empressement et tant de fermeté, qu'Olivia se raidit dans son fauteuil. Sa curiosité était piquée tout autant qu'emplie d'appréhension.

— Vous en avez trop dit ou pas assez, Anita.

— J'ai dit « visiteur », mais il n'est pas le bienvenu, bien sûr. Il s'impose. Il ne me laisse pas le choix.

— Je ne suis pas certaine de saisir…

L'interlocutrice répondit d'un air résigné, presque douloureux :

— Il se tient là, au fond du couloir, parfois dans l'ombre de la remise, derrière la cuisine. Mais à chaque fois qu'il est présent, je le sens.

Paumes en l'air, Olivia fit une grimace d'incompréhension à l'intention des deux hommes dans la régie en face. Pat Demmel lui répondit d'un haussement d'épaules. *Merci les gars, je me sens soutenue !*

— C'est-à-dire ? Nous avons besoin de comprendre, vous parlez d'une connaissance ? D'un voisin ?

— Non.

Même réponse catégorique. *Presque en colère.*

— Il s'invite une fois le soleil couché, jamais avant. Une nuit, il était même dans ma chambre à coucher, près de mon lit, je ne pouvais pas le voir dans l'obscurité, mais je savais qu'il était là. Je pouvais l'entendre…

— Vous êtes en train de nous dire qu'il y a un… *intrus* chez vous, Anita ?

— Je dis « il », mais ce serait plus juste, je suppose, d'en parler au féminin.

— Vous savez qui est cette femme ?

— Ce n'en est pas une. Pas comme vous et moi du moins.

— Vous avez prévenu quelqu'un ? La police, votre médecin, ou vos voisins peut-être ?

— Ce n'est pas ce type de… personne. On ne peut pas la chasser. Je ne peux même pas la fuir. Où que j'aille, elle sera là. Je le sais.

Olivia se rapprocha jusqu'à sentir la table lui rentrer dans le ventre. Elle eut une intuition qu'elle décida d'écouter.

— Cette… présence, dit-elle, elle n'est pas *réelle*, je veux dire : palpable, n'est-ce pas ?

Deuxième semaine et déjà un témoignage ésotérique. Elle commençait fort, même si elle préférait largement ça à ce qu'elle avait craint un instant : une agression en direct.

— Elle n'est pas comme vous et moi, mais elle est bien réelle, je peux vous l'assurer. Je l'entends. Elle me parle. Elle chuchote, tout le temps.

— Ah ? Et qu'est-ce qu'elle dit ?

— Des choses horribles.

Olivia releva la tête. Elle n'aimait pas ce ton.

— Qu'entendez-vous par là, Anita ?

Encore un silence. Une hésitation. Souffle sur la ligne.

— Je ne comprends pas tout. À vrai dire, je ne comprends pas les *mots*, mais je devine l'intention. Je sais ce qu'elle veut. Elle me le répète, encore et encore. Elle me rend folle. Pour que je l'écoute.

Olivia interrogea du regard son réalisateur qui discutait avec Mark, probablement de ce qu'il fallait faire. Elle saisit une feuille et son stylo pour écrire « Mytho ? Flic ? Aide ? » et la leva devant elle pour qu'ils puissent la lire. Heureusement, leur petite radio n'était pas filmée. Pat fit signe qu'il n'en avait aucune idée.

— Et elle vous parle de quoi, cette présence ? insista Olivia. Dit comme ça, vous me faites un peu peur, Anita, et je suis certaine de ne pas être la seule. Vous l'entendez depuis combien de temps, cette voix ?

— Je ne sais plus. Peut-être un mois.

— Donc c'est assez récent. Je peux vous poser une question très personnelle ? Vous avez vécu un épisode difficile cet été peut-être ?

— Je pense que je sais qui elle est. Je n'aurais jamais cru que ce serait ainsi. Aussi… *effrayant*.

— De quoi parlez-vous ?

— La Faucheuse. C'est elle.

Ce n'est pas de la colère, c'est de la peur !

Une peur acceptée. Définitive. *Terminale.*

— Vous n'avez pas d'amies ? demanda Olivia qui sentait qu'elle devait la rattacher à quelque chose de terre à terre.

Pat fit un moulinet avec ses index pour lui indiquer de dérouler. Manifestement, il était moins inquiet qu'elle.

Le ton de la vieille femme devint brusquement rapide, presque agressif.

— Je ne supporte plus sa présence. Chaque soir, je redoute ses apparitions, je regarde partout, tout le temps, et dès que je l'aperçois ou que je l'entends je sens mon sang qui gèle et durcit mes veines au point qu'elles deviennent douloureuses.

— Anit…

— C'est pour ça que je voulais que vous m'entendiez tous, pour être mes témoins devant Dieu, ce n'était pas mon intention, c'est *elle* qui m'a poussée !

— Anita ? Je…

Soudain, une voix gutturale surgit quelque part près de la vieille femme et aboya avec une rage terrifiante : « *Hearken, gammer ! You…* » Des parasites vrillèrent les tympans d'Olivia et une salve de cris, des dizaines et des dizaines de personnes en train de souffrir ensemble, vrombirent sur les ondes et couvrirent les ordres impérieux qui se noyèrent parmi les hurlements.

Olivia avait rejeté brutalement son casque en arrière et cherchait de l'aide du regard vers Pat et Mark, tout aussi désemparés qu'elle.

Puis un claquement sec retentit, et Olivia comprit. Sa bouche s'ouvrit mais aucun son n'en sortit.

Un coup de feu !

Il provenait de chez Anita.

Les cris et la voix gutturale disparurent, remplacés par un silence terrible. Le souffle de la mort, devina Olivia.

42.

La crème onctueuse coulait entre les couches de pâte brisée tandis que le nappage de chocolat fondait avec la chaleur, imbibant tout le gâteau en dessous. Le sucre brillait de mille feux, spongieux et collant.

Owen revoyait cette image en boucle, il ne savait pas ce qui lui avait pris d'en manger au petit déjeuner. Une fringale matinale inhabituelle pour lui. Il se souvenait d'un rendez-vous chez le psy, après le décès de ses parents, où il avait entendu dans la salle d'attente une dame dire à son fils obèse que parfois on mangeait pour se remplir « d'autre chose que de nourriture » et cela l'avait souvent travaillé depuis. De quoi donc pouvait-on se remplir lorsqu'on avalait deux hot-dogs, une glace et des cookies sinon de tout un tas de produits chimiques plus ou moins nocifs (ça, il était bien au courant, Olivia n'arrêtait pas de ronchonner à ce sujet) ? Puis, il avait fait la rencontre de Ben Mulligan à un cours de karaté où les Spencer l'avaient inscrit au printemps dernier, à Manhattan, arguant du fait qu'il avait besoin de se dépenser et d'« évacuer ». Ben Mulligan était gros.

Pas au point d'avoir des nénés comme ce garçon chez le psy, mais tout de même assez pour qu'on se demande comment il allait s'en sortir pendant une heure à faire des mouvements souples et rapides. Mais Ben Mulligan était surprenant de vivacité et d'envie. À la fin, il était venu voir Owen pour se présenter, ils étaient les deux nouveaux à débarquer en fin de saison, et il lui avait rapidement confié que lui venait ici pour perdre du poids. « Je bouffe pour compenser, vois-tu ? » lui avait-il dit avec son accent un peu guindé de Long Island. « Je ne me sens pas assez aimé, alors à défaut d'amour, je m'inonde de sucre », avait-il ajouté. « Veux-tu être mon ami ? » Comment refuser ? Owen ne souhaitait pas avoir un suicide alimentaire sur les épaules alors il avait accepté, même s'il avait abandonné le karaté après cinq leçons, soit trois de plus que Ben Mulligan qu'il n'avait plus jamais revu. Mais cela lui avait appris une chose : parfois, dans la vie, lorsqu'on désirait une chose inaccessible, on se remplissait d'une autre à la place.

Et c'était exactement ce qu'il avait fait ce matin en mangeant une énorme part de ce gâteau beaucoup trop riche. Tom l'avait rapporté la veille au soir de sa promenade en bord de mer, il avait pensé faire plaisir aux enfants qui, ayant terminé de dîner une heure auparavant, n'y avaient presque pas touché. Tom était souvent comme ça, il agissait par impulsion, en suivant ses idées quelquefois saugrenues, sans vraiment s'interroger sur leur pertinence.

Mais alors, qu'Owen avait-il eu besoin de *compenser* en engloutissant tout ce sucre ? De l'amour, comme Ben Mulligan ? Tom et surtout Olivia n'étaient pas avares de câlins, d'attention et il les sentait sincères, ce n'était donc pas ça. Sauf que ses parents, ses *vrais* parents, lui manquaient profondément. Il savait que ce deuil ne serait jamais totalement terminé, et c'était normal, estimait-il. Pourtant il n'avait pas l'impression que c'était la vraie raison de sa boulimie. Owen était mince, presque trop, ça ne pouvait pas lui faire de mal si cela ne se reproduisait pas trop souvent, toutefois, il était bien conscient qu'il y avait là un symptôme étrange à étudier.

Tandis qu'il songeait à tout cela, Mme Horllow débitait son cours de mathématiques d'un ton monocorde dans la classe trop chaude.

Owen n'avait pas le cœur léger comme cela se produit normalement l'été lorsque tout va bien ou presque, même une fois la rentrée effectuée. Cette dernière, bien que désagréable, était atténuée par la curiosité de découvrir leur nouvel établissement, rassurés qu'ils étaient avec Chad d'être accompagnés par Corey et Connor. Owen n'était ni euphorique, ni enthousiaste, comme on peut l'être à son âge, et il ne tarda pas à identifier la source de son mal-être.

Faut arrêter de se baratiner... Cet été n'était pas *normal. Pour aucun d'entre nous.*

Son regard dériva vers la fenêtre sur le chemin de peupliers qui encadrait la route longeant le stade. Au-delà des hauts gradins, derrière le terrain de foot, il pouvait distinguer des bosquets d'arbres plus trapus ainsi que des amas de buissons denses et enfin, tout au bout, les terrains de base-ball.

Dwayne Taylor ne jouera plus jamais ni au foot ni au base-ball.

Un flash saisit Owen. La violence de la mort de Dwayne, de ses tripes luisantes de sang se déversant sur ses genoux, de sa mâchoire inférieure arrachée d'un seul coup de griffes d'acier et enfin l'odeur épouvantable de l'épouvantail. Ce remugle à vomir de pourriture et d'urine de chat.

Voilà ce qui pesait si lourd dans son esprit, au point qu'il avait eu besoin de *compenser*. Il avait mangé pour se faire du bien, pour ne plus penser, pour se sentir vivre au contraire de Dwayne Taylor.

Owen eut un haut-le-cœur et s'agrippa à sa table le temps qu'il se dissipe. Le sol et le plafond tanguèrent.

Il leva la main pour demander à sortir aux toilettes et, constatant qu'il était vert, Mme Horllow ne fit aucune difficulté. Chad, inquiet, lui proposa de l'accompagner mais Owen déclina, il n'avait pas envie qu'on l'entende dégobiller dans la cuvette !

Par chance, il se souvenait où étaient les sanitaires les plus proches et il remonta le couloir désert à grandes enjambées. Les murmures étouffés des autres salles de classe lui parvenaient tandis qu'il parcourait le lino usé sous l'éclairage des néons en se demandant dans laquelle pouvait être Gemma. Il l'aimait bien. Pas comme Connor qui passait son temps à évoquer ses « gros lolos », plutôt avec une affection… sincère, dégagée de toute attirance physique. *Une grande sœur,* réalisa-t-il. Même si en ce moment elle était un peu bizarre. La veille, elle avait même demandé que Tom la raccompagne jusqu'à sa voiture alors qu'elle était garée juste devant la maison !

Il poussa la porte des garçons et se précipita pour vomir, mais rien ne vint. Marcher l'avait un peu soulagé. Il fallait songer à autre chose qu'à ce gâteau trop riche et surtout qu'au massacre de Dwayne Taylor.

Il attendit, pour être sûr, et finit par se redresser pour aller se laver les mains. L'eau coulait du robinet lorsqu'il crut entendre une voix sifflante, assez éloignée, qui l'appelait. Il coupa l'eau et tendit l'oreille.

Le bourdonnement lointain d'une ventilation résonnait et ce fut à peu près tout ce qu'il perçut.

Il s'approcha du sèche-main.

« Owen. »

Il sursauta et guetta tout autour de lui pour constater qu'il était bien seul. *Dans un des box !* Les portes de chaque toilette étaient fermées, leur poids ou leur équilibre, Owen l'ignorait, les maintenait ainsi. Tous les cadrans au vert, donc personne n'avait verrouillé. *Qui est l'abruti qui s'amuse à ça ?* Owen ne connaissait pas mille personnes dans l'établissement, et il misa sur Connor. C'était bien son genre.

— Connor, t'es con, dit-il en repoussant le premier battant de porte.

Personne.

Il en fit autant avec le deuxième, sans plus de réussite. Il en restait quatre.

« Owen ! »

Le garçon se tourna à droite puis à gauche. La voix était chuintante, distante, on aurait dit qu'elle traversait un long passage étroit pour lui parvenir.

Ça ne vient pas des box, non, c'est plus loin...

Mais il n'avait aucune idée d'où ça pouvait être. Rien ne correspondait physiquement à ce que ses sens déduisaient. Il y avait bien une autre porte, mais il était écrit « SANS ISSUE – INTERDIT » dessus, et il était assez évident que c'était un accès technique, ou plus probablement un placard sans intérêt.

Owen nota la présence d'un plan d'évacuation rivé au mur et y jeta un coup d'œil rapide pour constater que la porte donnait sur un escalier. Il n'était pas sûr de comprendre, mais supposa qu'il menait au sous-sol de l'école. *Rien à voir.*

Il se retrouva face à la rangée de lavabos. L'appel avait résonné légèrement, comme amplifié par un écho métallique. Et si… Lentement, il s'approcha. *Impossible que…*

Il se pencha sur le siphon. Un tuyau gris et noir qui s'enfonçait dans l'obscurité.

« Owen… »

Le garçon lâcha un cri de surprise.

Il n'y avait aucun doute. La voix provenait de là, du fond de la canalisation, un appel ténu, presque un murmure chantant, mais il en était convaincu, celui qui connaissait son nom était quelque part en dessous, au niveau de l'évacuation.

Puis il perçut un bruit, à la fois raclement et grincement, qui émanait de derrière la porte de service. *Tchak. Tchak. Tchak.*

Un rythme régulier, lourd.

Quelqu'un qui monte les marches !

Il y avait bien un escalier là-derrière, Owen venait de le lire sur le plan, et cela ressemblait beaucoup à de grosses semelles renforcées qui claquaient et cognaient à chaque marche.

Tchak. Tchak.

Il approchait.

La voix qui l'avait appelé n'avait rien de menaçant, et pourtant Owen sentait qu'il ne fallait pas qu'il reste là. Son instinct lui dictait de déguerpir. Celui qui le cherchait n'était pas *normal*.

Ce n'était pas l'épouvantail, mais c'était de la même nature.

Tchak. Tchak. Tchak.

Les pas dans l'escalier étaient tout près de la porte.

Un souffle, sorte de longue exhalaison, remonta par le tuyau du lavabo.

Tchak. Tchak.

Owen était tétanisé par la peur. Il savait au plus profond de lui qu'il ne devait plus attendre, que c'était urgent, que c'était une question de vie ou de mort, et malgré tout, son corps refusait de lui obéir.

Puis la poignée de la porte de service commença à vibrer et à s'incliner, lentement.

Ce fut le déclic. Voir se matérialiser le danger déclencha une décharge d'adrénaline qui permit à Owen de pousser de toutes ses forces sur ses jambes et de fuser en direction de la sortie.

Tchak.

Le dernier pas. La chose était parvenue au sommet de l'escalier.

La poignée était en train de descendre. Si la porte s'ouvrait avant qu'Owen ne soit dehors, il le savait, ce serait trop tard.

Il se jeta contre le battant devant lui et s'étala dans le large couloir qui desservait les classes.

Le souffle de la canalisation s'amplifia dans les toilettes, puis la porte de service s'ouvrit et les néons crépitèrent avant d'exploser les uns après les autres. Mais Owen était déjà debout, à courir aussi vite qu'il le pouvait.

Toutes les portes des box claquèrent, violemment prises d'une frénésie rageuse, et cette fois Owen devina que son poursuivant venait de pénétrer dans le couloir derrière lui.

Les néons du plafond clignotèrent.

Owen pouvait distinguer sa salle de classe un peu plus loin. Il ignorait de quelle manière elle pourrait le protéger mais il voulait la rejoindre, s'abriter au milieu de tous les autres élèves, là il aurait une chance de ne pas se faire attraper, la chose n'oserait pas se montrer au grand jour devant autant de monde, non, elle n'était pas prête.

Du moins s'accrochait-il à cet espoir.

Tout le couloir dans son dos était à présent plongé dans l'obscurité tandis que cette ombre remontait à toute vitesse sur ses talons.

Owen puisa dans ses ultimes ressources et il tendit la main en direction de sa classe. Il y était presque.

Un bourdonnement magistral le talonnait, faisant vibrer tous les casiers sur son passage.

Owen sentit qu'il pouvait le faire. Ses muscles le portaient. Ses doigts se tendirent en direction de la porte.

La présence fut sur lui au même moment.

Owen eut à peine le temps d'écraser ses paumes contre la poignée qu'il basculait dans la salle et s'effondrait de tout son long entre les tables où il glissa, quasiment aux pieds de Mme Horllow qui s'interrompit, stupéfaite.

Il y eut un bref moment de flottement avant que tous les élèves s'esclaffent.

Tous sauf Chad qui lut l'expression de terreur peinte sur les traits de son cousin.

43.

Une détonation sèche, phénoménale, au point de saturer la ligne. Olivia repensait au coup de feu qu'elle avait entendu la veille, fébrile.

Un instant de flottement, le doute de l'horreur absolue, puis Pat Demmel qui envoie un disque pendant qu'Olivia insiste longuement : « Anita ? Anita ? Vous êtes là ? Vous m'entendez ? Anita ! » Et un souffle. À peine audible. Toutefois, Olivia en était convaincue, il y avait eu une respiration de l'autre côté de l'écouteur, lourde et légèrement sifflante. Presque… *artificielle*, s'était-elle fait la remarque. Pas comme quelqu'un qui respire naturellement, plutôt une imitation. Quelqu'un qui fait semblant de respirer. Cela l'avait terrifiée.

Toute l'équipe s'était affairée, Pat appelant la police, Mark enchaînant les disques pour meubler l'antenne, tandis qu'Olivia tentait vainement de reprendre le contact avec leur auditrice.

L'attente avait été horrible, pour ne cesser qu'après plus de trente minutes. Ce fut Pat qui entra dans le studio, aussi pâle qu'un suaire, pour annoncer que la police confirmait : Anita Rosenberg s'était donné la mort d'une balle de revolver, chez elle, en direct à la radio.

Le cauchemar intégral.

Tom avait débarqué peu après, probablement alerté par des voisins, et s'était chargé de raccompagner sa femme, deux heures plus tard. Le vieux Roy McDermott les attendait dans leur salon, pour veiller sur les enfants, juste au cas où.

Olivia n'avait presque pas dormi avant de céder à la tentation d'un Ativan, pour se dissoudre dans les limbes médicamenteuses.

Elle s'était réveillée en milieu de matinée avec cette nausée chimique caractéristique, et un besoin immédiat de prendre une interminable douche et un café aussi fort que possible. Tom n'avait encore rien dit aux enfants qui étaient partis en cours ; il s'occupait de Zoey qui jouait avec Milo dans le jardin. Dès le retour des garçons, Olivia les convoquerait pour leur expliquer. Elle ne voulait pas qu'ils l'apprennent à l'école, par un camarade malavisé, si ça n'était pas déjà le cas. Toutefois, les rapatrier en urgence ne semblait pas une meilleure solution. Elle ne pouvait en vouloir à Tom de n'avoir rien dit ce matin, tandis qu'elle dormait. Il avait jugé que c'était une discussion importante à avoir tous ensemble.

Olivia embrassa sa fille avec un peu trop d'entrain, et se réfugia dans les bras de son mari, longuement, avec le désir secret de ne plus jamais en ressortir, jamais. Enfin, elle s'assit dans l'herbe, aux côtés de la petite, pour la regarder, pensive.

— Les flics ne sont pas passés ce matin ? demanda-t-elle.

— Non. J'ai eu Pat au téléphone, ils ont saisi une copie de l'émission, a priori il n'y a aucune raison qu'ils te convoquent, mais si jamais ils le faisaient, Pat m'a conseillé un avocat qui…

— Un avocat ?

— Je lui ai dit que nous avions ce qu'il faut en la matière. Entre nous, je doute que ce soit nécessaire. Tu n'as rien à te reprocher. Absolument rien. Surtout, ne te blâme pas, tu ne pouv…

— Je le sais, Tom, je ne culpabilise pas, c'est juste que c'est… Je n'ai rien vu venir.

— Je te connais, je sais que tu vas tôt ou tard t'en vouloir pour je ne sais quoi.

— C'est humain, non ? Tout autant que d'en vouloir à cette femme pour ce qu'elle a fait. C'est horrible, mais c'est vrai. Je lui en veux. Combien de personnes nous écoutaient à cet instant ? Combien sont traumatisées par ce qu'elles ont entendu ? La mort en direct… Mon Dieu. Oui, je suis en colère contre cette femme. Elle ne nous a pas contactés pour appeler à l'aide, pas plus qu'elle ne nous a donné une chance de saisir ce qui allait se passer, de tenter de l'en dissuader, non, elle voulait juste… se dédouaner. Avant de commettre l'irréparable. C'est ça : elle a pris notre antenne en otage !

Tom l'écouta vider son sac, avant qu'Olivia ne baisse le ton pour que leur fille n'entende pas tout ce qui pesait sur son cœur.

Elle ne déjeuna pas, aucun appétit, et passa plus d'une heure au téléphone ensuite avec Pat Demmel. Ils décidèrent de suspendre l'émission jusqu'à nouvel ordre. Besoin de digérer, de réfléchir, de peser les conséquences. Olivia était atterrée. Elle savait que cela ferait les gros titres des médias nationaux avant la fin de la semaine. L'ancienne star de la télé qui a tout plaqué pour fuir la pression assiste à un suicide en direct dans sa petite émission locale. Il faudrait faire barrage aux centaines de demandes d'interview qui ne manqueraient pas de tomber. Cynthia Oxlade, son attachée de presse à New York, ferait le boulot et Tom se chargerait des plus téméraires et déterminés qui parviendraient jusqu'ici s'il devait y en avoir. Olivia doutait que ça aille plus loin. Il n'y aurait pas des hordes de vans avec parabole sur le toit devant chez eux, pas plus qu'une foule de micros brandis à chacune de leurs sorties sur le perron. Elle ne méritait plus autant d'attention, Mahingan Falls était loin de tout, Cynthia et les avocats feraient savoir qu'il n'y aurait absolument aucun commentaire et donc que le déplacement ne serait qu'en pure perte. De surcroît, l'actualité people et judiciaire était bien assez chargée comme ça en ce moment, ils n'avaient pas besoin de meubler.

Elle s'en tirerait bien.

Mais sur le plan personnel, Olivia n'en était pas si sûre. Il lui faudrait un peu de temps pour encaisser. Allait-elle recommencer sur WMFB ? Qu'allait-elle éprouver la prochaine fois qu'une personne fébrile témoignerait en direct ? Il était trop tôt pour ça. Beaucoup trop tôt.

D'ici à ce que je revoie ce type de la FCC... Elle ne l'avait pas aimé. Pouvaient-ils l'interdire d'antenne ? Non. Bien sûr que non. Elle n'avait rien à se reprocher après tout, pas plus que Pat et ses équipes.

BAM !

Le coup de feu la fit sursauter.

Il n'était que l'écho de son souvenir et pourtant elle en eut la chair de poule.

Et ces voix… C'était peut-être ce qui l'avait le plus marquée par la suite. Ils en avaient longuement parlé avec Pat. Cela ressemblait étrangement à celles qui étaient déjà intervenues début août, pendant les répétitions. Qui jouait à ce jeu pervers ? Était-ce un hasard ? Le type les avait-il piratés au moment même où Anita décidait de mettre fin à ses jours ? Mark Dodenberg, l'ingénieur du son, était dubitatif. Pour lui, les voix étaient non pas une couche supplémentaire, parallèle à leur faisceau, mais bien *chez* Anita Rosenberg. Il n'y avait aucun brouillage. Et c'était ce qui perturbait Olivia, car elle aussi avait cru qu'il s'agissait d'une personne près de son auditrice. Après tout, même si son témoignage était incompréhensible, elle avait mentionné la présence de son « visiteur du soir ». La police semblait catégorique en arrivant sur place, d'après Pat, ils avaient tout de suite évoqué un suicide. Cela ne satisfaisait pas Olivia.

Après maintes hésitations, elle s'empara de son téléphone et demanda à parler à quelqu'un de la police de Mahingan Falls, sauf au chef Warden, elle en gardait un trop mauvais souvenir.

Une femme lui répondit, de brefs échanges, puis elle proposa de venir la voir.

La voiture se gara devant la Ferme moins de quinze minutes plus tard et une jeune trentenaire plutôt jolie en sortit. Olivia reconnut celle qui était venue leur parler avec son supérieur, à la radio, plusieurs semaines auparavant.

— Sergent Foster, se présenta-t-elle pour la forme.

Olivia l'invita à entrer et après les politesses d'usage, elle lui demanda directement :

— Vous êtes définitifs sur l'hypothèse d'un suicide ?

Ashley Foster lui rendit un regard aiguisé.

— C'est ce qui vous a été dit hier soir ?

— J'ai cru entendre que la maison était fermée de l'intérieur, et que l'arme avait été retrouvée dans la main d'Anita Rosenberg, éléments qui laissent deviner un suicide. Et apparemment, les voisins ont accouru en entendant la détonation, et ils sont tous catégoriques : personne n'est sorti de là avant que la police arrive.

— Vous êtes bien renseignée. En effet, les premiers éléments sur place renvoient dans cette direction. C'est en tout cas l'avis de mes confrères.

Olivia devinait à l'attitude de son interlocutrice qu'elle prenait ses distances avec son discours.

— Et vous ?

— L'enquête vient à peine d'être ouverte, nous étudions toutes les possibilités, mais vous comprendrez que je ne peux rien vous dire de plus pour l'heure.

— Vous avez réécouté l'émission ?

— Oui.

— Et la voix ? Vous l'avez identifiée ? Celle, menaçante, qui intervient juste avant le… le…

— C'est en cours, madame Spencer.

— Avouez que c'est perturbant. Elle n'était pas seule, et qui que soit cet individu, il n'était clairement pas bienveillant à son égard. Plus j'y pense et moins j'ai l'impression que ça ressemble à un suicide…

Ashley Foster ouvrit la bouche pour répondre puis se mordit les lèvres pour se taire, ce qu'Olivia ne remarqua pas, à cet instant trop absorbée dans ses souvenirs…

— Et puis les cris aussi, reprit la mère de famille, toutes ces personnes qui hurlent, j'étais… Vous vous souvenez que ça n'est pas la première fois, n'est-ce pas ?

— En effet, nous vous avions déjà entendue à ce sujet avec le lieutenant Cobb.

Une lueur dans sa façon de la scruter attira l'attention d'Olivia cette fois et elle eut le sentiment que la policière ne lui disait pas tout.

— Vous avez bouclé cette enquête ? s'enquit-elle. Vous avez trouvé qui joue à ce jeu malsain ?

— Nous y travaillons, d'ailleurs, est-ce que les gens de la FCC qui s'étaient présentés à vous sont repassés dernièrement ?

— Non. Je suppose qu'avec la tragédie d'hier soir, ils pourraient revenir.

Le sergent Foster croisa les bras sous sa poitrine et prit une profonde inspiration. Elle hésitait.

— Madame Spencer, je me dois de vous mettre en garde, ces hommes ne sont pas de la Commission fédérale des communications.

— Pardon ?

— J'ai mené mon investigation, y compris auprès du siège, et il n'y a aucun agent de la FCC qui ait été missionné à Mahingan Falls.

— Mais… alors, à qui ai-je parlé ?

Olivia se souvenait très bien du grand type maigre qu'elle avait rencontré, ainsi que du sentiment de malaise qu'elle avait éprouvé ensuite.

— Nous l'ignorons pour l'heure. Toutefois, si vous les aperceviez à nouveau, merci de me joindre immédiatement. Mon portable est au dos si c'est urgent.

Ashley Foster lui tendit une carte.

— Je… Je ne saisis pas l'intérêt de se faire passer pour des agents de la FCC ? Ils n'ont rien obtenu, ni matériel, ni argent…

— Pour tout vous dire, moi non plus. Mais cette histoire de radios parasites et la présence de ces gens au même moment dans notre ville ne me plaisent pas. Le lieutenant Cobb et moi-même aimerions beaucoup les interroger, si vous voyez ce que je veux dire. Pour ce qui vous concerne, soyez sans crainte, je ne vois pas ce que nous aurions à vous reprocher, bien entendu, les bandes audio sont claires à ce sujet, vous avez fait de votre mieux. C'était imprévisible.

Olivia acquiesça, ailleurs. Elle n'en revenait pas de ce mensonge au sujet de la FCC. Ils nageaient en plein complot et ça n'avait rien d'excitant, au contraire.

— Vous pensez que moi et ma famille pourrions avoir des ennuis avec ces escrocs ? demanda-t-elle brusquement.

— Non, ça n'a rien à voir avec vous. Et si ça peut vous rassurer, ça fait une semaine que je sonde la région à leur recherche, ils ont bel et bien décampé.

Le sergent Foster lui assura que tout était fait au mieux par leur service pour éclaircir ces mystères, et Olivia eut l'impression qu'elle récitait un disque appris par cœur, sans aucune conviction.

Après quelques bavardages sans importance, elle regarda, confuse, la voiture de police reculer dans l'allée puis s'éloigner entre les arbres. Tom dormait à l'étage, il faisait la sieste avec Zoey et probablement le chiot. Olivia était bien trop agitée pour envisager de les rejoindre. Elle chercha une activité pour occuper son corps et son esprit. Tom avait fait toute la vaisselle et rangé les jouets de la petite. Elle tournait en rond.

Lorsque Tom finit par descendre, un peu plus tard dans l'après-midi, il la trouva face à son ordinateur portable. Elle lui sauta dessus pour lui raconter tout ce qu'elle venait d'apprendre et Tom écarquilla les yeux, circonspect. Ils discutèrent, sans parvenir à savoir ce qu'il convenait de faire sinon vivre normalement et laisser la police agir. Puis Tom désigna l'ordinateur pour savoir ce qui l'absorbait autant.

— J'ai rédigé le brouillon du communiqué de presse que Cynthia va transmettre aux journalistes, tu veux bien me donner ton avis ?

Elle était nerveuse et Tom s'en rendit compte aussitôt.

— Très bien, mais ensuite, tu me fais plaisir, on prend Zoey et on file faire un tour dans l'arrière-pays, histoire de changer d'air, tu en as besoin. C'est non négociable.

— Je ne veux pas laisser les garçons seuls, pas avant d'avoir eu une explication avec eux sur ce qui s'est produit hier.

— On passe les récupérer avant de filer. Nous dînerons tous ensemble à Salem.

Ils corrigèrent quelques phrases ici et là puis prirent un sac avec des changes pour leur fille et de quoi lui confectionner un goûter avant de sortir.

Un homme approchait de la maison, l'air un peu gauche. Malgré la chaleur, il portait une veste en coton sur sa chemise et un pantalon de toile beige sur des chaussures en cuir. Il devait avoir à peine plus que les Spencer, peut-être quarante-cinq ans, les tempes grises, et Olivia remarqua la paire de lunettes glissée dans la poche avant de sa veste.

— Bonjour ! Je suis Joseph Harper, j'habite un peu plus bas, à l'entrée de Gettysburg End, nos maisons sont voisines à vol d'oiseau par le bois. Je ne voulais pas vous déranger, mais j'ai pris mon courage à deux mains…

Tom se présenta ainsi que son épouse.

— C'est que nous allions partir, monsieur Harper, poursuivit-il. Peut-être que nous pourrions convenir d'un…

— Oh, oui bien sûr, je comprends. Je ne veux pas mal tomber.

Olivia posa une main sur le bras de son mari et s'immisça dans la conversation, assumant son rôle de lien social dans leur couple.

— J'ai reçu votre lettre pour la soirée, vous n'aviez pas à vous excuser de ne pas être présents, c'est très gentil.

— Nous étions en congés avec mon épouse, j'en suis désolé. Écoutez, j'imagine sans peine que je ne tombe pas bien, j'ai entendu l'émission hier, je suis un auditeur fidèle de la station, et pour tout vous dire c'est justement ce qui m'amène…

Olivia sentit que Tom se raidissait au bout de sa main et d'une légère pression elle lui fit comprendre de se taire. Zoey, calée dans son autre bras, commençait à peser, mais restait calme et attentive à ce visiteur inattendu.

— C'est très aimable à vous, dit Olivia. Si vous et votre épouse êtes libres ce week-end, peut-être pourrions-nous organiser une rencontre entre voisins.

Joseph Harper approuva sans se départir de son air un peu préoccupé.

— Ce sera avec plaisir. Pardonnez-moi d'insister, mais vous êtes en contact avec la police, n'est-ce pas ? Pour le drame d'hier, j'entends…

— Oui, pourquoi ? répliqua Olivia qui pressentait que l'homme était particulièrement sérieux.

— C'est-à-dire que… Ce sera sans nul doute plus pertinent si ça vient de vous, après tout, vous avez leur attention, alors que moi qui suis extérieur à ce drame, ils vont me regarder en se demandant ce que je viens faire là…

— Où voulez-vous en venir ? pressa Tom.

Harper hocha la tête, conscient qu'il tournait autour du pot.

— Je suis professeur à l'université Miskatonic, c'est à Arkham, non loin. J'enseigne la littérature comparée, encore que ça n'est pas pertinent pour ce dont je veux vous parler. En fait, mes premières amours académiques ont été l'évolution de la langue anglaise, en particulier le début de l'anglais moderne, pour faire simple du XVIe au XVIIIe siècle, en étant un peu large. J'ai aussi des notions d'anglais ancien, bien sûr.

— C'est très bien, mais…, commença Tom avant qu'Olivia ne l'incite à poursuivre d'un sourire.

— Comment dire ? Hier, en écoutant votre émission, j'ai été… bien sûr, effaré par cette tragédie…

et également tout à fait surpris par ces mots étranges jaillis de la bouche de cet homme à la voix caverneuse. J'avoue n'avoir pas bien compris ce qui se passait, s'il était avec vous en studio, s'il s'agissait d'un programme intempestif ou... de ce personnage curieux mentionné par cette pauvre dame...

— Je suis comme vous sur ce point, déclara Olivia en recalant Zoey contre sa hanche.

Tom commençait à s'exaspérer à côté. Harper continua :

— C'est que... ses premiers mots, à cet homme étrange, juste avant que les cris, mon Dieu qu'ils étaient abominables... Ses premiers mots, eh bien, ils sont assez atypiques à vrai dire.

— Mais encore ? Vous avez compris quelque chose à son charabia ?

— En fait, deux mots, oui. *Hearken, gammer*. C'est de l'anglais archaïque. Aujourd'hui on ne s'exprime plus ainsi.

— Vous savez ce que ça signifie ?

Zoey s'agitait, Olivia la déposa sur le sol pour qu'elle gambade devant eux sur l'herbe et afin de soulager son bras ankylosé.

— Oui, on pourrait traduire cela par « écoute, vieille femme ».

Olivia ne sut quoi en penser. Cela confirmait que la présence masculine et effrayante s'adressait à Anita Rosenberg, quant à savoir pourquoi elle usait d'une forme d'expression ancienne... là le mystère demeurait entier. À son étonnement, Tom changea de ton pour manifester un intérêt soudain.

— Quand vous dites de l'anglais qui n'est plus utilisé, ça l'était par ici, dans notre région, autrefois ?

— Oui, bien sûr.

— À quelle époque ?

— Je vous dis, entre le XVIe et le XVIIIe siècle environ, bien que pour ces deux mots en particulier je ne puisse me prononcer sans vérifications méticuleuses.

— À l'époque des colons de Mahingan Falls, c'est possible ?

Harper approuva tout de go.

— Sans aucun doute. Il est à noter que les dialectes ont évolué de façon plus ou moins indépendante en fonction des origines de chacun, par exemple des prononciations altérées, des dérivés de mots qui…

— Merci, monsieur Harper, fit Tom en lui tendant la main.

Un peu surpris, le professeur la lui serra.

— Peut-être que cela pourra aider la police en tout cas. Je me suis dit que venant de vous, cela aurait plus de poids. Notez que je ne présume de rien, c'est peut-être un hasard, mais tout de même, ces mots, cette intonation impérieuse, on aurait vraiment dit qu'il ordonnait à cette pauvre dame de se taire pour l'écouter. Je n'ai jamais eu écho de familles, dans le secteur, qui feraient perdurer une forme de vieil anglais, cela dit, la police jugera si c'est pertinent ou non, je suppose.

Joseph Harper insista pour redonner son numéro de téléphone aux Spencer puis il rebroussa chemin, non sans les avoir salués à maintes reprises de la main.

Olivia trouvait le personnage amusant, avec un fort potentiel « cinquante-cinquante », comme ils disaient avec Tom. Cinquante pour cent de chances d'être passionnant, cinquante pour cent d'être chiant à mourir, ce serait la roulette.

Elle s'approchait de la voiture lorsqu'elle vit que son mari n'affichait plus le même visage détendu qu'il arborait au moment de sortir.

— Chéri, il a voulu bien faire. Bavard, je te l'accorde, mais ça partait d'un bon sentiment.

Tom acquiesça, l'air songeur.

— Ça va ? insista Olivia.

Les pupilles de Tom glissèrent vers elle. Il n'était plus le mari jovial qui s'efforçait de tirer sa femme vers le haut dans un moment difficile. Une chape de plomb semblait lui être tombée dessus brutalement. Il hésita un moment, puis désigna la maison.

— Il y a quelque chose que je dois te montrer. Je n'aurais pas dû attendre si longtemps. Viens. Rentrons.

44.

— Tu n'as aucune idée de ce que c'était ? insista Connor en remettant sa casquette des Red Sox sur son crâne.

— Je ne l'ai pas *vu*, rétorqua Owen, mais ce que j'avais au derrière n'était pas là pour me faire un câlin, ça, je peux vous le garantir !

Les quatre garçons se trouvaient assis sur un banc au milieu des érables et des hêtres qui garnissaient le petit parc devant l'immense complexe scolaire. Des dizaines d'adolescents de tous les âges se dispersaient ici et là maintenant que la journée était terminée.

— N'empêche que tu ne sais pas exactement qui c'était.

— Ou ce que c'était, rappela Corey. Sauf que les chiottes des mecs sont fermées ! T'as du bol que personne ne t'ait vu en sortir, sinon l'école te collerait la responsabilité des dégâts et tu serais dans la merde pour te justifier !

— Moi, je te crois, intervint Chad en se levant pour leur faire face. J'ai vu la tronche que tu tirais quand t'as déboulé en cours, je sais que tu racontes pas des conneries.

— Personne ne dit ça, répondit Connor avec un brin d'agacement, juste qu'on ignore la nature du… du… truc.

— Un des épouvantails des Taylor ? proposa Chad.

Owen secoua la tête.

— Non, je ne crois pas.

— Mais il t'a appelé, c'est ça ?

— Il disait mon nom dans les canalisations, oui. Sa voix était un peu cheloue, comme… je sais pas trop… un peu chuintante.

— Si j'avais la gueule enfermée dans un minuscule tuyau, moi aussi j'aurais la voix chuintante ! ironisa Connor.

— Cheloue comme un étranger qui parle avec un accent ? demanda Chad. Ça se pourrait ?

Connor lui donna une pichenette sur l'épaule.

— Ne nous ressors pas ta théorie fumeuse du terroriste, ça devient limite raciste.

— Peut-être, admit Owen, je ne sais pas. En tout cas ça provenait de sous l'école. Cette chose est remontée par l'escalier de service, ça j'en suis sûr.

— Quel rapport il y a entre Eddy Hardy et l'établissement ? s'interrogea Chad.

— Et si on s'était plantés ? fit Connor. Eddy Hardy n'a peut-être rien à voir avec l'épouvantail.

— C'est trop gros pour être un hasard, contra Owen. Je suis certain qu'il est l'épouvantail ou en tout cas que c'est lié à lui.

— Une victime de Hardy qui hanterait les murs ? Genre un élève, comme nous, supposa Chad.

— Oh les mecs, si ça se trouve il y a un mort enterré sous l'école ! clama Corey. Et c'est lui qui nous en veut.

— Il a rien contre nous, c'était Owen qu'il voulait choper, s'empressa de rappeler Connor.

Chad renifla, brandissant un index.

— Cette fois c'était Owen, mais qui sait si la prochaine fois ce sera pas toi ?

Connor baissa les yeux.

Plus il y repensait, plus Owen parvenait à décomposer ce qu'il avait vécu. Chaque détail se découpait avec davantage de clarté et il les rangeait presque méthodiquement dans des cases adaptées quelque part dans son esprit pragmatique. Un élément en particulier commençait à se profiler, de plus en plus net. Un sentiment viscéral, quasi instinctif. Une part de lui, animale, qui avait emmagasiné ce point précis. Owen s'était senti menacé par une force tout aussi instinctive, une entité oubliée qui le renvoyait à ses peurs les plus primaires. Celle du noir. Celle de la proie traquée. Une présence…

— Ancienne ! s'exclama Owen. C'était une présence ancienne.

— Comment tu le sais ? s'étonna Corey en caressant machinalement les taches de rousseur sur ses joues.

— Je le sens, c'est tout. C'est une force ancienne.

— Ancienne comme grand-père ou ancienne comme un dinosaure ? demanda Chad.

— Je sais pas, c'est juste… vieux. Comme une odeur, tu sais pas trop pourquoi ni comment tu le devines, mais tu sais que c'est l'odeur d'un bidule qui pue le temps passé.

— Il y avait des tam-tams ou des chants étranges ? interrogea Connor avec le plus grand sérieux.

— Non, pourquoi ?

— Dans le bouquin que j'ai lu à la bibliothèque, vous vous rappelez cette histoire de massacre d'Indiens ? C'est censé s'être déroulé juste ici, sous nos pieds.

Tous se dévisagèrent en silence. Chad, face à eux, pouvait voir l'immense bâtiment profondément ancré dans ce sol gorgé d'un sang innocent. Ses nombreuses fenêtres buvaient la lumière, ressemblant à autant d'yeux noirs, telle une araignée minérale gigantesque, les pattes enfouies dans la terre, dans l'attente de sa prochaine proie.

— Il faut en parler à un adulte, annonça Owen.

À sa grande surprise, personne ne s'indigna.

— À qui ? demanda enfin Corey. Qui nous prendra au sérieux sans nous jeter en prison pour le meurtre de Dwayne Taylor ?

— Nous ne l'avons pas tué ! s'énerva Chad.

— Je le sais bien, trouduc, j'étais là, je te rappelle !

Owen leva les mains pour les faire taire.

— Gemma, déclara-t-il, elle, elle nous croira.

— Ma sœur ? Non, mais t'es dingue ? Tu veux que je ne puisse plus jamais vous adresser la parole ?

— Gemma, elle fait pas partie de notre bande, elle marchera pas, grommela Connor.

Owen s'agitait pour se faire entendre, il insista.

— C'est une fille bien, elle nous écoutera.

Corey dodelina, pas convaincu.

— Et après ? maugréa Connor. On va lui dire quoi ? Qu'il y a un tueur d'enfants réincarné en épouvantail qui en veut à nos miches ? Et aussi des Indiens morts sous l'école qui s'y mettent ?

Chad fit signe que Connor marquait un point.

— C'est vrai que je vois pas le rapport entre Eddy Hardy et le massacre des Indiens.

— Une sorte de vengeance de leurs esprits ? hasarda Corey. Genre : nous, descendants des vilains colons qui les ont trucidés, nous méritons d'être punis à notre tour…

— C'est con, répliqua Chad, pourquoi maintenant ? En quoi nous serions plus responsables que nos parents et nos grands-parents et ceux avant eux ? Et puis Owen et moi on vient juste de débarquer, on a rien à voir avec vos ancêtres !

— C'est pour ça qu'on a besoin d'un avis extérieur, de quelqu'un d'intelligent, insista Owen, avec un regard neuf et en qui on peut avoir confiance. Ta sœur, Corey, je vois personne d'autre.

Celui-ci fit la moue.

— Si elle pète un plomb, je suis mort.

— Si on continue de la fermer, on est tous morts ! rappela Chad avec son caractère bien trempé.

— OK, et ensuite qu'est-ce qu'on fera de plus ? C'est pas Gemma qui va nous sortir de cette merde à elle seule !

Chad scrutait la façade imposante de l'école.

— Il faudra agir, dit-il gravement.

— À quoi tu penses ? s'enquit Connor, qui préférait l'action à l'attente.

— L'école, on y va tous les jours ou presque, on ne peut prendre le risque que ce machin, quoi qu'il soit, nous piège lorsque nous serons isolés, la garde baissée.

Corey releva la tête, les yeux grands ouverts, indigné.

— Non, non, non, tu rêves mon pote si tu crois que je vais faire ça !

— C'est notre seul moyen de nous en sortir !

— T'es maboul, jamais on s'en sortira si on descend là-dessous.

Connor se leva à son tour.

— Chad a raison. On a fumé l'épouvantail, on peut bien se faire un Indien mort.

Owen secoua l'index devant eux.

— J'ai jamais dit que c'était un Indien. Il y avait quelqu'un ou quelque chose qui remontait les marches, mais ensuite c'était davantage… une sorte d'aura ou une ombre épaisse qui me courait après…

— En tout cas on a déjà une piste pour commencer, dit Connor. L'escalier de service.

— J'ai entendu dire que c'est un labyrinthe de couloirs techniques là-dessous, rapporta Corey, on va se paumer et c'est exactement ce que veulent les Indiens morts.

— T'en sais rien.

Owen réfléchissait, il faisait les cent pas. Tout s'organisait petit à petit dans son cerveau. Lorsqu'il fut prêt, il rassembla tout le monde d'un sifflement autoritaire qui le surprit lui-même.

— Voilà ce qu'on va faire : d'abord il nous faut plus d'infos. Les commandos ne partent jamais au pif sur le terrain des opérations. Nous allons retourner à la bibliothèque.

Concert de protestations. Ils n'avaient pas aimé le lieu ni le bibliothécaire.

— Nous n'avons pas le choix ! aboya Owen pour les faire taire. Une fois que nous saurons qui, où et comment, alors on descendra régler nos comptes avec cette chose, quelle qu'elle soit.

— Et Gemma ? demanda Chad.

— Dès qu'on sera prêts, on la met dans la boucle. Une fille peut certainement nous aider.

— En quoi ? fit Corey, surpris.

— Parce que les filles savent et comprennent des choses qui nous échappent. Pourquoi crois-tu que ce sont elles qui portent les enfants ? Elles savent fabriquer la vie. Face à la mort, c'est exactement ce qu'il nous faut.

Les trois adolescents le fixaient, pas convaincus. Pourtant aucun ne trouva à redire. Chacun éprouvait des doutes sur ce plan, mais ils savaient qu'il était vital pour eux d'agir. Ils devaient surprendre leur ennemi, quel qu'il soit.

Avant que ça ne soit lui qui les attrape.

45.

Olivia faisait la connaissance de Gary Tully et de ses mémoires. Assise dans le fauteuil de son mari, face au bureau, elle feuilletait les nombreux carnets noirs tout en écoutant le long résumé que Tom lui exposait tandis que Zoey s'occupait sur le parquet avec ses jouets.

La partie sur Jenifael Achak la captiva tout particulièrement lorsque Tom lui annonça qu'elle avait vécu entre ces murs. Il ne lui cacha rien, ni le suicide de Gary dans ce qui était aujourd'hui la chambre de leur fille, ni ceux de la famille Blaine pour la suite.

— Tu n'as jamais vu de rats, n'est-ce pas ? demanda-t-elle un peu fermée.

— Non. C'était pour protéger Zoey. Juste au cas où… Chérie, comprends-moi, tout s'enchaînait en même temps, ses hurlements chaque nuit, la morsure étrange de Chad, la découverte de ces livres ésotériques et du témoignage de Gary Tully, et aussi la présence glaciale que tu avais perçue !

— C'est moi qui l'ai vécu et je suis vite passée à autre chose.

— Tu es une pragmatique. Et puis tu n'avais pas tous ces éléments sous le nez. Pardonne-moi, j'aurais dû t'en parler bien avant, mais je ne voulais pas que tu t'angoisses…

Olivia hocha la tête.

— Je sais, je sais. Tu voulais me protéger. Mais, Tom, lorsqu'il s'agit de notre famille, ne joue pas à ce jeu, c'est trop important.

Tom fronça les sourcils.

— Tu y crois ? Tu penses que tout ça peut être vrai ?

— Comment savoir ? Toi-même, alors que tu es plongé dans tout ceci jusqu'au cou, j'ai l'impression que tu es paumé, est-ce que je me trompe ?

Tom écarta les mains devant lui, désemparé.

— C'est juste que c'est tellement…

— Affolant ? Oui. Je ne sais pas quoi te dire. Les fantômes, l'esprit des gens morts, toutes ces considérations occultes m'ont amusée lorsque j'étais plus jeune, mais de là à dire que je suis prête à accepter que notre maison puisse être… hantée ? Franchement, j'ai du mal.

Olivia rejeta la tête en arrière sur le fauteuil. Elle observa son mari, assis sur le rebord de son bureau. Il paraissait soudain fatigué.

— Je n'aime pas que tu me mentes, dit-elle avec tristesse, surtout aussi longtemps.

— Je suis désolé.

Elle ouvrit les bras et ils se serrèrent l'un contre l'autre.

— Qui d'autre est au courant ? demanda-t-elle, enfouie dans le creux de l'épaule de Tom.

— La médium dont je t'ai parlé, et Roy.

— Le vieux Roy ? Il cache bien son jeu.

— À vrai dire, c'est lui qui en sait le plus. Il habite en face de notre maison depuis des décennies, il a l'air hermétique au monde alors qu'il ne rate rien de ce qui s'y déroule.

Puis Tom se redressa et déclara en montrant les tonnes de documents devant eux :

— J'avais tout rangé dans les cartons pour les refiler à Martha Callisper, la médium. Mais je ne sais pas pourquoi, ça fait dix jours que je traîne à le faire.

— Parce que quelque chose en toi n'est pas prêt. Tom, écoute ton inconscient.

Il commença à fouiller sans vraiment chercher dans la montagne de carnets, de livres et de pochettes cartonnées remplies de notes, de dessins et de coupures de journaux anciens.

— Je suis allé au bout de l'héritage laissé par Gary Tully. Franchement, j'en ai fait le tour. Et puis à quoi bon ?

Ils se regardèrent, chacun avec la même idée, mais incapable de la formuler. Olivia, qui ne manquait pas de courage, osa le dire la première.

— Parce qu'il y a un problème, que ça nous concerne puisque nous habitons dans cette maison à l'histoire si chargée. Voilà pourquoi.

Tom inspira profondément.

— Donc tu y crois.

— Je suis mère de famille, Tom, une louve. Lorsqu'il s'agit de protéger les miens, je ne ferme *aucune* porte, je ne prends aucun risque. Pourquoi est-ce que tu as changé d'avis tout à l'heure après la discussion avec ce brave Joseph Harper ?

— Le vieil anglais bien sûr ! Cette femme qui se suicide après avoir entendu l'injonction étrange qui lui a été faite dans la langue même que parlaient Jenifael Achak et ses contemporains, ça, excuse-moi mais c'est un peu fort pour être une coïncidence, tu ne penses pas ?

Olivia posa son menton dans sa paume pour réfléchir. Elle vit Zoey qui jouait, perdue dans son monde imaginaire, insensible à toutes ces problématiques d'adultes.

— Des putains de fantômes, lâcha-t-elle du bout des lèvres.

— Je sais. C'est impossible.

Olivia écarta les bras.

— Je ne suis pas spécialiste, peut-être qu'il ne s'agit pas *vraiment* de fantômes, pas au sens où on l'entend, plutôt… une sorte de souvenir fort enfermé dans une boucle temporelle, et qui se cogne encore et encore contre cet endroit. Peut-être que notre famille, son bonheur, a déclenché ce mécanisme et lui a permis de passer d'une dimension parallèle à la nôtre. Il y a tant de choses qu'on ignore, que la science ne comprend pas encore, je me dis que c'est probablement un phénomène explicable, juste pas selon nos critères actuels.

Tom se massa les joues nerveusement.

— J'ai beau me convaincre que c'est improbable, confia-t-il, chaque fois il se rajoute un événement, comme si toute cette folie cherchait à m'enfoncer le visage dedans jusqu'à ce que j'ouvre les yeux. Je n'arrive pas à en décrocher.

Olivia désigna leur fille.

— Voilà pourquoi nous n'allons prendre aucun risque et tirer sur le fil jusqu'à ce qu'il n'y ait plus rien. Je ne dormirai pas avec ce doute, pas en sachant mes enfants, ma tribu, ici sous ce toit.

— Libre à toi de lire tout ça, je l'ai fait, et je ne sais pas quoi en conclure.

Olivia secoua la tête.

— Tu l'as dit, je suis une pragmatique, annonça-t-elle après un moment, et j'ai besoin de logique. Que notre maison soit la prison d'une rémanence historique qui nous dépasse, OK, je peux l'envisager en faisant un gros effort, par contre la mort d'Anita Rosenberg doit être liée à tout ça sinon les paroles en vieil anglais ne riment à rien. Nous allons donc explorer cette piste-là.

— C'est le boulot des flics, chérie.

Olivia lui tapota la main.

— Non, eux cherchent des preuves *tangibles*. Nous, nous allons fouiller dans le passé des Rosenberg. Nous allons creuser là où la police ne pensera jamais à aller : la possibilité d'un lien entre la victime et une prétendue sorcière d'il y a plus de trois cents ans.

— Sossière ! répéta Zoey fièrement.

Elle se tenait à présent de l'autre côté du bureau et exhibait un des carnets de Gary Tully.

Dans un accès de superstition, Tom le lui enleva des mains et le reposa sur la pile. La petite fille se mit à rire.

Un rire cristallin. D'une innocence pure.

46.

L'océan déployait ses rouleaux d'écume, inlassablement, déposant son offrande d'algues sur la plage tiède. Quelques promeneurs déambulaient et de rares courageux se baignaient dans l'eau froide ou se doraient en maillot sur leur serviette. Gemma marchait, ses chaussures à la main, les cheveux rabattus sur le côté par le vent. Adam Lear se tenait à côté, son sac en bandoulière et celui de Gemma – qu'il avait lourdement insisté pour porter jusqu'à ce qu'elle cède – sur l'épaule.

Gemma consulta sa montre une nouvelle fois.

— Tu es pressée ?

— Je dois être chez les Spencer dans quarante minutes.

Adam parut déçu.

— Ah oui, j'avais oublié. Je pensais qu'avec ce qui s'était passé à la radio, ils n'auraient plus besoin de toi pendant un moment.

— Au contraire, ils ont des tonnes de choses à régler. Je m'occupe de la petite pendant ce temps, ça leur laisse deux heures de soupape. J'ai quand même trente-cinq minutes avant de sauter dans ma voiture, souligna Gemma avec un sourire qu'elle espérait pas trop niais.

— C'est vrai. Viens, on va s'installer sur les rochers, j'aime bien la vue qu'on a de là-bas, la falaise et son phare, et l'horizon de vagues.

L'horizon de vagues... Et en plus il parle comme un poète. Gemma eut conscience d'être d'une mièvrerie qui dégoulinait de ridicule. Elle se ressaisit en mettant la raison avant ses émotions et ses vraies problématiques refirent surface au passage. Elle jeta un coup d'œil en arrière puis en direction de la longue allée goudronnée qui jalonnait toute la plage.

— Tu peux te détendre, j'ai déjà vérifié, il n'est pas là, dit Adam d'un ton protecteur.

Gemma lui avait tout raconté. Enfin, *presque* tout. Pas ce que Derek Cox lui avait fait dans le cinéma, là-dessus, elle était restée évasive, affirmant qu'il lui avait fait du mal. *M. Armstead, en cours d'anglais, serait heureux d'entendre un exemple aussi pointu d'euphémisme !* Gemma n'était pas prête à assumer son statut de victime d'agression sexuelle. Rien que l'expression la dégoûtait. Elle ne voulait pas qu'on parle d'elle en ces termes, hors de question. Surtout pas Adam. Cependant, elle lui avait exposé la situation dans laquelle il se fourrait s'il cherchait à la fréquenter, surtout s'ils s'exposaient en public. Derek Cox risquait de l'apprendre et nul ne pouvait présager de sa réaction. Surtout depuis qu'il avait été repéré devant chez les Spencer. Gemma ne cessait de s'interroger à ce sujet. Était-ce pour elle ou pour se venger d'Olivia après l'affront qu'elle lui avait fait subir ? Gemma redoutait d'évoquer le sujet avec son employeuse, elle se remettait à peine de ce que celle-ci avait fait à Derek à la sortie de son boulot (même si au fond, elle avait apprécié), et craignait une nouvelle réaction spectaculaire. *Cela le calmerait peut-être une bonne fois pour toutes !*

Rien n'était moins sûr avec un spécimen tel que lui.

Gemma avait été au courant pour le suicide en direct dans l'émission d'Olivia le soir même, c'était la raison pour laquelle elle ne lui avait pas encore dit, mais elle ne devait plus se taire. Si Derek comptait se venger, il fallait qu'elle soit sur ses gardes.

Il ne s'en prendra pas directement à elle, plutôt à sa voiture ou à la façade de la maison. C'est une brute, pas un courageux.

Cela ne changeait rien, Gemma se jura de tout balancer en arrivant, aujourd'hui.

De toute manière, c'est probablement plus après moi qu'il en a.

Gemma l'avait aperçu le matin, dans un couloir du lycée. Il la fixait froidement. On aurait dit qu'il n'y avait plus une once de vie en lui, cela l'avait fait frissonner. À l'heure du déjeuner, elle avait fondu sur Adam pour l'attirer sur une table à l'écart et tout était sorti en un flot intarissable.

Ils parvinrent à un amas de rochers polis par des siècles de ressac, juste au pied de la structure en bois de la Promenade dix mètres plus haut. Adam déposa les sacs et s'assit sur l'un des plus larges, face à l'océan. Gemma l'imita en remarquant l'obscurité qu'il faisait sous la Promenade, dans ce treillis de poutres et d'étais. *Aussi noir que dans un film d'horreur. Noir à abriter des monstres.* Elle imagina alors un clown en sortir, lentement, sourire carnassier et regard fou, tenant des ballons gorgés du sang d'enfants morts. Puis ce fut une silhouette sombre munie d'un masque blanc, effrayant, un couteau affilé et scintillant à la main. Enfin, des ailes énormes se déployèrent doucement, sans un bruit, tandis qu'une masse informe se rapprochait, deux prunelles de braise s'embrasant dans les ténèbres à l'instar d'un démon affamé.

Elle en eut la chair de poule. Toute cette histoire avec Derek lui montait au cerveau, elle allait en avoir des cauchemars éveillés maintenant !

— Je ne sais pas quoi faire, avoua-t-elle. Avec Derek, ça ne peut pas durer comme ça éternellement.

— Ignore-le, c'est mieux.

— Je n'ai pas envie de devoir me cacher ou de regarder par-dessus mon épaule tout le temps quand je sors. J'en ai des douleurs dans le ventre.

— Je pourrais aller le voir et lui…

— Hors de question ! Tu sais très bien comment ça finirait.

— C'est pas pour te mettre la pression, mais traîner avec toi fait déjà de moi un homme en sursis. Si c'est pas lui, Tyler Buckinson ou Jamie Jacobs finiront par me tomber dessus en son nom.

Gemma fut saisie d'un sentiment de culpabilité soudain et un sanglot puissant lui creusa la poitrine. Elle serra les dents et parvint in extremis à l'enfouir, mais ses larmes la trahirent malgré ses efforts. Adam s'en rendit compte aussitôt.

— Hey, non, je ne dis pas ça pour te faire de la peine, je suis désolé !

D'un geste instinctif, il l'enveloppa de son bras et la serra contre lui. Gemma se blottit contre son flanc, tête contre tête.

— Pardon, gémit-elle en essuyant sa joue.

De son autre main, Adam lui attrapa le menton pour qu'elle le regarde. Leurs visages s'effleuraient presque.

— Je connais ces trois abrutis depuis que je suis gosse, quand tu m'as tout dit, ce midi, j'ai su ce que ça signifiait de poursuivre notre relation, mais je m'en fiche. J'ai envie d'être avec toi, tu comprends ? Ni Derek, ni Tyler ou Jamie ne l'empêcheront.

Relation. Envie. Ces mots résonnaient dans l'esprit de Gemma et faisaient l'effet d'une éponge, absorbant toute sa frustration, sa colère et sa peine. Adam Lear la serrait contre lui, ça, c'était bien réel. Elle vit ses lèvres douces et pulpeuses juste à portée des siennes. Malgré les embruns, elle pouvait presque deviner son parfum. Sa tempe palpitait. Ses yeux la guettaient. C'était un instant terrible et magique à la fois. Brûlant de désir, d'incertitudes, de gêne et de possibilités. Une timidité adolescente dans leur rapport physique tout autant que dans leur émotion, bien avant que l'usure du temps, l'habitude routinière de l'âge adulte ne fassent perdre de son authenticité à un baiser, cet acte alors bouillonnant, exigeant de l'audace, créateur de doutes, initiateur de tempêtes hormonales, préambule à des éventualités aussi affolantes qu'enivrantes. Gemma conquit l'espace qui les séparait d'une courte impulsion, à peine quelques muscles de la nuque qui exigèrent pourtant de livrer bien des batailles intérieures, et lorsque la bouche d'Adam entra en contact avec la sienne, le monde entier s'effaça, tout comme la moindre de ses appréhensions.

Une tiédeur voluptueuse l'enivra et l'emporta loin au seuil de son propre corps, au point de fusion entre *elle* et *lui*. Même le temps se dilua jusqu'à se fondre avec la mélopée des flux et reflux de l'océan, les cris des enfants au loin ou celui des mouettes qui s'oublièrent dans le fracas de ce baiser. Et pourtant, Gemma se souviendrait de chaque détail, plus tard, chaque son, chaque sensation sur sa peau, du vent aux frissons, à son rythme cardiaque. Un instantané de bonheur.

Lorsqu'ils se décollèrent, Gemma avait les joues en feu, le cœur débordant sur toute la plage et les jambes plus molles qu'une guimauve en plein soleil. Elle tremblait presque.

Adam posa ses coudes sur ses genoux et pencha la tête sur ses bras, l'admirant avec une lueur brillante.

— Si tu m'offres d'autres baisers comme celui-ci, murmura-t-il, je veux bien affronter tous les tyrans de la planète.

L'image de Derek Cox et ses deux acolytes la fit redescendre sur terre aussitôt. Elle s'imagina ce qu'ils pourraient faire à Adam et toute euphorie se dissipa.

— Il faut qu'on trouve une solution, dit-elle froidement. Avant que ça ne dégénère.

Adam lui prit la main et tenta de se montrer le plus rassurant possible, mais elle devina que même lui doutait.

Lorsqu'elle dut le quitter, sur le parking derrière la pharmacie de Main Street, ils échangèrent un dernier baiser qu'ils eurent du mal à stopper, puis elle grimpa dans sa vieille Datsun pour mettre le cap sur les Trois Impasses.

Olivia et Tom n'étaient pas chez eux, ils avaient emmené Zoey en laissant un mot pour qu'elle garde un œil sur Chad et Owen.

Dès qu'elle posa le pied sur la terrasse, derrière la maison, après avoir entendu les voix des adolescents, elle eut l'impression que les rôles s'étaient inversés. Ils l'attendaient. Ils la toisaient et la jaugeaient. Et il n'y avait pas seulement Chad et Owen, mais également Corey et, plus surprenant : Connor et son éternelle collection de casquettes de laquelle il avait cette fois extirpé un modèle rouge.

— Il faut qu'on parle, annonça Chad le plus sérieusement possible.

Connor tira une des chaises en plastique devant elle.

— Assieds-toi.

— Qu'est-ce qui se passe ? s'alarma-t-elle.

Tous pivotèrent en direction de Corey qui dansait d'un pied sur l'autre.

— OK, c'est à moi de jouer, donc..., fit-il tout bas avant de s'éclaircir la gorge. OK... Gem, c'est super important.

— Et sérieux, ajouta Chad.

— Tais-toi ! ordonna Connor. On a dit que c'était Corey qui lui disait.

— Qui me dit quoi ? Vous me faites flipper. Il y a eu... C'est maman ? C'est ça ? Oh mon Dieu...

— Non, répondit Corey, ça n'a rien à voir. C'est... Il faut que tu nous promettes d'écouter jusqu'à la fin, de pas nous traiter de fous, de pas crier et de pas pleurer. C'est pas une blague. Sur ma vie, je préférerais, mais c'est très sérieux.

— Mortellement sérieux, ne put s'empêcher de commenter Chad entre ses lèvres.

Connor insista pour qu'elle s'asseye sur la chaise, où Gemma finit par prendre place.

Comme convenu entre les quatre garçons, Corey fit le récit complet de leurs aventures depuis la première apparition de l'épouvantail jusqu'à leurs toutes dernières conclusions, et chacun finit par y aller de ses précisions, si bien qu'au bout d'une demi-heure ils parlaient tous en même temps et à toute vitesse.

Puis, lorsqu'ils n'eurent plus rien à ajouter, ils examinèrent Gemma en attendant la sentence. Ils s'étaient préparés à plusieurs réactions possibles, et pour chacune avaient affûté leurs arguments dont l'un consistait à la traîner à travers la forêt jusqu'aux restes de l'épouvantail. Mais ils ne s'attendaient pas à ce qui suivit.

— Conduisez-moi au cadavre de Dwayne Taylor.

Les garçons échangèrent des regards affolés.

— Non, c'est impossible, s'opposa Owen.

— Trop dangereux ! précisa Corey.

— S'il y avait encore du danger sur le plateau, toute la famille Taylor aurait déjà été attaquée, fit remarquer la jeune femme.

— C'est pour ça qu'on est sûrs que c'est Eddy Hardy ! Il ne s'en prend qu'à des gosses ! C'étaient ses victimes favorites. Pas les adultes.

— Donc je peux m'y rendre.

— Euh… t'es pas tout à fait une adulte, lâcha Chad.

— Tu veux vérifier ? lui répliqua-t-elle en bombant le torse.

Chad devint pivoine et se renfonça dans son siège.

— Non, Gem, insista son frère, ça craint là-haut. Je te jure.

— Et puis, faudrait qu'on se souvienne exactement où c'est, nota Owen, et dans les maïs, c'est compliqué. Il ne fait pas bon traîner là-dedans trop longtemps. Tout ce qu'on t'a raconté est vrai, tu dois nous faire confiance.

— Les gars, vous réalisez que vous attendez de moi que je gobe un récit à base de monstres, de fantômes et je ne sais encore quoi, sans la moindre preuve ?

— Eddy Hardy a réellement existé et il habitait la ferme des Taylor, précisa Owen, ça, tu peux le vérifier.

— Il y a le corps de l'épouvantail que tu peux voir ! affirma Chad.

— Une vieille salopette brûlée ? Tu parles d'une preuve !

— Bordel, tout est vrai ! déclara Connor au bord de l'énervement. Vous voyez, les mecs, je vous avais prévenus : ça ne marche pas, elle est pas avec nous !

Gemma constata qu'ils ne plaisantaient pas, au contraire, il y avait une austérité qu'elle n'avait jamais constatée auparavant chez eux, mis à part au lendemain de la mort de Smaug, et sur un sujet aussi fantasmatique, elle semblait même déplacée chez des adolescents de leur âge.

— Pourquoi moi ?

Ils s'observèrent à nouveau, avant qu'Owen ne réponde :

— Parce que nous on a confiance en toi.

— Et parce qu'on a un plan, ajouta Connor.

— Votre idée de descendre sous la ville ? C'est dangereux.

— Moins que d'attendre que ces merdes viennent nous arracher les bras pendant notre sommeil !

— Vous allez vous y perdre !

— Pas du tout, on a même récupéré une copie des plans à la mairie ! s'exclama triomphalement Owen.

— Je t'en prie, Gem, implora Corey.

Il y avait davantage que de la détresse dans les yeux de son frère. De la peur aussi. Gemma n'avait pas souvenir de l'avoir déjà vu dans cet état. Tous dégageaient la même fébrilité. Ils ne se moquaient vraiment pas d'elle.

— En quoi est-ce que je peux vous servir dans votre plan idiot ?

Connor donna une pichenette à Chad, l'air triomphant.

— Faudrait savoir, le moqua Chad en aparté, tu viens d'affirmer que ça marcherait pas avec elle.

Gemma s'empressa de préciser :

— Je n'ai pas dit que j'étais d'accord !

Corey se jeta à son cou.

— Je savais qu'on pouvait compter sur toi !

— Hey, je viens de dire que…

— Il nous faut du temps, exposa Chad, ça ne peut pas être un jour d'école, donc on voudrait y aller samedi, quand on sera censés être avec toi.

Gemma secoua la tête, catégorique.

— Même pas en rêve ! Je ne cautionne pas une bêtise pareille.

— Mais, Gem, tu viens de dire que tu allais nous aider ! s'indigna son frère.

— Non, je m'ouvre à une participation.

— Si je me fais éventrer pendant mon sommeil, tu crois que tu te le pardonneras ?

— Corey, tu ne vas pas te…

— Nous devons agir ! s'énerva Connor pour de bon. Si on ne va pas au-devant de cette chose, c'est elle qui va nous trouver la première !

Les trois autres garçons embrayèrent et un déluge d'invectives et de supplications s'abattit sur la jeune fille qui finit par secouer les paumes devant elle pour les faire taire.

— OK, OK ! C'est bon ! Arrêtez ! Je vais vous aider ! Mais vous ne vous enfoncerez pas dans ces tunnels sans moi. Si vous voulez vraiment le faire, c'est avec moi ou pas du tout.

— Et baby Zoey ? Tu dois la garder en même temps, samedi, rappela Chad. On ne va pas l'emmener quand même ?

— Je trouverai une solution.

— Alors c'est bon ? demanda Owen. Tu nous crois ?

— Je n'ai pas dit ça. Mais… OK pour samedi.

Un cri de victoire rassembla les quatre garçons qui se félicitèrent de cette réussite avant de mesurer pleinement ce que ça impliquait et de reprendre leur gravité.

Gemma, elle, demeurait plongée dans ses pensées. Elle avait un tout autre plan.

47.

La frontière poreuse entre vie privée et vie professionnelle d'un flic s'était à présent complètement effacée dans le salon d'Ethan Cobb. Plusieurs dizaines de feuilles avaient été punaisées sur les murs, ainsi que des photos de Lise Roberts, Dwayne Taylor, Rick Murphy et Kate McCarthy. Ethan n'avait pu en trouver une de Cooper Valdez et l'avait remplacée par un point d'interrogation avec son nom. La table basse recueillait son lot de photocopies de dossiers ainsi que l'ordinateur portable du lieutenant et son bloc-notes.

Ethan et Ashley avaient tout épluché, dressé des dizaines de listes et tenté maintes connexions entre les éléments, sans rien relever de pertinent. Murphy avait un lien de parenté, lointain, avec les Roberts, mais c'était à peu près tout.

Ethan devait faire avec sa frustration. Il manquait de données, essentielles selon ses critères, toutefois il lui était impossible d'exiger un rapport d'autopsie pour chacun, ou ne serait-ce qu'un bilan toxicologique, sans passer par le chef Warden. Cette enquête parallèle devait absolument se conduire sous les radars officiels. Il y allait de sa carrière et de celle d'Ashley, ce qui était peut-être encore plus important à ses yeux.

Ethan avait placé de grandes attentes en la téléphonie et il avait obtenu de ses anciens collègues de Philadelphie qu'ils jettent un œil sur les numéros qu'il leur avait transférés. Sans plus de réussite. Les téléphones des victimes bornaient pour la dernière fois là où on les avait retrouvées, et même celui de Dwayne Taylor, le jeune fermier, s'était coupé le jour de son décès dans la zone correspondant au domaine familial. Ce dernier point était en soi une information. Dwayne en personne, un complice ou son agresseur avait volontairement éteint l'appareil. À moins qu'il n'ait été détruit dans la fuite ou l'attaque.

Ethan en était maintenant persuadé : même s'il ne parvenait pas à identifier le lien, il existait un rapport entre toutes ces morts et disparitions. Fallait-il en déduire qu'un tueur en série frappait à Mahingan Falls ? Rien n'était moins sûr… Les modes opératoires ne correspondaient à rien d'unique, sinon dans l'étrangeté des morts. Murphy avait subi un accident, même s'il existait des traces indiquant qu'il n'était probablement pas seul là-dessous, la piste de l'animal ne pouvait être écartée. Tout comme Cooper Valdez avait pu tomber bêtement entre ses moteurs pendant sa fuite, mais cela n'expliquait pas pourquoi il quittait la ville en pleine nuit, en bateau, et après avoir détruit tous ses équipements technologiques. Restait la pauvre Kate McCarthy. Elle n'avait aucun antécédent psychiatrique contrairement à ce qu'avait supposé le chef Warden. Il était impensable qu'elle se soit infligé des blessures pareilles. Impossible.

L'essentiel de la peau de son corps avait été arrachée, presque minutieusement. Au-delà de la douleur, elle s'était vidée de son sang, elle n'aurait jamais pu achever sa terrible tâche toute seule et le mari était hors de cause avec un alibi en béton. Aucune trace d'effraction, domicile verrouillé de l'intérieur, aucun témoin.

Un bilan toxicologique permettrait de lever les derniers doutes, pour s'assurer qu'elle n'était pas sous l'emprise d'une drogue ou de médicaments particulièrement puissants.

Là encore, Warden l'avait exclu. « C'est évident ! » clamait-il, « Cette démente s'est mutilée ! » et autres conneries insupportables.

Lise Roberts, elle, c'était encore autre chose. La découverte de son corps, cinq jours plus tôt, relançait l'affaire et tendait à donner raison au chef de la police. Elle s'était foutue en l'air le soir même de sa disparition. Le pied de la falaise où on l'avait trouvée était un endroit difficile d'accès, personne ne passait jamais là, et il avait fallu un coup de pouce du destin pour qu'un jeune aille y traîner avec son chien. S'était-elle réellement donné la mort ? Tout portait à le croire désormais. Sauf l'instinct d'Ethan. Les témoignages qu'il avait entendus sur sa personnalité démontraient au moins une certitude : elle était d'une droiture et d'un sérieux sans faille avec les enfants qu'elle gardait. Jamais eu la moindre plainte, ni même un doute à son sujet. L'imaginer abandonner le petit dont elle avait la responsabilité cette nuit-là ne collait pas. Ethan savait qu'une fois au bout du rouleau, bien des candidats au suicide se fichaient éperdument des autres ou de leur sens moral, pourtant il ne le sentait pas dans le cas de Lise Roberts. Il avait parcouru les pages de ses réseaux sociaux, aucune alerte, aucun signe, au contraire elle avait annoncé qu'elle allait se tatouer en *live* le soir même, à grand renfort d'effets d'annonce. Était-ce un leurre ou avait-elle planifié de se tuer en direct avant de renoncer ? Peu probable. Il y avait trop d'enthousiasme, et elle s'était beaucoup renseignée, dans le détail, sur la procédure à suivre pour se tatouer soi-même, il ne pouvait s'agir d'un prétexte. Là encore, la photo d'ensemble ne lui plaisait pas. Trop de flou. Trop d'ombres. Le sujet n'était pas clair.

Ethan se tenait face au mur, il y punaisa une nouvelle photo.

Anita Rosenberg.

Alors même qu'il commençait à douter, à se demander s'il n'allait pas trop loin, s'il ne sombrait pas dans une forme de paranoïa alarmante, Anita Rosenberg avait fini de le convaincre qu'il avait raison.

Elle s'était tuée en entendant la même voix gutturale que sur le bateau de Cooper Valdez ou qu'à la radio de Mahingan Falls en août, avec ces cris de souffrance insupportables derrière. Là-dessus Ashley avait découvert que la FCC n'avait envoyé personne chez eux et Ethan sut que tout était lié. Il ne savait pas comment, mais il en était certain. Au-delà du flair du flic, c'était une évidence. Trop de morts, trop de bizarreries.

Il pointa son doigt vers les photos et interrogea Ashley qui se tenait à ses côtés, assise sur le tabouret de bar de sa cuisine ouverte sur le salon.

— Tu pourrais vérifier auprès de la veuve de Rick Murphy et de M. McCarthy si leurs conjoints ont eu, à un moment, une attirance quelconque pour la radio amateur ?

— Pat Demmel nous en aurait parlé, j'imagine, si c'était le cas.

— Sauf s'ils s'y sont adonnés ailleurs. Je ferai de même auprès des Taylor et dans l'entourage de Lise Roberts.

— Tu penses que ça pourrait être le lien entre eux ?

Ethan posa son index sur le point d'interrogation avec le nom de Cooper Valdez, puis passa à Anita Rosenberg.

— Valdez était un passionné de radio amateur, mais il a bousillé tout son matos avant de filer et Mme Rosenberg est morte après avoir écouté la même fréquence pirate que celle que j'ai entendue sur le bateau de Valdez, en tout cas la même voix angoissante. Et nous avons en plus des types se faisant passer pour la Commission fédérale des communications qui interrogent le personnel de WMFB à ce sujet. Tu crois au Père Noël, toi ? Il est là notre point d'entrée.

Une lueur s'alluma dans l'œil d'Ashley.

— Ça serait envisageable, tu crois, un signal radio qui rend les gens dingues au point de se flinguer ?

— Non, je ne vois pas comment.

— Et puis qui ferait ça ? L'armée ou le gouvernement verrouilleraient ce genre de technologie si elle existait.

— Franchement, bien que ce soit tentant pour nos affaires, je n'y crois pas une seconde. Trop science-fiction pour moi. Non, mais je suis convaincu que c'est lié à la radio, ou en tout cas à celui qui diffuse les signaux intempestifs.

Ashley acquiesça avant d'aviser l'heure à son poignet.

— Je ferais mieux d'y aller, mon mari va se demander ce que je fais s'il apprend que je ne suis plus au poste depuis la fin d'après-midi. Je m'occupe de McCarthy et de Nicole Murphy demain.

— Bien sûr.

Leurs mains s'effleurèrent lorsqu'elle passa devant lui et leurs corps s'électrisèrent. Une fois devant la porte d'entrée, Ashley chercha maladroitement ses mots.

— Eh bien… bonne nuit… je suppose.

Ethan la salua d'un signe de tête.

— Si jamais ça se passe mal à la maison, tu peux… Je peux passer au bar.

Elle plissa les lèvres puis lui offrit un sourire gêné avant de disparaître.

Ethan soupira. Il savait qu'ils jouaient avec le feu. Pourquoi s'entêtaient-ils ? *Putain de désir ! Ça vous fait tourner en bourrique et vous comporter en abrutis !*

Il ouvrit le frigo pour se prendre une bière fraîche et traîna un moment dans son appartement, incapable de se poser. Il était à deux doigts de se mettre derrière le volant pour rouler sans but, au fil des lacets de la route nord, celle qui conduisait au-dessus des falaises jusqu'à Rockport.

Son portable sonna et il ne put s'empêcher d'esquisser un sourire. Il savait qui c'était. Elle n'avait pas attendu longtemps, finalement.

Il décrocha en se répétant qu'il ne devait pas prendre l'appel, ne surtout pas se lancer sur cette pente sablonneuse, et pourtant il fut incapable de résister.

La voix qu'il entendit le surprit. Ce n'était pas celle d'Ashley. Il vérifia le cadran et constata que ce n'était pas son numéro non plus.

La suite le laissa encore plus déconfit.

Désemparé.

48.

Bien qu'il ne soit historiquement pas le plus vieux quartier de Mahingan Falls, Beacon Hill était celui dont les bâtiments étaient les plus anciens encore debout, « dans leur jus le plus authentique qui soit », aimait à répéter Tessa Kaschinski à d'éventuels acquéreurs lors des visites. Des maisons néogothiques ou d'antiques demeures construites en série avec des pierres grises, flanquées de tours étroites ou de bow-windows proéminents ; des immeubles râblés ne dépassant pas deux étages, certains tellement compressés, respirant à peine par le truchement de contre-allées étroites et obscures donnant sur des arrière-cours non moins aveugles, tandis que des manoirs occupaient à eux seuls tout un pâté de maisons, ancrés sur un carré de pelouse élimée, la plupart défigurés de l'intérieur en appartements, et une poignée inchangés depuis près de deux siècles, et encore aux mains des plus anciennes familles de la ville.

Beacon Hill grimpait en pente douce jusqu'au clocher de l'église presbytérienne de la Grâce, puis la forêt et les collines de la Ceinture refermaient la parenthèse urbaine – même s'il se trouvait des habitants pour considérer que l'éperon de Mahingan Head et son phare tout au bout faisaient partie du quartier.

Olivia et Tom l'avaient arpenté pendant tout l'après-midi après avoir passé leur matinée à éplucher les registres paroissiaux de l'église. Anita Rosenberg s'étant fièrement présentée à la radio comme ayant grandi sous son ombre, les deux apprentis détectives avaient voulu vérifier s'il existait d'autres Rosenberg dans les listes de l'église. La veille ils avaient longuement consulté Internet en quête d'informations sur la généalogie d'Anita Rosenberg via plusieurs sites spécialisés mais cela n'avait pas donné grand-chose, tout juste déterrèrent-ils un Timothy Rosenberg né en 1955 à Mahingan Falls et expatrié depuis en Australie, semblait-il, sans parvenir à établir un lien de parenté catégorique. Anita, elle, n'était inscrite nulle part, du moins virtuellement. Les registres paroissiaux étaient classés par année, puis par événement. Naissance, baptême, décès. C'était une montagne de vérifications qui les découragea rapidement en constatant qu'il leur faudrait des jours et des jours pour tomber sur les bons noms, s'ils existaient, et encore, cela ne serait qu'un premier indice avant de devoir chercher à faire des recoupements plus tard via Internet – munis, cette fois, de noms complets. Déterminer toute la filiation d'Anita Rosenberg s'avérait bien plus ardu qu'ils ne l'avaient envisagé au départ. Remonter jusqu'en 1692 et Jenifael Achak parut alors impossible.

Olivia avait claqué un des épais livres reliés en déclarant :

— Je mange de la poussière. Sortons, avec un peu de chance, le bon vieux porte-à-porte fonctionnera mieux.

Ils commencèrent par les voisins d'Anita Rosenberg, et Helen Bowes les reçut en sortant son plus beau service à thé lorsqu'elle reconnut Olivia Spencer-Burdock de la télévision. Elle avait déjà répondu aux questions de la police, mais cette fois elle le ferait « juste pour le plaisir ». La vieille commère, qui avait installé son fauteuil préféré devant la fenêtre pour ne rien manquer des allées et venues dans la rue, était tellement honorée par cette visite qu'elle fut difficile à interrompre. Tous les détails les plus gênants de la vie des Rosenberg furent étalés, entre deux gémissements d'horreur à l'évocation de ce qui s'était passé à l'antenne. « J'ai tout entendu, j'en fais des cauchemars », répéta-t-elle au moins cinq ou six fois pour qu'on la plaigne enfin un peu. Hélas, Tom et Olivia ressortirent sans la conviction qu'ils détenaient enfin davantage de matière pour relier les Rosenberg à Jenifael Achak, mais avec seulement un bon mal de crâne. Helen Bowes n'avait même pas demandé pourquoi ils voulaient en savoir autant, elle leur avait toutefois dressé la liste de toutes les fréquentations de la famille Rosenberg, lorsque celle-ci était au complet, et ils écumèrent les rues de Beacon Hill pour en interroger le plus possible, sans obtenir satisfaction.

— Le nom du prochain ? demanda Olivia.

— Barry Flanagan, ferronnier de son état, le copain d'enfance du mari de Mme Rosenberg.

Tous se connaissaient dans le quartier et il n'était jamais très difficile de débusquer un individu à l'aide de son identité. Barry Flanagan vivait au-dessus des docks, à moins de six cents mètres, aussi le couple décida d'y aller en marchant.

— Tu ne crois pas qu'on devrait contacter la police ? demanda Tom tandis qu'ils longeaient une façade qui tenait davantage de l'église gothique que de l'immeuble d'habitation, ce qu'il était pourtant. Au moins leur expliquer la partie sur le vieil anglais traduit par Joseph Harper, ça pourrait les aider.

— Lorsque nous irons voir les flics, et *si* nous y allons, nous leur transmettrons tout ce que nous savons. Ce sera à eux de déterminer ce qui est pertinent ou pas. Mais pas tout de suite. Crois-moi, le chef est un macho d'un autre siècle auquel tu n'as pas envie de te frotter. Et puis je vois d'ici comment ça va se terminer : « Tous des drogués dans le showbiz » et ce genre de conneries.

Olivia n'avait pas sa langue dans sa poche, mais la vulgarité n'était pas son habitude, sauf lorsqu'elle était ivre, qu'elle s'exprimait trop vite ou était passablement énervée par un sujet. La police locale en était manifestement un.

— Et puis c'est une petite ville, précisa-t-elle, ce que nous leur dirons finira par se savoir, et tout le monde nous regardera bientôt comme la famille des New-Yorkais effrayés par le moindre courant d'air dans leur grande maison. Je veux nous épargner ça.

— Argument reçu, Votre Honneur.

— Je m'interroge plus sur Chadwick et Owen.

Tom fit les gros yeux.

— Ce sont des ados pleins d'imagination. Si on commence à leur dire que la maison est potentiellement « hantée » ou quel que soit le terme adéquat, nous sommes fichus !

— Je pense à leur sécurité. S'ils sont vigilants, non seulement ils ne prendront aucun risque mais ils pourront en plus nous rapporter la moindre anomalie, tu ne crois pas ?

— Non. Mauvaise idée. S'il n'y a rien en fin de compte et que nous sommes juste deux New-Yorkais « effrayés au moindre courant d'air dans notre grande maison », alors on aura semé une sacrée panique dans la famille, et pour rien. Il sera toujours temps de les prévenir s'il s'avère que…

— S'il y a un fichu fantôme chez nous, nous déménageons, voilà ce qu'on fera ! Le jour même, je peux te le garantir !

Tom se mit à rire.

— Qu'est-ce qui te prend ? s'étonna son épouse.

Il lui attrapa la main.

— Tu nous entends ?

Olivia leva les yeux au ciel. Tom se pencha.

— Avoue qu'au fond de toi, à défaut d'y croire ça t'excite un peu.

— Bien sûr, chéri, j'ai toujours rêvé d'une partie à trois avec un spectre.

Tom ricana encore plus fort sans lui lâcher la main. Ils marchaient dans la rue comme deux adolescents amoureux.

— Tu sais bien, pas ce genre d'excitation, non, mais là, dans ton crâne. Les crépitements, la curiosité, cette espèce de sensation presque enfantine d'une chasse au trésor.

— Non, ça c'est toi. Moi je protège les miens.

Puis, après quelques pas, elle leva leurs mains entremêlées pour ajouter :

— Et j'ai trouvé un prétexte pour passer un moment avec mon mari, sans enfants !

Elle lui adressa un clin d'œil qui confirma à Tom qu'elle ne prenait pas tout ça totalement au sérieux. Elle s'impliquait, mais exactement comme lui l'avait fait auparavant, Olivia ne pouvait se résigner à abandonner toutes ses croyances cartésiennes.

Barry Flanagan évoqua ses souvenirs d'enfance avec Stew Rosenberg, il mentionna les parents de ce dernier sans parvenir à mettre un nom dessus. En définitive, ce fut une charmante conversation mais sans aucun intérêt pour eux. Olivia commençait à perdre espoir.

— On tourne en rond, avoua Tom en s'asseyant sur un rebord d'aménagement extérieur garni de fleurs, face à la marina où gîtaient doucement une demi-douzaine de voiliers assez modestes et une dizaine de bateaux de plaisance.

Olivia montra la terrasse d'un café qui donnait sur le port et ils s'installèrent au soleil pour savourer une boisson fraîche.

Tom vida son verre d'une traite, puis sonda le paysage avec perplexité. Au loin, au sommet de son dard minéral, le phare de Mahingan Falls jaillissait, fier et imperturbable comme s'il avait toujours été là, veillant sur les hommes.

— Ce dont nous aurions besoin c'est d'un guide historique.

— Ils n'en vendent pas à la petite librairie ?

— Je parle d'un vrai guide, avec lequel nous pourrions échanger. Un puits de connaissance.

Olivia demeura silencieuse à son tour avant de tilter sur une devanture.

— Tu te rappelles le type du restaurant de fruits de mer, celui qui est juste là, de l'autre côté du quai ?

— Logan Dean Morgan ! Je suis peut-être un ours mal léché, mais j'ai la mémoire des noms. LDM. Insupportable.

— Il nous avait vendu sa femme comme une experte de l'histoire de la ville.

— Non, son truc à elle, ce sont les meurtres ! Les affaires sordides.

— Et pourquoi pas ? Il y a peut-être dans l'histoire criminelle de Mahingan Falls un Rosenberg, ou bien elle pourrait aussi bien connaître des détails sur Jenifael Achak que nous ignorons !

— Que Gary Tully n'aurait pas découverts en dix ans d'obsession ?

— Qu'est-ce que ça coûte d'essayer ?

— D'avoir à passer par LDM, je ne suis pas sûr d'y survivre.

Mais Olivia était déjà debout.

*

Logan Dean Morgan était un enfer. Une interminable torture auditive. Un supplice d'égocentrisme, de bêtise et d'inculture.

Mais en comparaison de Lena Morgan, Tom comprit que le mari n'était en fait que le purgatoire. Ils pensaient avoir traversé le pire au Lobster Log lorsqu'ils lui avaient demandé s'il était possible de faire la rencontre de sa femme et qu'ils avaient dû batailler pour y parvenir tout en déclinant un dîner à quatre, prétextant des recherches urgentes pour le travail de Tom. Et ce qui avait suivi était digne de figurer dans l'une de ses pièces au rayon « scène à couper de toute urgence ».

Lena Morgan les reçut dans leur maison en stuc au pied de Westhill. Les initiales L&L-M étaient gravées sur le bronze de la porte. Les Morgan avaient réussi et aimaient le faire savoir. Westhill n'était pas seulement une colline opulente, c'était un podium pour les fortunes modernes. Tout en haut, les nantis. En bas, les aspirants. Et les Morgan aspiraient. Beaucoup et tout le temps.

— LDM a fait poser du gazon de Floride, expliqua Lena à leur arrivée, je lui ai dit que c'était du gaspillage, qu'il n'allait pas résister aux hivers de Nouvelle-Angleterre, et puis de toute façon nous allons vendre la maison dès que possible, je ne supporte plus ces haies. Je veux de la vue, une ou deux rues plus haut, juste pour distinguer un bout de mer. C'est normal, non ? Vivre sur la côte et ne même pas voir la mer de chez soi, c'est ballot, vous ne trouvez pas ?

Lena, prévenue au téléphone dix minutes plus tôt de leur venue par son mari, avait manifestement eu la main un peu lourde sur la bouteille de parfum français. Son chemisier était mal boutonné, témoignant de la hâte avec laquelle elle l'avait enfilé.

— Nous vivons aux Trois Impasses, se fit un plaisir de préciser Tom.

— Mes pauvres ! Déjà s'enterrer au milieu des arbres, j'étoufferais, mais dans un trou avec des noms de bataille, je crois que je ne donnerais jamais plus mon adresse, même pas à Amazon ! Vous habitez laquelle des trois ?

— Shiloh Place.

— Ah, au moins c'est une victoire ! Vos voisins de Chickamauga Lane ont moins de chance… Sauf s'ils sont sudistes, vous me direz.

— Je n'arrive pas à me réjouir lorsqu'il y a plus de vingt mille âmes dans la balance.

Olivia donna un coup de coude à son mari.

Lena les conduisit à travers le living décoré d'un unique tableau aux couleurs criardes et représentant les Morgan nus sur la plage en train de courir. L'artiste n'avait pas été au bout de sa démarche, couvrant les parties intimes de traits de peinture faussement stylisés. Tom écarquilla les yeux vers sa femme, narines dilatées. Olivia posa son index sur ses lèvres, impérieuse.

Ils s'installèrent dans le salon de jardin où Lena leur servit un verre de rosé frais.

— LDM m'a dit que vous aviez des questions à me poser pour l'un de vos livres policiers ? Je suis flattée que vous pensiez à moi ! Cela dit, en toute modestie, personne dans la région n'en sait autant que moi sur les crimes. Je ne rate pas une émission ! J'ai toutes les chaînes spécialisées et LDM m'a installé un disque dur pour enregistrer les programmes que je manque. Je vous le dis : je suis une fan. Je suis « appui » de connaissance !

Tom fut tenté de corriger l'expression avant de capituler.

— C'est un livre qui va parler de quoi ? enchaîna-t-elle.

— Eh bien, ce n'est pas exactement un livre, plutôt une pièce et…

— J'adore les romans policiers ! C'est mon genre préféré. En même temps vous deviez vous en douter, pas vrai ? Je n'ai pas le temps de lire, avec tout ce que je fais, mais j'adore les livres ! Ça donne un cachet dans une entrée, vous ne trouvez pas ?

Tom se massa le bas du visage. Il sentait que cette conversation allait être compliquée.

— Jenifael Achak, vous connaissez ? demanda Olivia de but en blanc.

Tom en fut surpris, mais ne dit rien.

— Non, c'est qui ?

— Une femme qui a vécu ici, à Mahingan Falls, jusqu'en 1692 où elle fut exécutée. Une histoire sordide, je pensais que ça vous parlerait.

Lena balaya l'air devant elle de la main.

— C'est beaucoup trop vieux ! Moi je préfère quand il y a les experts de la police et tous ces bidules technologiques.

Tom jeta un regard accablé à sa femme.

— En même temps, je dis ça mais c'est faux, je connais plein d'anecdotes encore plus anciennes que ça, du moment qu'il y a un rapport avec la criminalistique. Vous saviez que le premier profiler était chinois et que c'était il y a… oh, je ne sais plus exactement, mais genre mille ans ou quelque chose comme ça ?

— Non, lâcha Tom, dépité.

— C'était un juge, ou un médecin, je ne suis plus sûre, bref, il était dans un village quand un meurtre a été commis. Il a aussitôt fait se rassembler tous les hommes sur la place et il s'est arrêté devant l'un d'eux en demandant pourquoi il avait tué l'autre type. Alors l'accusé s'est effondré et a tout avoué ! Lorsqu'on a demandé au juge, ou au médecin, peu importe, comment il avait su, il a répondu : « Parce que les mouches tournaient autour de sa bêche, attirées par ce qui devait être du sang séché. » Incroyable, pas vrai ? Bon, entre nous, ça aurait tout aussi bien pu être la première erreur judiciaire, je me suis toujours dit que si ça se trouve, c'était juste de la merde.

Tom enfouit sa tête entre ses mains.

— Donc Jenifael Achak, ça ne vous rappelle rien ? insista Olivia.

— Non, rien du tout. C'est sur elle que vous travaillez pour votre livre ?

Tom n'avait plus le courage de faire semblant, il ne parvint pas à répondre, même par politesse, ce qui ne dérangea pas Lena qui virevoltait avec la même énergie vocale sans discontinuer.

— Je suis désolée, en même temps je ne peux pas connaître toutes les affaires criminelles de Mahingan Falls, c'est juste impossible.

— À ce point ? s'intéressa Olivia. C'est une ville particulière niveau taux de criminalité ?

— LDM croit que oui, mais en fait il se trompe, c'est juste que c'est long un siècle, et qu'il s'en passe des choses dans une ville année après année. Et puis faut pas oublier qu'ici, c'était un peu sauvage, entre les pionniers qui ont dû se faire une place, les rivalités entre colons, les Indiens, les bandits, les guerres, la prohibition, ça n'a pas arrêté. Mais si vous prenez n'importe quelle ville qui a un peu d'histoire vous verrez que c'est pareil. S'il fallait lister tous les crimes commis depuis les premières pierres jusqu'à aujourd'hui, forcément, ça remplirait quelques pages de chaque cité.

— Une affaire en particulier avec un Rosenberg ?

Lena sortit de son pétillement naturel et se figea face à Olivia.

— Bah… la radio, l'autre soir ! Vous êtes bien placée pour le savoir, enfin !

— Je veux dire : un *autre* Rosenberg ?

— Non, pas que je sache. Un suicide en direct à la radio, c'est déjà pas mal, gloussa leur hôtesse.

Olivia se réfugia à son tour dans son verre. La journée tournait au fiasco.

— Si vous voulez une bonne histoire, vous devriez écrire sur les frères Driscoll, ça, c'est spectaculaire ! Toute une famille de bootleggers, ils produisaient des tonneaux d'alcool dans les années 20, il paraît qu'ils alimentaient jusqu'à New York et Atlantic City. Leur réussite suscitait des convoitises bien entendu, alors des gangsters ont tenté de les assassiner, mais les Driscoll ne se sont pas laissé faire ! Un matin, sept types qui n'étaient pas du coin ont été retrouvés pendus aux arbres à la sortie de Green Lanes. Je vous jure que c'est vrai ! Tout le monde savait que c'étaient les Driscoll, mais personne n'a rien dit. Ils n'ont même pas été en prison ! Jamais. Je crois que l'aîné est mort de la grippe, le deuxième s'est tiré dessus accidentellement et seul le plus jeune a survécu jusqu'à la guerre.

— J'en prends bonne note, fit Tom en fixant son épouse pour lui faire passer le message qu'ils en avaient assez entendu.

Olivia parvint habilement à les faire reconduire à l'entrée où Lena leur désigna la bande de gazon devant la maison.

— Nous allons faire une piscine là l'été prochain. Couloir de nage, douze mètres.

— Je croyais que vous vouliez un bout d'océan, ne put s'empêcher de dire Tom, sarcastique.

Insensible à toute forme de second degré, Lena répondit :

— Si nous ne vendons pas d'ici là, ce sera le projet qui me fera tenir encore un peu. Si tu ne peux aller jusqu'à la mer, fais-la venir jusqu'à toi.

Elle lui adressa un clin d'œil appuyé.

— Merci, Lena, dit Olivia pour accélérer le mouvement.

— Avec plaisir, je suis navrée de n'avoir pu vous aider sur vos deux personnages, la prochaine fois écrivez plutôt sur les lieux, là j'aurai des tonnes d'idées pour vous.

— Les lieux, c'est compris, répéta Tom en voulant s'éloigner.

— Oui, les lieux et les figures du crime. Moi, par chez nous, mon préféré c'est Roscoe Claremont, développa Lena toute seule, au grand regret de Tom qui n'en pouvait plus. Le tueur en série de l'Essex County. Remarquez qu'on devrait dire de Mahingan Falls uniquement, parce qu'il n'a pas vraiment tué ailleurs. Ses victimes étaient retrouvées au pied des falaises sur la côte, c'est vrai, mais c'est ici qu'il les attrapait la plupart du temps et même qu'il les tuait, c'est ici qu'il vivait. Je rêve de monter un tour en bus qui retracerait tout son parcours, les scènes de crime, là où il habitait ou ses victimes, ce serait formidable ! Ils en ont un dans ce genre à Londres sur Jack l'Éventreur, il paraît que c'est génial. Je veux que LDM m'y emmène. Et en parlant de lieux, vous auriez adoré Willem DeBerg le boucher et son auberge. Oui, je sais, ça fait bizarre de dire ça, un boucher pour une auberge.

Tom tira sur la main de son épouse qui, trop polie, ne parvenait pas à s'en aller ainsi.

— C'est qu'il en débitait de la viande le DeBerg ! poursuivit Lena. On le soupçonne d'avoir tué plusieurs de ses clients, ceux qui venaient seuls, sans attaches, fraîchement débarqués d'Europe pour faire fortune. Eh bien, en matière de fortune, ils ne contribuaient qu'à celle de DeBerg qui leur volait tout !

— Quand était-ce ? demanda Olivia sans que Tom comprenne pourquoi elle insistait pour relancer la machine déjà indomptable.

— Je ne sais plus trop, vers 1700, dans ces eaux-là. Je vous en parle parce que si vous ne vous intéressiez pas aux personnes mais plutôt aux lieux, là vous auriez une histoire ! Oui, parce que cette auberge a disparu depuis, sauf sa façade, c'est justement le centre du bâtiment où habitait Anita Rosenberg, vous savez, votre suicidée !

Tom se raidit et Olivia planta ses prunelles dans celles de son époux.

— Pardon ? fit-elle.

Lena se figea et un immense sourire extatique dévoila sa dentition parfaite.

— Ah ! Là, je sens que j'ai capté votre attention, dit-elle fièrement.

49.

Avec la précision d'un horloger qui assemble patiemment les rouages minuscules d'une montre, Owen, Chad, Corey et Connor avaient établi leur plan de bataille pendant deux jours avant de tout raconter à Gemma. Puis ils purent le peaufiner jusqu'au samedi après-midi. Ils avaient tout étudié. En commençant par retourner à la bibliothèque le mercredi pour décortiquer l'histoire du massacre des Indiens par les premiers colons de Mahingan Falls, et ainsi définir précisément l'emplacement où cela s'était produit (à la jonction des deux rivières, qui aujourd'hui se situait sous l'établissement scolaire comme ils le suspectaient). À la mairie, prétextant un devoir pour l'école – ce qui surprit Sarah Pomelo de l'accueil, « À peine rentrés et déjà au travail ? » –, ils eurent accès à l'historique des travaux d'enfouissement des rivières, ainsi qu'aux plans dont ils firent une photocopie et des photos avec le portable de Connor. Par acquit de conscience, ils se firent sortir également ceux du système d'évacuation des eaux et des égouts pour tout comparer attentivement. À leur grande surprise, ces derniers ne consistaient pas en un unique réseau mais en deux maillages bien distincts, le premier étant moins profond que le second afin de conserver l'essentiel des eaux usées qu'il rejetait dans les rivières tandis que les égouts principaux, un cran plus profond, évacuaient leur transit dégoûtant vers la station de traitement des déchets au sud, en lisière des friches. Cela signifiait qu'en cas de fortes pluies, le niveau des deux rivières monterait en flèche dans les tunnels. Restait à croiser les doigts pour que la météo soit avec eux.

Les quatre adolescents définirent le point d'entrée le plus adapté et discret, estimant qu'ouvrir une plaque d'égout en pleine rue attirerait bien trop l'attention.

Chad et Connor se chargèrent de dresser la liste du matériel nécessaire, et ils parvinrent à en rassembler l'essentiel qu'ils répartirent essentiellement entre leurs deux sacs à dos.

Le samedi midi, Gemma arriva comme prévu et se joignit à la famille Spencer pour le déjeuner, accompagnée par son frère. Officiellement, elle emmenait les garçons au cinéma, seul prétexte trouvé pour qu'Olivia et Tom gardent baby Zoey avec eux, ce qui ne posa aucun problème. Deux jours plus tôt, toute la famille Spencer avait eu une longue conversation à l'heure du dîner, pour expliquer aux enfants ce qui s'était passé en direct à la radio, craignant que la rumeur n'ait déjà envahi l'école. Chad et Owen avaient entouré Olivia de leurs bras pour la réconforter. Pour eux, déjà trop obnubilés par leur « plan », ce n'était qu'un drame d'adultes. Les parents, eux, semblaient accaparés par leurs propres problèmes, ils laissaient aux deux garçons encore un peu de l'indépendance dont ils avaient joui pendant l'été, et c'était très bien ainsi.

À treize heures trente, la Datsun qui transportait la petite bande récupéra Connor à l'angle de West Spring Street et de South Cooper Street et ils grimpèrent sur Beacon Hill pour se garer près de la vieille tour, dernier vestige de l'ancien fort militaire, transformée depuis en château d'eau. Le moteur à peine coupé, les quatre garçons giclaient du véhicule pour se ruer sur le coffre où ils avaient entassé le plus discrètement possible, pendant l'heure du repas, leurs affaires. À l'écart dans cette impasse peu fréquentée, ils se changèrent, troquant shorts et sneakers contre jeans, treillis et bottes ou chaussures de marche.

— T'avais que ça ? fit Connor en désignant les baskets de Gemma.

— Je ne compte pas marcher dans l'eau.

— Nous allons descendre dans le souterrain d'une rivière, il y aura forcément de l'eau !

— Moi, je ferai attention.

Connor émit un ricanement moqueur et une fois tous équipés, il attrapa les deux fusils à eau avec réservoir extralarge qu'ils avaient achetés avec leurs économies et que Connor avait modifiés sur le même principe que celui qui avait servi à brûler l'épouvantail. Il en conserva un pour lui et tendit l'autre à Chad qui s'était porté volontaire.

— Rappelle-toi, lui dit-il, il faut que le briquet sous le canon soit allumé avant de balancer l'essence, sinon ça cramera rien !

— Je suis pas con !

— Il s'éteint tout le temps, c'est à ça que tu dois faire gaffe si on est dans le feu de l'action.

Chad brandit un poing serré devant lui avec un sérieux presque ridicule.

— Compte sur moi.

Ils entrèrent dans un parc mal entretenu (héritage du fort, il s'agissait de l'ancienne esplanade des canons, surveillant l'entrée du port) qui longeait le mur du parc municipal. À l'extrémité sud, un muret surplombait le canal creusé pour abriter les eaux mélangées de la Little Rock River et de la Black Creek avant de plonger sous la ville. Ignorant l'écriteau sale interdisant l'accès, les cinq explorateurs contournèrent la porte en acier et descendirent les marches étroites qui desservaient un fin trottoir de pierre. Ce dernier dominait l'eau serpentine d'un bon mètre et l'accompagnait sur toute la longueur de son cheminement souterrain.

Chad s'arrêta devant l'entrée du tunnel, un demi-cercle de près de six mètres de diamètre qui s'enfonçait sous les bâtiments de Beacon Hill, en direction de la marina. Des toiles d'araignées emmêlées pendaient, agglomérées de poussière, depuis son plafond arrondi, et une odeur de renfermé et d'humidité stagnait sur son seuil. Au-delà des premiers pas, il y faisait plus noir que dans l'estomac d'une baleine.

— C'est le moment ou jamais de se dégonfler s'il y a des peureux, annonça Chad.

— Si au moins on avait le choix, lâcha Corey.

Connor enfila une paire de gants militaires assortis à sa casquette verte brodée « ARMY » et exhiba une puissante Maglite.

— Revue du matériel, soldats !

Chad, lui, avait opté pour une lampe frontale empruntée au matériel de camping de ses parents, matériel tellement peu utilisé qu'il servait de nid aux acariens depuis sa naissance. Il n'y avait aucun risque qu'on en remarque l'absence.

Ils étaient sur le point de s'élancer, à l'exception de Gemma qui n'arrêtait pas de regarder tout autour d'elle, comme si elle craignait qu'on ne les voie ou cherchait quelque chose. Mal à l'aise, elle semblait sur le point de leur faire faux bond lorsqu'une voix jaillit de l'entrée du tunnel :

— Et où est-ce que vous croyez aller comme ça ?

Les garçons manquèrent trébucher et tomber à l'eau. Connor braqua son faisceau de lumière droit sur le visage qui s'abrita de sa main. Il portait une casquette bleu marine que Connor ne possédait pas dans sa collection, celle-ci brodée de l'écusson de la police de Mahingan Falls.

— Oh merde, lâcha Chad en la remarquant tandis que l'individu sortait de l'obscurité où il les attendait.

C'était un homme d'environ trente ans, mais comme il n'arborait pas son uniforme de la police, ils ne reconnurent pas le lieutenant Ethan Cobb que certains avaient pourtant déjà croisé, notamment à l'école l'année précédente, où il était venu faire de la prévention (essentiellement contre les drogues) dans la classe de Connor.

— C'est une très mauvaise idée, dit le policier en se rapprochant lentement, cet endroit est dangereux. Heureusement que votre amie a plus de plomb dans la cervelle que vous autres.

Les garçons se retournèrent vers Gemma, incrédules.

— Toi ? fit Corey.

— Traîtresse, murmura Connor.

— Qu'est-ce que vous vouliez que je fasse d'autre ? Vous me parliez de chasse aux monstres, de fantômes, vous vous attendiez à quoi ?

La stupeur et la colère se peignaient sur les visages des quatre adolescents.

Ethan se planta devant eux.

— Il y a cependant beaucoup plus grave, dit-il. D'après Mlle Duff, vous auriez assisté au meurtre de Dwayne Taylor.

Regards paniqués entre les accusés.

— Euh… non, non, c'est pas vrai, commença à bafouiller Connor, elle a tout inventé !

— C'est ce que vous m'avez dit ! s'indigna Gemma. Et vous n'aviez pas l'air de baratiner !

Ethan Cobb leva les paumes en signe d'apaisement.

— Votre grande sœur a eu l'intelligence de m'appeler…, commença-t-il avant d'être interrompu.

— C'est pas ma sœur, corrigea un Connor furieux.

— Moi, c'est plus la mienne, ajouta Corey.

— Elle m'a appelé moi et pas la police directement, reprit Ethan.

— Pourtant vous en êtes, vous, de la police, fit remarquer Chad.

Tous se mirent à parler en même temps dans un début de panique.

— Hey, du calme, et écoutez-moi, ordonna Ethan en haussant le ton. Il y a deux options pour vous, et rien d'autre. Soit vous me faites confiance et je prends les choses en main, soit je déclenche une procédure officielle avec mes collègues, et vos parents viendront vous chercher au poste. Qu'est-ce que vous préférez ? La voie douce ou les ennuis ?

Corey se laissa choir dans les marches qui grimpaient vers le vieux parc.

— On est morts…

Ethan tira sur sa chemise en jean pour bien insister.

— Je ne suis pas en service, et je suis venu sans prévenir quiconque pour vous laisser une chance de vous expliquer, vous pouvez remercier Mlle Duff pour ça, elle a su se montrer convaincante. Faites-moi confiance et peut-être que tout ça pourra rester entre nous. Qu'est-il arrivé à Dwayne ?

Chad et Owen s'observaient. Connor tenta un imperceptible « non » du menton mais personne ne le remarqua.

Owen fit un pas en avant.

— Monsieur, si nous n'allons pas dans ces tunnels, il se peut bien qu'aucun de nous ne survive jusqu'à Thanksgiving.

— Jusqu'à la fin du mois même ! compléta Chad.

— Gemma m'a parlé d'une histoire de fantômes indiens, rapporta Ethan, et je dois dire que sur le coup j'ai bien failli lui raccrocher au nez. Bon…

Il posa un genou à terre pour ne plus les dominer et ajouta :

— Manifestement, il s'est passé quelque chose, pas vrai ? Alors voilà ce que je vous propose : vous me racontez tout, vous ne mentez pas, et je vous fais la promesse de vous tirer de cette mauvaise passe. D'une manière ou d'une autre. Je ne me moquerai pas, je ne vous ferai aucun reproche. (Il retira sa casquette de ses cheveux.) Plus de flic.

Connor, toujours méfiant, fit claquer sa langue contre son palais pour témoigner sa désapprobation.

— J'ai mieux à vous proposer : vous venez avec nous dans ces tunnels, déclara-t-il. Et ensuite, lorsque vous aurez vu, alors on vous fera confiance.

L'expression d'Ethan se durcit aussitôt.

— Dis donc, tu crois vraiment que tu es en position de marchander ? Et puis vous vous attendez à trouver quoi là-dedans ?

— La source de tous nos ennuis, affirma Corey.

— Que vous allez exterminer avec vos canons à eau ? railla Ethan en pointant son index vers les fusils colorés que Connor et Chad tenaient sur l'épaule.

Il n'avait pas remarqué les briquets scotchés sous la tige d'acier noire ajoutée à l'extrémité.

— C'est pas de l'..., commença Chad.

Owen se précipita pour qu'il ne finisse pas sa phrase.

— Connor a raison, venez avec nous et nous n'aurons pas à vous convaincre de quoi que ce soit. Alors on pourra tout vous raconter et vous nous croirez.

— Hors de question de vous laisser passer, qu'est-ce qui n'était pas clair lorsque j'ai dit « c'est dangereux » ? Vous allez vous perdre et si l'un d'entre vous glisse et tombe à l'eau il risque de se noyer, il y a du courant. Ce n'est pas un jeu.

— Ça non, répliqua Owen avec une intensité qui fit hésiter Ethan, ce n'est pas un jeu, et si nous avions pu nous épargner tout ça, on s'en serait pas privés !

Connor dégrafa la pochette kaki sur son ventre et montra plusieurs feuilles pliées.

— Et on a les plans. C'est pas compliqué, tant qu'on reste dans le tunnel de la rivière, il suffit de la suivre. On ne veut pas aller au bout, juste à l'intersection avec la Weskeag, sous l'école.

— Vous ne trouverez rien d'autre que du noir et des rats ! C'est hors de question.

— Alors allez-y, vous, proposa Owen.

— Non ! s'opposa Chad en jetant un regard paniqué à son cousin. Il ne sait pas à quoi s'attendre, il va se faire tuer !

Ethan se redressa, remit sa casquette et siffla pour les faire taire. Cette fois il n'avait plus envie d'être compréhensif.

— C'est terminé ! Je vous ai donné votre chance, tant pis pour vous, je vous embarque.

Owen s'agita dans tous les sens.

— Non, je vous en supplie !

— Alors dites-moi ce qui est arrivé à Dwayne Taylor et où il est.

Un calme inattendu parcourut la petite assemblée. Il s'en dégageait un sérieux troublant, une résolution impressionnante ainsi qu'une fragilité sous-jacente, reliquat de peurs ou de peines mal digérées. Ethan comprit qu'ils croyaient à ce qu'ils disaient. Ce n'étaient pas des inventions pour s'amuser, pour se trouver des prétextes, non, il y avait une conviction collective qui termina de lever tout soupçon : ils savaient ce qu'il était arrivé à Dwayne Taylor car ils y étaient.

Owen brisa le silence en premier.

— Il est mort.

Ethan se pencha vers lui.

— J'ai bien compris. Mais comment ? C'était un accident ? Où est-il ?

Connor, sur le côté, fit signe à Owen qu'il ne fallait pas en dire plus, mais celui-ci continua :

— Il a été tué.

— Vous avez assisté à son meurtre, c'est ça ?

Owen confirma mollement.

— Vous savez par qui ? insista le lieutenant.

Nouveau hochement de tête.

— Et tu connais son nom, ou tu pourrais le reconnaître ?

Owen leva le bras en direction du tunnel.

— Si vous voulez le trouver, il faut aller par là. Il se cache tout au fond. Là où on vous a dit.

Ethan soupira, maîtrisant son agacement. Il fit quelques pas entre eux pour définir sa stratégie.

— Votre camarade est en train de pourrir, vous savez ça, n'est-ce pas ? Aidez-moi à le retrouver et on lui donnera les funérailles qu'il mérite. Sa famille est désespérée. Ils ont besoin de savoir, et le droit de reprendre possession de sa dépouille.

Les lèvres se scellaient encore plus, alors Ethan poursuivit :

— J'ai accepté d'attendre jusqu'à aujourd'hui pour que ça se règle sans vos familles, et croyez-moi il m'en a coûté, mais je veux une réponse. Gemma ?

La jeune femme se tordait les mains, honteuse, prise entre deux feux, elle secoua la tête.

— Je vous ai déjà dit ce que j'ai cru comprendre, ils disent que Dwayne Taylor est quelque part dans les champs.

— Il y a cent hectares là-haut ! Où ? À côté de quoi ?

Connor intervint :

— Si on la boucle, vous ne pourrez pas nous enfermer en prison pour toujours, au pire on sortira dans quelques mois, alors que si on vous dit toute l'histoire et que vous ne nous croyez pas, vous allez nous coller sa mort sur le dos et on est bons pour la perpétuité.

— Mais qu'est-ce que tu racontes ? C'est du délire tout ça, vous n'irez pas en prison ! Maintenant j'en ai fini avec la patience, je veux la vérité, toute la vérité, sinon vous savez comment ça va se terminer et vous avez bien plus à craindre de vos familles que de la prison !

Il sortit son téléphone de sa poche et le leva devant lui.

Les quatre adolescents se verrouillèrent. Le chantage à la peur ne fonctionnait pas. Ethan serra les dents.

À cet instant, le professionnalisme et le bon sens auraient voulu qu'il embarque tout le monde pour éclaircir la situation officiellement au poste de police, incluant les parents dans la boucle pour ajouter une couche de pression supplémentaire. Cependant Ethan percevait une détresse et une ténacité chez ces jeunes qu'il n'était pas sûr d'avoir déjà contemplées ailleurs. Ils avaient *vraiment* vécu quelque chose de traumatisant, au point d'être soudés dans l'adversité. Ils ne craqueraient pas.

Il y avait trop d'étrangeté dans le récit qu'avait fait Gemma Duff au téléphone, trop d'étrangeté dans ce qu'il vivait lui-même en ce moment à Mahingan Falls.

Dans un élan instinctif, Ethan attrapa la Maglite que Connor avait dans les mains et se surprit en déclarant :

— J'espère que vous êtes des gamins bien, parce que j'aurai tout fait pour vous éviter des ennuis.

Il fouilla sa poche de jeans et en sortit un billet de dix dollars qu'il confia à Gemma.

— Filez boire un jus à la marina, chez Topper's, commanda-t-il. Je vous retrouve dans deux heures. Ne vous avisez surtout pas de manquer notre rendez-vous, je sais qui vous êtes et je n'hésiterai pas à débarquer avec le gyrophare chez vous s'il le faut.

Ethan Cobb n'en revenait pas. Il soupira et désigna les marches.

— Allez, vous dégagez et moi je vais voir dans votre tunnel. Ensuite vous avez intérêt à ne plus rien me cacher sinon je vous promets que vous le regretterez.

Lorsque la troupe fut remontée, abasourdie, Ethan attendit encore une minute pour s'assurer qu'ils lui avaient obéi puis il soupesa la lampe. Elle avait le poids d'une bonne matraque. Il était parti en civil, sans son arme, n'estimant pas en avoir besoin face à cinq adolescents.

La bouche des souterrains l'attendait.

Il ne croyait pas aux fantômes.

Mais aux tueurs, si.

50.

L'homme n'avait pas sa place ici.

C'était ce que semblait clamer la nature autour de la route sur laquelle Olivia et Tom circulaient. Ils longeaient des gorges étroites et profondes où la lumière du soleil peinait à atteindre les cours d'eau qui y serpentaient, les forêts devenaient étouffantes, les racines de leurs arbres crispées sur des rochers ou des monticules bordés de ronces comme autant de griffes anciennes, et les collines qui les surplombaient, apparaissant par intermittence à travers de rares trouées, dardaient leurs sommets chauves et rocailleux au bout de pentes abruptes. Pourtant, ici et là, comme pour prouver qu'il s'était trouvé autrefois une poignée d'inconscients, se dressaient sur ces toits gris d'antiques dolmens ou cairns oubliés qui se muaient en de vagues points noirs vus d'en contrebas. Mais l'histoire n'avait pas conservé de souvenir de ces hommes et de leurs motivations. Presque aucun chemin ne traversait ces contrées primitives, sinon la route noueuse et dangereuse avec ses virages traîtres esquivant au dernier moment des falaises boisées dont on ne distinguait pas le fond.

Plusieurs fois, Olivia mit la main sur le tableau de bord tandis que Tom freinait au dernier moment. Ils se firent malgré tout doubler par un pick-up vrombissant qui arborait sur son pare-chocs arrière un sticker « Ne peut être effrayé – né à Arkham ».

— Ces gens sont des malades, pesta Olivia. Il faut l'être de toute manière pour habiter un trou perdu comme celui-là.

— C'est toi qui as tenu à ce que nous nous y rendions.

À l'arrière, Roy McDermott, le vieux voisin, se pencha pour rassurer la mère de famille d'une tape sur l'épaule.

La révélation de Lena Morgan au sujet de la maison qu'habitait Anita Rosenberg avait déclenché chez Olivia un besoin immédiat de confirmation. Il n'avait pas fallu chercher bien longtemps pour dénicher la trace de Willem DeBerg, aubergiste de son état, bien qu'il fût surnommé (plus tard, en réalité) « le boucher », et condamné à la pendaison entre 1698 et 1704 pour les meurtres d'au moins trois personnes, dont on avait découvert les bijoux et les vêtements au milieu de ses propres affaires. Il fut en réalité suspecté d'une vingtaine de disparitions, mais aucun corps ne fut retrouvé, et les rumeurs les plus folles surgirent quant aux recettes plausibles de son fameux « ragoût maison ». Et, comme l'avait déclaré Lena Morgan avec son insouciance presque agaçante, son auberge s'était dressée exactement là où vivait Anita Rosenberg. La coïncidence n'était plus seulement suspecte ; au regard de tous les autres éléments rapportés par Tom, elle devenait même alarmante. Une voix d'homme parlant le vieil anglais en usage à cette époque avait commandé à Anita Rosenberg de l'écouter avant qu'elle ne se tire une balle dans la cervelle.

Olivia voulait éclaircir le mystère de leur propre maison. Si des fantômes capables d'influer sur les pulsions de mort étaient en train de se réveiller à Mahingan Falls, il était hors de question que ses enfants et son mari dorment entre des murs maudits ou quoi que soit devenue la Ferme au fil du temps. Tom avait alors évoqué la survivante du dernier drame recensé chez eux et Olivia avait réclamé de la rencontrer. Il avait suffi de téléphoner à Roy McDermott pour qu'il leur dise qu'il se chargeait de tout organiser. Le vieil homme n'avait pas paru surpris, comme à son habitude, comme s'il avait attendu ce coup de fil depuis le début.

Ils avaient confié Zoey aux Dodenberg, l'ingénieur du son de la radio où œuvrait Olivia et son épouse, qui adorait les bébés. Jane s'était jetée sur Zoey avec la passion d'une alcoolique après plusieurs jours de manque.

Arkham surgit au détour d'un piton gris émaillé sur ses flancs d'arbustes téméraires, après plus d'une heure de route. Elle se nichait autour du fleuve Miskatonic qui avait donné son nom à l'université – principal poumon de la ville et seule explication à sa survie malgré son isolement –, bordée de toute part de collines inhospitalières. Roy les guida entre les rues jalonnées de maisons anciennes et d'églises aux clochers pointus, il s'y repérait avec aisance, mais ne fournit aucune explication sur cette familiarité. Aucune trace de modernité n'était visible. Arkham s'était figée au début du XXe siècle et paraissait incapable d'évoluer davantage, prisonnière d'une époque.

— Et de ses mentalités, ajouta Roy, l'œil mauvais. Tenez, prenez à droite sur Peabody Avenue, c'est un peu plus loin.

L'asile était relégué à la lisière de la civilisation, au nord, une imposante grille enchâssée dans un solide mur annonçait la couleur : ici on ne pouvait entrer ou sortir sans une autorisation en bonne et due forme. Grosse masse de briques rouges trônant au fond de son petit parc, ses fenêtres à barreaux et ses portes renforcées ne souhaitaient pas la bienvenue aux visiteurs non plus. Tom put néanmoins se garer dans l'enceinte de l'établissement et ils se présentèrent à un accueil qui n'avait, lui non plus, pas bougé depuis plus de cent ans au moins. La peinture des couloirs carrelés s'écaillait, et en constatant que même les néons étaient enfermés sous un grillage, Tom se sentit déprimé. Une odeur de détergent et de médicament stagnait dans l'air.

Roy affirma être un membre de la famille de Miranda Blaine, déposa sa pièce d'identité, et signa un registre. Il semblait avoir l'habitude. Puis on les conduisit à travers le dédale glauque où ils franchirent deux lourds sas de sécurité effrayants avec leur sonnerie à chaque ouverture et une épaisseur de serrures digne d'un pénitencier.

— Il y a vraiment besoin d'autant de mesures de protection ? s'étonna Tom.

L'infirmière lui lança un regard méprisant.

— Vous connaissez Hannibal Lecter, le personnage de roman ? Eh bien, celui qui l'a inspiré, le vrai, il vit ici. Alors si vous n'avez pas envie de tomber nez à nez avec lui et de finir dans son estomac, je pense que c'est nécessaire. Nous hébergeons une demi-douzaine d'individus dans son genre. Heureusement Mme Blaine est une calme, ça nous change. C'est d'ailleurs pour ça que vous pouvez la visiter elle, et pas les autres.

Au même moment retentit un cri rageur au loin. Un autre, aigu, dément, lui répondit. Ce qui les rendait aussi terribles était l'absence totale de retenue, et leur puissance. Des beuglements d'adultes dont on devinait qu'ils n'avaient plus toutes leurs facultés mentales rien qu'à la manière dont leurs voix résonnaient, rageuses, hideuses, presque redevenues animales.

Olivia attrapa la main de son mari.

Ils dépassèrent un large escalier qui s'enfonçait dans les profondeurs de l'asile, des lumières jaunes éclairant cette rampe aux murs bruns, et Tom frissonna. Il ne sut pourquoi, il n'aimait pas ce sous-sol où il aperçut brièvement des ombres qui s'agitaient, tout au fond, et fut rassuré de constater qu'ils n'y descendraient pas. Au lieu de quoi l'infirmière s'arrêta devant une porte, scruta l'autre côté par la lucarne à mi-hauteur, puis à l'aide d'un gros trousseau de clés la déverrouilla avant d'inviter les visiteurs à y pénétrer.

Le réfectoire s'étendait sur deux rangées de tables parallèles, garnies de chaises rivées au sol et absolument rien d'autre. L'odeur de cuisine industrielle flottait pour toute décoration.

Une femme vêtue d'une blouse et d'un pantalon vert d'eau attendait, assise, les bras ballants. Cheveux blanchis, visage rayé par le temps et les émotions, regard effacé.

— Comme vous pouvez le constater, monsieur McDermott, elle n'a pas évolué depuis la dernière fois. Vous voulez que j'appelle un médecin pour faire le point ?

— S'il n'y a pas eu de changement, alors non, ne les dérangez pas. Merci.

— Je vous laisse. Je repasse dans une demi-heure.

Tom lorgnait Roy. Il ne s'était pas attendu à autant de familiarité entre lui et Miranda Blaine.

L'infirmière claqua la porte derrière elle et le bruit des clés qui la verrouillaient leur rappela qu'ils n'étaient pas libres de leurs mouvements entre ces murs.

— Je viens une à deux fois par an, avoua Roy. Apparemment je suis le seul. Appelez ça de la pitié, pour moi c'est de l'humanité. J'aimerais qu'on en fasse autant si j'étais à sa place.

Roy leur avait fait pas mal de cachotteries depuis leur arrivée, cependant aucune n'avait le vice du mensonge, rien que l'intention de protéger. Tom ne lui en voulait plus, il savait pourquoi le vieil homme s'était comporté ainsi, c'était évident, et il éprouvait même de la peine à l'imaginer charrier tous ces secrets depuis autant d'années, venir ici tous les six mois, juste pour apporter une présence à cette femme qu'il avait à peine côtoyée pendant cinq ou six ans avant d'assister à sa lente déchéance après la mort de sa fille, puis de son mari… Tom se demanda soudain si ce n'était pas Roy qui l'avait fait interner. Y avait-il un placement automatisé en institut spécialisé pour ce genre de personnes ? Certainement.

La société ne pouvait les laisser sur le bas-côté et mourir dans le caniveau… Pourtant, avec ce qu'était devenu ce pays, Tom n'était plus sûr de rien.

Olivia allait se rapprocher de Miranda Blaine, mais Roy la retint par le bras. Il expliqua tout bas :

— Je vous ai prévenue, elle ne parle pas, mais allez-y doucement avec elle. La vie l'a pas mal cabossée. On dirait qu'elle n'est plus dans notre monde, pourtant je sais qu'au fond une parcelle d'elle écoute, sinon elle serait partie depuis longtemps.

Il témoignait un instinct protecteur envers elle presque touchant.

Olivia vint s'asseoir non pas en face mais juste à côté de la pensionnaire.

— Bonjour, madame Blaine. Je m'appelle Olivia Spencer. Vous permettez que je vous appelle Miranda ?

La femme avait de longues mèches blanches bien brossées qui tombaient de part et d'autre de son visage. Olivia se pencha pour mieux distinguer ses traits. Elle fixait un point invisible en bout de table, ses lèvres gercées à peine entrouvertes.

— Ils s'occupent bien de vous ici ? demanda Olivia. Je vois que vous êtes coiffée.

Elle lui prit délicatement la main qui gisait sur le banc et la serra dans la sienne. Sa paume était rêche.

— J'ai cru comprendre que vous n'étiez plus en mesure de prendre soin de vous, alors, si vous me l'autorisez, je vais vous aider un peu. Vous avez les mains sèches.

Olivia sortit un tube de crème hydratante de son sac, en déposa une noisette sur les doigts de la vieille femme et la lui étala en lui massant la main délicatement.

— Roy nous a parlé de vous. Je suis triste d'apprendre qu'il n'y a plus que lui qui vienne vous voir. Nous sommes ses voisins. Nous habitons dans la maison où vous avez vécu.

Olivia étudia attentivement les réactions de Miranda Blaine mais elle ne perçut aucun changement.

— Mon mari et moi avons eu un véritable coup de cœur pour la Ferme. Je suppose que c'était votre cas à vous aussi lorsque vous vous êtes installés. Quand était-ce déjà ? Au début des années 80 ?

Rien. Elle ne cillait pas, ni ne tremblait.

Olivia commença à raconter leur famille, enfant par enfant, et comment ils s'accoutumaient à la région, puis elle changea de place pour masser l'autre main, non sans avoir au préalable écarté quelques mèches blanches pour les pincer derrière l'oreille de Miranda Blaine. Ainsi elle pouvait mieux la contempler. Ses rides profondes et étirées, l'ovale du visage qui s'était affaissé avec le temps, la plasticité de la peau rompue par la vieillesse.

Tom assistait au monologue de sa femme, en retrait et en compagnie de Roy. Il savait qu'il y avait peu d'espoir, même si Olivia avait insisté pour venir. « Une mère qui en sent une autre en danger peut se révéler », avait-elle répété plusieurs fois comme pour se convaincre.

— Miranda, fit Olivia d'une voix douce, j'ai besoin de vous. Ma famille et moi sommes pris de doutes effrayants. Nous ignorons ce qui se passe, si c'est notre raison qui bascule, si nous sommes en train de tout gâcher avec cette maison, ou si elle abrite réellement quelque chose. Vous savez à quoi je fais allusion, n'est-ce pas ?

Olivia ne releva aucun mouvement. Pas la moindre réaction.

— C'est important, Miranda. Mes trois enfants vivent sous ce toit avec nous. Je ne veux pas qu'il leur arrive malheur. Vous comprenez ?

Olivia lui caressait la main.

— Je sais le drame que vous avez enduré, en tant que mère je ne peux qu'imaginer l'abîme qui s'est ouvert sous vos pieds. Je suis désolée, Miranda. J'aimerais pouvoir vous aider, mais je ne peux rien y changer. Aucun parent ne devrait perdre son enfant, aucun. Et votre mari ensuite, je me dis que vous avez dû vous effondrer tout au fond de vous-même, là où vous êtes encore en ce moment, réfugiée, refusant ces horreurs, ultime protection pour vous maintenir en vie. Je l'imagine. Et je le comprends. Mais j'ai besoin de vous, Miranda. J'en appelle à la mère que vous êtes.

Olivia se pencha encore un peu plus, elles se frôlaient presque. Elle chuchotait à présent.

— Est-ce que vous avez ressenti une présence dans la maison lorsque vous y étiez ? Est-ce que… d'une manière ou d'une autre, il y a une chance pour que… vous suspectiez autre chose que ce qui a été dit ? Je pense à votre fille et à votre mari, et je m'interroge. Suspectez-vous *autre chose*, Miranda ? Qu'une force, quelle qu'elle soit, ait pu… vous savez… les pousser à faire ce qu'ils ont fait ? Une présence extérieure à votre famille, mais *dans* les murs.

Miranda ne bougea pas.

— Je suis une maman inquiète, j'ai besoin de votre aide, insista Olivia. Je suis venue pour ça. Nous habitons dans la même maison, et il… il s'est passé des événements qui nous font douter. Je ne sais plus quoi faire. Dois-je protéger les miens ? Suis-je folle ?

Tom s'interrogea sur la pertinence de raviver toutes ces atrocités chez la pauvre malheureuse. Toutefois, que pouvaient-ils tenter de plus ? Si cela ne la faisait pas réagir, rien ne le ferait plus jamais.

La serrure cliqueta et la porte s'ouvrit sur un homme barbu, affublé de lunettes rectangulaires.

— Je suis le docteur Abbott, se présenta-t-il à Tom avant de saluer Roy. J'ai entendu que vous étiez là pour Mme Blaine, c'est gentil de lui rendre visite. Elle est très seule.

Embarqué dans les mensonges de Roy, Tom se sentit obligé d'en rajouter une couche.

— Nous ne sommes pas de la famille directe, mais c'est normal.

— C'est difficile avec elle, dit Abbott comme si la patiente n'était pas là. Aucune réponse à tous les stimuli possibles. Nous n'avons pas d'espoir que cela puisse changer un jour. Plus de trente ans que c'est ainsi. C'est déjà en soi un miracle qu'elle vive encore.

— Son histoire est lourde, approuva Tom, elle a beaucoup souffert.

— Famille dysfonctionnelle, abus paternel, suicides en série, toutes les causes sont sous nos yeux, mais hélas les réponses à y apporter appartiennent en partie à Mme Blaine et elle a cessé de vouloir les chercher il y a longtemps.

Tom baissa le ton et tourna le dos à son épouse et à la patiente.

— Abus paternel ? C'est ce qui a poussé leur fille à se tuer ?

— Vous n'étiez pas au courant ? Je ne dévoile rien de secret, ça a même été plus que sous-cntcndu par la presse locale à l'époque. Oui, il violait leur fille. J'ignore si Mme Blaine était au courant, comme vous pouvez le constater, j'ai toujours été dans l'incapacité d'obtenir la moindre réaction de sa part, pas plus que mes prédécesseurs.

Tom éprouvait une curieuse émotion contradictoire. À la fois écœuré par ce qu'il imaginait de la relation incestueuse du père avec la fille, et en même temps rassuré par cette explication. Elle était bien cartésienne, et à elle seule donnait un sens aux suicides des Blaine ainsi qu'à l'effondrement mental de la mère. Jenifael Achak et ses fantômes n'avaient donc rien à voir avec tout ça. *À moins que ça ne soit plus insidieux... Et si c'était le spectre de la sorcière qui avait corrompu l'esprit du père de famille ? Jusqu'à lui mettre d'horribles idées dans le crâne...*

Tom n'avait jamais ressenti la moindre influence extérieure sur ses pensées, pas la moindre déviance qui aurait pu l'effrayer. Cette hypothèse ne tenait pas la route.

Il regarda sa femme qui insistait et soupira. Étaient-ils venus jusqu'ici pour rien ?

Olivia, elle, avait répété chaque mot plusieurs fois, cherchant à atteindre ce qu'il restait de sensibilité au fin fond de cette enveloppe charnelle sans émotion. En vain.

Elle finit par se résigner et remercia Miranda Blaine qui contemplait le vide face à elle.

Soudain les yeux de la démente se mirent à pivoter, ils glissèrent sans qu'une autre parcelle de son corps ne bouge, et lentement ils vinrent en direction d'Olivia jusqu'à se planter en elle, rivés à l'extrémité gauche de leurs orbites.

Olivia était bouche bée.

Deux billes noires brillaient face à elle, partiellement avalées par le bord de son visage.

— Miranda ? dit-elle tout bas.

Mais la femme n'ajouta rien ni ne fit le moindre signe avant que ses prunelles viennent reprendre leur place.

Olivia hésita à alerter le personnel médical mais quelque chose tapi au creux de l'intensité dont avait fait montre la vieille femme l'en empêcha. C'était leur secret à elles. Entre mères.

Miranda Blaine était incapable de parler. Jamais plus elle ne remonterait à la surface, elle s'était enfouie bien trop loin dans ses propres abysses pour un jour y parvenir. La mort de sa carcasse serait son unique porte de sortie.

Mais quelque chose du domaine du réflexe avait réagi. C'était cette part instinctive du cerveau qui lui avait répondu, comprit Olivia. Et pour qu'elle s'active ainsi, il avait fallu que ce soit important. Une information brutale. Nécessaire.

Ce qu'il restait de Miranda Blaine sur cette terre avait été on ne peut plus clair avec Olivia.

Elle l'avertissait.

51.

La présence cristalline de la rivière tintait dans l'obscurité, se heurtant aux parois qui la contraignaient dans les entrailles de la ville. Le bestiaire quasi complet des arthropodes nichait dans son domaine, au milieu de champignons pruineux et de rideaux de toile grise, en lambeaux, qui pendaient depuis les hauteurs.

Le pinceau de la lampe torche traçait une lame vive devant Ethan Cobb, et tout le reste de son environnement n'était que néant, comme s'il marchait sur un étroit trottoir de dalles flottant dans le vide absolu. Chaque mètre parcouru s'effaçait aussitôt, et il ne voyait pas à plus de quelques pas de distance.

Le tunnel avait fait un coude pour commencer, afin d'éviter la marina, et il filait à présent plein sud. De temps en temps, des canalisations débouchaient de la paroi, certaines de la taille d'une balle de baseball, et d'autres assez hautes pour qu'un homme s'y glisse accroupi. Toutes étaient sèches et Ethan devina qu'elles drainaient les eaux de pluie le long des caniveaux ou des gouttières et des jardins. S'il s'y aventurait, il trouverait un labyrinthe autrement plus complexe où il serait aisé de se perdre, avec ses pièges : des grilles et des fosses donnant sur un autre lacis, un cran plus bas, celui des égouts à proprement parler. Les évacuations qu'il croisait ne servaient qu'en cas de fortes crues pour rejeter ce que le réseau principal ne pouvait absorber, afin d'éviter que tout ne déborde dans les rues et les maisons.

Heureusement que ces gamins ne se sont pas lancés là-dedans. Qui sait ce qui aurait pu leur arriver...

Même si Ethan devait reconnaître qu'ils s'étaient préparés, et pas qu'un peu. *Et le grand l'a dit : tant qu'on reste dans le tunnel de la rivière, c'est on ne peut plus simple...*

Il se rassurait comme il le pouvait. Ethan n'était pas un trouillard, certainement pas du genre à ne pas descendre dans une cave mal éclairée, encore moins lorsque son métier le lui commandait. Toutefois, s'enfermer sous terre sans équipement adéquat, sans avoir prévenu quiconque et sans réelle idée de là où il allait ne le mettait pas à l'aise. Il songeait aux couches successives de roche, de conduites de gaz ou d'eau potable, de bitume et aux montagnes de bâtiments au-dessus de lui, sans échappatoire possible s'il avait brusquement besoin de respirer au grand air, et un léger sentiment de claustrophobie l'envahit.

Détends-toi. Même ici, il y a des plaques d'égout de temps à autre.

Il en avait déjà dépassé deux, des barreaux d'acier scellés dans le béton qui grimpaient ensuite dans un tube vertical jusqu'à atteindre la surface. Là non plus, mieux valait ne pas être trop stressé par le manque d'espace si on espérait parvenir jusqu'au sommet,

Ethan se demandait si lui-même passait sans rentrer les épaules.

Elles sont rares... en cas d'inondation brutale, il faut avoir le temps de courir pour en rejoindre une et monter avant d'être emporté par le courant...

Ethan grommela à voix haute. Il se faisait des films. La rivière coulait un mètre plus bas, paisible. Il n'y avait pas de pluie dehors et à sa connaissance aucun barrage en amont capable de déverser des trombes subitement. Et puis il y avait le lac du parc municipal, il avait été créé spécialement pour ça, faire tampon en cas de fortes crues, afin d'éviter de saturer le système souterrain. Certes, il déambulait au milieu d'un entrelacs complexe de galeries, de tuyaux et de puits, mais il ne devait pas pour autant perdre son sang-froid, c'était digne d'un enfant de dix ans.

Le tunnel n'était presque jamais droit, lorsque Ethan levait le faisceau de sa lampe, celui-ci se heurtait à une courbe plus ou moins prononcée, là où le jeune flic s'était attendu à une perspective fuyante parfois sur plusieurs centaines de mètres. Le carcan que l'homme avait imposé aux flots n'était en réalité qu'un habillage pour l'enfouir, mais ils avaient suivi son tracé naturel, aussi erratique fût-il.

Ethan se représenta les multitudes de tranchées, de passages enterrés et de trous sur lesquels se bâtissaient les villes, leur alimentation invisible en eau, gaz, électricité, et tout le réseau d'évacuation. Ces couloirs interminables auxquels personne ne pensait jamais, véritable système parallèle et absolument vital pour la société, étaient comme une présence fantomatique flottant sur la civilisation.

Ethan frissonna sans savoir si c'était à cause de ses pensées ou bien parce que la température avait baissé.

Un étrange écho distant le sortit de ses divagations, sorte de raclement lointain, et il tendit l'oreille sans rien entendre de plus.

Il devait marcher depuis un bon quart d'heure, et il estima qu'il n'était plus très loin de ce que les adolescents considéraient être l'épicentre de leurs préoccupations. Quelque part sur sa droite devait se dresser la place de l'Indépendance, cœur de Mahingan Falls, et plus loin devant lui le complexe scolaire sous lequel se mélangeaient les deux rivières souterraines.

Encore cinq bonnes minutes.

Cette fois, ce qu'il entendit ressemblait à quelque chose qui tombe sur le dallage, et le choc résonna dans toute la galerie sans qu'Ethan puisse identifier avec certitude ce que c'était ni d'où cela provenait. Il s'immobilisa une dizaine de secondes, curieux, remarquant un filet de terre poudreuse qui s'effrita juste au-dessus de lui, et toujours ce linceul quasi permanent de toile nimbée d'humidité et de poussière, avant de poursuivre. Il y avait apparemment une vie là-dessous, mais fallait-il s'en étonner ? Des rongeurs de toutes sortes devaient s'y réfugier pour la tranquillité. Sans compter ce que la rivière charriait de nourriture potentielle et de débris utiles pour nidifier.

Ethan pestait contre le champ de vision rétréci à la seule bande que déroulait sa Maglite. Le chemin n'était pas très difficile à suivre, mais ne jamais être capable ne serait-ce que de deviner ce qu'il y avait à la périphérie le frustrait. Régulièrement, il essuyait la parure argentée qui s'accrochait à sa casquette, époussetait ses épaules et dérapait dans des matières douteuses qu'il supposait être des déjections animales. Au moins il s'épargnait les seringues usagées de junkies. Il y en avait peu à Mahingan Falls, cela le changeait de Philadelphie, en particulier de Kensington, son ancien quartier de patrouille, dont c'était l'une des nombreuses spécialités. Il en avait trop de souvenirs sordides, en particulier les squats en ruine et tagués à l'extrême qui empestaient l'urine, la sueur, le sexe glauque et la drogue frelatée. Ici, personne ne se risquait à descendre si loin alors que toutes les maisons abandonnées d'Oceanside Residences s'offraient en pâture aux rares toxicos locaux et fugueurs en mal de tanière.

Le murmure de l'eau s'accentuait plus loin, se réverbérant contre les parois. Ethan y était presque.

Sauf que cette fois il identifia clairement ce qui était un marmonnement humain. Il s'arrêta net.

Ça vient de derrière.

Il demeura ainsi à écouter puis se mit à chercher une cachette sans rien trouver, alors il revint sur ses pas de quelques mètres jusqu'à une canalisation d'eaux usées qui sourdait du mur, et il s'y faufila en se penchant. Il y tenait difficilement, genoux fléchis. Il coupa sa lampe et la perte totale de repères qui suivit le mit un peu mal à l'aise. *Un grand gaillard comme toi ? Apeuré par le noir, sérieux ?*

Une minute de silence, sinon le léger sifflement d'un courant d'air et le ruissellement en bruit de fond. Le filet de vent provenait de son dos et il supposa que le passage devait se poursuivre au loin. L'idée de ne pas pouvoir se retourner – il n'en avait pas la place – pour s'assurer qu'il était bien seul dans ce tuyau ovale commença à le déranger.

Ne sois pas bête, bien sûr qu'il n'y a personne derrière toi !

Qui aurait pu se glisser là ? Pourtant, son imagination s'emballait et il se souvint du film *Alien* et d'une scène en particulier où l'un des héros, Dallas ?, explorait des conduites d'aération avant que ne surgisse le monstre juste derrière lui. C'était une idée bien idiote, se reprocha-t-il immédiatement.

Ça suffit, maintenant. D'un : je tiens à peine dans ce réduit, je ne peux pas me retourner, donc ça règle le problème, et de deux : il n'y a pas de psychopathes et encore moins de créatures sanguinaires dans ces souterrains !

Il en était là de ses divagations lorsqu'il capta un chuintement, tout proche, celui d'une semelle, suivi de souffles et de frottements de tissu. *Des vêtements... Ils sont plusieurs, ils marchent.*

Ethan serra le poing. Il était furieux lorsque ses soupçons se confirmèrent. Il les laissa passer devant lui et jaillit tel un diable hors de sa boîte.

— Là vous dépassez les bornes ! s'énerva-t-il.

Les cinq adolescents poussèrent le même cri et ils braquèrent leurs énormes fusils à eau dans sa direction. Ethan vit alors un des briquets allumés sous le canon.

— Qu'est-ce que… Ne me dites pas que vous avez fabriqué des lance-flammes ? C'est bon, vous avez gagné : tout le monde dehors, cette fois c'est le poste de police.

— Vous alliez vous faire tuer, monsieur, intervint Owen.

— C'est vrai, il nous était impossible de vous abandonner alors que c'est nous qui vous y avons expédié, insista Connor.

— J'ai essayé de les arrêter, prévint Gemma, honteuse, mais ils n'écoutent rien !

— Ça pour parler, se plaignit Connor, t'arrêtes pas !

Ethan explosa.

— Vous vous rendez compte des risques que j'ai pris à attendre jusqu'à aujourd'hui alors que j'aurais pu venir vous interroger devant vos parents dès le coup de fil de Gemma ? Je vous ai à nouveau laissé votre chance, là-dehors, et comment est-ce que vous me remerciez ?

Ethan arracha le fusil des mains de Connor et souffla sur la flamme du briquet. Il renifla le lourd réservoir avant de secouer la tête, accablé.

— Vous êtes dangereux pour vous-mêmes, pesta-t-il.

— Monsieur, je vous en supplie, dit Owen, juste quelques mètres et s'il n'y a rien on vous suit chez les flics sans rien dire.

Ethan désigna le chemin par lequel ils venaient tous d'arriver.

— Je vous ai laissé votre chance, vous vous êtes foutus de moi, alors tout le monde sort.

Chad, qui inspectait son briquet éteint, insista à son tour :

— Cinq minutes de plus ! C'est tout ce qu'on vous demande !

— J'ai été stupide et trop gentil. J'ai eu tort. C'est fini.

Un son étrange parvint de plus loin dans le tunnel, sorte de longue expiration sifflante, et tous pivotèrent pour y faire face.

— Ils sont là, déclara Owen d'une voix fébrile.

— De qui est-ce que tu parles, gamin ?

— Les Indiens morts, répondit Chad.

Ethan rendit son fusil à Connor et brandit sa lampe dans la direction suspecte. Le silence était revenu. Jusqu'au déclic métallique du briquet que Connor rallumait sous son canon.

— Tu m'éteins ça immédiatement, commanda le flic.

— S'ils déboulent, vous comptez les arrêter comment ?

— Personne ne va débarquer, arrêtez avec ça.

Un murmure lointain se réverbéra contre les murs, plusieurs voix indistinctes entremêlées, et cette fois même Ethan Cobb tressaillit.

— Vous entendez ! chuchota Chad. Ils sont là-bas. On vous l'avait dit !

Ethan leva le doigt vers la sortie.

— Vous repartez immédiatement, moi je vais aller voir. Sans vous !

— Et s'ils nous contournent ? On va se faire surprendre !

— Il a raison, intervint Corey, dans les films les personnages qui se séparent finissent toujours mal !

— C'est moi qui donne les ordres ! s'énerva Ethan sans trop hausser la voix pour ne pas alerter ceux qu'il venait d'entendre. Alors je vous dis de sortir tout de suite !

— Si on se fait massacrer, ce sera sur votre conscience, grogna Connor.

Même Gemma s'en mêla.

— Officier, je ne suis pas trop rassurée à l'idée de rentrer seule avec ces quatre couillons. Nous pourrions rester derrière vous ?

Ethan fulminait. Ces gamins étaient en train de le rendre dingue. Que pouvait-il faire pour les contraindre à rebrousser chemin à part les accompagner de force ? Et donc abandonner la piste du tunnel et ces voix qu'il venait de surprendre... Il pesa le pour et le contre. Il pourrait toujours revenir plus tard mais seraient-elles encore là ?

Il ne devait pas y avoir plus de cinquante mètres avant la jonction des deux rivières.

Ethan lâcha une longue expiration résignée.

— Je vous préviens, le premier qui dérape et qui n'écoute pas mes ordres, je le coffre pour insubordination, c'est clair ?

Tous hochèrent la tête de conserve.

— Et vous restez cinq mètres derrière moi, ajouta-t-il avant de s'élancer.

Ethan avançait, triangle de lumière devant lui, les sens aux aguets. Ses pensées demeuraient trop confuses, si bien que son imagination bouillonnait et tentait de prendre le dessus pour expliquer ce qu'il ne parvenait pas à comprendre. Il s'efforçait de la canaliser. Rien ne faisait sens. Ni la présence d'individus là-dessous, ni la raison pour laquelle ils auraient tué Dwayne Taylor, ni même pourquoi il se retrouvait, lui, à errer dans ces galeries en compagnie de cinq adolescents alors qu'il aurait dû être en train de les raccompagner chez eux pour avoir une bonne conversation.

Trop gentil. Trop naïf. Trop curieux.

Trop paumé, oui.

Il ne pouvait le nier. Ce qui se passait en ce moment à Mahingan Falls le dépassait. Et son intuition lui dictait que ce qu'il traquait à l'instant même était lié, d'une manière ou d'une autre, à toutes ces histoires.

Une longue expiration résonna au-dessus de leurs têtes et Chad aspergea le plafond d'essence dans un sursaut terrifié. Tous s'écartèrent pour éviter de se retrouver couverts de gouttes.

— Merde ! lâcha-t-il. J'aurais juré qu'un gugusse me soufflait dessus !

Ethan partageait ce sentiment mais il n'aperçut qu'un boyau étroit qui remontait vers une plaque d'égout. Ce n'était pas une divagation, ils l'avaient tous entendu avec suffisamment de précision pour en être effrayés. *C'est peut-être une dépression de l'air lorsqu'un véhicule passe sur la plaque là-haut...*

— Range-moi cet instrument à conneries ! exigea le flic. Tu vas finir par nous recouvrir d'essence, tu imagines à la première étincelle ?

Mais Chad n'eut pas à obéir, les murmures reprirent, tout bas, quelque part plus loin, toujours inintelligibles. Au moins cinq ou six personnes, estima le lieutenant en avançant prudemment.

N'était-il pas temps d'appeler des renforts ?

Sous quel prétexte ? Et comment je m'explique ensuite devant Warden ?

Ethan fit apparaître son téléphone portable et constata qu'il venait de perdre l'unique barre de réseau dont il disposait. Cela réglait le problème. S'il voulait appeler Cedillo et Foster il n'avait d'autre option que de rebrousser chemin maintenant, pour revenir dans au moins une heure s'ils se dépêchaient. *Non, j'y suis presque.* Il devait jeter un coup d'œil, chasser d'éventuels plaisantins. Et s'il ne le sentait pas en approchant, il pourrait toujours revenir en arrière.

Sa lampe prenait une multitude de toiles d'araignées tremblantes dans son faisceau et chacune lui paraissait être une silhouette tapie dans l'ombre.

Tout ça n'est que l'invention d'un groupe de crétins, d'autres adolescents qui jouent à faire peur aux plus jeunes... Je vais leur passer le savon de leur vie !

Puis le passage s'élargit et la rumeur de la rivière s'intensifia, devenant un clapotis plus dynamique en aval. *La jonction.*

Ils étaient parvenus sous le complexe scolaire.

Ethan arrêta sa troupe d'un geste de la main.

— Vous attendez là. Tous ensemble. Personne ne vient. Je suis très sérieux ! Gemma, ils sont sous ta responsabilité.

La jeune femme voulut réagir, mais la fermeté du lieutenant de police la fit taire.

Ethan se glissa en silence dans ce qui était un vaste hall souterrain, surpris de ne distinguer aucune source de lumière. Les avait-on entendus approcher ? Ce n'était pas impossible...

Le trottoir s'élargissait pour former une aire d'une dizaine de mètres de large et il capta dans son rayon blanc ce qui ressemblait à des colonnes de béton grimpant jusqu'à se perdre dans le noir. Un escalier en acier corrodé enjambait la rivière pour desservir une plateforme en triangle, bordée de part et d'autre par des eaux frémissantes. Des manivelles et des volants fixés dans un pupitre se dessinaient en ombres chinoises, probablement de quoi manipuler les herses et les plaques de barrage montées sur rails afin de contrôler le débit. L'autre rivière, la Weskeag, se devinait dans le prolongement. Elles se rejoignaient dans un vaste bassin légèrement bruyant avant de repartir en un seul et unique canal disparaissant dans son tunnel. L'ensemble de la salle ressemblait à un quai de gare.

Abandonnée... et dans l'attente d'un train fantôme rempli de rats.

Qu'est-ce qu'il fichait là, bon sang ?

Ethan explorait lorsqu'il remarqua une timide clarté, à peine une auréole, loin en hauteur. Il supposa qu'il s'agissait d'un couloir d'aération qui filait quelque part vers une grille à la surface. C'était trop loin et alambiqué pour qu'une lumière directe parvienne si bas, toutefois un semblant de vie en émanait, tout juste de quoi souligner les poutrelles et les rivets du plafond, dix mètres au-dessus de sa tête. De là, il repéra un ruban de métal à proximité : un escalier qui desservait une porte de service tout en haut. Le lourd cadenas qui la fermait brilla sous l'éclairage tremblant d'Ethan. *Raté pour le raccourci.*

Des claquements sonores retentirent soudain, et tout un groupe de silhouettes fila à travers le hall droit sur Ethan qui eut la sagesse de ne pas se préparer au pire.

Les cinq adolescents se ruèrent autour de lui en désignant le passage d'où ils venaient et ils piaillèrent tous en même temps :

— Il y a quelqu'un !

— Des sons flippants !

— Oui, oui, oui, c'est vrai !

— Je vous jure qu'ils ne mentent pas, moi aussi j'ai entendu !

Ethan n'eut pas le temps de chercher à les calmer que des dizaines de voix se mirent à chuchoter sur les côtés, surgies de nulle part, s'exprimant dans une langue qui n'était pas de l'anglais. Elles tournaient de tous les côtés, débitant leurs phrases étranges d'un ton sec, presque agressif.

— Qu'est-ce… Qui est là ? demanda Ethan avec plus d'assurance.

Il n'y avait pourtant personne. Partout où il vérifiait, il n'y avait que dalles vides et recoins poussiéreux.

Puis le chant s'intensifia et accéléra sa ronde. Certaines voix se mirent à insister sur un mot, plus fort, criant et faisant sursauter Owen, Gemma ou Chad à côté desquels elles avaient résonné.

Un courant d'air glacial traversa le groupe au même moment et de la buée sortit de leurs bouches entrouvertes.

— Ils sont là…, lâcha Owen du bout des lèvres en frissonnant.

À présent les incantations tourbillonnaient en sifflant, libérant un bourdonnement de basses écrasantes.

Ethan cilla. Il n'était pas sûr de ce qu'il venait de voir, ni même certain qu'il voulait s'en assurer. Pourtant, là où sa lampe n'éclairait pas, il pouvait *sentir* des présences, comme des bras ou des mains qui s'étiraient vers eux, dans l'ombre. Il ne comprenait pas ce que ses sens lui montraient, son esprit était incapable de fournir une explication logique, et la spirale de voix s'accéléra encore, étourdissante.

Qui ou quoi qu'ils fussent, Ethan percevait une certaine colère dans leur frénésie. Pire, par moments il avait l'impression d'une rage mordante, littéralement, une mâchoire claquant juste à proximité de son oreille après avoir lâché un cri dans cette langue inconnue.

Un des garçons poussa un hurlement tandis qu'il vacillait et Gemma en fit autant lorsqu'elle fut happée en arrière. Ethan la saisit in extremis et la ramena dans leur petit cercle. La force qui l'avait tenue s'était brisée instantanément mais une autre l'attrapa et cette fois Ethan dut mettre son poids en opposition pour récupérer Gemma qui le regardait, terrorisée. Il la serra contre lui.

— Qu'est-ce qui se passe ? s'affola-t-elle. Qu'est-ce que c'est ?

Ethan pointait sa lampe dans une direction puis dans l'autre, sans jamais rien capter dans son filet et pourtant les ténèbres grouillaient, il le savait, il les devinait juste là, il lui suffisait de tendre le bras pour qu'ils jaillissent et l'emportent.

Et le tourbillon gagnait en intensité, il y avait au moins vingt ou trente personnes, sinon plus, qui entonnaient cet ensorcellement, et toutes aboyaient dans cette tornade frénétique. Ce qui avait débuté par un murmure devenait à présent une clameur révoltée, une meute assourdissante. Ils étaient là, et pour autant quelque chose dans leur célérité et dans la vapeur même de leur consistance les rendait absents. Des silhouettes diaphanes tressées de rancœur et de violence grandissantes. Ethan ne savait plus où donner de la tête, incapable de raisonner, de mettre un sens sur cette aberration, et donc de savoir comment y réagir. Il était hypnotisé par l'impossible et un sursaut de protection mentale shunta son cerveau, coupa le contact de sa conscience pour qu'il ne sombre pas dans la démence. Ethan entra dans une forme de catatonie, inapte à réagir. Il entendait, il voyait ou pensait voir, mais plus rien n'avait d'importance. Son corps était ici, sous terre, mais son esprit, lui, s'envolait, loin, le plus loin possible.

Des griffes se tendaient dans le noir, plusieurs vêtements furent agrippés au passage, tranchés net, Chad et Corey furent même blessés, entaillés à la jambe et à l'épaule, tandis qu'Owen était brutalement saisi à la taille et tiré en arrière. Il tendit les mains et son cousin le retint avant qu'il ne disparaisse dans le cyclone vrombissant constitué de cris et d'ombres.

Les dents de bouches invisibles, mais affamées, claquaient dans les airs tout autour.

— Me lâche pas ! s'écria Owen.

Mais cette fois la pression était trop forte. Chad vit son cousin décoller dans les airs et leurs mains commencèrent à glisser.

— NON ! NON ! supplia Owen.

Son faciès distordu par une terreur absolue, il pouvait percevoir les dizaines de doigts avides et froids qui se resserraient sur ses jambes pour l'attirer, et il savait que s'il se faisait aspirer, les gueules garnies de crocs qui piaillaient derrière le dévoreraient en un instant.

Chad n'avait plus assez de force pour maintenir sa prise. Le contact se dénouait. Il se mit à gémir, à se tordre en arrière pour tout essayer, et des larmes d'effort, de peur et de désespoir l'aveuglèrent.

Les doigts entremêlés se dénouaient.

La sueur les arrachait l'un à l'autre.

Et le vortex insatiable aspirait Owen, les griffes s'accumulaient sur ses chevilles pour le tracter tandis qu'il percevait une multitude d'êtres féroces et voraces qui s'agglutinaient comme un essaim de guêpes sur une goutte de sucre.

À travers les flashs des lumières, l'expression de Chad trahit sa stupeur et son effroi lorsqu'il sut ce qui allait suivre.

Malgré tous ses efforts, sa prise lui échappa.

— NOOOOOOOOOOON ! hurla Owen qui décolla du sol, happé par les ténèbres.

52.

Owen s'envola à plus de deux mètres, en une seconde son corps fut avalé par le néant plus opaque qu'un goudron chaud, et son visage anéanti allait suivre lorsqu'un trait de feu embrasa l'obscurité et toutes les voix poussèrent un rugissement bestial. Owen se figea dans les airs, bouche bée, et il parvint à tendre la main vers ses amis. Connor pompa sur son fusil et délivra aussitôt une seconde flamme qui amplifia encore plus les mugissements furibonds.

La spirale infernale venait de s'interrompre.

Owen chuta tout à coup, relâché.

Des soupirs de souffrance résonnaient à la place des invectives, et le mur qui encerclait les petites proies humaines s'était disloqué.

Le feu reconnecta Ethan avec son corps, sa raison et ses réflexes. Tout ce qui avait fait de lui un flic, depuis son enfance, entraîné par ses valeurs familiales, sa passion, tout se raviva d'un claquement de doigts, et l'instinct professionnel reprit le dessus, y compris sur l'homme. Il sauta vers Owen qu'il releva d'un geste presque brutal, puis il poussa les adolescents devant lui.

— SORTEZ ! ordonna-t-il de toutes ses forces. COUREZ !

Aussi prompts à virer qu'une nuée d'étourneaux, les cinq adolescents se précipitèrent sur le dallage, à travers le hall, en direction du tunnel par lequel ils étaient arrivés.

Ethan sentit sur sa peau l'air froid qui s'éloignait en même temps que la mélopée plaintive. Il balayait la salle de tous côtés en quête de ces agresseurs dont il ne pouvait concevoir la nature, sans rien distinguer.

— Venez ! s'écria Connor. Ne restez pas là, ils vont revenir !

Comme pour le confirmer, Ethan devina l'atmosphère glacée qui retombait sur lui tel un sarcophage et les murmures lointains s'accentuèrent brusquement. La tonalité belliqueuse de leurs phrases étranges reprenait, l'emportant sur la surprise et la douleur.

Ethan poussa sur ses jambes pour rejoindre les adolescents juste au moment où quelqu'un tenta de le saisir. Il perçut une poigne ferme sur ses flancs et, malgré la chemise, il sut qu'elle était froide comme de la glace. Son élan l'arracha à ces doigts pas encore refermés sur le jeans et plusieurs griffes fouettèrent l'air dans son dos avec fureur, entaillant le vêtement. Ils étaient nombreux, et la cacophonie recommença de plus belle.

Connor projeta un jet de feu au-dessus d'Ethan qui accourait vers eux et les vociférations hargneuses battirent provisoirement en retraite.

Ethan ne comprenait toujours pas ou refusait de comprendre la nature exacte de leurs adversaires, nulle part et partout en même temps, invisibles dans la lumière et omniprésents dans l'obscurité, glacials et pourtant portés par un feu destructeur qui débordait de chaque attaque.

À peine parvenu à l'entrée du tunnel, tout le groupe fut surpris par le silence immédiat qui envahit la grande pièce souterraine. Ethan s'arrêta même pour faire volte-face.

Plus un son, plus une présence. Il arrosait chaque parcelle de son rayon de lumière et ne voyait rien. Pas la moindre trace de main ou de pied dépassant de derrière une colonne ou enfoncé dans une cavité. Pire, le calme qui régnait témoignait du vide, celui qui ne ment pas, sans la moindre respiration, pas une étoffe qui en frotte une autre, pas de ricanement ou de soupir. Seulement l'écoulement imperturbable des rivières.

— On file, commanda Ethan.

Il ne voulait prendre aucun risque.

Connor ouvrait la marche d'un pas rapide, avec son fusil lance-flamme improvisé, et Ethan dut bien avouer que c'était l'unique chose qui avait repoussé leurs assaillants. Chaque embrasement avait provoqué leur ire et leur fuite immédiate, même momentanée. Il s'empara de celui que Chad tenait entre les mains sans avoir allumé le briquet et le garçon ne protesta pas.

Ethan fit jaillir la petite flamme sous le canon.

Je n'en reviens pas de ce que je suis en train de faire. Tout ça est surréaliste. Il y a forcément une explication rationnelle.

Après tout, il n'était pas *certain* de ce qu'il avait vu…

Ils étaient des dizaines ! Ils nous encerclaient ! Et j'ai senti leurs doigts et leurs mâchoires claquer !

Ils tournaient si vite… Ethan s'était cru emprisonné dans le cœur d'une tornade démoniaque.

Non, non, non, pas ce genre de mot. Ce n'était pas ça. C'était…

Mais rien ne venait.

La troupe avançait d'un bon pas lorsqu'ils entendirent un beuglement féroce provenir de derrière eux.

— Plus vite ! supplia Gemma.

Mais ils n'avaient pas fait dix mètres de plus qu'un souffle froid tomba du plafond, accompagné par le murmure de cette foule impalpable qui psalmodiait une incantation étrange. Et Ethan crut remarquer plusieurs bras anormalement longs s'étendre depuis la pénombre en hauteur pour tenter de s'emparer des cheveux des adolescents. Les doigts eux-mêmes s'étiraient horriblement, prolongés par des ongles courbes et pointus.

— Courez ! Courez ! aboya-t-il.

Ethan devina qu'un de ces abominables tentacules d'ombre allait saisir Gemma, alors il pointa sa lampe dessus mais ne vit rien. Il se jeta en avant et donna un coup dans le vide pour repousser ce qu'il avait cru distinguer. Aussitôt, il sut qu'ils étaient sur lui et des mains plus froides que la mort l'attrapèrent, enfonçant leurs doigts dans sa chair, plus forts que des étaux d'acier. La douleur lui arracha un gémissement avant qu'il ne devine la chose en hauteur.

Juste au-dessus de lui se trouvait un des boyaux étroits remontant vers la surface, jusqu'à une plaque d'égout.

Là-dedans, une masse informe se déployait, un amas obscur indiscernable malgré le faisceau de la lampe qui s'agitait dans tous les sens sous les assauts des griffes sur Ethan. Ce dernier sut alors que la chose allait fondre sur lui et le recouvrir, elle le broierait aussi simplement qu'un coup de masse sur un œuf.

À toute vitesse, elle se laissa tomber sur le jeune flic qui pressa la détente en plastique de son fusil.

Le feu inonda le cercle et remonta dans la colonne creuse.

Une furie inhumaine répondit, stridente et insupportable.

La pression de toutes les mains qui retenaient Ethan se relâcha et il réarma aussitôt son fusil avant de projeter un nouvel arc de flammes dans le boyau, ce qui ne fit qu'intensifier encore les plaintes. Il en avait si mal aux tympans qu'il crut un instant s'évanouir, mais lorsqu'il constata qu'il était totalement libéré, un regain d'énergie le poussa en avant pour rattraper les adolescents qui fusaient le long de la rivière, dérapant de temps à autre, s'entraidant pour ne pas chuter dans l'eau ou pour ne pas se fracasser le crâne contre les pierres en tombant. Ils haletaient, ils pleuraient, ils s'encourageaient et Connor tirait tout ce petit monde en avant qui n'avait même pas remarqué, dans la panique, l'absence d'Ethan. Celui-ci poussa doucement Owen dans le dos pour l'inciter à aller encore plus vite.

Ils avaient parcouru environ un tiers du chemin qui les ramenait vers l'air libre lorsque de nouveau, les murmures résonnèrent, juste devant cette fois.

— Connor, arrose-moi ces saloperies ! hurla Ethan. Vise le plafond, ils viennent par le haut !

Le flic n'en était plus à la réflexion, pas même à un semblant d'analyse. Il n'en était plus capable sans risquer de sombrer dans une folie dangereusement proche. Il ne pouvait plus se permettre d'être lui-même, il ne devait être qu'action, automatismes, survie.

Connor obéit et le lance-flamme provoqua la même réponse agonisante qui leur arracha à tous des larmes de douleur tant le tumulte des lamentations leur martyrisait les oreilles.

Ils purent toutefois avancer sous la niche et Ethan s'aperçut que c'était à nouveau un passage vers la surface.

Ces choses, quelles qu'elles soient, tentaient-elles de leur bloquer l'accès à l'extérieur ? Fallait-il s'attendre à un véritable assaut au moment d'atteindre la sortie ? *Très probable. Mais quel autre espoir avons-nous ?* En tout cas, elles ne voulaient pas qu'ils sortent par les plaques. Faire demi-tour pour gagner la porte qu'il avait repérée au sommet de l'escalier en colimaçon n'était pas une solution crédible. L'idée même de retourner dans la grande salle lui était intolérable. Et puis elle était fermée par un cadenas…

Ethan accéléra, se risqua à bondir sur le rebord du trottoir, l'eau obscure juste en dessous, afin de dépasser le groupe et en prit la tête cette fois. Le briquet sous son canon n'arrêtait pas de s'éteindre et il le rallumait aussitôt, pris de panique dès qu'il mettait plus de deux ou trois secondes pour y parvenir.

Il anticipa la prochaine poche monstrueuse dès que les barreaux de l'échelle se reflétèrent dans le faisceau de sa lampe et cracha son fiel incandescent à son tour. Là encore, les voix dans les ténèbres rugirent et à travers le rideau éphémère de feu il crut, le temps d'un battement de paupières, qu'une foule de membres allongés se recroquevillaient aussi douloureusement que du plastique sous un fer à souder.

Aucun des cinq adolescents ne savait plus qui il était, ni ce qu'il était en train de faire, sinon fuir pour vivre. Leurs poumons les brûlaient, leur gorge n'était plus qu'un conduit douloureux, ils avaient peur, chaud et froid en même temps, et les larmes embrouillaient leur vision. Mais ils couraient.

Lorsque la bouche de soleil s'annonça dans la continuité d'un angle sec, promesse d'un retour aux certitudes rationnelles du jour et de la civilisation, tous les cinq furent traversés par une pulsion de vie et ils poussèrent derrière Ethan.

— Non, non, attendez !

Mais nul ne l'écoutait plus et ils le dépassèrent tandis que le flic cherchait une prise, une menace ou une forme de vérité pour les retenir, en vain. Ils fonçaient droit vers la sortie, là où les choses qui les pourchassaient voulaient qu'ils aillent.

Pourtant Ethan n'avait plus les idées claires ni la force de lutter, pas plus que l'énergie de ses convictions. Il tenta de ralentir le plus frêle qui lui passait devant, Owen, mais ce dernier se dégagea d'un coup d'épaule, trop effrayé pour obéir. Ethan n'était plus sûr de rien. Pas même, au fond de lui, d'avoir envie de poursuivre, et cette idée le terrifia. Il avait eu si peur… Au point de vouloir se laisser tomber dans le repos éternel et délivrant de la mort ? Non. Bien sûr que non. Il perdait la boule. Vivre ! Voilà ce qu'il voulait ! Vivre, et oublier !

Le jour brillait, là, juste devant eux.

Il suffisait de foncer, d'entrer dans la lumière.

Ils s'y jetèrent, corps et âme.

53.

Allongés parmi les herbes trop hautes du petit parc mal entretenu, les cinq adolescents tentaient de reprendre leur souffle, entre les houx et les frênes, sous le regard incrédule d'Ethan Cobb, lui-même accoté à un vieux lampadaire pour se remettre.

Dans leur dos, le muret qui les séparait de la rivière en contrebas semblait presque trop petit pour contenir toutes les images déchaînées qui remontaient par le tunnel.

Ce n'était plus le doux bruissement de l'eau qu'Ethan devinait à présent, mais la rumeur insidieuse de toutes les horreurs qui se tapissaient le long de ses flots insensibles.

Tant d'échos inacceptables ricochaient contre sa raison en cet instant qu'il ne savait plus si c'était son corps ou sa santé mentale qui tentait difficilement de respirer.

À la grande surprise d'Ethan, aucun piège ne s'était refermé sur eux lorsqu'ils avaient débouché au grand air. Personne ni rien ne les y attendait, prêt à jaillir comme un serpent qui patiente longuement au-dessus de la tanière d'un rongeur pour le mordre et l'empoisonner de son venin avant de le digérer lentement. Ethan avait eu une mauvaise interprétation de la situation, mais comment aurait-il pu en être autrement dans pareilles circonstances ?

Les premiers mots qui lui vinrent le rendirent malade, au point de vomir une bile acide dans les dernières marches qui les hissaient depuis la fosse jusqu'au parc.

Tout ça n'est pas réel.

Bien sûr que c'était réel ! Owen tremblait jusqu'au bout des pieds, Gemma pleurait en silence, et les autres étaient couverts d'écorchures, preuve de l'existence des serres affûtées qui avaient tenté de les éventrer ! Cet ultime réflexe de la pensée pour sauver ce qu'il lui restait de lucidité était pathétique. Grotesque. *Tout ça est bien réel, putain de merde !* Les hurlements incantatoires ou de souffrance, l'aura glaciale, le tourbillon d'êtres invisibles à la lumière, les membres osseux et griffus faits d'ombres, les geysers de flammes pour les repousser, Ethan en avait fixé chaque seconde, même lorsqu'il avait brièvement été déconnecté, au bord de l'abîme, prêt à sauter dans la folie pure.

Tout était là, dans sa mémoire, jusque sur sa peau parcourue par la chair de poule, les poils hérissés depuis qu'ils étaient sortis. Rien ne s'estompait. *Et rien ne disparaîtra. Tu pourras inventer tous les prétextes du monde, cette terreur froide t'envahira encore et encore jusqu'à ce que l'épuisement te fasse t'effondrer... ou que l'alcool t'emporte.*

Ethan avisa les adolescents qui s'étaient resserrés les uns contre les autres et qui se rassuraient à voix basse. Corey tenait sa sœur contre lui et lui caressait les cheveux en arrière.

Eux non plus n'oublieraient rien.

Ils savaient. Avant même qu'on entre, ils savaient ce qu'on trouverait.

Ils avaient tenté de le lui faire comprendre, mais comment convaincre un adulte que des *monstres* existent autrement qu'en l'envoyant s'y confronter ?

Ils savaient et ils y sont allés…

C'était peut-être ce qui rendait Ethan le plus incrédule. Il ne parvenait pas à savoir s'il les admirait pour cela ou s'il les trouvait complètement tarés. Lui n'y retournerait pour rien au monde. Jamais.

Ils avaient évoqué le danger qui planait sur leurs vies s'ils ne prenaient pas les devants.

Ils n'ont pas le choix.

Ethan soupira profondément pour essayer de retrouver un rythme cardiaque décent. Son œsophage le brûlait et le goût de la bile gâtait son palais.

Comment eux, ces cinq gamins, allaient-ils pouvoir vivre ? Ne serait-ce que ce soir, comment était-il humainement possible de retrouver ses parents et de prétendre que c'était un samedi de septembre comme un autre ? Lui aurait renversé la table en s'arrachant les cordes vocales à leur place. Pire : entendre la maison s'éteindre à la nuit tombée, le silence s'installer, la tête sur l'oreiller, dans le noir, vulnérable, en sachant les choses qui hantaient les bas-fonds de la ville, et se sentir si seul, si incompris… Ils allaient s'en cogner le crâne contre les murs jusqu'à en perdre connaissance, il ne pouvait y avoir d'alternative.

Il était de son devoir de les aider. Il ignorait encore comment, mais il ne pouvait pas lâcher ces cinq pauvres gosses après ce qu'ils venaient d'éprouver, tous ensemble.

Les parents vont appeler le chef Warden en urgence dès lors que je leur aurai raconté ce que j'ai vu...

Aucun ne le croirait.

Et comment les en blâmer ? Lui-même n'en aurait pas pris le commencement du début au sérieux s'il avait entendu un récit aussi risible.

Ethan s'aperçut alors seulement qu'il était blessé à la hanche. Une entaille de quinze centimètres qui avait imbibé tout son flanc de sang poisseux. Ces choses avaient tenté de le saisir. Cette simple évocation lui donna à nouveau envie de vomir, mais il se retint.

Faire le vide en lui. À défaut de comprendre, il devait raisonner sur ce qu'il pouvait faire.

Il y avait beaucoup à réfléchir. Il devait organiser ses pensées, reprendre un peu d'aplomb.

Je n'ai aucune putain d'idée de par quoi commencer...

Il allait trouver. Il devait se faire confiance. Chaque chose en son temps.

Pour l'heure, il lui manquait l'essentiel.

Il se rapprocha des cinq adolescents et s'accroupit tout près d'eux. Il était bien conscient que son expression n'était plus du tout celle, autoritaire et sûr de lui, qu'il arborait trois quarts d'heure auparavant, mais avait davantage quelque chose de désemparé, qu'il s'efforçait de teinter d'un soupçon de complicité.

Il tendit les bras pour les rassembler tous. Hagards, ils lui obéirent.

Ethan se pencha.

— Je vais vous aider, je vous le promets. Je ne vous laisse pas tomber. Vous m'entendez ?

Seul Connor approuva, les autres étaient encore trop sonnés pour réagir.

Ethan prit le temps de fixer chacun d'eux dans les yeux pour leur montrer que ce n'étaient pas des paroles en l'air. Leur détresse faisait remonter le flic en lui, elle lui donnait la force nécessaire pour surpasser sa propre confusion.

— Mais avant cela, ajouta-t-il, j'ai besoin que vous me racontiez tout. Absolument tout ce que vous savez.

54.

— Qu'est-ce que tu veux faire ? Vendre la maison ? Dormir à l'hôtel dès ce soir ? demanda Tom avec une pointe d'agacement.

— Chéri, Miranda Blaine m'a regardée, répliqua Olivia, elle était peut-être mutique pour vous, mais je sais ce que j'ai vu ! Elle m'a fait passer un message.

Ils roulaient depuis plus d'une demi-heure pour rentrer à Mahingan Falls et la mère de famille ne se calmait pas.

— Je ne dis pas que tu as rêvé, insista Tom tout en se concentrant sur la route tortueuse, mais admets que remettre en cause toute notre nouvelle vie sur un mouvement oculaire, c'est un peu… excessif, tu ne crois pas ?

— C'est toi qui m'as embarquée dans cette histoire, et maintenant tu ne veux pas y croire ?

— Je n'ai jamais su ce que je pensais réellement. Franchement, soyons réalistes un instant, tu craignais que les gens se moquent de nous, nous prennent pour des caricatures de New-Yorkais qui débarquent à la campagne et qui s'effraient au moindre claquement de porte. Mais est-ce que ce n'est pas exactement ce que nous sommes en train de faire ?

— La morsure de Chad, c'était un coup de vent ? Les terreurs nocturnes de Zoey ? Et toutes les notes de Gary Tully ? Et le…

— Ne me refais pas la liste, je la connais par cœur. Ce que j'essaye de te faire entendre, c'est que nous ne devons pas surréagir. Garder notre esprit ouvert, je veux bien, mais…

— Tom ! Et si nos enfants étaient en danger ? s'énerva Olivia. Je sais ce que j'ai ressenti avec Miranda Blaine et je te dis qu'elle voulait nous prévenir.

— Le psy a évoqué une famille compliquée, le père violait sa fille. À partir de là, supposer qu'elle s'est foutue en l'air à cause de ça et que le père, rongé par la culpabilité, en a fait autant, ça n'a rien de surnaturel. Si Miranda Blaine était au courant mais n'a jamais rien fait, son état aussi est… compréhensible.

Olivia secouait la tête, en colère.

— Roy ? fit-elle. Vous n'êtes pas d'accord avec moi ?

Le vieil homme, à l'arrière, souffla longuement par le nez, avant de faire la moue.

— Je ne sais quoi vous dire, je suis désolé. Je suis le témoin passif de tant d'étrangetés et de drames depuis que j'habite en face de cette maison, je ne suis pas sûr d'être très objectif.

— Vous l'habiteriez si vous en aviez la possibilité ?

Roy fit une grimace inquiète.

— Non, je ne crois pas.

Olivia désigna leur passager à son mari.

— Tu vois. Le bon sens nous commande de faire *quelque chose*, Tom.

— Très bien, alors quoi ? Je te repose la question : tu veux dormir à l'hôtel dès ce soir ?

— Le Peacock Arms est fermé pour travaux, releva Roy, celui sur Atlantic Drive doit encore être complet à cette période. Je connais au moins deux personnes qui ont des chambres à louer si vous voulez de la tranquillité, mais il va sans dire que vous êtes les bienvenus chez moi.

— J'imagine qu'avec ce qui se passe en ville, si nous devons quitter la Ferme, insista Tom, tu voudras quitter Mahingan Falls, non ? Et qu'est-ce qu'on dit aux enfants ? Et puis il faudra faire les allers-retours à l'école dès lundi, vendre la maison…

— Arrête, lâcha Olivia, vexée. Tu ne me soutiens pas.

— J'essaye de me montrer raisonnable.

Un silence plombant retomba dans l'habitacle pendant plusieurs boucles le long des falaises boisées de la région qui séparait Arkham de Mahingan Falls. Le temps que les esprits s'apaisent, Tom reprit, sur un ton plus conciliant :

— Nous n'allons pas rester sans rien faire, je suis d'accord. Pour commencer, voyons les aspects rassurants : ni toi ni les enfants n'avez été mis en danger.

— Zoey a peur dans sa chambre et Chad a été mordu, répliqua Olivia froidement.

— Oui, mais là encore peut-être que ça n'est pas lié… En tout cas il ne s'est rien produit d'étrange depuis plusieurs semaines. Il n'y a pas lieu de se précipiter, c'est ce que je veux dire.

— Qu'est-ce que tu proposes ?

— Que nous fassions venir des spécialistes pour sonder la maison.

— Ça existe ? Pas des charlatans, mais des professionnels vraiment compétents en la matière ? On les trouve comment ? demanda-t-elle en se tournant vers Roy McDermott.

— Gary Tully en avait fait venir un grand nombre, de tout le pays il me semble, répondit le vieil homme.

— Et ça n'a rien changé, renifla Olivia.

Tom attrapa le regard de Roy dans le rétroviseur central.

— Nous pourrions commencer par présenter Martha Callisper à Olivia, qu'en pensez-vous, Roy ?

— Je peux faire ça, oui.

— C'est la médium dont tu m'as parlé ? Qu'est-ce qu'elle peut accomplir ? Un exorcisme de maison, c'est envisageable ?

Roy haussa les épaules.

— Il faudra le lui demander.

— Très bien, je veux la voir ce soir en rentrant.

— Chérie, nous…

— Je n'attends pas, Tom, je ne suis pas sûre de pouvoir fermer l'œil de la nuit, au moins que je me donne bonne conscience avec le sentiment que nous tentons tout ce qui est de notre ressort.

— Je vais l'appeler dès que nous serons de retour, fit Roy. J'ai son numéro dans mon calepin, vous comprendrez que je ne me promène pas avec.

Olivia exhiba son téléphone portable.

— Vous devriez vous moderniser, Roy.

Ils roulèrent prudemment jusqu'à rejoindre la Yankee Division Highway. Tom put enfin accélérer pour atteindre Mahingan Falls et le quartier de Green

Lanes où vivaient les Dodenberg, et ils récupérèrent Zoey qui ne voulait pas quitter sa nounou du jour. Ils entrèrent dans les Trois Impasses cinq minutes plus tard, laissèrent Roy devant chez lui pour qu'il prenne son fameux calepin et lorsqu'ils aperçurent la vieille jecp de la police stationnée devant chez eux, Olivia se jeta hors de la voiture en courant vers l'entrée avant même que Tom ait fini de manœuvrer pour se garer à côté.

Ethan Cobb surgit du côté de la maison, paumes devant lui en un signe qui se voulait rassurant.

— Tout va bien, madame Spencer.

— Les enfants ?

— Je les ai ramenés, ils sont derrière, dans le jardin.

— Qu'est-ce qui s'est passé ?

— Ils n'ont rien fait de mal, juste une grosse peur. Je les ai trouvés en forêt, ils se sont fait surprendre par un gros sanglier qui les a chargés. Quelques écorchures, des bleus, vêtements fichus, mais ils n'ont rien de grave, j'ai vérifié. Par contre, ils sont un peu secoués, je pense qu'il serait bien de les entourer ce soir, juste pour qu'ils se sentent… disons, en sécurité.

Cobb se fendit d'un sourire un peu trop forcé et Olivia eut le sentiment qu'il ne lui disait pas tout, mais elle se retint de rebondir, sa journée à l'hôpital psychiatrique la rendait paranoïaque.

Elle fila dans le jardin où elle trouva Chad et Owen encadrant Milo qu'ils couvraient de papouilles. Elle vit aussitôt dans leur regard que le lieutenant Cobb avait raison, ils s'étaient fait une belle frayeur. Chad se jeta dans ses bras et elle enveloppa Owen dans la foulée.

— Un sanglier, hein ? J'imagine que c'est la version locale des bus de Manhattan.

Six mois plus tôt, les deux garçons, trop absorbés par leur conversation, avaient failli se faire renverser par un bus scolaire qui filait sur Lexington Avenue. Ils avaient passé la soirée sur le canapé à ressasser la belle frousse qu'ils s'étaient faite, réalisant pour une des premières fois de leur existence qu'ils auraient pu mourir. Olivia, qui était présente ce jour-là, avait mis plus d'une semaine à s'en remettre.

Tom, qui portait Zoey, échangea quelques mots avec Ethan Cobb, puis le policier s'en alla et tous rentrèrent. Tom sortit de la limonade fraîche du frigo et il proposa de faire des hamburgers avec du maïs grillé pour le dîner. Les deux adolescents approuvèrent, tout sourire. Quelque chose clochait dans leur attitude. À l'instar du lieutenant Cobb, ils en faisaient un peu trop pour paraître détendus mais Olivia mit cela sur le compte de leur âge, ils ne voulaient pas paraître fragiles, certainement pas à cause d'un sanglier.

Roy les rejoignit plus tard que prévu, le visage fermé.

— Vous avez le numéro ? fit Olivia en lui tendant une bière.

Le voisin la prit par le bras et l'attira à l'écart de la famille.

Il la jaugea un instant, il n'était pas normal. L'air très fatigué, bien plus que dans l'après-midi.

— L'hôpital vient de m'appeler, dit-il. Miranda Blaine est rentrée dans sa chambre après notre visite. Elle ne pose pas de problème alors ils la laissent seule, et puis les chambres sont sécurisées. Il semblerait qu'elle…

Roy chercha ses mots, s'éclaircit la gorge.

— Quoi ? Qu'est-ce qui s'est passé ? demanda Olivia qui le pressentait déjà.

— Elle a découpé de fines bandelettes dans sa tenue, à l'aide de ses dents probablement, puis elle les a toutes enfoncées dans sa gorge, l'une après l'autre, jusqu'à étouffer. Lorsque le personnel médical s'en est rendu compte, il était trop tard.

Le salon se mit à tourner autour d'Olivia.

Elle revoyait ses billes noires qui glissaient lentement dans sa direction au milieu de ce réfectoire glauque.

Miranda Blaine était remontée trop près de la surface de la réalité pour lui délivrer son message.

Et elle ne l'avait pas supporté.

55.

La nuit était tombée d'un coup, à l'image d'un rideau de théâtre qui se rompt et s'effondre sur la scène sans prévenir, masquant le décor tout entier. Tom se tenait devant la baie vitrée et dehors le jardin disparaissait sous son propre reflet malgré la pluie qui glissait sur la vitre depuis une heure. Ses traits étaient tirés, trahissant sa préoccupation. Il avait tenté de joindre Bill Taningham, le propriétaire précédent, pendant toute la fin de journée et la soirée, sans succès. L'avocat le filtrait, ça ne faisait aucun doute. Maintenant que la transaction immobilière était effective, il ne voulait plus entendre parler des Spencer. Était-ce pour s'épargner des questions embarrassantes sur ce qui se produisait dans la Ferme ou simplement parce qu'il avait d'autres chats à fouetter ? Tom se doutait qu'il aurait toutes les peines du monde à le joindre et quand bien même, il éluderait le sujet ; quel genre d'avocat reconnaîtrait avoir vendu une maison avec un vice caché ? Un vice occulte… Ils perdaient leur temps.

Dans son dos, la cuisine rassemblait Roy McDermott sur une chaise, sa bière chaude à la main, et Olivia qui ne cessait de tourner autour de la bouteille de vin sans parvenir à se décider. Elle avait « besoin » d'alcool pour décrisper un tant soit peu son âme malmenée et en même temps son instinct de mère lui interdisait d'altérer ses facultés physiques et mentales. On ne savait jamais ce qui pouvait se passer. Ils n'étaient plus à une surprise près et elle voulait pouvoir réagir à tout moment. Ses doigts couraient sur le verre à pied posé devant elle, vide.

Sur le seuil, Martha Callisper les observait du velours azuré de ses yeux hypnotiques. Son épaisse chevelure d'argent retombait sur ses épaules, l'extrémité nouée par un ruban presque inutile, et son chemisier floral rouge et blanc contrastait avec le sérieux de son attitude. Lèvres pincées, mains serrées sur sa taille, la médium témoignait une gravité sincère.

— Vous avez bien fait de m'appeler, dit-elle à l'intention d'Olivia.

— Une femme vient de se suicider à cause de nous, répéta celle-ci, je pense qu'il est grand temps d'agir.

— Qu'attendez-vous de moi ?

Olivia écarta les bras, désemparée.

— Je ne sais pas, j'ignore ce qu'on *peut* faire dans ce genre de situation. Est-ce que vous pouvez sonder nos murs ? Et s'il y a quelque chose, est-ce que ça se chasse ?

Olivia sentait affleurer la crise de nerfs, elle n'était pas loin de s'effondrer, c'était beaucoup trop d'émotions et d'ouverture d'esprit en même temps ; la première réponse qui lui venait était de tout rejeter en bloc, de se réfugier dans le déni, pourtant elle tenait bon, guidée par une pulsion quasi animale. *Je suis une louve qui protège sa portée.* Paradoxalement, d'ordinaire c'était elle la plus pragmatique et cartésienne du couple, tandis que Tom continuait de jongler entre incrédulité et suspicion. Elle, elle refusait de prendre le moindre risque. Chad, Owen et Zoey dormaient à l'étage. Aucune mère ne mettrait la sécurité de ses enfants dans la balance, elle préférerait envisager le pire, quitte à devoir être convaincue qu'une sorcière était prisonnière de leur demeure, même si c'était aussi excessif qu'absurde.

Miranda Blaine ne pouvait s'être tuée pour rien. Leur visite seule n'avait pas été le déclencheur après plus de trente années d'immobilisme. C'était ce qu'elle avait entendu, ce qu'Olivia lui avait confié, qui avait atteint la pauvre malheureuse. L'idée que ce qui hantait sa maison et avait probablement poussé sa fille et son mari au suicide se soit réveillé et recommence éventuellement avec une autre famille.

— Savez-vous ce qu'est un fantôme ? demanda très posément Martha Callisper. Pas les ectoplasmes du cinéma ou les draps percés dans les vieilles bandes dessinées, je vous parle des véritables fantômes, ces reliquats d'une vie passée qui traversent notre monde. Savez-vous ce qu'ils sont vraiment ?

Olivia secoua la tête.

— J'ignorais même que ça puisse être un sujet de conversation sérieux, à vrai dire.

Martha s'approcha pour remplir le verre vide d'une bonne rasade de vin rouge.

— Imaginez-vous que notre corps est une poche d'énergies, expliqua la médium en faisant tournoyer le vin dans le verre, celles-ci sont complexes et se façonnent au gré de notre existence selon nos expériences, notre morale, nos sentiments, nos joies, peines et souvenirs, jusqu'à leur donner une tonalité absolument singulière et unique. Il n'y a pas deux mélanges d'énergies qui soient identiques, chaque individu a le sien propre.

— Une sorte d'ADN psychique ? proposa Tom, curieux.

Martha se rapprocha de lui tout en humant le bouquet de son breuvage.

— C'est exactement cela, approuva-t-elle tandis qu'elle ouvrait la baie vitrée en tirant sur le battant coulissant. Et ce mélange forme notre personnalité, au-delà de nos tissus, muscles et neurones, c'est l'essence même de ce que chacun de nous est. Notre chair maintient cet élixir en nous, et garantit notre individualité.

La fraîcheur de la soirée pénétra dans la cuisine, en même temps que l'humidité. La pluie arrosait abondamment le jardin et la forêt au-delà, et Martha avisa le paysage presque invisible dans la pénombre jusqu'à ce que ses yeux reviennent à ses pieds et tombent sur l'eau que crachait la gouttière sur le côté. Le filet glougloutait et se perdait à travers une grille dans le réseau d'évacuation.

— À notre mort, reprit-elle, notre enveloppe charnelle se rompt et libère nos énergies qui se dissipent dans celles, pures, de l'univers.

À ces mots, elle jeta le verre directement vers la grille contre laquelle il se brisa et le vin disparut aussitôt avec l'eau de pluie.

— Videz une bouteille de soda dans un océan, et vous obtiendrez le même résultat, dit-elle. Elle aura été, elle sera encore d'une certaine manière, mais il sera impossible d'en retrouver l'ensemble, même en sondant toutes les mers du globe. À notre mort, nous cessons d'être ce concentré précis, et l'ensemble de nos composants se brassent avec le reste, nous ne sommes plus un individu, mais un tout. Rien ne se perd, toutefois nos pensées, notre conscience, tout ça n'est plus aggloméré pour former un être humain, mais dilué dans l'infini. Fini la personnalité unique, c'est une mort de l'âme, mais elle contribue, de par ces énergies qu'elle dissipe, à nourrir le monde.

— Alors ces gens qui affirment avoir senti la présence d'un être décédé, cher à leur cœur, dans un lieu particulier, tout ça ce sont des conneries ? demanda Tom.

— Pas nécessairement. Nous nous désagrégeons à notre mort, mais il peut arriver, et je suppose que c'est extrêmement rare, qu'une infime parcelle de cette énergie se dépose d'une manière ou d'une autre sur un point précis et c'est cela qu'il est possible de ressentir dans des circonstances particulières. De la même manière que les impressions de « déjà-vu » ne seraient qu'une captation momentanée d'un effluve rémanent par notre cortex reptilien.

— En gros, nos antennes primitives qui captent un fragment pas encore complètement décomposé du souvenir d'une autre personne, détailla Roy le regard dans le vague.

— Et les fantômes dans tout ça ? interrogea Olivia.

Martha tira sur la baie vitrée pour la refermer.

— Ils sont des êtres dont la membrane ne s'est pas déchirée à leur mort. La coquille physique s'est brisée, mais leur énergie ne se répand pas dans le cosmos. Elle flotte, elle erre, désemparée, sans plus aucun repère, dans une sorte d'éther invisible à nos sens de mortels.

— Pourquoi ça leur arrive ? Il y a une raison à cela ?

— Nous pensons que c'est essentiellement lié à une très forte émotion coercitive, telle que la peur, la souffrance ou la rage. Les émotions créeraient un champ de force si puissant, une telle pression autour de l'être, que cela maintiendrait l'énergie concentrée autour de son noyau et empêcherait sa dissolution. Quoi qu'il en soit, cela expliquerait que ces « fantômes » soient pour la plupart, disons, agressifs, ou en tout cas habités d'une lourde charge émotionnelle plutôt négative. Ils sont prisonniers d'un plan qui est parallèle au nôtre, mais auquel nos sens sont imperméables dans la majeure partie des cas, un peu comme deux personnes de chaque côté d'un miroir sans tain ; nous ne voyons que notre propre environnement, et eux, de l'autre côté, dans l'obscurité, nous voient également, mais séparés par une épaisse vitre. Nous appelons ces anomalies des Éco, Énergies Coercitives.

Tom fit claquer sa langue contre son palais.

— Vous voulez dire qu'il y a peut-être des fantômes, là, avec nous dans la cuisine, à cet instant précis, et que nous l'ignorons.

— Il y a bien des milliards d'atomes, de photons, des acariens, des bactéries, des ondes sonores ou autres, ainsi que des champs magnétiques et des phéromones dans cette pièce, et nous ne les voyons pas, tous sont invisibles et pourtant pouvez-vous nier qu'ils existent ?

— Non, mais…

— Nos sens sont limités, tout autant que l'étendue de nos connaissances scientifiques ou spirituelles, appelez ça comme vous voudrez, toutefois ne considérez pas que ce qui n'est pas encore découvert officiellement, ce que nous ne pouvons mesurer ou comprendre, n'existe pas sous prétexte que nous ne sommes pas en mesure de le discerner.

Tom se contenta de hausser les sourcils.

Olivia embraya, trop intéressée pour laisser un blanc s'installer.

— Il n'existe pas un moyen de forcer le passage à travers ce miroir sans tain ?

Martha la fixa de ses prunelles flamboyantes.

— Si, en de rares occasions, il peut y avoir une passerelle, probablement liée à un lieu, à son histoire qui l'a imprégné d'une énergie particulière, ou à des êtres dont le bouillonnement énergétique était atypique au point d'éclabousser leur environnement. C'est exceptionnel, mais c'est plausible.

— Notre maison serait un de ces lieux, n'est-ce pas ?

Martha se frotta les mains et hocha la tête lentement.

— C'est possible. Et d'après votre récit, il se pourrait que ce soit non seulement un lieu de transition entre nos deux plans mais également un endroit qui a capturé ou attiré à lui l'une de ces Éco.

— Jenifael Achak, compléta Olivia tout bas.

Tom écarquilla les yeux, il avait du mal à assimiler toutes ces informations, ces hypothèses, et il l'exprima.

— Je ne comprends pas le lien entre ces paquets d'énergies et le discours que vous m'avez tenu lorsque nous nous sommes rencontrés.

— Permettez-moi d'en résumer l'essence pour votre femme, dit Martha. La base est simple : si énormément de personnes croient très fort en un concept pendant très longtemps, alors celui-ci finit par exister.

— Donc si nous croyons tous en Jenifael, nous la faisons venir ? s'étonna Tom.

— Non, répondit Martha fermement, il faudrait beaucoup plus de monde et de temps pour espérer canaliser assez de force, ce n'est absolument pas le cas ici. Par contre, on peut considérer que nos fois ont tissé au fil des siècles un gigantesque filet dans lequel les Éco se prennent, voilà le lien. Parce qu'elles y ont cru elles-mêmes ou parce qu'elles ont baigné dans cette culture.

— Le filet, c'est la religion ?

— La plupart du temps. Et son corollaire de forces en présence. Dont le diable.

Tom s'agita brusquement.

— Oh, vous y allez un peu fort. Maintenant ce serait le diable qui est parmi nous ?

— Ce n'est pas ce que j'ai dit. Mais lorsque Jenifael Achak est morte, la foi autour d'elle était oppressante, et il se peut que son Éco se soit réfugiée autour de convictions que nous déterminerions comme étant maléfiques. Non seulement son Éco ne s'est pas dispersée dans le cosmos à cause de ses souffrances et de sa rage, mais il se pourrait qu'elle se soit rassurée par la suite en s'abritant dans une sorte de fonction, celle qu'on attendait d'elle, un bain malveillant qui donnerait une sorte de sens à ce qu'elle est désormais. C'est ce qui explique que des exorcismes catholiques, par exemple, puissent être efficaces dans certains cas. L'Éco s'abrite dans un schéma de pensée que nos fois ont construit, et elle peut en être repoussée, parfois jusqu'à rompre sa membrane et la dissoudre, en utilisant cette même foi. C'est au cas par cas, il faut savoir ce qu'on a en face de nous pour définir la stratégie.

Tom soupira.

— Vous savez tout ça comment ? Il y a des livres sur le sujet ?

— Nous sommes plusieurs de par le monde à chercher en ce sens, monsieur Spencer. Notre profession attire assurément quatre-vingt-quinze pour cent d'amateurs, d'escrocs, de curieux sans talent, mais il existe une poignée de médiums qui sont sincères, méthodiques et parfois coordonnés. Libre à vous de ne pas croire en nos travaux.

— Moi, je vous crois, lâcha Olivia presque malgré elle.

Elle se leva et commença à tourner en rond entre la table et le plan de travail au bout de la cuisine, une main tapotant nerveusement sa bouche, l'air songeuse.

— J'ai peur pour ma famille. Et si cette sorcière se mettait brusquement en colère et nous harcelait jusqu'à nous rendre fous ?

— Traverser le miroir sans tain exige de rassembler une grande force, et l'épuise. Elle ne peut surgir à sa guise et faire tout ce qu'elle souhaite.

— Comme si elle avait besoin de se reposer entre chaque apparition ?

— Oui, c'est un peu l'idée.

— Maintenant, qu'est-ce qu'on fait ? Comment régler le problème définitivement ?

Martha les examina tous, les uns après les autres, lèvres plissées.

— Je n'ai pas de réponse, avoua-t-elle. Il faudrait comprendre la situation. Jenifael Achak n'est pas ici sans raison, et j'ai peur que ça aille bien plus loin que…

Tom intervint :

— Il n'y a aucun mystère, vous l'avez évoqué vous-même. Jenifael Achak a été martyrisée, broyée, ainsi que ses enfants, par la communauté d'ici, autrefois, et c'est ce qui la retient. Elle erre là où elle a vécu avec ceux qu'elle aimait avant d'être torturée et tuée. Et si votre théorie sur le pouvoir de nos croyances est vraie, alors son fantô… pardon, son Éco a trouvé une raison d'être en adoptant une posture démoniaque, et non seulement elle se venge sur nous, mais elle le fait avec malice et cruauté.

Olivia fut surprise par ces mots et rassurée de constater que son mari s'ouvrait enfin à la possibilité, aussi folle soit-elle, d'une présence surnaturelle chez eux.

Martha secoua la tête.

— Ma question concerne le pourquoi *maintenant* ? Gary Tully a tout tenté pendant près de dix ans pour obtenir une manifestation probante, en vain, et vous savez comment ça s'est terminé. Je sentais que cet endroit n'était pas comme les autres, moi aussi, et je craignais qu'un jour cela ne dégénère. Lorsque la famille Blaine a explosé, j'ai craint le pire, mais sans pouvoir le prouver. C'est pourquoi j'ai demandé à Roy d'incendier la bâtisse. Et plus rien pendant des décennies.

— Miranda Blaine s'est tuée aujourd'hui, rappela Olivia d'une voix blanche.

— En effet, et pardon de me montrer si cruelle mais cela peut tout aussi bien être la conséquence de votre visite qui a fait rejaillir des souvenirs intolérables pour elle. Nous ignorons toutefois leur nature, surnaturelle ou pas. Jamais Jenifael Achak n'a, à ma connaissance, prouvé qu'elle existait encore sous ce toit. À vous entendre, cela vient de changer : l'Éco qui est enfermée entre ces murs et dont je devinais la présence a été libérée récemment et cette fois cela semble incontestable. Mais pourquoi maintenant ?

— Est-ce que les rénovations conduites par les Taningham pourraient en être la cause ? proposa Tom.

— Je ne vois pas en quoi cela aurait pu avoir un impact, pas plus que l'incendie précédent…

— Ils ont vendu en urgence dès la fin des travaux, informa Olivia, peut-être parce qu'ils ont eu la peur de leur vie. C'est peut-être eux qui ont causé son apparition.

— Bill faisait faillite, corrigea Tom. Là encore, tout a une explication rationnelle si on s'applique à la trouver. Et puis Bill n'a jamais été mystérieux, il aimait cette maison, ça se sentait, il nous a invités à y aller autant de fois que nous le souhaitions avant de signer la vente, s'il avait voulu s'en débarrasser en cachant un vil secret, il n'aurait pas été si décontracté.

— En tout cas l'intensité paranormale a décuplé depuis cet été, résuma Martha, et si nous n'en découvrons pas la raison, je ne serai pas en mesure de vous aider.

Olivia se prit le visage entre les mains. Tom vint la cajoler en lui caressant les cheveux.

— Je vais interroger les artisans qui ont effectué les travaux, dit-il, et s'il le faut, je désosserai cette baraque jusqu'aux poutres du grenier.

Roy leva le bras.

— J'ai une bonne masse si vous voulez.

— Je doute que ce soit nécessaire, répliqua Martha en s'appuyant contre l'évier. Je ne pense pas que la faute incombe à votre maison, à vrai dire.

— Pourquoi ? demanda Olivia qui devinait que la médium leur cachait quelque chose.

Martha s'humecta les lèvres et retint un soupir.

— Cela fait plusieurs semaines que je m'interroge. Je le sens. Les pendules s'affolent, les cartes donnent des tirages insensés, et mes tentatives de communication avec le plan parallèle n'ont jamais été aussi démonstratives. Ce qui s'est passé à votre radio l'autre soir, ce n'était pas normal. Je suis peut-être une vieille femme un peu originale, mais j'écoute autour de moi, je regarde, et il y a des disparitions et des morts qui ne s'expliquent pas. Je pense que ce n'est pas juste chez vous, monsieur et madame Spencer, mais que tout ce que Mahingan Falls abrite comme fantômes est en train de se réveiller.

Cette fois, même Tom frissonna.

Dehors la pluie redoubla d'intensité.

56.

Les gouttes coulaient sur son visage impassible, trempaient ses vêtements jusqu'à rendre leur contact désagréable, collants et froids sur la peau, mais il n'en avait cure.

Le feu qui brûlait en lui compensait bien largement ces désagréments passagers. Un feu dont le combustible ne manquait pas, et dont l'essence même était d'une pureté telle qu'elle le tiendrait ainsi aussi longtemps qu'il faudrait. Ardent et nourri sans relâche.

L'humiliation que Derek Cox avait éprouvée n'était pas ce qui le motivait au-delà de toute mesure, non, c'était un sentiment bien plus dangereux encore. La peur.

Cette salope d'Olivia Spencer-machin-chose lui avait flanqué une trouille comme il en avait rarement connu dans son existence. Et pourtant, Derek estimait qu'il avait déjà bien bourlingué pour un homme de moins de vingt ans. Des moments de flippe, il en avait affronté, et pas qu'une fois. Il fallait connaître sa famille pour imaginer ce qu'un gamin comme lui avait pu endurer. À une époque lointaine, le simple pas irrégulier de son père dans l'escalier, la manière dont son poids faisait grincer les marches à cause de son mauvais genou, provoquait des tremblements chez le petit Derek Cox, et si une fois parvenu sur le palier il l'entendait, non pas s'effacer progressivement dans le tapis à froufrous du couloir de la chambre des parents, mais au contraire se rapprocher vers lui, alors ce simple son pouvait le faire se pisser dessus, parce qu'il savait ce qui allait suivre. Ces peurs-là, Derek les avait affrontées. Il avait grandi avec, jusqu'à les maîtriser, puis s'était rebellé pour les transformer en haine, et finalement en violence.

De même que dans l'équipe de football du lycée, il n'y avait pas de place pour les lopettes lorsque déboulaient à fond la caisse les malabars de la ligne défensive avec pour seule ambition de l'écraser et de lui marcher sur la gueule avec leurs plus de cent kilos sur la balance.

Provoquer un inconnu dans la rue et assumer son regard noir jusqu'aux coups, là encore, il en fallait de l'aplomb pour dépasser les premières hésitations et contrôler ses nerfs.

Non, la peur, Derek y était habitué.

Mais celle qu'il avait ressentie ce soir-là, à la sortie de son boulot, n'était pas comme les autres. Elle était *viscérale*.

Cette salope l'avait surpris, elle l'avait impressionné avant de lui broyer les couilles avec sa cloueuse pneumatique.

KLANG !

Et pendant un instant, il s'était cru privé de sa bite et des deux marmites à jus en dessous. Derek s'était vu devenir un moins-que-rien. Un homme sans une bonne paire, sans sa matraque pour impressionner les filles, sans aucune motivation pour se lever le matin, sans plus aucun avenir. Parce qu'il se l'était demandé, même fugitivement, tandis qu'elle lui écrasait les parties : à quoi sert un mec s'il n'a plus son matos ? Toute l'existence d'un gars tournait autour de ça, pas vrai ? Vivre pour se projeter avec une fille. Vivre pour séduire. Vivre pour renifler de la chatte. Vivre pour baiser. Que lui restait-il s'il n'avait plus ça ? Quelle autorité pouvait espérer un homme s'il n'avait plus rien entre les guibolles ? Aucune. Pas de couilles, pas de but, pas de courage, pas de respect, pas de place dans la société. Derek était un mâle alpha, il le savait, et un alpha sans bite n'était plus bon à rien sinon à se faire humilier et rejeter par la meute.

Derek ne l'aurait pas supporté.

Cette sale pute aurait pu le menacer de lui crever un œil ou de lui arracher un doigt, ça n'aurait pas eu le même impact, mais là, s'en prendre à ce qu'il avait de plus cher…

KLANG !

Chaque détonation sèche de la cloueuse l'avait terrifié. Les secondes ensuite lui avaient semblé interminables tandis qu'il sondait mentalement sa chair pour s'assurer que tout était encore là, intact.

KLANG !

Nouvelle sueur froide. Terreur de tout perdre. Mais non, elle avait visé juste à côté, cette fois en tout cas…

Et tout ça pour quoi ? Parce qu'il avait mis sa main dans la culotte de Gemma Duff ? Cette coincée, raide comme un piquet pendant qu'il la doigtait ? Autant essayer de faire jouir un Mr. Freeze !

Lui tomber dessus pour ça, il n'en revenait pas. Gemma n'avait qu'à le repousser si elle n'était pas d'accord... Elle n'était pas près de le revoir, celle-là ! Non seulement il ne pouvait pas pardonner son geste à Olivia Spencer, mais en plus elle l'avait fait devant Gemma. Heureusement, cette petite conne n'avait rien répété à personne, semblait-il, et c'était la raison pour laquelle il ne lui avait pas encore donné une bonne leçon. Tant qu'elle garderait la bouche bien fermée, elle aurait sa chance. Et tant qu'il n'aurait pas délivré son message à Olivia Spencer. C'était elle en premier qui devait recevoir sa punition.

Derek ne comptait pas passer l'éponge.

Il avait pourtant hésité les premiers jours. Il ne s'agissait plus de s'en prendre à une ado débile de son lycée, mais bien à une adulte, avec sa famille derrière. À bien y réfléchir, Derek s'en moquait. Même ses grands airs ne l'inquiétaient pas. Il savait qu'il faudrait juste bien la prendre, lui tomber dessus au moment où elle s'y attendrait le moins, pour la surprendre à son tour. Et là il aurait sa vengeance.

Il ressassait tout ce qu'il pourrait lui faire, et il devait bien reconnaître qu'il ne le savait toujours pas. Un gros coup de pression, jusqu'à ce qu'elle panique, qu'elle fonde en larmes, pour commencer. Aurait-il envie d'aller plus loin ? Qu'est-ce que ça signifiait *aller plus loin* ?

La fourrer. Voilà ce que ça voulait dire, bordel ! Lui coller ce qu'elle avait menacé de lui transpercer dans le cul et qu'elle pige que c'était la pire erreur de sa putain de vie !

Derek n'était pas sûr de le faire. D'un côté, il y avait quelque chose d'excitant chez cette grande blonde bien gaulée, prendre le dessus sur une MILF, c'était un bel exploit… et en même temps, il réalisait que cette fois, c'était aller très loin.

On parlait d'un viol, là, tout de même.

Passé les élans ponctuels de rage, il devait bien avouer que c'était un peu excessif. Non seulement il ignorait s'il serait capable de ça, mais en plus il savait que ce serait beaucoup d'emmerdes. Il faudrait lui flanquer une bonne raclée pour qu'elle la ferme. Et Derek n'était pas totalement serein. Elle ne ressemblait pas aux filles dont il avait l'habitude, impressionnables et manipulables. Celle-ci pourrait lui donner du fil à retordre. Elle serait capable de porter plainte, et sur un truc aussi osé, même le père de Jamie ne pourrait probablement rien faire auprès du chef Warden pour enterrer l'affaire. Ou peut-être que le mari s'en mêlerait. Ça, c'était ce qui dérangeait le moins Derek. Il l'avait vu cet abruti, pas du tout sportif, il doutait qu'il lève les yeux si Derek le fixait en menaçant de lui péter les dents.

Quant à mettre une cagoule pour ne pas se faire prendre, ça ne lui convenait pas du tout. C'était tout le contraire de ce qui le motivait : il voulait qu'elle sache qui il était et qu'elle avait merdé en s'attaquant à lui. Il voulait que, chaque fois qu'ils se croiseraient dans la rue, et à Mahingan Falls cela se produisait souvent dans une vie, elle baisse le regard et ait peur de lui. C'était le prix à payer pour l'avoir ainsi menacé, lui et ses couilles.

Pour l'heure, la maison était bien remplie, tandis qu'il faisait nuit. De la lisière du jardin, et malgré la pluie, il pouvait les voir dans la cuisine en train de discuter. Ça n'avait pas l'air d'être la joie dans cette baraque !

Derek était déjà venu plusieurs fois pour « repérer ». Il attendait le bon moment, l'opportunité… Et rien ne s'était encore présenté.

Il hésita. Fallait-il insister maintenant qu'il était mouillé jusqu'aux os et attendre que les invités se tirent, que les lumières s'éteignent et espérer qu'elle sorte ? À cette heure-ci et avec ce qu'il tombait ? C'était peu probable.

S'introduire dans la maison par une fenêtre laissée ouverte était une option, mais Derek ne le sentait pas. Pas avec le mari dans les parages. Si un soir il constatait qu'Olivia Spencer était seule, alors oui, il tenterait sa chance, mais pas avec tout le monde, c'était trop risqué.

Derek sortit de sa cachette mais s'immobilisa presque aussitôt.

De l'autre côté du jardin, à travers l'obscurité humide, il crut percevoir une silhouette. Qui serait assez dingue pour rester dehors avec un temps pareil, à part lui ?

Un goût de fer inonda sa bouche et Derek réalisa qu'il avait du sang sur la lèvre supérieure. Il saignait du nez.

Merde ! Manquait plus que ça…

Il jeta à nouveau un coup d'œil de l'autre côté de la pelouse mais la silhouette avait disparu.

Il y avait bien eu quelqu'un ! Ce n'étaient pas des hallucinations, il était catégorique, même avec toutes ces ombres en mouvement à cause des arbres, il avait vu une personne, à l'opposé, face à la maison des Spencer !

Derek enfouit son visage dans son coude et essuya le sang qui poissa sa chemise mouillée.

Il était temps de rentrer.

De toute manière, il reviendrait. Il ne baisserait pas les bras. Il aurait sa vengeance.

Et rien qu'à l'idée du regard de détresse qu'Olivia Spencer lui lancerait lorsqu'elle comprendrait qui il était et pourquoi il venait, Derek retrouva le sourire.

57.

Ethan Cobb contemplait l'océan depuis la promenade surélevée d'Atlantic Drive. La douceur du soleil de midi le berçait avec la rumeur du ressac. Autour de lui, une poignée de jeunes profitaient du dimanche pour se rassembler sur le skatepark tandis que quelques promeneurs flânaient paisiblement. Là, deux personnes âgées, indifférentes l'une à l'autre en apparence, mais probablement incapables de survivre une fois séparées. Plus loin un père montrait la plage en contrebas à son bébé dans ses bras, la magie de la paternité illuminant ses yeux de fierté, galvanisé par l'euphorie du partage, de l'apprentissage, de se sentir utile pour un être si fragile. Un couple d'à peine trente ans se tenait côte à côte, les coudes sur la rambarde, et discutait sérieusement. Elle sécha une larme puis il en fit autant avant qu'elle ne lui passe une main réconfortante dans le dos. Pourtant rien que ce geste en disait long sur leur relation. Elle encaissait mieux que lui la séparation.

Ethan voyait tout cela et d'autres choses encore, pourtant il n'était pas là. Une partie de lui était restée sous terre dans ce tunnel avec les êtres qui murmuraient dans le noir.

Lui ne parvenait pas à encaisser.

Oublier, il en avait fait le deuil dès la sortie, se focaliser sur les adolescents l'avait aidé à tenir le coup. Tout d'abord leur récit, long, ponctué de silences et de sanglots étouffés, qu'il avait recueilli chez lui, dans son appartement. Après ce qu'ils venaient de vivre, il était hors de question que toute la ville les voie ensemble dans la salle d'un restaurant. Ethan avait pansé les plaies pendant qu'il écoutait, heureusement rien de profond, finalement sa blessure était la plus impressionnante – à tel point qu'il dut se poser des strips, ces sutures adhésives, qui lui évitèrent d'aller se faire recoudre pour arrêter le saignement.

Il leur avait fait répéter plusieurs passages auxquels il avait eu du mal à croire, notamment celui de l'épouvantail, mais également l'hypothèse d'une force positive qui les protégeait depuis la ravine dans la forêt. Toutefois, après ce qu'ils venaient d'affronter, Ethan estima qu'il ne pouvait remettre leur parole en cause.

Un tueur d'enfants hantait un épouvantail, et des hordes d'Indiens en colère cherchaient à dévorer tout ce qui approchait de leur antre souterrain.

Le bilan de cette journée ne laissait pas d'autre choix que de se jeter par la fenêtre.

Ethan avait longuement hésité avant de faire un pacte avec les gamins. Il les couvrirait et personne ne dirait rien à d'autres adultes tant qu'il n'aurait pas éclairci cette histoire. Ethan savait que personne ne les croirait, à moins de descendre se frotter aux ombres et de probablement y rester. Et surtout, il lui fallait donner un sens à toutes ces horreurs.

Ce dont il était incapable jusqu'à présent.

La veille, lorsqu'il avait terminé de raccompagner chaque ado chez lui et de parler avec ses parents pour qu'ils l'entourent, prétextant cette attaque de sanglier un peu tirée par les cheveux (mais qui avait pris), Ethan était rentré chez lui avec l'intention de prendre son arme et de filer dans les champs de maïs des Taylor à la recherche du corps de Dwayne. Les détails que lui avaient donnés les gamins suffisaient pour qu'il se repère, et après quelques heures il pensait pouvoir récupérer le cadavre. Mais la nuit était sur le point de tomber et ses jeunes compagnons avaient insisté sur la dangerosité des épouvantails. Ils étaient convaincus que les autres pouvaient se réveiller comme celui qu'ils avaient brûlé, et Ethan, la mort dans l'âme, estima préférable de ne pas agir bêtement. Après ce qu'il venait de subir, il se projetait mal en train d'errer au milieu des hautes tiges de maïs, en pleine nuit, à la recherche d'un mort, sous la menace d'épouvantails griffus. C'était cruel pour Dwayne Taylor mais il attendrait encore un peu. Au fond de lui, Ethan savait que l'incertitude offrait un minimum d'espoir à sa famille et dès lors qu'ils contempleraient sa dépouille, l'insupportable réalité de sa mort les ravagerait. Le flic se rassurait en songeant qu'il leur donnait un sursis de quelques heures avant le chaos. Ils avaient le droit de savoir, et ils sauraient bien assez tôt comme ça.

Dès son réveil, Ethan avait repoussé encore un peu l'échéance. Il était courbaturé et groggy par tout l'alcool qu'il avait ingurgité pour parvenir à dormir, et il ne se sentait pas assez solide mentalement pour affronter la mort seul.

— Tu as une sale gueule, fit Ashley sur le côté.

Ethan leva le menton. Bustier mettant sa poitrine en valeur et jeans moulant, elle y allait fort. Elle était jolie avec ses cheveux attachés en arrière.

— Merci d'être venue.

— Pour une fois que c'est toi qui appelles au secours.

Elle se posa à côté de lui sur le banc, face à l'océan.

— Coup de blues ? demanda-t-elle.

— Ce n'est pas personnel.

— Pourtant, au téléphone, tu m'as dit que…

— Je ne veux pas passer par les canaux officiels, j'ai reçu un tuyau… anonyme.

Ashley fronça les sourcils.

— J'ai besoin d'un coup de main pour vérifier si c'est vrai, expliqua-t-il.

Il désigna les bottes sous le jeans de la jeune femme.

— Tu as bien fait, dit-il, nous allons marcher. Viens.

Il se leva.

— Où allons-nous ?

— Chercher le cadavre de Dwayne Taylor.

*

Le vent agitait les feuilles craquelées des tiges de maïs et produisait un son continu de crécelle qui pesait sur les nerfs d'Ethan. Plus d'une heure qu'ils sondaient le champ dans sa portion entre la sortie de la ravine dans les bois et l'étang des Taylor plus au sud. Les adolescents avaient été catégoriques, l'attaque était survenue dans le premier tiers du champ. Mais dans ce fouillis végétal, cela représentait tout de même un espace immense, d'autant que le maïs remplissait une large partie des sillons, bouchant la vue, et que la terre abondamment arrosée par les pluies nocturnes alourdissait leurs semelles et ankylosait leurs pas à la longue. Les Taylor n'avaient toujours pas commencé la récolte et Ethan supposait qu'ils n'étaient pas encore prêts à passer avec l'énorme moissonneuse là où ils craignaient que leur fils puisse reposer. Un père ne peut se résigner à découper son fils, même mort, même accidentellement. Les grains commençaient pourtant à s'assécher.

Ashley marchait dans la tranchée parallèle. Elle avait été surprise lorsque Ethan lui avait tendu un Glock dans son étui en cuir, en sortant de la jeep.

— Prends-le, on ne sait jamais, avait-il dit sans lui laisser le choix.

— Qu'est-ce que tu ne me dis pas ?

— Rien qui te ferait me considérer comme un fou.

Lui-même était armé. Régulièrement, il passait les doigts sur la crosse pour se rassurer. *Si le feu est capable de repousser ces choses dans les tunnels, alors une balle le peut tout aussi bien.*

Comment réagirait-il si un épouvantail surgissait brusquement devant lui ? Il lui faudrait prendre garde à ne pas tirer n'importe où, Ashley se tenait à côté.

Il se sentait un peu coupable de l'avoir traînée ici, il savait qu'il mettait sa vie en danger. Et pourtant, il avait été incapable de ne pas l'appeler. Il avait eu besoin de lui parler, de sentir sa chaleur au bout des doigts. Il n'aurait pas pu aller au bout de cette journée seul. Il ne pouvait rien lui dire, et cette ignorance creusait un gouffre entre eux, cependant, sa présence lui suffisait pour l'instant.

— Ashley ?

— Je suis là.

— Reste sur tes gardes, d'accord ?

— Tu vas me dire ce qui se passe à la fin ?

— Je ne veux pas te mentir, alors ne pose pas de questions.

La moitié de la jeune femme sortit d'une rangée d'épis.

— Eh ! Tu me fais quoi ?

Ethan s'arrêta et en profita pour gratter sa semelle emprisonnée dans un carcan de terre mouillée à l'aide d'une tige brisée.

— J'ai mes raisons, finit-il par dire. Je pense que les restes de Dwayne sont dans le secteur.

— Un appel anonyme ? Tu te fous de moi ?

Ashley se rapprocha de lui. Il aimait la vivacité dans son regard et la douceur tiède de ses lèvres l'attira. Ethan avait une envie inouïe de l'embrasser, de la sentir contre lui, sa respiration dans son cou, son cœur à ses oreilles. Il recula d'un pas.

Ce n'était pas bien. Il était en pleine décompression, il éprouvait une sorte de choc post-traumatique suite à l'explosion de toutes ses certitudes rationnelles, et il ne devait pas se servir d'elle ni l'entraîner dans sa chute.

— Je te demande de me faire confiance, dit-il.

Ashley le guettait. Ses grands yeux noisette descendirent sur sa bouche à lui et il se demanda si elle n'éprouvait pas le même désir avant que le cri d'un corbeau dans le ciel ne lui rappelle pourquoi ils étaient là.

— Poursuivons, fit-il en la dépassant.

Une heure de plus à arpenter ces lignes irrégulières finit par presque le décourager, lorsqu'ils trouvèrent finalement Dwayne Taylor, ou du moins ce qu'il en restait. Ce ne fut pas l'odeur qui les attira mais la présence d'un grand nombre de tiges tranchées, vestiges d'un affrontement déchaîné.

Il gisait dans une position grotesque, les jambes repliées sous les fesses, un bras tordu derrière le buste. Ses intestins avaient été déroulés intégralement et partiellement dévorés par la faune locale, tout comme plusieurs de ses organes. Les mouches avaient fait leur œuvre également, et il était difficile de distinguer ce qui relevait des mutilations liées à l'attaque de celles causées ensuite par la nature. Toutefois, ses dents supérieures luisaient sous le soleil de l'après-midi, au-dessus d'une sinistre béance : sa mâchoire inférieure manquait.

Et ses orbites creuses braquaient leurs cavités pleines de pupes d'asticots dans leur direction.

Sa mort avait été violente, corroborant le témoignage des adolescents.

Tué par un épouvantail.

Ethan manqua de défaillir, non pas à cause de la vision du cadavre mais de ce qu'elle impliquait. Tout ça n'était pas un cauchemar. Il n'avait pas halluciné la veille sous terre. Des êtres sanguinaires et inhumains existaient pour de vrai.

Dwayne Taylor en était la preuve. Un être humain tué par ces monstres.

C'était de la folie.

Le souvenir vivace et éprouvant de leurs apparitions erratiques le long de la rivière souterraine fit accélérer son rythme cardiaque.

Les gamins avaient affronté un épouvantail ici même.

Et toutes ces morts étranges à Mahingan Falls depuis deux mois… *Tout est lié.*

Il n'était pas en train de perdre la boule, non. C'était la ville entière qui devenait démente. Il n'y avait pas d'autre raison possible.

Le vent souffla et les maïs tanguèrent.

Au-dessus, la masse écrasante du mont Wendy les surveillait. Son mât d'acier rutilant jouant avec les cieux.

— Warden ne va pas aimer ça, pourtant cette fois il faut prévenir le procureur Chesterton, avertit Ashley, accroupie non loin du corps.

Mais Ethan ne l'entendit pas vraiment.

Il fixait la haute colline.

Ses lèvres bougeaient de plus en plus vite.

Il chuchotait quelque chose.

L'instinct du flic assemblait les pièces du puzzle.

Soudain, il sut.

Il n'y avait aucun hasard dans toutes ces morts. Pas plus que dans les apparitions de ces créatures.

58.

Deux larges cernes trahissaient l'état de fatigue dans lequel Gemma se trouvait. C'était un dimanche après-midi, elle aurait dû être en pleine forme, reposée par son week-end, et au lieu de ça elle se sentait plus fébrile qu'elle ne l'avait jamais été.

Pourtant elle tenait à n'en rien montrer. Elle s'était rendu compte pendant la nuit qu'elle avait un rôle à jouer, lorsque Corey était venu la rejoindre dans son lit, en pleurs. Il avait fait un cauchemar et lorsqu'elle le consola, les vannes s'ouvrirent et il se confia sur la peur qu'il ressentait. Chaque ombre le faisait frémir, chaque grincement provoquait un sursaut. Elle était une grande sœur, leur mère était absente, et c'était à elle de rasséréner son frère désemparé, trouver les mots justes et présenter une façade sécurisante. Ce qu'elle éprouvait à cet instant ne comptait pas.

Tout comme il était important qu'elle ne laisse aucune faille apparaître face à baby Zoey. La petite fille ne devait pas subir ses états d'âme, ses contradictions et…

Je suis en train de péter un plomb, oui !

Les monstres existent.

Tout se résumait en cette courte phrase qui lui déclenchait une chair de poule carabinée chaque fois qu'elle y repensait.

Zoey lui tendit une figurine de Berenstain Bears :

— Zou' emma ! Zou aéc moa !

Les enfants étaient probablement la solution à tout, songea Gemma en se concentrant sur le jeu que lui proposait Zoey plutôt que sur ses propres failles. Quoi que la vie puisse mettre en travers de votre chemin, à un moment ou à un autre les enfants happaient tout de même votre attention pour jouer, manger et leur épargner quelques ennuis. *Ne plus penser, reste sur ce que tu dois faire maintenant, c'est tout.*

Ni Tom ni Olivia n'étaient visibles. Ils avaient disparu dès son arrivée, et Gemma suspectait un problème. Leur couple paraissait solide, peut-être le plus solide parmi les adultes qu'elle côtoyait, toutefois Gemma savait qu'il ne fallait pas être naïf, les apparences étaient parfois trompeuses, malgré tout ce qu'Olivia avait bien pu lui confier. Elle ne serait pas la première femme à découvrir que son mari si attentionné et hors de tout soupçon entretenait une relation avec la voisine !

Tu parles d'un exemple... il n'y a pas de voisin ou presque aux Trois Impasses.

En tout cas ces deux-là mijotaient un plan, que ce soit pour se rabibocher, s'expliquer, ou préparer un coup.

Owen, Chad et Corey apparurent dans le salon, ils arrivaient de dehors, excités comme des adolescents normaux de leur âge qui n'auraient rien vécu de traumatisant. Pourtant Gemma avait constaté leur état à la sortie du tunnel ; auparavant elle avait vu Owen se faire enlever par ces êtres d'ombre et de cris, et avait lu la terreur pure sur ses traits. Il avait certes des cernes tout aussi noirs que les siens, mais n'avait pas perdu de sa malice habituelle. Elle se doutait qu'il devait beaucoup parler avec Chad, très certainement la nuit. Une fois tout le monde couché, les deux garçons devaient se rejoindre, vider leur sac, se rassurer, se motiver. Gemma eut également l'impression qu'ils acceptaient mieux qu'elle l'existence d'une réalité terrifiante, peuplée de créatures innommables. La résilience, la faculté d'adaptation et l'ouverture d'esprit des plus jeunes avaient de quoi la rendre envieuse.

— Vous étiez où ? demanda la jeune fille.

— À notre abri, en sécurité dans la ravine, répondit Corey.

— Vous faisiez quoi ?

— On causait de la suite, comment agir.

— C'est facile : vous ne faites rien, le lieutenant Cobb a dit qu'il revenait vers nous et qu'il ne fallait plus bouger en attendant.

— Ça, le lieutenant, dès qu'il dit un truc, tu obéis, toi…, lâcha Chad.

Les garçons ne lui en avaient pas voulu de sa trahison, en tout cas pas aussi fort qu'elle l'aurait cru. Sur le coup, ils auraient pu la lancer dans la rivière de rage, mais dès le samedi soir, tous reconnurent que sans le flic, ils ne seraient probablement pas revenus au complet de leur exploration souterraine. Elle les avait vendus, mais cela leur avait sauvé la peau.

Chad et Connor étaient peut-être les seuls à lui en tenir encore un peu rigueur, mais ni Corey ni Owen ne lui témoignaient la moindre animosité.

— Nous avons décidé de retourner à la bibliothèque, révéla Owen. Pour dresser la liste de tous les crimes les plus sanglants de l'histoire de Mahingan Falls.

— Pourquoi ? C'est sordide…

— Eddy Hardy là-haut sur le plateau, les Indiens massacrés sous terre, ça ne peut être un hasard. Les fantômes des personnages les plus dangereux, ou de ceux qui ont le plus souffert, sont en train d'émerger pour prendre possession de la ville, il faut les répertorier pour savoir qui on a en face de nous et où ils traîneront le plus.

— L'épouvantail n'a pas hésité à descendre jusqu'ici, rappela Corey.

— Justement, s'ils doivent rappliquer, je veux savoir qui j'ai en face de moi ! rétorqua Chad.

— C'est une bonne idée, reconnut Gemma, je viendrai avec vous si vous voulez y aller après les cours demain.

— Non, pas de traî…, commença Chad.

— Avec plaisir, le coupa Owen.

— Mais avec Connor, on a dit qu'on restait entre nous !

— Gemma fait partie de notre bande maintenant.

Corey valida d'un hochement de tête et Chad fit claquer ses bras le long de son corps en un dépit résigné.

Gemma rendit une de ses figurines à Zoey qui s'affairait avec le plus grand sérieux à les faire entrer et sortir d'une maison en plastique.

— Dites, fit la jeune fille, vous ne croyez pas qu'on devrait tout raconter à vos parents ?

— Quoi ? s'étrangla Chad. Et puis quoi encore ? Tu veux que ma mère nous enferme dans la chambre pour le restant de nos jours ? Ils vont faire une attaque cardiaque !

Owen était plus hésitant.

— Ils ne nous croiraient pas, ajouta Corey.

— Je sais, avoua Gemma tout bas.

Elle ne pouvait s'empêcher d'éprouver un sentiment de trahison profond envers Olivia. Non seulement elle ressentait le besoin de tout mettre dans les bras d'adultes pour se débarrasser en partie du problème, mais elle avait également l'impression qu'elle manquait à ses devoirs. Les Spencer lui confiaient la surveillance de leurs enfants, et elle leur dissimulait le danger qui planait au-dessus de ce qu'ils avaient de plus cher.

Zoey s'amusait face à elle, insouciante et fragile.

Soudain elle repensa aux terreurs de la petite fille et une idée lui vint.

— Les garçons, vous pensez qu'un de ces fantômes pourrait être chez vous ?

— Pourquoi tu dis ça ? s'enquit Owen.

Gemma hésita, observant Zoey.

— Eh bien… juste une intuition.

— Tu en as vu un ?

Gemma leva une épaule, pas sûre d'elle.

— Pas vraiment, non… Mais Zoey a une peur bleue de sa chambre et de… Vous avez vu des rats chez vous ?

Chad acquiesça.

— Papa et maman ont parlé de ça, c'est la raison pour laquelle baby Zoey dort dans la pièce devant leur chambre.

— Mais tu en as vu, toi, des rats ?

— Non…

— OK, venez avec moi.

Gemma prit Zoey dans ses bras et les guida à l'étage jusque dans la chambre de la petite fille où, après avoir déposé celle-ci à ses pieds, elle fouilla sous le lit pour en tirer une couverture qu'elle déplia.

Les morceaux qui manquaient dessinaient de larges morsures.

— Vous avez déjà vu des rats aussi gros ?

Chad secoua la tête.

— Même à New York ils ne sont pas de cette taille.

Zoey se cramponnait à la jambe de Gemma, pas à l'aise dans sa propre chambre.

— Clignote ! fit-elle en désignant la couverture. Clignote !

Gemma lui passa la main dans les cheveux.

— Je crois qu'elle veut dire « grignote ».

Les trois garçons firent une grimace effrayée.

— Il y a quelque chose de pas normal dans cette pièce, conclut Gemma.

Chad et Owen échangèrent un regard.

— Il y a des trucs pas clairs dans la maison, c'est sûr, fit le plus grand des deux cousins. J'ai été mordu un jour en jouant dans la pièce d'en face.

Corey observait la couverture déchirée avec une fascination dégoûtée.

— Vous voulez dire que ce qui se passe dans la ville est en train de se manifester dans votre maison en même temps ?

Owen hocha lentement la tête.

Gemma ne se sentait pas très bien. Envie de vomir, le décor tournait, besoin de pleurer…

Ne lâche pas maintenant ! Tu dois leur montrer l'exemple ! Ils ont besoin d'une adulte forte pour les réconforter !

Mais Gemma avait de plus en plus de mal à tenir ce rôle. Le costume était trop grand pour elle.

Un nuage couvrit le soleil au-dehors et la pénombre de la pièce s'intensifia. Les poupées et les nounours alignés contre le mur ressemblèrent alors à un comité rassemblé pour juger ces cinq importuns.

— Ne restons pas là, avertit Gemma en reprenant Zoey dans ses bras, je ne le sens pas.

Comme pour lui répondre, les poutres de la toiture craquèrent.

*

Olivia rentra en fin de journée, fourbue. Ils venaient de passer l'après-midi à retrouver les différents artisans qui avaient rénové intégralement la maison pour le compte de Bill Taningham, et cela n'avait pas été une mince affaire, en particulier un dimanche, pour finalement ne rien glaner d'intéressant. Aucune pièce secrète n'avait été mise au jour, aucun pentagramme menaçant entraperçu sur les murs, pas la moindre anecdote un peu « originale », comme avait demandé Tom. Tous avaient pris ce couple inquiet à cause de « bruits dans les murs » – et en même temps très curieux de l'histoire de la Ferme – pour des détraqués.

Les garçons étaient dans le jardin avec Milo, et Olivia trouva Zoey et Gemma dans la cuisine en train de faire un moulage de main dans de la pâte à modeler. Elles échangèrent des banalités avant que le détecteur à embrouilles humaines d'Olivia ne crépite. Elle sentait que Gemma n'était pas dans son assiette, le regard fuyant, les attitudes positives trop appuyées pour être sincères. Elle n'allait pas bien et cherchait à le dissimuler. Olivia demanda :

— Des nouvelles de Derek Cox ?

Gemme releva les yeux brusquement.

— Vous l'avez vu ?

— Non, c'est justement ce que je te demande. Il t'a fait des ennuis ?

— Eh bien… non, je l'ai aperçu au lycée, mais il se tient loin de moi. En revanche… Chad l'a remarqué dans votre rue l'autre jour.

— Chez nous ?

— Je voulais vous en parler, mais je ne savais pas comment sans vous alarmer.

— Il a dit ou fait…

— Non, non, apparemment il était juste là, à guetter.

Olivia acquiesça, songeuse.

— Je suis désolée, insista Gemma, j'espère que je ne vais pas vous attirer des ennuis avec lui.

Olivia lui passa le revers de la main sur la joue.

— J'assume totalement la leçon que je lui ai donnée. En aucun cas je ne veux que tu penses que c'est ta faute. Si les flics avaient fait leur boulot, nous n'aurions pas eu à nous en mêler, c'est clair ?

— Oui. J'espère que Derek Cox ne va pas s'en prendre à votre voiture ou un truc dans ce style.

— Qu'il essaye et je vais te dire : les prochains clous seront pour refaire toute la carrosserie de sa belle Toyota !

Olivia parvint à arracher un sourire timide à l'adolescente. Il y avait autre chose, de plus profond, devina-t-elle. Un malaise général trop lourd pour une jeune femme d'à peine dix-sept ans.

— Tu as un petit copain ? en profita-t-elle pour demander.

— Vous êtes au courant ?

— Mme Feldman m'a dit t'avoir aperçue sur la Promenade l'autre jour avec un garçon. Plutôt mignon apparemment.

Gemma se mit à rougir.

— Il s'appelle Adam Lear.

— Ah, nous y voilà ! Je me demandais quand tu m'en parlerais ! Ça fait plus d'une semaine que je bous intérieurement ! C'est super. Il est au lycée ?

— Oui, dernière année, comme moi.

— Tu es amoureuse ?

Gemma, embarrassée, haussa les épaules.

— C'est encore un peu tôt…

Olivia tendit un index vers elle.

— Mais tu as déjà un petit *crush*. Je le sens bien. C'est génial.

— On verra…

Olivia sortit deux verres d'un placard et les posa sur la table avant d'aller chercher une bouteille de Coca dans le frigo.

— Il faut fêter ça ! Désolée, ce sera au soda, je veux bien t'emmener castrer un gros con mais pas te corrompre à l'alcool.

Elles firent tinter les deux verres.

Gemma étudiait Olivia avec une étrange lueur dans le regard. Il y avait de l'admiration, une forme de complicité également, mais Olivia nota ce qu'elle interpréta aussi comme une grande tristesse.

— Eh bien, ma chérie, ça ne va pas ?

Gemma éluda d'une grimace qui manquait de sincérité pour être crédible. Olivia posa sa main sur la sienne.

— C'est encore cette histoire avec Derek, c'est ça ?

— Non, non, tout va bien, mentit Gemma.

Olivia l'examinait et plus elle la détaillait, plus elle devinait une profonde mélancolie chez la jeune fille.

— Tu sais que tu peux tout me dire, n'est-ce pas ? Je ne suis pas ta maman, je ne te jugerai pas, je suis ton amie.

Sa main se serra sur celle de Gemma qui baissa le menton.

— Allons…

Gemma pleurait, elle chercha à fuir le contact visuel, puis finit par secouer la tête. Alors elle se pencha et dit :

— Vous devez parler avec le lieutenant Cobb, Olivia. C'est important.

59.

Le téléphone portable afficha à nouveau le nom de « Gemma Duff ». C'était au moins la troisième fois qu'elle appelait depuis la veille au soir.

Ethan Cobb se doutait qu'elle venait aux nouvelles, elle aussi devait être effondrée après ce qu'elle avait affronté sous la ville, mais pour l'heure Ethan ne pouvait décrocher. Il avait plus urgent à faire.

Il se gara tout au bout de la route, presque un chemin sur certains segments tant elle se rétrécissait dans les virages les plus sinueux. Dangereuse, cette voie serpentait sur tout le flanc ouest du mont Wendy, quasiment jusqu'au sommet. L'aide d'Ashley Foster avait été précieuse pour la débusquer car elle n'apparaissait sur aucune carte de GPS et il fallait effectuer une longue boucle au-delà des champs des Taylor pour parvenir à la dénicher. Un simple ruban goudronné, un passage de maintenance sans indication. C'était un lundi midi, jour tranquille, mais ils n'avaient pas croisé un chat sur tout le trajet. Personne ne se hasardait par ici.

De là-haut, la vue sur Mahingan Falls en contrebas valait cependant le détour. La ceinture de collines boisées qui l'encerclait était plus visible que partout ailleurs, vaste fer à cheval bordant la petite ville jusqu'aux rives de l'océan au-delà. Mahingan Head et son phare concluaient cette langue de terre par un épi abrupt.

— Qu'est-ce qu'on cherche, ce coup-ci ? demanda Ashley en chaussant ses lunettes de soleil.

Ethan releva le visage vers la grosse antenne d'acier garnie de paraboles qui les surplombait.

— Pour être franc, je ne sais pas exactement, n'importe quoi qui ne nous semble pas à sa place.

Ashley lui attrapa la main au passage.

— Je ne pose pas de questions parce que tu avais raison pour Dwayne Taylor, mais à un moment il faudra me donner des réponses.

Ethan approuva d'un signe de tête. Ashley était d'une fidélité précieuse et d'une confiance tout aussi inestimable. Elle le suivait aveuglément, mais il ne pourrait plus en exiger autant s'il ne jouait pas cartes sur table. Il lui dirait tout aujourd'hui. Tant pis si elle le prenait pour un fou.

Ils grimpèrent les cinquante derniers mètres qui les séparaient de la base de l'antenne.

Ethan jeta un coup d'œil à l'ouest et au sud, et il vit les étendues alignées de maïs des Taylor, leur minuscule maison au loin. Il devina leur peine maintenant qu'ils savaient. Le chef Warden avait lui-même pris l'enquête en main. Cette fois il allait faire intervenir le bureau du district attorney, il ne pouvait plus l'empêcher. Les choses allaient changer. Davantage de moyens. De pression également. Les fouilles autour du cadavre de Dwayne avaient duré jusque tard dans la soirée et Ethan avait été rassuré de constater en rentrant qu'aucun signe d'épouvantail n'avait été aperçu. Il avait même failli aller brûler ceux qu'Angus Taylor avait reconnu fabriquer, mais Ethan avait peur de provoquer une réaction en chaîne qu'il ne maîtriserait pas, et il s'était abstenu.

Une clôture grillagée encadrait le pied de l'antenne, des panneaux « INTERDICTION D'ENTRER » avec le pictogramme d'un homme électrifié prévenaient du danger.

— Est-ce vraiment une bonne idée ? interrogea Ashley.

Ethan s'était attendu à un endroit plus simple, sans protection particulière, et il s'aperçut que même le large mât métallique était flanqué d'une porte fermée par une serrure. L'antenne faisait trois mètres de diamètre au sol avant de s'affiner rapidement jusqu'au sommet de ses trente et quelques mètres de haut.

Il marmonna un juron pour lui-même puis retourna à sa jeep pour en extraire un pied-de-biche qu'il lança par-dessus la clôture une fois revenu.

— Le grillage n'a pas l'air électrifié, nota Ashley.

— Je l'espère ! dit Ethan en s'agrippant à deux mains pour se hisser.

Deux tractions, un peu d'équilibre sur la crête et il retomba adroitement de l'autre côté pour se saisir du pied-de-biche.

— Jusqu'ici, tout va bien, lâcha-t-il sans se retourner.

Ethan s'escrimait sur la porte pour la forcer pendant qu'Ashley escaladait à son tour pour le rejoindre au moment où la serrure céda. Le sergent dégaina la lampe torche à sa ceinture et éclaira l'intérieur de l'antenne. Un local technique encombré sur ses parois d'acier de boîtiers, de câbles et de prises de toutes sortes. Il n'y avait rien de plus sinon un léger bourdonnement électrique.

— Je n'y connais rien en technologie, avoua Ashley.

— Moi non plus mais nous cherchons un appareil qui n'aurait pas sa place ici ou une trace qui prouverait qu'on a récemment manipulé tout ce… tout ce bordel.

Ils entrèrent et sondèrent chaque gaine électrique, chaque coffret, étudiant les branchements, tapotant les boîtiers des prises avant qu'Ethan ne s'arrête devant une grosse armoire métallique barrée du logo jaune et noir zébré par un éclair.

— Très mauvaise idée, avertit sa partenaire.

— Je ne suis pas venu jusqu'ici pour rien.

Ethan actionna la poignée avec délicatesse et l'ouvrit. Le bourdonnement s'accentua. Ce qui ressemblait à un grand transformateur avec deux poignées et trois boutons apparut. Après un coup d'œil à distance, Ethan conclut que rien n'avait été modifié depuis un bon moment.

Ils ressortirent en grimaçant sous le soleil aveuglant.

— Une explication ? osa Ashley malgré l'air déçu de son collègue.

— Je pensais qu'on avait trafiqué l'antenne.

— Qui ça ?

— Probablement les faux agents de la FCC, je ne vois pas qui d'autre.

— Dans quel but ? Des écoutes illégales ?

Ethan haussa les épaules.

— Manifestement, j'ai eu tort. Tu n'as pas de nouvelles de ces gugusses ?

— Rien, impossible de les retrouver. Par contre, s'ils remettent les pieds dans le coin, avec toutes les sonnettes que j'ai disposées, je peux te garantir que je serai au courant avant qu'ils n'aient atteint le centre-ville.

Dans le jargon policier, placer des sonnettes consistait à prévenir le plus d'indics ou de personnes possible pour qu'ils rappellent les flics si se produisait un événement particulier ou s'ils repéraient un individu recherché.

Sur ce, Ethan leva le nez et se rendit compte qu'une échelle grimpait sur toute la hauteur du mât, desservant plusieurs nacelles sous les plus grosses paraboles et sous les rangées de tubes qui servaient de relais pour les signaux téléphoniques. Il tendit le pied-de-biche à Ashley et sans un mot s'élança dans l'ascension.

— Tu prends des risques, Ethan…

Mais il n'écoutait pas.

Il se hissa de palier en palier, inspectant chaque plateforme attentivement, puis il devint une silhouette dans le vent tout en haut.

Ashley lui adressa un signe avec le bras. Il ne répondit pas, concentré sur le paysage.

La frustration le dévorait. Il était pourtant convaincu par sa théorie.

Il redescendit lentement. Il était en sueur lorsqu'il retrouva la jeune femme au sol.

— Je ne comprends pas, lâcha-t-il entre ses dents.

— Fausse piste. Ça arrive. Rentrons, je t'offre un café glacé, tu as l'air d'en avoir besoin.

Il roula doucement sur le trajet du retour, la pente était forte, et les virages serrés. Bruce Springsteen chantait à la gloire des ouvriers d'Amérique à la radio et Ethan se remettait de son escalade.

Ashley était pensive.

Pourtant ce fut elle qui ordonna d'arrêter la jeep en désignant le bout de bitume juste devant eux.

— Des traces de freinage, dit-elle en sortant.

Et de fait, deux marques plus sombres dessinaient une empreinte de trajectoire qui déviait de la route. Bien que tatouées dans l'asphalte, elles s'estompaient déjà bien et ne tarderaient plus à s'effacer complètement, ce qui expliquait qu'ils les aient manquées lors de la montée. Ashley les suivit du regard, marcha sur le bas-côté, sur la terre et les buissons, et se pencha au bout du coude que formait la route à cet endroit. Une falaise ponctuée d'arbustes et de bruyères étirait son flanc jusqu'à la forêt tout en bas.

— Bien vu, la félicita Ethan. La voiture est tombée juste là.

— Je ne vois rien, tu es sûr ?

— Les troncs brisés là et là, et la végétation arrachée en bas. Il faut descendre.

La falaise n'était pas verticale, la multitude de rochers et de renfoncements permettait de s'y risquer sans équipement particulier, à condition d'être attentif, et Ethan passa le premier.

Ils mirent dix minutes pour atteindre le fond et l'orée de la forêt, et à peine trente secondes pour repérer l'épave malgré les fougères entassées par-dessus pour la masquer.

Il s'agissait d'une camionnette. Elle avait entièrement brûlé, sa peinture avait fondu, ne laissant qu'une structure cendrée et tachée de résidus noirs.

Ethan en fit le tour, se faufilant entre les épineux, les blocs crayeux et les troncs, tandis qu'Ashley faisait de même en passant par le flanc opposé. Ils se rejoignirent devant l'ouverture côté passager – la portière avait été arrachée, probablement pendant la chute du véhicule.

— On ne trouvera rien, ils l'ont déjà nettoyée.

— J'ai remarqué, les plaques ont disparu, releva Ashley.

Ethan entra dans la cabine grise et renifla plusieurs fois.

— Ça sent l'ammoniaque. Ce sont des pros. Ils n'ont pris aucun risque, ce que le feu n'aura pas détruit, le détergent s'en sera chargé.

— Les gars qui se font passer pour la FCC ?

— Très certainement. C'est ça qu'ils cherchaient. Tiens, regarde, il y avait un corps ici, fit-il en désignant ce qui restait de la banquette devant le volant.

L'emplacement n'était pas aussi abîmé que le reste, une masse importante avait partiellement protégé le cuir à cet endroit.

— Ils l'ont embarqué ?

— Je suppose. Comme tout ce qui pouvait se trouver à l'arrière, c'est vide.

Ethan ressortit en s'essuyant le nez.

— Ces enfoirés n'ont rien laissé au hasard.

— Ethan, ça commence à vraiment pas me plaire. Je veux savoir maintenant. Qui sont ces types qu'on traque ? Des barbouzes du gouvernement ou quoi ?

— Franchement, je n'en sais rien.

— Je vois bien depuis hier que tu es ailleurs, il y a quelque chose qui t'obsède. Tu ne crois pas qu'il serait temps de m'en dire un peu plus ?

— Tu crois aux fantômes ?

— Je suis sérieuse, je veux savoir dans quelle merde on s'est fourrés !

Ethan cracha sur le sol, il avait un goût de suie au fond de la gorge.

— Pour être honnête avec toi, je ne suis pas sûr de le savoir moi-même, mais je commence à avoir mon hypothèse.

Son téléphone se mit à vibrer.

Gemma Duff, à nouveau.

Il le remit dans sa poche. Ce n'était pas le moment. Il était lui aussi paumé et effrayé par ce qu'ils avaient vécu, mais tant pis, elle attendrait un peu.

Ethan se tourna vers Ashley. Autour d'eux un assortiment d'oiseaux piaillaient, le soleil tiède de septembre couvait la nature encore luxuriante, toute la panoplie du calme et de la sérénité.

Sauf cette camionnette brûlée.

Les deux flics se toisaient.

— Jusqu'à quel point tu as confiance en moi ? demanda-t-il.

60.

Ils ne faisaient plus l'amour.

Tom et Olivia s'étaient fait happer par le quotidien, par la fatigue des journées chargées, puis Tom avait eu sa période « concentration » où il s'était en fait plongé dans l'histoire de leur maison présumée hantée, avant que l'épisode du chien se jetant dans le feu ne les perturbe. La présence de baby Zoey juste à côté n'aidait très certainement pas. À présent ils erraient tous les deux dans cette zone d'incertitude profonde au sujet de leurs convictions, de leurs repères, de tout ce qu'ils avaient cru savoir du monde, et il n'y avait pas beaucoup de place pour le désir dans de pareils bouleversements intérieurs.

Olivia en était triste. Aussi perturbée fût-elle, le corps de son mari lui manquait. La tendresse qui allait avec aussi. Au-delà du sentiment de complicité intellectuelle qu'ils éprouvaient enfin, elle avait besoin de l'autre, plus charnelle, elle sentait que cela les aurait rapprochés encore davantage. Mais Tom s'était assoupi à côté, dans le lit. Elle n'était pas inquiète, elle savait que ce n'était pas parce qu'il ne la trouvait plus désirable – cette terreur partagée par toutes les femmes traversant la quarantaine – mais bien parce que sa tête et son corps étaient ailleurs en ce moment. Et pourtant elle le regrettait. S'évader, le temps de caresses, fusionner par un orgasme, se serrer l'un contre l'autre dans la moiteur des draps chargés de leurs ébats…

Toute la famille dormait et elle, elle pensait à s'envoyer en l'air, voilà qui avait de quoi la faire sourire dans le noir.

S'enfoncer dans le sommeil était pour Olivia ce qu'il y avait de plus difficile ces jours-ci. *Ça n'a jamais été ton fort*, corrigea-t-elle in petto. Elle redoutait chaque soir l'instant de vérité, celui où il devient difficile de fuir, de se mentir, lorsque l'oreille repose sur l'oreiller, qu'il n'y a plus un bruit sinon le lancinant battement de son propre cœur, que les pensées continuent, elles, de tressauter sans aucune velléité de s'estomper… Habituellement, son cerveau bien organisé lui projetait les listes de ce qu'elle avait oublié de faire dans sa journée et qu'il fallait faire basculer sur celles du lendemain ; puis suivait en général ce qu'elle avait mal fait, ce qu'elle aurait voulu changer dans ses actes, bref, rien que des choses assez peu positives pour rejoindre les bras de Morphée. Dans les mauvais jours, les doutes et les peurs remontaient à la surface, profitant que sa garde se baissait au prétexte de la recherche du sommeil, et Olivia savait qu'il lui serait impossible de fermer l'œil avant une heure avancée. Les meilleurs soirs, au contraire, rien de tout cela ne la parasitait, elle baignait dans la douceur de tout ce qui avait été agréable, elle se projetait dans le bonheur à suivre et s'endormait facilement, mais c'était un peu plus rare. Au fil des années, Olivia avait développé toute une pharmacopée à base de somnifères plus ou moins puissants, d'anxiolytiques et de pilules homéopathiques à avaler selon l'intensité de la crise.

Et en cet instant, son état de conscience était proche du maximum. Il lui faudrait du lourd, sinon ce serait inefficace. Seulement, Olivia ne voulait pas s'abrutir de médicaments, pas avec la menace qui planait sur leur toit. Si un de ses enfants se mettait à hurler en pleine nuit, elle devait pouvoir réagir au quart de tour, ne pas avoir à s'extirper des brumes chimiques, plus ou moins difficilement selon l'heure, c'était impensable.

Alors elle attendait dans le lit, et voyait les minutes, puis les heures défiler avec une lenteur déconcertante, proche de l'anémie temporelle, bien qu'elle ne fût pas certaine qu'une pareille expression soit très juste.

L'horloge digitale sur sa table de nuit diffusait un halo suffisant, une fois ses pupilles habituées à l'obscurité, pour distinguer les ombres sur le plafond, le tapis sur le sol, la chaise près de la fenêtre, le placard fermé… Le dessus-de-lit replié sur ses pieds glissait vers le sol. Elle se redressa pour le réajuster et se rallongea en quête de repos.

Il y avait ce raclement intermittent qui l'agaçait de plus en plus, celui de l'extrémité d'une branche du chêne dehors qui effleurait les volets lorsque le vent la repoussait vers la façade.

Tak.

Tak.

Silence. Parfois long, presque à s'ennuyer, avant que l'arbre ne recommence à quémander de l'attention… *Tak.*

Parfois Olivia les comptait comme on le fait avec les moutons pour s'endormir, parfois elle les oubliait, lorsque ses préoccupations étaient plus fortes.

Ce soir, elle ne les supportait plus.

Tak.

Elle les prenait contre elle, une attaque personnelle visant à l'empêcher de sombrer. Chaque fois qu'elle était sur le point de basculer, enfin épuisée, que tout son être s'effaçait au profit de la contrée des rêves, ils surgissaient… *Tak !*

Tak.

Tak.

L'air de rien, insidieux.

Olivia n'en pouvait plus de se tourner encore et encore dans le lit. Quelle heure pouvait-il être ?

Un léger mouvement de la nuque lui indiqua qu'il était deux heures dix-sept. *Je vais être rincée demain...*

Elle hésita en apercevant le tiroir de sa table de chevet qui recelait toutes ses potions magiques.

Non.

Elle devait rester vigilante. Tant pis.

Vigilante pour quoi ? Les enfants se lèvent dans cinq heures pour aller à l'école, Zoey va réclamer toute mon attention et moi j'aurai les yeux au milieu de la figure... tu parles d'une vigilance !

Pourtant elle se refusait à baisser la garde. Trop de doutes, d'interrogations, de craintes…

Tak.

Oh bon sang ! Toi je te fais tronçonner avant l'hiver !

Elle changea de place pour se rapprocher du bord du lit, elle aimait bien parfois s'endormir avec une main glissée entre le matelas et le sommier, une habitude.

Ses paupières s'entrouvrirent à peine, sans raison, juste par réflexe.

Il se tenait dans l'angle au bout de la chambre, du côté d'Olivia. Petit, recroquevillé sur lui-même.

Un enfant.

Était-il nu ? Qu'avait-il avec ses membres bizarres ?

Olivia ouvrit les yeux totalement pour s'assurer qu'elle ne s'inventait pas une vision avec des ombres.

Il y avait bien un garçon, cinq ou six ans à peine, maigre au point que ses côtes ressortaient horriblement sous sa fine peau pâle. D'immenses yeux noirs se braquaient sur Olivia. Deux pupilles énormes, si grosses qu'elles en étaient effrayantes.

Olivia ouvrit la bouche pour respirer, elle étouffait.

L'enfant se déplia comme une araignée blanche.

Ses bras étaient à l'envers, ils partaient en arrière, l'articulation du coude inversée également, et ses doigts s'agitèrent frénétiquement. Ses jambes faisaient de même, les hanches comme brisées, ses cuisses s'élançaient au-dessus de ses petites fesses creuses, et ses pieds touchaient l'arrière de son crâne hirsute.

Une terreur glacée paralysait Olivia, incapable de bouger ou même d'appeler à l'aide.

L'enfant roula sur lui-même pour se sortir du coin et lorsqu'il fut sur le dos, ses membres inversés purent le porter. Il sautillait, la tête à l'envers, fixant toujours Olivia de son regard abyssal.

Il se mit à courir, rapide et silencieux.

Il fonça vers elle, et ses lèvres s'étirèrent au-delà du normal. Là où n'importe quelle commissure se serait déchirée jusqu'aux oreilles, les siennes se replièrent pour dévoiler des gencives fines mais une gueule béante, beaucoup trop vaste pour être humaine. Ses innombrables petites dents pointues claquant dans l'air.

Clac !

Olivia haletait.

L'araignée humaine parvint au bout du lit et fit tomber le couvre-lit au passage. Le prenant pour une menace, l'enfant le mordit violemment avant de poursuivre en direction d'Olivia, la fureur déformant ses traits faussement ingénus.

Il parvint juste devant elle, en bas du lit, son odieux visage à quelques centimètres de celui d'Olivia qui tremblait. *Clac ! Clac !*

Ses articulations grincèrent abominablement lorsqu'il recula pour prendre son élan. Il allait bondir sur elle.

La terreur céda le pas à l'instinct de survie et Olivia poussa un cri qui puisait loin en elle.

L'énorme gueule se referma juste devant elle. *Clac !*

On la touchait, on la secouait, on lui parlait…

— Chérie ! Chérie ! Olivia !

Ses paupières tombaient et remontaient à toute vitesse.

La chambre. Un homme.

Tom.

Elle se serra contre lui.

— Tu as fait un cauchemar, chérie, c'est bon… C'est fini…

Elle tremblait.

Était-ce vraiment irréel ? Pourtant…

Elle se calma petit à petit, puis vit qu'il était presque trois heures du matin.

Vérifier dans l'angle de la pièce lui faisait peur, si du coin de l'œil elle apercevait la forme hideuse et désarticulée, elle deviendrait folle, mais elle le fit pour s'assurer qu'ils n'étaient pas en danger, puis elle se laissa choir sur les oreillers, rassurée.

Sa vision lui avait paru si vraie.

Elle pouvait encore entendre le son de ses mâchoires s'entrechoquant pour la mordre, pour déchirer ses chairs tendres…

Tak.

La branche du chêne cognait contre le volet.

Un cauchemar... Tom avait raison. Tout ça lui montait à la tête.

Elle vit son mari allumer la lumière de son côté et se lever pour aller dans leur salle de bains. Rien que le voir ainsi s'éloigner lui provoqua une bouffée d'angoisse, l'araignée humaine faite avec le corps d'un enfant aux pupilles noires à la place des yeux allait surgir dans son dos et courir pour lui arracher les tendons de la cheville, le faire chuter pour mieux lui manger le visage et…

Tom lui tendit un verre d'eau qu'elle but d'une traite.

— J'ai besoin de dormir, dit-elle. Je délire.

— Disons qu'avec ce que nous traversons, tu as toutes les excuses du monde. C'est bon, c'était juste dans ton esprit.

— Et si c'était elle ?

— Non, chérie…

— Mais si c'était Jenifael Achak et ses enfants qui pénétraient dans mon inconscient pour me tirer vers la folie ?

Tom écarta les mains, soudain à court d'arguments, avant de finalement trouver.

— Rappelle-toi ce que Martha a dit : lorsqu'une de ces Éco parvient à traverser le miroir sans tain, elle épuise une large partie de ses forces et ne peut agir à sa guise, et encore moins recommencer avant de s'être régénérée. Jenifael ne peut pas revenir vite.

Cela faisait sens et eut l'effet escompté sur la hantise d'Olivia qui céda d'un grognement.

Toutefois, après dix secondes, elle ajouta :

— Je nous laisse jusqu'à la semaine prochaine pour trouver une solution, après quoi, si rien n'est réglé, je prends les enfants et je rentre à New York.

Tom ne répondit rien et se tourna pour éteindre la lumière.

Mais juste avant que l'ampoule ne se coupe, Olivia aperçut le couvre-lit qui avait glissé sur le sol.

Un morceau était déchiré.

Il manquait un demi-cercle de la taille d'une bouche d'enfant.

Une grande bouche.

61.

Donnie's Beef Burgers donnait dans l'apparence.

L'illusion d'une gastronomie recherchée, d'une ambiance sans pareille, sans oublier un service atypique, le tout pour bien moins cher qu'un ticket au paradis. Du moins était-ce l'accroche des publicités, notamment sur la devanture, écrites en lettres lumineuses juste sous le « DONNIE'S BB » entouré d'un large hamburger clignotant, et cela suffisait à faire tourner les six services du midi à plein régime de la fin juin à la fin août.

Les clients réguliers sur l'année, eux, savaient que les serveuses en patins à roulettes n'étaient pas toutes souriantes, que le décor avait besoin d'un coup de frais et que ce qui arrivait dans l'assiette, sans être original, avait au moins le mérite d'être bon, le tout pour un prix tout à fait décent, si on se tenait à l'écart des boissons alcoolisées.

Ce qui attirait les habitants de Mahingan Falls en premier lieu, c'était son wifi gratuit et l'aire de jeux pour enfants que Donnie avait construite lui-même avec ses fils sur le côté du restaurant. À défaut d'avoir une vue, puisqu'on se retrouvait coincé entre deux immeubles bas d'Oldchester, ici on avait la paix avec ses gosses lorsqu'on venait y casser la croûte.

C'était exactement ce que pensait Steeve Ho lorsqu'il entra avec Lennox, son fils de quatre ans, et son Mac sous le bras. Steeve avait des tonnes d'e-mails en retard, et un peu envie de se reconnecter avec la vie sur les réseaux sociaux pour voir ce que devenaient ses amis. Cela faisait deux semaines qu'il avait emménagé à Mahingan Falls suite à sa séparation, et il était un peu dépassé. Monter les meubles, acheter de la vaisselle, remplir les papiers administratifs, souscrire un prêt pour la nouvelle voiture, il y avait passé le plus clair de son temps après le boulot et avait oublié de s'occuper de prendre Internet dans son appartement. Sa future ex-femme venait de lui déposer Lennox pour la semaine, et faute d'avoir pensé à remplir le frigo, il le traînait de restaurant en restaurant depuis samedi. Même s'il aimait son fils plus que tout, il commençait à considérer que la conversation d'un garçon de quatre ans était somme toute assez limitée, surtout après six repas en tête à tête.

Le garçon vit les structures de jeu et s'enthousiasma.

— Vas-y, je t'appelle quand le déjeuner est là, l'encouragea son père.

Lennox s'approcha d'abord timidement, un peu sur ses gardes, des deux chevaux à bascule, mais le gros ressort chromé en dessous ne lui inspira pas confiance. En revanche, le château coloré derrière, lui, semblait l'attendre. En particulier le tube bleu qui en descendait, un toboggan fermé qui s'enroulait sur lui-même avant de terminer dans une piscine à balles qui luisait de beaux vert, pourpre, marron, jaune et blanc. Promesse de rires garantis.

Lennox vérifia s'il n'y avait pas d'autres enfants pour jouer avec lui mais le restaurant était encore peu fréquenté, il était tôt, et aucune famille n'était arrivée. Tant pis, il explorerait ce château tout seul et le toboggan serait pour lui et juste pour lui.

L'entrée était un peu impressionnante avec un dragon vert peint sur toute la façade et il fallait passer dans sa gueule ouverte pour pénétrer à l'intérieur du château. Ça, ça ne plaisait pas trop à Lennox qui hésita.

L'appel du jeu était cependant plus forte, et il se pencha en prenant soin de ne pas toucher les murs pour découvrir à l'intérieur une série de paliers à franchir soit en se hissant, soit en franchissant une marche, soit, encore, le long d'une petite pente. Des protections rembourrées orange et rouges couvraient chaque arête, y compris le sol, et Lennox se sentit bien. Il n'aimait pas se faire mal. Il était souvent perdu dans ses songes, se cognait régulièrement et cela le contrariait. Ici, il n'y avait aucun danger possible et il se lança à la conquête des étages. Une fois au deuxième, il sortit sa petite tête par une minuscule fenêtre, à vrai dire ses oreilles frottèrent un peu, pour regarder si personne n'était venu entre-temps mais il ne vit toujours aucun enfant. Il chercha son père du regard et l'aperçut plus loin, attablé avec son ordinateur ouvert devant lui. Lennox voulut lui faire signe mais sa main ne passait pas, à moins de rentrer la tête, et de toute façon il connaissait son père, lorsqu'il était sur son écran, il était peu probable qu'il remarque quoi que ce soit.

Lennox sauta en direction du dernier étage, celui qui conduisait au Saint-Graal : le toboggan.

Il eut un peu plus de mal à y parvenir à cause de la hauteur du palier qui n'était pas facile à attraper pour lui, mais il était bien trop motivé pour abandonner maintenant. La bouche du toboggan l'attendait, toute bleue et circulaire, c'était un tube parfait, comme un tunnel perdu dans les airs, et qui dessinait deux boucles avant de cracher ses passagers dans la piscine multicolore. Lennox l'adorait déjà, sans même l'avoir dévalé. Il s'assit tout en haut et avec quelques reptations du postérieur se rapprocha jusqu'à être sur le bord de la pente.

L'intérieur était un peu sombre, voire carrément tout noir devinait-il, un peu plus bas. Ce n'était pas grave, il aurait la sensation de la descente, de la vitesse, ce serait drôle.

Encore quelques centimètres et ce serait parti…

Les autres enfants qu'il attendait tant se mirent à rire en bas dans le tunnel de plastique et Lennox se redressa en s'accrochant comme il le put pour ne pas glisser dans le toboggan.

Où étaient ces enfants ? Il ne les avait pas vus entrer pourtant !

Ils rirent à nouveau et Lennox n'aima pas ça.

Ce n'était pas du tout un rire bienveillant. Au contraire, il y avait quelque chose de… *mauvais* dans leurs voix.

« Lennox », souffla un des enfants en bas. « Lennox, allez, saute… »

Le petit garçon secoua vivement la tête. Ceux qui l'attendaient n'avaient rien de gentil, à présent il en était certain, c'était même pire : ils se moquaient. Ils lui voulaient du *mal*.

« Viens, Lennox, viens et on va pouvoir te faire glisser sur notre langue… »

À présent le garçon était en panique. Il devinait la nature monstrueuse de ce qui le guettait, et il sut que les voix n'étaient pas en bas du toboggan, mais *dedans*.

« Saute et on t'arrachera les bras ! » Les rires qui suivirent vrillèrent, ils montèrent dans les aigus puis s'altérèrent comme un vinyle que l'on ralentit volontairement. Un rire gras, cruel.

« Alleeeeeeeeeeeez… viiiiiiiiiiiiens… », firent-ils tous sur un ton horrible. Gourmand.

Lennox sentit le filet d'urine chaude couler le long de sa jambe, mais il s'en moquait. Il voulait quitter le château au plus vite, faire demi-tour et foncer, même s'il devait se cogner partout cette fois, il s'en fichait, du moment qu'il pouvait fuir cet endroit et retrouver son père avant que ces enfants-là, ou quoi que ce soit (car Lennox à ce stade comprenait qu'ils n'étaient pas ce qu'ils semblaient être), ne l'attrapent.

Il se retourna et ses petites paumes dérapèrent.

Son poids l'entraîna en arrière, dans le tunnel bleu.

Lorsqu'il comprit qu'il basculait en direction des enfants monstrueux et lorsqu'il entendit leurs exclamations d'hystérie, Lennox agita les mains comme un chaton cherchant à se retenir avant de chuter dans le vide. L'expression de terreur sur son visage dépassait ce qu'il aurait été possible de supporter pour un adulte.

Plus loin, Steeve *likait* un commentaire sur sa page Facebook et s'apprêtait à ouvrir sa boîte mail lorsqu'il entendit les hurlements.

Sur le coup, il songea à un animal comme un porc ou éventuellement un chien qui venait de se prendre une voiture et qui gisait juste devant le restaurant, les tripes à l'air et agonisant. Puis il identifia la provenance et ne vit pas son fils. Son cœur se mit à battre très fort. Alors il reconnut, au milieu des vociférations insoutenables, ce qui était la voix de Lennox, ou du moins une tonalité qui s'en rapprochait. Mais la souffrance la déformait tant qu'il n'en fut pas totalement sûr.

Le tube du toboggan sautait, pris de convulsions violentes. Des ombres se battaient à l'intérieur.

Enfin des éclaboussures coulèrent sur les parois, dans le tunnel.

Le temps que Steeve se précipite sur l'aire de jeux, le sang de son fils coulait en bas du toboggan, et recouvrait les balles en plastique d'une teinte uniforme.

Un beau rouge carmin.

62.

Le bureau de Martha Callisper, déjà encombré de ses nombreux objets étranges, était saturé, il ne restait presque aucun espace disponible.

La médium assise sur son fauteuil en cuir accueillait en face d'elle Tom et Olivia Spencer, Roy McDermott le vieux curieux toujours fidèle au poste, ainsi que Gemma Duff qui était à l'initiative de cette rencontre nocturne. Tous avaient pris place dans des sièges disposés en quart de cercle. Il ne manquait que les adolescents qui étaient réunis (à l'exception de Connor) dans le salon-loft au bout du couloir pour une soirée pizzas-série TV pendant que Zoey dormait sur un coin de canapé.

Ethan Cobb se tenait sur le seuil.

Il avait fini par décrocher. Gemma lui avait dit que les Spencer voulaient lui parler de toute urgence. Que c'était important.

Ethan les observait tour à tour, suspicieusement.

— Asseyez-vous, l'invita Martha en rejetant son épaisse chevelure argentée en arrière. Il reste justement une place.

— Je suis bien comme je suis.

Tous les regards convergeaient sur lui.

Gemma rassembla son courage pour enfin lui dire :

— Je leur ai tout raconté. Les voix dans le tunnel, les cris, les attaques des ombres, tout.

Ethan hocha docilement la tête.

— Bien. J'imagine que vous devez être en colère.

— Depuis combien de temps êtes-vous au courant ? demanda Olivia.

— Au courant de quoi ? Qu'il y a des fantômes sous notre ville ? Je l'ai découvert avec vos enfants, samedi.

Olivia et Tom échangèrent un coup d'œil et ils se prirent la main. Les dernières heures avaient été éprouvantes. Le dessus-de-lit mordu les avait particulièrement ébranlés et avait achevé de convaincre Olivia qu'il était temps pour la famille entière de s'unir dans la vérité, d'autant plus que Gemma avait insisté pour qu'ils se parlent tous. La longue conversation avec les enfants les avait achevés. Ils s'étaient installés face à face dans leur salon et là Olivia avait tout dit. Tout ce que Tom avait découvert, l'histoire de Jenifael Achak et son cauchemar à l'issue terriblement concrète. Chad et Owen avaient répliqué d'une traite, s'interrompant l'un l'autre pour ne rien omettre de ce qu'ils avaient vécu, eux, de leur côté, et ils avaient tous terminé en larmes dans les bras les uns des autres. Les deux adultes pensaient leurs garçons occupés à profiter de l'été à Mahingan Falls pour s'apercevoir qu'ils affrontaient ses démons. Non seulement les parents avaient été confrontés à une révélation qui révolutionnait leur perception du monde, mais Chad et Owen expérimentaient la même menace, à leur manière, sans qu'ils s'en soient rendu compte. Olivia avait été atterrée. Les excuses avaient fusé, en même temps qu'ils s'étaient câlinés longuement.

— Je sais, à balancer le mot « fantôme » comme si c'était normal, vous me prenez déjà pour un malade, soupira Ethan avec un sourire amer.

— Nous avons eu une discussion improbable ce soir, avec les garçons, exposa Tom. Nous nous sommes tout dit. Notre famille… nous avions des secrets, les uns envers les autres. Gemma nous a permis de le réaliser et…

Olivia le coupa pour interpeller le lieutenant de police :

— Vous croyez à cette histoire d'épouvantail ?

— Après ce que j'ai vu sous terre, franchement, il m'est difficile de remettre leur parole en doute. Monsieur et madame Spencer, je devine sans peine le sentiment d'incompréhension qui doit être le vôtre. Vous devez me prendre pour un illuminé qui a entraîné vos enfants dans…

— Nous croyons ce que nos enfants nous ont raconté, intervint Olivia. Tout. Y compris ce qu'il y a de plus improbable.

Ethan en fut décontenancé, il s'était préparé à devoir se justifier, à mettre sa démission dans la balance, à devoir supplier pour un tout petit peu de clémence et surtout de temps.

— Pour une bonne raison, ajouta Tom, ma femme et moi avons également de gros doutes sur… eh bien, sur la présence d'un de ces fantômes, ou quel que soit le nom qu'on leur donne, dans notre maison. Nous avons effectué des recherches à ce sujet, et tout porte à croire qu'une femme, torturée et brûlée pour sorcellerie à la fin du XVIIe siècle, ainsi que sa progéniture pourraient hanter nos murs.

Il écarta les mains devant lui en faisant la moue, comme s'il avait lui-même des difficultés à accréditer ce qui sortait de sa bouche, puis insista :

— Alors nous sommes enclins à croire nos enfants. Et nous ne voulons plus de secrets entre nous. Aussi insensés que puissent être les absurdités que nous devrons nous confier.

Martha Callisper se racla la gorge avant de prendre la parole. Le néon vert devant la fenêtre dans son dos contrastait avec la nuit au-dehors, et il la nimbait d'une étrange aura presque fantasmagorique.

— Il nous semble urgent de faire front commun, de tout nous dire, annonça-t-elle en dardant ses éclats bleus sur Ethan. Quelque chose est en train de se réveiller à Mahingan Falls. Une force inquiétante, dangereuse, dont nous ignorons tout ou presque.

Ethan avala difficilement sa salive.

— Je crois que je sais pourquoi, dit-il, provoquant une tension dans la petite assemblée.

Il éprouvait un certain malaise à aborder un sujet aussi improbable avec des gens qu'il connaissait à peine, comme s'il risquait d'être interné pour ce qu'il pensait, et en même temps sa poitrine se libérait d'un carcan de solitude étouffant. Il n'était plus seul pour affronter ces préoccupations démentielles ; ils étaient plusieurs, des adultes, des êtres en apparence réfléchis.

— Je ne peux pas le prouver, reprit-il, mais je pense que j'ai découvert comment tout ça a commencé.

— Cet été ? interrogea Martha.

— Très certainement. Des types sont venus à Mahingan Falls en se faisant passer pour des agents de la Commission fédérale des communications, mais ils ne sont pas ce qu'ils prétendent être. Ça m'a mis la puce à l'oreille.

— Je les ai rencontrés, se souvint Olivia, tu te rappelles, chéri, je t'en ai parlé. Je ne sentais pas ce mec. Qui sont-ils en réalité ?

— Je l'ignore. En fait, je ne sais même pas s'ils sont la source de nos ennuis ou s'ils cherchent à enquêter dessus, mais clairement ils sont au courant. Ils ont posé des questions à la radio, et ont nettoyé… disons qu'ils se sont assurés qu'on ne trouve aucune trace de leur passage. Et ces gens ne sont pas des amateurs.

— Dangereux ? voulut savoir Tom.

— Tout porte à croire qu'ils n'ont pas hésité à faire disparaître un corps, donc oui, je le crains.

— Des agents fédéraux membres d'une agence occulte ? demanda Roy. Je sais que pour beaucoup, dès qu'on remet en question l'histoire officielle, on passe pour des psychopathes adeptes de la théorie de la conspiration, mais croyez-en un briscard d'expérience comme moi, notre gouvernement nous ment sur beaucoup de sujets !

— Je n'ai pas envie de sombrer dans la paranoïa, modéra Ethan, alors j'évite de tirer des conclusions trop hâtives quant à leur appartenance.

Martha se pencha en avant sur son bureau.

— Qu'est-ce que vous avez découvert ?

Ethan les scruta un à un encore une fois. Il eut l'impression qu'il pouvait leur faire confiance, alors il se lança :

— Il m'a fallu un peu de temps pour tilter, puis toutes les pièces du puzzle se sont assemblées en un coup de fil. C'est à cause de ce qui nous est arrivé dans ce tunnel, samedi dernier. Ces… ces créatures, osa-t-il prononcer à voix haute, nous attaquaient ponctuellement. J'ai remarqué que c'était uniquement près des sorties, là où se trouvait un passage vers la surface. C'était déjà le cas lors de leur première manifestation dans le hall de jonction des rivières, nous étions tout près d'une grille d'aération vers l'extérieur. Sur le coup j'ai songé que c'était pour nous barrer la route, qu'elles voulaient nous obliger à retourner à la sortie que nous avions empruntée initialement, mais il n'y avait aucun piège, donc ce n'était pas ça.

À ce souvenir, Gemma serra ses accoudoirs jusqu'à s'en blanchir les articulations.

Olivia se leva et prit Ethan Cobb dans ses bras, le laissant pantois.

— Merci pour tout ce que vous avez fait, déclara-t-elle. Vous avez certainement sauvé les vies de nos fils.

Lorsque la mère de famille eut regagné sa place, Ethan retrouva son aisance et poursuivit :

— Plus tard, lorsque les garçons m'ont parlé d'une force supérieure qui les protégeait, depuis la ravine, j'ai commencé à avoir des doutes. Jusqu'à ce que j'aperçoive le Cordon, tout en haut du mont Wendy.

— L'antenne ? fit Tom. Quel rapport avec…

— Les ondes téléphoniques. Les créatures ne surgissent que lorsque les ondes téléphoniques sont assez puissantes. C'est pour ça qu'elles nous sautaient dessus près des plaques d'égout, parce que sous terre où nous étions, le réseau réapparaissait seulement à ces moments-là. Je me souviens avoir regardé mon téléphone pendant l'exploration, et je perdais le signal dès que nous marchions dans le tunnel. Ils ne pouvaient pas nous traquer à leur guise parce qu'ils se déplacent par le biais des ondes et qu'il n'y en avait que ponctuellement.

— La ravine est enfoncée derrière une colline qui la masque au Cordon, releva Roy. Les téléphones ne captent pas dedans.

— C'est pour ça que vos enfants se sentent en sécurité là-bas ! confirma Ethan. Les créatures ne peuvent y entrer tout simplement parce qu'elles n'ont aucun signal qui réussisse à s'y infiltrer.

— Cet épouvantail aussi serait animé par… notre réseau téléphonique ? demanda Olivia, sceptique.

— En fait ça va bien au-delà des téléphones. J'ai appelé votre collègue à la radio, Pat Demmel, pour lui poser la question. Je voulais comprendre le lien entre mon hypothèse et les voix qui surgissaient sur votre antenne ou dans la radio à bord du bateau de Cooper Valdez sur lequel j'enquêtais. Demmel m'a expliqué qu'au fond tout ça était à peu près similaire, il s'agit d'ondes dans tous les cas de figure. Plus ou moins fortes, sur des fréquences différentes, mais à la fin, ce sont des ondes. Et je me suis rappelé un incident étrange auquel j'avais assisté devant Saint-Finbar cet été : une nuée de chauves-souris s'est littéralement tuée devant moi. C'était comme si elles perdaient tout repère brutalement, et elles se sont fracassées sur le parvis.

— Les chauves-souris se guident et communiquent par des ondes, comprit Roy.

— Exactement. D'une nature différente de celle des ondes des réseaux téléphoniques ou de la radio, mais ça reste des ondes, le principe est le même. Et le docteur Layman m'a mentionné de nombreuses personnes qui saignent du nez en ce moment, je pense que c'est lié. Elles sont exposées à des pics d'ondes à cause de la présence de ces choses, j'ignore comment exactement, mais ça doit avoir un effet sur notre physiologie, en tout cas pour les plus sensibles.

Tom pivota vers Martha Callisper.

— Est-ce que les Éco pourraient se servir des ondes pour communiquer avec nous ?

— Manifestement c'est le cas : elles utilisent les ondes pour franchir le miroir sans tain qui sépare nos deux plans. Mais je n'ai jamais entendu cela auparavant. C'est une première.

Ethan approuva et continua :

— Ces choses voyagent sur les ondes dont elles se servent pour prendre corps parmi nous. J'ai le sentiment qu'en fonction des ondes dont elles disposent et probablement de la puissance du signal, elles peuvent plus ou moins interagir, en se matérialisant elles-mêmes ou en tout cas en adoptant une forme qui leur convienne. Ou encore elles prennent possession d'objets concrets pour les animer, comme c'était le cas avec l'épouvantail que les garçons ont affronté.

— Mais il y a des ondes partout ! s'alarma Tom. Les téléphones, les radios, le wifi, la moindre télécommande, c'est omniprésent autour de nous !

— Les sons sont des ondes, confirma Roy, et même ce que nous voyons, les couleurs, sont des longueurs d'onde particulières.

Ethan brandit un index pour souligner ce qu'il voulait dire.

— Je pense que ces créatures ne se servent que des ondes « artificielles », celles que nous manipulons avec notre technologie. Il doit y avoir une amplitude ou une puissance nécessaire, car ni le son ni les couleurs n'ont été utilisés pour voyager jusqu'à présent. Elles auraient pu nous atteindre à tout moment dans le tunnel si ça avait été le cas.

— L'homme, à force de vouloir se prendre pour Dieu, a peut-être ouvert la porte des Enfers, psalmodia Roy tout bas.

— C'est en tout cas une brèche unique dans l'histoire, à ma connaissance. Il y a forcément une raison. Cela proviendrait du Cordon ? demanda Martha.

— Je suis allé voir et je n'ai rien discerné de particulier là-haut, mais je ne suis pas ingénieur.

— Il faut interroger ces types de la FCC, peu importe qui ils sont, déclara Olivia.

— Volatilisés.

Gemma les observait comme s'il s'agissait d'extraterrestres, la bouche entrouverte, mal à l'aise.

Tous réfléchirent un moment en silence, à la fois plombés par ce qu'ils encaissaient et traversés par un curieux sentiment d'excitation. Ils n'étaient plus seuls, ils n'étaient plus dans l'ignorance totale, et l'acceptation même de l'existence de ces phénomènes surnaturels n'était plus, ici entre eux, ni taboue ni synonyme d'un début de démence.

— Qu'est-ce qu'on peut faire pour inverser le processus ? osa enfin Olivia.

Personne ne sut quoi répondre. Alors elle sortit son téléphone et composa un numéro avant de mettre sur haut-parleur.

— Pat, je suis désolée de te déranger tard le soir, j'ai besoin de te poser des questions.

Pat Demmel s'éclaircit la voix comme tiré du sommeil et dit :

— Pas de problème, Olivia. Qu'est-ce qui t'arrive ?

— Est-ce qu'on peut inverser des ondes ?

— Pardon ? fit le directeur de la radio. Je ne comprends pas…

— Des ondes qui traverseraient ma maison, est-ce que je pourrais les bloquer, par exemple ?

— Euh… eh bien, ça dépend quel type d'ondes. Selon l'épaisseur de tes murs, des matériaux utilisés, et de la topographie autour, ça…

— Des ondes qui arrivent aujourd'hui dans la chambre de mes gosses par exemple, comment puis-je les couper ?

— Il existe des brouilleurs, tu peux en acheter sur Internet, mais ça ne marche pas avec toutes les ondes. Le mieux c'est que tu te balades avec ton téléphone et ta radio portative dans une pièce et que tu regardes si les deux captent. Si tu veux que tes enfants soient le moins exposés possible, tu mets leur lit là où tu as le moins de réception de l'un et l'autre. Bon courage.

— On ne peut pas s'isoler totalement ?

— Franchement, aujourd'hui, avec notre société entièrement interconnectée, ça me paraît difficile. Ou alors va vivre au fin fond des forêts du Montana, et encore, j'ai lu qu'ils projettent de couvrir quasi cent pour cent du pays d'ici quelques années. Si tu veux vivre sans pollution technologique, tu n'as qu'à prier pour qu'il y ait davantage d'éruptions solaires, comme en ce moment.

Olivia se pencha sur son téléphone.

— Qu'est-ce que c'est ?

— Ce qui fout la merde sur nos réseaux téléphoniques. Nous sommes dans une période faste, il y en a eu plusieurs assez impressionnantes depuis le mois de juin.

Ethan fronça les sourcils et fit comprendre qu'il ne voyait pas le rapport. Olivia traduisit :

— Je n'ai pas eu de souci avec mon portable, c'est quoi ?

— Tu as de la chance, alors. Les éruptions solaires ce sont des explosions phénoménales à la surface du Soleil qui envoient des jets de plasma en fusion. On parle d'éjection de masse coronale, qui entraîne des altérations du vent solaire au point qu…

— Pardon, Pat, mais je n'y connais rien en trucs spatiaux, je suis larguée…

— Bon… Pour faire simple, disons qu'il s'agit de phénomènes liés à notre soleil. Tu le sais, il s'y produit quantité d'explosions en permanence, eh bien, disons que certaines sont encore plus massives que d'autres et que ces projections surpuissantes entraînent des perturbations magnétiques plus ou moins fortes sur notre Terre… Elles sont invisibles si tu n'y prêtes pas attention, mais en réalité elles peuvent nous impacter plus ou moins fortement selon la taille de l'explosion. Tu vois, ton téléphone, quand il se met à mal capter, que le GPS ne te localise pas bien, ça peut être la conséquence d'éruptions solaires. Pareil avec ta radio quand elle se met à crachouiller et toutes ces choses désagréables avec la technologie… La plupart du temps ça passe inaperçu, mais parfois les éruptions sont particulièrement importantes et les dégâts peuvent être plus problématiques, comme lors de l'incident Carrington en 1859 où tout le pays a subi un choc magnétique majeur, des électrocutions, le papier du télégraphe qui prenait feu et ainsi de suite. Ou encore au Québec en 1989, une tempête solaire a entraîné un black-out de plus de neuf heures. Heureusement, les gros hoquets de ce genre sont plutôt rares.

Olivia fit un signe de la main comme pour évacuer le sujet qui n'avait finalement rien à voir avec ce qui les intéressait. Mais Tom prit la parole :

— Bonsoir, Pat, c'est Tom. Dites, ces phénomènes, ça peut aller jusqu'où ? Il y a des conséquences disons… inattendues ?

— Bonsoir, Tom. Je m'intéresse pas mal à l'astronomie mais je ne suis pas spécialiste non plus, je fais juste partie du club de Mahingan Falls. Si ça vous intéresse, venez un soir lors de nos sorties, il y a assez peu de pollution lumineuse, on peut faire des observations amusantes et des photos surprenantes. Je peux demander à mes camarades si vous recherchez quelque chose de précis. Sinon je suis en contact régulier avec un ami qui travaille au centre de prédiction de la météo spatiale, le SWPC, dans le Colorado, c'est une pointure dans son domaine, il se fera un plaisir de vous aider si c'est pour votre prochaine pièce.

— Merci, Pat, c'est juste de la curiosité. Donc ces éruptions solaires n'ont pas d'impact sur les gens par exemple ?

— Je ne crois pas, peut-être des maux de crâne, mais ce sont surtout les appareils électroniques qui peuvent être endommagés. Parfois des transformateurs électriques peuvent saturer ou prendre feu aussi, mais c'est rare, il faut une éruption colossale pour ça.

— Donc rien en rapport avec la santé ou des… comment dire ça… des *hallucinations* par exemple ?

— Non, non, rien de tel. Enfin pas que je sache en tout cas.

Tom se renfonça dans son siège, mais Ethan prit le relais, porté par une intuition, et il s'approcha du téléphone.

— C'est le lieutenant Cobb. Dites, ces éruptions solaires, vous avez affirmé qu'il y avait un pic depuis le mois de juin, c'est bien vrai ?

— Eh bien, vous faites une réunion des grands esprits ! Invitez-moi la prochaine fois ! Pour vous répondre, lieutenant, il s'en produit normalement entre une par semaine et jusqu'à deux ou trois par jour, ça dépend des périodes, mais celles qui nous touchent particulièrement sont les plus virulentes parmi celles qui vont dans la direction de la Terre bien entendu, et en effet depuis près de trois mois nous traversons une période chargée en la matière.

— Elles ont donc un rapport avec les ondes de nos téléphones ?

— Une éruption solaire peut abîmer ou temporairement planter des satellites, surcharger les réseaux électriques au point de les faire frire, perturber ou altérer les ondes radio, et tout un spectre électromagnétique large, donc oui, ça inclut entre autres les portables.

— Il existe des listes détaillées de ces éruptions ?

— Vous pouvez les trouver sur le Web, je présume. Cela dit mon ami au SWPC doit avoir ça, je vais lui demander si vous voulez.

— Ça nous aiderait, merci.

— Ce que je vous ai raconté à propos des ondes hier, ça vous a servi comme vous l'espériez ?

— Je crois bien, oui.

— J'en suis ravi alors. Et des avancées concernant cette pauvre Anita Rosenberg ?

— C'est en cours.

Le silence qui suivit suffit à Pat Demmel pour comprendre qu'il avait joué son rôle et qu'il était temps pour lui de s'éclipser. Ils se saluèrent et Olivia raccrocha. Elle soupesa son téléphone d'un air méfiant.

— Les ondes, murmura-t-elle du bout des lèvres.

— Nous savons comment les Éco font pour circuler parmi nous, fit Tom. C'est déjà une avancée importante.

— Je ne comprends pas le rapport entre les ondes et ces éruptions solaires, par contre.

— Il n'y en a peut-être aucun.

Martha répliqua depuis la pénombre verdâtre du fond de son bureau :

— Ça n'explique toujours pas pourquoi ici et maintenant. Ces nombreuses ondes existent depuis des décennies et je n'ai jamais entendu parler de pareil phénomène ailleurs.

— Les éruptions solaires évoquées par Pat Demmel ? proposa Ethan.

— Dans ce cas, pourquoi n'y a-t-il pas une suractivité d'Éco à chaque éruption, comme en ce moment ? Et pourquoi uniquement ici à Mahingan Falls ? Pourquoi pas dans le monde entier ? Non, nous le saurions si tel était le cas.

— Il y a eu une intervention humaine, rappela Olivia.

— Une expérience du gouvernement, peut-être ? insista Roy. Ça peut vous paraître fantaisiste mais lorsque j'étais jeune la CIA n'hésitait pas à manipuler ses propres citoyens. Jetez un œil aux projets MK-Ultra par exemple ! Vous verrez qu'ils ne se sont pas gênés pour droguer un paquet d'innocents et farfouiller dans leur tête pour leurs tests.

Tom pivota vers Martha.

— Peut-on envisager l'existence d'une secte ou d'un groupuscule de fanatiques ésotériques. Vous avez déjà eu vent de ce type de fratrie occulte ?

— Non, ce sont des mythes, à moins qu'une organisation puissante et réellement occulte soit parvenue à dissimuler sa présence, ses recherches et ses découvertes pendant des années, mais nous frisons le délire romanesque.

Tous s'observaient, à court d'idées, fatigués et un peu inquiets.

L'électricité dans la pièce tressauta et les cinq adultes présents se raidirent aussitôt. Le courant se stabilisa et Olivia expira longuement l'air accumulé dans ses poumons.

Elle leva son téléphone devant elle pour dire :

— À présent, j'ai la désagréable sensation qu'*ils* sont tout autour de nous et qu'ils nous écoutent.

Ses yeux glissèrent vers le miroir piqué qui renvoyait leur image. Il suffisait de laisser libre cours à son imagination pour les voir livides et entourés d'ombres aux formes et aux contours angoissants.

63.

Pat Demmel n'avait pas traîné.

Dès le début de matinée, il avait appelé Ethan Cobb pour lui demander son e-mail afin de lui transférer les données concernant les éruptions solaires enregistrées cette année. Son ami à la SWPC avait dégainé la liste en un rien de temps.

Mais Ethan n'avait pas encore eu la liberté de se pencher dessus. Il avait plus urgent et dramatique à traiter.

La veille, le petit Lennox Ho, quatre ans, s'était fait mettre en pièces dans le toboggan de chez Donnie's BB. Lee J. Warden avait aussitôt pris les choses en main en sa qualité de chef de la police. Tous les officiers qui s'étaient rendus sur place avaient déversé leur déjeuner sur le parking du restaurant après avoir vu la scène du massacre. Ashley avait appelé Ethan pour l'informer qu'il ne devait pas venir. Warden était sur les nerfs, la découverte de Dwayne Taylor ne lui laissait déjà plus le choix, la situation lui échappait, il hurlait contre tous, et il avait expressément ordonné qu'on n'informe pas le lieutenant Cobb du crime, sous prétexte qu'il n'avait pas besoin d'une pleurnicheuse dans les pattes. Cobb était blacklisté et, sur le coup, cela lui avait paru préférable. Davantage de temps pour enquêter de son côté sur les phénomènes paranormaux qui frappaient la ville. Il avait toutefois demandé à Ashley de s'immiscer dans l'affaire pour lui en dresser un compte rendu détaillé le soir même, ce qu'ils n'avaient pu faire car Ethan s'était rendu chez Martha Callisper.

Le lendemain matin, Ashley et lui rattrapèrent leur retard au comptoir de chez Topper's, sur la marina, pendant que le lieutenant dévorait ses œufs brouillés et son bacon.

Ashley chercha ses mots pendant qu'elle voyait son collègue manger comme s'il n'avait rien eu dans l'estomac depuis deux jours (ce qui n'était pas loin de la vérité). Elle s'efforça d'être concise pour décrire ce qu'elle avait vu et ce qu'elle ne pourrait jamais plus oublier. Les restes de viande qui n'avaient plus rien d'humain et qui gisaient au pied du toboggan, au milieu d'une piscine à boules en plastique. Impossible de croire qu'il s'agissait d'un petit garçon. Il n'y avait presque pas de peau, rien que de la chair et des morceaux de carcasse luisante. Une touffe de cheveux à peine visible sous des balles vertes, bleues et rouges de sang.

Ethan avait finalement reposé sa fourchette et éloigné l'assiette à demi pleine.

En apprenant que le chef Warden mettait la mort du garçon sur le compte d'un animal, Ethan était devenu fou de rage.

Ashley dut le calmer pour éviter qu'il n'attire toute l'attention de la salle.

— Warden affirme qu'aucun être humain ne pourrait faire de tels dégâts dans un tube de toboggan, encore moins en si peu de temps, précisa-t-elle tout bas.

Ethan secoua la tête. Il n'en pouvait plus de ce Warden. Heureusement, la pression du district attorney Chesterton allait tout changer, ce n'était plus qu'une question de jours. Il ne s'agissait plus d'une petite affaire locale, les forces de l'État allaient se mettre en branle, contraindre Warden à obtenir des résultats, attirer la presse…

— Et toi ? demanda-t-il après s'être contenu. Tu en penses quoi ?

Ashley le détaillait. Il avait essayé de tout lui dire, deux jours plus tôt, tandis qu'ils descendaient la pente du mont Wendy, mais dès qu'il avait commencé à aborder l'aspect incroyable de son récit, il avait senti qu'il la perdait et il avait balayé tout ça d'un grand sourire comme s'il avait tenté de la faire marcher. Ashley n'était pas idiote et avait flairé le retournement de situation, elle avait insisté pour savoir s'il allait bien, s'il n'avait pas besoin de repos, et ils s'étaient séparés sur un malaise évident. Depuis, leurs relations, essentiellement téléphoniques, transpiraient le malentendu.

— Pour être franche, dit-elle, je ne sais pas quoi penser de tout ça. Ni de ce pauvre gamin, ni de toi.

Ethan but un peu de café pour évacuer le goût de la viande qui le dérangeait après avoir entendu ces horreurs.

— Il se passe des choses anormales à Mahingan Falls, dit-il sur le ton de la confidence.

— Ça, il n'y a que Warden pour refuser de l'admettre. (Ashley se pencha par-dessus la table jusqu'à ce que son visage ne soit plus qu'à quelques centimètres de celui d'Ethan.) Pourquoi est-ce que j'ai le sentiment que l'essentiel m'échappe ? Qu'est-ce que tu sais et que tu ne veux pas me dire ? Cette histoire dans les tunnels, sous l'école, ça n'était pas des conneries, pas vrai ? Tu y crois vraiment ?

Ethan déglutit bruyamment. Il lui rendit son regard intense, devinant que, selon ce qu'il allait répondre, il était sur le point de perdre ou de renforcer ses liens avec une alliée de taille.

— Oui, avoua-t-il. Traite-moi de dingue si tu veux, mais c'est vrai. Je l'ai vécu. Et les cinq gamins avec moi m'en sont témoins. Leurs parents aussi. Partout en ville, des créatures anciennes se réveillent et frappent plus ou moins fort. Certaines se contentent de renverser des objets, d'autres de faire peur aux animaux, et les plus virulentes attaquent pour tuer.

— Lennox Ho ?

— Je n'en ai aucune preuve, mais je sais que ça n'est pas un animal sauvage qui lui a fait ça. C'est l'un de ces fantômes.

Ashley prit la tasse d'Ethan et but son café avant de se renfoncer sur sa banquette. Dehors, sur la place surplombant les quais et les quelques navires de plaisance, un camion poubelle chargeait bruyamment les détritus entassés autour de grosses bennes en acier.

— Tu me demandes de te croire sur parole ? Pour une histoire de fantômes ? dit Ashley.

Ethan opina.

— Ça dégénère, insista-t-il, de plus en plus vite. Si nous n'agissons pas rapidement, nous pourrions bien perdre le contrôle de la situation.

Ashley écarquilla les yeux.

— Tu me prends pour un fou ? demanda-t-il.

Elle ne répondit pas, trop ébranlée. Ethan se pencha à son tour.

— Je ne t'en voudrai pas si c'est le cas. Mais sois prudente.

— Tu attends quoi exactement de moi ?

— Que tu gardes un œil sur Warden et sur ce qu'il fait. Et maintenant que tu connais la vérité, regarde autour de toi et fouille, tu trouveras tôt ou tard des éléments qui confirmeront ce que je t'ai raconté.

Ethan glissa sur la banquette pour se lever.

— Où vas-tu ? s'enquit-elle.

— Cooper Valdez faisait de la radio amateur. Je pense qu'il est tombé sur une fréquence parasitée par ces fantômes et qu'il a compris qu'ils passaient par les ondes pour nous atteindre. C'est pour ça qu'il a détruit tout son matériel et qu'il a voulu prendre la fuite par la mer, pour s'éloigner le plus possible des côtes et de toute forme d'onde technologique. Mais celles de sa radio l'ont trahi. Je vais repasser chez lui voir si je ne mets pas la main sur quelque chose d'intéressant.

Lorsqu'il quitta Ashley, Ethan vit à son expression qu'elle était incapable de trancher. Une bataille intérieure se livrait en elle et elle allait faire de gros dégâts. Du côté de ses certitudes d'adulte ou de son amitié. C'était à elle de décider à présent, même si, après quelques mètres, Ethan dut s'avouer que ce n'était pas juste de l'amitié.

*

Cooper Valdez était le seul dans la liste des disparus et des morts de l'été pour lequel Ethan était parvenu à une explication. À passer trop de temps sur les ondes, il avait découvert l'existence des Éco et l'une d'entre elles lui était tombée dessus en retour. Pour les autres, Lise Roberts, Rick Murphy, Dwayne Taylor, Kate McCarthy, Anita Rosenberg, Lennox Ho et ceux dont il ignorait probablement l'existence, il ne s'agissait que d'attaques erratiques. Au mauvais endroit au mauvais moment, là où un faisceau d'ondes puissantes se concentrait, juste lorsque ces Éco y passaient. Il n'y avait pas d'autre raison. Pas plus que pour les victimes d'un tueur en série qui frappe par opportunité.

La visite chez Cooper Valdez lui prit jusqu'au déjeuner, sans rien donner. Ethan rentra chez lui un peu déçu, et le fut tout autant lorsqu'il découvrit que son frigo était vide en dehors de quelques bières. Il s'en prit une en guise de repas et se souvint du coup de fil de Pat Demmel le matin. Son e-mail était arrivé presque dans la foulée et Ethan l'ouvrit avant d'imprimer le document joint, il détestait lire sur un écran informatique.

Cinq pages détaillaient sur plusieurs colonnes des éruptions solaires selon leur date. Pour chacune, plusieurs mesures étaient rapportées. Ethan n'en comprit pas la moitié mais il nota des chiffres affolants tels que la température estimée des éruptions, qui se mesuraient en dizaines de millions de degrés Celsius. Des énergies en MeV et GeV suivaient, ainsi que des vitesses dont Ethan ne savait à quoi elles correspondaient. Le délai entre l'éruption et l'impact sur la Terre était également précisé et celui-ci variait entre vingt-sept et une soixantaine d'heures. Sans tout assimiler, Ethan parvint cependant à les classer selon leur intensité et constata, comme l'avait fait remarquer Pat Demmel, que depuis la fin juin, des cycles plus fréquents et souvent plus puissants s'étaient enchaînés. Les notes en bas de page indiquaient que cela n'avait rien d'alarmant, juste une période d'activité intense avant une probable accalmie à venir. Une dernière note stipulait tout de même qu'une éruption de type « Carrington » ou supérieure avait douze pour cent de chances de se produire dans la décennie en cours. Ethan se souvint de l'exposé dressé par Pat Demmel et de l'incident Carrington, lorsque tout le pays avait été touché durement par des bouleversements électriques et magnétiques d'une ampleur rarissime. Est-ce que ces accélérations estivales d'éruptions majeures préfiguraient la grosse tempête solaire à venir ? Les scientifiques n'avaient pas l'air de paniquer, mais n'était-ce pas leur rôle que d'analyser froidement ?

Il se leva pour rechercher parmi ses notes, et en particulier sur le mur où il avait punaisé les photos de victimes, jusqu'à retrouver les dates pour chaque disparition ou mort.

Il entoura alors plusieurs lignes. Si les dates des éruptions ne coïncidaient pas avec celles des attaques, en revanche, ces dernières s'étaient produites chaque fois au moment où les éruptions les plus intenses avaient atteint la Terre, soit un à trois jours après leur déclenchement.

— Nom de Dieu…, murmura-t-il.

Il y avait bien une corrélation. Il suffisait de prendre en compte la durée de cheminement dans l'espace à partir de l'éruption et cette fois tout correspondait parfaitement.

— Ces saloperies de fantômes sont plus puissants quand le champ magnétique de notre planète est affecté.

Galvanisé par sa découverte, Ethan se mit à vérifier s'il pouvait effectuer d'autres recoupements, et il se lança dans tout un tas de rapprochements et de comparaisons qui ne donnèrent rien. Son téléphone sonna en fin d'après-midi. C'était Ashley.

— Je suis content de t'avoir, répondit Ethan. Après ce matin, j'avais peur que tu ne…

Elle le coupa d'une voix excitée :

— Tu te rappelles lorsque tu m'avais demandé de retrouver les type de la FCC ? dit-elle. Je n'y suis pas parvenue, par contre j'ai laissé derrière moi des tonnes de sonnettes dans toute la région, au cas où.

— Dis-moi ce que je veux entendre. Dis-moi que j'ai enfin un coup de chance !

— Un des motels où je m'étais rendue, à Salem, il vient de m'appeler. Une camionnette noire avec un type ressemblant à celui que je lui avais décrit vient de lui réserver deux chambres. Le type en question avait une carte de la FCC dans son portefeuille lorsqu'il a booké.

— Ils sont encore sur place ?

— Non, d'après mon contact, ils viennent de sauter dans leur camionnette. Ils prenaient la direction de Mahingan Falls.

Ethan était déjà sur son palier, ses clés de voiture à la main.

64.

Owen et Chad encaissaient mieux que les adultes. Ils avaient été confrontés au pire, mais leur cerveau d'enfant, initialement plus enclin à considérer l'existence de « monstres » comme probable, eut moins de chemin à parcourir pour basculer du pragmatisme réaliste à l'acceptation d'une évidence surnaturelle. Et la présence de Gemma, Roy, Martha, Ethan, Tom et Olivia désormais dans la boucle les rassurait pleinement. Ce n'était plus seulement un problème d'adolescents.

Ils se sentaient ainsi libérés. Les adultes allaient gérer.

Même les mesures imposées par Olivia depuis deux jours, comme par exemple couper le wifi dans la maison, ne brancher le téléphone que si nécessaire (il en allait de même avec les portables des parents) et dormir ensemble dans la même chambre, ne les dérangeaient pas. Il y avait une sorte de stimulation commune, d'autant plus exaltante qu'elle devait rester secrète. Les parents avaient été catégoriques : personne ne devait être au courant. Les Spencer étaient bien conscients que leur famille passerait pour folle s'ils commençaient à crier sur tous les toits que des fantômes traversaient la membrane qui sépare leur éther du nôtre par le biais des ondes !

Corey avait été plus taciturne, les cauchemars persistaient et il ne lâchait presque jamais sa sœur ou ses amis. De tous il était le plus affecté puisque Connor se comportait comme si tout cela était normal, voire attendu. Il témoignait une faculté d'assimilation et d'adaptation exceptionnelle. À vrai dire, Owen avait remarqué que Connor ne se posait surtout aucune question, il prenait ce qu'il vivait comme ça venait et réagissait au fur et à mesure, sans états d'âme. Owen ne savait pas s'il était admiratif ou si cela prouvait que Connor était surtout un gros bourrin comme l'avait dit une fois Gemma.

Ils rentrèrent de la bibliothèque un peu avant dix-sept heures et envahirent la Ferme avec leur enthousiasme presque déplacé. Tom venait à peine de rentrer avec baby Zoey, il avait préféré se tenir à l'écart de la maison et profiter du soleil pour prendre l'air au bord de l'océan.

— Qu'est-ce qui vous rend aussi joyeux ? s'étonna-t-il.

Chad exhiba une pochette cartonnée bien remplie.

— Papa, on a trouvé des tonnes d'infos à la biblio !

— C'est-à-dire ?

Connor se précipita pour expliquer :

— Nous dressons la liste de tous les crimes ou drames violents qui ont eu lieu à Mahingan Falls depuis plus de trois cents ans !

Chad enchaîna :

— Comme ça nous saurons qui sont les fantômes que nous affrontons ! Peut-être leurs points faibles.

— On ne dit plus des fantômes, mais des Éco, corrigea Owen qui avait retenu la leçon que Tom leur avait faite la veille.

Gemma, qui supervisait la petite bande, hocha la tête d'un air plus sérieux.

— Et il y a pas mal de monde concerné, c'est assez surprenant. Quelques morts sordides depuis une soixantaine d'années, des règlements de comptes entre trafiquants d'alcool pendant la prohibition, un XIXe siècle relativement calme, mais émaillé de quelques tragédies, accidents à la scierie, explosion de l'usine d'engrais à la sortie de la ville. Les années 1700, elles, furent violentes, avec l'installation des migrants, les luttes entre propriétaires terriens, avec les Indiens, et ainsi de suite…

— L'histoire de l'Amérique, résuma Tom.

— Ça veut dire qu'en Europe ils n'ont pas de fantômes ? demanda Corey.

Tom eut un rictus amusé.

— Si, au moins tout autant, mais ils ont eu plusieurs millénaires pour ça, là où nous avons fait la même chose en seulement quatre siècles !

Chad tapa sur la pochette.

— On va savoir qui on doit craindre, dit-il. Et aussi faire une cartographie de chacun, secteur par secteur !

Connor leva un plan plié de la ville.

— On a pensé à tout.

Les quatre garçons débordaient d'énergie. Seule Gemma, qui se tenait en retrait, affichait son air grave.

Tom secoua la tête.

— Ce n'est pas un jeu, déclara-t-il tout fort. Dois-je vous rappeler la peur que vous avez ressentie dans le tunnel samedi ? Et un garçon est mort sous vos yeux !

Les sourires s'effacèrent et les regards tombèrent.

— Vous devez rester prudents, insista Tom, nous ne sommes en sécurité nulle part, vous m'entendez ? Alors je ne vous demande pas de sombrer dans la paranoïa, moi-même je dois lutter contre Olivia pour ne pas qu'on abandonne tout en quittant cette ville dès maintenant. Cependant, ne sous-estimez pas les risques. Tout est une question de vigilance. J'ai là-haut un dessus-de-lit rongé par je ne sais quelle créature, vous voulez voir quelle sorte de dégât catastrophique pourrait provoquer l'un de ces êtres s'il s'en prenait à vous ? Gardez à l'esprit que ces fantôm… ces Éco sont dangereuses. Si elles ne se sont pas dissipées dans l'univers c'est parce qu'elles sont en colère, effrayées et hargneuses, et elles jalousent cette vie qui est encore la nôtre, donc elles ne nous veulent pas du bien, ce sont des concentrés bruts d'émotions négatives, É-CO : Énergies Coercitives. Ça signifie : pas cool. On ne plaisante pas. C'est compris ?

Devant l'expression à présent fermée et blessée des adolescents, Tom s'en voulut d'y avoir été un peu fort. Il se reprit :

— Je ne vous bride pas dans votre élan pour participer aux recherches, vous avez fait du beau boulot, bravo. Je veux juste que vous ne mettiez pas vos vies en danger, on est d'accord ?

Acquiescement général.

— Il y a de la limonade au frais et des cookies dans le placard, si vous voulez, ajouta Tom avant de se détourner.

— Maman n'est pas là ? demanda Chad.

— Elle est partie acheter un brouilleur pour les ondes des téléphones, mais apparemment ça ne se trouve pas facilement, il n'y en avait pas à Salem, du coup elle a poussé jusqu'à Boston. Elle sera de retour pour le dîner.

— On dormira dans une maison sûre cette nuit ? fit Owen.

— Il y aura probablement encore des ondes radio, ces signaux puissants, mais on va progressivement se protéger. Gemma, ta maman travaille tard ce soir ?

— Oui, comme d'hab, répliqua Corey en premier.

— Si vous voulez dormir ici, vous êtes les bienvenus. Pareil pour toi, Connor.

— J'adorerais, mais ma mère à moi va me taper une crise si je découche en semaine, gémit Connor.

— En tout cas, notre porte vous est ouverte.

Baby Zoey appela son père depuis les toilettes où elle attendait sur le pot et Tom disparut au secours de sa fille.

— On fait le plein de cookies et on file rendre visite à ce M. Armitage ? proposa Chad.

Fier de revoir ces jeunes curieux entre ses murs, le fantasque bibliothécaire, Henry Carver, leur avait conseillé de rendre visite à Pierce Armitage sur Beacon Hill. Armitage dirigeait la société historique de Mahingan Falls et détenait une connaissance prodigieuse en la matière, mais également d'archives qui encombraient son manoir gothique des caves au grenier. Carver avait passé un coup de fil et arrangé le coup, le vieux passionné était prévenu et attendait qu'ils se présentent à sa grille lorsqu'ils le voudraient.

Owen se gratta les cheveux, ce qui ne fit qu'accentuer le chaos capillaire qui lui servait de tignasse.

— Nous avons à trier tous les noms, les dates et les lieux que nous avons notés à la bibli. Ce serait bien de le faire avant d'en rajouter une couche.

— Moi je tiens pas en place, rétorqua Chad, tant qu'on y est, autant tout réunir.

— Je viens avec toi ! déclara Connor.

— C'est pas comme si j'avais le choix, donc, dit Gemma. Il faut bien que quelqu'un vous y emmène.

Corey hésita. Il s'adressa à Owen :

— Tu vas t'en sortir pour tout classer ?

— Papa a raison, ajouta Chad, faut rester vigilants, ça craint de te laisser seul.

— Vous inquiétez pas, je gère. Et je ne suis pas seul, Tom est là. On se revoit demain à l'école.

Chad se rapprocha de son cousin.

— Sûr ?

Owen approuva vivement.

— Tu es armé ? insista Chad.

Owen tapota la banane qu'il arborait à la taille et qu'ils avaient remplie avant d'aller à la bibliothèque.

— Je ne m'en sépare jamais, répliqua-t-il d'un air complice.

Un étrange pressentiment lia les deux garçons qui se faisaient face. Ils finirent par se donner l'accolade.

— Sois prudent toi aussi, dit Owen.

Connor remit sa casquette – des Red Sox aujourd'hui – et voulut le rassurer.

— Nous, on va juste fouiller des archives et poser des questions à un historien vieux comme la statue sur Independence Square ! Le seul danger, c'est de s'endormir.

Pourtant, lorsqu'il vit ses amis sortir et grimper dans la Datsun de Gemma, Owen éprouva une désagréable certitude.

Ils ne se reverraient jamais. Du moins pas tous.

65.

Le vieux 4 × 4 de la police avait englouti les boucles de Western Road pour jaillir hors de Mahingan Falls, et il s'élança sur l'asphalte tiède, entre deux murs de maïs au nord et au sud, comme un sillon de houille poisseuse tracé au milieu d'une mer émeraude.

Ethan avait failli se mettre en embuscade près des hautes chutes, après tout il n'y avait que deux accès possibles à la ville, et il était très peu probable qu'ils aient fait un long détour par le nord. Mais il n'en pouvait plus d'attendre et s'il avait enfin la possibilité de se confronter à ces imposteurs, il ne voulait surtout pas risquer de les manquer. Ils avaient pris la direction de Mahingan Falls, cela ne signifiait pas pour autant qu'ils y entreraient.

À présent, il espérait seulement ne pas s'être précipité.

Il s'autorisait à aller jusqu'à la Yankee Division Highway, limite officielle de sa juridiction, ensuite il ferait demi-tour pour patrouiller jusqu'au soir s'il le fallait. Ashley Foster faisait de même, ciblant le centre-ville, juste au cas où. Ethan avait opté pour la discrétion en n'incluant personne d'autre, pas même

Cesar Cedillo, il craignait trop que le chef Warden apprenne qu'une opération était en cours sans qu'il l'ait validée, et Ethan ne voulait surtout pas avoir à s'expliquer à ce sujet. Ce qu'il ferait de ces prétendus agents de la FCC n'était même pas clair dans son esprit.

La route était déserte, rien que des kilomètres de hauts épis de maïs de part et d'autre. Les céréales commençaient à pencher, asséchées par la fin de l'été.

La camionnette surgit à cent cinquante mètres devant lui, après un virage serré. Ethan agrippa son volant, les mains moites. Et maintenant ? Était-ce bien eux ?

Cent mètres.

Ethan distingua deux personnes dans l'habitacle. Le passager semblait avoir une cravate, probablement une veste, et le conducteur plutôt une combinaison de travail, mais il n'en était pas certain.

C'est eux, chercha-t-il à se convaincre.

Ça ne pouvait être une erreur.

Cinquante mètres. Ils allaient se croiser d'un instant à l'autre.

Ethan enclencha les gyrophares au dernier moment et pila au milieu de la route dans un nuage de poussière blanche pour bloquer le passage et forcer la camionnette à freiner brusquement.

Le flic jaillit, arme au poing. Il ne voulait prendre aucun risque.

— Police ! Ne bougez plus ! Les mains sur le tableau de bord ! aboya-t-il.

Les deux hommes s'observèrent et échangèrent quelques mots.

— J'AI DIT LES MAINS SUR LE TABLEAU DE BORD ! hurla Ethan en levant le canon de son arme vers la camionnette.

La menace directe du Glock termina de les convaincre et les deux hommes obéirent. Ethan se rapprocha prudemment du côté conducteur. Tout autour de lui le vent bruissait légèrement dans les feuilles de maïs.

— Avec la main gauche ouvrez doucement la portière et jetez les clés au sol ! ordonna le lieutenant.

Le conducteur s'exécuta sans perdre le contact visuel avec Ethan. Son sang-froid, sa carrure et l'assurance dans son regard firent sonner un signal d'alarme dans l'esprit du flic. *Ce type est un professionnel, garde tes distances avec lui et s'il tente quoi que ce soit, n'aie aucune hésitation, lui n'en aura pas.*

Ethan était à trois mètres, juste ce qu'il fallait pour préserver une distance de sécurité et en même temps s'assurer de toucher s'il devait ouvrir le feu.

— Dehors, les mains sur la tête, pas de mouvement brusque ou je tire, c'est clair ?

Le costaud obtempéra, là encore, sans se départir d'un flegme inquiétant.

— Officier, ce doit être un malentendu, commença l'homme en costume à l'intérieur, nous sommes…

— La ferme !

Ethan hésitait. Le plus délicat restait à venir. S'il voulait menotter le conducteur, il fallait qu'il range son arme ou bien il devrait se débrouiller avec une seule main tout en étant au contact avec la brute. Si ce dernier avait dans l'intention de se défendre, ce serait le moment qu'il choisirait et l'homme en costume pourrait profiter de la panique pour brandir un flingue s'il en avait un.

Ne pas entraver au moins le plus physique des deux était une connerie, estima Ethan. *Je ne peux prendre le risque de le laisser libre de ses mouvements.*

— Toi, à genoux, puis tu t'allonges face contre terre, allez ! Dépêche-toi !

Le passager opina presque imperceptiblement pour intimer à son gorille d'obéir et Ethan se tendit encore plus. *Les deux sont coordonnés.*

La situation était merdique. Ethan en était bien conscient et il se rappela qu'ils n'avaient pas hésité à nettoyer le véhicule brûlé au pied du mont Wendy et à embarquer un cadavre. Il avait péché par orgueil en y allant seul, c'était une terrible erreur.

Mais le conducteur, là encore, ne s'opposa pas à lui et se retrouva au sol comme il le lui avait ordonné.

— Je ne bouge pas, fit l'homme à l'intérieur d'un air presque méprisant avec son faciès à la John Malkovich.

Ethan appuya sans ménagement son genou entre les omoplates de la brute qui grommela, et lui fit tendre une main pour lui passer les menottes, puis serra sur la seconde. En entendant le déclic, Ethan éprouva un soulagement immense. *Un de moins.*

Il le fit se redresser et lui commanda de ne pas bouger pendant qu'il supervisait la sortie de Malkovich. Celui-ci arborait un léger sourire sûr de lui malgré ses bras levés.

— Nous sommes collègues, officier. Nous travaillons pour la…

— FCC, je sais. Ça fait un moment que je vous recherche.

L'homme perdit un peu de sa superbe.

— Ah oui ? À quel sujet ?

Ethan n'avait qu'une paire de menottes sur lui, mais il savait qu'il y avait des Serflex dans sa jeep. Il fonçait comme un débutant, il prenait bien trop à cœur toute cette histoire, au point de perdre ses réflexes élémentaires de flic. Il n'aurait pas dû sortir sans les Serflex rangés dans la boîte à gants. Ils ne servaient presque jamais à Mahingan Falls, il n'y avait même pas pensé le soir où il s'était retrouvé face à trois ivrognes à la sortie du Banshee.

Il décida de conserver ses distances avec Malkovich tout en gardant en vue le costaud à genoux devant la camionnette.

— Donnez-moi vos papiers d'identité, et sortez-les doucement de votre veste.

— Bien sûr. Vous avez piqué ma curiosité, pourquoi vouliez-vous tant nous voir ?

Il fit apparaître un portefeuille noir qu'il tendit à Ethan qui se rapprocha d'un pas pour l'attraper avant de reculer, son Glock toujours braqué sur l'homme.

— Pour savoir qui vous êtes vraiment. La FCC n'a envoyé aucune équipe, tout ça c'est bidon.

L'expression de Malkovich changea. Davantage de froideur envahit ses traits, presque un soupçon de haine à la place de la bonhomie de façade.

— Ce doit être une erreur, nous faisons bien partie de la FCC et…

— Arrêtez vos mensonges. Je sais que vous êtes venus la première fois pour retrouver votre collègue disparu, celui dans la camionnette qui a brûlé. Vous l'avez récupéré avant de vous volatiliser.

Les mâchoires de Malkovich roulèrent sous ses fines joues. Ethan l'avait clairement sorti de sa zone de confort.

— Il va falloir me donner des explications plus convaincantes, si vous ne voulez pas dormir en cellule ce soir.

À ces mots, l'homme en costume se redressa complètement pour jauger Ethan d'un regard pénétrant.

Autour d'eux, les deux murs de maïs semblaient les couper du monde. La route, toujours aussi déserte, n'était plus visible d'aucun côté après un virage sec. Ils flottaient dans un ailleurs ponctué du bruissement des céréales dans la brise.

— Je sais que vous êtes responsables de ce qui se passe en ce moment dans ma ville, ajouta Ethan. (Soudain son armure professionnelle se craquela et il ajouta, dépassé par la colère :) Vous avez foutu une sacrée merde avec vos spectres !

L'œil acéré de Malkovich se resserra.

— Oui, je suis au courant d'à peu près tout, ajouta Ethan. Mais il va me falloir des réponses pour combler les derniers blancs.

L'homme approuva vivement.

— Nous sommes venus réparer notre erreur, dit-il en lui tendant la main. Je suis certain que nous pouvons nous entendre.

— Vous allez commencer par remettre les mains sur la tête et me précéder jusqu'à mon véhicule.

— Officier, tout ça doit rester entre nous.

— C'est trop tard. Vous savez combien de personnes sont mortes à cause de vous ? Lennox Ho, ça vous dit quelque chose ? Il avait quatre ans. Quatre ans, putain ! s'énerva Ethan.

— Comme je vous l'ai dit, nous sommes revenus pour fermer la brèche.

À ces mots, Ethan fut pris d'une nouvelle hésitation. Il n'avait aucun plan, certainement pas l'intention de les amener au poste pour officialiser leur arrestation devant Warden qui ne comprendrait rien et risquait de tout foutre en l'air, et en même temps il ne pouvait se résigner à les interroger ici pour les relâcher ensuite. Ces types devaient payer. Il avait foncé et devait à présent improviser. Mais entendre les mots « brèche » et « fermer », cela lui parlait.

Sentant probablement qu'une faille s'entrouvrait, l'homme insista :

— Officier, nous n'avons pas beaucoup de temps. Il faut agir vite. Je propose que nous ayons une petite conversation à trois, rapidement.

Ethan ne le sentait pas. Surtout la brute agenouillée. Il désigna sa jeep.

— Vous allez docilement me laisser vous entraver le temps que je déplace mon véhicule pour libérer la route, et ensuite nous irons à l'arrière du vôtre pour que vous me racontiez tout. Mais je vous préviens, à la moindre entourloupe, je vous coffre et vous passerez la semaine à l'ombre.

L'homme approuva d'un large sourire de requin.

*

L'arrière de la camionnette était aménagé avec des étagères en fer sur lesquelles s'alignait un tas de matériel informatique et technique, composé d'oscillateurs et d'amplificateurs en passant par quantité de boîtiers dont Ethan ignorait l'utilité. En face, des petits casiers emmagasinaient du fil électrique, des vis, du câble et diverses fournitures électroniques. La porte latérale demeurait ouverte sur les champs tout proches afin de laisser entrer assez de lumière et d'air. Ethan avait envoyé le costaud au fond et gardait Malkovich en face de lui, près de la sortie. Son arme dormait dans son holster mais il se tenait prêt à réagir au moindre geste suspect. Sa nervosité devait être palpable car Malkovich lui proposa de s'asseoir.

— Vous n'avez rien à craindre de nous, compléta-t-il. Je ne vais pas vous mentir, je n'ai plus à le faire puisque vous êtes au courant et que vous ne me traiterez pas d'idiot si j'évoque des aspects peu conventionnels de notre monde. Nous devons faire équipe si nous voulons éviter une catastrophe.

— Pour qui travaillez-vous ?

— Vous pourriez au moins me détacher, fit le conducteur en grimaçant.

Ethan l'ignora. Malkovich leva lui aussi ses poignets entravés par un Serflex et cette fois Ethan le trancha à l'aide du couteau à sa ceinture.

— Pour une entreprise américaine, répondit Malkovich.

— Je veux son nom.

— Officier, il serait préférable pour tout le monde que nous nous contentions seulement de ce qui est utile pour…

Ethan se pencha vers lui d'un air menaçant.

— Qu'est-ce qui vous fait croire que vous avez le choix ?

Malkovich émit un petit reniflement sec puis acquiesça.

— Très bien. Nous travaillons pour OCP, OrlacherCom Provider, fournisseur de technologies pour les grands groupes de télécom essentiellement.

— C'est pour ça que vous avez joué avec les ondes ?

Malkovich fit une grimace et acquiesça à nouveau.

— Hélas oui. C'est arrivé par hasard, il y a plus de deux ans, après cinq ans d'essais. Nous mettions au point un nouveau système d'amplification des ondes téléphoniques, notre technologie était révolutionnaire, le fruit d'un mariage heureux, au sens premier du terme. Notre fondateur a épousé la directrice d'un laboratoire de recherche neurologique spécialisé dans les ondes cérébrales. C'est elle qui a eu l'idée de croiser nos départements de recherche et développement afin de voir ce que l'un et l'autre pouvaient s'apporter. Eux désiraient comprendre comment diminuer l'impact des ondes téléphoniques sur nos cerveaux et nous… eh bien, nous étions à l'affût d'une opportunité. Non seulement elle s'est présentée mais elle a dépassé toutes nos espérances. Ainsi est né, petit à petit, ce nouveau système d'amplification. Il était censé booster les signaux téléphoniques au-delà de tout ce qui est imaginable aujourd'hui, et ainsi diviser par cinq puis par dix le nombre d'antennes relais, mais aussi n'avoir quasi aucune répercussion sur la santé.

Le maïs derrière Ethan s'agita et il pivota pour vérifier avant de constater que ce n'était que le vent qui forcissait. Malkovich n'en avait pas profité pour tenter quoi que ce soit.

— Nous ne nous sommes pas rendu compte tout de suite de ce que nous avions fait, poursuivit-il. Il a fallu attendre les premières manifestations.

— Un fantôme ?

Malkovich pinça les lèvres avant de dodeliner.

— Je suppose qu'il n'y a pas d'autre mot pour ça, en effet.

— Quelqu'un est mort ?

— Non, grand Dieu, non, fort heureusement ! Toutefois il était évident que nous avions mis la main sur quelque chose d'unique, une découverte transversale inattendue et providentielle.

— Providentielle ? Vous réalisez ce que vous dites ?

— Notre technologie d'amplification pouvait nous ouvrir les portes d'un marché se comptant en dizaines de milliards, officier. Di-zaines-de-milliards. Les dizaines se sont brusquement transformées en milliers, rien qu'avec ce que nous avions entre les mains, soit une preuve de l'existence d'un au-delà, et mieux encore : un moyen d'y accéder. Une économie unique au monde.

— Un moyen d'ouvrir une faille pour que ce soient *eux* qui entrent dans le nôtre, corrigea Ethan.

Malkovich fit comme s'il s'agissait d'un détail.

— Imaginez les répercussions sur notre civilisation ! jubila-t-il.

— Et celles sur votre entreprise au passage…

Malkovich hocha la tête.

— Je ne vais pas me défiler, oui, c'est vrai. Et nous avions besoin d'en savoir plus, d'opérer des tests – ce que nous avons effectué sans relâche pendant plusieurs mois, sans parvenir à stabiliser les manifestations. Elles étaient rarissimes, très courtes et impossibles à reproduire à volonté.

— C'est là qu'un de vos brillants ingénieurs sans scrupules a décidé de lancer un essai grandeur nature sur ma ville ?

Malkovich prit une profonde inspiration.

— À peu de chose près, en effet. Mais vous devez comprendre qu'à ce stade, aucune des manifestations n'avait été dangereuse. Inquiétantes, menaçantes, oui, mais n'est-ce pas là par définition la nature même d'un fantôme ? Nous n'avons jamais pensé que ça irait plus loin que quelques frayeurs parmi la population, et avant même que ça ne s'ébruite nous aurions démonté notre matériel et disparu dans la nature avec nos résultats.

Ethan n'en revenait pas. Il se passa une main sur le visage pour s'assurer qu'il ne rêvait pas, que cette conversation était bien réelle.

— Vous avez lancé un test en secret sur une population civile avec une technologie que vous ne maîtrisiez pas, répéta Ethan, incrédule.

— Nous pensions la contrôler. Que tout était sans danger, il s'agissait seulement de prendre des mesures, vérifier l'impact de notre système d'amplification et de modulation des ondes sur la santé, y avait-il plus de maux de crâne qu'ailleurs, par exemple ? Le nombre d'individus rassemblés sur une zone a-t-il une influence sur le nombre d'apparitions possibles ? Des choses comme ça. Et ensuite, bien sûr, sonder la population pour écouter s'il y avait des « choses étranges »… J'ai personnellement recruté trois équipes qui devaient se mélanger à vos concitoyens à la rentrée pour effectuer ces remontées d'informations. Mais compte tenu de la tournure que ça a pris, nous avons tout annulé.

— Sans blague ?

— Vous réalisez les enjeux ? Ces milliers de milliards de dollars ! Nous pouvions devenir les pionniers d'un domaine considéré jusqu'à présent comme fantaisiste ! Amazon, Google, Facebook, nous les aurions dépassés en un rien de temps ! Tout le monde aurait voulu se jeter sur nos licences !

— Des gens sont morts…, répéta Ethan qui ne parvenait pas à encaisser ce cynisme.

— Et nous ne l'avons jamais voulu ! Mais est-ce que vous comprenez ce qu'il aurait été possible de faire avec notre découverte ? Proposer à chacun de communiquer avec ses morts ! Apaiser des familles entières ! Résoudre des meurtres ! Explorer l'histoire ! La porte ouverte vers un champ de recherche prodigieux, la plus grande révolution scientifique de l'humanité, reléguant la théorie de la relativité à la préhistoire.

— La théorie de la relativité a aussi conduit à la bombe nucléaire, les conséquences de la vôtre pourraient être pires encore.

— Nous ne sommes qu'un petit groupe à l'échelle de ce qui existe dans notre branche, une révolution pareille risquait de nous échapper si nous la communiquions sans en maîtriser tous les tenants et les aboutissants, nous nous serions fait voler nos travaux et ce test grandeur nature devait nous permettre de gagner des mois sinon des années face à une éventuelle concurrence plus riche. Croyez-moi, nous n'avions pas prévu ce qui est arrivé ensuite.

— Vous avez installé votre matériel sur le Cordon, c'est ça ?

— Un détective privé que nous avions engagé l'a fait au début de l'été. C'est lui que nous avons fini par retrouver en bas du mont Wendy. J'ignore ce qui s'est produit, une sortie de route involontaire ou…

Malkovich laissa la suite en suspens.

— Vous n'avez pas hésité à faire disparaître son corps.

Malkovich adressa un regard au conducteur qui les observait, impassible, au fond.

— Et je n'en suis pas fier. Mais nous étions allés trop loin pour reculer. Si vous étiez remonté jusqu'à nous, nous aurions coulé avec notre projet colossal. Toutes les révolutions doivent hélas comporter leur lot de sacrifices.

— C'est comme ça que vous les appelez ? Kate McCarthy ? Rick Murphy ? Lennox Ho ? Des sacrifices ?

Malkovich leva les mains devant lui, entre agacement et supplication.

— Nous ne voulions pas ces morts ! Je vous l'ai dit, nous pensions que c'était sans danger !

— Alors qu'est-ce qui s'est passé ?

Malkovich soupira, jetant un coup d'œil à l'extérieur.

— Notre technologie n'a pas donné les mêmes résultats à grande échelle qu'en laboratoire. Tout d'abord le signal était plus puissant ici, beaucoup, beaucoup plus. Et puis… nous nous sommes rendu compte après un mois qu'il y avait une amplification exponentielle. Chez nous, les apparitions étaient faibles, ici, elles se sont accumulées, et c'est comme si en ouvrant la brèche, elles s'étaient toutes agglomérées pour forcer le signal et le rendre de plus en plus massif, sans limite. Jusqu'à ce que nous perdions le contrôle.

— Vous ne maîtrisez plus votre matériel ? Je suis allé voir dans l'antenne, je n'ai rien vu, il est encore là-haut ?

— Non, nous avons tout retiré lors de notre passage le mois dernier.

— Alors pourquoi est-ce que ça ne s'arrête pas ?

Malkovich avala sa salive, pour la première fois il semblait mal à l'aise.

— Nous pensons qu'ils ont pris le contrôle de la brèche à travers les signaux envoyés par l'antenne. Ils n'ont plus besoin de notre amplification artificielle.

Ethan rejeta la tête en arrière, accablé.

— C'est pas vrai… Donc, ce que vous êtes en train de me dire c'est que votre petite expérience a réveillé tous les fantômes qui dormaient sur un plan parallèle à Mahingan Falls, tous les spectres qui se sont accumulés au fil des décennies, des siècles, au gré de notre histoire locale…

— A priori, on peut estimer que leur présence est circonscrite à Mahingan Falls. Le signal originel que nous avons envoyé était centré exclusivement sur l'intérieur de la cuvette et tout porte à croire que c'est resté concentré sur place.

— Il existe un moyen de tout arrêter ?

Malkovich hésita.

— Officier, j'ai besoin de votre promesse. Que vous allez nous relâcher sans aucune poursuite.

— Pardon ?

— Et je m'engage à couper le signal.

— Pour qui vous prenez-vous ? Vous croyez que votre entreprise va s'en tirer comme ça ? Vos patrons devront assumer leurs responsabilités !

Malkovich se mordilla les lèvres, puis se lança en tendant la main vers Ethan :

— Je suis Alec Orlacher, le fondateur d'OCP. J'assume mes erreurs, c'est pour ça que je suis là, moi et personne d'autre mis à part Ernie, ici, notre responsable de la sécurité. Nous sommes les seuls à pouvoir régler la situation.

— Dites-moi comment ?

— Mon savoir est mon laissez-passer.

— Pour la prison, ça c'est certain.

Orlacher se recula. Il affichait une mine contrariée.

— Le temps nous est compté, officier. Ce qui est arrivé est un drame, j'en suis bien conscient, mais si vous m'empêchez d'agir rapidement, une tragédie pire encore nous guette.

Ethan lut qu'il ne bluffait pas. Dehors la luminosité déclinait lentement, la journée touchait à sa fin et Orlacher semblait s'en préoccuper.

— Expliquez.

— Il se produit sur le Soleil des explosions parfois phénoménales qui…

— Les éruptions solaires.

— Vous connaissez ? Très bien. Les éruptions solaires profitent aux apparitions. Lors de ces épisodes, leur puissance est décuplée.

— C'est bien ce que je craignais. Je pensais que les fantômes se servaient des ondes pour circuler, et que ces éruptions solaires, justement, nuisaient aux ondes téléphoniques, alors en quoi ça leur serait profitable ?

Orlacher parut bluffé par les connaissances du flic. Il hocha la tête.

— Nous ignorons encore pourquoi. Ces éruptions, lorsqu'elles atteignent la Terre, parasitent en effet les courants électriques, les appareils électroniques et les ondes, c'est un fait. Pourtant les apparitions ne sont jamais aussi actives que pendant ces rayonnements invisibles à nos yeux. Peut-être parce que la tension générale diminue et que cela libère une entrave ou que les champs magnétiques normaux les perturbent, or ces derniers sont eux-mêmes bouleversés par les éruptions solaires. Les ondes utilisées par la téléphonie sont parfois altérées, mais il reste bien d'autres types d'ondes qui, elles, demeurent relativement stables, donc les… les fantômes, s'il faut les appeler ainsi, trouvent à se déplacer sans problème. Mais ils sont plus nombreux et plus puissants. Dans nos laboratoires, c'était spectaculaire, lorsqu'une éruption solaire touchait la Terre, les apparitions se maintenaient face à nous pendant plusieurs minutes, pour quasiment prendre forme ! Mais nous étions loin d'imaginer qu'elles seraient aptes à interagir avec notre monde !

— Cet été, les éruptions solaires étaient particulièrement fortes. À chaque fois qu'une d'entre elles nous atteignait, une attaque mortelle est survenue.

— Oui, nous pensons qu'elles ont contribué à favoriser l'émergence des fantômes dans votre ville en leur conférant une énergie impressionnante. Comprenez que, là encore, nous ne pouvions pas le prévoir ! Ces bombardements cosmiques sont plutôt rares, surtout dans ces proportions ! Notre amplificateur a causé une brèche qui nous a échappé, c'est vrai, mais la présence de ces éruptions énormes, par cycles de surcroît, ça, c'est la faute à pas de chance ! Sans elles, il n'y aurait pas eu autant d'apparitions, et jamais elles n'auraient été aptes à causer autant de dégâts…

— Pourquoi faut-il agir rapidement ? insista Ethan qui pressentait le pire et n'était pas loin de balancer son poing dans la mâchoire de cet enfoiré cynique et irresponsable.

Alec Orlacher échangea un regard lourd de sous-entendus avec son sbire.

— Nous sommes en contact avec le SWPC, le centre…

— Je sais ce que c'est, pourquoi est-ce urgent ? s'énerva Ethan.

— Parce que le SWPC nous a prévenus qu'une éruption phénoménale s'est déclenchée ce matin. Elle était si importante qu'il se pourrait bien que les conséquences soient désastreuses.

— À quel point ?

Orlacher se rongea les lèvres en fixant Ethan.

— Catastrophiques.

— Dans combien de temps sera-t-elle sur nous ?

— Elle est si monstrueuse que sa vitesse dépasse des records.

— Quand ? s'écria Ethan.

— Avec le temps que nous avons perdu ? D'une minute à l'autre.

66.

Tom Spencer débarrassa les assiettes d'Owen et de baby Zoey pendant que Milo léchait les miettes d'aliments tombées sous la table, essentiellement dans le périmètre de la petite fille. Tout le monde dînait tard ce soir, Chad n'était toujours pas rentré alors qu'ils avaient école le lendemain, et Olivia ne les avait pas rejoints pour le repas, trop occupée dans le salon à tenter de faire fonctionner le brouilleur qu'elle avait débusqué à Boston. Mais tout cela n'avait pas grande importance. Les circonstances étaient exceptionnelles, plus aucune routine ne primait.

Chad avait appelé une heure auparavant depuis le portable de Connor pour expliquer qu'ils sortaient à peine de chez Pierce Armitage, le responsable de la société historique de Mahingan Falls, où ils avaient rassemblé quantité d'informations intéressantes sur des fantômes potentiels en ville. Tom trouvait cela bien pour son fils, ça le focalisait sur une tâche intellectuelle, et le détournait de l'oisiveté et de la peur. Chad avait demandé l'autorisation exceptionnelle d'aller dîner avec Gemma, Connor et Corey, et son père la lui avait donnée à condition que Gemma le ramène en voiture dès qu'ils auraient terminé. Plus les enfants se tenaient à l'écart de la maison et de ses Éco belliqueuses, mieux c'était.

— Chérie, ne fais pas fonctionner ton machin tant que Chad n'est pas rentré, des fois qu'il veuille nous joindre par téléphone, OK ? lança-t-il en direction du salon.

— Il faudrait déjà que je comprenne ce que raconte cette notice. Je déteste les notices ! Il y a des tonnes de réglages à faire… Le vendeur m'a prévenue qu'il n'avait pas de modèle grand public, c'est le moins qu'on puisse dire, il faut être ingénieur rien que pour déballer l'appareil de son carton et brancher tous les piquants de ce porc-épic !

— Porc-épic ? Qu'est-ce qu'elle raconte ?

Tom et Owen esquissèrent un sourire complice, et le père de famille demanda à ce dernier :

— Ça t'embêterait de monter avec Zoey, de lui laver les dents et de la mettre en pyjama le temps que j'aide Olivia avant qu'elle ne ravage notre salon ?

— Pas de problème. Allez viens, poulette !

— Zoé pas pou-hette !

Tom vint prêter main-forte à son épouse qui étudiait une grille de chiffres dans une liasse de documents et les comparait avec un bouton cranté au dos de ce qui ressemblait à un lecteur de DVD garni de douze antennes noires.

— Un porc-épic de technologie, confirma-t-il, mains sur les hanches.

— Normalement, avec ça plus un GSM ne captera à cinquante mètres à la ronde, plus de Bluetooth, de GPS, de wifi ou de VHF non plus. Enfin, si j'arrive à le mettre en marche…

On frappa frénétiquement à la porte.

Chad étant dehors, Tom se précipita, il n'aimait pas cette insistance.

Le lieutenant Ethan Cobb entra sans s'y faire inviter, suivi par Ashley Foster.

— Évacuez la maison ! ordonna-t-il.

— Quoi ?

— Prenez vos enfants et barrez-vous de Mahingan Falls aussi loin que possible, au moins pour la nuit. Le sergent Foster va vous escorter jusqu'à la sortie de la ville.

— Qu'est-ce qui se passe ? demanda Olivia, catastrophée.

— Ça va dégénérer ce soir.

— Martha Callisper a dit qu'il fallait un peu de temps entre chaque manifestation et nous en avons eu une avant-hier, nous devrions être à l'abri encore quelques jours, non ?

— Les Éco se servent également des bouleversements magnétiques lors des éruptions solaires pour apparaître, rapporta Ethan. Je n'ai pas le temps d'entrer dans les détails, mais je peux vous dire qu'une vague d'une ampleur sans précédent va nous frapper d'un instant à l'autre. Tout ce que nous avons vécu depuis cet été n'est rien en comparaison de ce qui va nous tomber dessus cette nuit.

— Chad est dehors, s'angoissa Olivia.

— Récupérez-le et partez dès que possible.

— Vous allez faire quoi ? demanda Tom. Évacuer la ville ?

— À ce stade, je n'ai plus d'autre choix.

Ethan retourna vers la porte et ajouta :

— Je voulais vous prévenir en premier, j'ai passé un appel radio à mes collègues pour les mettre en état d'alerte, ils m'attendent au poste. Le sergent Foster est au courant de tout. Vous pouvez lui faire confiance. Ashley, tu me rejoins dès qu'ils sont en sécurité derrière la Ceinture. La nuit va être longue.

Ashley acquiesça, elle semblait pourtant perdue au milieu de cette agitation.

— Ne traînez pas, ajouta Ethan. Bonne chance.

La lumière de la maison clignota un bref instant et tous levèrent les yeux vers le plafonnier de l'entrée.

Ethan sortit une boussole de sa poche et ils virent que l'aiguille qui indiquait le nord était en train de dévier lentement en direction de l'est.

— Oh non, dit Ethan. Ça vient de commencer.

67.

Olivia se précipita sur son téléphone portable et appela celui de Gemma qui décrocha à la deuxième sonnerie.

— Gemma, mettez tout le monde dans la voiture et rentrez immédiatement.

— Les garçons viennent de terminer, pas de problème.

— C'est urgent, Gemma, vous laissez tout ce que vous avez sur la table pour payer, je vous rembourserai, mais vous n'attendez pas, foncez à la voiture, compris ?

— Euh… oui. Nous arrivons.

— Où êtes-vous ?

— Au restaurant mexicain, sur East Spring Street.

— Très bien, vous n'en avez que pour cinq minutes. Dépêchez-vous et dites à Connor de m'appeler dès que vous êtes dans la voiture, je veux vous entendre sur tout le trajet, c'est… allô ? Allô, Gemma ?

Un grondement s'accentua soudain dans le combiné et se mua en une voix atroce, grave et menaçante, hurlant des mots inconnus, et tout le chœur des cris de souffrance surgit à son tour, jusqu'à ce que la communication se coupe.

Olivia avait le cœur qui battait la chamade.

— Ils vont bien ? s'alarma Tom.

Olivia appela de nouveau, mais le téléphone n'avait plus de réseau.

— Tom, ton portable capte ?

— Oui, tiens.

Elle composa le numéro de Gemma et les hurlements lui firent lâcher le téléphone aussitôt.

Elle haletait, en panique.

— Chad, dit-elle.

— Gemma sait ce qu'elle doit faire, essaya de la rassurer Tom bien qu'il fût lui-même fébrile. Va chercher Zoey et Owen là-haut, je m'occupe de jeter le strict minimum dans la voiture. S'ils ne sont pas là dans dix minutes, je fonce les retrouver.

Pendant ce temps, Ethan appelait Alec Orlacher. Le déclic de la communication enclenchée lui indiqua qu'il avait décroché, pourtant il n'entendait rien.

— Orlacher, vous êtes là-haut ? Orlacher ?

Une respiration lente et sifflante résonna dans l'appareil. Ethan fronça les sourcils.

— Vous m'entendez ? insista-t-il.

Un liquide se mit à couler à proximité du micro d'Orlacher, suivit d'un bruit spongieux et Ethan crut même discerner un gémissement étranglé. Puis il y eut un cri déchirant, presque une supplication, avant qu'une explosion humide sature le haut-parleur de son téléphone. L'appel s'interrompit là-dessus. Ethan recommença mais plus personne ne décrochait.

— Je le sens pas, lâcha-t-il à Ashley. Occupe-toi d'eux puis fonce au poste. Je vais prévenir par radio les équipes d'ordonner l'évacuation immédiate de la ville.

— Warden ne validera jamais sans une bonne raison.

— Que cet abruti se penche à sa fenêtre et il ne va pas tarder à en voir des dizaines, de bonnes raisons !

— Où vas-tu ?

— Sur le mont Wendy. Tout part de là. Si Orlacher a eu un problème, l'enfer va s'abattre sur Mahingan Falls. Il faut arrêter le signal avant qu'il ne soit trop tard.

Un bruit sourd envahit soudain la maison et toutes les ampoules explosèrent en même temps avant que l'électricité se coupe complètement cette fois. Un filet de fumée grise s'échappait de la télévision et de la chaîne hi-fi. À l'extérieur, le soleil était sur le point de se coucher, déjà englouti par les collines de la Ceinture, et la pénombre envahit la demeure des Spencer.

À l'étage, la voix effrayée d'Olivia retentit :

— Qu'est-ce que c'était ?

— Surtension, analysa Ethan.

— Il n'y a plus de jus, confirma Tom. Ça va, chérie ?

— Il y a du verre partout à cause des lampes !

Tom grimpa dans l'escalier pour aller au secours des siens, laissant les deux policiers dans l'entrée. Ethan prit son téléphone et tenta d'appeler Cedillo, mais une voix gutturale et sinistre lui hurla dessus dans une langue inconnue, et là encore, semblant tout droit sorti des Enfers, le concert d'hommes et de femmes s'arrachant les cordes vocales le fit raccrocher précipitamment. Tous les numéros qu'il essaya donnèrent le même résultat.

— Les lignes sont HS, prises par les Éco, dit-il. Ashley, va à ta voiture et vérifie si la radio fonctionne.

La jeune femme s'élança et claqua la porte derrière elle.

Tom et Olivia redescendirent avec Owen et Zoey, dans les bras de sa mère.

— Les téléphones portables ne fonctionnent plus, prévint Ethan.

— Ce sont les Éco qui attaquent ? fit Tom, inquiet.

— La surtension non, je pense que c'est une conséquence de l'éruption solaire qui nous a atteints, en revanche elle a ouvert les vannes à ces choses qui sont en ce moment même sur les ondes téléphoniques.

— Oh mon Dieu, lâcha Olivia, ils vont se déchaîner…

Elle entra dans le salon pour soulever le gros brouilleur qu'elle venait d'acheter et jura en constatant qu'il fumait légèrement.

— Il a grillé !

Tom se rendit dans le local technique de la maison en s'éclairant avec son téléphone portable, et il constata que le disjoncteur principal était en position fermée. Il releva le bouton et entendit plusieurs déclics.

— Le courant est revenu. Il suffit de changer les ampoules.

— Pas le temps, évacua Olivia en fourrant des briques de légumes pour bébé dans un sac ainsi que tout ce qu'elle trouvait d'utile. Dès que Chad est là, on se tire !

Ashley revint en trombe.

— Plus rien ne marche dans la voiture, tous les circuits électriques ont grillé.

— Radio comprise ? grimaça Ethan.

— Tout.

— Merde.

— La voiture ? répéta Olivia. Tom ! Vérifie la nôtre !

Tom fonça vers la porte et il tomba nez à nez avec Roy McDermott qui sursauta.

— Tout le monde va bien chez vous ? demanda-t-il une main sur la poitrine. Le quartier entier a pris la foudre on dirait !

— Roy aidez-moi à rassembler les affaires de Zoey, lui lança Olivia, nous partons et vous venez avec nous.

Ethan, lui, retenta de contacter Alec Orlacher sans plus de succès. Il secoua la tête.

Tom revint, blafard.

— Tous les véhicules sont dans le même état, j'en ai peur.

— Tu veux dire que Chad est coincé en ville ? s'affola Olivia.

— Il n'est pas seul, rappela Tom. Même s'ils sont à pied, ils vont rentrer jusqu'ici.

Olivia secoua la tête.

— Non, je ne laisse pas mon fils à la merci de toutes ces horreurs.

— Alors je vais aller le chercher.

Roy désigna l'avant de la maison en s'adressant au lieutenant Cobb :

— Votre vieille jeep, là, il n'y a pas grand-chose d'électrique dedans, on doit pouvoir la faire fonctionner en se passant du démarreur, non ?

— Je ne connais rien en mécanique, avoua Ethan. Vous sauriez vous débrouiller ?

— Je n'ai pas plus de compétences que vous mais j'imagine qu'en soulevant le capot et en regardant de plus près, ça ne doit pas être bien compliqué. À l'époque on faisait simple.

— J'ai des outils dans la remise, Roy, servez-vous, dit Tom.

Tout le monde s'affairait, Ashley accompagnant le vieux voisin dehors pour l'éclairer sous le capot avec sa lampe torche.

Ethan Cobb, lui, restait immobile. Mille pensées se télescopant dans son esprit.

Tom lui passa devant et s'assit au pied des marches pour enfiler une paire de chaussures de marche.

— À quoi vous pensez ? demanda-t-il en nouant ses lacets.

— Les Éco ont besoin de l'électricité pour circuler librement sur les ondes émises par le Cordon. Il faut aller là-haut pour le couper.

— Vous n'avez pas envoyé quelqu'un ?

— Orlacher, si, mais j'ai l'impression que ça s'est mal passé. Je dois y aller.

— Si c'est le point d'entrée de ces saletés, n'est-ce pas un peu dangereux ?

— J'ai peut-être un moyen de me protéger. J'ai récupéré dans la camionnette d'Orlacher des brouilleurs portatifs.

— S'ils ont subi le même sort que tout notre matériel électrique, ça ne vous servira à rien.

— Non, ceux-là sont sur batterie, ça devrait aller.

Olivia apparut, et déposa Zoey à ses pieds.

— Si vous neutralisez le signal, ça réglera le problème ?

— D'après l'homme qui est monté, oui.

— Mais dès que l'antenne sera remise en fonction, les Éco reviendront, non ? interrogea Tom.

— Normalement non, puisque la technologie qui a permis de les faire entrer dans notre plan n'est plus active. Ils l'ont démontée.

— Qui ça « ils » ? tiqua Tom.

Olivia s'interposa avant que le lieutenant puisse répondre.

— Ethan, j'ai bien compris : si vous montez sur cette fichue montagne, vous nous débarrassez de ces créatures, nous et toute la ville ?

— Il faut tout *shunter*, puis *rebooter* le système pour refermer la brèche par laquelle ils transitent entre leur éther et notre plan. Je ne peux le faire que du sommet du mont Wendy.

Olivia se tordit les doigts de nervosité et d'hésitation, puis elle déclara :

— Dans ce cas, il faut miser toutes nos chances sur cette option. Tom, va avec lui. Fermez ce maudit signal.

— Et Chad ?

— Je vais aller le chercher.

— Non, tu…

— Ethan, vous avez un de ces brouilleurs pour moi ?

— Oui.

— Très bien, je prends Zoey et Owen avec moi, toi, Tom, tu aides Ethan, vous ne serez pas trop de deux.

— Ashley va venir avec vous, proposa Ethan.

Tom secoua la tête.

— C'est dangereux, reste ici et laisse-moi m'occuper de Chad.

— Les voitures sont en vrac, je ne peux aller nulle part, il faut agir. Ma décision est prise, et je serai avec le sergent Foster.

— Mais… et puis deux femmes seules, un homme doit venir avec vous pour vous protég…

— Tom, arrête ! s'énerva Olivia, sous tension.

Il fallait décider, rapidement, et Olivia n'entendait plus perdre une seconde. Puis elle se calma instantanément et ajouta d'une voix moins dominée par la peur :

— Oublie ton héritage galant et sexiste, nous sommes capables de nous défendre. J'ai besoin de savoir que tu veilles sur nos vies en t'attaquant à la source.

Elle prit ses mains dans les siennes et s'adressa à son mari avec toute sa détermination, sur le ton d'une confiance tissée entre eux pendant près de quinze années de mariage :

— Chéri, cette maison abrite les Éco de Jenifael Achak et de ses rejetons, et s'ils sont gorgés ras la gueule d'énergie pour nous sauter dessus pendant la nuit, alors c'est tout sauf un endroit sûr. Je serai plus en sécurité là-dehors avec nos enfants ! Je rassemble notre tribu, et toi pendant ce temps tu sauves cette putain de ville !

Owen tira sur la manche d'Olivia.

— Je serai plus utile avec Tom, dit-il. Je connais la forêt par cœur maintenant, je peux les guider.

— Non, toi tu viens avec moi.

— Mais je peux les conduire jusqu'à la ravine, là-bas il n'y a aucun signal qui passe, on sera en sécurité pour contourner la Ceinture, ensuite il suffira de repiquer par le nord jusqu'au mont Wendy !

— Roy connaît le coin, il va les accompagner.

— Il répare la voiture ! Et Roy va les ralentir dans la forêt et pour grimper sur les pentes, alors que moi je suis agile. Tom veillera sur moi !

Owen planta ses yeux dans ceux de sa tante et il ajouta du bout des lèvres :

— Fais-moi confiance.

Olivia chercha une réponse dans le regard de son mari cette fois et celui-ci soupira avant d'accepter.

— OK, mais tu obéis à tout ce que je dis.

Ethan, qui était sorti récupérer un brouilleur portatif, revint et tendit à Olivia une sorte de talkie-walkie avec une grosse antenne noire.

— C'est très simple, dit-il, vous tournez ce bouton-là pour le mettre en marche, il est réglé pour couper toutes les ondes dans un rayon de trois à quatre mètres environ.

— Parfait.

— Une dernière chose, ces appareils sont puissants donc ils consomment énormément d'énergie. Quand ils sont sur batterie, Orlacher m'a prévenu qu'ils ne fonctionnaient pas plus d'une demi-heure. Donc utilisez-le avec parcimonie, uniquement si vous vous sentez en danger.

Ethan recula et invita Tom et Owen à le suivre.

Tom se rapprocha de sa femme.

— Tu es sûre ?

— Veille sur Owen et ne prends pas de risques inconsidérés, c'est promis ?

Ils s'embrassèrent, un baiser doux et chaud, trop court. Puis Tom serra Zoey contre lui avant d'attraper une lampe électrique qu'il glissa à sa taille.

Ethan était déjà à l'extérieur en train de donner ses dernières consignes à Ashley.

Tom ne parvenait pas à décrocher du regard de sa femme. Son sang bouillonnait à ses tempes.

Il franchit le seuil de la Ferme en se retournant plusieurs fois.

Mais Olivia était déjà en train de s'équiper pour retrouver son fils.

Il traversa son jardin et tandis qu'Owen et Ethan s'enfonçaient dans la forêt sombre sous le ululement d'une chouette perchée dans les hauteurs, il jeta un dernier regard à sa maison. Les fenêtres noires l'observaient en retour. Noires de haine.

68.

Le docteur Layman regardait la télévision d'un œil distrait lorsqu'elle se coupa d'un coup et que toutes les ampoules de leur maison sur Maple Street explosèrent, faisant crier Carol, assise à ses côtés.

— Qu'est-ce que c'était que ça ? demanda-t-elle.

Chris Layman traversa le salon en prenant soin de vérifier où il marchait, il était pieds nus et il y avait du verre partout. Il se mit à fouiller dans un placard à la recherche d'une lampe.

— Va vérifier que Dash dort encore et qu'il ne s'ouvre pas le pied s'il sort de son lit, dit-il.

Puis Chris mit ses Crocs verts, ceux qu'il gardait toujours devant la baie vitrée pour jardiner, et il ouvrit la porte de la cave. Heureusement, les piles de sa lampe de poche fonctionnaient toujours, et l'escalier pentu se dévoila dans le faisceau blanc. Le médecin prit soin de ne pas aller trop vite, louper une marche était la dernière chose qu'il pouvait se permettre, et à mi-chemin il réalisa qu'il n'avait même pas vérifié par la fenêtre si les voisins ou la rue étaient plongés dans le noir eux aussi. *C'est peut-être pas notre compteur qui a un problème mais l'alimentation générale.*

Tant pis, il y était presque. En revanche il faudrait qu'il passe un coup de fil à son beau-père en remontant, pour s'assurer que tout allait bien chez lui, au bout de la rue. Le vieil homme était de moins en moins autonome.

En bas, le sous-sol sentait l'humidité et le renfermé. Curieusement, Chris avait toujours aimé cette odeur de champignon un peu aigre, elle lui rappelait son enfance à jouer dans les immenses caves du domaine de ses grands-parents, dans le Tennessee, au milieu des gros fûts où vieillissait le bourbon familial.

La sienne de cave n'avait rien de féerique, un amoncellement de cartons pas digérés depuis leur déménagement, cinq ans plus tôt. Un coin bricolage mal rangé. La réserve de boîtes de conserve.

Et le compteur électrique.

Il avait disjoncté. *Pas étonnant avec ce qui est tombé sur la maison !* Il n'avait pourtant pas entendu le tonnerre claquer, mais peut-être qu'il somnolait déjà un peu. Il relança le disjoncteur et attendit pour s'assurer qu'il ne se coupait pas à nouveau.

Il faisait un noir d'encre autour de lui.

Pas un bruit.

Il pouvait presque sentir la densité de l'obscurité sur son dos, sur ses épaules…

Une diode s'alluma en vert sur le boîtier. Apparemment tout était normal.

Il fit demi-tour, baladant son pinceau de lumière sur le désordre. Les objets projetaient des ombres sur les murs, elles ressemblaient à des silhouettes.

Chris s'en moquait. Il n'avait jamais eu peur de ce genre de chose, pas même petit. Probablement l'habitude d'errer dans les caves à bourbon…

Il grimpa dans l'escalier, abandonnant le sous-sol à sa solitude et retourna dans le salon. Il n'était pas certain d'avoir des ampoules d'avance, il leur faudrait envisager de terminer la soirée à la bougie !

Carol n'était pas redescendue. Dash devait s'être réveillé, un coup de peur possible. Chris commença à passer le balai pour nettoyer les fragments de verre disséminés sur tout le carrelage lorsqu'il entendit un bruit sourd à l'étage, semblable à celui d'une chute. Un objet lourd.

Il s'approcha du bas des marches et appela doucement sa femme, au cas où leur fils dormirait encore. Sans réponse.

Chris lâcha son balai et monta s'assurer que tout allait bien.

— Carol ?

Il faisait tout aussi noir que dans la cave et il reprit sa lampe pour se repérer.

Quelqu'un respirait fort et vite. Chris crut reconnaître son fils et il repoussa la porte de sa chambre déjà entrouverte.

Dans l'entrebâillement, Dashiell apparut, assis sur son lit. Ses yeux brillaient et Chris ne comprit pas tout de suite si c'était à cause de sa lampe, mais ils s'illuminèrent comme ceux d'un chien pris dans des phares en pleine nuit.

— Dash ? Pourquoi tu hyperventiles ?

La porte s'arrêta, bloquée par quelque chose derrière. Chris força, un peu inquiet pour son fils, mais il y avait une résistance importante. Il parvint à glisser sa tête et ses épaules pour regarder derrière.

L'angle était plongé dans les ténèbres. Opaques. Insondables.

Chris réalisa alors que c'était ce que fixait Dash avec une telle intensité, *ce point derrière la porte.*

Il voulut tâter du bout de la main et rencontra une surface glacée, inconsistante, à peine plus de densité que de la peinture épaisse. Mais plus il enfonçait sa main dedans, plus le froid remontait le long de son bras, le faisait frissonner.

Qu'est-ce que c'est que ce truc ?

Une onde se propagea dans cette masse à peine gélatineuse et Chris lâcha la lampe qu'il tenait de l'autre côté de la porte, dans le couloir. La substance prenait petit à petit de la consistance. Et elle bougea.

Il y avait quelqu'un, là, dans le noir. Qui se déplaçait.

Chris devina une forme grande, presque humanoïde, qui s'étirait. Il ne comprenait plus rien. Ni ce que ses sens lui renvoyaient, ni ce que pourtant il voyait.

Tout son être lui commandait de sortir la tête de l'encadrement. Immédiatement.

Soudain une poigne se referma sur sa cheville et du coin de l'œil il aperçut Carol, allongée dans le couloir.

Elle avait laissé derrière elle une longue traînée mouillée, à l'image d'une limace.

Des gargouillis inintelligibles s'échappèrent de sa bouche.

On venait de lui arracher le visage. Sa peau retombait mollement, comme du papier peint mal décollé, dévoilant la chair, les cartilages et les tendons de sa joue, de son nez et une partie de sa mâchoire.

Chris vit, mais refusa de comprendre.

Du moins il lui fallut cinq à six secondes pour accepter.

Le sillon sur le parquet était fait des boyaux de sa femme.

Cette fois il reprit contact avec la réalité, avec son corps, et il frappa de tout son poids dans la porte pour écraser l'intrus derrière.

Il n'allait pas laisser sa famille se faire massacrer par cet inconnu.

Il bascula à la renverse dans la chambre de Dash et tomba au pied de la masse noire qui s'était déplacée.

Le froid engourdit aussitôt ses lèvres et ses paupières, jusque dans sa gorge.

Qui était donc ce type ? Pourquoi avait-il une aura aussi glaciale ?

Chris voulut se relever mais une pression s'abattit sur sa nuque et l'écrasa au sol sans qu'il puisse s'y opposer. Quoi que soit cette substance, elle avait désormais toute sa consistance et sa force était prodigieuse. Chris respirait mal, étouffé.

De la buée sortait de sa bouche.

Et le plus effrayant était de ne pas comprendre. Qui était-ce ? Ou quoi ?

Dans le prolongement des lattes de parquet, il vit Carol qui rampait lentement, ravagée. Elle tendit deux doigts brisés dans sa direction.

Puis Chris Layman sentit une douleur effroyable au niveau des reins, suivie d'un bruit horrible d'os qui se brisent.

Ensuite, il n'y eut plus rien. Seulement le son insupportable de sa colonne vertébrale qu'on arrachait de son corps, brisant les côtes une à une, et, au fond de la pièce, un rire cruel. Spectral.

69.

Olivia n'était plus sûre de rien sauf de sa détermination à retrouver son fils au plus vite.

Elle n'arrêtait pas de se demander si elle n'avait pas envoyé son mari dans la gueule du loup et, en même temps, elle se sentait bien plus en confiance en le sachant loin de la Ferme. *Si quelqu'un peut nous sortir de ce pétrin, c'est Tom.* Il n'avait jamais failli. Jamais. Tom était de ces hommes qui savaient se montrer courageux lorsqu'il le fallait, c'était un esprit analytique brillant, il savait tirer le meilleur de chaque situation. La vie de toute la famille Spencer mais également des habitants de Mahingan Falls était entre ses mains et celles d'Ethan Cobb. C'était mieux ainsi plutôt que de laisser le lieutenant endosser seul la responsabilité de ce sauvetage désespéré. Même Owen était probablement mieux protégé que s'il était resté là, avec sa tante.

Olivia sangla le porte-bébé sur son dos et Ashley l'aida à mettre Zoey dedans. La petite pesait son poids, elle n'avait plus vraiment l'âge pour ça et Olivia serra les dents. Le trajet risquait d'être difficile, mais elle ne pouvait la mettre dans une poussette, c'était trop dangereux, et encore moins la faire marcher à côté d'elles.

— Nous nous relaierons pour la porter, dit Ashley.

Olivia tendit le brouilleur portatif à la policière.

— Prenez-le, s'il faut courir je devrai tenir les bretelles, je ne pourrai pas l'activer.

Ashley le clipsa à sa ceinture et elles sortirent après qu'Olivia eut enfermé Milo dans la buanderie.

Roy s'affairait sur le moteur de la jeep, s'éclairant avec une lampe suspendue au capot au-dessus de lui.

— Vous vous en sortez ? demanda Ashley.

— Je ne suis pas mécanicien et ça se confirme. Cependant je crois que j'ai compris l'essentiel et… Je vais faire de mon mieux.

— Roy, vous ne devriez pas rester ici seul, dit Olivia.

— Oh, je sais ce qui vit entre ces murs, je ferai attention.

— Si vous entendez quoi que ce soit, fuyez. Éloignez-vous au maximum de la Ferme. La sorcière n'a jamais frappé en dehors de sa zone de confort.

— Ne vous inquiétez pas pour moi. Retrouvez votre fiston et revenez vite, avec un peu de chance, j'aurai remis ce fichu moteur en marche.

— Je vous confie mon chien. Soyez attentif.

Roy lui répondit d'un signe avec ses doigts graisseux et les deux femmes s'élancèrent en direction de la rue. Olivia ne pensait plus qu'à Chad. Était-il perdu quelque part en ville, paniqué ? *Non, c'est un battant, il doit être en train de donner des ordres à ses copains ou de se trouver une cachette, il est malin.*

Toute autre hypothèse n'était pas audible.

Le soleil avait complètement disparu, même au-delà de la Ceinture, et les étoiles se dévoilaient au-dessus de la canopée. Ashley alluma sa Maglite pour ouvrir la voie devant elles.

Ni elle ni Olivia ne remarquèrent la silhouette qui se faufila derrière elles, à travers les buissons.

Des vagues d'une brume fluorescente verte apparurent dans le ciel et dansèrent doucement, spectaculaires. Elles ressemblaient à des empreintes de mains cyclopéennes se posant sur une vitre invisible loin dans l'atmosphère puis s'effaçaient selon ce mystérieux et envoûtant ressac stellaire.

— Des aurores boréales, reconnut Olivia.

— Il n'y en a jamais eu ici.

— Ce doit être une conséquence de l'éruption solaire. Accélérons, ça ne me dit rien qui vaille.

— Elles sont magnifiques, je n'en avais jamais vu.

— Si l'énergie à disposition des Éco pour apparaître parmi nous est à la hauteur de ces aurores, nous allons au-devant d'une catastrophe. Vos collègues évacuent la ville en ce moment ?

— Ethan était sur le chemin pour en donner l'ordre avant que nous perdions les liaisons radio, je doute que Warden ait pris cette initiative, il ne sait pas ce qui attend la population.

— J'ai rencontré ce Warden, c'est un connard.

Ashley regarda la mère de famille bien propre sur elle avec sa fille sur le dos et qui jurait dès que le stress montait. Elle eut enfin un sourire.

— Je n'aurais pas dit mieux.

Elles marchèrent sur la route qui traversait le bois jusqu'à la sortie des Trois Impasses et débouchèrent sur Maple Street et le quartier de Green Lanes.

Les rangées de pavillons et de maisons en bois étaient étrangement calmes, toutes plongées dans l'obscurité, même les lampadaires restaient éteints. La surtension avait généré les mêmes dégâts partout et brisé à peu près toutes les sources de lumière. Olivia s'était attendue à rencontrer des gens dans les rues ou à entendre des familles crier ou chercher à se rassembler, au lieu de quoi un silence de mort régnait.

— Les Éco se sont déjà réveillées ? fit-elle.

— Les quoi ?

— Les fantômes.

Ashley balbutia quelques mots sans parvenir à formuler sa phrase.

— Vous n'en avez pas encore croisé ? devina Olivia.

La jeune sergent lui renvoya un regard désemparé et Olivia éprouva de la compassion. Elle était passée par là également, cette zone grise d'hésitation, entre fou rire, scepticisme, envie de pleurer, peur de vriller dans la folie, et le début d'un changement magistral dans sa perception du monde. À la première preuve irréfutable, soit elle s'effondrerait, soit elle basculerait une bonne fois pour toutes dans l'acceptation de l'irrationnel.

Olivia se corrigea aussitôt. Rien n'était aussi tranché, à bien y penser. Où se situait-elle elle-même ? L'enfant inversé dans sa chambre et le dessus-de-lit mordu avaient achevé de la convaincre.

— Ils ne sont pas tombés sur toute la ville, c'est impossible, dit-elle, ils ne peuvent être si nombreux et… Non, ils n'ont pas balayé tout le monde.

Les points lumineux de bougies et de torches électriques apparurent derrière une fenêtre plus haut sur Church Street, puis un couple se profila autour de leur voiture.

— Rentrez chez vous ! leur ordonna Ashley.

— Tout est cassé ! glapit l'homme qui paniquait. Ma bagnole ne démarre plus et les lignes téléphoniques sont bizarres, rien ne marche ! Et il y a eu des cris chez nos voisins !

— Les rues ne sont pas sûres, allez vous enfermer !

— Pourquoi ? C'est une attaque terroriste ? paniqua la femme.

— Faites ce que je vous dis ! s'énerva Ashley.

Un hurlement étouffé provenant d'une des maisons non loin les figea tous avant que le couple se précipite chez lui.

— Ça a commencé, confirma Olivia.

Ashley guettait partout en même temps, sa lampe tourbillonnait. Olivia l'arrêta d'une main sur le bras.

— Calmez-vous.

— Tout ce qu'Ethan a raconté est vrai, alors ?

— Vous en doutiez encore ?

— Je ne sais pas.

Elle respirait fort.

— Ashley, vous permettez que je vous appelle par votre prénom, d'accord ? Il faut que vous gardiez votre sang-froid. J'ignore tout des motivations qui vous ont poussée à devenir flic, mais c'est le moment d'aller puiser dedans pour rester professionnelle. Ce que nous risquons de voir est… un bouleversement pour vos croyances et pour vos anciennes certitudes. Mais il faut que vous encaissiez. Ma petite fille et moi avons besoin de vous. Et mon fils qui est quelque part devant nous également.

Ashley opina.

— Je suis avec vous.

Mais elle avalait beaucoup sa salive, et ses pupilles ne pouvaient s'empêcher de sonder le paysage dans toutes les directions.

Olivia la tira par le bras et elles reprirent leur randonnée forcée sur un rythme aussi intense que possible. Les sangles du porte-bébé commençaient à meurtrir ses épaules, mais avec ce qu'elle venait de constater chez Ashley, il était hors de question qu'elle lui confie Zoey. Par chance, cette dernière s'était endormie sur le trajet, bercée par la cadence.

L'atmosphère générale évoquait celle d'une fin du monde, rien n'était plus normal dans ce décor habituellement vivant, saturé de couleurs et d'illuminations variées, à présent complètement éteint sinon les immenses voiles verts et parfois bleus qui chatoyaient depuis l'atmosphère. Quelque part, en provenance du centre-ville, une explosion fit reculer Olivia avant qu'elle n'aperçoive une boule de feu monter dans le ciel et s'y dissoudre.

— Je suis certaine que Chad va bien, dit Ashley.

Olivia ne pouvait envisager qu'il en fût autrement. Pourtant son cœur battait beaucoup trop vite.

La silhouette qui les avait prises en chasse depuis la Ferme était encore dans leur sillage, elle se glissa entre les voitures. Elle se rapprochait petit à petit.

Plusieurs coups de feu claquèrent dans la nuit et Ashley poussa Olivia derrière une palissade jusqu'à l'abri d'un arbre. Le silence retomba.

— Les gens paniquent, fit la flic.

— Merci pour le réflexe.

— Je vous l'ai dit : je suis avec vous.

Elle lui prit la main et la tira sur la pelouse de jardin en jardin jusqu'à gagner l'angle avec Fitzgerald Street. De temps à autre, des voix résonnaient par des fenêtres ouvertes, des silhouettes étaient rassemblées sur les perrons, et quelques triangles de lumière brillaient selon les éclairages de fortune qui avaient été sortis des placards. Green Lanes n'était pas dévasté, loin de là, mais secoué, effrayé ; la plupart des habitants se terraient chez eux comme des lapins à l'approche du renard.

Les deux femmes n'avaient pas de plan précis sinon rejoindre Independence Square et de là remonter East Spring Street en direction du restaurant mexicain où avaient dîné les adolescents. S'ils étaient déjà sortis et s'ils avaient dans l'idée de rentrer directement aux Trois Impasses, il était fort probable qu'ils étaient quelque part sur ce trajet.

Il restait encore quinze minutes au moins, estima Olivia, avant de parvenir à proximité de ce secteur. Elle avait le dos brisé et les épaules ankylosées, elle n'était pas sûre de tenir jusque-là sans une halte.

— Attendez, j'ai besoin de poser Zoey.

Ashley lui fit signe de la lui passer.

— Non, non, ça va aller, juste me soulager le dos un instant.

— N'ayez pas peur, je ne vais pas vous planter. J'encaisse, comme vous dites.

Elle avait en effet repris de l'aplomb. Guider et être à l'affût lui redonnait sa stature de flic, elle avait besoin d'action pour retrouver son efficacité.

Un croassement à peine humain retentit depuis la terrasse d'une maison juste de l'autre côté de la rue, un suppliant appel à l'aide. Ashley fit un pas dans sa direction pour traverser mais Olivia la retint.

— Je sais que c'est votre job mais si vous devez intervenir à chaque pâté de maisons, nous n'arriverons nulle part. Ils sont partout, Ashley. Il faut faire un choix. Je comprendrais que vous me laissiez là pour secourir ces gens, mais dans ce cas je vous demande de me rendre ça.

Elle désignait le brouilleur.

— Je suis désolée, je dois penser à mes enfants, se justifia-t-elle.

Ashley observa la façade plongée dans l'obscurité et hésita avant de soupirer.

— J'ai juré que je veillerais sur vous, dit-elle. Passez-moi Zoey, il ne faut pas rester ici.

Soudain Olivia sentit que son nez coulait. Elle n'eut pas le temps de sortir un mouchoir que ça lui tombait sur la lèvre.

— Ashley ! Allumez le brouilleur ! Maintenant !

C'était du sang.

70.

Ron Mordecaï venait de faire du bon travail. De l'orfèvrerie humaine !

Mme Costello avait retrouvé du rose aux joues, les fines compresses sous ses paupières donnaient l'illusion de globes oculaires, le coton dans ses joues lui rendait un peu de matière, contrait l'affaissement du visage dû à la déshydratation et à la perte totale de tonicité musculaire.

Et pour cause : Elvira Costello était morte depuis cinq jours ! Pour la tonicité musculaire, elle pouvait repasser, c'était terminé ! Il n'y avait pas plus de tension dans son corps que dans un bol de lait.

Mais Ron Mordecaï savait y faire avec les femmes. Le petit trait d'eyeliner, la bonne touche de rouge à lèvres, un peu de blush et il n'aurait plus qu'à finir de l'habiller et à la coiffer. Sa famille aurait le sentiment qu'elle dormait.

Ron, lui, savait qu'à l'intérieur, ça ne dormait pas, plus vraiment. Ni cœur au ralenti, ni organes baignant dans leurs fluides habituels, plus rien qu'une soupe de produits chimiques biocides et fixateurs visant à tenir tout ça, à ralentir le processus de décomposition au maximum, les orifices bouchés, le sang aspiré par des machines, afin que Mme Costello puisse faire ses adieux et recevoir les derniers hommages de ses proches.

Ron ne réalisait pas de miracles, il ne faisait que retarder le temps. Nul ne se soustrait à la mort, mais un bon thanatopracteur peut négocier avec elle, et encore, uniquement le droit de sauver momentanément les apparences.

Il ôta ses gants en latex qui claquèrent avant de finir dans la poubelle à déchets biologiques. Il en avait assez fait pour ce soir. Ron aspirait à lire son journal au lit, rien de plus.

Il tourna le dos à sa table de travail.

Juste au moment où toutes les lampes éclatèrent.

Une fois la surprise passée, il chercha du bout des doigts s'il n'avait pas son briquet sur le chariot roulant avant de se souvenir qu'il l'avait laissé à l'étage, dans son bureau. C'était bien sa veine. Le groupe électrogène de secours pouvait bien se mettre en marche, avec les ampoules brisées, ça ne serait pas très utile pour lui. Il connaissait ses locaux par cœur, il ne serait pas difficile de remonter au rez-de-chaussée. C'est là qu'il se souvint de son stylo lumineux, un cadeau de son petit-fils, Steven. Il s'en servait pour prendre ses notes, il devait être sur le plan de travail, aux pieds de Mme Costello.

À tâtons, il parvint à le trouver et d'une pression alluma le bout qui diffusa une timide clarté blanchâtre.

Juste assez pour distinguer son chemin, c'était parfait.

Malheureusement, Ron Mordecaï ne vit pas le buste d'Elvira Costello qui se redressait en silence derrière lui. Pas plus qu'il n'entendit ses paupières qui s'ouvraient malgré le point de colle encore humide qu'il venait d'appliquer dessus, les compresses s'envolant vers le sol. Un liquide jaune et épais se mit à suinter entre les lèvres cousues de la morte, puis à couler, de plus en plus abondamment.

Ron leva son stylo devant lui pour y voir quelque chose.

Elvira Costello se pencha puis, d'un mouvement à la rapidité inattendue, elle sauta sur sa proie. Les fils de suture se rompirent en dévoilant ses dents grises.

Ron avait passé une demi-heure sur ses ongles pour les vernir parfaitement, avant de se rendre compte qu'ils n'étaient pas de la même couleur que le rouge à lèvres qu'il avait prévu pour aller avec la robe, et en bon professionnel qu'il était, il s'était empressé de tout recommencer avec méticulosité.

Ces mêmes ongles qui lui arrachèrent un œil, avant de s'enfoncer dans sa bouche pour tirer sur l'intérieur de la joue, encore et encore, dans un silence terrifiant, seulement rompu par les gémissements de Ron Mordecaï.

La commissure des lèvres céda et se déchira presque jusqu'aux oreilles du vieil homme.

La suite fut bien pire encore.

71.

Le restaurant diffusait sa musique mexicaine joviale en fond sonore et l'odeur de poivron et d'épices renforçait cette impression de légèreté, pourtant Gemma ressentait un profond malaise. Elle connaissait désormais assez Olivia pour reconnaître les intonations de la peur lorsqu'elle les entendait dans sa voix. Et la manière dont son portable avait coupé ne faisait que confirmer le sentiment d'urgence que la mère de famille venait de lui communiquer.

Les garçons ne comprenaient pas pourquoi il fallait filer si rapidement et Gemma dut presque les pousser de force dans la rue. Adam Lear, qui les avait rejoints après avoir appelé Gemma pour savoir ce qu'elle faisait, se pencha vers elle.

— C'est ma faute ?

— Non, tu devrais rentrer chez toi. Les gars, à la voiture, vite !

— Mais, Gemma, protesta Chad, on était bien, là !

— Il a raison, intervint Connor, pour une fois qu'on peut se détendre, c'est pas arrivé depuis trop longtemps !

Corey, qui savait décrypter les intonations de sa sœur, fut plus sérieux.

— Gem ? Il y a un problème ?

— Olivia veut qu'on rentre, il se passe quelque chose, je le sens.

Adam lui prit le poignet.

— Je peux t'aider ?

— Non, je suis désolée… Je t'appelle.

À ces mots, plus personne ne broncha et ils sautèrent dans la Datsun qui démarra du premier coup. La portière arrière s'ouvrit dans la foulée, et Adam poussa Connor pour se faire une place.

— Je viens, je te laisse pas seule si tu as des ennuis ! dit-il presque avec emphase.

La présence d'Adam à ses côtés aurait dû la rassurer et la réjouir, pourtant Gemma n'éprouvait ni chaleur dans le ventre, ni picotement sur la nuque, rien que cette désagréable conviction qu'il ne fallait pas traîner.

Elle manœuvrait à peine pour sortir de son emplacement de parking que toutes les lumières de la rue se coupèrent en même temps, il y eut des étincelles en haut des poteaux électriques, le moteur cala et tout le tableau de bord s'éteignit.

— Wow ! C'était quoi, ça ? s'affola Chad depuis la banquette arrière.

— Je le sens pas, lâcha Corey devant, à côté de sa sœur. Redémarre.

Gemma tourna la clé mais aucun son ne sortit de sous le capot, pas même le début d'un contact. Gemma recommença, encore et encore, jusqu'à ce que Connor se penche pour lui agripper le bras et l'arrêter.

— Laisse tomber, ta caisse a grillé comme tout le reste. Regardez dehors, c'est cuit, un black-out total.

— Qu'est… Qu'est-ce que… on va faire ? bafouilla Corey.

— On rentre à pied, affirma Chad en ouvrant sa portière.

— Non, referme ça ! réclama Gemma. Le mieux c'est que nous restions ici. Nous sommes protégés dans la voiture.

— Protégés contre quoi ? fit Connor. Les Éco n'auront aucune peine à nous trouver si c'est elles qui débarquent !

— Les quoi ? s'étonna Adam. De quoi vous parlez ? Vous savez ce qui se passe ?

Trop accaparée par les enjeux de la conversation, Gemma l'ignora pour répondre à Connor :

— Tu n'en sais rien, ça n'a probablement rien à voir, c'est plus un problème électrique, et la voiture est une cage de Faraday, nous ne craignons rien.

— Une quoi ?

— Révise tes leçons de physique, Corey, répliqua Gemma.

— Le mot « cage » ne me plaît pas, à moi, déclara Connor. Je vote pour sortir.

— Moi aussi, le soutint Chad. Corey ?

— Euh…

— Personne ne va nulle part ! décréta Gemma.

Mais Corey se sentait à l'étroit dans l'habitacle, il céda à la pression de ses amis.

— OK, les gars.

— Majorité ! avertit Connor en s'extirpant sur le trottoir.

— Non, attendez ! s'opposa Gemma avant d'être obligée de les suivre. Revenez dans la voiture, c'est plus sûr !

— T'en sais rien, et moi je dis que si ma mère voulait qu'on rentre de toute urgence, c'est qu'il faut le faire. En se speedant on peut y être en une bonne demi-heure.

— Et si l'une de ces Éco nous tombe dessus ? hasarda Corey.

— C'est pas elles.

— Je leur fais leur fête, lança Connor avec fierté et en tirant sur l'anse du sac à dos qu'il ne quittait pas depuis le matin.

Adam était en train de s'extraire du véhicule, il ne comprenait rien.

— Dites, ça vous dérangerait de m'expliquer ? J'habite pas très loin si vous voulez, insista-t-il. Peut-être que les lignes de téléphone fixe fonctionnent mieux, nous pourrons appeler vos parents.

Avec une audace qu'elle ne se connaissait pas, Gemma prit Adam par la nuque et l'embrassa vigoureusement. Une pulsion animale se réveilla en elle et elle le repoussa.

— Rentre, dit-elle en reculant aussitôt.

Adam les vit s'éloigner et se précipita pour les rejoindre. Il prit la main de Gemma dans la sienne.

— Si mon père apprend que je t'ai laissée seule dans la rue et par cette obscurité, il me reprochera de ne pas avoir joué mon rôle et il aura raison.

— Elle est pas seule, railla Connor.

Chad passa en premier pour remonter la rue. Leur vision s'habitua rapidement à la pénombre et le quart de lune suffisait à se repérer. Des habitants des appartements sortaient à leur balcon et les promeneurs du soir se regardaient sans comprendre ce qui se passait. Certains prenaient cela avec philosophie ou humour, d'autres n'étaient pas loin de l'hystérie, mais ce qui inquiétait la plupart était l'absence de réseau pour leurs téléphones, avant que les cris saturant les lignes ne finissent par semer un début de panique. Petit à petit, la rue se vidait, chacun s'empressant de retourner chez soi. À de rares fenêtres, quelques ampoules réapparurent, là où des propriétaires prévoyants avaient stocké des recharges. Au moins, le courant était revenu, se consola Gemma, même si les lampadaires devraient attendre l'intervention de la voirie pour refonctionner.

Les aurores boréales apparurent presque d'un coup et subjuguèrent les adolescents qui s'arrêtèrent au milieu de l'asphalte.

— C'est dingue ! s'émerveilla Connor en retirant sa casquette pour mieux les admirer.

— Vous voyez que ça n'est pas les Éco, c'est un phénomène naturel, dit Gemma.

— On dirait des fantômes de l'espace, nota Chad.

— Venez, ne restez pas sur la route.

Connor haussa les épaules.

— Y a plus une bagnole ! Qu'est-ce que tu veux qu'il nous arrive ?

Une fenêtre vola en éclats sur 2nd Street juste sur leur gauche et un homme chuta du troisième étage avant de heurter le bitume avec le même bruit qu'un gros paquet de linge mouillé.

— La vache ! lâcha Chad.

— Il est mort ? gémit Corey.

— Tu déconnes ? Sa tête s'est fracassée en morceaux ! fit Connor d'une voix blanche.

— Barrons-nous, déclara Chad. Je le sens pas !

Adam, lui, restait immobile, incapable de s'arracher à ce spectacle macabre. Gemma le tira par la main.

— Viens !

Des mots s'accumulaient sur ses lèvres sans qu'aucun ne parvienne à prendre son envol. Il bégayait et chancelait.

Cette fois, Gemma n'était plus du tout aussi catégorique. Connor avait raison, et elle réalisa qu'elle avait nié l'évidence par peur. Comme l'avait expliqué Martha Callisper, les Éco étaient en train de franchir le miroir sans tain entre les deux plans pour pénétrer dans le leur.

Presque pour se gifler elle-même, elle gifla Adam, qui se reconnecta avec son corps, estomaqué par le geste.

— Maintenant, suis-moi ! commanda-t-elle.

Les cris commencèrent à monter depuis les immeubles d'Oldchester, puis d'autres répondirent au nord, dans Main Street, et les adolescents se mirent à accélérer. La peur s'insinuait pour de bon en eux, plus aucun n'avait envie de rire ou de s'extasier devant le spectacle des aurores boréales. Tous revoyaient cet homme qui était tombé, ses bras cherchant un appui qui se dérobait sans cesse avant qu'il ne s'écrase. Le son de sa mort résonnait encore à leurs oreilles.

À chaque angle de rue, une ou deux personnes surgissaient en courant, hagardes, certaines pleuraient, d'autres n'étaient pas loin de sombrer dans la catatonie ou dans la démence. Ils virent même un homme sprinter, un fusil à pompe entre les mains, et disparaître dans Oldchester.

— Planquez-vous, les gosses ! les exhorta un grand Black qui sortait en courant d'un bâtiment trapu, l'air fou. Il y a des putains de monstres !

Plus loin, une autre porte s'ouvrit et une dame âgée les invita à venir se réfugier chez elle, mais Gemma refusa. Non seulement le peu qu'elle en distinguait dans la pénombre de la rassura pas, mais surtout ils devaient filer retrouver la Ferme et les parents. Eux sauraient quoi faire.

Des hurlements et des coups de feu retentissaient de presque partout à présent. Une apocalypse étrange, sans aucun crissement de pneus, pas de moteur ni de sirènes, pas plus que de lumière autre que celles, diaphanes et prismatiques, des aurores. Il n'y avait que les hommes et leurs bourreaux silencieux.

Tout d'un coup, sur leur gauche, la masse du complexe scolaire se profila au sein du parc qui l'entourait. Instinctivement, le groupe ralentit à sa vue. Ils se souvenaient de ce qui hantait ses profondeurs, ce qui avait tenté de les tuer.

— On le contourne ? proposa Chad d'une petite voix.

Connor le retint en pointant un doigt en direction des peupliers qui tanguaient mollement dans la brise nocturne.

Des silhouettes glissaient au-dessus du sol, en file indienne, hautes et étroites, semblables aux ombres des arbres, mais elles ne correspondaient à rien et s'animaient d'une vie propre à mesure qu'elles se rapprochaient du muret en pierre qui ceignait le parc.

— Qu'est-ce que c'est ? fit Adam, incrédule.

— On… on dirait qu'elles nous regardent, fit remarquer Corey.

Les silhouettes franchirent le muret comme s'il n'existait pas, et se dévoilèrent à peine sous le rayon de lune, des profils de géants maigres, avec des membres anormalement longs sauf qu'il n'y avait ni peau ni cheveux, rien qu'une tache d'encre en mouvement.

— Ils viennent vers nous ! dit Chad en reculant.

Une vingtaine au moins de ces créatures avançaient droit sur eux.

— Ils sont trop nombreux pour les combattre, annonça Connor.

Gemma tira tout le monde en arrière et ils se mirent à courir pour revenir sur leurs pas, sans savoir où ils allaient, sinon le plus loin possible et le plus vite. D'un coup d'œil, la jeune femme s'aperçut que les Éco les pourchassaient, gagnant du terrain.

— Accélérez ! Allez !

À la première intersection, ils manquèrent de percuter un ado à peine plus âgé que Gemma, costaud et tatoué. Gemma reconnut Tyler Buckinson, le copain de Derek Cox, qui les injuria en fonçant vers le complexe scolaire.

— Non ! Pas par là ! le prévinrent Chad et Connor.

Mais Tyler ne les écouta pas et fonça droit sur les Éco. Lorsqu'il les vit, il dérapa et roula sur la rue avant de reculer à quatre pattes, terrifié. Deux des ombres giclèrent de la file, plus rapides qu'une flèche, et elles bouillonnèrent en prenant une consistance plus épaisse, comme pour devenir *réelles* avant de le soulever pour l'attirer vers ce qui leur servait de gueule, un crâne nébuleux, comme déformé par deux gravités opposées, celle de la Terre et une autre ailleurs dans le ciel. Tyler poussa des râles insupportables dont le son se mêla à celui de ses os qui se fendaient et de son sang coulant sur l'asphalte.

Toutefois les adolescents n'en surent rien, ils sprintaient déjà après avoir bifurqué en direction de Main Street.

Gemma sentait la panique la gagner, elle perdait le contrôle, elle n'avait aucun plan, aucune solution pour protéger les garçons, et elle n'était pas certaine de pouvoir tenir nerveusement au jeu du chat et de la souris avec les créatures sur leurs talons.

Le chaos s'était abattu sur Main Street. Des hommes et des femmes effarés sautaient dans tous les sens, sortant d'un bâtiment pour tenter de se réfugier ailleurs, d'autres s'acharnaient en vain sur leur véhicule, quelques-uns restaient prostrés dans un renfoncement, plusieurs se battaient entre eux, et les adolescents aperçurent des armes à feu, des couteaux, et autres battes de base-ball et clubs de golf…

Dans la pénombre, il était difficile d'aviser clairement ce qui se passait, cependant Gemma nota des sursauts brefs et intenses parmi les zones les plus obscures, comme des bras qui surgissaient pour arracher là une vieille dame bouleversée, ici un vigoureux trentenaire qui tentait d'échapper à un autre danger que Gemma n'avait pas identifié. Ces personnes disparaissaient d'un coup, englouties par ces tentacules presque invisibles, sans un cri, seulement quelques craquements sinistres comme étouffés par une grande quantité de liquide.

Une rafale crépita un peu plus bas, juste devant la boutique qui vendait des jeux et des jouets, et un individu se hissa sur le capot d'un pick-up en rechargeant sa mitraillette automatique.

— Bouffe ça ! s'époumona-t-il en vidant un nouveau chargeur sur la vitrine qui vola en morceaux.

Une sorte de liane noire s'enroula autour de sa cheville et le renversa violemment avant de le traîner vers les jouets, au milieu du verre brisé et des articles éparpillés. L'homme tirait encore malgré le sang qui lui coulait de la tempe alors qu'il disparaissait au fond du magasin où ses tirs cessèrent.

Trois hommes filaient en se cachant de voiture en voiture, et quelque chose ressemblant à une flaque d'huile les traquait en glissant sous les véhicules, allant beaucoup plus vite qu'eux. Ils s'en rendirent compte et se hâtèrent d'entrer dans la galerie marchande où s'achetaient normalement des bonbons au poids, des vêtements dégriffés ainsi que les plus beaux maillots de bain de la côte, et ils poussèrent des beuglements indescriptibles avant de se taire brusquement.

Partout où Gemma se tournait, les fuyards se faisaient happer d'horrible manière, où qu'ils aillent, quoi qu'ils tentent.

Chad lui tira sur la manche pour attirer son attention derrière.

La file indienne d'Éco qui les pourchassaient était au milieu de la rue et fondait droit sur eux en flottant au-dessus du sol. Certaines créatures prenaient consistance et posaient leurs longues jambes sur le trottoir pour préparer leur attaque.

Gemma respirait mal, son cœur cognait contre ses tympans, elle ne savait plus quoi faire, et l'idée de la mort la terrifiait.

— Chad ? fit Connor. Ton père a bien raconté que ces fantômes se servent des ondes pour se déplacer, pas vrai ?

— Oui…

Connor fit claquer ses doigts.

— Le cinéma ! s'écria-t-il. Il y a un brouilleur !

— Y a plus de courant ! s'affola Corey.

Une once d'espoir suffit à Gemma pour qu'elle s'y raccroche.

— Si, il est revenu, rapporta-t-elle en se souvenant des quelques ampoules derrière les fenêtres d'Oldchester.

Plus de deux cents mètres les séparaient de la marquise blanche aux lettres noires du cinéma. Ils n'avaient plus le temps de tergiverser. Gemma passa en premier, rentrant la tête entre les épaules au cas où, et elle se faufila le long des voitures garées sur Main Street, immédiatement suivie par les garçons. Même Adam, qui n'était plus en état de penser, se mêla au mouvement collectif.

Un cliquetis régulier les fit se redresser et ils virent passer dans la rue une chaise roulante qui avançait toute seule, un homme un peu gros assis dessus. Une cavité sanglante remplaçait son visage.

— On se grouille ! avertit Connor.

Ils avaient parcouru la moitié du trajet lorsqu'une voix les interpella tout bas depuis la baie vitrée ouverte d'un restaurant.

— Psssssssssssst ! Par ici !

Il faisait trop sombre à l'intérieur pour distinguer qui que ce soit et Gemma, qui s'était arrêtée, hésita.

— Non, continue ! Le ciné ! objecta Connor en chuchotant.

— Venez ! insista la voix.

Sentant la pression des mains des autres sur son dos, Gemma continua son chemin.

— Non ! protesta celui qui se tenait dans le restaurant. Vous allez vous faire tuer !

Étape par étape, ils se rapprochaient de leur objectif et Gemma commençait à se dire qu'ils allaient peut-être y arriver. Ce qu'ils feraient ensuite comptait peu, du moment qu'ils se retrouvaient à l'abri, ils pourraient tout aussi bien attendre jusqu'au petit matin ou même jusqu'à ce que la Garde nationalc débarque à Mahingan Falls. Gemma s'en moquait, tant que les créatures ne les menaçaient plus, tout lui allait.

Le chef Lee J. Warden marchait, stupéfait, au milieu de Main Street. Gemma faillit l'interpeller pour lui dire de se mettre à couvert, mais une Éco jaillit juste devant lui. L'ombre nébuleuse se compacta, quelque chose de concret, probablement un corps, se forma à l'intérieur du nuage d'encre flottant, et une silhouette aux jambes et aux bras étrangement longs se dessina.

Warden n'en revenait pas. Il pencha le visage et tendit la main pour toucher cette présence de presque trois mètres de haut. L'Éco s'inclina à son tour, pour renifler ses doigts, et la main disparut dans l'ombre. Les traits de Warden s'altérèrent subitement et il se mit à crier. Il tira sur son bras, encore et encore, incapable de le récupérer, avant que les immenses griffes de l'Éco l'attirent tout entier en elle. Warden se débattait, il chercha son arme à sa ceinture mais la chose le tordit tel un enfant qui tortille une brindille. Lorsqu'elle referma ce qui lui servait de gueule sur le haut du crâne du chef de la police, il y eut un son horrible, semblable à celui d'une grosse coquille d'œuf qu'on brise d'un coup de cuillère, et Warden hurla encore plus fort avant d'être englouti par l'Éco.

Gemma n'avait pas attendu la fin de ce spectacle sinistre pour se précipiter en direction du cinéma.

Des débris jonchaient le trottoir, du verre partout, parfois des objets plus insolites, trousseaux de clés, téléphones, ou sacs à main, mais c'étaient les vêtements chiffonnés qui impressionnaient le plus les adolescents. Surtout lorsqu'ils étaient imbibés de sang.

Chad manqua de marcher sur un doigt. Un doigt humain, tranché à sa base. Il le repoussa du bout du pied, dégoûté.

Un mouvement sur sa gauche le fit pivoter, sur ses gardes. Tout comme Connor, il tenait un briquet dans une main et dans l'autre une petite bombe à eau confectionnée avec un ballon sur lequel était scotché un pétard dont la mèche avait été sectionnée à ras. Ils les avaient soigneusement fabriquées en sortant de l'école, avant de filer à la bibliothèque, juste au cas où…

Chad avisa l'entrée d'un immeuble de deux étages dont la porte gisait par terre, un hall étroit bordé d'un escalier, mais il n'y voyait pas grand-chose. Il lui parut apercevoir là encore quelqu'un, dissimulé dans l'obscurité.

La personne bougea et renifla en direction de l'adolescent.

— Avance, lui fit Corey dans son dos.

L'ombre se souleva jusqu'à atteindre près de trois mètres et elle fusa hors de sa tanière pour saisir

Chad. Corey l'agrippa, presque plus par peur que par réflexe, et les deux garçons tombèrent au moment où les pseudopodes de l'ombre frappaient dans le vide.

Connor alluma son briquet avec le pouce et la mèche de sa bombe artisanale s'illumina aussitôt. Il lança dans le hall de l'immeuble le ballon à eau qui éclata en aspergeant l'ombre d'essence. Au contact du pétard, l'essence s'embrasa avec un souffle sec et une forme vaguement humanoïde se mit à tressauter en poussant d'intenses vociférations gutturales.

Chad et Corey s'étaient déjà relevés et couraient, accompagnés par leurs amis. Ils filaient tant sur le bout de leurs baskets qu'ils en planaient presque.

Gemma atteignit le cinéma la première et elle tira sur la porte qui n'était pas verrouillée. La chance leur souriait enfin.

Chad et Corey entrèrent les premiers, puis Adam et enfin Connor qui fermait la marche, une autre de ses bombes dans la paume. Les quatre garçons à l'intérieur, Gemma fit un pas pour les rejoindre lorsque la porte claqua devant elle au point de la faire vaciller.

À travers la vitre du battant, les quatre garçons virent la jeune femme s'éloigner d'un coup, soulevée par une force prodigieuse.

Connor et Corey se rentrèrent dedans en voulant se précipiter pour lui porter secours.

L'expression de stupeur sur le visage de Gemma céda la place à la terreur.

Une fleur obscure déploya ses pétales de mort tout autour d'elle, et ils se refermèrent en emprisonnant à jamais le cri de Gemma. Un froid tétanisant l'envahit, puis on l'écrasa si douloureusement que Gemma sentit ses organes exploser en même temps que son squelette se morcelait en milliers d'esquilles qui déchirèrent sa chair. Elle n'eut pas le temps de penser à son frère ou à sa mère, ni même à elle, que le néant la buvait tout entière.

Un jus poisseux se mit à couler au sol.

Adam s'effondra sous le choc, inconscient.

Corey hurlait. Il voulut pousser la porte pour sortir mais Connor le retint, bientôt aidé par Chad et, dans un tourbillon de larmes et de gémissements, ils ne surent comment mais ils parvinrent en haut des marches pour pénétrer dans la grande salle du cinéma.

D'épaisses ténèbres y régnaient.

Connor éclaira de son briquet les quelques sièges vides autour d'eux.

Il n'y avait pas un son sinon leurs propres reniflements et sanglots.

Ils n'étaient même pas sûrs que le brouilleur du cinéma soit encore actif, et encore moins d'être seuls.

72.

— Poussin ? s'écria Lena Morgan de sa voix nasillarde. C'est toi qui as tout fait court-circuiter ?

Lena s'était couchée tôt avec un masque régénérant sur le visage, elle n'avait pas aimé sa tête du jour, elle se trouvait fatiguée, les traits plus tirés que d'habitude, et il fallait absolument qu'elle retourne voir son chirurgien de Boston pour faire quelques nouvelles injections de Botox. Elle feuilletait l'un de ses magazines people préférés sur son iPad lorsque tout avait sauté.

LDM était en bas, en train de regarder un match de base-ball, de basket ou de football, Lena n'en savait rien et s'en moquait, sauf lorsqu'elle avait besoin de lui.

— Poussin ? Poussin !

Elle savait très bien qu'il l'entendait, la maison était vaste mais pas à ce point, et toutes les portes entre la chambre et le salon grandes ouvertes. Soit il était allé voir ce qui se passait, soit il jouait encore au sourd. Cette manie chez lui commençait à l'exaspérer ! Tout à fait capable d'entendre ses amis murmurer des saletés au passage d'une jeune et jolie fille, par contre lorsqu'elle prononçait son nom, là, selon son humeur, il pouvait la faire répéter jusqu'à dix fois ! Insupportable.

— LDM ! aboya-t-elle sans plus aucune douceur.

Une ombre passa devant la porte et celle-ci s'ouvrit encore un peu plus.

Il y avait quelque chose sur la moquette qui se rapprochait du pied du lit.

— LDM ? Qu'est-ce que tu fabriques ?

La couette commença à se soulever à l'extrémité du lit et Lena comprit.

— Tu avais besoin de tout faire sauter pour me faire le coup de la panne ? Mon poussin, j'ai mon masque de beauté et je n'ai pas mis ma crème, tu sais, pour mes sécheresses intimes, tu dois me prévenir quand tu veux faire un câlin, ça se prépare, tu n'as pas oublié ?

La bosse sous la couette grossissait de plus en plus et Lena poursuivait sur le même ton :

— Toi, tu es un homme, c'est facile, tu n'as pas à penser à toutes ces choses, ton corps écoute ton désir, mais n'oublie pas que pour nous autres, femmes, nos organismes sont plus capricieux. Dis, poussin, tu m'écoutes ?

Brusquement Lena remonta ses jambes contre elle.

— Mon Dieu mais qu'est-ce que tu as fait ? Tu es glacé !

La masse remontait à présent vers elle, lentement.

— LDM, arrête, je t'ai dit non. Et commence au moins par prendre une douche brûlante !

La violence avec laquelle on lui attrapa les genoux la stupéfia à tel point que Lena fut incapable de crier.

Le froid remonta sur sa peau et couvrit sa chemise de nuit d'une pellicule de givre, instantanément.

On lui écarta les cuisses si fort que ses hanches craquèrent.

Puis une masse écrasante se plaqua sur elle et la pénétra si brutalement que la douleur l'électrisa jusqu'à la base du crâne.

Elle sentit quelque chose se déverser en elle et gonfler… gonfler… gonfler… Au point qu'elle se mit à hurler plus fort qu'elle ne l'avait jamais fait. Son intérieur éclata presque aussitôt et Lena voulut se recroqueviller sous l'effet de la souffrance, mais la masse froide sur elle l'en empêcha. Elle ne voyait qu'un nuage d'ombre et pourtant sentait une pression phénoménale.

Et on continuait de la remplir encore plus, compressant ce qu'il restait de ses organes génitaux, puis appuyant sur sa vessie qui se rompit sous le choc avant que ses intestins et son estomac ne soient broyés à leur tour.

Lena ne criait plus. Elle était au-delà de ça.

Ce qui sortait de sa bouche n'était déjà plus humain.

73.

Minuscules parmi les arbres centenaires, à peine trois gouttes d'eau au milieu de cette mer végétale, ils serpentaient chargés d'espoir et de peur. Ethan ne pouvait s'empêcher de braquer sa lampe de tous les côtés au moindre son, provoquant un sourire complice entre Tom et Owen.

Ils marchaient vite, d'abord le long du sentier qui déroulait son ruban de terre au fond du jardin des Spencer ; puis Owen les avait guidés pour s'en éloigner à travers bois, et leur rythme avait ralenti ; éviter les taillis les plus touffus ou les rochers affleurant à peine dans la pente descendante exigeait un peu de concentration, surtout avec l'obscurité omniprésente. Ici, sous la frondaison, ni la lune ni les aurores boréales – qu'ils étaient toutefois parvenus à admirer un bref instant – n'illuminaient le sol irrégulier et piégeux.

Les troncs immenses s'étendaient à l'infini et, avec la nuit, toute nuance de couleur s'effaçait, il n'y avait plus qu'une forêt grise dont le ventre bruissait d'une faune occulte, un coup dissimulée dans les hauteurs, une autre fois s'enroulant derrière des racines ou faisant frétiller des fougères.

Ils longèrent un massif de ronces, de joncs, de souches et de branchages agglomérés sur plus de cinq mètres de haut, vestige d'une vieille coulée du terrain, vaste sarcophage inextricable dans lequel la lumière elle-même peinait à se frayer un chemin, avant qu'Owen ne leur indique de tourner vers l'ouest. Le jeune garçon hésitait parfois, guettant un repère qu'il avait du mal à reconnaître dans ces circonstances.

— Prends ton temps, lui disait Tom.

Mais sa voix, aussi bienveillante se voulait-elle, trahissait qu'ils n'en avaient pas beaucoup, du temps. Tom était mort d'inquiétude. Pour sa femme, pour ses enfants.

Un filet de sueur léchait leurs fronts et leurs reins lorsqu'ils parvinrent à un lit rocailleux au fond duquel s'échappait une rigole d'eau timide.

— Nous sommes à l'entrée de la ravine, déclara Owen. Encore une dizaine de mètres et pendant un quart d'heure nous n'aurons rien à craindre des ondes.

— Je n'aperçois aucune falaise, s'étonna Tom.

— Elles sont là pourtant, derrière ces arbres, avec l'obscurité tu ne peux pas les voir.

Ethan n'attendit pas plus.

— Allons-y. L'ascension du mont Wendy risque de nous prendre encore un moment.

Le lieutenant nourrissait beaucoup trop de regrets. La liste de ce qu'il aurait voulu faire avant que le black-out ne les isole s'allongeait de minute en minute. Il n'avait pas été à la hauteur. Pas assez diligent et perspicace. *Cesse l'autoflagellation ! Ce n'est pas le moment !*

Laisser Alec Orlacher et son sbire s'en aller librement avec la promesse qu'ils fileraient au Cordon pour rebooter le signal était une erreur. D'une naïveté consternante. Comment avait-il pu croire que le chef d'entreprise n'en profiterait pas pour fuir sans demander son reste ? *J'ai dû prendre ma décision dans la précipitation...*

Et après tout, Orlacher était venu pour ça... Il avait joué franc jeu avec lui, assumant ses responsabilités. Alors pourquoi n'avait-il pas répondu à son appel ? *Tu le sais très bien.*

Il fallait envisager le pire.

Mais peut-être qu'ils ont réussi ! Peut-être qu'il n'y a plus aucune Éco en ville ! Après tout, comment pouvait-il le savoir ? N'avaient-ils pas, eux-mêmes, franchi une portion du trajet sans noter la moindre apparition suspecte ?

— Je sais qui est derrière tout ce qui nous arrive, annonça-t-il en se rendant compte que personne d'autre que lui ne connaissait la vérité.

Tom s'arrêta.

— Depuis quand ?

— Je viens de l'apprendre.

Tom l'incita à poursuivre et Ethan lui raconta tout ce qu'il avait entendu de la bouche d'Alec Orlacher tandis qu'ils grimpaient la pente douce de la ravine, alors qu'Owen les devançait dans cette terre protégée.

— Vous n'allez pas le laisser s'en tirer impunément, rassurez-moi ? fit Tom une fois le monologue terminé.

— J'ai donné ma parole que je ne l'arrêterais pas s'il réglait le problème. Mais Ashley le fera. Orlacher va payer pour ses actes. Lui et tous ses complices.

Owen s'écarta brusquement et Tom s'angoissa avant de constater que le garçon sautait devant une cabane de planches, de lambris et coiffée d'une bâche.

— C'est ici qu'on vient lorsqu'on veut être tranquilles ! dit-il fièrement.

Tom leva le pouce en guise de félicitations. Il retourna à sa discussion avec Ethan.

— Si je refais l'histoire, dit-il, les Éco de Jenifael Achak et ses enfants sont emprisonnées dans notre maison depuis trois siècles, et ce salopard les a libérées, ainsi que toutes celles qui s'accumulent depuis la fondation de Mahingan Falls.

— C'est ça. Il se peut même que la brèche ouverte par leur amplificateur ait attiré toutes les Éco de la région, au-delà même de notre ville, faisant office d'aimant et de catalyseur. Orlacher m'a assuré que sa technologie ciblait exclusivement notre ville mais je ne le crois pas, rien n'est aussi propre que ce que cet enfoiré voudrait croire. Il leur a ouvert un passage vers nous avec sa petite expérience, et par un malheureux concours de circonstances, les éruptions solaires, en altérant le magnétisme de la Terre ou en jouant sur les courants électriques, leur donnent une énergie monstrueuse pour agir.

Tom garda le silence pendant plusieurs minutes. Il trouvait cela perturbant. L'idée même que sa famille ait pu vivre au milieu des fantômes d'une femme torturée pour sorcellerie et de ses enfants, sans même s'en rendre compte, était désagréable.

Combien de personnes, de par le monde, habitaient un endroit sans même savoir qu'elles vivaient aux côtés de spectres incapables de se faire entendre ? Toutes les cités et même les campagnes, sur chaque continent, avaient leur lot de crimes, de tragédies au fil des siècles, voire des millénaires, et avaient produit quantité d'Éco qui erraient de l'autre côté de ce miroir sans tain, assistant, impuissantes, au spectacle de nos vies terrestres, alimentant ainsi une frustration qui ne faisait que croître de pair avec leur haine.

Elles étaient partout. Assurément.

Gary Tully avait tout fait pour établir un pont entre lui et Jenifael Achak. Pourquoi n'y était-il jamais parvenu ? Et pourquoi la famille de Miranda Blaine, en revanche, semblait-elle s'être délitée au contact de la maison ? Jenifael s'en prenait aux familles. À ce qu'elle avait perdu, ignorant le reste. C'était l'unique possibilité.

Même sans l'intervention d'Alec Orlacher et de sa société, les Spencer auraient été, tôt ou tard, aux prises avec la prétendue sorcière.

Il existait, sur Terre, des lieux hantés par tant de colère que celle-ci suffisait à fendre le miroir, l'espace de quelques minutes chaque décennie, juste assez pour permettre aux plus motivés des spectres de frapper férocement.

Orlacher n'avait fait qu'accélérer les choses et les amplifier jusqu'à répandre le chaos au-delà d'une simple maison, sur toute la ville.

— Nous allons sortir de la ravine, les informa Owen.

Tom lui fit signe de revenir à côté de lui.

— Cobb, dit-il, vous ne voudriez pas allumer votre brouilleur ?

— Il faut économiser la batterie tant qu'on ne sait pas ce qui nous attend.

Ils zigzaguèrent dans la forêt, la lampe d'Ethan brillant comme un phare dans la nuit, et le vent se leva dans les branches hautes. Puis ils parvinrent à l'orée, là où les champs de maïs dodelinants étalaient leur tapis bruyant. Les trois marchaient à présent sur la bande de terre entre les céréales et les arbres. Contrastant avec les aurores boréales, la masse du mont Wendy se profila au nord.

Owen ne cessait de surveiller les tiges.

— Ne t'inquiète pas, dit Tom, nous n'aurons pas à y aller.

— Je ne suis pas convaincu que ce qui nous attend soit préférable, avertit Ethan. Si jamais la situation devenait, disons, tendue, restez derrière moi.

— Je n'avais pas l'intention de faire autrement.

Une demi-heure supplémentaire, fatigante, leur fut nécessaire pour rejoindre la petite route au pied du mont et ils débutèrent l'ascension, déjà passablement essoufflés.

La brise nocturne les rafraîchit avant que Tom ne note le silence étrange qui les entourait.

— Vous entendez ? Il n'y a plus un son. Ni insectes ni rapaces.

— Nous nous rapprochons.

Tom tira Owen pour le coller contre lui.

Leurs sens aux aguets, ils sondaient la route et les bas-côtés, ne négligeant pas de vérifier derrière eux de temps à autre.

Une camionnette apparut un peu plus haut, au premier tiers du dénivelé, les portes arrière béantes, phares et moteur éteints. Ethan reconnut celle d'Alec Orlacher et de son responsable de la sécurité.

Cette fois il mit en marche le brouilleur à sa ceinture et une diode verte lui indiqua qu'il fonctionnait. Il tenait sa lampe d'une main et dégaina son Glock de l'autre. Il ignorait si les balles avaient le moindre impact sur les Éco, mais le feu semblait les repousser, alors ce n'était pas totalement futile, et le poids de l'arme dans sa paume le rassurait.

Ils ralentirent sur les derniers pas et Ethan pointa son canon vers la partie utilitaire de la camionnette.

Dès qu'il fut assez près pour l'éclairer il tressauta et déclara sèchement :

— Tom, n'approchez pas plus. Gardez Owen à l'écart.

— La zone d'efficacité du brouilleur est de trois à quatre mètres vous avez dit, alors je vous colle.

— Fermez les yeux d'Owen.

Il était impossible de dire ce qui appartenait à Alec Orlacher et ce qui était à son homme de main, un remugle de tissus sanglants recouvrait une large partie de l'intérieur comme si tous deux étaient passés dans une machine à broyer la viande.

L'intonation de Tom changea brusquement.

— Il faut repartir, tout de suite !

— Non, il faut monter, couper le sign…

Tom leva l'index vers les racks techniques où s'alignaient encore trois brouilleurs portatifs. Tous étaient allumés.

— Ça ne protège de rien ! Il y en a trois et ça n'a pas suffi pour empêcher le massacre !

Owen tira le bras de son oncle.

— Ils arrivent !

Tom se posta sur le côté du véhicule et constata que des ombres dévalaient la pente à toute vitesse dans leur direction. De loin, elles ressemblaient à des silhouettes humaines, mais elles flottaient dans l'air au-dessus du bitume et de la terre, et leurs membres étaient difformes, allongés, presque au point de se déchirer, semblait-il.

Tom sentit l'air gronder, chargé d'électricité statique, et il se mit à saigner du nez, tout comme Owen et Ethan.

Les Éco seraient sur eux en moins de trente secondes. Bien trop rapides pour espérer leur échapper.

Au moins plusieurs dizaines.

74.

Debout sur la pelouse d'une propriété de Green Lanes, avisant de tous côtés le danger qui se rapprochait, Ashley venait d'allumer son brouilleur et se tenait dos à dos avec Olivia, Zoey entre elles.

— Vous les voyez ? demanda la flic.

— Non, mais je sens des mouvements dans l'air. Est-ce qu'on peut avancer avec le brouilleur en marche ?

— Nous n'allons pas tarder à le savoir.

Elles se mirent à progresser en crabe, Olivia tirant sur les bretelles du porte-bébé à la fois pour bien le maintenir et aussi pour se soulager les épaules.

L'attaque surgit depuis le garage ouvert d'une maison, lorsqu'elles passèrent devant, trois disques tranchants de scie circulaire volèrent en sifflant, droit sur les deux femmes, si vifs et fins qu'ils en étaient indécelables. Mais juste au dernier moment, ils perdirent toute vitesse et précision, le premier retomba entre Olivia et Ashley, passant tout près de Zoey qui dormait encore, tandis que le deuxième rebondissait devant elles. Le troisième eut encore assez de vélocité pour toucher sa cible, mais au lieu de s'enfoncer dans le torse de la policière, il se ficha jusqu'à la moitié dans sa cuisse.

Ashley cria et mit un genou à terre.

La blessure était profonde et du sang se déversa le long de sa jambe.

Quantité de matériel se renversa dans le garage sur le passage de quelqu'un ou de quelque chose. Olivia ne savait plus quoi faire entre aider sa camarade ou surveiller pour esquiver d'autres assauts.

— Ashley, parlez-moi ! C'est grave ?

— Plutôt, oui, grimaça la flic. Merde… Ce que ça fait mal…

La blessée gémissait, cependant l'adrénaline l'aidait à garder son sang-froid. Elle déchira maladroitement un bout de sa manche et commença à appuyer sur le bord de la lame, ce qui lui arracha un autre cri de douleur.

— Si je tombe dans les vapes, prenez le brouilleur, Olivia.

— Non, non, ne faites pas ça !

— Pas le choix.

Ashley tira de toutes ses forces sur le disque d'acier et serra les dents en étouffant tant bien que mal sa souffrance. Le cercle cranté tomba en tintant et elle pressa le tissu sur la blessure. Elle transpirait abondamment et respirait fort, mais elle n'avait pas perdu connaissance.

— Je croyais que ce machin devait nous protéger ! gronda-t-elle en vérifiant que le brouilleur était bien allumé.

— Il l'a fait, sans quoi nous aurions été transpercées de part en part.

Olivia continuait de guetter, en particulier en direction du garage tout noir, elle sentait que ce n'était pas fini.

— Vous pouvez marcher ?

— Il va falloir. Aidez-moi à me relever.

Olivia s'exécuta et l'assista pour déchirer son autre manche d'uniforme afin de confectionner un bandage bien serré. Le sang le teinta avant qu'elles n'aient terminé de faire le nœud et Olivia comprit que c'était bien trop profond pour qu'elles parviennent à endiguer l'hémorragie aussi simplement. Elle allait le lui dire lorsqu'elle vit dans ses grands yeux que la flic savait. Elle savait ce que cela impliquait. Pourtant elle tira Olivia par la sangle du porte-bébé.

— Plus vite on se remettra en route, plus vite vous retrouverez votre fils.

L'Éco du garage se matérialisa au milieu des sacs-poubelle de l'allée, juste à côté de la porte relevée, sous l'aspect d'une de ces silhouettes d'ombre aux bras et aux doigts démesurés, longiligne et fluctuant comme un amas d'huile en suspension. À peine apparue, elle fusa sur Olivia avec une telle célérité que celle-ci n'eut que le temps de ciller.

Aucun impact. Seulement un rugissement déformé comme s'ils étaient tous les deux sous l'eau. L'ombre avait disparu moins de trois mètres avant de frapper.

— Le brouilleur ! révéla Ashley. Allez ! Venez !

Réveillée brutalement, Zoey se mit à pleurer.

Olivia avait l'estomac dans la gorge. Elle s'était vue mourir sans même réagir, pas même pour protéger sa fille. Ces choses étaient bien pires que ce qu'elle avait supposé.

Tout en trottinant, Olivia tenta de calmer Zoey d'une main contre sa joue, c'était tout ce qu'elle pouvait faire pour l'heure, mais la petite sanglotait à chaudes larmes, alertant tout le pâté de maisons de leur présence.

Ashley boitait énormément et serrait les dents à chaque pas. Elles ne pourraient pas aller bien loin. Il fallait trouver une autre solution. Olivia examina les environs, des pavillons standard, et personne en vue. Au loin les appels à l'aide se multipliaient, avec des hurlements et parfois des coups de feu. La ville s'enfonçait progressivement dans la folie.

La cuisse d'Ashley était couverte de sang jusqu'à sa chaussure qui laissait une empreinte rouge à chaque pas.

L'Éco reprit forme juste devant elles et les chargea avant qu'elles ne puissent l'esquiver.

Une fois de plus elle se dissipa comme un paquet de farine noire jeté dans l'air au moment où elle entra dans le cercle d'action du brouilleur, et toujours avec le même râle sous-marin.

Les pleurs de Zoey redoublèrent d'intensité.

L'Éco frappa une nouvelle fois, sur le côté ce coup-ci, et il sembla à Olivia qu'elle était parvenue à s'enfoncer plus loin dans le cercle, à seulement deux mètres à peine.

— Elle se rapproche à chaque tentative ! s'affola-t-elle.

Prenait-elle davantage d'élan dans sa dimension parallèle ou sa vigueur croissait-elle de minute en minute ?

Le quatrième assaut la fit s'évaporer juste sous leur nez et elles perçurent l'aura froide qui l'entourait, au point d'expirer un nuage d'air glacé.

— Ashley, elle va y arriver ! Qu'est-ce qu'on fait ?

Elles paniquaient, incapables de courir, et Olivia eut l'instinct, un bref instant, de voler le brouilleur à la ceinture de la jeune flic pour s'enfuir, l'abandonnant à son sort, mais elle évacua cette idée. Elle n'était pas comme ça. Elle ne l'avait jamais été.

Pense à Zoey.

Olivia secouait la tête, en proie à une lutte cruelle.

L'Éco se reforma devant elles, sur le bas-côté, entre deux haies parfaitement taillées qui séparaient les jardins.

Ashley lui attrapa la main.

L'Éco glissa sur deux mètres et allait déclencher son attaque lorsqu'elle s'immobilisa.

Olivia entendit aussi le bruit qui venait d'attirer son attention. En amont dans Maple Street, un homme se tenait accroupi le long d'une voiture et scrutait la scène. Elle fut tentée d'en profiter pour partir aussi loin que possible, et jaugea la situation. Si l'Éco fondait sur le malheureux, Olivia donnerait tout ce qu'elle avait pour atteindre la prochaine rue en espérant qu'elle ne les pourchasserait pas.

Mais Ashley n'est pas en état pour ça...

L'Éco vibrait. Un murmure grave ressemblant à de nombreuses voix chuchotant les unes avec les autres. Hésitait-elle ?

— Courez jusqu'à nous ! s'écria Ashley. Si vous voulez vivre, courez !

L'homme déclencha son sprint au moment où l'Éco lançait son attaque et ils se rasèrent sans se toucher. L'homme déployait une puissance et une agilité dans sa course qui lui permirent de presque atteindre les deux femmes, lorsque l'Éco se redressa dans son dos.

— Vite ! l'encouragea Ashley.

Olivia s'était tue. Elle l'avait reconnu.

Derek Cox.

Emporté par son élan, il heurta Ashley et ils roulèrent au sol.

Olivia s'aperçut immédiatement que non seulement elle n'était plus assez proche d'Ashley pour être couverte par le brouilleur, mais que ce dernier s'était détaché de la ceinture et gisait au milieu de la rue.

Le duvet sur sa nuque se souleva tandis que l'air se chargeait d'un son de basses lourdes. Zoey poussa un cri aigu et l'ombre les frôla.

Au sol, les jambes d'Ashley Foster firent un mouvement contre nature insupportable à voir, elles se replièrent totalement à l'opposé de leurs articulations, les pieds sur le haut des cuisses, puis ces dernières s'écrasèrent sur la poitrine de la jeune femme en même temps que ses bras étaient brisés dans son dos. Un jet de sang pulsa entre ses lèvres, ses yeux sortirent de leurs orbites et un terrible tressautement agita une dernière fois son corps compacté.

Olivia tremblait. Elle vit l'Éco allongée sur Ashley se lever et sut qu'elle serait la prochaine. Pourtant ses jambes étaient vides, plus aucune matière pour la pousser en avant, pour lui donner une chance de fuir.

Du coin de l'œil elle vit Derek Cox qui fixait le brouilleur plus loin, et sut qu'il l'attraperait en premier, et qu'il serait inutile d'essayer de le lui arracher des doigts, il était bien plus fort et endurant qu'elle.

Avec la souplesse d'un chat il roula sur la route et s'empara du brouilleur au moment où l'Éco pivotait vers Olivia.

Derek croisa son regard.

Il n'y avait pas plus d'humanité en lui que dans les fantômes qui ravageaient cette ville.

Alors elle sut qu'elle allait mourir.

— Pardon, Zoey, dit-elle.

75.

La maigre flamme du briquet feulait en chevrotant dans la vaste salle de cinéma.

Connor se tenait dans la travée centrale, luttant avec son esprit pour ne plus voir ni entendre Gemma lorsque ce nuage d'encre l'avait broyée. Lui voulait vivre, plus que tout. Et il savait que cela impliquait de s'assurer qu'ils étaient en sécurité en ces lieux. Il ne pouvait distinguer plus loin que les quelques sièges autour d'eux. Corey pleurait tellement qu'il n'était pas loin de l'arrêt respiratoire et Chad essayait de le serrer contre lui, mais il n'était pas capable de dire un mot, le regard hanté par ce à quoi il venait d'assister.

Tout reposait donc sur ses épaules. Connor avait l'habitude. Il en était capable. Un jour il en ferait même son métier, il n'avait aucun doute à ce sujet. Pompier, policier ou militaire. Une carrière où le sang-froid était primordial, le sens du sacrifice nécessaire mais aussi une bonne dose de courage et d'intelligence. Parfois on lui reprochait d'être un fonceur mais Connor considérait cela plutôt comme du dynamisme.

Et c'était ce qu'il fallait maintenant. Ne pas s'apitoyer, ne pas tergiverser deux heures, s'assurer avant tout qu'ils étaient bien seuls, et que le brouilleur du cinéma fonctionnait encore.

Connor descendit plusieurs marches, levant son briquet le plus haut possible. Il pouvait ressentir l'immensité de l'endroit, la hauteur de son plafond, même s'il ne le voyait pas. Comment allait-il s'y prendre pour tout sonder si lentement ? Son briquet commençait à chauffer entre ses doigts.

Mais quel con !

S'ils étaient hors service, les téléphones disposaient encore de leurs fonctions normales ! Il sortit le sien et mit le mode torche en action. Un point blanc nettement plus puissant dévoila une dizaine de rangées d'un coup. Vides.

Il pivota sur sa gauche…

Le tissu rouge, les gradins… Personne là non plus.

Connor descendit à mi-hauteur, poursuivant son inspection, se penchant entre les rangs pour vérifier qu'il n'y avait rien de caché ou d'allongé. Il formait une poche de clarté au sein des ténèbres et réalisa qu'il avait laissé ses deux amis dans le noir. Il pouvait encore les entendre respirer et larmoyer. Ils étaient dans un tel état de délabrement mental qu'ils ne s'en rendaient même pas compte ou s'en fichaient.

Connor éclaira les sièges qui suivaient.

La confiance revenait petit à petit. Il ne savait pas comment il serait une fois sorti d'affaire, il aurait alors tout le temps de s'effondrer, mais son instinct de survie reprenait le dessus et il se focalisa là-dessus.

Il ne restait à sonder que la partie inférieure de la salle.

Connor inspecta au passage son sac à dos et compta trois bombes à essence. Celle qu'il avait lancée dans le hall d'immeuble avait fait son effet. Peut-être que ça ne les tuait pas mais ces fils de pute n'aimaient clairement pas ça. Entre ses munitions et le brouilleur, il avait espoir de tenir, le temps que des secours arrivent. Et ce serait l'armée, sans aucun doute possible. Le gouvernement allait leur expédier toutes les troupes d'élite et, d'ici deux ou trois jours, Connor ferait la une des journaux en compagnie des autres rescapés. Son témoignage passerait en boucle sur les chaînes d'information continue.

Et si le gouvernement n'envoie personne ?

C'était con, bien sûr qu'il allait agir pour les sauver ! C'était sa fonction première : protéger ses citoyens !

Sauf que ces citoyens-là allaient raconter l'horreur qu'ils avaient vécue. Ils exposeraient au monde entier l'existence des monstres et des fantômes et feraient paniquer la population de chaque nation, et tous les gouvernements perdraient le contrôle, ce serait l'anarchie…

Non, c'est débile... Ça n'ira pas si loin.

Une autre hypothèse était à prendre en compte. Tout ça était peut-être *intentionnel*. Non seulement le gouvernement n'enverrait aucune troupe, mais il n'y avait aucun intérêt puisqu'il était le responsable de cette merde ! Après tout, il fallait bien que quelqu'un ait mis ce bordel en marche et, vu l'ampleur, qui d'autre que le gouvernement pouvait en être capable ?

Oh non, ça sent pas bon... On va se faire baiser si on reste ici.

Il fallait quitter Mahingan Falls. Avant que les bombardiers larguent leurs charges incendiaires sur toute la ville pour éradiquer le problème et qu'on invente un gros bobard qui enterrerait toute la vérité sous des tonnes de mensonges.

Sièges vides là encore.

Connor descendit les dernières marches et illumina les rangées les plus basses, à droite d'abord, puis à gauche.

Il soupira longuement lorsqu'il eut terminé.

Au moins on est seuls.

Dans un excès de préparation, il s'était imaginé tomber sur un cadavre dégueulasse écorché vif ou la langue arrachée et étalé de siège en siège avec la gorge, l'œsophage, l'estomac et des mètres d'intestins en ligne droite comme une pelote déroulée. Les Éco faisaient ces trucs immondes.

Il remonta auprès de ses deux amis.

Il n'avait pas d'autre option que de les convaincre de repartir avant que l'armée ne fasse tout sauter.

D'abord faut qu'ils se calment...

Il déposa le téléphone entre eux et s'agenouilla pour être à leur hauteur.

— Je suis désolé, dit-il.

Il serra Corey contre lui puis en fit autant avec Chad. Et il attendit.

Leur bulle blanche ressemblait à un petit bathyscaphe au fond d'abysses insondables.

Chad brisa le silence au bout d'un moment, il avait la voix cassée par le chagrin.

— Tu crois qu'Adam s'en est sorti ?

— Il s'est fait bouffer, non ?

— Pas du tout, il était avec nous dans le hall du ciné, il est tombé dans les vapes, je crois.

— En bas ? Merde, si ça se trouve il est vivant alors ! Faut aller le chercher !

Chad observa Corey qui tremblait encore, perdu dans son désespoir.

— Il est pas en état.

— Alors reste avec lui, je reviens.

Connor déposa son sac à dos devant Chad, y puisa deux ballons qu'il tint par le nœud et s'empara de son briquet de l'autre main.

— T'es sûr que c'est une bonne idée ?

— Tu voudrais qu'on t'abandonne, si c'était toi ?

Chad fit non vigoureusement.

— Reste avec Corey, dit Connor avant de passer les doubles battants.

L'espace devant le bar à pop-corn et à boissons était plongé dans l'obscurité et Connor dut mettre un coup de briquet pour s'assurer qu'il n'y avait personne là non plus. Le flash illumina la moquette élimée du vieux cinéma et les murs couverts de tissu tendu. Il avança à tâtons puis donna une pression supplémentaire sur son briquet. Nouveau flash. Les affiches des prochains blockbusters de l'automne réfléchirent l'étincelle. Connor parcourut le maximum de distance possible avant d'appuyer encore. Flash. Le coude vers le balcon. De là il aurait une bonne vue sur le hall en contrebas. Il se glissa sans un bruit et tendit la main jusqu'à attraper la rambarde de la mezzanine. Les aurores boréales nimbaient la rue d'une pâleur tour à tour verdâtre et bleue qui suffisait à deviner les formes de l'entrée au pied des escaliers.

Quelqu'un était allongé près des portes.

Connor n'en revenait pas. Dans la précipitation ils l'avaient oublié. Ils pensaient qu'Adam était mort avec Gemma.

Il descendit le plus prudemment possible, ne quittant pas les portes vitrées du regard, et vint se poster à côté de l'adolescent inconscient.

Dehors la rue avait retrouvé tout son calme.

Parce que tout le monde est mort.

Une poignée de survivants devaient se terrer ici et là, mais maintenant que les Éco n'avaient plus tout un troupeau à massacrer, elles pouvaient se consacrer à la chasse. Au rythme où cela avait été, avant l'aube il n'y aurait plus âme qui vive dans tout Mahingan Falls.

Et pour la première fois, Connor songea à sa propre mère.

Elle va bien. C'est obligé. C'est une trouillarde, elle se sera planquée au premier coup de feu. Même dès que l'électricité a sauté, oui, c'est sûr ! Elle doit être recroquevillée dans sa chambre en train de me traiter de tous les noms parce que je réponds pas à mon putain de téléphone. C'est ça. Et quand je vais rentrer, elle va me pourrir, me dire que ça sert à rien qu'elle m'en paye un si je suis pas fichu de décrocher quand elle me cherche.

Sauf qu'il n'allait pas rentrer. Pas tout de suite du moins. Et qu'il n'était pas si convaincu que ça par ses suppositions. Pourtant elles lui permettaient de ne pas se laisser déborder par l'émotion, alors il s'obligea à y croire, au moins un peu, au moins pendant un temps.

Il posa ses doigts sur la gorge d'Adam à la recherche d'un pouls qu'il trouva après plusieurs essais.

Mon salaud, tu t'en es sorti !

Il avait eu plus de chance que Gemma. La vie était sacrément injuste. Pourquoi elle, si géniale, et pourquoi pas plutôt Adam qu'ils connaissaient à peine ?

C'est moche de penser ça. Tu devrais avoir honte.

Connor le secoua pour le réveiller et il insista une bonne minute jusqu'à ce qu'Adam émerge, d'abord difficilement, avant de revenir à lui, terrifié. Connor plaqua sa paume contre sa bouche pour étouffer le cri et examina aussitôt les baies vitrées pour constater qu'il n'y avait personne.

Adam était en état de choc, et Connor craignait qu'il ne fasse des convulsions ou qu'il n'ait une réaction violente.

— Hé, concentre-toi sur moi.

Il fit claquer ses doigts devant les pupilles dilatées de l'adolescent.

— Ici, ici. Reviens parmi nous. Adam, c'est moi, Connor. Faut que tu te reprennes, mon pote, sinon tu vas pas faire long feu.

— Gemma…

Connor hocha la tête.

— Ouais. Ces salopes l'ont chopée.

En entendant ces mots, Adam vomit de la bile sur lui et sur la moquette et Connor eut tout juste le temps de s'écarter.

Il lui tapota dans le dos.

— Viens avec moi là-haut, on sera plus en sécurité qu'ici. Mais faut pas qu'on traîne. Tu vas devoir m'aider à convaincre les copains qu'il faut qu'on sorte.

— Pour aller où ?

— Loin. Avant que l'armée ne fasse tout sauter.

76.

La horde d'Éco rageuses coulait sur la pente, droit sur la camionnette où Ethan, Tom et Owen se trouvaient.

Comme en témoignaient les restes immondes d'Alec Orlacher et de son conducteur, les brouilleurs à l'intérieur ne suffiraient pas à contenir un tel flot.

Tom examina la falaise sur le côté. S'en jeter signifiait la mort assurée. Courir ne leur laissait aucune chance non plus, tant les Éco se déplaçaient vite.

Il ne restait que le combat.

Désespéré.

Ils avaient péché par candeur. Croire qu'il suffisait de monter au sommet du mont Wendy pour régler le problème…

Une armada de ces monstres pulsait sous le Cordon, sanctuaire de leur venue sur Terre. C'était ici même qu'une fissure s'était déchirée entre nos deux plans mitoyens, ici même qu'utilisant la puissance fournie par la technologie mise en place secrètement par OCP, une nuée d'Éco s'étaient regroupées jusqu'à prendre possession du signal émis depuis l'antenne géante.

De *tous* les signaux en réalité. Sautant de l'un à l'autre.

Oui, pensa Tom avec une ironie amère, il aurait suffi d'atteindre le sommet, d'entrer dans le Cordon et de tout arracher pour les priver de leur énergie, pour leur claquer la porte au nez. Sauf qu'on ne pénètre pas dans le cœur d'une ruche aussi aisément.

Ils avaient été si naïfs…

Et ils allaient en payer le prix fort.

Tom prit Owen par les épaules et le serra contre lui pour lui épargner de voir la mort déferler sur eux.

— Il faut allumer un feu ! intervint l'adolescent, plein d'espoir. Ils n'aiment pas ça, peut-être que ça les éloignera un moment !

— Nous n'avons pas de combustible et plus le temps…

— Dans le véhicule ! ordonna Ethan. Owen, monte !

— Il est HS, Ethan, comme les autres.

Mais le flic poussa violemment Tom et son neveu vers l'avant et jeta littéralement l'adolescent sur le siège passager.

Les Éco n'étaient plus qu'à trente mètres.

— Aidez-moi à le mettre dans le sens de la route, s'écria Ethan.

Tom comprit alors où il voulait en venir. C'était fou mais il ne leur restait aucun autre choix, alors le père de famille s'arc-bouta contre la portière et poussa de toutes ses forces.

De l'autre côté, Ethan tourna le volant pour mettre les roues dans la bonne direction et il en fit autant.

Les Éco grondaient, bien trop proches.

La camionnette bougea, d'abord de quelques centimètres, puis, lorsque les deux hommes puisèrent dans leurs réserves, elle roula, juste assez pour commencer à piquer du nez dans le sens de la pente.

Ethan et Tom bondirent à l'intérieur.

Ils virent les ombres grossir dans les rétroviseurs.

Cela n'allait pas suffire. Ils étaient encore beaucoup trop lents.

— Le moteur n'est pas censé démarrer en avançant ? s'exclama Tom, affolé.

Ethan donna plusieurs tours de clé et tapa sur le tableau de bord, mais rien ne fonctionnait.

— Trop d'électronique, c'est mort !

Les roues accrochaient l'asphalte, et la gravité aspirait le poids, de plus en plus avidement.

Une Éco se projeta en avant et pénétra à l'arrière en faisant gicler les chairs des deux précédentes victimes contre les murs.

Tom arracha le brouilleur à la ceinture d'Ethan et dans un geste désespéré le lança sur le monstre qui, seul, explosa en une myriade de particules sombres.

L'inclinaison continuait de les faire accélérer.

Une deuxième Éco parvint à imiter l'éclaireuse avant de subir le même sort, cette fois sous le choc avec l'enfilade de brouilleurs rangés dans leur rack. Tant que les créatures n'attaqueraient pas toutes en même temps, elles ne parviendraient pas à franchir la barrière.

Et enfin, la meute perdit du terrain. La camionnette fonçait à présent bien au-delà de toute prudence, entraînée par son seul élan. Ethan connaissait la route pour l'avoir empruntée peu de temps auparavant, toutefois il ne se souvenait pas précisément des virages et il manqua de se faire surprendre lorsque le premier surgit. Ils soulevèrent un rouleau de poussière et frôlèrent le précipice avant de rejoindre la route.

Tom ne lui demanda pas pour autant de freiner, l'absence de moteur ne leur laissait pas le choix, mais il prit Owen contre lui.

Il pouvait encore distinguer la vague d'ombre déferlant dans leur sillage.

Le dévers faisait monter l'aiguille de la vitesse. Dangereusement.

Un autre virage manqua de les jeter dans le vide et cette fois Ethan n'eut d'autre choix que de faire crisser les freins pour leur sauver la vie.

Et le toboggan mortel se prolongea.

Leurs poursuivants avaient disparu.

— Je ne les vois plus, indiqua Tom.

— Ça ne signifie pas qu'ils ne sont plus là. Si on s'arrête, on est morts.

— Ethan, ma femme et mes enfants sont en ville, à la merci de ces choses. Je dois couper le signal.

Le flic serrait les dents.

— Vous croyez que je ne le sais pas ? Combien vont mourir si nous n'y arrivons pas ? Mais est-ce que vous avez remarqué que nous sommes baisés ? Comment comptez-vous parvenir jusqu'au Cordon ? C'est l'unique flanc accessible, et ils sont partout ! Brouilleurs ou pas, nous n'avons aucune chance !

Tom acquiesça, pourtant incapable de se résigner. Ses yeux s'embuèrent.

— Vous allez me laisser sur le côté. Je dois essayer. Je ne peux pas les abandonner.

— Vous savez que c'est du suicide. C'est impossible.

Le poing de Tom se ferma sur le tableau de bord. Il essuya le sang sur sa lèvre. Des larmes chaudes coulaient le long de ses joues.

Owen lui en sécha une du revers de la main.

— Alors on passe au plan B, dit-il.

— Il n'y a pas de plan B, répliqua Ethan sèchement.

— Moi, j'en ai un. C'est pour ça que je voulais venir ! Descendez jusqu'en bas, le plus près possible du milieu du champ. De là nous n'aurons plus que cinq ou six cents mètres à parcourir pour atteindre le transformateur.

— De quoi parles-tu ? demanda Tom.

— Un jour, dans la ravine, j'ai vu des vieux poteaux électriques rouillés. Corey m'a expliqué que les lignes électriques de la ville ont été enterrées il y a longtemps. Et tout part du transfo qui est là-bas, pas loin de chez les Taylor.

— Il a raison ! s'exclama Ethan. Bon sang ! Si on coupe l'arrivée d'électricité, on shunte tout ! Même le Cordon !

Tom n'en revenait pas.

— Pourquoi tu ne l'as pas dit plus tôt ?

Owen avala sa salive difficilement et il désigna les étendues sombres en bas.

— Parce qu'il faut passer par les champs de maïs et je sais ce qui y rôde.

77.

Milo aboyait depuis la buanderie où il était enfermé. Des aboiements secs, nerveux.

Roy essuya la sueur de son front.

— Mon petit père, j'ai autre chose à faire que de te surveiller, alors tu vas patienter.

Le vieil homme avait déniché une lampe à led qu'il avait accrochée au capot pour y voir plus clair. Les aurores boréales en surplomb étaient fascinantes, même s'il avait d'autres centres d'intérêt bien plus urgents.

La jeep datait des années 70 et n'était pas bardée de tous les circuits électroniques modernes, toutefois Roy suspectait l'alternateur d'avoir grillé avec l'ensemble des composants électriques, à commencer par la batterie. Celle-ci avait même partiellement fondu.

Dès le premier examen du moteur, Roy s'était senti pessimiste, jamais il ne parviendrait à le faire démarrer. Il ne voulait cependant pas plomber le moral des autres et avait promis d'agir de son mieux. Ce qu'il fit.

D'abord en nettoyant les bougies. Une par une. Il ignorait s'il fallait les remplacer mais faute de rechange, il ne pouvait procéder autrement. Puis il trouva le compartiment des fusibles et constata qu'ils avaient tous sauté. Sans se démonter, il retourna dans la maison des Spencer et fouilla la cuisine à la recherche de papier d'aluminium. Il avait été quincaillier pendant des années et connaissait quelques astuces. L'aluminium, conducteur d'électricité et souple, donc facile à modeler, était tout sauf une bonne idée, les risques de court-circuit ou d'incendie étaient encore plus grands, mais là encore il n'avait pas le choix. Pendant de longues minutes il plia des morceaux de papier d'aluminium pour recréer autant de fusibles que nécessaire. Cela serait-il suffisant ? Il en doutait.

Puis, à l'aide d'un marteau et d'un tournevis, il s'attaqua à la batterie pour l'extraire de son emplacement où le plastique fondu l'avait scellée. Il s'acharna, scié en deux pour atteindre la partie la plus basse, et à force d'insistance, il réussit à la déposer dans l'herbe.

Roy épongea encore sa transpiration. Ses articulations lui faisaient mal, une gêne lancinante, inscrite loin dans sa chair, à laquelle on ne s'habituait jamais complètement, et qui l'épuisait.

— Milo ! Tais-toi !

Ce cabot lui tapait sur les nerfs.

Sa longue carcasse craqua de partout lorsqu'il s'élança vers la rue, dans l'idée de rejoindre sa maison, la lampe rivée à sa salopette en jean. Il pouvait entendre, plus bas depuis la ville, les détonations et parfois les cris, mais il s'efforçait de ne pas les laisser l'atteindre. Il imaginait très bien ce qui était en train de se produire. N'avait-on pas, à force de jouer avec la science, ouvert les portes de l'enfer ? Lui avait une mission et tant qu'il ne l'aurait pas accomplie, il s'interdisait d'envisager la suite.

Parce que tu as la trouille...

Et alors ? N'était-ce pas légitime ? Qui n'aurait pas peur dans un monde pareil ? Peur de crever.

Non. À bien y penser, Roy n'avait plus vraiment cette crainte-là. Il n'était plus de la première jeunesse et, s'il n'avait aucunement envie d'y passer, cela faisait malgré tout plusieurs années que le sujet s'invitait sur l'oreiller, le soir avant de s'endormir – du moins d'essayer. Son constat était limpide : nul ne pouvait trouver du réconfort dans la familiarité de l'idée de sa propre mort, néanmoins l'omniprésence du sujet finissait par produire un travail de sape, et l'évidence de son irrémédiable approche s'imposait avec résignation. Roy avait eu une belle vie. Peu de regrets sinon celui de l'avoir traversée seul, de ne pas avoir eu le courage de ses goûts. Ce qu'il avait expérimenté dans les années 60 et encore osé la décennie suivante avait fini par devenir proscrit. Pas officiellement, encore que, mais dans les esprits américains cela ne se faisait pas. Certainement pas dans une petite cité comme Mahingan Falls. C'était d'ailleurs bien la seule chose qu'il voyait évoluer en mieux depuis peu, cette ouverture d'esprit. Le droit à la différence. Même amoureuse.

S'il devait mourir cette nuit, tout ce qu'il espérait c'était qu'on s'occupe de Margerie. Les Spencer en prendraient soin. Ils aimaient les animaux et elle ne serait pas malheureuse avec eux, il lui faudrait juste apprendre la cohabitation avec un chien.

Il conclut qu'il était donc prêt. Il voulait juste ne pas souffrir. C'était ça dont il avait peur. La douleur.

J'ai fait mon voyage. Il n'était pas déplaisant. J'ai eu ce que je voulais, mon magasin, ma maison...

Non, Roy ne pouvait pas se plaindre, il n'avait manqué d'à peu près rien sinon du courage de s'affirmer.

Et ça t'a empêché de trouver l'amour...

Il n'avait manqué de rien sauf de l'essentiel en somme.

— Tais-toi, vieux grincheux, sinon tu vas encore pleurer ! se gronda-t-il.

Il reconnut les saules et leur chevelure fantasque. Il était arrivé.

Sa Chevrolet était garée devant chez lui. Il prit les clés et souleva le capot pour inspecter la batterie. Ce n'était pas le même modèle, bien sûr.

Roy lâcha une bordée de jurons.

Mais au moins celle-ci n'avait pas fondu. Fonctionnait-elle pour autant ?

— Tant pis, ça fera l'affaire.

Il la démonta et la porta en soufflant, le dos cassé, jusqu'à la jeep du lieutenant Cobb, un trajet long pour un homme de son âge. Il suait à grosses gouttes, inspirait et expirait trop vite et son cœur cognait en retour, protestant aussi fort que possible.

Une petite voix méchante et pénétrante ne cessait de lui chuchoter que tout ce qu'il faisait était vain. Il se donnait l'illusion de servir à quelque chose, ce qui n'était pas vrai.

— Je le fais parce qu'ils comptent sur moi ! répondit-il tout haut pour la chasser. Lorsqu'ils vont tous revenir, ils auront besoin de filer de cet endroit et si la voiture ne démarre pas, ce sera ma faute !

Roy McDermott n'avait pas l'intention de les décevoir. Il y avait des gamins aussi, trop d'espoirs, trop de vies pour faillir.

Tiens, ce maudit chien s'est enfin endormi, c'est pas trop tôt.

La batterie ne rentrait pas dans le logement de la jeep.

Roy se reposa contre l'aile de la voiture. Tout ça pour ça. Démarrerait-elle si on la poussait ? Il en doutait, mais il ne voyait plus d'autre solution. Encore faudrait-il la faire bouger sans aucune aide ! La pente des Trois Impasses était à au moins deux cents mètres…

La porte de la Ferme était grande ouverte, réalisa Roy. Il ne l'avait pas refermée en allant chercher le papier d'aluminium et il entendit un grincement à l'intérieur. Un courant d'air, supposa-t-il.

Ou bien c'est elle.

Depuis cinquante ans, il entendait son nom. Elle avait causé bien des drames, directement ou indirectement, ça, il l'ignorait, mais Roy n'avait désormais aucun doute sur un point : Jenifael Achak hantait ces murs depuis sa mort.

Il leva sa lampe au-dessus de lui pour accroître sa portée.

Lorsqu'il vit la forme humaine dans l'entrée, à peine une ombre, il n'en fut pas surpris. Il lui semblait qu'elle était nue. Elle fit un pas et Roy crut remarquer que ses bras étaient tordus, à l'envers. Sa peau boursouflée, brûlée.

Il prit une profonde inspiration.

Avait-il le temps de courir jusque chez lui pour s'enfermer dans l'ancien puits à charbon, au fond de sa cave ? Là les ondes téléphoniques et autres saloperies électromagnétiques ne passeraient pas. Du moins le pensait-il.

Ses doigts rencontrèrent le marteau posé sur le moteur. Ils se resserrèrent dessus. Il comptait vendre chèrement sa vie.

Des petits pas inattendus sur l'allée attirèrent son attention sur sa droite. Une forme venait de sortir d'un buisson. Une grosse araignée humaine l'observait de ses immenses yeux d'ébène. C'était une petite fille de dix ans à peine, le torse trop maigre. Ses membres cassés dans le sens inverse des articulations lui servaient de pattes pour se déplacer, nombril dressé vers les cieux.

Ses lèvres s'écartèrent comme pour se rompre, au lieu de quoi elles dévoilèrent une rangée de dents pointues.

Jenifael Achak et ses enfants brisés.

Roy n'hésiterait pas. Le marteau fendrait ce crâne fragile s'il le fallait. Il avait les deux assaillants bien en vue, prêt à répondre s'ils approchaient.

Ses *enfants. Bon Dieu ! Il y en avait deux !*

L'assaut vint de sous la jeep, la deuxième fillette araignée lui planta les crocs dans le tendon d'Achille et arracha toute la viande qu'elle put, projetant Roy au sol où ses os douloureux rebondirent et lui firent lâcher son marteau.

L'autre araignée humaine se précipita en sautillant et visa les chairs tendres de son vieux ventre mou. Elle enfonça sa gueule aussi fort que possible et tira jusqu'à déchirer un lambeau, déballant ses intestins qui glissèrent sur l'allée.

Roy se débattait comme il le pouvait, soit assez mal, et les mâchoires claquaient en arrachant tout ce qu'elles trouvaient.

Malgré le sang qui se mit à couler devant ses yeux, Roy McDermott aperçut la sorcière debout dans l'entrée. Elle assistait au spectacle de ses enfants affamés.

Et il crut bien la voir sourire.

78.

La voix de Chad résonnait dans la grande salle de cinéma vide :

— Mais on est en sécurité ici !

— Une illusion de sécurité, précisa Connor. Je vous dis que si on reste là, on échappe peut-être aux bestioles, en tout cas provisoirement, mais si c'est pour finir carbonisés par les bombes de l'armée ça ne sert à rien !

— Qu'est-ce que t'en sais ? L'armée ne va pas tuer ses propres citoyens, t'es con ? On est américains !

— Quand ils vont constater la merde que c'est, tu crois qu'ils prendront le risque que ça s'étende à tout le pays ? Jamais de la vie ! Encore moins s'ils sont en réalité responsables ! De toute façon presque tous les habitants de Mahingan Falls seront déjà morts quand ils vont débarquer, alors pourquoi s'embarrasser ? Tu crois que notre président est du genre subtil ?

Cet argument, plus que le reste, sembla faire mouche et Chad hésita. Connor donna un coup de coude à Adam Lear qui suivait le débat de loin, prisonnier de ses terreurs intérieures.

— Dis-lui, toi, insista Connor, que tu es d'accord avec moi !

Adam opina distraitement.

Chad posa sa main sur l'épaule de Corey.

— Tu en penses quoi ?

Corey ne pleurait plus, il n'en avait plus la force, mais ses traits étaient marqués, creusés et rouges.

— Je m'en fous, dit-il tout bas.

Connor récupéra son téléphone qui les éclairait et consulta l'écran.

— Il me reste moins de quinze pour cent de batterie. On sera bientôt dans le noir total. Vous voulez attendre ici sans rien y voir, avec tous les bruits bizarres qu'on entend autour ?

— C'était ton idée, rappela Chad avec déjà beaucoup moins de conviction.

— Et j'avais tort.

Adam lâcha du bout des lèvres :

— Je sais pas si je suis capable de ressortir et de courir.

— La rue est calme, elles ne sont plus là.

Chad grogna.

— Tu sais très bien qu'elles sont juste planquées à attendre.

— C'est pourquoi on va se faufiler discrètement pour remonter Main Street.

— Et après ?

— Vous foncez chez toi, si tes vieux sont encore là vous m'attendez et on se tire avec eux, sinon il nous restera la cabane dans la ravine, là-bas on ne craindra plus rien.

— Pourquoi, tu veux aller où, toi ?

— Chercher ma mère.

Adam approuva.

— Moi aussi je veux rentrer chez moi…

— Alors déjà sortons et on s'organisera dehors pour savoir qui va où.

Dans la lumière crue du portable, Chad paraissait avoir dix ans de plus que ses treize ans. Son visage opina lentement.

— OK.

— Je vais passer devant, avertit Connor, une bombe à essence en main. Il t'en reste ?

— J'ai les deux miennes.

— Parfait, tu fermes la marche. Corey et Adam entre nous. Les gars, il faudra peut-être cavaler, c'est bon pour vous ?

Adam approuva mais Corey se contenta de se relever et de tendre la main.

— J'en veux une. Ces bombes-là, j'en veux une pour moi.

— Je n'ai qu'un briquet.

— Je ne viens que si tu me le donnes.

— Corey, je peux pas te…

— File-le !

Connor soupira puis le lui plaqua dans la paume avec une de ses bombes incendiaires artisanales avant de prendre la direction de la sortie et tous lui emboîtèrent le pas.

Chad se rapprocha de Corey.

— Je sais ce que tu veux faire.

— Alors aide-moi.

— Si on meurt à notre tour, tu crois que ça aura servi à quelque chose ?

— Ce truc a tué ma sœur. Je veux qu'il crève.

— Moi aussi, mais pas au prix de nos vies à tous. Gemma n'aurait pas voulu ça.

— Fiche-moi la paix avec ce que Gemma aurait voulu ! Elle aurait voulu vivre !

— Oh ! s'énerva Connor. Taisez-vous ! Elles vont nous entendre !

Tous sortirent jusqu'à la mezzanine d'où ils virent le hall silencieux. Connor vérifiait chaque angle mort avant de s'élancer, avec la minutie d'un commando en pleine opération. Une fois en bas, ils approchèrent des portes vitrées et inspectèrent Main Street. Elle était vide et calme, ce qui était peut-être encore plus effrayant. Le danger pouvait être tapi partout.

— Je le sens pas, avoua Adam.

— C'est trop tard, répliqua Connor, sinon tu restes ici, seul.

Leur leader retira sa casquette pour la rétrécir d'un cran avant de la renfiler. Elle lui serrait un peu trop le crâne à présent mais ne risquait pas de s'envoler s'il fallait foncer.

Connor repoussa la porte, sortit sous la marquise et tous l'imitèrent, penchés en avant. Chad vit la mare poisseuse un peu plus loin entre deux voitures. Tout ce qu'il restait de Gemma. Il retint les spasmes de son estomac pour ne pas vomir, et prit soin de s'interposer entre Corey et ce spectacle cruel.

Le silence qui régnait n'avait rien de naturel. Pas un grésillement électrique, pas une vie, ni même la rumeur lointaine d'un semblant d'animation. C'était encore plus impressionnant que les vêtements gisant au sol, même lorsqu'ils ne masquaient pas complètement les bras ou les jambes en dessous.

Connor pointa son doigt vers l'ouest, en direction d'Independence Square, puis le plaqua contre ses lèvres. Tous hochèrent la tête.

Ils longèrent une série de voitures dont plusieurs avaient les portières béantes et quelquefois il en dépassait un cadavre ou ce qu'il en restait – généralement un tronc ou la partie inférieure du corps, comme si les Éco avaient mangé ce qui leur semblait le plus juteux.

Une poubelle ou un gros objet métallique creux tomba quelque part plus bas dans la rue et les garçons se raidirent, paniqués.

Ils ne voyaient rien. Pas la moindre silhouette menaçante.

Les arabesques colorées continuaient à danser sous les étoiles, entrelaçant leurs vapeurs, et Chad leur trouva une certaine ressemblance avec les représentations de chromosomes qu'il avait étudiées dans ses livres de sciences, se demandant si les aurores boréales n'étaient pas en fait les rubans d'ADN du cosmos.

Les trois autres l'avaient devancé pendant qu'il rêvassait. Il accéléra tout en fouillant du regard les recoins du trottoir, les façades irrégulières et l'autre côté de la rue. Il y avait tant d'ombres qu'il était impossible d'être sûr. Si une Éco se plaquait dans un renfoncement, elle était invisible. Il suffisait de lui passer devant et avec la vitesse à laquelle elle jaillirait, Chad se ferait capturer avant même d'avoir vu d'où provenait le danger. Et il savait ce qui se produisait ensuite.

Gemma n'avait même pas crié, en tout cas Chad ne s'en souvenait pas.

Mais Dieu ce que ses yeux avaient eu peur. Une terreur que Chad n'avait jamais vue ailleurs. Il en eut encore la chair de poule et sa gorge se noua.

Les trois garçons devant s'étaient arrêtés et le cœur de Chad s'accéléra. Qu'avaient-ils repéré ? Il ne voulait plus revoir l'une de ces ombres. Plus jamais. Il n'était plus assez fort pour le supporter.

— Chad, en face ! lui intima Connor.

Chadwick inspira un gros bol d'air pour s'armer de courage et se hissa au-dessus du bac à fleurs derrière lequel ils s'étaient regroupés.

Il ne remarqua personne, ni aucun mouvement, même parmi les nombreuses taches obscures sur les bâtiments opposés.

— Le magasin ! précisa Connor.

Chad reconnut alors la devanture de la boutique de sport.

Des vélos trônaient sur le présentoir dont la vitrine gisait en morceaux sur le perron.

— Super, lâcha-t-il. Mais faut traverser…

Adam fit « non » de la tête et Connor l'agrippa par l'épaule et le tira avec lui tandis qu'il se glissait entre les pare-chocs. Corey et Chad en firent autant un peu plus loin, et d'un signe ils se coordonnèrent pour s'élancer sur la route en même temps.

Des pas véloces, discrets. Les sens en alerte.

Ils étaient en plein milieu de Main Street lorsqu'une Éco gicla de sa tanière, cinquante mètres plus bas, aussitôt suivie par quatre autres ombres immenses volant frénétiquement juste au-dessus de la chaussée.

— Ennemis en approche ! s'écria Connor pour qui la prudence ne servait plus à rien.

Ils poussèrent sur leurs cuisses et à leur tour foncèrent vers la boutique de vélos. Tous sauf Corey qui s'immobilisa, face aux monstres.

Chad sauta sur le capot d'une voiture et glissa jusqu'à atterrir de l'autre côté, avant de se précipiter au milieu du verre brisé pour prendre le vélo qu'il estima à sa taille. Un VTT rouge et jaune qu'il lança sur les dalles avant de l'enfourcher. Il était un peu grand pour lui mais en constatant que les Éco n'étaient plus qu'à mi-distance, il s'en moqua et pédala aussi fort qu'il le put.

Connor tenait, lui, deux vélos et il sprinta vers Corey pour en jeter un à ses pieds.

— Monte ! lui hurla-t-il dans les oreilles.

Les yeux de Corey s'agrandissaient de plus en plus et soudain la peur fut plus forte que la haine ou la bravoure enfantine qui l'animait. Corey lâcha le ballon d'essence et le briquet, se saisit du guidon et s'élança à son tour.

Les quatre adolescents s'escrimaient à gagner le plus de vitesse possible, lorsque Chad vit une autre Éco se matérialiser, devant eux cette fois. Elle n'attendit pas et se catapulta à leur rencontre.

Dans un geste fou, Chad lâcha le guidon et s'empara d'une bombe à essence et de son Zippo.

Il sut qu'il n'avait qu'une seule chance s'il voulait vivre.

79.

Derek Cox fixait Olivia.

Il tenait le brouilleur en main. L'Éco qui venait de faire un origami humain avec Ashley vibrait de dizaines de chuchotements internes qu'Olivia rapprocha de ces préparatifs auxquels se livrent les chats avant de bondir sur leur proie, ordonnant leur équilibre, jaugeant leurs appuis et la distance avec leur cible. Elle sentait que ce n'était plus qu'une question d'une ou deux secondes. Elle ne serait jamais assez rapide pour l'éviter. Encore moins pour la fuir.

Elle attrapa la petite main de Zoey dans son dos et pria pour qu'au moins sa fille ne souffre pas.

L'attaque finale fut immédiate et imparable.

L'Éco se jeta sur elles.

Et Derek Cox en fit autant.

La présence du brouilleur entre ses mains provoqua une déflagration et Olivia vit à peine la haute silhouette monstrueuse lui tomber dessus et exploser en une poudre noire, à seulement quelques centimètres de son visage, que Derek lui rentra dedans et la renversa.

Sportif et prompt à encaisser les chocs avec son expérience de joueur de football américain, le jeune homme était déjà sur ses pieds, scrutant dans toutes les directions avant de tendre la main vers Olivia pour l'aider à se relever. Mais elle était trop affairée à vérifier que Zoey n'avait rien. Par chance, Olivia avait pu pivoter pour encaisser le choc avec le sol et ainsi préserver sa fille. Son flanc en était tout meurtri et la petite pleurait. Elle la serra contre elle et l'embrassa, trop heureuse de pouvoir la sentir.

— Un coup pareil, il l'a pas vu venir, ça l'a sonné ! triompha Derek.

— Elle va revenir, il faut partir, répondit Olivia en se redressant et en se dépêchant d'avancer.

Elle cajolait Zoey tout en marchant aussi vite qu'elle le pouvait. La confusion se mêlait à la peur. Malgré ce qu'elle lui avait fait, Derek venait de lui sauver la vie. Pourtant elle avait vu son regard, un instant plus tôt, son indifférence.

Sa froideur...

Zoey commençait à se calmer.

— Derek… Merci.

Il haussa les épaules, occupé à examiner chaque nid d'obscurité.

— C'est ça que je voulais, dit-il en montrant le brouilleur. Je vous suis depuis chez vous et j'ai bien vu que ce truc est important mais quand le diable vous a attaquée, avec la flic, j'ai pigé que c'était une sorte de bouclier. Il me le faut. Pour pas me faire bouffer.

— Tu étais chez nous ? Pourquoi ?

Il lui adressa un autre de ses regards froids.

— À cause de Gemma ? insista Olivia qui avait besoin de comprendre.

Elle se rattachait au sens. Au moins celui des actes, ce prolongement de la pensée. Dans toute cette frénésie inacceptable et bouleversante, saisir l'autre, c'était conserver un peu de son humanité.

— Rien à foutre de celle-là ! C'est vous que je voulais me faire.

Olivia frissonna. Tout l'éventail de possibilités plus ou moins effrayantes que ces mots impliquaient défila dans son esprit. Jusqu'où allait sa haine ?

— Tu viens pourtant de me sauver la vie.

Il ne répondit pas. Lui-même ne semblait pas savoir ce qui lui avait pris.

— Ma grand-mère avait raison, lâcha-t-il en approchant d'une intersection, les morts se sont réveillés. Dieu est en colère. L'heure de présenter son âme est arrivée.

Olivia peinait à le suivre mais elle ne voulait surtout pas le lâcher d'une semelle. Il avait le brouilleur, et jamais il ne le lui rendrait.

— Tu devrais l'éteindre, la batterie ne tient pas longtemps, expliqua-t-elle.

— Pour que ces diables me sautent à la gueule ? Et puis quoi encore ?

Affûté physiquement, Derek imposait un rythme difficile, il parvenait à sauter sur un muret pour avoir une meilleure vue, à disparaître derrière un arbre au moindre bruit suspect, et Olivia se faisait petit à petit larguer. Elle dut forcer pour le rejoindre, mais Zoey pesait une tonne et elle lui glissait des bras.

Ils franchirent le croisement de rues et Derek accéléra encore un peu, poussant Olivia dans ses retranchements.

— Je… Je dois m'arrêter… pour mettre ma fille sur mon dos.

Elle savait qu'il n'aurait aucune pitié, et que le rattraper ensuite serait presque impossible, mais elle était incapable de continuer ainsi.

Contre toute attente, Derek fit le guet pendant qu'elle glissait Zoey dans le porte-bébé.

— C'est bien qu'elle braille plus, dit-il.

— Elle a eu peur. Elle va se rendormir.

— Je sais. Ma sœur roupillait tout le temps quand je la prenais sur mes épaules.

— Tu as une sœur ?

— Elle est morte.

— Je suis désolée.

— Elle lui ressemble. Elle s'appelle comment ?

— Zoey.

Olivia remonta le porte-bébé sur ses épaules. Les bretelles se logèrent dans le creux déjà meurtri.

— Ma sœur s'appelait Trish.

— Patricia ?

— Oui, mais on disait tous Trish.

— Que lui est-il arrivé ?

— Maladie. Elle est née et elle est morte avec, déclara-t-il sans émotion en reprenant sa marche.

Olivia se sentait déboussolée, tous ses critères de jugement s'évanouissaient face à ce Derek-là. Fruste, égocentrique, brutal, sans manières ni éducation. *Violeur*. Et en même temps exposant de telles failles. Non seulement il avait pris le risque de la sauver mais il se montrait maintenant sous un autre visage, presque humain. Si éloigné de ce qu'elle connaissait de lui, et à l'opposé de son regard.

Tout en lui n'était pas qu'ordures bonnes à jeter. Était-il récupérable ? Probablement. Olivia voulait le croire. Il était aussi un gamin cabossé qui n'avait pas appris l'essentiel, une bête enfermée dans sa rage, certainement une réponse à son enfance. Ailleurs, autrement, Derek Cox aurait été un jeune homme tout ce qu'il y a de plus respectable. Un gendre idéal.

Mais Olivia revit aussi tout ce qui les opposait. Sa violence à peine contenue. Ce qu'il avait fait à Gemma. Et la haine qu'il lui avait inspirée lorsqu'elle l'avait menacé avec la cloueuse pneumatique.

Ce Derek Cox-là était un salaud.

Independence Square apparut devant eux et Derek s'agenouilla derrière la colonne qui fermait l'angle du parc municipal.

— Je cherche mon fils, dit Olivia. Il dînait sur East Spring Street lorsque c'est arrivé. Je…

— Moi tout ce que je veux, c'est atteindre la marina et piquer un bateau.

— Ils ne démarreront pas, tous les circuits électriques ont grillé.

Derek la regarda comme si elle était idiote.

— Y a des bateaux à voiles ! Tout ce qu'il faut, c'est sortir du port, ça va être chaud sans moteur.

La vaste place était déserte, du moins en apparence. Olivia refusait de couper par le parc, il y ferait bien trop noir, elle ne le sentait pas.

— Tu veux bien nous accompagner, moi et Zoey, au moins jusque de l'autre côté ?

Derek réfléchissait.

— Votre fils, il était avec ses potes, les débiles ?

— Oui…

— Bon. Je vais vous aider à les trouver, et ensuite vous venez avec moi. Si on est plusieurs, on pourra ramer pour gagner le large où le vent nous éloignera.

Olivia allait lui expliquer qu'elle n'avait pas l'intention de filer par l'océan, que son mari était à l'opposé, avant de réfléchir. Une fois que Tom et Owen auraient coupé le signal au Cordon, ils ne courraient plus aucun risque, il serait toujours temps, plus tard, de se retrouver. La fuite en voilier n'était pas une mauvaise idée, après tout.

— C'est entendu.

— Filez-moi la gamine.

— Non, ça va.

— Va falloir cavaler comme des dingues sur cette place, vous gémissez à chaque pas, alors passez-la-moi.

— Je ne lâche pas ma fille.

— Tant pis pour elle. Moi je ne ralentirai pas.

Il s'approcha du bord de la colonne.

— Vous vous croyez une bonne mère parce que vous la gardez contre vous mais vous allez la condamner, dit-il en surveillant le périmètre.

Olivia se passa la main sur le visage. Derek avait raison.

Elle fit tomber les bretelles du porte-bébé et le lui passa, une boule à l'estomac. Ça la rendait malade de se séparer *physiquement* de Zoey dans un environnement aussi hostile, même si elle comptait bien coller Derek au plus près.

Le jeune homme fit un clin d'œil à la fillette.

— Tu aimes quand ça secoue ? lui demanda-t-il.

Zoey, épuisée, ne répondit pas.

Il tira sur les sangles pour les ajuster au plus serré.

— C’est simple, on trace de l’autre côté, à la mairie.

— Ne devrait-on pas contourner en rasant les murs ?

— Le plus rapide c’est tout droit.

Olivia appréhendait. Elle n’était pas convaincue par ce plan mais décida de lui faire confiance.

— D’accord, dit-elle. Ensuite on va sur East Spring…

— Non, on grimpe sur le toit de la mairie. Je connais un passage par-derrière.

— Hors de question, Chadwick est sur East Sp…

— J’ai bien compris où il est, mais avec ce bordel là-dehors, il s’est probablement barré n’importe où ! Alors on va prendre de l’altitude et on va mater tout le coin pour vérifier qu’il ne nous passe pas juste sous le nez !

Sûr de lui, il ne laissa pas Olivia lui répondre et il fonça à découvert, en plein sur la longue place circulaire, sous les halos du ciel lumineux. Zoey sur le dos.

Voir sa fille s’éloigner ainsi provoqua un électrochoc en Olivia qui retrouva des forces insoupçonnées pour les suivre. Malgré son fardeau, Derek filait à vive allure, et la quadra, bien qu’ayant passé sa vie à s’entretenir et pas peu fière de son corps, le vit rapetisser peu à peu. Elle eut envie de crier pour lui ordonner de l’attendre mais eut l’intelligence de se retenir. Son cœur de mère se fendait à chaque mètre qui rallongeait la distance entre elle et sa fille, elle apercevait la frimousse intriguée de Zoey dont les mains s’arrimaient aux épaules de son porteur.

Tandis qu'elle cherchait à contrôler son souffle pour tenir, Olivia constata à quel point la place vide était inquiétante. Une véritable souricière. Il suffisait d'une seule Éco pour qu'elle soit morte. Elle dépassa la statue en bronze érigée sur son bloc de granit au centre. Plus que l'autre moitié.

Derek avait fait les trois quarts.

Il y était presque. Zoey y était presque. De l'autre côté. À l'abri.

Olivia sentit un point de côté la couper en deux et s'en voulut de ne pas faire davantage de jogging, elle ne pouvait pas faiblir si près du but…

Et pourquoi le centre-ville était-il si calme à présent ? Les Éco n'avaient tout de même pas ravagé la population en si peu de temps ?

Ils moissonnent les vies d'un claquement de doigts, que crois-tu ? Tout le monde est déjà mort ou terré chez soi à trembler !

L'apocalypse n'avait pas pris une heure.

Olivia franchissait le milieu de la deuxième portion. Elle vit Derek longer la mairie et disparaître à l'angle sans un regard vers elle.

Attends-moi, espèce de fumier ! Tu as ma fille !

Ne plus avoir Zoey en visuel la rendit folle et, malgré le point de côté, elle trouva la rage nécessaire pour se tenir droite et foncer.

Elle comptait les pas avant de les rejoindre.

Quinze mètres !

Ce silence la rendait hystérique. Elle ne le supportait plus. La menace omniprésente la rongeait. Olivia éprouva le besoin de crier, pour supporter la fin de sa course, pour évacuer sa frustration, sa peur, et pour tenir tête au silence des morts, mais elle réussit à se maîtriser.

Elle se rattrapa à la façade pour ne pas s'effondrer. Ses poumons lui brûlaient l'intérieur. Elle voyait trouble.

Gagner l'angle, tout de suite. Retrouver sa fille. La prendre contre elle.

Olivia tituba plus qu'elle ne trottina jusqu'au bord du haut bâtiment.

Elle tourna et…

Personne.

Son cœur ne pouvait battre plus vite mais il devint plus douloureux encore. Elle étouffait.

Zoey ! Ma fille !

Elle palpait l'air devant elle comme si elle s'attendait à la sentir, invisible.

Puis tout son être se figea dans l'horreur en voyant la petite chaussure sur le trottoir.

Celle de Zoey.

Non. C'était impossible. Pas comme ça. Pas si brutalement. Pas sans elle !

Olivia eut envie de hurler avant que son être ne se déchire avec son âme, avec ses souvenirs, avec ses amours, au lieu de quoi le vide l'aspira totalement. L'incrédulité.

Zoey ne pouvait pas être morte. Elle le refusait.

Et où était passée l'Éco qui les avait agressés ? Il n'y avait personne ni rien à plusieurs dizaines de mètres à la ronde.

Un sifflement étouffé provint d'au-dessus d'elle.

Derek se tenait sur le premier palier d'un escalier de secours rivé au flanc de la mairie. Zoey dans le porte-bébé.

Une onde de soulagement envahit Olivia qui sourit et pleura en même temps. L'interrupteur s'était inversé, le déferlement de bonheur fut violent et cuisant, mais cette agonie-là, Olivia était prête à se vautrer dedans jusqu'à l'ivresse.

Derek fit coulisser lentement, le moins bruyamment possible, l'échelle qui lui avait permis de grimper jusque-là et Olivia, le souffle syncopé, monta à toute vitesse pour prendre Zoey contre elle et la serrer aussi fort qu'elle le put.

— Qu'est-ce que vous avez cru ? Je suis peut-être pas votre pote, mais je suis pas un enculé, lâcha Derek en filant dans les marches pour gagner les paliers supérieurs.

Olivia embrassa sa fille jusqu'à ce que la petite la repousse.

— Peur pas, moman, Zoé t'aim aussi.

— Je ne te quitte plus. Je ne te quitte plus jamais.

Le temps de reprendre sa respiration et de se calmer un peu, Olivia finit par entreprendre l'ascension pour rejoindre Derek sur le toit de la mairie.

Ils dominaient non seulement Independence Square, disposant d'une bonne vue sur l'entrée du parc, mais également Main Street, East Spring Street et la façade nord du complexe scolaire selon l'emplacement qu'ils choisissaient.

Derek s'était assis derrière le muret, seul le haut de son corps dépassait tandis qu'il sondait la ville en contrebas.

— C'était une bonne idée, Derek. Merci.

— Je leur laisse une heure. Si on ne les repère pas d'ici là, moi je me tire, avec ou sans mes rameurs.

Olivia ne sut que répondre. Si Derek devait les quitter, elle descendrait également pour fouiller les rues. Elle ne pouvait laisser les garçons seuls dans un monde saturé de monstres.

Ils patientèrent ainsi, sans rien dire, jusqu'à ce qu'Olivia remarque la diode du brouilleur, qui avait viré du vert au jaune.

— Je t'ai dit de le couper tant qu'il n'y a pas de danger, la batterie ne va pas tenir !

— Qu'est-ce que vous en savez que les diables ne sont pas juste là à attendre qu'on l'éteigne ?

— Lorsqu'on en aura le plus besoin, il ne servira plus à rien.

Derek marmonna dans sa barbe, pour la forme, puis il coupa le brouilleur, redoublant de vigilance.

Il n'y avait pourtant pas une forme de vie, pas plus qu'une Éco se déplaçant. Seulement un tableau figé dans le temps.

Les aurores boréales conféraient au paysage une dimension fantasmagorique qui fascinait Zoey, et Olivia songea avec un profond sentiment d'injustice qu'il y avait encore tant de merveilles qu'elle voulait découvrir avec ses enfants, avec son mari, que tout ne pouvait s'arrêter ainsi.

Derek se releva brusquement.

— Ça bouge ! Là-bas, près du deli.

Une forme, bientôt suivie par une seconde, sortait de l'épicerie, guettant anxieusement partout, et elles se glissèrent doucement le long de l'immeuble.

— Ce n'est pas Chad, signala Olivia avec tristesse.

Les deux survivants disparurent dans une allée, sans un bruit.

Derek consultait sa montre régulièrement.

— Tes parents sont en ville ?

— Ils l'étaient en tout cas.

— Ils se sont sûrement abrités.

— J'espère pas.

Son regard froid et aiguisé s'alluma un bref moment d'une lueur de fragilité avant qu'elle ne soit chassée par son instinct.

Olivia ignorait pourquoi il l'avait sauvée, si c'était sa crainte du Jugement dernier et par nécessité de racheter son âme, parce qu'il avait vu en Zoey un peu de sa petite sœur disparue, ou si simplement l'humain en lui avait pris le dessus face à la menace du néant que représentaient les Éco ; mais Derek Cox était assurément un personnage plus complexe qu'il n'y paraissait.

Olivia observait les rues et les fenêtres, essayant de faire taire les messages de douleur que lui transmettait son corps.

Derek en faisait autant, sans oublier d'inspecter l'heure, toutes les dix minutes. Ils aperçurent d'autres fugitifs, mais chaque fois l'espoir retombait presque aussitôt en constatant que ça n'était pas Chad.

— Vingt minutes et je me tire.

Zoey s'était endormie, blottie dans les bras de sa mère.

Main Street s'agita brusquement.

Des cris. Un coup de feu ou un pétard.

Puis trois silhouettes surgirent sur des vélos, se projetant sur Independence Square.

Trois garçons seulement.

Mais Olivia les reconnut immédiatement.

Pourquoi n'étaient-ils plus que trois ? Où étaient les autres ?

Dans leur dos, elle vit la horde d'Éco qui fracassait tout sur son passage pour les rattraper.

80.

L'élan poussa la camionnette jusqu'en bas du mont Wendy et encore sur quelques boucles de la route, mais elle s'arrêta au bord de la forêt, bien avant d'atteindre la propriété agricole des Taylor.

Une fois dehors, Ethan demanda à Tom et Owen de l'attendre et il pénétra à l'arrière, parmi les débris de cadavres, pour revenir les bras chargés de brouilleurs. Le point rouge de la led de contact avertissait que la batterie entamait sa réserve. Ethan en accrocha deux à la taille de chacun mais échangea le sien, le seul encore en jaune parce qu'il l'avait régulièrement éteint, avec un de ceux d'Owen.

— Pourquoi vous faites ça ? demanda le garçon.

— S'il nous arrive quelque chose, tu auras une chance de t'en sortir.

— Non, je suis un gamin, tout seul j'arriverai pas à couper l'électricité et c'est le plus important. C'est à vous de le prendre.

Ethan lui bloquait la main et il étudia Tom pour savoir ce qu'il en pensait.

— Prenez-le, dit celui-ci après avoir jaugé son neveu. Owen, tu ne me quittes pas.

Moins de deux kilomètres les séparaient des champs de maïs et du transformateur. Ethan alluma sa torche et ils marchèrent sur le bord de la route.

— Nous vous devons une fière chandelle, déclara Tom. Un éclair de génie.

— Aucun génie, rien que du pragmatisme. La camionnette était là, quasi dans le bon sens.

— Tout de même. Je n'y avais pas pensé. (Tom posa sa main sur l'épaule d'Owen à ses côtés.) Avec moi nous y serions restés.

— Nous sommes loin d'être tirés d'affaire, conclut Ethan un peu durement, et Tom se tut.

De robustes conifères les encadraient, ressemblant à des géants drapés de robes à froufrous, et pendant plusieurs minutes Tom n'éprouva plus cette angoisse qui lui pesait tant. Il respirait bien, il contemplait le paysage qui n'avait rien de déplaisant si on écartait la possibilité d'une présence maligne en son sein, et en d'autres circonstances cela aurait pu se transformer en une charmante balade nocturne avec son fils adoptif.

De temps en temps, Owen se retournait et sondait la nuit, à peine dévoilée par les rubans de lumière verte et bleue sur la Voie lactée. La masse du mont Wendy et, pire encore, du Cordon à son extrémité, laissait planer un affreux doute. Tous y pensaient et personne n'osait l'évoquer. Les Éco les talonnaient peut-être.

Tous les brouilleurs étaient éteints pour économiser le peu de batterie qu'il restait.

Le frottement des branches dans la canopée attira l'attention de Tom. Le vent se levait, descendant de la petite montagne si dangereuse. Il agita les cimes des hauts conifères et Tom se mit à ralentir. Il clignait des paupières, ayant du mal à comprendre ce que pourtant son inconscient détectait.

Puis tout d'un coup :

— Les arbres bougent contre le vent ! s'affola-t-il en essayant de ne pas crier.

— C'est impossible, ils sont beaucoup trop gros pour…

Mais Ethan arriva à la même conclusion après avoir regardé et c'est alors qu'ils entendirent les craquements. Des branches lourdes arrachées, des troncs pliés, brisés, des souches écrasées. Puis un pas lourd. Lent. Implacable. Impossible.

Toute la végétation, au loin, était secouée sur le passage d'une force prodigieuse.

Immense.

Elle descendait du mont Wendy, traversant la forêt, et se rapprochait d'eux.

Tom avait du mal à comprendre, pourtant il savait au fond de lui ce qui se produisait. Martha Callisper avait-elle raison lorsqu'elle affirmait qu'on pouvait faire exister quelque chose par la seule force de nos croyances ? De nombreux peuples indiens partageaient cette même foi, et personne ne pouvait dire depuis combien de siècles, sinon de millénaires, ils croyaient en *lui*.

Roy le leur aurait dit s'il avait été là, maintenant. « Le mont Wendy, tout le monde l'a oublié mais c'est l'abréviation du Wendigo. *Le* monstre des Indiens. L'esprit malin. L'esprit du cannibalisme. » Voilà ce qu'aurait déclaré à coup sûr le vieil homme.

— Je sais ce que c'est, affirma Tom.

— Je m'en moque, du moment que ça ne nous rattrape pas !

Ethan allait pour courir mais Tom l'en empêcha.

— Virez-moi cette lampe et cachons-nous ! C'est impossible de le fuir ! Il faut l'éviter !

Il repoussa le lieutenant et Owen dans les fourrés et ils s'enfoncèrent le plus possible sous un amas de racines au pied d'un sapin charpenté.

La terre tremblait presque à chaque pas du colosse qui venait dans leur direction. Des troncs explosaient et d'autres se tordaient en grinçant. Owen se serra entre Ethan et Tom et celui-ci tira sur les fougères pour les dissimuler encore un peu plus.

Qu'avaient-ils relâché dans la nature avec leurs expériences incontrôlées ? Quel bestiaire insane se déversait parmi eux, nourri des convictions les plus démentes et ancestrales ?

Puis en une respiration, *il* fut là.

Un improbable silence tomba autour des trois hommes. Même la nature semblait terrifiée.

Ils ne pouvaient le voir, ni l'entendre, mais ils le devinaient ; le Wendigo se tenait à leurs côtés, quelque part au-dessus, tout proche, et il attendait.

À l'affût tel un chasseur.

La mousse juste devant Tom se couvrit d'une fine pellicule de givre et un froid polaire les ensevelit.

L'odeur arriva ensuite. Un relent de viande faisandée. Et Tom n'eut aucun doute sur la nature de cette viande. Les légendes à propos du Wendigo n'étaient que trop unanimes à ce propos. De la viande humaine.

Une minute passa, semblable à un cauchemar diffus.

S'il n'y avait eu les empreintes olfactives et sensorielles de sa présence, les trois hommes auraient pu penser qu'il était parti et sortir de leur cachette, mais il était bien tapi dans leur dos, guettant la moindre erreur.

L'attente devenait insupportable. Jouait-il avec eux ? Sachant très bien où ils s'abritaient, ses longs doigts griffus ouverts au-dessus de leurs têtes, n'espérant qu'un tremblement de leur part pour les embrocher à l'instar de vulgaires porcs sur une broche ?

Tom fut tenté de se relever et de détaler plus rapidement qu'il ne l'avait jamais fait, peut-être en hurlant, au bord de la folie, tout plutôt que d'attendre dans ce froid puant qui n'était rien d'autre que la manifestation cruelle d'une entité maléfique.

Il cilla. Que lui prenait-il ? La véritable folie aurait été de s'écouter ! L'immobilité était leur unique chance. Se fondre dans le décor au point d'être oubliés, de s'y dissiper lentement…

Un pas titanesque les secoua, puis un autre, et toute forme de clarté, celle des aurores boréales ou celle des étoiles, disparut, recouvrant les trois humains d'un voile d'obscurité absolue.

Puis, aussi prestement qu'il était arrivé, le géant s'évanouit sans plus un bruit.

Ethan inspira à pleins poumons comme s'il était resté en apnée tout ce temps et doucement, apeurés, ils sortirent de leur trou. Tom demanda à Owen si ça allait et l'adolescent ne sut quoi répondre.

Le givre avait disparu, et même sur la route ils ne trouvèrent aucune trace du passage de la bête, pas même une pluie d'esquilles ou d'épines arrachées par son élan phénoménal.

Ils sortaient de l'inconnu. Y avait-il bien eu une présence ici même à l'instant ?

Ils se regardaient, ahuris, l'œil vitreux.

— Avançons, déclara Ethan après un flottement étrange.

Ils n'eurent aucune peine à presser le pas, il leur fallait mettre un maximum de distance entre eux et cette forêt lugubre, et ils le firent dans la pénombre, Ethan ne rallumant pas sa torche, se guidant par les lueurs qui tombaient du ciel.

Lorsque les champs de maïs se dressèrent, ils en éprouvèrent un vif soulagement, à l'exception d'Owen qui ralentit.

— Ça va aller, lui dit Tom. Ensemble, on va y arriver, donne-moi la main.

Pénétrer entre les tiges fut un acte héroïque pour le jeune garçon.

Les feuilles sèches émirent leur son de crécelle dans la brise et tous s'immobilisèrent le temps de s'assurer que ce n'était pas le signe du retour du Wendigo.

Pourtant Tom pressentait qu'ils ne le reverraient pas. La créature hanterait les collines et les bois, enchaînée aux légendes qui lui avaient donné vie, sans parvenir à descendre dans la ville ou à s'éloigner de son point d'ancrage. C'était une déduction gratuite, sans explication réelle sinon ce qu'il en comprenait après toutes ses lectures et ce que la médium lui avait dit, et ça lui suffisait.

Ethan ne tarda pas à reprendre une bonne cadence. Ils n'avaient jamais été si près de réussir. Tom ne savait pas comment ils couperaient l'alimentation en électricité de Mahingan Falls et du Cordon, mais ils se figureraient bien un moyen d'y parvenir une fois sur place. Détruire était toujours plus aisé que construire – expérience d'auteur oblige.

Les rangées de maïs avaient un pouvoir hypnotique.

Et inquiétant également.

De jour, Owen avait eu la peur de sa vie. De nuit, il n'était pas loin de s'évanouir. Tom le remarqua, et il serra sa main dans la sienne.

Ils n'y voyaient pas plus loin que le bout de leur nez, aussi Ethan décida de rallumer sa torche. Tom, lui, préféra laisser la sienne dans sa ceinture. De haut, ils devaient ressembler à une étoile cherchant son orbite au milieu du vide sidéral.

Les feuilles s'effaçaient progressivement, à chaque foulée il fallait repousser à la main la plupart des tiges qui leur bouchaient la vue.

Il apparut brusquement, juste devant Ethan.

Son corps désarticulé vêtu d'une chemise à carreaux et d'une salopette en velours trouée. Sa gueule de citrouille souriait horriblement, des asticots charnus se déversant comme la bave d'un cadavre.

Celui-ci n'avait pas des râteaux à feuilles pour mains, mais une lourde cisaille d'un côté et un couvercle de poubelle de l'autre. Ce dernier remonta précipitamment pour frapper Ethan qui le dévia de sa lampe. Celle-ci s'envola sous le choc.

Et la cisaille remonta pour l'éventrer.

Ethan eut le réflexe d'esquiver mais manqua d'anticipation et les lames le découpèrent sur tout le flanc en dessous du bras.

Tom avait lâché Owen et, possédé par une rage vengeresse, il s'empara de sa propre lampe pour s'en servir comme d'un gourdin. Toute la peur qu'il avait perçue en son fils adoptif, tout le traumatisme engendré, toute la colère transmise par Owen depuis qu'il avait lui-même affronté l'épouvantail affluèrent et Tom effectua une courbe parfaite. Le manche de la lampe défonça la citrouille en lui explosant tout le côté.

Tom réamorça son geste et tel un ressort il cogna en sens inverse, éjecta le sommet de la courge dans les maïs.

Ethan avait repris ses esprits et il braqua son Glock sur le torse de l'épouvantail.

Huit balles claquèrent dans la nuit.

Tom s'acharna encore et encore, à coups de talon, jusqu'à ce qu'il ne reste plus assez de substance dans la créature pour pouvoir se réanimer.

Il haletait mais réussit à faire un signe à Owen.

— Celui-là… Il ne t'approchera pas…

Ethan l'aida à se remettre debout et les poussa pour qu'ils continuent.

— Ça va aller ? demanda Tom en désignant la méchante estafilade qui courait de la hanche à l'aisselle du flic.

— Ce n'est pas douloureux, mentit Ethan en y allant.

Ils n'étaient plus très loin maintenant et la principale difficulté allait consister à repérer le transformateur parmi ce labyrinthe où toutes les allées se ressemblaient et où il était impossible de prendre de la hauteur.

Ce fut Owen qui en eut l'idée.

— Fais-moi grimper sur tes épaules ! demanda-t-il à Tom.

Tom le hissa.

— Tu le vois ?

— Il y a la ferme des Taylor là-bas, et le hangar… Attends. Oui ! Je crois que c'est ça ! Tout droit ! À même pas cinq cents mètres !

Tom le prit par la taille pour le faire descendre mais les doigts d'Owen se resserrèrent sur sa chevelure d'un coup.

— Allumez les brouilleurs ! ordonna le garçon en panique. Allumez-les maintenant !

Ethan et Tom appuyèrent sur les boutons au moment où les maïs s'affaissaient.

Quelque chose retomba en arrière sans qu'ils aient le temps de distinguer ce dont il s'agissait.

Owen retrouva la terre ferme.

— C'était l'autre épouvantail ! avertit-il. Vite, on y est presque !

Porté par son enthousiasme, Owen s'enfonça entre les tiges avant même que les deux hommes aient pu le suivre et lorsqu'ils le firent, le garçon fonçait tant qu'ils perdirent sa trace aussitôt.

— Owen ? Owen ! Attends-nous !

— Par là ! fit la voix du garçon un peu devant.

— D'accord, mais reste où tu es le temps que j'arrive.

— Venez ! Je vous dis qu'on y est presque !

— Owen !

Tom écartait les céréales avec une frénésie grandissante, ils ne devaient pas se séparer là-dedans. Il pouvait entendre l'exaltation presque euphorique d'Owen à l'idée de détruire toutes ces abominations, il était juste devant.

— Owen ! Ne bouge plus !

— Mais je ne bouge plus ! fit une voix derrière Tom.

Merde.

Ethan était un sillon à sa droite.

Qui est juste devant ?

Quelque chose était en train de les contourner.

Pourtant son brouilleur était en…

La led était éteinte sur les deux appareils.

— Je n'ai plus de batterie ! s'écria-t-il.

Une main jaillit d'entre les épis et l'attira. Ethan.

— Il nous en reste un, dit-il en désignant le dernier brouilleur dont la led clignotait en rouge, et plus pour longtemps.

— Owen, approche-toi de nous.

Tom alluma sa lampe et l'agita contre les feuilles.

Le garçon apparut.

Et en même temps que lui, dans son dos, surgit le deuxième épouvantail.

Une faux se souleva dans les airs pour décapiter l'enfant.

Un geste ample.

Juste assez pour qu'Ethan vide son chargeur dans la gueule de la créature et la fasse chavirer.

Tom empoigna Owen et le jeta devant lui, en courant dans le sillon. L'heure n'était plus à la prudence, ils filaient entre les végétaux, se faisant fouetter par les feuilles tranchantes, s'écorchant les joues et les bras.

Puis un bruit sourd les fit ralentir.

Un raclement lancinant et régulier, presque mécanique. Tom ne détectait aucun ronflement de moteur, juste l'enroulement cyclique et imperturbable qui se rapprochait.

Il reconnut le froissement des maïs déchiquetés.

Comment est-ce possible ? Toutes les machines ont grillé !

Des épis volaient à plusieurs mètres de haut sur le côté.

Une moissonneuse-batteuse apparut, toutes lumières aveugles, même le moteur ne fonctionnait pas et pourtant une force invisible mouvait les immenses spirales de son tablier sur plus de six mètres de large, et découpait tout sur son passage, en poussant le tracteur énorme droit sur eux.

Tom attira Owen et ils se mirent à galoper.

À un long jet de pierre, ils aperçurent le pylône d'où tombaient les câbles électriques dans le transformateur.

Le fracas des batteuses les rattrapait.

81.

Tandis qu'une armée d'ombres létales roulait sur Main Street à la poursuite de Corey, Connor, Adam et Chad fuyant sur leurs vélos, une autre Éco, tout aussi véloce, avait surgi par-devant pour leur barrer la route, et tenter d'en emporter le maximum d'entre eux avec elle.

Chad avait lâché son guidon et tenait une bombe à essence et son Zippo. Il aurait droit à une tentative avant d'être emporté, lui ou ses compagnons, et il fit claquer le capot du briquet pour l'allumer.

La vitesse empêcha la flamme de prendre.

L'Éco bondit sur le toit d'une voiture, puis elle arma son attaque en vibrant et en rapetissant légèrement, concentrant toutes ses forces pour gicler comme un carreau d'arbalète.

La suite se déroula presque au ralenti pour Chad.

Il mit instinctivement son Zippo derrière le ballon pour le protéger du vent. Cette fois la flamme surgit, embrasant la mèche courte du pétard scotché contre la bombe.

Chad lâcha le Zippo et releva les yeux.

L'ombre se déployait et fusa comme un rapace, droit vers eux.

La grenade incendiaire quitta la paume de Chad en direction de sa cible. Il n'avait pas visé là où elle se tenait mais bien anticipé là où elle *allait* se trouver.

La scène se poursuivit à toute allure et Chad eut à peine le temps de reposer ses mains sur les poignées pour éviter un obstacle – qu'il devina du coin de l'œil être un cadavre ! – avant qu'il n'aperçoive sa bombe passer juste derrière l'Éco et se briser dans une gerbe de feu sur l'asphalte.

Connor, qui pédalait debout sur son vélo, fut emporté par cette vague d'une férocité inouïe.

Sa casquette s'envola sous le choc.

Son vélo s'encastra dans un camion stationné sur le côté et Connor se fracassa en centaines de morceaux seulement retenus par le filet de peau de son corps.

Chad croisa son regard sidéré.

Connor n'avait même pas pu se défendre, ne serait-ce qu'essayer.

L'Éco s'acharna sur lui, encore et encore, émiettant l'enveloppe d'os et de chair de l'adolescent, l'enfonçant à chaque coup un peu plus dans la cabine du camion.

Du sang coula par la bouche affaissée de Connor et toute lumière s'éteignit à jamais en lui.

Chad hurlait de désespoir et de rage.

Et cette énergie le poussa encore plus vite, plus loin.

Il dépassa Adam et Corey qui pourtant ne ménageaient pas leurs efforts, inconscients de ce qui venait d'arriver à Connor.

Ils débouchèrent sur Independence Square, la meute grondante des Éco toujours dans leur sillage.

Chad n'avait plus aucun objectif, il n'allait nulle part mais il y allait aussi rapidement qu'il était humainement possible. L'épuisement serait sa destination. Puis la mort, probablement. Peu importait que ce soit dans Green Lanes ou aux Trois Impasses, les machines d'annihilation derrière eux les auraient rattrapés bien avant de toute façon.

Chad entendait les cris, distants, et ce fut d'abord cet éloignement qui le sortit de sa stupeur, ça ne pouvait pas être ses deux copains survivants, cela provenait de bien plus loin. Puis il reconnut cette voix.

Maman !

Cette simple pensée réveilla sa combativité.

Il la trouva à gauche, sur le toit de la mairie, en train de faire de grands signes et beuglant son nom.

Chad vira subitement, il décrivit un large quart de cercle avant de pousser encore sur ses pédales. Il se rendit compte qu'il pleurait. Les larmes l'aveuglaient mais il ne put les essuyer. Il estima la distance au dernier moment et repéra l'escalier de secours enchâssé dans la façade est du bâtiment à travers le brouillard humide qui lui voilait la vue.

Les Éco étaient trop proches pour qu'il espère avoir le temps de s'arrêter puis de grimper, alors il ne freina pas.

Il attendit qu'il soit presque trop tard : lorsqu'il vit le mur se rapprocher à moins d'un mètre, il écrasa les poignées de frein et dérapa si violemment qu'il roula au sol et le VTT vint s'écraser contre les briques.

Il avait mal partout, ses tempes résonnaient, il respirait douloureusement du côté droit, mais il se releva d'un coup et vit Derek Cox sauter plus qu'il ne dévalait les marches au-dessus de lui, pour finalement faire glisser une échelle de fer.

— Magne-toi ou t'es mort ! rugit-il la main tendue.

Chad se hissa et l'attrapa avant d'engloutir les escaliers vers le sommet.

En bas, Derek tirait Corey, puis il parvint à saisir Adam lorsque deux Éco provenant de la rue plus bas se matérialisèrent pour essayer d'agripper l'adolescent par la cheville. Le bouillon d'encre qui leur donnait leur forme humanoïde grossissait, et une substance bien concrète, elle, se frayait un passage dans notre dimension au sein de ces ombres tourbillonnantes. En un instant, ils furent là, *réels*. Deux êtres dont les griffes raclaient le sol, un visage poisseux comme du pétrole, le crâne allongé. À les voir, ils ne semblaient pas plus vrais que des ombres chinoises, et pourtant leurs serres aiguisées raclèrent contre les barreaux en métal.

Derek contracta toute sa puissante musculature et arracha Adam à l'échelle pour le poser sur le palier avec lui.

— Monte ! lui ordonna-t-il avant de tirer l'échelle.

Il tourna le dos aux monstres qui s'apprêtaient à sauter et s'élança à son tour dans l'escalier lorsqu'il sentit une mâchoire glacée se refermer sur son pied.

Il réalisa que dans la précipitation il avait laissé le brouilleur là-haut.

— Non, dit-il. Non !

Il donna un coup, aussi fort qu'il le put, pour tenter de se dégager, mais l'Éco fit pivoter son pied en sens inverse et le lui retourna dans un craquement sinistre. Derek hurla.

Ses mains serrèrent la rambarde de chaque côté, il refusait de lâcher, il n'allait pas se laisser avaler. C'était hors de question.

Malgré son supplice, il poussa sur son autre cuisse et tira avec ses bras.

Une autre poigne froide lui enserra le genou de sa jambe libre cette fois.

— Non ! Non !

Ce n'était pas envisageable pour Derek. Il n'admettrait jamais la défaite. Alors il banda ses muscles à la limite de leur capacité, prêts à se rompre, et il gagna une marche supplémentaire.

Quelque chose était en train de le ronger.

Il baissa les yeux et vit deux silhouettes noires qui lui dévoraient les pieds et les mollets, et il s'aperçut que ce qui leur servait de gueule l'engloutissait jusqu'aux genoux.

Et elles aspirèrent.

Derek sentit son sang fuir ses membres, la chair de ses mollets coula à l'intérieur de lui jusque dans leurs gorges de ténèbres, et bientôt il eut mal à en crever alors que les organes dans sa poitrine se mettaient à descendre, aspirés eux aussi.

Il ne lâchait pas.

Avec une soif insatiable, les Éco le buvaient et jamais Derek n'eût cru qu'il pourrait endurer un calvaire pareil de toute sa vie.

Lorsque ses joues se creusèrent et ses globes oculaires disparurent dans son crâne, les doigts du garçon tenaient encore bon autour de la rambarde.

Puis tout son être se replia comme une baudruche de peau tatouée et de cheveux sur une armature d'os.

*

Parvenu au sommet, Chad se jeta contre sa mère.

Olivia prit son fils dans ses bras où Zoey se lovait et le couvrit de baisers sur ses cheveux, son front, son nez et ses joues. Un sentiment de complétude rare l'envahit.

— Maman !

Chad était incapable de choisir les bons mots, il ne savait pas par quoi commencer ni comment l'exprimer. Elle lui demanda :

— Et les autres ?

— Ils sont morts…

— Gemma ?

Chad secoua la tête et les sanglots éclatèrent. Elle prit son visage contre elle.

Corey et Adam les rejoignirent et ce dernier pointa son doigt vers l'escalier.

— Ils arrivent ! Il y en a partout !

Olivia courut jusqu'au brouilleur abandonné au sol par Derek et elle intima aux garçons de la rejoindre au centre du toit où ils s'accroupirent. Derek n'était toujours pas remonté. Que fichait-il ? Les avait-il laissés là pour gagner la marina ?

Le silence, toujours cet odieux silence, était revenu.

Pendant une minute, Olivia se demanda si les Éco n'avaient pas poursuivi leur chemin en oubliant leurs proies enfuies.

Les ombres apparurent lentement au-dessus du muret qui encadrait la grande terrasse. Elles se hissèrent le long de la façade, et elles surgirent par le nord, par l'ouest, puis par l'est et le sud, sans aucun bruit. Où qu'Olivia porte son regard, elle les voyait enjamber le parapet et former un cercle noir et vibrant qui commença à se resserrer.

Elle alluma le brouilleur.

La diode clignotait en rouge.

Les Éco s'immobilisèrent, agitées d'une palpitation commune, comme une onde à la surface d'une mare de suie.

Elles communiquaient. Elles unifiaient leurs forces.

Le brouilleur était trop faible pour résister à un si grand nombre.

Olivia serra Zoey contre son sein, et agrippa Chad pour l'avoir au creux de son bras. Puis elle enveloppa Corey et Adam qui tremblaient.

La diode du brouilleur s'éteignit d'un *ploc* synthétique.

C'était terminé.

Le rideau de mort qui les encadrait se remit à avancer, et plus il approchait, plus les Éco grossissaient et grandissaient, leurs bras maigres s'étiraient ainsi que leurs griffes plus longues que des doigts, et ce qui leur servait de tête s'épaissit comme des gueules s'ouvrant pour un festin.

Olivia pouvait percevoir le bourdonnement de centaines de voix étouffées dans leurs entrailles infernales.

Elles pulsaient d'un appétit abyssal.

Olivia serra tout le monde aussi fort qu'elle le put contre elle.

— Ça va aller, mes enfants. Fermez les yeux.

82.

La moissonneuse-batteuse engloutissait les épis de maïs dans un fracas végétal qui éclaboussait de toutes parts, dévorant la moindre feuille d'une faim bestiale, seulement animée par la puissance des Éco.

Elle fonçait de toute son envergure droit sur Tom, Owen et Ethan.

Leur fuite effrénée leur avait déjà passablement entaillé le visage et les mains. À présent les céréales, penchées et désordonnées après s'être asséchées à la sortie de l'été, les ralentissaient, obligeant chacun à écarter les plus gros branchages ou à encaisser les chocs répétés sur leur torse lorsqu'ils les heurtaient.

Owen avait le plus de difficulté. Moins puissant, il devait esquiver les tiges pendantes, les bords des feuilles durcies par les mois de soleil tailladaient les contours de ses yeux, et il trébuchait sur les mottes de terre qu'il ne voyait pas faute de lumière.

Le son des battes dans son dos l'effrayait plus que tout.

Leur roulis infatigable accompagné des dilacérations provoquées par les dents aiguisées. De plus en plus proches.

Tom le tenait sous le bras et compensait chacune de ses maladresses, le tirant presque pour maintenir leur vitesse, l'approche du pylône électrique comme seule motivation. Celui-ci semblait pourtant toujours à la même distance, à portée de main et en même temps si loin.

— Encore un effort ! supplia-t-il pour dynamiser Owen qu'il sentait faiblir.

La moissonneuse les rattrapait.

Ethan avait pris de l'avance, il arrachait tout sur son passage, il courait pour sa vie et pour celle de tous les habitants de Mahingan Falls qui avaient miraculeusement survécu à la première vague d'attaques, il n'avait plus que ça en tête, atteindre le transformateur à tout prix et tout débrancher, en se jetant dedans s'il le fallait. Il en avait oublié ses deux compagnons à la traîne.

Des fragments de maïs commençaient à pleuvoir sur Owen et Tom.

D'un coup d'œil rapide, Tom vit que le tablier était maintenant à moins de dix mètres, son horrible tourbillon de rasoirs crantés plus menaçant que jamais.

Owen paniquait, il butait sur chaque obstacle et crachait d'un souffle rauque.

Tom prit sa décision à cet instant.

Sans la moindre hésitation. S'il avait pu y réfléchir posément, il aurait probablement opéré différemment, mais il dut réagir avec son instinct, ses convictions, et les valeurs qui le définissaient, même et surtout dans l'urgence.

Il força Owen à modifier légèrement l'angle de sa course, ce qu'il fallait pour qu'ils ne foncent plus droit vers le transformateur, mais pour qu'ils le rasent, et il serra encore un peu plus le bras du garçon pour ne pas le lâcher.

Son plan ne fonctionnerait que si la moissonneuse décidait de calquer sa trajectoire sur sa proie la plus proche et non sur leur destination, ce qu'elle devait ignorer, sans quoi toute l'armada d'Éco aurait déjà été ici dans ces champs pour protéger la source d'électricité qui alimentait la brèche par laquelle elles se tenaient sur le plan des vivants.

La machine fantôme vira à leur suite. Elle n'allait pas abandonner un festin si proche.

Des débris fouettaient les épaules des deux fuyards. Les battes sifflaient à leurs oreilles, à moins de cinq mètres désormais.

Les rangées de maïs disparurent d'un coup, ouvrant sur une étendue de terre battue encadrant un rectangle de béton aveugle bardé de panneaux « DANGER ». Sur l'arrière, un haut grillage fermait l'accès aux armoires d'abaissement de tension où descendaient les câbles depuis le pylône qui les surplombait.

Ethan était presque parvenu à la porte d'acier au milieu du bunker.

Tom calcula son coup en une seconde. S'il se trompait, lui et Owen seraient lacérés et réduits en bouillie.

Il entraîna Owen latéralement de deux mètres, pour ne plus être au centre du tablier de la moissonneuse.

S'ils se jetaient assez rapidement sur le côté, les dents les frôleraient et, entraînée par sa vitesse, la moissonneuse devrait effectuer un demi-tour pour revenir à la charge, leur laissant le temps d'atteindre le bâtiment, du moins l'espérait-il.

La gueule tranchante n'était plus qu'à trois mètres derrière eux.

Ils parvinrent à ce que Tom estima être l'angle parfait entre le tracteur et le transformateur, et il allait pousser Owen lorsque celui-ci dérapa et manqua de lui échapper.

Tom cassa son élan pour le récupérer.

Il vit les battes énormes fondre sur eux.

Il n'hésita pas une seconde et souleva Owen pour le jeter hors de portée du monstre.

Mais ce faisant, il ne put lui-même sauter.

Les crocs l'ouvrirent de la gorge au pubis et presque en même temps les battes le frappèrent pour le casser au niveau du bassin et l'avaler plié en deux. Du sang et des os giclèrent dans les airs.

Owen sentit le bord du tablier le raser et il se releva, terrifié, avant de galoper vers le bâtiment où Ethan donnait des coups d'épaule vains pour faire céder une porte bien trop lourde, et ce malgré le sang qui maculait son uniforme sur tout son côté gauche. Son champ de vision rétréci par la peur, il n'avait pas vu Tom se faire tuer, il filait sans se retourner, persuadé qu'il le suivait de près.

Ethan dégaina son Glock et tira sur la serrure. *Clic.* Le chargeur était vide. Il en changea précipitamment tandis que la moissonneuse terminait sa boucle et réaccélérait droit sur eux.

Quatre détonations obligèrent Owen à se couvrir les oreilles, et d'une charge de pied rageur, Ethan enfonça la porte.

— Mais… où est Tom ? fit Owen.

La moissonneuse vrombissait, déjà plus qu'à mi-chemin.

Ethan l'attrapa par le bras pour l'entraîner à l'intérieur.

— Non, se débattit Owen. Tom ! Tom !

L'adolescent se retint au chambranle, épouvanté de ne pas voir son oncle. Son père adoptif.

— Tooooooooooooom ! hurla-t-il.

La moissonneuse arrivait.

Ethan l'empoigna et ils roulèrent dans le transformateur sur une dalle de béton au moment où la machine, dehors, s'écrasait contre la façade dans un chaos de métal assourdissant.

Il faisait obscur dedans, seuls quelques voyants clignotaient par-ci par-là mais ne suffisaient pas pour y voir clair.

— On ne peut pas laisser Tom à l'ex…

— Owen, écoute-moi.

Ethan le prit entre ses mains, et dans l'obscurité le garçon pouvait sentir son haleine chaude.

— Est-ce que tu as un portable ? J'ai perdu le mien dans les champs…

— Non…

Bien qu'il ne puisse le distinguer, Owen sentit sa déception.

— Tant pis. Pour l'heure ce qui compte, c'est de couper toute l'alimentation, alors aide-moi à trouver un interrupteur ou une lampe, n'importe quoi qui puisse nous aider à nous repérer. Mais reste près de la sortie, ne t'enfonce pas plus loin, il y a tellement de courant qui passe dans ces appareils que tu pourrais frire instantanément si tu mets la main où il ne faut pas.

Ils débutèrent leur recherche en tâtonnant sur les murs de pierre ou des racks d'armoires en fer, lorsqu'un grincement d'acier strident provint de la porte béante.

La moissonneuse reculait.

Puis elle se projeta avec un élan prodigieux, défiant toutes les lois de la physique.

Une entité colossale et invisible devait être en train de la porter pour s'en servir comme d'un bélier, Owen ne voyait pas d'autre explication.

La façade trembla et de la poussière tomba du plafond.

— On se dépêche ! aboya Ethan qui posait ses paumes partout, désespéré.

Owen sondait les recoins, et crut un instant avoir déniché le Graal en devinant une boîte vissée dans le mur, le type de casier qui abrite facilement une torche électrique, mais il comprit au toucher qu'il s'agissait d'un extincteur.

La moissonneuse s'écrasa encore sur le bâtiment, le choc résonna à l'intérieur, et Owen reconnut les craquements de fissures.

Les Éco n'allaient plus tarder à lancer un assaut massif. Si elles avaient compris l'intention de ces deux humains, un déferlement d'ombres furieuses allait leur tomber dessus d'un instant à l'autre.

Et où était Tom ? Se cachait-il dans les champs après s'être rendu compte que l'accès était bloqué ?

Nouveau choc terrible, et cette fois plusieurs pièces du tablier furent projetées par l'impact et ricochèrent, frôlant Owen avant qu'il n'entende Ethan Cobb gémir.

— Lieutenant ? Ça va ?

Cobb ne répondit pas tout de suite et, lorsqu'il le fit, sa voix dissimulait mal qu'il souffrait.

— Oui, ne t'inquiète pas, continue à fouiller…

La machine agricole heurta si brutalement leur abri que plusieurs lampes en hauteur se décrochèrent pour se briser tout autour d'Owen.

— Elles… elles vont entrer !

Ethan s'activait, il renversait des plaques de fer, frappait dans des compteurs au hasard.

Owen ne pouvait s'empêcher de guetter la sortie, de crainte d'y deviner la présence des monstres.

Il posa la main sur sa banane. Hors de question de se laisser fai…

Soudain le garçon sautilla d'excitation.

— Lieutenant ! Je sais ! Je sais !

Il ouvrit la fermeture de sa banane et prit une des bombes à essence qu'ils avaient confectionnées avec les copains juste à la sortie de l'école, ce mercredi midi. Cela lui paraissait une éternité en arrière.

— Écartez-vous ! dit-il en allumant le briquet dont il avait complètement oublié l'existence.

La mèche du pétard crépita et Owen lança le ballon le plus fort possible devant lui. Il explosa contre une colonne de béton et l'essence s'enflamma, révélant un hangar plus vaste qu'il ne le pensait.

À la lueur du feu, il remarqua qu'une forme bizarre ressortait du ventre du lieutenant Cobb. Une grosse tache sombre colorait son uniforme.

— Merde, vous êtes blessé !

Cette fois le choc du tracteur, ou du moins de ce qu'il en restait, enfonça le mur autour de la porte et propulsa quantité de morceaux de béton et de poussière vers les deux occupants qui se protégèrent avec leurs bras.

Un ou deux assauts supplémentaires suffiraient à éventrer le transformateur.

Ethan lui prit le briquet des mains.

— Tu en as encore combien ?

— Deux.

Owen les lui donna.

Malgré sa blessure, le flic se déplaça rapidement vers le centre du hall. Il ignorait quoi faire et ce qui était vital pour eux dans l'installation parmi tous les blocs, les armoires métalliques et les étranges tubes hauts comme deux hommes dont émanait un bourdonnement.

Il expédia une bombe contre l'une de ces tourelles, puis hésita pour la dernière. Ils y voyaient assez pour chercher un peu mieux.

— Comment on va faire ? demanda Owen d'une voix tremblante.

— Je pensais qu'il y aurait un gros interrupteur ou quelque chose comme ça… Regarde partout, n'importe quoi qui pourrait y ressembler.

Le bélier frappa une fois de plus et les fissures s'élargirent, des tiges d'acier apparurent dans le béton. Le prochain coup serait le bon. Mais la moissonneuse était en miettes, il n'en restait plus rien d'assez gros pour servir de masse.

L'odeur de gasoil envahit les narines d'Owen.

— Lieutenant, je crois que le réservoir du tracteur est percé… L'essence entre !

Un liquide s'écoulait au sol par l'ouverture et se rapprochait petit à petit de la colonne enflammée. Si elle s'embrasait, elle condamnerait l'unique sortie.

Fuir maintenant, c'était à la fois se jeter dans la gueule du loup et abandonner tout espoir.

Ils allaient brûler vifs.

Ethan s'immobilisa devant un pupitre avec une manivelle, plusieurs poignées et des commandes qu'il n'arrivait pas à déchiffrer malgré le briquet allumé.

Quelque chose à l'extérieur écarta les débris de la machine et un froid intense envahit tout le hangar.

Owen recula d'un pas.

L'odeur de viande gâtée l'écœura immédiatement.

— Oh non, murmura le garçon.

Ethan s'écarta de la console et secoua la tête.

— Nous n'avons plus le choix.

Il éclata la dernière bombe à essence dessus et l'incendie prit rapidement. Le Glock cracha ses balles dedans également.

Tout ce qu'il restait dans le chargeur.

Le givre se répandait depuis l'entrée.

Une ombre d'une noirceur absolue recouvrit l'ouverture.

— Il… Il entre…, balbutia Owen.

Une série de claquements s'enchaînèrent et, une à une, les rares diodes se coupèrent.

Le bourdonnement des tourelles s'arrêta.

Puis l'air à l'intérieur ondula comme s'il n'était constitué que d'eau, une vague se propagea depuis le cœur du transformateur et Owen ainsi qu'Ethan furent projetés au sol, la respiration coupée. Ils ne surent ni l'un ni l'autre si l'horrible grincement qui suivit était celui d'une immense feuille de métal que l'on tord ou la plainte monstrueuse d'une entité géante soudain blessée.

Alors l'ombre devant le bâtiment s'estompa et s'éloigna brusquement.

Owen retrouva son souffle, à quatre pattes, de la sueur, du sang et de la crasse lui coulant dans les yeux.

Était-ce fini ? Owen avait du mal à le croire. Comme ça ? Sans une explosion ou un dernier coup enragé ?

À moins que ça ne soit un piège…

Il vit l'essence de la moissonneuse qui était presque parvenue à la colonne en feu.

Ethan le bouscula et le poussa pour y aller.

— On sort ! Vite !

Owen eut envie de répliquer que c'était exactement ce que les créatures attendaient d'eux, là-dehors, mais il se fit embarquer avant de pouvoir protester.

Les aurores boréales illuminaient toujours la voûte céleste, tandis qu'ils enjambaient les nombreux fragments de la moissonneuse, dont l'un sur lequel Owen crut reconnaître du sang frais. Sa poitrine se creusa.

L'intérieur du bunker émit une inspiration sèche juste avant que l'essence ne l'immole.

Les voix jaillirent à ce moment.

Un chœur lointain qu'on arrachait à la vie, qui s'envolait, glissant vers leur portail. Une longue et douloureuse plainte dont émanait un vestige d'humanité. Partout les Éco se firent aspirer brutalement, leur ombre bue par l'insatiable soif du néant.

Cela ne prit pas plus de quelques secondes.

La nature hoqueta, une déflagration démentielle qui jeta Ethan et Owen dans la terre.

Puis le silence. Vaste. Sans fin.

Enfin, timidement, les premiers carillons des insectes et de la faune nocturne qui se réveillent. Qui osent reprendre leur place.

Les morts étaient retournés dans leurs tombes glaciales.

83.

Un vent iodé enlaçait Mahingan Falls de ses ramures innombrables. Une présence douce qui effleurait les constructions et soulevait timidement le drapeau américain devant la mairie. Il glissa sur son toit vide, à l'exception de vêtements abandonnés et d'un brouilleur portatif déchargé.

Dans Main Street, ce brin de vent trouva une casquette des Red Sox, gisant renversée dans le caniveau, et il joua avec sous les premiers rayons de l'aube, avant de la reposer, délicatement, à l'endroit.

Il flattait les fenêtres, celles qui n'étaient pas brisées, et s'y frottait tel un chat appelant ses maîtres.

Des visages y apparaissaient, déconcertés, effarés. Mais peu osèrent sortir.

Il faisait vibrer les cordages contre les mâts des voiliers dans la marina.

Dans plusieurs rues, il repoussa un peu rudement les kyrielles de détritus échappés des voitures aux portières ouvertes, des remises et des garages ou directement des maisons dont les huisseries cassées lui permirent de faire un tour. La plupart demeuraient silencieuses, et il y sifflait, indifférent aux fragments d'êtres humains qui jonchaient les parquets, les tapis et les papiers peints.

Dans Salem Avenue, il s'amusa à louvoyer entre les chênes qui jalonnaient toute la perspective jusqu'à l'entrée de la ville. Là, il ralentit un instant en enroulant l'une de ses tresses autour d'une chevelure blonde en pagaille, et se plaqua contre son chemisier pour écouter la berceuse lancinante de ce cœur. Un cœur de femme qui répétait un chant triste.

Mais vivant.

Olivia tenait Chad et Corey par la main, Zoey s'était endormie dans son dos et Adam marchait un peu en arrière, groggy, en état de choc.

Ils rentrèrent, très lentement, aux Trois Impasses, sans un mot.

En approchant de la Ferme, Olivia intima aux trois garçons de contourner la vieille jeep lorsqu'elle aperçut les pieds de Roy qui dépassaient de derrière. Elle ne se faisait aucune illusion quant à son état vu sa cheville déchiquetée.

Ethan Cobb se tenait assis sur la terrasse à l'arrière de la maison, appuyé contre la façade, un bandage taché de sang lui ceignant le ventre. Il était livide.

Owen surgit du salon et se jeta contre Olivia qu'il serra encore et encore, comme pour fusionner avec elle.

Olivia n'eut pas besoin qu'on lui explique.

Elle comprit.

Elle ferma les yeux et pleura en dedans, sans un bruit.

Épilogue

Le soleil de juin entrait de biais par la baie vitrée de l'appartement, sur Park Avenue, New York. Le triple vitrage coupait presque toute rumeur provenant du trafic loin en contrebas, plongeant le salon dans le calme et une certaine fraîcheur. Sous une des grilles de la climatisation, un fanion aux couleurs d'une école privée du quartier s'agitait et cognait contre le mur.

Une porte claqua de colère et fit trembler la porcelaine du vaisselier.

Olivia Spencer posa la paume contre le battant.

— Chadwick ? Je voudrais entrer, je peux ?

L'absence de réponse ressemblait à une forme d'assentiment et Olivia s'invita dans la chambre de son fils qui s'était assis sur son lit, genoux ramenés contre lui. Elle prit place sur le bord du matelas.

— Annie essaye juste de t'aider, dit-elle doucement.

Chad haussa les épaules, les yeux pleins de larmes. Olivia lui tendit la main pour qu'il vienne mais il se contenta de rester dans sa position.

— Elle sera là quand je rentrerai tard le soir, insista Olivia, pour vous aider dans vos devoirs et préparer à dîner. Elle ne veut que ton bien.

— J'ai pas besoin d'elle.

Olivia hocha la tête.

— Je pense que si, au contraire.

— Gemma était mille fois mieux ! éclata Chad avant que sa mère ne l'attrape pour qu'il pleure contre elle, dans son cou.

Elle lui passa une main dans le dos, respirant son odeur, savourant chaque once de son poids contre elle. Il était la vie, il était là, maintenant, et elle avait la chance de pouvoir se le dire, de profiter de lui comme elle profiterait à tout instant de chacun de ceux qu'elle aimait.

— Je sais ce que tu ressens, mon fils, chuchota-t-elle, je le sais… Elle me manque à moi aussi.

Dans un effort magistral qu'elle maîtrisait désormais parfaitement, Olivia se retint d'exploser à son tour. Elle se voulut rassurante, protectrice et forte.

— Il faut accepter, Chad. On ne peut pas revenir en arrière. Gemma me manque. Papa me manque. Tellement. Mais nous n'y pouvons plus rien. Il faut avancer. Ça ne signifie pas les oublier.

Chad serra le chemisier de sa mère au point presque de le déchirer et il demeura ainsi un long moment avant de s'endormir.

Elle le déposa contre son oreiller, l'embrassa, le respira une fois encore puis ressortit sans un bruit.

Dans le couloir, Owen l'attendait.

Ils se firent face avant qu'Olivia ne lui tende les bras où il vint se réfugier avant de reculer pour demander :

— Tu vas accepter la proposition ?

Olivia l'observait. Il ne se départirait jamais de ce petit air de bête farouche, tout en dégageant une intelligence profonde, surprenante.

— Je vais essayer en tout cas. J'ai besoin de travailler, d'occuper mon esprit. La presse écrite me fera du bien, je pense. Je ne veux pas me montrer.

Owen approuva avec un léger sourire.

— Tu as raison.

— Ne t'inquiète pas, je ne serai pas beaucoup absente.

— Je suis content que tu le fasses. C'est à ton tour de vivre maintenant. Tu n'as pas arrêté pour nous depuis…

Owen n'acheva pas sa phrase. Il n'en avait pas besoin.

Ils se regardèrent encore un moment, sans malaise, rien que de la tendresse.

— Je peux te demander de jeter un œil sur Chad ce soir ? Je dois sortir. Annie restera jusqu'à mon retour. Ça va aller ?

Owen acquiesça. Elle déposa un baiser sur son front et se dirigea vers l'entrée pour prendre son sac à main.

Owen la suivit à petits pas.

Lorsqu'elle ouvrit la porte qui donnait sur l'ascenseur, il lui adressa un signe de la main.

— Je t'aime, dit-il du bout des lèvres.

*

Le taxi la déposa à l'angle de Bleecker et de Barrow Street, dans Greenwich Village, et Olivia se figea face à la façade en brownstone. Elle commençait à la connaître par cœur.

Elle poussa la porte et grimpa au deuxième étage avant d'entrer dans l'appartement sans frapper. Le rituel était établi.

Au fond de la pièce, le salon formait un angle arrondi, l'extrémité du bâtiment, où un bureau séparait deux chaises dans un clair-obscur en partie dû aux lattes des stores qui découpaient la lumière du soleil en fines lignes. Autant de lignes d'horizon possibles, songea Olivia en prenant place devant le bureau tapissé d'un sous-main en cuir vert.

Martha Callisper, son habituelle toison grise désormais coupée court, sortit de la pièce mitoyenne et vint s'asseoir en face.

Elle prit la main d'Olivia sur son bureau.

— Je vous avais dit qu'il ne fallait plus revenir pendant un moment, Olivia.

La jeune quadra avala sa salive, le regard fuyant, plus du tout cette mère si forte avec de l'assurance à revendre.

— Juste encore une fois, demanda-t-elle tout bas.

Martha la fixait dans la pénombre. Ses immenses yeux bleus pleins d'une compassion sans limite.

— Nous n'avons rien obtenu en six mois de séances, je pense qu'il faut se résigner à l'évidence, Olivia, il n'est pas coincé entre la vie et la mort. Tom est parti. Et c'est ce qu'il faut lui souhaiter.

— Il ne se passe pas une journée sans que j'aie l'impression qu'il est là, juste derrière moi, dans le reflet d'une vitrine, son parfum dans un courant d'air ou son murmure qui me réveille la nuit. J'ai besoin d'essayer, Martha, encore une fois. Juste une fois.

La médium plissa la lèvre et soupira longuement.

— Je savais que vous reviendriez.

— Vous avez laissé la porte ouverte.

La vieille dame hocha la tête avec un sourire triste.

— Il faut accepter de le laisser partir. Tom n'est pas prisonnier de l'autre côté du miroir, son âme s'est dispersée dans le monde. C'est son souvenir que vous ne parvenez pas à laisser filer.

Olivia ferma les paupières un instant. Une fine bulle capturant les rares reflets du soleil au bord du regard. Comment comptait-elle convaincre ses enfants lorsqu'elle était elle-même incapable de lâcher prise ?

Une vague irrésistible balaya toute résistance en elle.

— J'ai besoin de l'entendre, juste une fois. De lui dire combien je l'aime. S'il vous plaît. Je suis certaine qu'un jour il va m'entendre.

Martha Callisper hésita puis ouvrit un tiroir pour en sortir un pendule d'argent.

Olivia se redressa sur sa chaise.

Elle le vit onduler progressivement comme il le faisait chaque fois.

Mais celle-ci serait différente. Olivia le sentait. Et pendant ce moment de doute, elle n'éprouva presque plus ce poids déchirant qui lui écrasait le cœur à longueur de journée.

Le pendule tournait à son rythme.

Et Olivia retrouvait tout ce dont elle avait besoin.

L'espoir.

Tom.

*

La librairie située sur Henry Street, à Brooklyn Heights, disposait d'une entrée assez large où avait été dressée une table couverte d'une nappe verte. Dessus, plusieurs exemplaires d'un livre s'entassaient, avec un panneau de Plexiglas sous lequel était écrit « Aujourd'hui : Un an après la tragédie de Mahingan Falls, le gouvernement vous ment ! »

Assise derrière, Martha Callisper attendait d'éventuels curieux auxquels elle se ferait un plaisir d'expliquer la vérité sur un ton soigneusement étudié, aussi ferme et pédagogique que possible afin qu'on la prenne au sérieux.

La clochette au-dessus de la porte tinta et un homme entra.

Il portait une chemisette, un jeans et des lunettes de soleil qu'il retirait rarement pour éviter de mettre ses interlocuteurs mal à l'aise. Son regard pouvait se montrer pénétrant depuis qu'il avait affronté les morts. Il en avait trop vu. Bien au-delà de ce qu'un être peut normalement encaisser. Une canne l'aidait à compenser une légère claudication.

Martha l'accueillit d'un large sourire.

— Si je m'attendais à vous voir à New York, lieutenant.

En présence de la médium, Ethan eut moins de scrupules et il ôta ses lunettes. Elle ne cilla pas malgré l'intensité de ses prunelles.

— Je ne suis plus dans la police.

— Je ne suis pas étonnée. Et que faites-vous ?

— Je m'occupe, à droite, à gauche.

Il prit un des exemplaires qu'il ouvrit sur l'exergue.

« Car nous voyons, à présent, dans un miroir, en énigme, mais alors ce sera face à face. À présent, je connais d'une manière partielle ; mais alors je connaîtrai comme je suis connu, 1 Corinthiens, 13-12. »

— Vous donnez dans la religion maintenant ?

Martha afficha un léger rictus.

— Je crois que le nombre fait la force.

Ethan agita le livre.

— Et il se vend ?

— Les gens n'ont pas toujours envie d'entendre la vérité.

— Certaines sont plus difficiles à croire que d'autres.

Le visage de la vieille dame se ferma lorsqu'elle répondit :

— Personne n'a remis en cause le fait qu'une ville entière puisse devenir folle à cause d'une toxine contenue dans l'eau potable, même lorsqu'un nombre alarmant de « détails » ne collent pas et que la plupart des témoignages se regroupent pour certifier que tous ont vu la même chose. Une hallucination collective de cette envergure est ridicule et pourtant l'opinion publique préfère gober ça ! On met sur le dos d'innocents le massacre de centaines d'hommes, de femmes et d'enfants au nom d'une, comment appellent-ils ça déjà ? ah oui, « psychose de masse » !

Ethan reposa le livre et acquiesça en levant les yeux pour vérifier si personne ne les écoutait.

— Je ne suis pas convaincu que d'expliquer au monde entier que les morts sont juste de l'autre côté du miroir et attendent d'être libérés soit plus prudent. Les plus grandes tragédies de l'histoire ne sont-elles pas apparues lorsque la masse a eu le plus peur ?

— Alors vous préférez ce mensonge indigne ?

— Il y a d'autres moyens d'agir.

Martha lui adressa un regard assez peu bienveillant.

— C'est ça que vous faites ? Fureter ici et là dans l'espoir de dénicher une faille ? Qu'espérez-vous, Cobb, seul face au gouvernement ?

Ethan haussa les épaules.

— À vous de convaincre la masse, moi je me contente de garder un œil ouvert.

— Que craignez-vous comme ça ?

Ethan la fixa et cette fois Martha Callisper eut du mal à soutenir son regard.

— Que le gouvernement ne retire pas une leçon des erreurs des autres, dit-il.

— Ils ne feront pas ça.

— Vous miseriez la survie de l'humanité là-dessus ?

— La technologie d'OCP a été détruite, j'ai lu qu'un incendie avait ravagé leurs locaux. La compagnie a fait faillite, même leurs données sauvegardées ailleurs ont péri du fait d'un « malheureux concours de circonstances », disait l'article. Moi aussi je surveille ce qui se passe. J'ai toujours soupçonné quelqu'un de chez nous de s'être vengé.

— Je n'ai raconté l'histoire d'OCP qu'à vous et Olivia.

— C'est bien ce que je dis.

— Ce n'est pas moi qui ai mis le feu à OCP, et aux dernières nouvelles Olivia essaye de se reconstruire avec ses enfants ici, à New York.

— Alors c'est le gouvernement, d'après vous ?

Ethan fit un signe pour dire qu'il s'agissait d'une évidence.

— Pour un problème de sécurité nationale ? insista Martha.

Ethan vérifia par-dessus son épaule.

— Des milliards et des milliards et des milliards de dollars, vous aurait répondu Alec Orlacher, dit-il. Le gouvernement ou les multinationales, quelle différence aujourd'hui avec de tels enjeux ?

Un filet d'air glacé tomba sur eux et ils se raidirent avant qu'Ethan ne remarque la climatisation juste au-dessus.

Martha lui tendit son livre.

— Tenez, je vous l'offre. Prenez le temps de le lire, peut-être que vous y trouverez des éléments utiles pour votre combat.

— *Notre* combat, corrigea-t-il. Et je doute que nous en ayons encore beaucoup, du temps.

*

De Los Angeles à Miami, de Boston à Paris, de Londres à Pékin en passant par Le Caire, Hong Kong et même Sydney, Rio de Janeiro ou Le Cap, et selon toutes les diagonales possibles et imaginables, des mégapoles aux campagnes éloignées, le monde entier se connecte et tisse son réseau toujours plus rapide et vaste. Partout des ondes. Omniprésentes.

Avides du moindre progrès.

Et soudain, elles reçoivent toutes le même signal.

Rien qu'un essai. De grande envergure cette fois.

Un petit test préliminaire avant l'ouverture d'un marché qui pèsera tellement d'argent et de pouvoir qu'il mérite bien qu'on ferme les yeux sur sa provenance.

Le signal se propage. Partout. Plus vite que toutes les prédictions les plus optimistes.

Et aussitôt, ce même signal fendille notre réalité. Au sein de celle-ci émerge une fissure vers un autre plan. Comme une vibration imperceptible, elle s'étend. Un bourdonnement de voix. Pour l'heure, elles chuchotent dans les ténèbres.

Mais à mesure que le signal se propage sur le globe entier, elles vocifèrent d'un hurlement unanime.

Alors partout où les ondes se répandent, chaque rue, chaque maison, chaque immeuble, et même dans les forêts et les fermes, des ombres se réveillent.

Et d'autres voix, vivantes celles-ci, leur répondent à leur tour d'un cri de terreur.

Remerciements

Cette histoire n'aurait pas cette forme sans de précieuses contributions que je tiens à remercier ici. En premier lieu, ma femme, Faustine, qui a éclaté de rire la première fois que je lui ai fait le résumé de ce projet : « Tu es conscient que cette famille, c'est la nôtre ? » m'a-t-elle demandé. Non, je n'avais pas réalisé cette « projection ». C'est probablement ce qui explique son immense implication dans ce roman. Le soir, elle lisait ma production journalière et s'investissait dans mes personnages pour m'aider à les rendre encore plus crédibles. Vous lui devez une partie des décisions les plus pertinentes de mes héros ! Tout ce qu'ils font précipitamment pour se jeter dans la gueule du loup, c'est moi en revanche… Merci à toi et à nos enfants pour m'avoir autorisé à emprunter quelques souvenirs, et pour avoir porté ce livre à mes côtés. Je n'oublierai jamais combien tu as pu m'interdire de faire du mal à la famille Spencer. Pardon, chérie, c'était pour le bien de l'histoire !

Merci au docteur Christian Lehmann pour son aide. Doc, après toutes ces années à sauver le monde ensemble autour de tables de jeu, je n'ai pu résister à te mettre en scène, pour le meilleur et surtout pour… le pire.

Olivier Sanfilippo a donné un corps à Mahingan Falls dont je n'avais que l'âme. Bravo et merci pour cette carte magnifique, nous partions de loin avec mon brouillon !

Enfin, mon éditeur et ses équipes formidables ont encore fait un travail remarquable pour transmettre mes écrits jusqu'à vous sous cette forme rutilante. Je tiens à remercier Richard pour son amitié et son accompagnement indéfectible, et Caroline pour cette première (d'une longue série) réussie !

Cher lecteur, je vous souhaite de bonnes lectures, prenez garde au Signal qui nous entoure et à très bientôt, car j'ai encore quelques histoires qui me hantent et dont je dois me débarrasser en vous les transmettant. Je compte sur vous.

Maxime Chattam
Edgecombe, août 2018

Composition et mise en pages
Nord Compo à Villeneuve-d'Ascq

Composition et mise en pages
Nord Compo à Villeneuve-d'Ascq

Achevé d'imprimer en Italie
par Grafica Veneta S.p.A.
en septembre 2025

POCKET – 92, avenue de France, 75013 Paris

S26910/12